KB129731

나의 살던 해방촌

1963~1981

글. 이종수   그림. 이대중

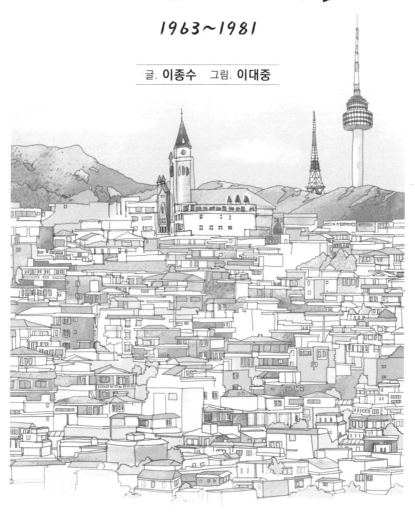

차 례

오래전 해방촌

그 속에서 놀던 때

그리운 해방촌

글쓴이의 말

파리에 몽마르트르(Montmartre, 순교자의 언덕)가 있다면 서울엔 해방촌이 있다. 해방촌은 몽마르트르를 닮았다. 해발 100미터 남짓 언덕에 자리 잡은 몽마르트르에 사크레쾨르(Sacré-Cœur, 聖心)라는 이름을 가진 성당이 있듯, 남산 밑 해방촌 가장 높은 곳에는 해방교회(해방예배당, 소월로20길 43)와 해방촌성당(신흥로5길 69)이 자리 잡고 있다.

나의 어린 시절 기억들은 해방촌의 넓은 길보다는 넓은 길에서 안쪽으로 꺾어 들어가 빽빽한 집들 사이로 난 비좁은 골목길에 몰려 있다. 친구들과 모여서 놀고 떠들었던 기억과 지금도 배시시 웃음 짓게 하는 추억들은 가을바람에 날리고 굴러가 버린 낙엽처럼 그렇게 휩쓸려 보이지 않는다. 어쩌면 골목 안, 시선이 닿지 않는 구석과 볕조차 들어갈 수 없는 모퉁이에 세월의 무상함마저 미처 쓸어 가지 못한 웅크린 기억과 어렴풋한 추억의 흔적들이 남아 있을지 모른다.

해방촌은 나에게 고향이다. 누구나 '고향' 하면 떠오르는 그곳에는 친구들과 어울려 지냈던 기억들이 있다. 저마다의 추억들은 기억으로, 때론 아픔으로, 기쁨으로, 지워지지 않은 채 가슴속에 저장되어 있다. 무수히 많은 모세혈관처럼 좁게 퍼진 골목이 끊어질 듯 이어진 곳에 곧 사라질 기억들과 오래도록 더 남아 있을 추억들이 머물러 있다.

해방촌에서 태어나, 국민학교와 중·고등학교를 거쳐 대학에 입학해 군에 입대할 때까지 21년을 오롯이 살았다. 이 책은 어렴풋이 기억나는 순간부터 시작한다. 그때가 6살 무렵이니 15년간의 이야기인 셈이다. 학창 시절은 집에서 얌전히 앉아 공부하기보다 골목길에서 친구들과 놀면서 보내기 일쑤였다. 그러다가 어른들로부터 시끄럽다는 소리를 들으면 장소를 옮겼고, 옮긴 곳에선 담 너머 어르신에게 쫓겨나고, 무섭게 들이닥치는 어른들의 잔소리에 끊임없이 밀려다니며 이곳저곳 호구 조사를 하는 동사무소 직원처럼 온 동네를 훑으며 돌아다녔다.

책의 제목은 누구나 아는 〈고향의 봄(이원수 작사, 홍난파 작곡)〉에서 제호를 따왔다. '내가 살던 해방촌'이 국어 문법에 부합하지만, 《나의 살던 해방촌》이 된 연유다. 물론, 해방촌이 노래에서처럼 복숭아꽃, 살구꽃 피는 곳은 아니지만 진달래, 개나리는 볼 수 있었고, 파란 들은 없지만 남쪽에서 바람이 불어오기는 했다. 노랫말에는 반복되는 "그 속에서 놀던 때가 그립습니다."라는 후렴구가 있다. 작사가가 그리워했던 것은 꽃 피는 산골도, 수양버들 춤추는 동네가 아닐지도 모르겠다. 이 책의 태반이 노는 이야기인 것도 같은 이유다.

국민학교 6학년 봄 무렵부터 고등학교 3학년 봄(80년 5월 초)까지 신문 배달을 했다. 월요일부터 토요일은 기본이고, 쉬는 일요일에도 종종 보급소에 나가 영수증 다발을 챙겨 배달 구역을 돌며 밀린 신문 대금을 수금하거나, 신규 구독자 확장을 위한 판촉 활동을 했다. 부지불식간에 독수리가 동네 하늘을 배회하듯, 내가 사는 동네와 상당 부분 겹치는 배달 구역으로 매일같이 돌다 보니 무수히 많은 골목길을 샅샅이 몸에 익혔고, 골목마다의 기억들이 겨울밤 비좁은 후암동 골목들 사이로 내린 눈처럼 오랫동안 녹아 없어지지 않을 수 있었다.

오래 살았다고 해서 고향에 대해 많은 이야기를 할 수 있는 것은 아니다.

오히려 일찍 고향을 떠난 사람이 그리움이 짙어져 향수병에 걸리듯 발길을 돌려 찾아오게 되는 곳, 나에겐 해방촌이 그렇다. 그곳을 떠난 후에도 몇 번인가 해방촌에 들러 계단 아래 골목길을 오랫동안 내려다보기도 했다. 어디선가 '해방촌' 이야기가 나오면 고향 이야기라도 듣는 듯 반가웠다. 이 글을 쓰면서 그곳에 사는 동안에는 생각지 못했던 해방촌의 역사와 아픔들이 보이지 않을 뿐 여전히 사라지지 않고 있음을 또한 알게 되었다.

결국 고향은 그곳을 떠나거나 쫓겨난 사람들보다는 그리워하는 사람들의 몫이다. 나에게 해방촌에 대한 기억과 추억은, 씨줄과 날줄로 짜인 베옷처럼 질기게 남아 있다. 오래전 구입해 몇 번 틀어 보지 못한 낡은 레코드판과 같다. 좋아하는 노래를 오랫동안 듣지 못하다가 문득 들려올 때, 노랫말을 무심결에 따라 부르는 것처럼, 해방촌에 대한 애틋한 기억과 추억을 간직한 분들에게 나의 '기억'과 '추억'을 들려 드리고 싶다. '해방촌'이라는 레코드판 위에 살포시 바늘을 얹겠다.

* 일러두기
- 내용에 등장하는 친구들의 이름은 실명이 아님을 밝혀 둡니다.

나의 살던 고향은

1. 해방촌

삼양라면 출시, 1개 10원, 1963년 9월 15일(삼양공업 주식회사)
창업주 故 전중윤 명예 회장은 60년대 초 남대문 시장에서 5원짜리 꿀꿀이죽을 먹기
위해 장사진을 친 배고픈 국민들을 목격하고 국내 식량 문제를 해결하고자….
– 삼양식품 홈페이지

해가 뜨면 햇살은 동쪽에서부터 밤새 모아 두었던 빛을 흩뿌리며 겨울 남산의 냉기를 쫓아낸다. 햇빛으로 데워진 남산의 온기가 바람처럼 옆으로 흘러 제법 오랫동안 머무는 곳에 해방촌이 있다. 그곳이 어디인지를 설명하는 일은 의외로 단순하지 않다. 남산 송신탑이 보이면 서울이라는 말도 어느 정도 맞는 말이지만, 해방촌은 송신탑을 점령하려는 빽빽한 집들이 남산 자락의 일부를 아예 차지하고, 내쳐 남산으로 진격하려는 듯, 한곳에 빠끔히 머리를 내밀고 있다.

서울역에서 보면 남산 아래 산등성이 제법 높은 곳까지 오밀조밀한 집들이 보이는데, 265m나 되는 남산의 높이가 낮아 보이는 것은 수면 아래 잠긴 부분이 보이지 않아 고래의 크기를 짐작할 수 없는 것처럼, 남산 허리 아랫부분이 높은 빌딩 숲에 가려져 있기 때문이다. 더구나 101m나 되는 철탑을 포함, 236.7m나 되는 남산타워를 머리에 이고 있어 남산의 높이는 더 낮아 보인다. 낮아진 남산 아래쯤 어딘가에 해방촌인 용산2가동과 후암동이 있다. 높은 빌딩 숲에 가려져 잘 보이지도 않고, 오랜 시간이 흘러 잊혀 사라진 듯하지만, 아직도 그곳엔 해방촌이 버티고 있다.

하늘에서 바라보면 서울역 쪽이 해가 지는 서쪽이 되고, 해가 뜨는 동쪽은 왕십리, 북쪽은 남대문쯤 되고, 남쪽은 한남동이다. 남산은 암탉처럼 서울로 몰려드는 사람들, 크고 작은 건물, 시장, 거리를 품었다. 사람들은 아군의 고지를 탈환하려는 중공군들처럼 위로 또 위로 기어오르다 멈추더니 참호를 파듯 남산의 허리를 점령한 지 오래다. 물러설 조짐이 없다. 조선시대에 도성 안팎으로 우후죽순처럼 집들과 채마전(菜麻田)이 생겨나자, 태종 11년 6월에는 도성 안이 좁으니 채마전을 금하고, 남산 기슭에 궁궐이 내려다보이는 자리에는 집 짓는 것을 금하기도 했었다. 후암동은 궁궐에서 십 리도 떨어지지 않는 성저십리(城底十里)지만 궁궐에서 보이지 않는 곳에 있어 집을 지을 수 있었는지 모른다.

적들은 산 위로만 몰려드는 것이 아니었다. 산허리를 점령한 것으로는 만족하지 못했다. 땅속으로도 굴을 뚫었다. 남쪽으로 북동쪽의 퇴계로와 3.1 고가도로로 이어져 겹치는 지점쯤인데 중앙방송국(현 서울애니메이션센터 공사 중, 2026년 말 완공 예정, 예장동 8-145 외) 부근 예장동에서 컴컴한 터널 입구로 들어가 한남동 방향으로 달린다. 한남동 면허시험장(현 블루스퀘어) 위를 지나 제3한강교 쪽으로 1호 터널(1970년 8월 15일 개통)을 하나 뚫더니, 장충동에서 용산동으로 뚫고 나가 좌측으로 이태원동 군인아파트(현 남산대림아파트)를 지나는 2호 터널(1970년 12월 4일 개통)을 교차해서 뚫었다. 그러고도 부족했던지 이번에서 쌍굴로 회현동 신세계백화점 옆에서 시작하는 3호 터널(1978년 5월 1일 개통)마저 뚫었다. 세 개의 터널 가운데 2, 3호 터널의 어둡고 길어 속을 알 수 없는 컴컴한 어둠을 헤치고 나가면, 터널이 끝나는 곳에서 밝은 햇살과 함께 나타나는 곳이 해방촌이다.

　행정구역상 '해방촌'이라는 명칭은 없다. '용산2가동'이나 '후암동'이라는 이름은 지금도 존재하고, 그 두 동의 가운데 신흥동이 있었음에도 이 지역을 부르는 사람이나 그곳에 산다고 불리는 사람들 모두 의리 있는 사람들처럼 자기들이 사는 곳을 '해방촌'으로 부르고, '해방촌 사람'으로 불리는 것에 자연스럽다. 족보 촌수 따지듯, '용산2가동'을 '해방촌'이라고 부르건, '후암동'을 '해방촌'이라 부르건 어느 쪽이 옳으냐를 따지는 일은 없다. 행정구역상 이름보다는 어떤 사람들이 모여 살고 있느냐는 관점에서라면 후암동 역시 '삼팔따라지'들이 용산2가동 못지않게 살고 있었으니 '해방촌'이라는 이름은 용산2가동 사람들만 오롯이 차지하고자 다툴 필요는 없었던 듯하다.

　'해방촌'이라는 이름은 도시와는 어울리지 않는 이름이지만, 사람들은 지금도 '해방촌'이라 부르고 있다. '해방촌'이라 부르고, 찾아가고, 사는 것은 제각기 까닭이 있을 것이다. 국가에서 정한 법정동과 무관하게 입에 붙은 동네 이름이기에 '해방촌'이라 부르고, 다른 지역에선 볼 수 없는 색다름에 끌려서일 수도, 전쟁 후 부모님들이 처음 발붙인 곳이기 때문에 어른들이 부르던 대로 부르다 입에 붙은 이름일 수도 있다. 광활한 서울에서 하나쯤은 '촌'이라는 이름으로 불러 이상한 것도 없다. 해방촌 말고도 '촌(村)'이라는 이름으로 불리는 지역은 많다.

　국토정보지리원에서 2020년 10월 9일에 펴낸 지명(地名) 자료에는, 신촌(新村)이라는 이름이 가장 많은 263개 지역이나 있고, 촌(村) 자 돌림을 쓰는 곳이 평촌(坪村, 138개), 상촌(上村, 103개), 중촌(中村, 102개) 등이 있다. 그래도 말죽거리(現 양재동)보다는 사람 사는 동네라는 느낌이 있어서 좋다. 혹시라도 '해방촌'을 논이나 과수원이 있는, 서울이지만 시골 비슷한 곳이라고 생각하는 사람들이 있을지 모른다. 앞으로 재개발이나 재건축을 통해 천지개벽 수준으로 바뀐다고 하더라도 '해방촌'이라는 이름이 질긴 무청처럼 말라비틀어질지는 모르지만 없어지진 않을 것이다.

'해방(解放)'이라는 단어는, 오랜 세월을 이름 없는 백성으로 하늘 같은 왕이나 세도가들의 발아래 질척이는 삶을 살았던 민초들에겐 꿈같은 말이다. 고종 때에 이르러서야 다수의 백성이 노비의 굴레에서 벗어날 수 있었다. 그 꿈결 같은 현실은 오래가지 못했다. 다시 쳐들어온 일제에 또 밟혔다. 현생에서의 락(樂)을 잊은 채 오랜 세월 내세라는 보이지 않는 삶에 전부를 걸었건만 그마저 허락되지 않는 삶 속, 해방(解放)은 길고 긴 어둠 속에서 찾고자 했던 빛의 다른 이름이다. '해방'과 '광복'은 다른 듯 같은 이름이다. 1945년 8월 15일에 한 가닥 빛을 보았고, 멀리 타국, 타지에서 돌아온 사람들이나, 고향을 등지고 떠나와 모여 살았던 곳이라면, 그곳이 경기도 광명이건 한강 변 구로건 '해방촌'이라는 이름이 생겨났다. 용산의 해방촌도 다르지 않았다.

잠깐의 행복이 어두운 방에 따스한 온기처럼 볕 들기도 전에, 동족 간 전쟁으로 어렵게 자리 잡은 해방촌 사람들은 터전을 잃고 떠나야 했다. 뿌리째 뽑혀 쓰러진 풀 신세였다. 전쟁이 잠잠해지고 다시 돌아온 잿더미 비탈에 다시 뿌리내리고 사는 그들에겐 어떻게 해서든 먹고사는 것이 먼저였지만, 그중에서도 자식 농사가 해방촌을 벗어나는 가장 빠른 길이었다. 해방촌 사람들은 성의 남쪽, 논이 아닌 남산 비탈에 자식 농사를 지었다.

해방촌의 경계와 영역을 말하기 편한 방법은 해방교회를 중심으로 하면 된다. 해방교회는 해방촌에 집의 꼴을 한 건축물들이 터를 잡기 시작할 때 가장 먼저 세워진 곳이기 때문이다. 해방교회가 용마루라면 스키 슬로프처럼, 아니 기와지붕에서 빗물이 흘러 내려가듯 한쪽은 용산2가동으로 서까래를 받치고, 다른 쪽은 후암동으로 서까래가 내려가는 모습이다. 아니다. 더 쉽게 해방촌을 설명하는 방법이 있다. 해방교회의 종소리가 들리는 곳이라면 해방촌이라고 말할 수 있다. 예전의 종소리가 언제부터인지 스피커로 바뀌었지만, 여전히 종소리는 사람들이 살고 있는 용산2가동과 후암동 쪽으로 무거운 안개처럼 퍼져 내려간다.

더 간단하게 말해 보겠다. 조그맣게라도 해방교회가 보이는 곳이라면 해방촌이라 불러도 무방하다. 건물에 가려 교회 건물이 보이지 않더라도 어디쯤 해방교회가 있는지 감을 잡을 수 있는 곳이라면 그곳 또한 해방촌이다. 언제인지 모를 통일의 그날을 기다리는 실향민들의 마음처럼 해방교회는 예전의 모습 그대로 거기에 서 있다. 그래서 해방촌에 사는 사람이라면 눈 감고도 어디쯤에 교회가 있는지 알 수 있다.

해방교회가 지금의 자리에 골고다 언덕의 십자가처럼 서 있는 것은 이곳 사람들에게는 축복이고 감사한 일이다. 많은 교회가 작은 예배당을 크게 짓고 더 많은 성도와 함께 예배를 드리기 소원하지만, 해방교회(해방예배당)는 지금까지도 가진 것 많지 않은 사람들이 기댈 수 있는 언덕이자 해방촌 윗동네의 십자가로 서 있고, 깜깜한 바다의 등대처럼 견고하게 불을 밝히고 있다. 기적 같은 일이다.

해방촌을 찾아가는 방법은 의외로 간단하다. 우선 해방촌의 한쪽인 후암동은 서울역에서 2km 떨어져 있어 부지런한 걸음으로 30분 정도면 후암동 108계단이 있는 곳으로 갈 수 있다. 거기가 해방촌 초입이다. 더 쉽게 우회하는 방법으로는 남대문경찰서 뒤편으로 난 길을 따라 힐튼호텔(2022.12.31 영업 종료)을 끼고 남산 소월길을 따라 해방촌 오거리로 올라가는 길이다. 이 길의 단점은 남산의 높이를 체감할 만큼 숨이 찬다는 점이다. 에둘러 가는 길이지만 꽃 피는 봄에는 벚꽃 향기로 숨이 막힐 지경이다.

다른 방법은 서울역에서 삼각지 방향으로 가다가 오른쪽으로는 숙명여대로 들어가는 갈월동 지하 차도가 있고, 그 반대 방향 남산 쪽으로 곧게 뻗은 신작로 같은 길이 보이는데, 그 길 끝이 후암동이다. 후암동으로 들어가는 길의 우측으로는 아직도 끝이 없는 담벼락이 있는데 미군 부대가 있었던 곳이다. 왼쪽으로는 수도여자중고등학교(1954년 개교, 2000년 7월 1일 신대방동으로 이전, 서울시교육청이 2025년 준공 예정으로 공사중)가 있었다. 좀 더 들어가면 용산고등학교가, 그 뒤로 용산중학교가 보이면 후암동 버스 종점이다. 물론, 넓게 펴진 보자기의 한쪽이 후암동이라면 다른 쪽인 용산2가동은 후암동 종점에서 108계단을 지나 해방촌 오거리를 오른 후 다시 물길 흐르듯 아래로 내려가면 된다. 거기도 해방촌이다.

후암동 종점으로 들어가는 길 양쪽에는 한때 아름드리 은행나무들이 있어서 대낮에도 하늘을 볼 수 없을 정도였지만 지금은 우듬지들이 다 잘려나가고 굵은 가지들만 남아 있다. 몸통만 남은 것도 있다. 그래선지 은행나무조차 낯설다. 길은 이제 막힌 듯하다. 마치 몸속 동맥이 심장으로부터 세차게 흐름을 이어 오다 모세혈관처럼 좁아져 이제껏 넓었던 길은 자취를 감춘다.

2. 하동 남자, 부안 여자

勞動輸出…제트機 타고 西獨으로

- 동아일보 1963년 12월 21일, 1면

　1960년대 서울은 눈부시게 변하고 있었다. 서울 인구도 매년 10%씩 늘어났다. '말은 제주도로, 사람은 서울로'라는 오래된 말은 금과옥조였다. 몸뚱아리 성한 사람이라면 남자, 여자 구별 없이 서울은 결국 올라가야 하는 곳이었다. 거창한 꿈을 안고 서울로 향한다기보다는 먹고살기 힘든 시골보다 일가친척 하나 없는 서울에서의 밥벌이가 차라리 나을 것이라는 생각에서였다. 상경한 사람들, 서울 바라기들은 일확천금 허황한 꿈을 꾸는 것이 아니라, 입에 풀칠하기 힘든 일상에서 이판사판의 심정으로 서울로 가는 완행열차를, 버스를 탔다. 서울로 올라가는 열차엔 하동 출신 아버지가, 서울로 올라가는 버스엔 부안 출신 어머니가 있었다.

　남산은 내가 태어난 곳이다. 1963년에 용산구 용산동2가 8번지에서 태어나 해방촌을 떠나기까지 열 번 가까이 이사를 했지만, 주민 등록을 하지 않아 주민 등록에 나오는 주소로는 후암동 4××번지가 해방촌에서의 두 번째 전입지다. '용산동 2가 8번지' 주소도 출생 신고 당시의 주소이긴 하지만, 출생 신고 자체를 태어난 후 4년이 지난 67년에 했으니 정확하다고 볼 수는 없다.

살았던 집 주소가 정확하지 않은 것은 이유가 있다. 같은 용산구지만 용산동 2가 8번지와 후암동 4××번지 사이에는 기록으로 나타나지 않은, 실제 살았던 집들이 있었다. 살림이 눈에 익을 만하면 또다시 이사해야 하는 처지에 한가하게 동사무소에 가서 전입 신고를 하는 것은 부모님에겐 우선순위가 아니었다. 어쨌든 주민등록초본에는 나오지 않지만 나는 그 동네에서 살았고, 이사를 하면서도 해방촌은 벗어나지 않았다.

출생 신고가 4년이나 늦어진 데는 이유가 있다. 내가 태어난 날은 추석이 일주일 지난 후였다. 아침저녁으로 날씨는 쌀쌀하지만, 낮에는 한여름 무더위가 물러나지 않고 맴돌던 날씨였다. 예정일을 넘겨 언제라도 몸을 풀어야 했던 어머니는 따뜻한 군불을 땐 방이 없어 차가운 방에서 몸을 풀어야 했다. 부랴부랴 이웃들의 도움으로 방 안에 장작불의 온기가 돌기 시작한 건 나를 낳고 사시나무 떨듯 떨어 온몸의 기운이 빠진 다음이었다.

추위는 산모만 겪은 것이 아니었다. 태어난 후 오랜 기간 나는 시시때때로 고열에 시달림은 물론, 팔다리가 경직되고, 눈동자가 돌아가 흰자위를 드러내며 곧 죽을 듯 까무러치며 경기(驚氣)했다. 내가 그럴 때마다 함께 살던 외할머니는 "이놈의 새끼 죽어라!"라며 엉덩이를 때리셨다고 했다. 그렇게 얻어맞고서도 나는 용케 죽지 않았다. 외할머니의 잦은 타박과 제대로 숨을 이어 갈지 부모님조차 큰 기대를 하지 않으셨지만, 일 년이 지나고 이년이 지나고 해가 바뀌길 네 번쯤 하고서야 부모님은 자식이 죽진 않겠다고 안심을 하신 것일까? 그렇게 나의 출생 신고는 4년이나 늦었다. 그러나, 어머니는 60년이 지난 지금까지도 내가 태어난 산달이면 당시의 후유증을 생생하게 겪곤 하신다. 극심한 추위에 온몸이 저리다고.

내가 이사하면서 살았던 집들은 지금도 그대로인 곳도 있지만 대부분은 찾을 수 없을 만큼 해방촌은 달라졌다. 집들이나 건물은 헐리고 새로 지어져 입구는 찾았어도 한 발짝만 안으로 들어가면 제대로 들어온 건지 헷갈릴 정도다. 후암동에서 대학교 2학년이던 1983년 11월 1일 군 입대를 할 때까지 살았다. 군 입대 후, 일 년이 채 못돼 어머니는 남가좌동으로 이사하면서 다니시던 유아복 제품집을 그만두었다. 남가좌동을 거쳐 연희동에 살면서는 마포구 연남동에 있는 와이셔츠 제품집에서 일하셨다.

국민학교 1학년이던 1969년 추운 겨울, 용산동 집이 철거를 당해 경기도 광주(현 성남시)로 쫓겨나 피난민 같은 4~5개월의 철거민 천막살이 한 것을 빼곤 계속 남산 밑 해방촌에서 살았다. 내가 태어난 곳은 서울시 용산구 용산2가 8번지라고 출생지가 특정되어 있지만, 지금 내가 살았던 자리는 무심한 행정 당국에 의해 용산2가동과 일부 동네는 이태원동으로 창씨개명이 되듯 바뀌었고, 살던 번지수는 있던 자취조차 없다.

언젠가 어머니와 자동차를 타고 남산 소월로를 지나면서 어머니에게 물었다.

"내가 태어난 곳이 어딘지 기억하세요?"

"내가 너를 낳았는데 그 장소도 기억하지 못할까?"라고 하시며 가리킨 장소는, 지금의 남산 소월로 도로변에 있는 곳이었다. 지금도 사람이 사는 듯한데 차를 타고 소월로를 가다 보면, 내가 태어났던 곳이라고 가리키는 지점의 집은 도로에 붙어 있어 눈이라도 내리면, 커브를 도는 자동차가 미끄러져 들이닥칠 만한 딱 그 지점에 있는 허름한 집이다. 내 눈엔 집은 보이지 않고 지붕인지, 아니면 입구인지는 모를 곳이지만, 어머니는 "내가 너를 낳은 곳인데!"라고 하시며 재차 가리키신다. 마치 그곳에 그때의 집이 뚜렷하게 보이는 듯 가리키는 손가락이 흔들림이 없다. 나에게는 어머니가 가리키는 손가락과 잇닿은 그 지점의 기억은 없다.

어머니가 내가 태어났다고 가리킨 곳은 지금은 후암동이지만, 어릴 적 내가 기억하는 고향 같은 집은 용산2가동에 있었다. 지금은 행정 구역이 이태원동으로, 소월길 38번지로 바뀌었다. 나의 출생지를 정확하게 따지는 것으로 이야기를 전개하고 싶은 생각은 없다. 내가 기억하는 어릴 적 고향은, 남산 군인아파트를 지나 남산 소월로38길 부근 어디쯤 되는데, 굳이 출생지를 따져 가며 핀셋으로 콕 집어낼 이유는 없다. 출생지에 관한 이야기는 이쯤에서 그만두고.

아버지는 1931년 경남 하동 태생이고, 위로는 누님과 형님이, 아래로는 남동생 세 명과 네 명의 여동생이 있었다. 5남 5녀 중 위로부터 셋째다. 하동에서 태어나 농사를 짓고 살다 전쟁 중인 1952년 3월 26일 입대했다. 징집되었거나 가두징병(街頭徵兵)이 되었을 것이다. 세 살 위인 백부님도 6.25 참전병이셨다. 1953년 7월 27일로 끝난 전쟁에서 장기 복무자들부터 전역 조치가 이루어지기 시작했지만, 아버지는 3년이 더 지난 1956년 11월 20일 이등중사(현 병장)로 육군 31사단에서 전역했다. 1949년 8월 6일 시행된 〈병역법〉에서 정한 군 복무 기간은 2년(해군은 3년)이었지만, 전쟁 중엔 전역 자체가 없었다. 전쟁 중 복무 기간은 유명무실했거나 무기한 연장되었다. 당연한 일이다. 아버지는 군 생활을 4년 7개월 26일간 했다. 전쟁이 끝난 후에도 제대 특명을 받지 못해 당초 법에서 정한 기간보다 2년 7개월 26일을 더 복무했다. 그러나, 살아계실 때 아버지로부터 군대 얘기는 들어 본 적이 없었다. 전쟁 중 겪었을 기억하고 싶지 않은 것들을 군복을 벗듯 떨쳐 냈는지는 모른다.

내가 아버지의 고향을 처음 찾은 건 대학교 1학년 여름이었다. 입대 신체검사를 받으러 본적지 하동에 처음 갔었고, 큰아버님을 뵙고 인사를 드렸다. 그때 조부에 관한 이야기를 처음 들었다. 큰아버지에게서 들은 바에 따르면, 1890년생으로 기록된 조부의 고향은 하동이 아닌 지금의 충남 공주 어디쯤이고, 조부가 7살 무렵 공주 장터에서 울고 있는 것을 하동을 본관으로 하는 정 씨 어르신이 데리고 왔다고 했다. 조부가 당도한 그곳은 하동 정씨 집성촌이다. 큰아버님은 생전에 조부님에 관한 얘기를 한번 하신 적이 있다. 말씀이 없으신 분이셨지만, 조부님의 부모님을 찾지 못한 아쉬움을 토로하셨다.

당시 충남 공주장이 며칠마다 열리는 것이었는지는 모른다. 공주는 한때 백제의 수도였으니 각지의 산물이 모였을 수는 있겠으나, 하동 인근에서도 구할 물품을 공주까지 가서 구하지는 않았을 것이다. 아니면 금강을 따라 올라온 산물들이 집산되는 공주에 수백여 명의 상인이 모여 장사를 했던 곳이니, 장터 인근에 사는 누군가에게 우는 아이를 맡길 수 있었을 것이지만, 사정은 알 길이 없다. 그냥 한철 생겼다 없어지는 파시가 아닌 바에야 다음 장이 열리면 아이의 부모를 찾을 수도 있었으련만, 갈 길 바쁜 정 씨 어르신은 일곱 살 아이의 팔을 끌었다. 조부에게는 장터 구경했던 그날이 부모님과의 생이별이었다. 조부가 7살 때이니 1897년, 충남 공주에서 경남 하동으로 오는 길이 자동차가 다니는 지금의 길로도 220km가 넘는 길이다. 공주-논산-익산-완주-임실-남원-곡성-구례-하동에서 성평마을에 당도하기까지는, 당시 철도가 놓이기 전이라 걸음으로 열흘은 넘게 걸리는 길이다. 백부님의 부모가 먹고살기 힘들어 장터에 조부를 내다 버렸는지, 아니면 사람 많은 장터에서 조부가 부모님의 손을 놓쳤는지는 분명하지 않다. 알 수 없는 일이다. 그렇게 조부는 천애 고아가 되었다. 일곱 살짜리는 울면서 무슨 생각을 했을까? 낯선 사람의 손에 잡혀 그 어르신이

끄는 대로 공주에서 하동까지 따라 내려가면서….

이후 하동 정씨 집성촌 사람들의 눈에 조부는 착하고 부지런해 마을 하동 정씨의 귀한 따님과 결혼을 시켜 주기까지 했다. 그래서 낳은 분 중 셋째(남자로는 둘째)가 나의 부친이다. 부친은 1931년생이다. 위로 누님 한 분과 형님 한 분이 계시고 여동생 네 명과 남동생 세 명이 있다. 아마도 친조부는 본인의 처지와는 다른 대가족을 염원하신 듯 많은 자손을 보셨다. 5남 5녀. 친할머니는 호적상 두 분인데, 큰할머니는 자식을 낳지 못했고 작은할머니가 10남매를 홀로 낳으셨다고 아직도 하동에서 살고 계시는 큰어머니에게서 들었다.

이후 조부가 마흔 살을 넘겼을 때쯤이니 1930년, 정씨 할아버지가 조부를 데리고 온 길을 되짚어 백부님을 데리고 공주 장터에서 헤어진 부모님을 찾을 수 있을까 해서 공주에 간 적이 한 번 있었다고 했다. 먼 길을 되짚어간 노력도 허사에 그치고 말아, 이후론 다시 조부의 부모님을 찾으려는 수고를 하지 않으셨다고 했다. 호적상으로 조부는 1890년생이다. 취직(就籍) 신고가 1918년 11월 27일에 이루어졌다. 출생 신고에 의한 것이 아니다. 취적 신고는 호적이 없어 호적을 얻으려는 경우 신고해서 호적을 만드는 것을 말한다.

어머니는 전북 부안이 고향이다. 1939년생이다. 찢어지게 가난한 집의 둘째 딸이었고 위로는 오빠가, 아래로는 여동생이 둘 있었다. 외할머니는 어머니가 열두 살 무렵, 입 하나 덜자며 전북 부안에서 공무원 하는 분의 집에 어머니를 더부살이시켰다. 밥이나 굶지 않게 하는 것이라지만 식모살이였다. 식모살이일지라도 아는 사람을 건너고 통해 어렵사리 구한 것이었다. 아는 분의 집에서 살림을 거들면서 눈칫밥이라도 굶지 않고 먹었기에 꽃다운 시절 시들지 않을 수 있었다. 정읍 읍내에서 집주인의 근무지를 따라 전남 해남까지 내려가 살기도 했다. 다섯 살 위 오빠는 다른 방법으로 굶지 않았다. 군대에 들어간 것이다. 직업군인으로 입대한 것은 오직 굶지 않기 위해서였다. 그래도 멀리 부산 어딘가 고아원으로 보내진 바로 아래 동생보다는 나았다. 가장 어린 막내는 홀로 집에 남을 수 있었다. 너무 어려 고아원에 보낼 수 없었기 때문이다.

어머니는 아버지를 외할머니의 소개로 만났다고 했다. 1961년 누나를 낳고, 2년이 지난 1963년에 혼인 신고를 했다. 결혼식은 못 하셨다. 기억에는 없지만, 외할머니는 우리와 함께 살았다고 했다. 최근 들어서 알게 되었지만, 외할머니가 82세에 돌아가셨는데 돌아가시기 전까지도 어머니는 왜 그 사람(나의 아버지)과 결혼하게 했느냐고 원망했다고 한다. 소개는 외할머니가 했지만 결국 선택은 본인의 몫임을 모를 리 없건만, 지아비를 서른 여덟 살에 떠나보낸, 박복한 팔자의 한이었을까…. 사는 게 힘들고 한스럽다고 한다면 차라리 아버지가 살아 계실 때가 좋았을지 모른다. 남겨진 다섯 명의 새끼와 부대껴 살아야 했던 날들이 가슴에 응어리져 좀처럼 사는 게 풀리지 않을 것이라는 암담한 현실에 그랬는지 모른다. 어머니의 한 맺힌 가슴속을 나는 모른다. 작지만 분명하게 어머니의 가슴속에 멍울지기 시작한 해방촌의 삶은 먹구름이 낀 듯 어두웠다.

3. 시멘트 블록 집

人革黨 事件 擔當檢事

네 名全員辭表

- 동아일보 1964년 9월 10일, 3면

남산은 풍수상 서울의 안산(案山)이다. 조선시대가 열리면서 임금님 계신 곳을 중심으로 북악산을 주산(主山)으로 힘 있고 내놓을 게 있는 사람은 사대문 안쪽에, 힘없고 가진 것 없는 더 많은 사람은 문밖에 떨어져 살았다. 광화문쯤에서 보이는 남산의 오른쪽과 거기에서 뒤쪽으로 한참을 돌아 넘어가는 소월로를 따라가다, 멀리 이태원이 보일 때쯤, 야트막하면서 너른 내리막 언덕배기에는 사람들이 바닷물이 들어오면 숨었다가 썰물 때면 드러난 갯벌에 일제히 모습을 드러내는 칠게들처럼 집을 짓고 새까맣게 모여 사는 동네가 나온다.

이른 아침, 밥 짓는 연기가 오른다. 밤새 남산 위에서 내려온 차가운 안개와는 색이 다른 안개를 만들어 낸다. 뽀얀 사골 국물 같고, 목화솜처럼 하얗다. 굴뚝 끝에서 올라가는 것이 마치 일제 사격을 마친 포신 끝 화약 연기처럼, 고지를 향해 아랫집들과 윗집들이 밥 짓는 연기로 전쟁을 치른다. 같은 끼니를 먹지만 굴뚝에서 나오는 밥 짓는 연기 색깔은 같지 않다. 부지런 떨어 일찍 연기를 토해 낸 굴뚝에서는 연기가 짙은 흰색에서 차츰 엷어져 잘 보이지 않는다. 아침밥이 늦은 집 굴뚝에선 목화솜 같은 허연 연기가 피어나기 시작하는 것은, 필경 밤새 사그라진 불씨에 마르지 않은 장작을 성급히 던져 넣고 부채질하는 까닭이다. 차츰 집집마다 연기가 앞서거니 뒤서거니 피어오르기 시작하다가 이내 일제히 오를 무렵이면 해가 떠오른다. 같은 연기로 보일 뿐, 그네들이 죽을 먹었는지 밥을 먹었는지는 알 수 없다.

우리 집이 자리 잡은 곳은 아래쪽으로 멀리 태권도장의 큼지막한 시멘트 블록 건물의 슬레이트 지붕이 내려다보이고, 그 뒤로는 군인아파트 단지가 내려다보이는 언덕배기 중간쯤이었다. 아파트 단지보다 눈에 더 잘 띄는 것은 군인아파트에서 이태원 쪽으로 가는 길의 우측으로 끝없이 이어진 용산 미군 기지의 담벼락과 대중목욕탕의 시커먼 굴뚝이었다. 몇 개의 가게가 목욕탕 가는 길에 있고, 아이스케끼 만드는 공장도 있었다. 그곳에선 비닐 포장도 없는 날것 같은 아이스케끼와 복숭아 모양의 하드를 만들었다. 가장 번화한 28번 버스 종점이 있는 주변으로는 늘 사람들이 북적였다. 종점으로 가려면 공동 수도가 있는 곳을 지나 제법 그럴듯한 물건들을 내다 파는 가게들을 볼 수 있었고, 다시 남산 쪽으로 올라가다 오른쪽 골목으로 조금만 들어가면 자주 다니던 도서관이 있었다. 1층은 경로당이다.

집 앞쪽으로는 수해 방지용 축대를 계단 논처럼 층층이 쌓아 둔 제법 넓은 공터가 산 쪽으로 잇대어 있었다. 가파른 경사를 깎아 조성한 계단 논처럼 이십여 미터쯤 전진해 축대를 쌓고, 공터가 만들어지고, 공터는 다시 남산 소월길을 향해 기슭을 기어올랐다. 두 번째를 지나 세 번째쯤의 축대가 시작되기 전의 너른 공터가 나오면 가운데쯤에 길이 나 있고, 그 오른쪽으로 작은 쪽문이 달린 우리 집이 있었다. 어머니는 거기에 집을 짓고 오래 살았다고 했다.

초등학교에 들어갔을 무렵의 집은 두 번째 집이었다. 1969년에 국민학교에 들어갔고, 같은 해 연말쯤 강제 철거를 당해 경기도 광주 어딘가로 짐짝처럼 실려 가야 했었던 것을 헤아려 보면, 우리 집은 내가 학교에 들어가기 몇 해 전에 지었다. 남산 기슭 축대 공사판에서 마디가 굵은 아버지에게 시멘트 블록으로 집을 짓는 것은 쉬운 일이었다. 집은 남산 기슭에 지은 두 번째 집이었다. 첫 번째는 인근 산기슭이지만 지금의 집이 궁궐이라면, 처음 지었던 집은 안에 사람이 살고 있으니 집이라고 불릴 그런 집이었다.

첫 번째 집은 움막이었다고 들었다. 천막보다 나을 것 없는 판자를 사방으로 두르고 안쪽에는 기름종이를 발라 바람을 막고, 지붕은 덕지덕지 이어 붙인 판자에 기름종이 여러 겹을 안쪽과 바깥쪽에 이어 붙인 집이었다고 했다. 움막이었건 움집이었건 땅굴 같은 집이었건 내 기억엔 없다. 살면서 아버지는 마땅한 곳을 물색했지만, 첫 번째 집은 도저히 오래 살 만한 곳이 못 되었던 듯하다. 살만하다는 두 번째 집도 지붕은 루핑으로 새는 비는 막았지만, 이따금 천장으로 쥐가 다니고 방바닥으로 지네가 출몰하곤 했다.

두 번째 집에서는 남포등의 가물거리는 불빛처럼 흔들리는 기억이 있다. 큼지막한 공처럼 생긴 유리 위로 굴뚝처럼 유리 대롱이 올라가고, 위에는 양반들이 쓰는 갓 모양의 금속 반사판이 달려 있어 심지에 붙은 불빛이 아래로 반사되게 되어 있었다. 남포등은 천장에 못을 박고 구부린 후 철삿줄을 늘어뜨리거나, 상황에 따라 밥상보다 조금 높은 곳에 걸어 두거나 간이 선반을 만들어 올려놓아야 하지만, 집에선 천장에 매달아 두는 것이 최선이었다. 남포등은 이따금 어머니가 바느질할 땐 철사 고리를 풀어 밥상 위에 얹어 놓았다. 남포등은 석윳값 아끼느라 일찍 껐다. 가장 큰 이유는 저녁을 먹고 나면 TV 볼 일도 없고, 라디오도 없었기에 달리 할 일이 없었기 때문이다. 남포등에 불을 붙이는 일은 어머니가 하셨다. 켜는 시간은 짧았지만 자주 사용해 남포등이 달린 위쪽 천장에는 그을음이 달라붙었다.

남포등은 시간이 지나면서 투명한 유리를 그을렸다. 그을음으로 검은색 유리가 되면 벗겨 내 물걸레로 닦았다. 우리 가족의 서울살이는 살아지게 마련이었나 보다. 아버지는 남산 기슭 축대 공사를 제법 오래 했었고, 터널 공사장에서도 일하셨다 했다. 일도 꼼꼼하게 하고, 인부들과 막걸리에 더해 소주잔 우정을 밑천으로 삼아 축대 쌓던 인부들과 며칠 만에 해방촌에 두꺼비 집을 짓듯 뚝딱 집을 만들었다. 땅을 다지고, 앞 공터와 주위에서 흙과 평평한 돌을 날라다 낮은 구들을 놓고 방 한 칸짜리 온돌방을 만들고 나무를 땔 수 있게 아궁이를 만들었다. 구들돌 아래 고래를 어떻게 만들었는지 모르는 작은방이었지만 해방촌 두 번째 우리 집 아랫목은 언제나 따뜻했다. 뒤란이랄 것도 없는 집 뒤쪽으로 굴뚝을 냈는데 겨우내 햇살이 따뜻하게 내리쬐면 굴뚝 옆에 앉아 햇살에 더한 굴뚝의 온기에 기대어 꾸벅꾸벅 졸기도 했다.

부엌엔 황토를 채로 걸로 반죽을 한 후 아궁이를 만들어 양은솥을 걸었다. 집 지을 시멘트 블록과 시멘트 포대는 삼발이 차로 실어 왔다. 삼발이는 털털거리며 저 아래 큰길까지만 올 수 있었고, 거기에 시멘트 블록을 내리고 돌아가면, 어른들이 벽돌 지게로 지어 올렸다. 흙은 집터 앞 공터에서 질통으로 날랐다. 그 산기슭 공터는 집 지을 동안에는 작업장이었지만 이후론 나와 친구들의 놀이터가 되었다.

집은 하루가 다르게 올라가면서 위용을 드러냈다. 정사각형의 방에 비좁은 부엌을 붙였고, 작은 대문을 열면 바로 안쪽에 제법 쓸 만한 댓돌을 두었고 발을 내려딛고 부엌 안으로 들어갈 수 있었다. 바깥마당보다 한두 뼘 낮게 부엌 바닥을 만들었고, 방 안으로 들어가는 쪽에 작은 벽돌로 된 섬돌이 하나 더 놓였다. 정사각형의 방과 부엌을 빙 둘러 가며 시멘트 블록을 쌓아 올리고 남쪽으로는 창도 하나 냈다. 문 쪽 시멘트 블록은 수직으로 올라가다 어른 머리쯤에서 오르기를 멈추고, 사방의 높이가 같아지면 기다란 각재를 가지런하게 배열하고 루핑을 각재에 얹어 못으로 박아 이어 덮었다. 앞쪽에서 보아 왼쪽을 높게 하고 해가 비치는 남쪽 지붕을 조금 낮게 해 비가 오면 루핑 지붕을 타고 흘러내린 빗물이 남쪽으로 낸 창가에서 보면 잘 보였다. 지붕 위로 떨어지는 빗소리는 들리지만, 오히려 빗소리가 들림에도 불구하고 새지 않는 지붕이 믿음직스러웠다.

시간이 흘러 비가 오면 한두 군데서 비가 샜다. 어떻게든 지붕은 손을 봐서 누수는 오래가진 않았지만 비가 제법 쏟아지는 날에는 천장에 스며든 빗물로 천장 기름종이가 젖어 내려앉았다. 지붕의 기울기는 북쪽에서 남쪽으로 흐르는 것이 문제가 없었음에도 평평한 지붕을 덮고 있는 루핑 자체의 굴곡으로 인해 습기가 차면 방 안 천장에 덧댄 기름종이는 붓에서 떨어진 먹물처럼 스며든 빗물로 축축해지면서 이내 물을 머금었다. 머금은 물기는 시간이 지나면서 점점 커졌다. 어지간한 비에는 천장이 젖다 말지만, 며칠이고 비가 오면 종이의 방어력은 형편없었다. 시멘트 벽돌 안에 바른 싸구려 벽지는 이내 움막에서 사용했던 기름종이로 덧발라졌고, 시간이 지나면서 신문지가 덧붙기 시작했다. 신문지를 뜯어내고 다시 붙이는 데 본격적인 풀 작업을 하는 것은 아니다. 밥풀로도 붙이고 문방구에서 파는 풀로도 잘 붙었다. 지붕 위 루핑은 심한 바람이라도 불면 뜯겨 나갈 듯 종잇장 소리처럼 펄럭이는 소리가 들렸고, 어디선가 바람 들어오는 소리가 들렸다. 하루 이틀 지나면서 지붕에는 바람이 불 때마다 제법 큼직한 돌이 추가로 얹혔다. 그러면 돌이 얹힌 곳엔 바람에도 들썩이는 소리가 들리지 않아 좋았지만, 비가 올 때는 꼭 무거운 돌이 얹힌 곳에서부터 천장의 종이가 젖곤 했다.

날씨가 추운 날이면 뒤편에 있는 굴뚝의 하단 부위에 덧발라진 따뜻한 시멘트의 온기가 좋아 종종 거친 시멘트 표면에 손을 갖다 대곤 했다. 따스한 열이 식지 않고 남아 있던 기다란 시멘트 굴뚝이 좋았다. 굴뚝의 온기에도 겨울이면 지붕 루핑 끝에 매달린 고드름을 따서 놀곤 했던 시멘트 벽돌집. 겨울에는 고드름에서 떨어진 물방울로, 여름에는 빗방울이 떨어진 자리마다 개미지옥같이 움푹 팬 웅덩이가 생기곤 했다. 그곳에서 오래 살진 않았지만 멀리서 보면 온전한 집이자 멋진 스위트 홈이었고, 지금도 따스했던 아랫목의 온기가 느껴진다.

아버지는 집을 짓는 중간마다 비탈 아래 몇 해 전 지어진 군인아파트를 내려다봤을 듯하다. 공사를 하는 중에도 봤지만 집을 짓는 기간 동안 봤을 아파트는 이전의 아파트와 달랐다. 군인아파트는 시멘트로 지어진 4층짜리로 432세대였다. 더구나, 지금 짓고 있는 집이 무허가에 상수도는 물론, 화장실도 없지만, 군인아파트에는 집집마다 방이 두 개, 부엌과 세면대는 물론 수세식 화장실까지 있었다.

군인아파트(현 남산 대림아파트, 이태원 주공아파트)가 들어선 땅은 일제 강점기 일본군들의 사격장이 있던 자리였다. 사격장이 시작하는 곳에서 동쪽으로는 이태원리(里)가 있었다. 예전엔 묘지가 많았다. 군인아파트 자리에서 어쩌면 일본군들이 사격하다 조금이라도 우측으로 오조준하면 총알이 날아가 떨어지는 탄착점이 되었을 그곳 어디쯤이 내가 살았던 집이다. 어쩌면 그들의 사격 과녁이었을지도 모르겠다. 아파트의 산뜻한 페인트 색은 하늘을 닮았다. 짙은 색은 아니지만 내가 사는 집의 콘크리트 회색에 비해 이뻤다. 해가 지기 시작하는 저녁이 되면 산 위 동네는 해가 아파트보다 더 오랫동안 비쳤지만, 낯설었다. 저녁노을의 붉음도 주변 집들의 시커먼 루핑 때문인지 하늘색 군인아파트보다 더 빨리 어둠에 묻혔다.

1970년부터 시작된 새마을운동은 '근면, 자조, 협동'을 기치로 내걸고 농촌을 중심으로 전개되었다. 해방촌에도 한참 떨어진 공동 상수도와 도로 확장, 우물 설치, 이후 마을에서 공장으로, 76년부터는 도시 새마을운동으로까지 확대되었다. 주택 개량, 상수도 설치, 농지 정리, 5m 농로 개설에서 한 걸음 나아가 의식 개혁 운동으로 발전, 근검절약 및 협동 정신, 퇴폐 근절을 강조했다. 가장 눈에 띄는 변화는 시골에서 나타났다. 초가지붕을 없애는 것이었다. 국내 굴지의 건축 자재 회사들이 새마을운동의 지붕 개량 사업으로 엄청난 부를 축적하게 되었다. 업체들이 우후죽순 생겨났다. 새마을운동 노래에도 나오는 '초가집도 없애고'는 곧 스레트 지붕으로 바꾸는 것을 의미했다.

국가가 추진하는 일은 곧 돈이 된다. 기업들이 그것을 모를 리 없었다. 이 과정에서 시멘트와 석면을 혼합해 만든 '스레트'가 초가집 위로 올려지는 짚의 대체재로 각광을 받았다. '스레트'는 슬레이트(Slate, 점판암)와 이름이 유사하지만, 석면이 들어간 전혀 다른 건축 자재를 말한다. '슬레이트'는 점토질 변성암으로 잘 쪼개지는 특성이 있어 얇게 켜서 지붕의 재료로 사용했다. 천연 재료이고 인체에 무해하다. 전 세계 어디에나 있는 흔한 돌로 오래된 건축물 지붕이나 내장재로 여전히 사용하는 자재다. 석면(石綿, Asbestos) 또한 천연 재료다. 직경이 0.02~0.03μm, 머리카락 굵기의 5,000분의 1이다. 이것이 호흡기를 통해 몸속으로 들어가면 무려 15~40년의 잠복기를 거쳐 석면폐증, 각종 암을 유발하는 것으로 뒤늦게 알려져 1987년 세계보건기구(WHO) 산하 국제암연구소가 1급 발암물질로 지정한 바 있다. 우리나라에서는 2009년 1월부터 석면 사용을 금지했다. 어떤 이유에서인지 알 수 없지만, 사용이 금지되기까지 무려 22년이나 늦었다.

스레트에 포함된 석면은 헐지 않고 낡은 상태에서도 공기 중으로 비산된다. 환경부 자료에 의하면 2011년 시범 사업으로 2,500동 철거에 56억 원을 집행했고, 2012년부터 10년간 서민 거주지 19만 동의 슬레이트 지붕을 철거하는 데 5052억 원을 집행해 오고 있다. 새마을운동으로 초가집을 없애자며 바꾼 지붕을 막대한 나랏돈으로 소리 없이 갈아 치우고 있다.

4. 공동 수도

문제는 먹을 물이었다. 지금이야 전국적으로 상수도가 100% 가깝게 보급되어 있지만, 1969년도 상수도 보급률은 86%를 막 넘기는 수준[1]이었다. 달동네 일부를 제외하곤 서울 대부분 지역에 수돗물이 공급되었지만, 해방촌 산동네에는 수도가 들어오지 않았다. 밥 짓는 물을 산에서 내려오는 개울물에 의지할 수는 없는 노릇이었다. 집집마다 수도가 들어오지 않았던 당시에 종점 쪽으로 내려가는 곳에 공동 수도가 있었다. 어머니는 함석을 둥글게 말아 쌀 한 말은 들어감 직한 둥그런 쌀통 모양의 물 초롱을 두 개 장만해 공동 수도에서 돈을 내고 물을 길어 왔다. 집집마다 물지게가 있었다. 지게가 없이 맨손으로 무거운 초롱에 물을 받아 들고 오는 것은 고

---

1) 서울연구원(2021년 11월 17일), 서울연구데이터서비스, n.d. 수정, https://data.si.re. kr/data/지표로-본-서울-변천-2003/5387.

역이었다. 힘에 겨워 초롱을 땅에 내려놓을 때마다 평지가 아니면 초롱 손잡이까지 찰랑찰랑 받은 물이 기울어 아까운 물이 밖으로 쏟아졌다. 간혹 쏟아진 물이 많아 한 번 더 걸음 해야 하는 일도 다반사였다. 물 지게질로 길어 온 물은 아궁이에 얹힌 솥에 먼저 부었고, 남은 물은 부엌 안 커다란 항아리까지 채워야 끝났다. 밥 짓고 세수하는 용도로 쓰는 물은 하루걸러 길어 와야 했다.

물지게에 달린 고리에 초롱을 걸어 메고 오는 것이 쉬워 보였다. 작은 키에 물지게를 메겠다며 지게 멜빵에 어깨를 넣고 초롱 손잡이에 지게 고리를 걸었다. 어머니가 힘들다며 그만두라고 했지만 한번 해 보겠다며 기어코 공동 수도로 갔다. 내려가는 몇 개의 계단에서부터 초롱이 계단 턱에 걸려 요란한 소리가 났다. 내가 진 지게는 어깨에 맞지 않아 몹시 흔들렸다. 그렇게 비틀거리며 공동 수돗가에 도착했다. 공동 수도엔 몇 개인지 끝도 없는 초롱들이 줄지어 있었다. 물을 받으려면 초롱을 줄 세워 놓고 물지게를 지곤 초롱에서 떨어져 옆으로 비켜나 서 있다가, 앞사람이 물을 길어 가면 초롱을 앞에 있는 초롱에 바짝 붙여 놓아야 했다. 초롱이 걸리지 않은 지게 고리가 몸을 움직일 때마다 흔들렸기 때문에 다른 사람을 치지 않도록 양손을 활짝 벌려 고리 끝부분을 잡고 있어야 했다. 잠시라도 한눈을 팔면 여지없이 뒤에 놓였던 초롱이 앞으로 갔다. 초롱들은 새것과 오래된 것으로 구별을 할 뿐 별다른 표식이 없었기에 간혹 뒤바뀌는 경우도 있었다. 물을 담아 길어 감에 문제 될 것이 없었기에 개의치 않았다.

초롱에 물을 다 받으면 뒷사람이 물을 받을 수 있도록 재빨리 초롱을 옆으로 빼야 했다. 수도 관리인이 있어 물이 땅바닥으로 쏟아지지 않도록 앞 초롱이 물을 다 받고 빠지면 빈 초롱을 물을 받고 있는 초롱에 바짝 붙여 쏟아지는 수돗물이 땅으로 쏟아지지 않게끔 했다. 물이라도 튀면 수도 관리

인으로부터 싫은 소리를 들었다. 줄줄이 기다리는 초롱들에 물을 채우느라 공동 수도꼭지는 잠글 틈이 없었다. 쏟아지는 수돗물은 한 개의 초롱을 채우는 데 얼마 걸리지 않았다. 15초나 걸렸을까. 금방 물이 채워진 초롱을 옆으로 빼놓고 두 번째 초롱의 물을 받자마자 첫 번째 초롱과 두 걸음쯤 떨어진 곳에 두었다. 그래야 물지게 고리를 걸기가 좋았다. 물지게 끝, 양쪽에 달린 고리를 초롱 안쪽을 가로지른 막대기 중간쯤 안쪽으로 홈이 난 부분에 걸어야 한다. 두 개를 동시에 걸기는 쉽지 않았다. 한쪽을 먼저 걸고 몸을 낮춰 다른 쪽 고리를 걸고 일어나면 되는데, 이때 물지게의 고리가 초롱

막대기 안쪽에 파여 있는 홈에 정확히 들어가지 않으면 물지게 고리가 여지없이 미끄러져 막대기 끝에 걸렸다. 상당한 무게의 초롱 중 하나라도 기울어지게 되면 물지게를 멘 사람의 균형은 삽시간에 무너진다. 물이 쏟아지고 사방으로 튀고 시끄러운 함석 초롱이 자빠지는 소리로 정신이 없다.

공동 수도에서 집까지의 거리는 족히 100m는 넘었다. 어머니는 몇 번을 쉬고 물을 길어 오는지 모르지만 내가 지게를 진 그날은 물도 가득 채우지 않았음에도 여러 번을 쉬어야 했다. 지게를 내려놓고 다시 들어 올리기를 반복할 때마다 초롱의 물은 조금씩 줄어들었다. 돈을 주고 길어 오는 물이다 보니 초롱 가득 물을 받지만, 손잡이 밑까지 물을 받더라도 쌀 두 말은 족히 들어갔다. 무거워 길에 물을 쏟아 내는 건 나뿐만은 아니었다. 내 또래 아이들도 물지게를 지었다. 길바닥에 돈을 내버리는 서투른 나의 지게질은 다시 어머니에게 돌아갔다. 간혹 두 살 위의 누나가 물을 길어 오는 것을 보면 제법 실하게 초롱에 물을 받아서 왔다. 학교에도 있는 수도가 집에는 없는 것을 이해할 수 없었다. 학교 건물은 두 동이었는데 양 건물 중간쯤에서 아래 운동장으로 가는 길에 수돗물이 콸콸 나오는 수도꼭지가 양쪽에 여러 개가 달린 용수대가 있었다. 체육 시간이 끝나거나 더운 여름날에는 머리를 들이밀고 시원하게 머리도 감았다. 집에선 할 수 없는 것이었다.

어머니는 집 앞으로 난 길을 따라 남산 쪽으로 올라가는 축대를 끼고 올라가 남산에서 흘러 내려오는 개울에서 빨래를 했다. 아랫동네는 수돗물이 들어오기 때문에 집 안에서 할 수 있었지만, 우리 집과 주변 이웃들이 빨래터라고 지정한 곳에서는 항상 동네 아주머니들이 모여서 빨래를 했다. 빨래터는 무더운 여름 우리가 웃통을 벗고 등목도 하고 물장구를 치며 노는 곳이기도 했다.

동네엔 공동변소가 있었다. 몇 집을 제외하곤 집집마다 따로 있어야 할 변소는 없었다. 동네 사람들은 아침마다 변소 앞에 초롱처럼 줄지어 서 있었다. 사람마다 볼일 보는 시간차가 있어 항상 오랜 시간을 기다려야 했던 것은 아니었다. 기다리는 사람들은 저마다 손에 신문지를 들고 있고, 어떤 사람은 잠옷 차림에, 혹자는 일하러 나가는 복장으로 서 있었다. 변소 문을 열고 들어갔던 사람이 하나 나오면 다른 사람이 들어갔다. 다들 급했지만 새치기하는 사람은 없었다. 학교에 다니면서 가끔 학교 변소를 이용하기도 했다. 공동변소 앞에서는 볼일 급한 동네 사람들의 이상야릇한 표정을 재미있어 하면서 나 또한 비슷한 얼굴로 차례를 기다리곤 했다. 이상한 것은 예쁜 용자 누나의 모습을 그곳에서 본 기억은 없었다. 한동안 예쁜 누나는 변소에 가지 않는다고 생각했다.

5. 동상에 걸린 손

海軍 警備艦 北傀에 被擊 沈沒

砲臺서 攻擊 28名 戰死

東海 漁撈保護作戰중   19日午後 重傷 20

- 동아일보 1967.1.19, 號外

겨울 남산은 추웠다. 바람을 막아 줄 건물이나 나무도 없이 허허벌판인 집 앞 공터는 겨울에 더 추웠다. 그러나, 눈이 내리면 너른 공터는 신나는 놀이터였다. 남산 밑 공터는 다른 곳보다 눈이 더 많이 내렸고 오랫동안 녹지 않았다. 눈을 밟고 놀 때는, 나름대로 몇 겹의 옷을 더 껴입었지만, 얼굴과 손은 감싸지 못했다.

공터와 비탈진 언덕배기에서 눈사람을 만들고, 판자를 대충 주워 눈썰매를 타고, 몇몇이라도 모이면 눈싸움을 하느라 젖은 장갑이 마를 새가 없었다. 장갑이라야 털실로 얼기설기 짠 부실한 벙어리장갑이었다. 집 안에서 끼고 나가기 전 잠시 동안은 방 안의 온기를 머금어 따뜻했기에 하루 종일 눈 위에서 노는 동안 내 손을 온전히 지켜 줄 듯했다. 그러나, 문밖 매서운 찬 공기에는 오래 버티지 못했다. 공터에서 놀 때, 그리고 학교 운동장에서 눈싸움을 할 때, 털실 장갑은 눈을 뭉치기엔 별로 좋지 않았다. 뭉쳐지는 과정에서 눈에 털실이 박혀 잘 떨어지지 않았다. 결국 눈 뭉치를 빨리 던져야 하는 눈싸움에서 벙어리장갑은 불리했고, 장갑을 끼고 눈을 던지면 장갑이 함께 벗겨졌다. 그래서 늘 나중에는 맨손으로 눈을 뭉쳤다. 손은 시리지만 눈 뭉치를 좀 더 야무지고 단단하게 뭉칠 수 있었고, 던질 때도 부서지지 않고 잘 날아갔다.

추운 겨울, 군인아파트에는 스케이트장이 생겼다. 스케이트장은 언덕 위 우리 집에서 내려다보였다. 많은 아이와 어른이 스케이트를 타는 것이 보였다. 학급 친구들 중에는 군인아파트에 사는 친구가 많았다. 아파트라는 멋진 집도 부러웠지만, 얼음판 위를 미끄러지는 스케이트를 타는 아이들이 더 부러웠다. 내가 들어갈 수 없는 높은 아파트 담장 너머에 사는 아이들이 부러웠던 건 겨울 뿐이었다.

봄이 다가오고 있었다. 집 앞 공터가 축대와 만나는 그늘진 곳엔 제법 따뜻해질 때까지도 눈이 녹지 않았다. 그럴 때면 손가락이 간지러웠다. 늘 가려워 긁고 있었는데, 하루는 어머니가 솔가지를 꺾어 오라고 하셨다. 솔가지를 한 아름 꺾어 집으로 가져왔다. 어머니는 끓는 솥에 솔가지를 넣고는 나보고 가까이 오라고 하셨다.

"손 이리 내!" 말이 끝나기 무섭게 내 손은 김이 모락모락 나는 솥에 잠겼다. 아니 어머니가 이상해지지 않고서야 멀쩡한 아들의 손을 끓는 물에 넣다니! 생각은 머릿속에서만 맴돌았다.

"앗 뜨거!" 손을 솥에서 빼려 했지만, 어머니의 손아귀에서 벗어날 수 없었다.

"뜨겁다니까!"

"이래야 동상이 없어져! 가만히 좀 있어 봐! 그러게 왜 이 지경이 되도록 밖에서 놀아!"

어머니의 호통에 그동안 간지럽던 손가락 증상이 동상이었다는 것을 알았다. 그래도 간지러울 뿐 나의 일상생활에 큰 지장을 준 것도 아니었다. 손가락은 붉어지고 굵어졌지만 불편한 것은 없었다. 차라리 몇 달 동안 간지러운 손가락을 긁는 것이 솔가지를 얹은 뜨거운 물에 동상 걸린 손을 집어넣는 것보다는 백번 나았다.

나에게 봄은 겨울의 흔적이 고스란히 남겨진 손가락들이 뜨거운 물이 끓는 솥에서 겨울에 밖을 쏘다닌 날만큼 삶아지는 것을 보는 것으로 끝났다. 그러면 봄이었다. 봄이 오면 남산엔 진달래, 개나리가 피었다. 학교가 끝나면 일부러 남산으로 올라가는 후문 쪽 가파른 계단으로 올라가 남산 길을 따라 걸었다. 정문을 통해 집으로 가는 길이 내리막길이라 편하긴 했지만, 남산 길을 따라 시원한 바람을 맞으며 집으로 가는 길이 더 즐거웠다.

6. 두더지

朴正熙共和黨 후보 再選 確定的

尹潽善 新民黨候補에 117萬票 리드

6代 大統領選擧結果 거의 判明

– 동아일보 1967.5.4, 1면

　남산 군인아파트에는 그네도 있고, 시소도 있었지만 그런 놀이 기구들은 학교에도 있었다. 그래도 놀기엔 남산 기슭이 최고였다. 집에서 위쪽으로 조금 올라가면 남산에서부터 내려오는 물길이 있었다. 가장 많이 한 놀이는 고무신 뱃놀이였다. 고무신을 벗어 뒷부분 쪽을 신발 앞쪽으로 둘둘 말아 접은 다음, 신코 속에 집어넣으면 배 모양이 되었다. 물에 뜨면 뭐든지 배가 된다.

　흐르는 개울물에 고무신을 살포시 내려놓으면 마치 배처럼 물살을 따라 둥둥 떠내려갔다. 물이 많고 물살이 빠른 날에는 위에서 고무신 배를 만들어 물에 띄우면, 대부분의 신발은 좁은 물길에서 뒤집히지만, 일부는 물에 빠지지 않고 잘 떠내려갔다. 고무신 놀이를 할 때, 한 명은 물길 아래쪽에서 기다리고 있다가 잘 떠내려온 고무신을 낚아챘다. 간혹 여러 명이 동시에 흰 고무신과 검정 고무신으로 각각의 배를 만들어 띄우곤, 배를 따라 함께 뛰어 내려가기도 했다. 종이로 접곤 했던 종이배는 한두 번이면 찢어져 늘 고무신으로 하곤 했다.

놀다 지치면, 축대 아래 노깡(시멘트 관, 土管의 일본어)에 들어가 쉬곤 했다. 노깡 속으로 이어진 배수로가 있었는데 안은 컴컴했지만, 노깡 끝 반대편엔 쏟아지는 햇볕으로 풀들이 환히 보였다. 딴 세상처럼 보였다. 비가 내리지 않고, 날이 더워지면 노깡 안으로 들어가 물에 휩쓸려 온 돌멩이 위에 앉아 있곤 했다. 노깡 안은 시원했다. 그 안에서는 서로가 하는 말들이 메아리치는 게 신기해 의미 없는 말들을 쏟아 내곤 했다.

노깡이 축대 밑으로 삐져나온 출구가 평소 우리가 모이는 장소였다. 돌멩이를 뒤져 가재를 잡고 있는데, 누군가 새끼 쥐를 가져왔다. 쥐라고 하기엔 너무 작았다. 꼬리가 짧았고 특이하게도 눈이 없었다. 검정콩 같은 시커먼 먹물 방울이 눈처럼 있었지만, 겉으로 피부가 덮여 있어 여느 쥐와는 확연히 달랐다. 발에는 날카로운 발톱이 있었는데 신기하게도 발가락 사이로는 물갈퀴가 달려 있었다.

"이거 두더지야! 땅속으로 다니는…!" 누군가가 말했다.

두더지는 제대로 움직이지 못했다. 잡아 온 녀석이 혹여 도망이라도 갈까 봐 손으로 계속 짓누르고 있었기에, 기진맥진한 두더지는 힘이 없었고, 땅 위에 두어도 가만히 있을 뿐 도망갈 생각도 하지 않았다.

"흙으로 덮으면 살까?"

"그러면 도망갈걸?"

"불쌍한데 그만 살려 줘라! 앞도 못 보는데!"

누가 두더지에게 온정을 베풀자는 말을 했는지는 모르지만, 덕분에 두더지가 부드러운 흙을 등 뒤로 끼얹는 듯 흙 속으로 들어가는 것을 구경할 수 있었다. 얕은 깊이로 파고 들어가는 두더지를 다들 숨죽이고 지켜봤다.

두더지뿐만이 아니었다. 땅속을 헤집고 다니는 땅강아지를 잡아 놀기도 했고, 물방개를 잡으면 작은 물웅덩이를 만들어 이리저리 헤엄치게도 했다. 올챙이와 개구리는 흔했고, 메뚜기와 방아깨비조차 잠깐이었다. 먹지도 못하는 가재를 잡으러 흘러 내려오는 물길을 따라 남산 깊숙한 곳까지 들어가기도 했다. 그러나, 산속 돌들을 일일이 들춰 가며 잡아 온 가재들조차 우리에게 제공하는 여흥은 오래가지 않았다.

예외가 있었다. 빨리 싫증을 내는 우리 손에서 오랜 시간을 벗어나지 못하고 시달린 건 방아벌레였다. 방아벌레는 상체에 비해 지나치게 큰 하체 비만형이고 늘어난 듯 긴 몸통을 끌면서 가는 벌레였다. 이 벌레는 뒤집어 놓으면 예측할 수 없는 시간에 '딱' 소리를 내며 튀어 올랐다. 한두 번만 튀는 게 아니라 뒤집어 놓을 때마다 얼마간의 시간이 지나면 반드시 튀어 올랐다. 잘못 잡으면 무는 집게벌레와 달리 방아벌레는 물지도 않았고, 우리가 바라는 점프를 끝도 없이 했다. 신기한 재주를 가진 녀석들은 긴 몸통을 끌고 땅을 기어 다녀야 하는 숙명을 지녔다. 그러나, 튀어 오르는 재주를 지닌 방아벌레의 점프를 보려는 우리 패거리의 고사리손에 잡히면, 멀쩡히 있기보다는 뒤집혀 있어야만 했고, 언제인지 모를 튀어 오르는 묘기를 우리에게 보여 주기 위해 몸을 한껏 경직시켜야 했다. 기대에 부합하는 재주가 있다면 응당 혹독한 대가를 치러야 했다. 때론 각자가 잡아 온 방아벌레 중 누구의 것이 가장 높이 튀어 오르는지 보자는 시합 아닌 시합이라도 벌어지면 방아벌레들은 동시에 뒤집혀야 했다.

어떤 방아벌레는 몇 번이고 뒤집혔다 튀어 오르는 것에 지쳤는지 뒤집어 놓은 지 한참이 지났는데도 당최 꿈적도 하지 않는다. 얼마나 시간이 흘렀을까. 기다리다 몇 녀석이 서로의 대가리를 들이밀고 가까이 보려는 순간, 방아벌레가 '딱!' 하는 소리와 함께 그중 한 녀석의 머리 쪽으로 비스듬

하게 튀어 올랐다. 해선 안 될 호기심을 발동한 녀석은 뒤로 자빠졌다. 방아벌레의 '딱!' 소리보다, "엄마!" 하고 소리 지른 녀석의 놀란 목소리에 다들 놀라 엉덩방아를 찧었다.

방아벌레가 주는 점프의 즐거움도 어디선가 아카시아나무(아까시나무) 꽃향기가 나면 시시해진다. 우리는 남산으로 올라갔다. 아카시아꽃이 피는 이맘때 남산은 버찌와 아카시아꽃이 많았다. 우리의 작은 키로도 나뭇가지 아래에 달린 꽃을 따먹는 데는 아무런 문제가 없었다. 높은 데 달린 꽃들이라도 가늘고 기다란 나뭇가지를 하나 주워 와 아카시아꽃이 많이 달려 아래로 처진 가지에 걸어서 당겨 손으로 나뭇가지를 잡고 매달렸다. 그리곤 꽃을 가지에서 사정없이 떼어 냈고, 꽃송이 윗부분을 엄지와 검지로 둥글게 말아 뭉툭한 꽃대 위쪽에서부터 아래쪽으로 훑어 내리면, 꽃들은 가지런히 먹기 좋게 손안에 모였다. 모인 꽃을 입에 털어 넣고 씹으면 아삭한 소리와 함께 꿀이 가득한 단맛과 짙은 아카시아 꽃향기가 났다. 끼니 사이에 먹는 꽃 간식은 맛있고 향기도 좋은 게 최고였다. 그 무렵이면 버찌도 지천이어서 무르익어 떨어진 버찌도 주워 먹었다. 서로의 입 주위가 까매지면 검둥이라고 놀렸다. 어떤 놈은 덜 익은 붉은 버찌를 많이 먹어서 입 주위가 빨개졌다. 배고파 먹은 것은 아니었지만 팔이 닿은 높이에 달린 버찌와 아카시아꽃들은 늘 먼저 없어졌다. 내가 늦으면 나보다 부지런한 놈들이 먼저 따먹기에 나는 먹을 수 있을 때 많이 먹었다. 학교가 끝나고 공터에서 돌멩이를 집어 축대로 던지던가, 축대를 암벽 삼아 끝까지 오르지는 못하지만, 게걸음을 하듯 왼쪽으로 오른쪽으로 튀어나온 거친 돌 표면을 붙잡고 끝없는 횡단 놀이도 했다. 지치면 위쪽 축대 밑 노깡 밖으로 흘러나온 개울물에 시원하게 씻었다.

하늘에 해가 쨍쨍한 오후, 몇 명이 모여 땅을 내려다보고 있었다. 맞댄 머리들 아래로 무언가 있었다. 가까이 가 보니 중학생 형이 지네를 나뭇가지로 누르고 있었는데, 게 중 어떤 놈은 'S' 자로 꿈틀대는 지네의 다리가 몇 개인지 기약 없이 헤아리고 있었다. 지네를 처음 보는 것은 아니었지만 대개는 손가락만 한 크기의 작은 놈들 뿐이었다. 지금 나뭇가지에 눌려 발악하고 있는 지네는 크기도 수수깡만 하고 색도 검붉은 것이 대단했다.

"지네는 잘 죽지도 않는다는데 이제 어쩔 거예요?"

"혹시 누구 요강 가져와 볼래? 오줌에는 죽는다는데⋯."

나는 집으로 뛰었다. 중학생 형이 나를 콕 집어 집에 있는 요강을 가져오라고 한 건 아니었다. 내가 가장 가까운 곳에 살았고, 마침 집에 아무도 없어서 집에 있는 요강을 가져와 지네의 최후를 구경한 후에 도로 가져다 놓으면 될 일이었다. 요강은 무거웠다. 엄마가 앉아 볼일을 봐야 하는 만큼 튼실해야 하는 것은 알겠지만 지네가 생포된 곳까지 매끄러운 요강을 떨어트리지 않도록 양손으로 받쳐 들고 가져갔다. 다행히 요강이 깨끗하게 씻어져 있어 다행이었다.

문제는 오줌이었다. 지네가 오줌 속에서는 오래 버티지 못할 거라는 과학적 사실을 실험하려면 요강 안에 오줌을 채워야 했다.

"너희 여기에 오줌 싸라! 죽는 걸 보려면 오줌이 어느 정도는 있어야 하거든?"

중학생 형은 어디서 가져왔는지 지네를 실에 묶었다. 지네는 막대기의 눌림에서 자유로워졌지만 실에 묶인 탓에 온몸을 공처럼 둘둘 말고 있었다. 한 놈씩 요강에 오줌을 쌌다. 어떤 놈은 지네를 보느라 정신이 팔렸는지 오랫동안 오줌을 쌌다.

"야! 너 대단하다! 덕분에 많이 채워졌는데!"

나도 오줌을 보탰다. 한 놈, 두 놈, 모인 대여섯 놈이 오줌을 쌌다. 이제 요강 안에는 출렁거릴 만큼 채워졌다. 지네의 마지막을 보기 위한 인간들의 호기심이 시작될 참이었다. 중학생 형이 실에 묶인 지네를 조심스럽게 요강 안에 넣었다.

"우와! 헤엄치는데!"

"지네가 더 커졌어, 꼭 뱀같이 헤엄치는데!"

뱀이 헤엄치는 것을 본 적은 없지만, 요강 안 지네는 실에 묶인 채 온몸을 쭉 펴고 'S' 자형으로 몸을 흔들며 제법 빠르게 헤엄치고 있었다. 지네가 언제쯤 죽을까 궁금했다. 요강은 입구가 작아 한 명이 머리를 가까이 처박고 지네를 들여다볼라치면 다른 사람은 지네를 볼 수가 없었다. 진기한 구경거리 보듯 한 사람이 요강 안 헤엄치는 지네와 잠시 조우하고 나면, 다음 사람이 면회를 하고, 기다리기 답답한 다음 놈이 서둘러 그만 보라는, 면회 시간이 끝났음을 알리는 간수처럼 앞 놈의 관찰 시간을 여지없이 끊고자 했다. 돌아가면서 서너 번을 봤는데도 지네의 유영은 끝나지 않았다. 얼마나 지났을까. 지네의 움직임이 둔해졌다. 다들 곧 지네가 죽을 거라고 했다. 지네의 움직임은 느려졌다 빨라지곤 했고, 빠른 듯 느렸다.

"형! 지네가 죽을 것 같은데 함 꺼내 봐!"

지네의 움직임이 한결 둔해진 듯했다. 모두가 동의했다. 순번대로 들여다보는 것보다 비실비실한 지네의 최후의 모습을 다 같이 보겠다는 마음이 통했다. 실에 들어 올려지는 지네는 요강 안에 던져지기 전 온몸을 비틀어 몸을 둘둘 말았던 것과는 다르게, 끊어진 고무줄처럼 축 늘어졌다. 애처롭다는 생각이 들었다. 실에 묶인 지네를 땅에 내려놓았다. 순간, 지네는 몸을 펴고 방향을 잡은 듯 빠르게 전진했다. 앞에 있던 놈 하나가 뒤로 자빠졌다. 엄마를 불렀는지, 아니면 비명을 질렀는지 모르지만, 뒤로 자빠진 놈만큼이나 다들 놀라 뒤로 몇 걸음씩 물러났다. 실을 잡고 있던 형이 순간

지네를 잡아 올렸다. 지네는 처음과 다를 바 없었다. 오히려 오줌을 먹어선지 더 독해진 듯 보였다. 결국, 그날 지네의 최후를 보진 못했다. 중학생 형이 석유에 담아보겠다면서 가져갔다. 저녁때가 되어 밥을 먹을 때도 잠자리에 누웠을 때도 요강 안에서 빙빙 헤엄치던 지네가 보였다. 그날 밤 머리맡 깨끗하게 빤 이불에선 오줌 지린내가 났다.

7. 개 잡는 어른들

서울에 北傀武裝間諜團

어젯밤 靑雲洞 서 31名과 交戰

鍾路署長 戰死·五名被殺

– 동아일보 1968.1.22, 1면

흰색 똥개의 목엔 튼실한 밧줄이 묶였다. 밧줄을 개의 목에 묶어서 끌고 언덕을 올라오는 어른은 세 명이었다. 개는 다리를 움직이지 않았다. 버티기만 했다. 흰 똥개는 밧줄을 끄는 인간의 힘에 무력했다. 팽팽해진 줄을 보면 개가 저항하고 있음을 알 수 있지만, 버티는 개의 뒤로 몽둥이를 든 사람이 끌려가지 않으려고 버티는 개의 엉덩이를 냅다 후려쳤다. 개의 비명은 평소 듣던 소리와 달랐다. 도대체 왜 저 사람들이 개를 무자비하게 몽둥이로 때리며 내가 놀고 있는 집 앞을 지나 축대 쪽으로 끌고 올라가고 있는지 몰랐다. 앞을 지나가는 개와 눈이 마주쳤다. 가까이에서 본 개의 눈빛은 공포스러웠다. 으르렁거리는 소리가 아니라 무서워 신음하는 소리였다.

사람들이 멀어지면서 개의 신음 소리도 잦아들었다. 나는 잦아드는 소리가 궁금했다. 호기심으로 슬픈 개의 운명을 보고자 한 것은 아니었지만 염소가 매여 있는 공터에서 지켜봤다. 축대 밑에 두 명, 다른 한 명은 보이지 않더니 축대 위에 나타났다. 개의 목에 묶였던 밧줄은 위로 던져지고 위에 있는 사람의 손에 단단히 잡혔다.

"올려!" 아래에 있는 사람이 소리쳤다.

"당기라니까!"

"좀 더!"

위에 있는 사람이 당긴 줄을 손목에 몇 번인가 감았다. 줄은 당겨졌고 올려진 개의 무게로 인해 밧줄은 팽팽해졌다.

"퍽! 퍼벅!"

줄이 팽팽하게 당겨지나 싶은 순간부터 몽둥이질이 시작됐다. 몽둥이가 없던 다른 한 사람의 손엔 어디서 주워 왔는지 굵직한 나뭇가지가 들려 있었다. 두 사람은 사정없이 흰 개를 두드려 팼다. 한쪽에서 휘두르는 몽둥이에 맞아 반대편으로 가면 어김없이 기다리는 몽둥이가 휘둘러졌다. 개가 피할 곳은 없었다. 개는 머리를 들어 90도에 가까운 축대를 기어오르려 발톱들을 곤추세웠다. 그러나 거친 돌을 디딜 땐 몸이 움찔 위로 올라갔지만, 축대의 틈을 야무지게 메운 시멘트 때문에 앞발은 물론 뒷발도 디딜 곳이 없으니 위로 올라가지 못했고, 어쩌다 딛게 된 발로 인해 조금이라도 위로 올라갈 듯하면, 위에서 줄을 잡은 사람이 줄을 세차게 흔들어 개의 발디딤을 방해했다. 잠시라도 미끄러지는 와중에 축대의 튀어나온 부분에 개의 발이라도 닿을라치면 사정없이 몽둥이가 날아왔다. 개의 발길질은 수직으로 만들어진 축대의 기울기로 인해 무용지물이었다. 개는 시계추처럼 왼쪽에서 두들겨 맞고 오른쪽으로 도망가면 오른쪽에서 기다리고 있는 몽둥이가 야구공을 치듯 휘둘러졌다. 검은 액체가 튀었다. 개는 빙글빙글 돌았다. 다시 왼쪽으로 개가 흔들리면 각목을 든 사람이 재차 때렸다. 그러는 와중에 중심을 잡지 못하는 개가 뒤집혀 축대를 디뎌야 할 다리가 빙글 돌면서 축대를 뒤로하고 허공에 헤엄치듯 발길질을 했다. 흰 개의 털에는 얼룩이 졌다. 피가 튀고 흘러 그렇게 된 것인지, 멍이 들어 색이 바랜 것인지는 알 수 없었다. 몽둥이질은 개의 비명이 남산 기슭에 메아리치며 커지는 것으로 시작해 조용해질 때까지 계속됐다. 여름이면 몇 마리의 개가 꼭 내가 사는 집 위쪽에 있는 축대에서 죽어 갔다.

어느 집에서 살던 개인지는 모르지만 우리 동네 사람은 절대 아닐 것 같은 무자비한 인간들에 의해 죽은 개는 지금 공터에 널브러져 있다. 튀어나온 혀가 주둥이 밑으로 깔려 흙을 머금고 있다. 그 아저씨들은 부지런히 움직였다. 공터 가운데에 돌을 돌려 쌓아 가지런히 놓고 나뭇가지를 가운데 던져 넣어 불을 피웠다. 불이 제법 살아나자 매 맞아 죽은 개를 불 가운데로 던졌다. 불이 잦아드는가 싶더니 흰 연기가 피어올랐다. 불쏘시개로 장작을 뒤집거나 얹힌 개를 장작불 가운데로 가도록 끊임없이 밀고 뒤집고 찔러 댔다. 한참 후 개는 숯이 됐다. 흰 개의 털은 모조리 타 검어졌다. 죽은 개의 다리들은 살아 있을 때처럼 뻣뻣하게 바로 섰다. 어른들은 숯검정을 들어 땅바닥에 던졌다. 개를 꺼내자 장작더미의 불길은 더 커졌다. 장작불 위엔 커다란 솥이 얹혔다. 아저씨들은 초롱에 물을 길어 와선 솥에 가득 물을 부었다. 그러는 사이 다른 한 사람은 칼을 잡고, 또 다른 한 명은 뻣뻣해진 개의 다리를 잡고 움직이지 않도록 칼잡이를 도왔다. 칼잡이는 검댕을 빠르게 긁어냈다. 칼이 지나간 자리엔 누런 속살이 드러났다. 배를 가르고 내장을 꺼낸 후 몇 등분으로 토막 낸 개를 솥에 던져 넣었다. 장작불은 개를 시커멓게 태운 불길로 솥 밑을 태우더니 아예 솥을 녹일 듯 일어났다. 올라오는 불길에 물이 금방 끓었다. 커다란 솥뚜껑을 열자 개의 기름이 뜬 솥 안의 물은 참았던 거품을 밀어 올려 개를 삼켰다. 물은 솥을 타고 넘쳐흘렀다. 솥에 개 말고 무엇을 더 넣었는지는 모른다. 멀리서 지켜보는 눈에는 솥의 물 색깔은 솥 주위를 가득 채운 수증기에 가려져 보이지 않았다. 개를 먹는 어른들은 가져온 술을 마시며 해가 어둑어둑해질 때까지 떠들고 먹었다. 개를 잡을 땐 세 명이었지만 한 명인가 두 명이 더 늘었다. 한동안 공터에는 그날 칼로 긁어낸 개의 시커먼 검댕이 남았고, 보이지는 않았지만, 개고기의 누린내가 오랫동안 났다.

개를 잡아먹는 어른들의 축대 및 공터 무단 점령은 단 하루 만에 끝났다. 공터에서 놀지 못한 하루는 길었다. 공터의 점령군들이 남긴 흔적들은 무성하게 자라는 풀로 인해 얼마 안 가 사라졌지만, 솥을 걸었던 돌무더기 주위엔 죽은 개의 흰 뼈들과 개 대가리가 굴러다녔고, 불에 익은 개의 검댕처럼 파리 떼가 몰려와 앉았고 풍뎅이들도 몰려들었다.

시간이 지나고 이따금 누린내가 풍기는 공터엔 하굣길에 사 온 병아리들이 뛰어다녔다. 누군가 말뚝에 매어 놓은 흑염소도 있었다. 그놈은 말뚝을 박아 목에 건 줄이 없었다면 그 누구라도 근처에 가면 뿔로 들이받으려 했다. 개를 잡아먹는 어른들보다 더 무서웠다. 흑염소는 말뚝을 중심으로 목에 건 줄이 팽팽하게 당기고 수둥이가 닿는 곳의 모든 풀을 뜯어 먹었다. 주인이 언제 왔다 갔는지 흑염소 말뚝은 공터 이곳저곳으로 옮겨졌고 그럴 때마다 공터를 지나가는 나의 발길은 염소와 일정한 거리를 두고 에둘러 다녀야 했다. 도대체 누가 염소를 그곳에다 매어 놓았는지는 끝내 몰랐다.

8. 깡통 돌리기

京釜高速道路 오늘 起工

京水間 年內준공

- 동아일보 1968.2.1, 7면

정월대보름이 다가오면 여름에 벌레들과 놀았던 것보다, 남산의 아카시아 꽃향기보다 더 근사한 쇼가 펼쳐진다. 깡통 돌리기다. 이것을 하려면 깡통이 필요했다. 통조림이라는 것을 좀체 사 먹는 것이 아니기에 내가 사는 집 주변 동네에선 구하기 힘들어 버스 종점으로 가는 길가의 가게들 쓰레기통을 뒤져 깡통을 찾았다. 간혹 페인트 깡통이라도 찾게 되면 산삼 찾은 심마니처럼 소중하게 들고 왔다.

깡통 돌리기를 하기 위해선 깡통 안으로 공기가 잘 통하게 못으로 구멍을 뚫었다. 일정한 간격으로 깡통 밑바닥과 옆구리에 벌집처럼 구멍을 내야 좋았다. 못 하나로 깡통 밑바닥과 몸통 둘레에 무수히 많은 구멍을 뚫어야 하는데 주워 온 돌멩이를 사용해 망치처럼 못대가리를 쳐서 구멍을 냈다. 쓸 만한 못이 하나라 앞 놈이 구멍을 잘 뚫을 수 있도록 기다렸다가 못을 넘겨받아 돌멩이로 쳐서 깡통을 돌려 가며 구멍을 냈다. 못이 뾰족해야

구멍을 뚫는 과정에서 깡통이 덜 찌그러졌다. 찌그러진 깡통이야 다시 펴면 되지만 뭉툭해진 못은 작업을 더디게 했다. 구멍을 다 뚫으면 깡통 양옆으로 난 구멍에 철삿줄을 꿰어 끈을 맸다.

깡통 중 최고는 단연 페인트 깡통이었다. 페인트 깡통 속에는 쓰다 만 페인트가 항상 솥 바닥 누룽지처럼 붙어 있었다. 깡통에 작은 나뭇가지와 마른 풀을 채우고 신문지나 종이를 꾸겨 집어넣고 팔각 성냥갑에서 성냥을 꺼내 불을 살린 후, 마른풀이나 종이에 먼저 불을 붙였다. 불이 붙기 시작하면 깡통을 좌우로 조금씩 흔든다. 미약한 불은 너무 세게 흔들어도 다시 꺼지기 때문에 조심스럽게 관찰하면서 흔들어야 한다. 나뭇가지로 불이 옮겨붙었다 싶은 타이밍이 있는데 그네처럼 짧은 구간의 왕복 운동은 점차 호를 크게 하다가 급기야 회전 운동으로 바뀐다. 페인트 깡통은 불이 붙으면 통조림 깡통의 불길과는 비교할 수 없을 만큼 컸다. 그래서 페인트 깡통을 잡아 돌리는 줄을 더 길게 맸다.

처음 깡통을 돌리는 놈들은 깡통의 불이 붙지 않아 빙빙 돌렸다 다시 성냥을 켜는 것이 다반사다. 하다 하다 안 되면 신나게 불붙은 깡통을 돌리는 다른 놈에게 부탁해 불길을 뿜으며 돌아가는 깡통을 세우게 하곤, 메뚜기가 다른 메뚜기 등에 올라타듯 자기의 신통치 않은 깡통을 활활 타오르는 깡통 위에 얹는다. 아래 깡통의 불이 위쪽으로 성화 옮기듯 불을 붙여 주면, 불이 붙지 않아 풀 죽은 녀석의 얼굴은 보름달이 된다. 그리곤 또 다른 깡통을 들고 와선 불 달라 적선하는 놈에게 선심 쓰듯 냉큼 남산 봉수대 불붙이듯 자기 깡통을 내려놓는다.

불이 제대로 붙게 하려면 깡통 안의 불을 잘 살펴서 돌려야 한다. 이 단계를 순조롭게 넘어가지 못하는 경우가 많았다. 그럴 때면, 깡통을 구하지 못한 형들은 물론이고 몇몇 아저씨조차 시범을 보여 준다며 나뭇가지가 들어 있는 깡통을 달라고 해서 건네받고는 한참을 돌렸다. 그렇게 남의 손에 들려 돌려진 깡통들은 제법 불길이 세졌다. 본격적으로 불이 붙었다 싶으면 좀 더 굵은 나무를 더 넣어 다시 돌린다. 재미 들인 어른들은 다시 깡통을 달라며 애처롭게 쳐다보는 주인에게 신나게 돌려 불을 살린 깡통을 쥐여 준다. 공터에서 커다란 원을 그리며 돌려지는 깡통들은 보름달보다 밝았다.

깡통 돌리기를 하다 보면 어느새 동네 사람들도 구경을 나왔다. 평소 우리의 놀이에는 아무런 관심을 보이지 않던 사람들이다. 그들조차 저녁을 먹은 후 컴컴해지면 정적을 깨는 아이들의 환호성과 문틈으로 언뜻번뜻하는 깡통 불빛을 보러 집 밖으로 나온 것이다. 몇몇은 아예 공터 가까이 몰려나왔다. 절정은 축대 위에서 펼쳐진다. 축대 위에서 일정한 거리를 두고 돌려지던 깡통들은 이제껏 집어넣은 굵은 나무들을 태워 잉걸불로 간직하고 있다가 포물선을 그리며 날아간다. 깡통 구멍으로 불똥과 꽃불을 쏟아낸다. 지구로 다가오는 혜성이 꼬리에 유성우를 무더기로 데리고 함께 떨어지듯 돌려지는 깡통들마다 회전하는 궤적 꽁무니에 저마다의 불꽃들을 흩뿌리며 환하게 타올랐다. 깡통 불로 인해 공터는 보름달처럼 밝았다.

얼마나 시간이 흘렀을까. 가득 불이 붙은 깡통들은 차례로 멀리 보름달 위로 던져 올리듯 던져졌다. 누가 얼마나 더 멀리 깡통을 던지는지는 중요했다. 빠른 회전과 함께 깡통의 원심력을 최대한 살려 위쪽으로 올라갈 찰나에 활시위를 놓듯 무심하게 철삿줄을 던져야 한다. 손을 떠난 깡통은 완만한 포물선을 그리며 제법 높이 날아오르다 아래쪽 개 잡아먹던 자리로도 떨어지고, 흑염소가 매어져 있던 자리로도 떨어졌다. 어떤 깡통은 공터가 아닌 엉뚱한 방향으로 날아가는 로켓 폭죽처럼 날아갔고, 어떤 깡통은 올려지는 순간 철삿줄이 끊어져 땅바닥에 내동댕이쳐졌다. 잘 던진 깡통은 멀리 아름다운 포물선을 그리며 한참을 날아가 공터 바닥에 폭탄처럼 불꽃 파편을 흩뿌리며 땅을 굴렀다. 아무리 힘껏 던져도 위쪽 축대에서 던진 깡통은 아래쪽 축대까지는 넘어가지 못했다. 떨어진 깡통들 중에는 여전히 불이 붙어 있는 것도 있었는데 그런 깡통은 다른 사람의 손에 들려져 축대 위로 다시 초롱에 물 길어 나르듯 올려지고 장작을 더한 후 여러 번 던져졌다.

공터는 타오르는 잔불들로 인해 불이 붙었고 밤을 밝히며 넓어졌다. 집 밖 길가에서 구경하는 사람들의 함성이 이따금 들려왔다. 깡통의 불들이 하나둘 꺼지고 공터에 떨어진 깡통들의 잔불들도 사그라들었다. 가로등도 달리지 않은 해방촌의 가을밤은 작은 불꽃에서 시작해 화려한 깡통 불 쇼가 끝나면 한 치 앞도 볼 수 없는 어둠 속으로 사라졌다. 어둠이 장악한 해방촌의 달은 밝았다. 다 꺼진 깡통의 불이 사그라질 때쯤 어디선가 다시 깡통의 불이 살아났다. 그것이 눈에 맺힌 잔상 때문인지, 아니면 실제 누군가가 떨어진 깡통을 주워 다시 불을 붙인 건지는 모르겠다.

해방촌에는 더 짙은 어둠이 다시 몰려왔다. 넓은 공터는 이곳 사람들에겐 이웃과 함께 이런저런 이야기를 나누는 큰 마당이었다. 아마 하늘에서 유성이 서울로 떨어진다면 한복판인 남산일 것이고, 그 남산에서 가장 넓은 해방촌 너른 마당인 공터로 떨어졌을 것이다. "우와!" 하는 사람들의 소리가 환청처럼 들렸다. 낮고 긴 한숨 같았다.

9. 소금을 얻어 오다

보름날 깡통 돌리기 때문인지는 모르지만 부끄러운 일이 생겼다. 일어나지 말아야 할 일이었다. 치욕의 날은 조그만 창문 틈을 기어이 헤집고 찾아오는 노래기처럼 왔다.

간밤에 꿈을 꾸었는지 모르겠다. 비가 온 것도 같고. 땅바닥이 축축했다. 두껍게 깔아 논 솜이불에 지도를 그렸다. 자는 어머니를 살며시 깨웠다. 어머니는 내가 무슨 사고를 쳤는지 아셨다. 그리곤 아무 말도 없이 새 옷을 꺼내 주셨다. 방 안은 불을 켜지 않아 어두웠지만 어디선가 차가운 바람이 들어왔다. 젖은 몸을 물수건으로 닦아주실 때도 부끄러움으로 물수건이 차가운 줄 몰랐다. 난감한 상황을 모면할 수 있다는 안도감이 더 컸다. 아버지, 누나, 동생들은 무슨 일이 벌어졌는지 모른 채 자고 있었다. 동생이야 두 살이니 이런 일을 밥 먹듯 하지만 형으로서의 체면이 말이 아니게 될 뻔했다.

"소금이 떨어졌네! 하필이면 지금 소금이 떨어질 게 뭐람…."

부엌 아궁이에서 어머니의 탄식이 들렸다. 밥 짓는 냄새가 문틈으로 스며 들어왔고 곧 밥상이 들어올 시간이었다.

"종수야! 일어나서 엄마 심부름 좀 해 줄래?"

"뭐, 무슨 심부름?" 나는 평소에도 어머니의 심부름을 잘해 주는 착한 아이인 것처럼 부엌으로 나갔다. 내복 차림이었다.

"국을 끓이고 있는데 소금이 떨어졌네…. 용자 아줌마네 가서 소금 좀 얻어 올래?"

그러면서 찬장에서 사기로 된 종지를 주셨다.

"이만큼이면 된다. 꼭 고맙다고 말씀드려!"

나는 부리나케 내복 차림으로 신발을 신었다. 내복의 앞쪽 가운데가 터진 것이 신경 쓰였지만 불상사가 일어날 일은 아니었다. 국그릇을 들고 문밖을 나왔다. 뒤에서 어머니가 나를 불러 세웠다.

"종수야! 이걸 머리에 쓰고 가야 돼!" 대소쿠리였다.

"이걸 왜 써요? 그냥 가도 되는데…."

"혹시 용자 아줌마가 다른 거라도 주실지 모르니까 그래. 그러면 거기에 담아 와!"

용자 아줌마는 우리 집에서 나와 남산 쪽으로 조금 올라가다 축대가 시작되는 곳에서 오른쪽으로 따라가면 끝에 있는 집이었다. 연세도 어머니보다 한참 위였다. 용자 누나는 고등학생이었고 무척이나 이뻤다. 아침에 예쁜 용자 누나도 보고 소금 심부름도 하고 나쁠 게 없는 일이었다. 콧노래를 부르며 갔다.

"아줌마 계세요?"

"누구냐!"

"아래 사는 종순데요, 소금 얻으러 왔어요! 엄마가 아줌마가 소금을 주

실 거라고 해서요."

"그래? 잠시만 기다려라!"

이제 막 남산 아래쪽에도 해가 비치기 시작했다. 신나는 하루가 시작될 거라는 기분이 들었다. 문 안에선 소금을 푸는 소리가 들렸다. 잠시 후 문이 열렸다. 바가지에 가득 소금을 퍼서 용자 아줌마가 나오셨다.

"그릇 좀 줘 봐라!"

용자 아줌마는 내가 가지고 간 종지에 한 손으로 들고 가기엔 버거울 만큼의 소금을 담아 주셨다. 그리곤, 소금 그릇을 땅에 내려놓으시더니….

"너 이놈! 오줌 쌌지!" 용자 아줌마의 허리 뒤쪽에 감춘 손에는 마당을 쓰는 빗자루가 들려 있었다. 다른 한 손으로는 내 왼쪽 손을 우악스럽게 잡았다.

'퍽! 철썩!'

마당을 쓰는 빗자루의 넓은 부분으로 때리는 매질은 아프지 않았다. 매질보다 용자 아줌마의 큰 소리가 더 끔찍했다. 어떻게 내가 오줌 싼 것을 알았는지 몰랐다. 나이 든 아줌마들은 귀신같은 면이 있으니 그건 이해할 수 있었지만, 동네가 떠나가도록 나의 부끄러운 사실을 사람들이 들으라고 큰 소리로 고자질하듯 소리치는 건 참을 수 없었다.

"이거 두 손으로 잘 들고 가!"

용자 아줌마는 종지 가득 소금을 담아 주면서 두 손으로 잡게 했기에 집으로 돌아오는 동안 내 머리 위엔 대소쿠리가 그대로 씌워져 있었다. 머리에 소쿠리를 쓰고 가는 나를 보며 용자 아줌마는 뭐가 즐거운지 내가 축대 길을 따라 돌아가는 내내 지켜보며 웃고 계셨다. 가끔 절하듯 허리를 접으시기도 했다. 다행인 건 예쁜 용자 누나가 보지 못했고, 용자 아줌마가 나를 혼내는 소리를 동네 사람들이 내다보지 않았다는 사실이었다. 울먹이며 집으로 돌아오면서 내내 다행이라는 생각을 했다. 그날 아침 몇 대를 맞았는지는 기억이 없다. 다음 날부터 동네 아줌마들은 나를 보며 이유 없이 웃거나 다정한 미소를 보냈다. 참 좋은 분들이라는 생각을 했다.

10. 한 살 먼저 학교에

> 南山에 地下터널 3月着工 70年 完工
>
> 平和時의 交通手段 戰時엔 待避所로
>
> 40萬명 同時 수용
>
> – 동아일보 1969.3.4, 7면

밖에서 놀고 있는 나를 어머니가 부른다.

"학교 가자!"

"왜요?"

"오늘 학교 가는 날이야!"

"나 학교 안 가! 놀 거야!"

"일단 이리 와 봐! 손수건 달아야 해!"

손수건? 사람의 호기심은 때론 무서운 거다. 그때 하찮은 손수건 따위에 관심을 가지지 않았더라면, 학교에는 다음 해에 갈 수도 있지 않았을까? 같이 놀던 친구 호성이와 나이가 같다는 것을 아는 나는 따졌다.

"호성이는 학교에 안 가는데 왜 나는 가는 거야?"

나의 등교 거부 투쟁은 오래가지 않았다. 어머니가 미리 사 둔 니쿠사쿠가 탐나 어깨에 둘러메곤 어머니의 손을 잡고 학교로 향했다. 용암국민학교로 올라가는 길은 왼쪽 가슴에 흰 손수건을 단 아이들로 가득했다.

올라가는 길은 높고도 멀었다. 무슨 학교가 이리 높은 데 있는지! 끝도 없는 길을 따라 오르니 웅장한 학교 정문이 나타났다. 입학식이 열리는 장소는 아래 운동장이 아니라 위쪽에 있는 작은 운동장이었다. 정문에서 오른쪽으로 경사진 길을 올라가면 아래 큰 운동장과 별 차이가 없어 보이는 끝도 없이 긴, 작은 운동장이 있었다. 학교는 이제까지 내가 본 건물 중 가장 컸다.

입학식은 가슴에 훈장처럼 손수건을 단 아이들과 아이를 데리고 온 부모들로 북적였다. 아이보다 어른들이 더 많았다. 어수선했지만 각 반의 담임 선생님들이 소개되고, 작은 운동장에서 교장 선생님의 뭐라 알아들을 수 없는 말이 끝나고 나서 다른 아이들과 함께 선생님을 따라 교실 안으로 들어갔다. 함께 온 어른들도 비좁은 교실 안으로 들어와 실내는 콩나물시루처럼 아이들과 학부모들로 빽빽했다. 처음 보는 아이들은 서로 멀뚱멀뚱 쳐다보기만 할 뿐 누구 하나 가만히 있질 않았다. 울면서 자기 엄마 손을 꼭 붙잡고 집에 가자고 하거나, 스스로 처한 현실에 대한 인식 없이 내일부터 지겹도록 같은 시간에 학교라는 데에 와야 한다는 상황을 감지하지 못한 채 교실 안과 주위를 신기하게 둘러본다.

동사무소의 무심한 행정 덕분에 나는 친구보다 먼저 한 살 어린 나이인 일곱 살에 학교에 입학했다. 왜 같은 나이인 호성이는 집에 있는데, 나는 학교라는 델 가야 하는지 이해할 수 없었다. 어쩌면 호성이가 본인의 정확한 나이를 몰랐거나, 나하고 같이 놀기 위해 형인 나를 상대로 나이를 깜찍하게 속였을 수도 있을 거라는 생각은 하질 못했다.

호성이는 국민학교에 이어 중학교까지 내 뒤를 쫓아왔지만, 선배인 나는 호성이를 어릴 적 친구로 대할 수 없는 거리감을 가지고 바라보기만 할 뿐, 먼저 다가가 "친구야, 반갑다!"라면서 손 내밀진 못했다. 국민학교에서도 봤음 직하건만 1학년과 2학년의 차이는 호성이와의 우정 사이에 개입, 어색한 낯가림으로 변했다. 층이 다르고 선생님이 다른, 칸막이 교실 내에서의 생활과 한 반에 60명이 넘고 학년별로 6개 학급 정도 되는 제법 학생 수가 많았던 학교였기에 복도는 물론, 화장실을 오갈 때도 애들 머리만 까맣게 보일 뿐이었다. 정면에서 볼 때 우측 건물 1층에는 교장실과 교무실이 있었고, 왼쪽 1층에는 1학년이, 우측 1층 일부와 2층에는 2학년이, 다시 왼쪽 2층에는 3학년이 쓰는 식으로 번갈아 가며 학년을 달리했다. 두 개의 동은 1층을 통해서만 옆 건물로 오갈 수 있었다.

우글우글하는 사람들 틈에서 우리가 서로를 일부러 찾지 않았기에 보는 일은 없었다. 그래서인지 호성이와 다시 예전처럼 만날 수 없었다. 원래 친하지 않았었는지, 아니면 위계질서에 젖어 버린 채 응당 친구로서가 아닌 후배로 호성이를 봐야 하는 불편함에서 내가 피했는지는 모른다. 호성이가 미처 챙겨 오지 못한 준비물을 빌려 달라며 왔었더라면 다시 친구 먹었을지도 모른다. 교육행정직 아니면 동사무소 공무원인지 모르는 한 사람의 잘못으로 나는 불알친구와 서먹해졌다. 아니 친구를 잃었다.

11. 테레비방

人間 달에 섰다

암스트롱 1969年7月21日11時56分20秒

"人類 위한 跳躍의 첫 발" 第一聲

– 동아일보 1969.7.21, 1면

28번 해방촌 버스 종점으로 가는 길에는 테레비방이 있었다. 원래 그곳은 구멍가게였다. 가게에선 언제부터인지 텔레비전을 보여 주고 돈을 받았다. 5원인가 10원을 냈다. 어두컴컴한 실내에는 좌우 서너 칸 되는 선반 위로 물건이 쌓여 있다. 맨 아래 칸 선반 밑바닥에도 이런저런 물건이 쌓여 있어서 한 사람이 간신히 지나갈 만한 통로뿐이다. 안쪽으로 들어가면 두 개의 여닫이문이 있고, 바로 앞 낮은 댓돌 위와 아래, 옆으로 무수히 많은 신발이 포개져 있다.

"아저씨! 안에 앉을 자리가 없는데요?" 나는 애처롭게 아저씨를 불렀다.

아저씨는 여닫이문을 열고 텔레비전 앞에 시루 속 콩나물처럼 빽빽이 앉아 있는 앞쪽 아이들을 가리키며, "안쪽으로 좀 들어가라! 사람이 더 앉아야 돼!"라고 소리친다. 앞쪽에 앉았던 아이들이 엉덩이를 움찔움찔했다. 어차피 넓은 자리를 기대할 수 없다. 내가 늦게 와서기보다 다른 아이들이 저녁도 먹지 않고 일찍 와 좋은 자리를 잡고 앉아 있었다. 어쩌다 나 또한 일찍 오면 늦게 오는 사람 자리를 만들어 주느라 주인아저씨의 소리에 가기 싫은 앞쪽으로 들어가는 척 옴짝거리곤 했다.

가게 안에 딸린 방은 어른 두 명에 아이 한 명 정도가 누워 잘 수 있을 만한 정도의 크기였다. 직사각형으로 생긴 방 안에는 입구에서 가장 안쪽에 대각선으로 텔레비전이 놓여 있다. 텔레비전에서 멀리 떨어진 곳에는 키 큰 형, 누나들이 앉았고 가끔 어른들도 있었다. 어른들은 만화 영화를 보러 왔다기보다는 만화 영화가 끝나고 이어지는 다른 프로그램을 보러 와 있는 것이었다. 텔레비전에는 장식장처럼 다리가 달려 있어 가까운 앞쪽엔 나같이 저학년 아이들이 다닥다닥 붙어서 화면을 응시하고 있다. 뒤늦게 사람이 더 들어오기라도 하면, 엉덩이를 움직거려 들어올 틈을 만들면서도 두 눈은 화면을 놓치지 않았다. 만화 영화가 시작한다. 동시에 아이들의 떼창이 시작된다.

"황금박~쥐, 어디, 어디, 어디에서~"로 시작하는 〈황금박쥐〉는 큰 인기가 있었다. 다 같이 떼창을 한다.

만화 영화가 시작되면 떠드는 사람은 없었다. 건장한 남자의 몸에 머리는 해골이고, 몸에는 망토를 걸치고 하늘을 날아다니며 지팡이를 휘둘러 악당들이나 괴물을 죽이는 내용이다. 위기의 순간마다 '황금박쥐'를 부르면 날아오는 황금박쥐는 아무리 생각해도 신기했다. 테레비방에 있으면 누군가의 엄마나 누나, 형이 동생들을 데리러 오곤 했다. 하나같이 빨리 집에 와서 밥 먹으라는 거였다. 얼굴을 흘낏 돌려 자신을 찾아온 줄 알더라도 "안 먹어!"라며 외면하지만, 대개는 울면서 끌려 나갔다. 어떤 놈은 머리를 숙여 자기의 알리바이를 만들려 했지만 찾아온 어른들의 눈에 띄기는 매일 반이다.

날씨가 추워지면 테레비방은 연탄불로 지져지는 아랫목이 좋았다. 노련한 고객은 아랫목을 피한다. 추운 밖에서 떨다 들어온 신참 관람자는 비어 있는 아랫목을 파고든다. 어리석은 일이다. 조금 후면 다리가 저리기 시작하고, 연탄 화력이 절정에 달해 뜨거워진 엉덩이를 떼느라 들썩이다가, 참을 수 없는 지경이 되면 일어나지 않을 수가 없는데, 참다못해 일어나기라도 하면 갑자기 생긴 공간으로 다른 사람들의 몸뚱아리들이 즉각 좁혀 왔다. 일어난 사람은 좀 전과 같은 자리엔 다시 앉을 수가 없었다. 다른 사람들의 시선에서 비켜서 있는 불편을 감수하면서도 시선은 화면에 고정했다. 테레비방에서는 언제나 역겨운 발꼬랑내가 진동했지만, 텔레비전에 넋이 나간 아이들의 후각은 무뎌진 지 오래다.

〈황금박쥐〉가 인기를 끌면서 교실 안에서나 운동장에선, 보자기를 목에 두르고 뛰어다니는 아이들이 하나둘 늘어났다. 황금박쥐가 뒤집어쓴 망토의 색깔이야 흑백텔레비전이니 알 수 없었지만, 색색의 보자기를 목에 두르고 뛰어다니는 애들은 "황금박~쥐!" 하면서 동네를 돌아다녔다. 나는 물론 친구들도 진짜 망토의 색깔은 끝내 알 수 없었다.

12. 하드통을 메다

改憲案 共和 전격變則處理

14日새벽 極祕裡에 第三別館 서

―二二명全員可票 國民投票法案도

― 동아일보 1969.9.15, 1면

학교가 파하면 일없이 학교 아래 가게들을 구경하며 빙빙 돌아다니곤 했다. 더운 여름날, 얼음을 얹어 빙수를 갈아 내는 빙수 아저씨 주위에는 사람들이 늘 몰렸다. 아이스박스에서 정사각형 얼음을 꺼내 빙수기 위에 얹고 레버를 돌려 얼음을 위에서 뾰족한 네 개의 못으로 눌러 단단히 고정한 다음, 옆에 달린 손잡이를 돌리면서 칼날 아래쪽에 양은그릇을 갖다 대면 칼에 갈려 얇고 하얀 얼음들이 떨어졌다. 요술을 부리듯 그릇 위에는 한가득 눈가루 같은 얼음이 수북이 쌓였다. 얼음 가루 위에 빨간색, 파란색, 노란색 색소를 떨어트리고 미숫가루와 설탕을 넣은 후 작은 숟가락을 꽂아 건네준다. 얼음 빙수는 매대 위 커다란 양은 다라에 놓인 삼각형 비닐봉지에 들어 있는 시원한 설탕물보다 더 시원했다.

그곳에서 얼마쯤 떨어진 곳에 하드 공장이 있었다. 입구에서 오른쪽으로 내려가는 계단을 서너 개쯤 내려가 쭈그려 앉으면 계단 밑으로 난 조그만 창문을 통해 공장 안에서 아이스케끼와 복숭아 하드가 만들어지는 과정을 볼 수 있었다. 시험관처럼 생긴 용기에 주황색 물이 채워지고 잇달아 납작하고 끝이 둥근 막대기가 꽂히면서 기계 안으로 들어갔다.

"아저씨, 하드 장사하고 싶어 왔는데요….."

나는 바구니에 아이스케끼를 쏟아 내는 아저씨에게 말했다.

"네가 무슨 장사를 해! 너 같은 꼬마가 할 수 있는 게 아니야!"

"한번 해 볼게요! 저 잘할 수 있어요!"

무슨 생각에서 하드 공장까지 갔었는지는 모른다. 먹고 싶을 때 돈 주고 사 먹지 못해서는 아니었다. 공장에서 만들어지는 하드의 신기함 때문이었는지도 모른다.

어깨에 멘 하드통은 무거웠다. 하드통을 왼쪽 어깨에 멨다가 내리곤 두 손으로 들었다 내려놓기를 몇 번 하곤, 다시 오른쪽에 둘러메고 학교에서 내려오는 언덕길 아래쯤에 자리를 잡았다. 그곳을 지나서 위쪽으로 태권도장으로 가고 군인아파트 쪽으로도 가고, 버스 종점으로도 가는 바로 그 교차 지점에 하드통을 두었다. 비라도 내리면 학교 앞 콘크리트로 포장된 길 위를 따라 흘러 내려온 빗물이 여러 갈래로 갈라지는 그 어디쯤이었다. 내가 걸터앉은 하드통엔 아무런 표시가 없었지만, 사람들이 신기하게 알아봤다.

"하나에 얼마니?"

개시는 아이를 데리고 온 엄마였다.

"한 개 5원인데요!"

"두 개만 줘 봐라!"

하드통 고리를 위로 열었다. 하드통 안에는 신문지에 쌓인 드라이아이스에서 빠져나온 냉기로 인해 아무것도 보이지 않았다. 드라이아이스를 옆으로 밀어 헤치니 주황색 아이스케끼들이 손에 잡혔다. 손잡이를 잡아 두 개를 꺼내 건넸다.

장사는 잘됐다. 5원짜리 케끼도 10원짜리 팥물을 뭉친 하트 모양 하드 도 금방 팔렸다. 공장에서 물건을 많이 주지 않아서 그랬던 것이지 판 수량 이 많은 것은 아니었지만, 팔고 남은 빈 하드통을 어깨에 메고 공장에 갔 다. 서른 개인지 마흔 개인지를 판 듯했다. 판 돈을 공장 아저씨에게 모두 드리니 셈을 하신 후 내 몫의 돈을 주셨다.

"장사를 해서 돈을 벌어 왔다고! 어디서?"

1학년짜리가 내민 돈의 정체를 안 어머니는 대견하다고 하시면서도 다 시는 힘들게 장사하지 말라고 하셨다. 다음 날 학교가 끝나자마자 달려간 하드 공장에서 케끼와 하드를 반반 달라고 했다. 마흔 개쯤 되었다. 하드 통을 메고 나선 같은 장소는 어제와 달랐다. 그 많던 애들도 사람들도 별로 지나다니지 않았고 날씨는 너무 더웠다. 그래도 내 자리를 지켰어야 했다. 첫날의 장사는 그저 운이 좋았던 것이었는지, 둘째 날에는 판 게 몇 개인 지 하드통 뚜껑을 연 기억이 별로 없었다. 무거운 하드통을 메곤 골목길로 들어갔다. 이따금 사람들이 다니는 곳이니 오가는 사람들이 사지 않겠느냐 고 생각했었나 보다.

하드통을 메고 골목길을 오르다 보니 남산 길이다. 열어 본 하드통 속 하 드와 케끼들은 녹기 시작했다. 학교를 돌아 다시 집 쪽으로 내려가는 길이 나왔다. 어제보다 못한 장사로 인해 하드통은 더 무거웠고. 힘없이 하드통 을 내렸다가 다시 반대쪽 어깨에 메기를 반복하다 동네 아주머니들이 모여 서 놀고 계시는 정자까지 왔다. 진짜 하드통을 메고 땀을 흘리면서 나타난 아들의 하드통을 열어 본 어머니는 사태 파악을 하셨다.

"아주머니들! 이거 하나씩 드세요! 다 녹았네!"

통 속, 녹기 시작한 하드와 케끼를 꺼내면서 어머니는 내가 공장에 얼마를 가져다주어야 하는지 물었다. 동네 아주머니들은 그냥 드시라고 주었지만 저마다 돈을 보탰다. 결국, 어제 벌었다고 가져다드린 돈은 다시 내 손에 쥐어졌다. 그리고 텅 빈 하드통을 가지고 공장에 갔다. 장사는 그렇게 이틀 만에 끝났다. 녹아 버린 하드는 먹기엔 달콤했지만, 공장에서 돌아오는 발걸음엔 힘이 없었다.

13. 외박

三選改憲 國民投票서 可決

贊 725萬 反 346萬

총 投票者의 65%가 支持

– 동아일보 1969.10.18, 1면

1969년 추석이었다. 해방촌에서 외할머니 댁으로 갈 때는 아버지가 택시를 잡아 온 가족이 편하게 갔다. 연희동 외할머니 댁에서 차례를 드리고 하룻밤을 지낸 다음 날, 집으로 돌아가는 날이었다. 무슨 생각에서인지 나는 집까지 먼저, 그것도 혼자 가겠다고 차비를 달라고 했다. 7살짜리가 혼자 집으로 가겠다고 하니 순순히 들어줄 부모님은 아니셨지만 우기고 우겨 차비를 받아 냈다. 집으로 가는 길은 간단하다. 연희동에서 50번 신한교통을 타고 남대문에 내려서 79번 남산운수를 타면 남산 길을 따라 집까지 간다. 단순한 노선이니 쉽게 갈 것이라는 생각에 차비를 내 손에 들려 주셨는지는 알 수 없다. 날씨는 춥지 않았다. 점심을 먹고 나서 가족들보다 앞서 나 혼자 나왔다. 그때 어머니가 버스 정거장까지라도 같이 가서 내가 버스 타는 것을 보기만 했어도 그날의 귀가 사고는 막을 수 있었다.

나는 연희동에서 버스를 타지 않았다. 버스 탈 돈으로는 버스 정거장에 있는 가게에서 군것질을 해 버렸다. 그리곤 버스가 가는 큰길을 따라 걸었다. 길은 넓었고 헷갈리지 않았다. 연희동 삼거리에서 동교동 로터리까지 가는 길도 큰길이었고, 동교동 로터리에서 신촌 방향으로는 더 넓은 길이었다. 길을 걷다가 내가 맞는 길을 가는지는 이따금 지나가는 50번 버스가 내가 옳게 가고 있음을 확인해 주었다. 버스가 가는 길로만 가면 남대문은 나온다. 신촌을 거쳐, 아현 고가도로 밑으로 걸어갔다.

이윽고 얼마나 걸었을까. 서울역 부근이었는지, 서대문이었는지는 정확히 기억나지 않지만, 꽈배기를 파는 해방촌 동네 아저씨를 만났다.

"너 지금 왜 혼자 있냐?"

"집에 가는 길이에요!"

"버스 타는 데가 어딘지는 알아?" 아저씨는 걱정이 가득한 눈으로 내게 말했다.

"네, 알아요!"

"너 차비는 가지고 있냐?"

"있어요!"

잠깐이지만 나는 아저씨의 리어카를 밀어 드렸다. 아저씨는 하나 먹으라고 나에게 꽈배기를 집어 주셨다. 과자를 받자, 아저씨는 내게 어떻게 길을 건너고, 어디서 버스를 타는지 알려 주셨다. 그러나 나는 또 버스를 타지 않았다. 버스를 타려면 남대문이 보이는 곳까지 가야 한다. 그렇게 얼마나 걸었을까. 날이 어두워졌다.

전차가 보였다. 어두워진 거리는 이제까지 내가 봤던 곳이 아니었다. 두리번거리며 얼마나 헤맸는지 모른다.

"꼬마야! 너 집이 어디니?"

돌아보니 순경 아저씨가 서 있었다.

"해방촌인데요!"

"그런데 왜 이 시간까지 여기에 있어? 저녁은 먹었어?"

"아니요, 안 먹었는데요!"

"그럼, 아저씨가 빵 사 줄 테니 가자!"

순경 아저씨는 내가 집을 잃어버린 것을 직감하고 나를 데리고 파출소 옆에 있는 가게로 들어갔다.

"먹고 싶은 걸로 집어라!"

나는 주저 없이 크림빵을 두 개 집었다. 순경 아저씨는 우유도 사 주셨다.

파출소 안으로 들어가 간이침대가 있는 방에서 빵과 우유를 먹었다. 침대에 누워 잠을 자려는데 순경 아저씨는 내가 울지도 않고 기특하다고 했다. 내일이면 부모님이 찾아오실 테니 걱정 말고 자라고 했다. 크림빵 두 개를 먹고, 우유까지 다 먹은 나는 잠이 들었다.

다음 날 아침, 파출소 앞에서 놀고 있는데, 멀리서 아버지가 택시를 타고 오는 것이 보였다. 아버지는 택시 안에서 손을 흔드셨다. 아버지는 혼자 오셨다. 나는 파출소 순경 아저씨께 인사를 드리고 아버지와 함께 택시를 타고 집으로 왔다. 아버지는 집으로 오는 내내 아무 말도 하지 않으셨다. 내가 집에 없었던 어제저녁, 외할머니 댁에서 집으로 돌아온 가족들은 나를 찾아 해방촌 일대를 돌아다녔다. 어머니는 혹시라도 해방촌 어딘가에 내가 있을 것 같아 밤늦도록 찾아다녔다고 했다. 파출소에도 가셨을 것이다. 같은 날 밤, 소주를 드시던 아버지는 큼지막한 지네가 방에 들어온 것을 소주병으로 내리쳐 잡았다고 누나가 훗날 얘기해 주었다.

14. 철거

제三한강橋 開通, 길이 915m · 폭 27m

착공 3년 1개월만인 26일 준공

– 동아일보 1969.12.26, 3면

서울로 들어오는 사람들은 늘어났다. 해방촌에서 멀리 보이는 해방교회 밑으로 빈틈없이 들어찬 집들. 내가 살았던 집 부근에도 집 아래 집이 들어서고, 집 옆에 집이, 비좁은 골목조차 없을 듯 콩나물시루처럼 빽빽하다. 집들은 나무처럼 웃자랐다. 집 지을 땅이라도 있으면 땅에 맞게 크고 작은 집들이 생겨났다. 공동 수도에 줄을 서는 사람들도 계속 늘어났고, 버스 종점엔 사람들로 더 북적였다.

그 무렵부터 서울을 사람이 살 수 있을 만한 곳으로 만들기 위한 작업이 진행 중이었다. 서울 시내 곳곳에 잡초처럼 무성하게 지어진 무허가 판자촌을 철거하는 것이었다. 이런 철거 작업은 청계천과 중랑천을 비롯하여 남산 주변, 사대문 안과 인근 지역을 대상으로 시작해 서울 전 지역에서 대대적으로 전개되었다.

해방교회의 남쪽, 경사면에 사리 잡은 용신2기동은 이태원동과 도로를 사이에 두고 마주하고 있다. 그 한복판 도로는 제법 넓은데, 1970년 말에 완공한 2호 터널이 장충동 쪽으로 뚫려 있다. 8년이 지난 1978년에는 쌍굴인 3호 터널이 중구 회현동까지 뚫려 강남으로 이어졌다. 강남과 강북의 교통을 위해 해방촌 남쪽은 도로를 중심으로 남북으로 갈라졌고 커다란 육교가 새로 생겼다.

남산 1, 2호 터널은 1968년 1월 21일 청와대 인근 지역까지 북한 무장간첩 침투 사건과 같은 해 11월 울진과 삼척 무장간첩 사건을 계기로 건설되었다. 북악스카이웨이도 평창동 일대 개발과 함께 추진되었는데, 유사시에는 군사용 도로로 활용할 계획이었다. 터널 역시 평시에는 교통 시설로 사용하다가, 유사시 서울 시민 40만 명을 수용할 수 있는 방공호이자 대피소로 활용하자는 계획이었다. 장소로는 1호 터널과 2호 터널의 교차 지점에 7천 평의 규모로 조성하고자 했다.

서울시의 무허가 주택 철거의 중심에는 당시 서울시장 김현옥이 있었다. 제14대 서울시장에 당선된 뒤 그의 재임 기간은 1966년 3월 31일부터 1970년 4월 15일까지였으나, 그의 활약은 실로 대단한 것이었다. 그가 만들 서울시의 청사진을 보여 주기 위한 서울 도시계획 전시장(1966.8.)을 세워 제2차 경제개발 5개년 계획(1967~71) 및 강남구 일대 개발을 포함한 '대서울도시기본계획', '새서울백지계획' 등 각종 도시 계획을 직접 시민들에게 설명하기도 했다. 세종로 지하도(1966), 광화문 사거리와 명동 지하도(1966), 서소문 고가도로(1966), 심지어 한국은행 앞 육교 개통식(1966.6.22.)도 했다. 미아리 도로와 무악재 도로 확장(1966), 서울역 지하도(1967), 삼각지 입체교차로(1967), 태평로 지하도(1967), 중앙청 앞 건물 철거(도로 폭 65m를 100m로 확장), 파고다 아케이드(1967), 삼일로(1967), 사직터널(1967), 낙원상가(1968), 국내 최초 주상복합 아파트인 세운상가(1967~68), 도심 재개발

사업과 광주대단지(1968), 아현 고가도로(1968), 북악스카이웨이(1968), 여의도 윤중제(1968), 강변북로(1969), 서울대교(현 마포대교 1969), 제3한강교(현 한남대교 1969), 청계 고가도로(1969), 남산 1호 터널(1969), 남산 2호 터널(1970), 스카이아파트(정릉동 1968), 금화아파트(충정로 1969), 와우아파트(창전동 1969) 등 400여 동의 시민 아파트 건설 등의 치적에 더해, 현재 여의도의 기반을 다진 것도 그의 치적이다. 도시 재개발 과정에서 인형동 판잣집 철거(1966), 청량리역 앞 판잣집 철거(1967), 청계천 변 판자촌 등 수많은 지역의 판잣집들을 강제 철거했다. 무허가 판잣집들이 모여 있던 곳들은 멀쩡한 지역 동네 이름보다는 '달동네'로 불렸다.

그는 시내 주요 간선도로를 넓히는 데도 강력한 추진력을 발휘했다. 경부고속도로도 1968년에 착공, 1970년 7월 7일 준공되었다. '불도저'라는 김현옥 시장의 별명은 셀 수 없을 만큼 많은 도시 건설 과정에서 붙여진 것이었다. 스스로 "건설은 나의 종교다."라고 말하기도 했다. 심지어, 국방과 건설이라는 두 가지 과제가 다른 것이 아니라고 강조했다. 김현옥에게 국방은 건설이었고, 건설은 국방이었다. 훗날 이명박 시장에게 붙여진 '불도저 시장'이라는 별명도 원조는 김현옥 시장이었다. 그의 막강한 불도저 앞에 버틸 수 있는 것은 없었다. 계속될 것 같았던 그의 '돌격'은 1970년 4월 8일 와우시민아파트 15동이 붕괴되면서 끝났다.

그의 추진력은 군 재직 시절 거쳐 온 이력에서 찾아볼 수 있다. 육군수송감실 수송차장, 육군수송학교장, 제1야전사령부 수송참모부장을 거쳐서인지 실어 나르는 전문가였다. "도시는 선이다."라는 그의 신념으로 서울은 달라졌고, 힘없는 국민은 이리저리 쓸리는 돌멩이였다. '선'의 다른 이름인 도로는 거추장스러운 판잣집을 불도저로 밀어야 일이 되는 법이고, '개발'이라는 이름 뒤에 따라오는 '발전'도 힘없는 국민을 이리 치우고 저리 쓸어

버려야 가능한 것이었다. 헤아릴 수 없는 국민의 아픔과 절규조차 불도저로 밀어 버렸다. 당시 서울시장은 돌아보는 건설 현장마다 '돌격'이라는 글자가 써진 헬멧을 쓰고 다녔다고 하니, 마치 전쟁에서 적진을 향해 "돌격 앞으로!"를 외치는 것과 다름없었다. 그렇게 새로이 만들어지는 서울의 모습에서 판자촌 사람들을 위한 자리는 없었다. '돌격 시장'은 러일 전쟁 당시 뤼순 203고지를 탈환하고자 무모한 돌격으로 적군보다 세 배 이상의 부하를 희생시킨 노기 마레스케를 닮았다. 노기가 부하들의 목숨을 돌보지 않았다면, 김현옥은 가난한 사람들의 집과 삶보다는 서울의 도시 계획을 만들어 나가는 게 우선이었고, 목표 달성을 향한 '돌격'뿐이었다. 34세에 부산시장이 되고 41세에 서울시장이 된 그에게 '서울 건설'은 지상 명령이었다.

타 지역에서의 철거 소식이 남산을 넘어 우리 동네로 오기까지는 시간이 걸렸다. 학교 가는 길에는 터널 공사(2호 터널)가 한창이었다. 1학년이던 1969년 4월에 터널 공사가 시작되었다. 학교를 올라가는 길에는 아래서부터 위쪽까지 경사진 길 우측으로 터널 공사 현장이 보였다. 학교로 올라가는 길에서 안전 난간을 잡고 내려다보면, 공사 자재와 트럭들이 터널에서 캐낸 돌과 흙을 실어 나르곤 했다. 바위에 구멍을 뚫는 착암기 소리는 이른 아침부터 오후까지 종일 계속되었다. 그런 착암기 소리도 산 위 학교까지는 따라오지 않았고, 이따금 들리는 발파 소리도 교실에선 아이들의 떠드는 소리에 잘 들리지 않았다.

공사가 진척되면서 잘 알아들을 수 없는 스피커 소리가 들리곤 했다. 발파한다는 내용이었다. 그리고 방아벌레가 몸을 뒤집을 만한 시간쯤 되면, "꽝, 꽈광!" 난데없는 굉음이 들렸다. 집에서 보면 멀리서 먼지가 일었다. 공사가 터널 안으로 깊숙이 들어가면서 발파는 잦아졌다. 가끔 돌이 튀어 터널 입구에서 제법 떨어진 곳까지 날아왔다는 말도 들었다. 그때쯤이었다. 학교 가는 길, 난간 너머로 내려다보이는 트럭에는 사람들이 반듯이 누워 있곤 했다. 한쪽에 7~8명씩 두 줄로 가지런히 누워 있는 사람들은 움직이지 않았다.

"돼지 엄마! 집이 곧 철거된다는데요? 어쩜 좋아요!"

"그러게요, 갈 데도 없는데 집을 부수면 어쩌라는 건지…."

"아랫집들은 내일 철거한다고 했대요!"

소문과 불안으로 사람들은 이미 계고장을 받았다. 철거는 그렇게 시작되었다. 추운 겨울비가 내리는 날 건장한 사람들이 큰 망치와 빠루를 들고 동네에 나타났다. 철거는 순서가 없었다. 인부들은 닭장 부수듯 지붕에 올라가 덮여 있던 루핑을 뜯어냈다. 우리 집 천장에도 커다란 구멍이 뚫렸다. 그날 밤 지붕이 일부 뜯기긴 했지만, 다행히 집이 전부 부서지지는 않았다. 하룻밤이지만 피난민 같은 불안한 밤을 보내야 했다. 뜯어낸 천장 위로 별이 보였다. 그날 아버지와 동네 어른들이 철거반원들과 무슨 말을 했는지, 아니면 비슷한 처지의 이웃집들이 철거반원들과 어떻게 협상이 되었는지는 모른다. 뜯다 만 집에서의 마지막 밤, 어제보다 차가운 바람이 위에서 내려와 얼굴은 추웠지만, 이불 속 방바닥의 온기는 더없이 따스했다.

다음 날 아침 일찍부터 소란스러웠다. 우리도 이삿짐을 꾸렸다. 가져갈 수 있는 세간살이는 이불 보따리 몇 개와 양은솥과 냄비, 숟가락 등이 전부였다. 전쟁이 나서 피난을 간다면 가지고 갈 수 있을 만큼의 짐. 그것이 우리 집의 세간살이였다. 학교에 다니고 있던 누나와 나는 책가방에 교과서와 공책을 모두 넣었다. 어머니는 세 살짜리 남동생을 손에 잡고 남은 손으로는 내 손을 잡았다. 포대기 안에는 젖먹이, 그해 태어난 막내가 업혔다. 집에서 남산 길 도로에 대기 중인 트럭이 있는 곳까지 공터를 지났고, 개를 잡았던 축대도 지났다. 남산 길까지는 금방이었다. 뒤에서 여름날 몽둥이에 두들겨 맞는 개소리가 들리는 듯했다.

밀려드는 적들로부터 탈출하려는 대오에서 이탈해 낙오병들 같은 집들이 따개비처럼 붙었던 언덕에서 뜯기고 부서지고 있었다. 사람들은 공세적인 적들에 의해 패퇴를 거듭하더니 무자비한 소개 명령에 따라 해방촌에서 쫓겨났다. 대탈주 작전처럼 지역민들은 경기도 광주로 후퇴했다. 춥고 비가 오는 날, 용산동 철거 명령은 여지없이 오고야 마는 중공군의 춘계공세처럼 실행되었다.

트럭은 너무 높아 올라갈 수가 없었다. 짐칸에는 이미 이삿짐을 싣고 먼저 온 사람들이 자리를 잡고 있었다. 경기도 광주로 간다는 사실을 어른들은 말하지 않았다. 그러나 가 보지 않은 낯선 곳에 대한 불안한 눈빛들은 숨길 수 없었다. 아버지의 손에 들어 올려지고 위에서 누군가의 손에 잡혀 군용 트럭에 탈 수 있었다. 우리 집을 포함해 다섯 집의 세간살이가 실리고, 스무 명이 넘는 사람이 짐들 사이로 숨었거나 저마다의 가족끼리 붙었다. 차가 출발하자 불안한 눈빛들은 트럭을 덮은 두꺼운 호로(천으로 된 지붕)가 바람에 떠는 소리와 숨이 멎을 듯한 트럭 엔진의 시끄러운 소리에 묻혔다. 새어 들어온 바람이 얼굴을 스치면 칼에 베이듯 쓰렸다. 집을 잃은 슬픔조차 매서운 추위 앞에 웅크려야 했다. 사람들은 없어 보이는 짐들의 틈바구니로 몸을 집어넣고, 아예 이불 보따리를 풀어 아이들을 싸맸다. 달리는 트럭 짐칸에는 커다란 호로가 덮여 있어 큰 바람은 막아 주었지만, 뜯겨질 듯 흔들어 대는 소리는 공포스러웠다. 쉴 새 없이 흔들리는 사람들은 사방이 두껍고 어두운 천으로 가려진 트럭 위에서 방향도 모르고 실려 갔다. 트럭은 남산 길에서 출발해 깊은 어둠 속으로 한참을 달렸다. 그렇게 한강을 건넜다.

나는 우리 집이 철거를 당하는 이유가 2호 터널 공사로 인해 위험해서 당국에서 주민들을 안전한 곳으로 대피시키는 것으로 알았다. '대피'든 '철거'든 '이주'든 결과는 마찬가지다. 1968년부터 서울시에서 무허가 집을 짓고 사는 사람들을 서울 외곽 지역으로 강제 이주시켰고, 경기도 광주의 경우 대규모로 이주시킬 계획이 몇 해 전부터 준비되고 있었다. 우리 집과 해방촌 사람들도 광주대단지로 들어가는 것이었다. 황당한 일을 겪는 측과 이를 치밀하게 준비하는 세력과의 싸움은 힘 있는 자들의 뜻대로 진행된다. 당하는 사람의 비명과 땅이 꺼지는 울음으로 제지할 수 있는 일이 아니다. 그들은 수적 우월함이 있었고, 집행 과정에서의 무자비함도, 당당한 국가 시책이라는 명분도 지녔다. 더불어 하수인들의 맹목적이기까지 한 권력자에 대한 충성심은 차고 넘쳤다. 그들의 명분과 정부 시책의 결과를 서둘러 실현하려면 터널 공사 중 꽉 막힌 암벽을 제거하기 위해 착암기로 구멍을 내고, 폭약을 장전하고 터트려 깨야 하는 기계적인 절차를 시행하는 것뿐이었다. 그렇게 해방촌 사람들은 속절없이 후퇴했다.

우리와 같은 처지의 철거민들은 계절과 상관없이 쫓겨나 밀려왔다. 그런 무자비한 철거는 세월이 변해도 없어지지 않았다. 용산 참사(2009년 1월 20일)도 재개발이라는 이름으로 저질러진, 무자비한 공권력으로 불붙은 참극이었다. 우리 집이 철거된 1969년 겨울에 해방촌에 불었던 차가운 비바람이 40년이 지났음에도 같은 용산에서 또 벌어진 것이다. 심지어 1월의 매서운 한강 바람이 불어 대는 용산 4구역 남일동 건물에서 강제 철거 과정에서 발생한 화재로 적정 보상비를 요구하던 철거민 5명과 경찰 1명이 사망한 참극이었다. 이 일을 계기로 서울시가 불법 강제 철거를 원천 차단하는 '정비사업 강제 철거 예방종합대책'을 발표한 것은 2016년 9월이다. 그렇다고 강제 철거가 없어지는 것은 아니다. 다만, 합법적으로 진행되는 강제 철거라도 동절기(12~2월)에는 할 수 없도록 했다. 시간이 지나면서 재개발은 불가피하고, 그로 인한 이주나 강제 철거는 없어지지 않겠지만 추운 겨울에 쫓겨나는 일만은 사라질 수 있게 되었다. 계절에 아랑곳하지 않고 벌어지던 강제 철거가 겨울에라도 할 수 없도록 바뀌는 데 1969년부터 2016년까지 47년이나 걸렸다.

15. 천막살이

와우市民어파트 倒壞

11명 죽고 26명 묻혀 壓死 한 듯

5層제15동 폭삭

– 동아일보 1970.4.8, 7면

우리가 간 곳은 경기도 광주(훗날 성남)라는 곳이었다. 정확하게는 '경기도 광주군 중부면 단대리, 상대원리, 탄리, 수진리, 창곡리 일대 약 250만 평'[2]의 드넓고 황량한 들판 어디쯤이다. 지금의 행정 구역으로는 성남시 수정구와 중원구 중간쯤이다. 1971년 기준으로 원주민 5천 명을 포함, 대략 14만 명이 머물렀다. 원주민을 제외한 대부분은 철거 이주민들이었다. 해방촌에서 실려 간 우리 동네 사람들 천막(天幕) 주위로 날마다 모르는 지역에서 낯선 사람들이 실려 왔다. 1968년 말, 중부면 성남출장소의 관할 인구 6천여 명에서 69년도 말에는 3만 5천 명, 우리가 천막을 떠난 해인

---

2) 임미리, 광주대단지 사건의 성격과 현재적 의의(주제 발표), 광주대단지와 도시의 미래 8. 10. 성남(광주대단지) 민권운동 50주년 기념 학술토론회(n.p.: 성남시, 국토연구원, 2021), 20.

70년 말에는 9만 6천여 명, 71년 말에는 15만여 명으로 늘어났다. 69년 5월부터 광주대단지로의 이주가 시작되었고 같은 해 겨울쯤 우리 가족도 들어갔으니 철거민으로서는 비교적 초기에 들어간 셈이었다.

'성남(城南)'으로 알려진 이곳은 병자호란 당시 인조(仁祖 1695~1649)가 피신했던 남한산성의 남쪽에 있는 곳을 말한다. 청군에 쫓겨 피난을 왔었던 남한산성에서도 더 남쪽으로 산성 너머, 성의 남쪽에 있는 곳이라는 의미로 '성내미'로 불렸던 곳이다. 성의 남쪽이라지만 정확한 곳을 지칭하는 곳이 아니라, 지명조차 '성을 넘어 남쪽 어디쯤'이니, 제대로 된 이름조차 없던 곳이다. 사람 살기에 좋을 리가 없었다. 우리 집은 청나라 군대 같은 철거반원들에 밀려 저항도 못 해 보고 쫓겨났다.

해방촌의 밤보다 더 컴컴한 어둠이 내려앉은 광주 천막촌은 딱딱하고 평지에 가까운 경사진 터 위에 세워진 셀 수 없이 많은 천막이 멀리서 보면 까마귀 떼가 내려앉은 듯했다. 모두 24인용 군용 천막이었다. 천막은 가로 4.9m, 세로 10m로, 면적이 49㎡(14.8225평)이다. 천막 안쪽에는 취사와 난방을 겸한 연탄난로가 있었고 연탄을 쌓아 두어야 할 공간을 포함해 입구 일부를 제외하곤 신발을 벗고 가마니와 장판을 깐 바닥 위로 양말을 신고 다녔다. 천막 하나를 다섯 가구가 사용하니 한 가구당 9.8㎡(2.96평)를 사용했다. 가져온 살림살이가 없다지만, 천막 안에는 다섯 가구, 스무 명에 달하는 사람이 거주함에 충분할 것이라고 누군가가 정했을 것이다. 살던 집을 철거당하고 그보다 훨씬 열악한 곳에서 살라는 것은 어쩌면 잠시 '거쳐 가라'는 뜻은 아니었을까.

광주대단지에 구축된 철거민촌에서의 생활은 1969년 겨울과 1970년 봄까지 6개월 정도였다. 겨울을 났다. 천막으로 바람이 들어오지 않아 다행이었다. 그러나, 흙바닥에서 올라오는 차갑고 축축한 냉기는 겹겹이 깔아 놓은

가마니를 뚫고, 그 위에 깐 찢어질 듯 얇은 장판마저 무색하게 바늘 끝처럼 올라왔다. 본시 천막이라는 것은 하늘을 가려 비바람을 막고, 찬 이슬을 가려 주는 것일 뿐이다. 천막 안 우리 가족이 자리 잡은 곳은 입구에서 가까워 사람들이 드나들 때마다 바람도 함께 들어왔다. 다행이라면 커다란 연탄난로에서 가까웠기에 출입문이 닫히면 온기가 달아나지 않아 따뜻했다.

천막 아래 다섯 집의 공동생활은 한겨울 찬 바람과 함께 시작되었다. 취사는 하나뿐인 연탄난로로는 감당할 수 없어 가족 단위로 석유곤로(焜爐)를 사용했다. 허허벌판인 그곳에 제멋대로 놓인 천막들은 바람이 불면 무너질 듯 삐걱거렸고 천막이 찢어질 듯 휘청거렸다. 이따금 천막이 바람을 맞아 펄럭거리면 천둥 같은 소리가 났다. 천으로 된 창문은 있었지만 바람이 들어올까 모두 내려져 있었다. 대낮에도 천막 안에는 누군가 켜 놓은 석유램프가 별처럼 반짝였다.

다행이라면 밥은 굶지 않았다. 생계가 막막한 당시 어떻게 해서 밥을 굶지 않았는지는 알 수 없다. 가족들과 함께 밥을 먹고 공중화장실에 가려고 밖으로 나가는 것을 빼면 해방촌에서와 같은 공터도, 친구도 없었다. 날이라도 풀릴라치면 땅이 질퍽거려 신고 있던 운동화에 온통 흙이 묻었고, 조심하지 않으면 미끄러지기 일쑤였다. 우리 집이 들어가 사는 천막이 나무로 지은 공중화장실에서 멀찌감치 떨어져 있어 다행이었다. 천막촌 공중화장실은 해방촌 것보다 오래되진 않았지만, 화장실 바닥 널빤지는 해방촌과 똑같았다. 자칫 미끄러져 발이 빠질 수 있기에 항상 조심했다. 나보다 작은 아이들은 아예 어른들이 부여잡고 화장실 문을 열어젖힌 채, 볼일을 보게 했다. 화장실만 그랬던 것은 아니었다. 어머니는 성남으로 내려간 후, 천막에서의 생활이 수도도 없고, 사람이 다닐 수 있는 길도 제대로 만들어진 것이 없고, 전기조차 없었기에 6.25 피난민 시절보다 나을 것이 없다고 했다.

천막에서의 일상은 바람 소리와 추위로 기억한다. 밥을 먹을 때도 추웠고, 대형 연탄난로 위에 올려놓는 바께쓰는 내려놓기가 무섭게 다른 집의 바께쓰가 올려졌다. 천막 안 대형 난롯가 부근은 포근했지만 거리가 멀어지는 구석으로 갈수록 차가운 냉기가 틈을 찾아 비집고 들어오고 있었다. 난로를 중심으로 화상 방지용 철망에는 옷가지며 양말들이 늘 걸려 있곤 했다. 밥을 할 때마다 천막 내부는 밥 짓는 냄새와 냄비나 솥에서 나오는 김으로 짙은 안개가 낀 듯했다. 천막에 설치된 난로는 연탄이 여러 개 들어가는 대형이었지만 주로 난방용이었다. 누가 연탄을 때맞춰 갈았는지 몰랐지만, 난로는 항상 따뜻했다.

천막 안 다섯 가구의 세간살이는 별로 없었다. 대충 구별된 구역에 살림살이를 풀어 놓았지만, 풀지 않은 보따리가 더 많았다. 밤에 이부자리를 펴면 스무 명이 넘는 사람들이 쓰러져 잤다. 난로의 식은 열기보다 옆에 누워있는 가족들의 체온이 더 좋았고, 천막 안 사람들의 온기가 조금이라도 빠져나갈까 봐 빈틈을 막은 천막 내부는 견딜 만했다. 그러나, 바닥에서 올라오는 냉기는 아무리 두툼한 이불을 깔고 덮었더라도 난로의 온기를 가져오진 못했다. 아침에 눈을 뜨면 밥 지을 때 나는 솥의 김처럼 입에서도 김이 나왔다. 어딘가에 있는 우물에서 밥물을 길어 와야 하는 어머니는 어느새 일찍 일어나 연탄난로에 밥을 짓고 계셨다. 다섯 가구가 함께 사는 만큼 연탄난로 위에는 언제나 솥이며 냄비가 올려져 있었고, 바께쓰에 물이라도 데워지고 있었다. 비슷한 일상을 공유 아닌 공개해야만 하는 철거민촌 사람들의 일상은 그렇게 기약 없이 지나갔다.

추위를 못 견디는 우리를 위해서 어머니는 신기한 함석 물통을 구해 오셨다. 생긴 건 영락없는 번데기 모양인데 위쪽으로 뚜껑이 있어 뜨거운 물을 붓고 뚜껑을 단단히 잠근 후, 이불 속에서 품고 자면 이불 안이 금방 따뜻해졌다. 팔팔 끓는 물을 물통에 넣고 뚜껑을 닫은 후 수건으로 감싸면 제법 훌륭한 난로를 끌어안고 자는 셈이었다. 그러나, 함석으로 만든 물통의 품질이 그리 좋지 못했다. 뜨거운 물을 너무 많이 넣을 경우 물통의 일부가 눌리기라도 하면 뚜껑 마개를 통해 뜨거운 물이 새어 나왔다. 뜨거운 물이 적은 양이라도 흘러넘쳐 맨살에 닿기라도 하면 자다가도 놀라 펄쩍 뛰었다. 그렇다고 미지근한 물을 넣어 사용해서는 효과가 없었다. 화상의 위험을 감수하고서라도 뜨거운 물통을 몸 가까이 붙여 놓아야 편한 잠을 잘 수 있었다. 횟수를 거듭하면서 물통을 발 부분에 놓고 자면 가장 효과적이라는 것을 알았다. 물통이 뜨거워 여러 개의 수건으로 둘둘 말았다. 여러 겹의 수건으로 인해 뜨거운 물이 뚜껑을 타고 새어 나오더라도 물이 샌 줄도 몰랐다. 서로의 키가 맞지 않아 물통의 위치를 정하긴 어려웠지만, 물통을 이불 속 발 아래쪽에 떨어지게 놓은 후 각자의 키에 맞게 이불 속으로 파고 내려가 물통의 온기를 느낄 수 있을 만큼 발을 뻗고 잤다. 다리 위의 몸은 앞이나 뒤 모두 추웠지만, 발끝에서 전해지는 물통의 따스한 온기는 이불 속으로 나를 자꾸만 끌어 내렸다.

추운 밤은 봄조차 더디 오게 했다. 산성을 넘어 불어오는 삭풍은 온몸을 시리게 했다. 달력으로는 봄이 왔지만, 겨울옷은 오래 입었다. 겨울이 지나면서 철거민촌에는 천막 사이사이로 사람들이 발로 밟아 다져진 길이 났다. 그 길을 지나 도랑에는 밤새 추위로 화장실 갈 엄두를 못 내 오물로 가득 찬 요강들을 비워 악취가 났다. 천막과 천막 사이에는 천막 고정용 쇠 말뚝에 매어 놓은 끈에 걸려 넘어지지 않으려고 구불구불하게 이어진 길이 났고, 그 가느다란 길은 공중화장실로, 다시 큰길로 이어졌다. 3미터쯤 띄워 가지런하게 배치한 천막은 날이 갈수록 늘었다. 사람들이 늘어남에 따라 물 사정은 더 나빠졌다. 물을 길어 오는 것을 포함한 힘겨운 살림살이는 어른들의 몫이었다. 나는 때가 되면 밥 먹는 것이 전부였다. 경기도 광주로 트럭에 실려 갔을 때가 1969년 설달 무렵이었고, 천막에서의 생활은 정월을 지나고 있었다.

인조실록에는 청군을 피해 남한산성으로 쫓겨 온 인조가 과천(果川)과 금천(衿川)을 거쳐 안전한 강도(江都, 강화도)로 피난을 가려 성 밖으로 나가려 했지만, 눈보라가 심하고 산길이 얼어붙어 말이 발을 딛지 못하고, 예측 못 할 모욕이 두려워 포기했다고 했을 만큼, 그곳에서 얼마 떨어지지 않은 경기도 성내미의 겨울은 병자년만큼이나 끔찍했다. 추위는 눈이 오지 않는 날에도 찾아오는 바람 때문이었다. 산성을 내려가 강화도까지 가는 길의 추위가 임금의 다급한 발걸음도 붙들어 맸던 것처럼 천막촌의 겨울은 살벌했다.

이중환의 《택리지》에도 남한산성에 대한 언급이 있다. 성 안쪽과 달리 바깥 산성 아래쪽은 살기(殺氣)를 띠었다고, 게다가 전쟁이라도 터지면 반드시 싸움이 벌어지는 곳으로 광주 일대는 사람이 살 만한 곳이 못 된다고. 그런 경기도 성남의 추위 속에서 서울로 다시 갈 수 없는 처지에 놓인 철거민들의 천막살이는 고드름이 자라는 만큼 힘든 겨울을 나고 있었다. 역사적으로 뚫린 적이 없던 난공불락의 산성을 스스로 열고 삼전도까지 신하들의 부축을 받으며 기필코 내려가야만 했을 왕의 심정을 헤아리기 힘든 것처럼, 당시 위정자들은 철거민들에게 천막과 난로, 연탄만을 제공한 게 전부였을 뿐, 철거민들의 마음을 헤아리지 않았다.

"10만 명 모아 놓으면 알아서 뜯어먹고 산다."라는 말은 당시 김현옥 서울시장이 했다고 전해진다. 철거민 정책을 실행하면서 소위 대책이란 게 얼마나 한심한 지경에 있었는지 엿볼 수 있는 말이다. 독재 정권이 밀어붙인 철거민 이주가 부실과 엉성함뿐임을 엿볼 수 있는 말이다. 무책임의 극치다. 서울시장이 양택식으로 바뀌었어도 광주대단지 주민들의 삶은 나아지지 않았다. 허허벌판에 주민들을 내버린 정책 입안자들. 이에 광주대단지에 살던 주민 5만여 명이 1971년 8월 10일 오전 10시경 경기도 광주군 중부면 탄리 성남출장소 뒷산에 모였다. 이들의 요구 사항은 각종 세금 면제와 실업 대책, 토지 불하 가격 인하 등이었다. 주민들의 항거에 대해 일부 언론은 '난동'이라 보도했다. 그러나, 그들의 분노에 불을 지핀 것은 서울시장을 비롯한 공무원들과 정권이었다. 정권의 무능력이 참고 억눌렀던 주민들의 분노를 폭발시켰다. 서슬 퍼런 군부 독재 기간에 일어난 최대이자 최초의 시민 봉기다. 그들이 요구한 것은, 민주화도 아니요, 독재자는 물러가라는 것도 아닌, 생존 대책을 마련해 달라는 것이었다. 정부의 무능과 무대책이 부른 참사다.

16. 서울 찬가

京釜高速道路 개통

速度革命의 巨步….全長 四二八km 四時간半 走破

– 동아일보 1970.7.7, 1면

    가진 것 없이 입에 풀칠하던 사람에게 철거민촌에서의 생활은 말이 아니었다. 기약도 없이 버려진 생면부지의 땅에서 생계를 위한 다른 방도가 없다면 죽을 목숨이었다. 땅에선 밥이 나오지 않았다. 먹고살기 위해선 벌이를 할 수 있는 서울로 다시 들어가야 했다. 교통 여건마저 제대로 준비되지 않은 광주에서 서울까지 돈을 벌러 다니는 일은 감당하기 어려웠다. 당시 서울시, 경기도, 광주군의 '광주대단지사업의 효율적 추진을 위한 협약서[3]'를 보면, 광주대단지에서 서울 천호동으로 가는 버스 운행 대수를 매 3,000명당 1대를 증차하고, 버스가 다닐 수 있는 도로포장을 1971년 12월 31일까지

---

3) 광주대단지지역 사업 효율적 추진을 위한 협약서(1971), 행정안전부 국가기록원, n.d. 수정, 2022년 10월 5일 접속, https://theme.archives.go.kr/next/koreaOfRecord/panjaChon.do.

마치는 것으로 되어 있었다. 계획이 그렇다는 것이다. 우리 가족이 살았고 그곳을 떠난 1970년 4월 무렵엔 차가 지나가지 않더라도 바람만 불면 먼지 날리는 비포장도로뿐이었다. 그러니, 천막촌에서 먹고살기 위해선 세대당 배급해 주는 밀가루와 양곡으로는 어림없었다. 사람이 먹고만 사는 것은 아니다. 우리 가족이 그곳을 떠날 수 있었던 것이 아버지가 어디에서 융통한 돈이었는지는 확실치 않다. 철거민들에게 땅을 20평씩 저렴한 가격에 불하한다고 했지만, 땅값을 감당할 수 있는 사람들은 많지 않았을 것이다. 아버지는 아마도 그 20평을 불하받을 수 있는 '딱지'를 팔아 여윳돈을 마련한 것은 아니었나 하는 생각은 하지만 사실인지는 알 수 없다.

다시 서울로 들어오지 않고 그곳에 눌러앉은 사람들은 훗날 집을 짓고 살았을 것이다. 지금의 성남시 중원구나 수정구 지역에 분포한 다수의 조그만 빌라 중에는 당시 철거민들이 불하받은 땅에 지은 것들이 적지 않다. 우리 가족이 어떻게 다시 서울로 올 수 있었는지에 대해선 어머니도 기억하지 못하신다. 우리 가족은 성내미 천막살이를 뒤로하고 다시 서울로 들어왔다. 그곳은 이전에 살던 해방촌에서 '저네미'라고 불렀던 후암동이었다.

후암동은 남대문에서 아주 가깝다. 성문 밖 동네. 태조 때 조정에서 외성을 쌓으려고 했는데 경계를 어디로 할지 몰라 고심 중일 때, 눈이 내렸지만 녹아 없어진 곳과 눈이 그대로 쌓인 곳을 경계로 서울 성곽을 쌓았다는 이야기에서 '설(雪)+울(울타리)'이 '서울'이 되었다는 것이 사실인지는 모르지만, 겨울에 눈이 내려도 녹아 없어지는 그곳까지는 아니더라도, 눈 쌓인 한양의 성 밖 언저리다.

후암동 역시 용산구에 속한다. 그곳이 터가 좋은 것은 우리 조상들만 알고 있었던 것이 아니었다. 서울의 관문인 서울역이 있고 나라님이 거하시는 구중궁궐도 산 너머에 있다. 보이진 않지만 지척이다. 전라도나 경상도 사람들이 "서울 올라간다."라고 할 때 그들이 말하는 서울은 '용산역' 아니면 '서울역'이다. 호남선과 전라선으로 용산역에 내리면 발 딛는 모든 곳이 용산에 속한다. 시야에 들어오는 모든 땅이 용산이고 보이는 산은 남산뿐이다. 경상도에서 올라오는 기차는 서울역이 종착역이다. 기차에서 내려 발 딛는 곳에서 왼쪽은 중구, 오른쪽이 용산구다.

남산은 커다란 치마폭을 드리운 듯 서울의 한복판에 서 있다. 도성을 에워싼 산들로는 인왕산, 백악산, 낙산, 남산이 있다. 옛 성곽 길을 따라 도는 것으로 남산을 보자면, 남대문에서 시작해 남산을 가로질러 동대문까지로 이어지는 길이 남쪽 성벽에 해당한다. 경복궁이 한강 너머 관악을 바라보고 있지만 눈길은 남산을 넘지 못한다. 남산을 바라본 눈길에서 보이지 않는 뒤편이 용산이다. 행정 구역 용산구에서 도성에서 가장 가까운 곳에 해방촌이 있다. 도성으로 가는 길목이니 남쪽에서 오자면 반드시 거쳐야 하는 곳이 용산이고, 사대문 안에서 남대문을 거쳐 충청도, 경상도는 물론, 호남 지방으로 내려가는 삼남길 또한 용산을 거쳐 강을 건너야 하니 용산은 길목이 된다. 심지어 〈흥부가〉에 등장하는 제비들도 중국의 강남(長江 이남 지역)에서 연경(燕京, 北京의 옛 이름)을 거쳐, 압록강, 도봉산을 지나 애아고개(이태원 고개)와 남태령을 넘었다. 남태령만 넘으면 놀부와 흥부 박씨 형제가 살고 있는 전라도 남원시 운봉면과 경상도 함양까지 단숨이었다. 날짐승인 제비도 거쳐야 할 만큼 용산은 길목 중의 길목이었다.

서울은 한양으로 불렸던 시절부터 모든 사람이 '상경'하고 싶은 도시였다. "서울로 간다."라는 말은 떠나는 자의 비장함과 우쭐함이, 남겨진 자의 옹색함과 초라함이 묻어나는 말이다. 서울을 떠나 고향으로 가는 것은 '낙향'한다고 했다. 낙향하는 자의 초췌함과 힘 빠진 뒷모습이 연상된다. 그래서인지 서울 사람들은 서울을 떠나려 하지 않았고, 밑에 사는 촌사람들은 위를 바라보며 살았다. 그래서 조선시대에는 서울을 떠나게 하는 것 자체가 하나의 형벌이었다. 유배 중인 다산 정약용도 아들에게 보내는 편지에서 "너는 사정이 어지간하면 한양 사대문 밖에 살지 말고 어떻게 해서든 사대문 안에서 살도록 해라. 그것도 힘들거든 사대문 가까운 곳에서 살아야 한다. 그래야 여러 가지 보고 듣는 게 많고 기회들이 많다."[4]라고 했다. 사대문 밖으로 쫓겨나는 '문외출송(門外黜送)'은 관직을 박탈하는 것과 병행되었을 정도로 엄중한 것이었다. 어쩌면 관직을 빼앗기는 것보다 도성 밖으로 추방되는 것을 못 견뎌 했을지도 모른다.

해방촌 사람들은 서울에서조차 도성 밖 남쪽에 살았으므로 '성내미'였고, 해방촌에서도 해방교회 언덕 너머인 지금의 후암동을 '저 너머+북쪽=저네미, 저내미'라고 불렀고, 후암동에서는 반대편을 같은 이름으로 불렀다. 정약용도 당부했을 만큼 서울은 가까이 붙어 있어야 하는 곳이었다. 그런 가르침을 주는 어른이 가까이에 없었어도 해방촌 사람들이 그것을 모를 리 없었고, 멀리서라도 성곽을 바라보고 살아야 함을 알았다. 그곳의 이름이 '위례성(慰禮城-삼국시대 백제)'이었든 '한산주(漢山州-신라 성덕왕)'였든 '양주(楊州-고려시대)', '남경(南京-고려 문종)', '한양부(漢陽府-고려 충렬왕)'였든, '한양(漢陽-조선 건국 시)', '한성부(漢城府-조선)', '경성(京城-일제 강점기)'이었든, 먹고 살기 위해 서울의 기운을 가까이 몸으로 느껴야만 살아갈 수 있는 해방촌 사람들에게는 조선시대 후암동 일대에서 키워졌던 소나 말처럼 남산은 없는 사람들이 비빌 수 있는 양지바른 언덕이었다.

〈서울의 찬가〉는 해방촌 사람들의 판단이 옳았음을 말해 주는 것이었다. 그때 그곳에서 들었는지, 아니면 성남으로 오기 전에 해방촌에서 들었는지

---

4) 노주석, 《서울택리지》, 소담출판사, 2015, 49쪽

정확한 기억은 없지만, 노랫소리가 자주 들렸다. 여자 가수가 부르는 노래는 서울에서 살겠다는 내용이었다. 어쩌면 아버지의 실지 회복의 꿈, 살던 곳으로 돌아가겠다는 생각은 그 노래 때문이었는지 모른다. 그 노래가 없었다면 어쩌면 성내미에 붙어살았을지도 모른다. 노래가 사람들을 떠나게 했고, 돌아오게 했다. 고향이 아닌 고향으로 돌아가겠다는 결심을 한 사람이 나의 아버지뿐이었을까. 어쩌면 어머니도 남산 밑이라 마음이 놓였는지도 모른다. '산이 있으면 친정 안 간다.'라는 말을 속으로 다짐했었는지도 모른다.

종이 울리네 꽃이 피네 새들의 노래 웃는 그 얼굴
그리워라 내 사랑아 내 곁을 떠나지 마오
처음 만나고 사랑을 맺은 정다운 거리 마음의 거리
아름다운 서울에서 서울에서 살으렵니다

봄이 또 오고 여름이 가고 낙엽은 지고 눈보라 쳐도
변함없는 내 사랑아 내 곁을 떠나지 마오
헤어져 멀리 있다 하여도 내 품에 돌아오라 그대여
아름다운 서울에서 서울에서 살으렵니다
- 〈서울의 찬가(작사 길옥윤, 작곡 길옥윤, 1969)〉

이 노래는 김현옥 서울시장이 서울에 대한 희망적 메시지를 담은 노래를 작곡가에게 만들어 달라고 요청해 만들어졌다고 알려져 있다. 서울에 살던 수많은 사람을 뿔뿔이 흩어지게 한 장본인이, 원치 않는 타지로 사람들을 강제로 이주케 만든 그가, 서울에서 살고 싶다는 노래를 만들어 달라고 했다는 게 아이러니다. 실제 음반은 1969년에 발매되었다. 〈서울의 찬가〉가 확성기를 통해 울려 퍼질 때 서울 언저리에서라도 살고자 했던 사람들은 서울에서 쫓겨났다.

17. 다시 해방촌으로

籠城 근로자 燒身自殺
處遇改善 외치던 靑年 「基準法」 껴안은 채
평화市場制服종업원
- 동아일보 1970.11.14, 7면

    성남에서 후암동으로 이사 온 집은 이상하게 방바닥이 꿀렁거렸다. 집은 골목에서 보면 항상 열려 있어 바깥문을 들어가면 바로 우리 집 단칸방이고, 복도는 오른쪽으로 더 들어가 두 개의 방이 안쪽으로 있다. 주인집은 바깥문 골목에서 아래로 내려가 왼쪽으로 돌면 출입하는 철문이 따로 있다. 경사진 곳이라 주인집은 아래로 내려와 보면 1층이다. 철문 안쪽에서 보아 왼쪽으로 방이 두 개, 그리고 이어진 부엌이 있고, 기역 자로 구부러져 다시 방이 두 개 있다. 입구에서 보면 정면에 있는 두 개의 방 중 왼쪽의 큰 방은 주인집이 사용하고 있고, 그 오른쪽 끝 방은 얼마 뒤 2층에 살던 우리가 내려와 살았던 방이다. 모든 방은 부엌을 빼곤 자그마한 툇마루로 붙어 있다. 주인집은 자신들이 사용하는 것 말고는 나머지 방 세 개를 전부 세주고 있었다. 철문 안쪽에는 돼지라도 잡을 수 있을 정도의 너른 마당과 수도가 있고, 철문 바로 뒤 우측 안쪽으로 화장실이 숨어 있다.

2층이자 골목길에서 보면 1층이기도 한 우리 방은, 항시 열어젖혀 놓은 문을 들어가면 컴컴한 나무 복도로 옆방과 이어진다. 복도에서 조그만 쪽문을 열면, 우리 가족이 사는 단칸방이다. 바닥에는 다다미가 깔려 푹신했다. 다다미 위에 다시 장판이 덮여 있다. 바닥은 평평하지 않고 굴곡이 있었다. 전체적으로 한쪽에서 반대쪽으로 경사가 있었다. 지내면서 알게 된 것이지만, 2층이었던 우리 방뿐만 아니라 집 전체의 구조가 나무로 지은 것이었고, 2층 바닥도 모두 나무판자로 된 것이라 사람들이 심하게 뛰거나 하면 꿀렁거리는 것은 당연했다. 방마다 판자로 바닥을 하고 다다미를 깐 것이었지만, 오래되고 눌려 탄력이 없어진 다다미를 새로 교체하지 않고, 눌린 부분에 가마니와 짚을 채워 넣어선지 울퉁불퉁했다. 방의 크기는 다다미 4장은 넘었지만 6장은 되지 못했으니, 다다미 두 장을 한 평으로 보면 3평이 채 못 됐다. 2층 방 남쪽으로 난 쪽창으로 아랫집 처마가 보였다. 멀리 다른 집들도 보였다. 작은 쪽창을 비집고 들어오는 햇빛만으로는 늘 방이 어두웠기에 낮에도 항상 전구 다마를 켰다. 부엌 살림살이는 쪽창 밖으로 달린 튼튼한 선반에 올려놓고 썼다.

　판잣집은 화재에 취약해 주인집 아저씨와 아주머니는 불시에 2층 셋방들을 둘러봤다. 당시 대부분 집이 연탄으로 난방과 취사를 했지만, 2층 판잣집에 살면 1층 집은 아궁이가 있어 연탄 화덕을 아궁이에 넣었다 뺐다 하며 사용할 수 있지만, 2층은 겨울이 아니면 연탄난로를 사용하지 않았다. 밥을 할 때는 주인집 수돗물로 쌀을 씻어 와 창 쪽으로 난 시렁 위에 놓인 석유곤로로 밥을 먼저 하고 국을 끓였다. 집 안이 번잡하다 싶을 땐, 방문 밖 복도 통로에 곤로를 내놓고 밥을 했다.

　겨울에도 난방을 할 수 없었다. 방바닥엔 늘 두꺼운 이불을 깔고 살았다. 가끔 주인이 올라와 뛰지 말라는 소리를 여러 번 했다. 누군가 뛰어서가 아니라 위층 사람이 걸어가는 소리가 아래층에 그대로 들렸기 때문이다. 나중에 1층으로 이사를 가서 살아 보니 왜 주인집에서 2층에 뻔질나게 밀린 방세 재촉하듯 올라왔는지 알 수 있었다. 아랫집 사람들은 위에 사는 사람들이 걸어가는 것은 물론이고, 바로 위가 아닌 2층 옆방에서 걸어 다니는 소리까지 들을 수 있었다.

경기도 광주에서 후암동으로 이사 와서 한동안 낯선 동네 환경을 익히느라 조용히 지냈다. 아버지는 해방촌에서와 마찬가지로 바쁘게 일하러 다니셨다. 대개는 공사판에서 일하셨지만, 기억으로는 연탄도 찍으셨다. 남산 밑 가파른 동네 여기저기 축대 쌓는 일도 하셨다. 당시 오며 가며 아버지가 직접 연탄을 만드는 것을 본 적이 있다.

제조 과정은 신기했다. 우선, 양쪽 끝을 발로 밟을 수 있을 만큼 넓적한 철판 위에 19개 둥근 쇠막대가 박힌 것을 바닥에 놓고, 쌀을 퍼 담는 말 통과 같이 생긴 밑이 뻥 뚫리고 양쪽엔 손잡이가 달린 거푸집을 씌우곤 안쪽에 연탄 받침용 얇은 철판을 넣는다. 이것은 두 가지 기능이 있다. 하나는, 연탄의 구멍 수와 같은 구멍이 뚫려 있어 쇠막대기를 타고 밑으로 내려가 거푸집과 쇠막대의 간격이 일정하도록 떼어 놓는 역할이고, 다른 또 하나는 연탄이 만들어지면 거푸집을 위로 들어 올릴 때 거푸집과 같이 연탄이 들어 올려지면서 쇠막대기에서 빠지도록 하는 것이다. 이제 수분을 머금어 젖은 무연탄 반죽을 삽으로 퍼 담는다. 석탄 반죽 안에 빈틈이 생기지 않도록 거푸집의 손잡이를 잡고 흔들고, 위쪽으로 살짝 들었다가 내려놓기를 몇 번 반복한다. 그리곤, 쇠막대기에 끼울 수 있도록 상판을 연결하는데, 상판에는 쇠막대기에 꼭 맞도록 구멍이 돌아가며 뚫려 있다. 상판 위로는 15cm쯤 위로 튀어나온 부분이 있는데 이는 연탄을 단단하게 다지기 위해 커다란 나무망치로 두드리기 위한 것이다. 나무망치로 여러 차례 때려

설정한 깊이까지 내려가면, 상판을 걷어 내고 거푸집을 들어 올린다. 들어 올려진 거푸집에는 연탄이 밑받침과 함께 따라 올라오는데 다 빠졌다 싶으면 거푸집을 쇠막대 위에서 살짝 비틀어 다시 쇠막대 위에 내려놓고 거푸집 손잡이엔 힘을 줘 밑으로 내리면 연탄 받침대 위엔 표면마저 매끄러운 연탄 한 장이 모습을 드러낸다. 연탄 한 장이 그렇게 만들어졌다. 석탄 가루를 실어 와 가게에서 찍는 가내 수공업 형태의 연탄 제조업은 오래되지 않아 사라졌다. 서울 시내와 근교에 연탄 공장이 생기면서 트럭이 연탄 가게까지 완제품인 연탄을 배달해 주기 시작했고, 연탄 가게에선 바로 연탄만 배달하거나 팔 수 있었기에 가게에서 연탄을 찍는 일은 사라졌다.

연탄을 취사와 난방용으로 사용하기 시작한 것은 후암동으로 이사를 오면서부터였다. 성남으로 가기 전에는 남산이나 집 앞 공터 등지에서 떨어진 나뭇가지들을 줍거나 꺾어서 땔감으로 쓰기도 했다. 1968년 남산 출입이 통제되고 나서는 철거당하기 전에도 일부 연탄을 사용한 적은 있었지만 후암동에서는 세 들어 사는 집의 형편에 따라 연탄을 쓰기도 했고, 석유곤로를 사용하기도 했고, 연탄은 난방용으로, 취사는 석유를 동시에 사용하기도 했다. 연탄은 구멍의 개수에 따라 일제 강점기에 처음 등장한 구멍이 아홉 개인 '구공탄'과 19개 구멍을 가진 '십구공탄', 이후 스물두 개의 구멍을 가진 '이십이공탄' 등으로 변해 갔다. '구멍탄'으로도 불렸다.

'연탄'이라는 이름은 1961년 정부에서 연탄 규격을 정하면서 사용하기 시작했지만, 실상 연탄이 이 땅에 들어온 시기는 일제 강점기였다. 19세기 말 일본 규슈 지방에서 주먹만 한 크기의 석탄에 구멍을 뚫어 처음 사용하기 시작했는데, 석탄에 뚫린 구멍이 연꽃 열매를 닮아 '연꽃 연탄'이라는 이름으로 알려졌고, 이후 1907년 연탄 제조 기계가 발명되면서 본격적으로 생산되었다. 1920년대 일본인들이 전국 각지에서 구 공탄을 제조, 일본인들을 상대로 판매하면서 일부 한국인들도 사용하기 시작한 것이다. 본격적으로 널리 사용되기 시작한 것은 해방 이후부터이고, 1960년대는 연탄 산업의 전성기라 할 수 있다. 그러나, 연탄에 대한 폭발적인 수요는 1965년 가을부터 1967년 봄까지 '연탄 파동'으로 위기에 봉착하자, 정부는 에너지원 다각화로 석유류 등으로의 수요 전환을 모색했고, 1989년 '석탄 산업 합리화 정책' 이후 석탄 산업의 온기는 불 꺼진 연탄처럼 싸늘하게 식어 갔다.

이사 온 후 학교에 갔다. 이미 개학한 지 오래였고 혼자 학교 가기가 꺼려졌던 나는 어머니의 손에 끌려 학교로 갔다. 4월 말쯤이니 2학년 1학기가 시작하고도 한참이 지나서 간 학교는 다행히도 눈에 익었다. 교무실을 들러 담임 선생님과 인사를 한 기억은 없지만, 어머니의 손에 끌려 2학년 2반 교실 문을 열고 들어갔다. 선생님은 내가 살던 집이 철거당했고 경기도 광주라는 곳에서 다시 이사를 오느라 늦었다고 아이들에게 소개해 주셨다. 나도 내 이름을 말했고 잘 지내보자고 말했다. 처음 보는 친구들의 올챙이 떼 같은 눈망울이 더 커진 내 눈에도 가득 들어왔다. 마치 새로 전학해 온 아이처럼 그렇게 47일 늦은 2학년을 시작했다.

학교생활도 예전과 다름없이 재미있었고, 후암동에서의 생활도 해방촌과 큰 차이가 없었다. 해방촌의 집 앞 너른 공터와 같은 마당이 후암동엔 없었다. 이곳에 와서도 여러 번 이사했다. 옮겨 다닌 집에 대한 기록은 없다. 태어난 곳은 용산구 용산동 2가 8번지이고, 대학교 2학년 2학기를 다니다 입대하기 위해 대전으로 떠나던 1983년 11월 1일까지 살았던 후암동 4××번지 사이의 기록은 없다. 먹고살기가 녹록지 않았고, 그 와중에 셋방살이를 전전하는 가난한 사람들에게 전입 신고는 부차적인 것이었다. 이사를 하고 나서 1~2년을 살고, 전입 신고를 하지 않은 것에 따른 불이익이 있었다면 모르지만, 아이들이 5명에 모두 7명의 가족이 사는 단칸방은 월세를 제때 내지 않을 때는 말할 것도 없고, 아이들이 시끄러워서도, 주인집이 내키는 대로 비워 달라면 언제라도 비워 주어야 해서, 옮겨 다니는 것이 빈번했기에 전입 신고를 하지 않았을 것이다. 기억이 나는 곳의 셋집만 네다섯 군데는 된다.

그저 집이 좁아 넓은 곳으로 이사를 한 적은 없다. 주로 밀린 월세 때문이거나 월세를 올려 달라는 것 때문이었다. 간혹 어머니가 주인아저씨나 주인아주머니와 전기료나 수도세로 언성을 높이는 일이 있긴 했지만, 하나뿐인 화장실 사용하는 것과 사람 수에 따른 화장실 똥 푸는 비용을 분담하는 것으로도 옥신각신했다. 세 든 사람에게 한 푼이라도 더 내라며 이런저런 비용을 세입자에게 전가하려는 집주인과의 크고 작은 싸움의 결과는 세입자가 다른 집을 구해 나가는 것으로 끝이 났다. 이사를 해야 하는 이런저런 이유 중 하나는 애들이 많다는 것도 있었다. 애들이 많으면 시끄럽다는 이유를 앞에 내세웠지만, 대부분을 밖에서 놀기 바쁜 아이들로 인해 시끄럽다는 것은 억지였다. 어른들보다 화장실에 빨리 뛰어가는 것도 그러한 이유 중 하나였을지 모른다. 세를 놓으려면 화장실 개수를 넉넉하게 만들면 되었지만 내가 살았던 후암동의 어떤 집도 화장실을 세놓은 방 개수만큼 만든 곳은 없었다.

집집마다 매 끼니 밥상 위의 구성은 다를지라도 세끼 밥을 먹는 것도 비슷하고, 생체 리듬도 다를 게 없으니 아침이면 화장실 앞은 늘 시끄러웠다. 인원에 따라 화장실 비용을 분담하는 것이니 화장실을 눈치 보며 쓰지 않아도 되었지만, 밖에서 기다리는 것이 빤히 보이는 부실한 화장실 문을 사이에 두고, 용변을 보려는 줄 선 사람들의 애처로운 표정까지 보면서 느긋하게 볼일을 볼 순 없었다. 빨리 나오라는 성화를 듣는 건 일상이었다.

급할 때, 우리 집 변소에 이미 누군가 들어가 있기라도 하면, 바로 공동

변소로 뛰어갔다. 대문을 열고 좁은 골목길을 달려 공동 수도가 나오면 다시 아래로 뛰어 내려간다. 길이라야 100여 미터밖에 되지 않았지만 급할 때는 1미터도 짧지 않은 거리였다. 공동변소는 바람직한 구조로 되어 있었다. 입구에서 좌측은 남자들이 사용한다. 남자 변소엔 소변을 보는 벽이 있었다. 남자나 여자 변소 모두 똑같은 구조로 되어 있었다. 공동변소는 크고 여러 사람이 동시에 사용할 수 있었지만, 늘 많은 사람이 기다리고 있었다. 그래도 주인집 눈치를 보지 않아 편했다.

남자 반대편은 여자 변소다. 따라서 공동변소 앞에 기다리는 사람이 없을 땐, 남자 여자를 가리지 않고 사람이 없는 변소 문을 열고 들어갔다. 여자라도 별수 없는 일이기도 했다. 간혹 변소에 급하게 들어가느라 안에서 문을 제대로 잠그지 않은 경우가 있다. 그러면 사정 급한 사람의 손에 의해 느닷없이 문이 열리고, 앉아 있는 사람의 비명과 욕이 튀어나오고 문이 닫힌다. 순식간에 일어나 안에 있는 사람이 남자인지 여자인지도 모를 때가 있었지만, 남자는 욕을, 여자는 비명을 질렀다. 왜 남자는 욕을 하고 여자는 비명을 지르는지 모를 일이다. 신기한 것은 나이 드신 분들의 경우, 뒤처리를 위해 가지고 들어간 잘린 신문을 말없이 보고 있기만 하는 경우도 있었다. 어느 날엔가는 급하게 문을 열고 들어가려다 아무 소리가 없어 앉아 계신 어르신과 부딪힐 뻔한 적도 있었다. 문을 잠그는 걸 잊는 건 나 또한 마찬가지였다. 문고리래야 물음표처럼 생긴 쇠를 둥그런 고리에 살짝 걸어 잠그는 것이었는데 낡고 오래돼 세게 잡아당기면 쉽게 열렸다.

공동변소의 풍경은 매일 아침이 다르지 않았다. 줄을 선 사람들도 대개 서 있는 자리만 바뀔 뿐이니 동네 사람들의 민낯을 보게 된다. 화장실에서 얼굴을 터서인지는 모르지만 길을 지나가다 어디서 본 듯한 어른이라면 인사를 곧잘 했다. 화장실 덕분이다.

18. 만화방

[불량만화는 사회악의 근원이다]라는 플래카드를 앞세운 불량만화 화형식

「어린이 惡書추방」大會

兒童圖書 보급協, 火刑式도

-동아일보 1971.6.29, 7면

어머니가 경로당에 가서 아버지를 모시고 오라고 하신다. 경로당 가는 길은 언제나 즐겁다. 경로당을 자주 가던 때는 초등학교에 들어가기 전부터, 집이 철거당해 광주로 가기 전 1학년까지였다. 아버지를 모시러 가는 일 말고도 경로당엔 자주 갔었다. 내가 자주 가곤 했던 도서관이 경로당 2층에 있었기 때문이다. 경로당엔 나이가 지긋하신 할아버지들도 있었지만, 아버지를 포함해 어른들이 일이 없는 날이면 모였다. 화투를 치고 장기나 바둑을 두는 것이다. 아버지는 두부 조각 같은 플라스틱을 앞에 가지런히 두곤, 조각들의 순서를 왼쪽으로, 왼쪽에 있던 것을 오른쪽으로 몇 칸 옮겨 정렬된 조각 사이로 바꿔 끼워 넣곤 했다. 한자와 꽃 그림이 그려진 것도 있고, 가운데 것을 앞으로 내놓기도 하면서 어떤 것을 가져가기도 하는…. 그것이 '마작'이라는 것은 훗날에 알았다. 아버지는 그곳에 자주 계셨고 어떤 날은 아무 말도 없이 내게 선리품 일부를 주시기도 했다.

경로당 위층 도서관엔 학교에는 없는 만화책들이 엄청나게 있었다. 낡고 오래된 학습 전과만 한 두께의 잡지들이 과월 호부터 순서에 맞게 가지런히 진열되어 있었다. 《만화 세계》, 《만화 소년소녀》, 《새 소년》 같은 만화 잡지와 함께, 다양한 만화가 가득한 어린이 잡지 《어깨동무》, 《소년중앙》이 줄지어 책장에 꽂혀 있었다. 도서관에서는 눈치 보지 않고 학교에서는 볼 수 없는 만화책을 뽑아다가 넓은 책상 위에 올려놓고 시간이 허락하는 한 오랫동안 보곤 했다.

만화는 다른 세상이었다. 따분한 글씨가 없는 만화책은 한글을 읽지 못하는 나도 형들이나 누나처럼 그림뿐이지만 볼 수 있었고, 1학년이 되어서는 눈에 들어오는 글자들에 손가락을 짚어 가며 볼라치면 시간 가는 줄 몰랐다. 침을 발라 페이지를 넘기다 보면, 어머니가 저녁을 먹으라며 종종 나를 데리러 오시곤 했었다. 이따금 내가 본 다음 권의 만화를 다른 놈이 보고 있으면 뒤에서, 아니면 몇 자리 떨어진 곳에서 가자미눈으로 녀석이 다 보기를 기다렸다가 만화를 덮고 일어나는 순간을 기다려 만화를 낚아챘다. 그런 날은 더 오랫동안 책을 봤다. 만화책은 가끔 가는 테레비방에서도 볼 수 없는 천연색 그림들도 가끔 볼 수 있었다. 만화책을 보고 돈도 받지 않았기에 도서관은 세상에서 가장 좋은 곳이었다. 멋진 신세계였다. 내가 도서관에 가는 횟수만큼이나 노인도 아니면서 경로당에 계시는 아버지께 저녁을 드시라는 어머니의 지령을 전달하는 횟수도 늘었다. 경로당 문을 열고 담배 연기로 자욱한 곳에서 아버지를 발견하면, 다른 어른들의 몰입에 방해가 되지 않게 하려고 아버지 곁으로 살금살금 다가가 "빨리 집으로 오시래요!"라며 속삭이곤 했다.

국민학교 때부터 중학교 3학년 때까지 만화방에 자주 갔다. 비가 내리거나 날씨가 추워지면 남산 밑 후암동 골목길엔 아이들 목소리가 잦아든다.

바람이 들이치지 않고 볕이 잘 드는 곳이라도 기온이 뚝 떨어지고 나면 동장군 앞에 대낮 햇볕의 온기도 골목길로 아이들을 불러내지 못한다. 그럴 때면 재남, 용남이와 함께 약속이나 한 듯 만화방으로 모였다.

해방촌 오거리에서 후암국민학교로 들어가는 길, 담배 가게 맞은편에 있는 만화방은 수관이네 바로 옆이었다. 몇 해 전 108계단 위에 살던 수관이가 이사를 왔는데 만화방 옆집이었다. 만화방에 갈 때는 으레 한 사람을 달고 간다. 혼자 가도 되지만 친구를 불러 함께 가는 데는 그럴 만한 이유가 있다.

여닫이문을 열고 들어가면 추운 바깥 날씨와 사뭇 다른 온기가 있다. 주인아저씨는 불단처럼 돋운 자리에 앉아 만화책을 손질하거나 만화책을 보고 있는 사람들을 습관처럼 둘러보신다. 아저씨가 앉아 있는 자리 밑에는 연탄난로를 아래로 집어넣어 앉은 자리 주변의 장판은 검은색으로 변한 지 오래다. 뜨거운 열기 때문인지 차가운 법당에서 스님들이 앉아 있을 법한 두꺼운 방석을 두 장이나 깔고 앉아 계신다.

만화책을 보는 방법은 몇 가지가 있다. 주인아저씨가 앉아 있는 자리 주변에 차곡차곡 쌓여 있는 것들은 신간들인데, 한 권에 십 원이라면, 나머지 공간을 빼곡히 채운 오래된 만화책들은 십 원에 두 권 또는 세 권씩 볼 수 있었다. 그러나, 한 시간에 몇 권을 보는지는 보는 사람마다 속도 차이가 있지만, 친구들과 같이 가는 경우 각기 다른 만화책을 빌려서 바꿔 보기도 했다. 그러다, "왕눈이! 너희 만화 다 보지 않았어?"라고 아저씨가 큰소리치신다. 내가 낸 돈으로는 벌써 다 보고 나갔어야 하는데 같은 자리에서 꿈쩍 않고 머리를 숙이곤 만화 삼매경에 빠진 것을 수상하게 보는 것이다.

만화를 보고 있다가 주인아저씨의 호통을 듣지 않는 날은 거의 없었다. 그럴 때마다 "요게 마지막 권이에요!"라거나, "아직 다 보지 않았는데요?"

라며 억울한 표정까지 짓곤 했다. 아저씨의 짐작이 틀린 적은 없었다. 열 평쯤 되는, 딱딱한 나무 의자에 양팔을 몸에 바짝 붙이고 봐야 하는 비좁은 만화방이었고, 화장실이라도 갔다 오면 앉았던 자리가 다른 사람들로 채워져 엉덩이를 비집고 앉을 곳을 찾아야만 했던 곳이었다. 아이들이 들락거리고, 볼 만화책에 따라 계산하고, 그러는 와중에 사람들은 만화책을 빌리러 오고, 빌린 만화책을 반납하러 들어오고, 정신없는 와중에도 사람마다 넘기고 있는 만화책을 주인아저씨가 어떻게 헤아리는지는 모르지만 뜨끔한 적이 여러 번이었다. 가끔가다 우리는 100원인가 150원을 내고 하루 내내 볼 수 있는 일종의 '종일권'을 자주 이용했다.

집에서 빌려다 보기도 했다. 누나부터 동생들까지 식구들이 많을수록 만화를 빌려 와 보는 것은 만화를 저렴하게 많이 볼 수 있는 방법이었다. 다만, 시리즈로 여러 권으로 나누어진 것들이 대부분이라 1권을 보면 2권을 보지 않고 기다리거나 아주 다른 만화를 읽기 시작한다. 겹치지 않고 보는 것이 시간 배분상 유리하기 때문이다. 세 종류의 만화를 빌려 와도 보는 사람이 네 사람이면 위계에 따라 연장자가 만화를 먼저 고르고, 그다음 순서대로 만화를 선택한다. 옆에서 같이 보는 방법도 있지만 읽는 속도가 다르고 어떤 장면은 더 보고 싶어도 만화를 움켜쥔 사람이 페이지를 넘겨 버리면 재차 이전 페이지를 다시 보여 달라고 애걸하면서 읽는 속도를 쫓아가야 한다.

빌려 와 보는 것이 만화방에서 보는 것보다는 다소 비싸지만, 빌려 온 우리 집 만화를 보는 중에 옆집이나 다른 집에서 만화를 빌려다 보는 사람이 있다면, 그 집과도 만화를 바꿔 보고는 했다. 대개 1박 2일이 원칙이지만 아슬아슬하게 반납 시간을 맞춰 만화를 반납하곤 했다. 그렇게 만화를 자주 보다 보니 만화를 보는 속도는 점점 더 빨라졌다.

만화방 주인아저씨는 한가할 때는 물론이고, 사람이 들락거리는 바쁜 시간에도 해져 너덜너덜한 만화책 표지에 두꺼운 마분지를 대고, 송곳으로 구멍을 뚫어 철끈으로 묶는 작업을 하시곤 했다. 모든 만화책 표지가 튼튼하게 나오지만, 사정없이 넘기는 사람들의 억센 손아귀에서는 새 책의 빳빳함도 오래가지 못했다. 해지기 시작하면 종종 찢어지기도 했고, 어떨 땐 결정적인 장면의 페이지가 찢어져 있기도 했다. 만화책을 보는 사람들이 침을 발라 빠르게 넘기는 과정에서 찢어지는 경우도 있지만, 종이 자체가 질기지 않았다. 찢어지면 주인아저씨는 스카치테이프로 붙여 놓곤 하셨다. 만화방 낮은 선반과 가장 높은 선반은 물론이고 주인아저씨 주변에 배치된 신간들을 제외하면 만화책 대부분은 원래의 색을 잃어버린 채 마분지의 누렇고 때론 기름칠까지 된 갈색 종이가 덧씌워졌다. 아저씨는 그렇게 손질된 만화책의 책등에 두꺼운 사인펜으로 만화책의 제목과 1, 2, 3과 같이 책의 번호를 적어 놓곤 했다.

내가 만화에 대한 열풍에 몸살을 앓았던 것은 테레비방에서 만화 영화를 볼 때부터였다. 〈우주소년 아톰〉, 〈요괴인간〉, 〈밀림의 왕자 레오〉, 〈철인 28호〉, 〈황금박쥐〉, 〈마린보이〉, 〈마징가 제트〉 등을 보면서 만화에 대한 신세계를 경험한 나는 '모든 교과서도 만화처럼 재미있었으면!' 하는 생각을 하기도 했다. 이러한 나의 만화에 관한 생각과는 다르게, 당시 만화에 대한 사회적 인식은 극히 나빴다.

1971년 6월 29일에는, 남산 야외음악당에서는 삼백여 명의 아동도서 보급협회 회원과 여성단체 대표들이 모여 저질 만화 추방 대회를 열고 만화 화형식을 가졌다. 그 자리에서 만화책 500여 권을 불태웠다. 만화가 어린이들의 건전한 정서 발달을 해치고, 흉악하고 어두운 면만을 과장 묘사하고, 맞춤법, 띄어쓰기 등이 제대로 되지 않고, 색채 배합, 인쇄 등이 나쁘다며 속히 불량 만화를 추방해야 한다는 것이었다.

그러나, 만화가 나와 친구들에게 심어 준 즐거움은 중학생이 되어서까지 계속되었다. 만화방을 들르는 횟수와 시간은 학년이 올라가면서 점차 줄었지만, 친구들과 말없이 쌓았던 만화방에서의 추억들은 두꺼운 마분지처럼 꺾어지지 않고 남아 있다.

19. 끼니

광주團地 대규모 亂動

拂下 땅값引下요구 서울市違約에 격분 放火

- 동아일보 1971.8.10, 1면

언젠가 어머니는, "너희는 어려서 배를 곯아도 신기하게 배고프다며 밥
달라는 소리를 하지 않았다."라고 말씀하신 적이 있다. 내 기억이 시작되는
어릴 적 가물가물한 기억의 경계보다, 후암동으로 이사 온 후 배곯는 일이
잦았다. 나와 동생들이 배고프다는 소리를 하지 않았을 리 없었다. 굳이 말
을 하지 않더라도 배에서 나는 소리가 내 귀에만 들렸을 리 없다. 대개 밤
이 긴 추운 겨울날 더 배가 고팠다. 아버지가 하는 공사 일이라는 게 겨울
철은 일거리가 없거나 적어서다. 겨울 김장이라도 넉넉하게 하는 해는 그
래도 견딜 만했다.

어머니는 집 앞 쌀가게에서 쌀값을 달아 놓고 쌀을 가져오곤 했다. 쌀
집 아저씨와 쌀집 형들 역시 모두 좋은 사람이었지만, 해마다 겨울이면 외
상으로 쌀을 달라는 사람에게 베푸는 넉넉함에도 바닥은 있었다. 어머니는
외상값이 있어 쌀을 더 날라는 말을 하지 못한 적이 많았다. 염치와 허기

사이에서 새끼들이 밥을 굶어야 했던 날들은 늘어 갔다. 아버지의 벌이가 날이 풀리는 봄부터 가을까지는 꾸준히 있어서 쌀이 떨어지는 일이 없었지만, 날씨가 추워지고 공사 일이 줄어들면 쌀독은 비어 갔고, 그럴 때면 아버지는 아침 일찍 밖으로 나가 밤늦게 들어오셨다.

벌이가 끊이지 않을 때는, 쌀가게 쌀을 한 말씩 사다 먹곤 했다. 쌀가게 안에는 지름이 2미터는 되어 보이는 커다란 맷방석에 산더미처럼 쌓인 쌀을 삼태기 모양의 함석 용기로 쌀더미 아래쯤을 푹 찔러 말 통에 담을 수 없을 만큼 수북하게 고봉으로 붓는다. 쌀 8kg이 들어가는 말 통 위에는 조그만 산이 생겼다. 그대로 주면 좋으련만 쌀을 펐던 커다란 삼태기의 한쪽 각진 모서리로 말 통 위를 대패질하듯 밀어 깎았다. 평미레라는 둥근 막대로도 하지만 바쁜 동네 쌀가게 주인은 다른 도구를 쓸 생각은 없다. 말 통 끄트머리에 곧 쏟아질 듯 고봉의 흔적만 남기고 말 통 위 쌀들은 한 톨 삐져나온 게 없이 평평해졌다. 매번 쌀가게 아저씨는 쌀을 깎을 때 끝부분에서 손가락 하나만큼은 남겨 두었다. 깎이지 않은 말 통 위로 가느다란 초승달처럼 남겨진 쌀은 한두 숟가락이나 되었다. 그러다, 됫박으로 사다 먹게 되는 횟수가 점점 늘어나면서 쌀집 아저씨의 됫박질은 한층 무심해졌다.

됫박으로 사 온 쌀은 한 끼 밥을 안치고 나면 쌀통에 넣을 게 별로 남지 않았다. 밥 이외에 달리 먹을 것이 없다 보니 애, 어른 할 것 없이 밥그릇만 컸다. 다음 끼니를 먹을 수 있을지 몰라 먹을 수 있을 때 많이 먹어 두라는 뜻에서 그릇이 컸던 것이었는지, 아니면 많이 먹고 빨리 크라고 그랬는지. 조그만 밥상은 밥그릇을 올려놓으면 숟가락을 내려놓을 틈이 없었다.

겨울이었다. 저녁을 먹을 시간이 지났지만, 아랫목 이불 속에 다리를 묻고 앉아 있었다.

"너희 배고프지 않니?" 어머니가 물었다.

배고픈 아이에게 밥을 줄 수 없는 어른이 배고픈 아이에게 무슨 말을 할 수 있을까만, 나는 "엄마! 시장 가서 비지라도 사 올까? 김치에 먹지 뭐!"라고 했다.

"그렇게 먹을 수 있겠어? 그럼 가서 사 오든가!"

신흥시장 들어가는 입구 두부 가게에서 비지를 팔았다. 담아 준 검정 봉투 가득 비지가 따끈했다. 부리나케 돌아와 온기가 남은 비지와 김장 김치를 양재기에 담아 밥상 가운데 놓고, 또 다른 그릇에는 비지를 수북하게 담고 저마다 수저를 들고 비지를 떠서 김치를 쌈처럼 싸서 먹었다. 비지와 차가운 김장 김치의 조화는 생각보다 훌륭했다. 뜨끈한 아랫목에서 자고 있는 막내를 뺀, 다섯 명의 늦은 저녁은 더없이 좋았다. 아버지는 우리가 저녁을 다 먹고 나서도 돌아오지 않으셨다. 막노동으로 힘들게 벌어도 일곱 식구가 먹어 대니 남아나는 게 있을 수 없었다. 배고픈 것을 일상으로 만든 죄인. 밥을 항상 제대로 먹지 못해서만 배고픈 것이 아니다. 끼니와 다음 끼니 사이에 아무것도 먹을 것이 없었다는 것도 이유지만, 끼니와 끼니 사이의 시간이 더 길게 느껴져서일 수도 있다. 있는 집 망자는 죽어서도 상식(上食)을 하루 세 번 얻어먹는데 우리 집 끼니 해결은 쉽지 않았다.

언젠가 어머니가 고기 냄새가 나는 정체 모를 음식을 만들어 주신 적이 있었다.

"엄마! 이게 뭐예요? 고기 냄새가 나는데?"

"맛있는 거야 많이들 먹어라!"

고깃국을 평소에 많이 먹지 못했지만, 그릇에 담긴 건 영락없는 고깃국이었다. 다만, 밥도 넣어 죽처럼 만든 것이 생소하긴 했지만 맛있었고 두 그릇을 먹었다. 동생들도 다 같이 맛있게 먹었다. 그때는 몰랐지만 연희동 사시던 외숙모가 당시 의정부 미군 부대에서 일하셨는데, 외숙모에게서 얻어 온 것을 가지고 죽을 만든 것이었다. '꿀꿀이죽'이라는 것은 나중에 들었다. 당시에도 꿀꿀이죽은 해방촌에서 눈에 띄는 음식이 아니었다. 커서야 그런 음식이 미군 부대에서 먹다 남은 음식 재료로 만든 것이라는 것을 알았다. 난리 통에 부산 등지에서 퍼지기 시작했고, 용산 어디에선가도 파는 곳이 있었다지만 당시엔 몰랐다. 미군 부대와 이웃한 이태원동에서는 꿀꿀이죽을 파는 집도 있었다지만 실제로 본 기억은 없었다. 파는 곳이 있었다 하더라도 사다 먹을 수 있는 집들이나 가능한 일이었다. 마찬가지로 우리 집도 외숙모 덕분에 맛을 본 이후론 구경조차 하지 못했다. 한 번뿐이지만 꿀꿀이죽은 특별한 음식으로 기억한다.

한번은 아버지가 친구분에게 돈을 받으러 간다고 했다. 어머니는 아버지에게 나를 데려가라고 했다. 아버지 뒤를 따라 해가 기우는 해방촌 오거리를 지나 저 너머 동네로 갔다. 향한 곳은 해방촌 버스 종점 근처였는데, 어두컴컴한 길을 따라 어느 집 앞에 이르렀다. 아버지는 인기척을 하고 안으로 먼저 들어갔다. 그 집 식구들은 상을 가운데 놓고 저녁을 먹을 참이었다. 그 집 아저씨가 말씀하셨다.

"너 저녁 안 먹었지? 그럼 같이 먹어라!"

아주머니는 나를 상 쪽으로 다가앉으라고 하시곤, 평소 내가 먹는 밥그릇보다 더 큰 그릇에 밥을 담아 주셨다. 나는 아무 말 없이 뜨거운 밥을 숟가락으로 떠먹었다. 반찬이 입에 맞지 않았지만, 무릎을 꿇고 먹느라 발이 저리는 중에도, 밥그릇을 다 비웠다. 내가 밥을 다 먹어 가는데도 아버지와 그 집 아저씨는 방으로 들어오지 않으셨다. 이따금 방문 틈으로 아버지와 아저씨가 피우는 담배 연기 냄새가 났다. 무슨 긴밀한 얘기를 하시나 생각했지만, 내가 밥을 다 먹고 나자, 아버지는 집으로 가자고 하셨다. 나는 해방촌에서 후암동으로 아버지 뒤를 따라 다시 해방촌 오거리를 넘어 집으로 왔다. 그날 가족들은 저녁을 굶었다.

가난은 돈 달라며 찾아온 빚쟁이처럼 자주 찾아왔다. 얼마 안 되는 돈 때문에 빚 독촉하러 찾아온 사람의 심정을 모르는 바 아니지만, 빌린 돈으로 목구멍에 기름칠할 형편이 아님은 와 보지 않아도 모르는 바 아니지만, 헛걸음으로라도 밥은 먹고 사는지 보고 가야 맘이 놓여서일까…. 받아 갈 수 없는 빚쟁이의 발걸음을 되돌리기 힘든 것이 가난이었다. 어딜 다쳐 아픈 것은 시간이 지나면 아물고, 쑤시던 통증도 하루 이틀 지나면 차도가 있기 마련이다. 그러나 배고픔은 익숙해지지도, 하루 이틀 지나서도 나아질 기미가 보이질 않았다.

가난을 몰아냈다는 박정희 대통령은 내가 태어나기 2년 전인 1961년 5월 16일 군사 쿠데타를, 스스로 '혁명'이라고 주장하며 한강대교(제1 한강교)를 건넜다. 국가재건최고회의 의장을 잠시 거쳐 대통령으로 선출되어 여러 번 자신의 다짐을 짓밟으면서 연거푸 대통령을 하고자 했기에, 이 나라에는 오랜 기간 한 명의 대통령만 있었다. 종신토록 대통령을 하고자 했던 그가 1979년 10월 26일 부하인 중정부장 김재규의 총에 유명을 달리할 때까지 그는 나의 대통령이었다.

그가 죽은 후 많은 사람이 허물보다 공이 큰 사람이라고 말했고, 이 땅의 가난을 몰아낸 대통령이요, 국민을 굶주림에서 벗어나게 해 준 고마운 분이라는 말을 한다. 사람의 몸을 따로 뗄 수 없듯, 허물과 공을 따로 분리할 수 없는 것인데 이를 두부 자르듯 구분할 수 있다는 생각이 놀랍다. 그는 일본사관학교를 나왔고 '다카키 마사오(高木正雄)'라는 이름으로 만주에서 독립군을 토벌한 일본군이었고, 한때 공산주의자였고, 오랜 기간 독재자였지만, 국민이 밥을 굶지 않게 해 준 고마운 대통령이라고 한다.

불행하게도 우리 집은 박 대통령의 새임 기간에도 많이 굶었다. 그러고 보면 박정희 덕분에 국민이 밥을 굶지 않았다고 할 때의 '국민'에 우리 집은 해당되지 않았던 듯하다. 가난에서 벗어나게 해 준 것만으로도 위대한 대통령이라고 말하는 사람들의 목구멍으로는 이전보다 밥이 제법 더 들어갔는지 모른다. 해방촌 우리 집과는 아무런 상관이 없는 말이다. 결국 밥은 저마다의 밥벌이의 문제지 "가난 구제는 나라님도 못 한다."라는 말이 맞았다. 그가 아니라 다른 사람이 대통령을 했었더라면 밥을 덜 굶었을지는 알 수 없다.

20. 육성회비

교실에서는 60명 가까이 수업을 했다. 늘 시끄러웠고 정신없었다. 미술 시간에 준비물인 스케치북이나 크레파스를 가져가지 못한 적이 많았다. 그러면 선생님이 옆자리 친구의 스케치북에서 한 장 찢어 주셨다. 크레파스도 옆자리 친구 것을 같이 사용하도록 했다. 그림에 소질이 없었기에 친구가 사용하지 않는 색으로 그림을 그리느라 색깔이 전혀 어울리지 않는 그림을 그리곤 했다. 찰흙도 몇 번 가져가지 못했다. 미술 시간 준비물을 가져가야 하는데 집에 가서 돈 달라는 말을 하지 못했다.

3학년 때의 일이었다. 담임 선생님께서는 육성회비 봉투를 나눠 주시면서 육성회비는 제때 꼭 내야 한다고 말씀하셨다. 그때가 처음이자 마지막이었다. 집에 육성회비 봉투를 가져가 선생님이 한 말씀을 봉투처럼 고스란히 어머니께 전해 드렸다. 학기 초라 늦게 내도 되었지만, 당시 형편이 좋았는지 어머니가 다음 날 학교에 같이 가서 납부를 하시겠다고 했다. 다음 날 아침 나는 어머니와 함께 학교에 갔고, 선생님과 잠시 만난 어머니는 따로 선생님께 봉투까지 준비하셨다. 이상한 생각이 들긴 했지만, 당시 선생님이 그 봉투를 받으셨는지는 모른다. 다만, 어머니가 집으로 돌아가신 후 나는 선생님 손에 이끌려 교단에 섰다.

"여러분! 오늘 이종수 학생이 육성회비 일 년 치를 모두 납부했어요! 박수!

여러분도 종수 학생처럼 늦지 않게 육성회비를 내야 하는 거예요! 그러니 매달 납부하는 날에 늦지 않도록 하세요!"

그때 어머니가 낸 일 년 치 육성회비는 1,800원이었다. 한 달에 150원, 일 년 12개월분을 학기 초에 모두 납부한 것이다. 학생들이 내는 육성회비는 제각기 달랐다. 가장 많이 납부하는 사람은 한 달에 600원을 냈지만, 나는 가장 적은 비용인 150원이었다. 내야 하는 것을 납부한 것이 칭찬받을 일인지는 몰랐다. 육성회비로 인해 제때 학교에 가져오지 못한 다른 아이들은 담임 선생님과 면담을 자주 했다. 학생들이 많으니 수업이 끝날 때마다 교실 앞 창가 쪽에 마련된 선생님 책상 앞에는 다른 아이들이 선생님으로부터 납부 독촉을 받는 광경이 벌어졌다. 우리 반 아이들 중 절반 정도는 선생님과 면담했다. 나는 3학년 때만큼은 불려 나가지 않고 자리에 앉아 있을 수 있었다.

해가 바뀌어 4학년이 되고, 5학년, 6학년이 되어서는 다시 수업이 끝나면 담임 선생님께 매달 불려 나갔다. 교장실에도 불려 갔다. 나보다 한 학년 위인 누나도 교장실에 와 있었다. 교장 선생님은 교장실 가득 몰려온 아이들을 차렷 자세로 서 있게 하고 장황한 말씀을 하셨다. 내용인즉, 내야 할 육성회비를 늦지 않게 내야 한다는 것이고, 집에 가서 부모님께 제때 육성회비를 내야 하는 것이라는 교장 선생님의 말씀을 잘 전해 드리라는 것이었다. 교장 선생님의 말씀을 어머니께 전달하기는 했지만, 3학년 때처럼 어머니의 손을 잡고 일 년 치를 내기는 고사하고 육성회비를 제대로 낸 적이 없었다.

21. 송충이 잡기

대연각호텔에 大火

墜落死만 30여명, 投宿客등 四百추산 百여명 救助

- 동아일보 1971.12.25, 1면

매년 학교에서 소금을 편지 봉투에 담아서 가져오라고 했다. 운동장에 뿌리기 위해서라고 했다. 선생님은 소금을 왜 가져와야 하는지를 알려 주셨는데, 바람이 불거나 하면 운동장에 먼지가 많이 날리는데 소금을 뿌리면 먼지가 덜 난다고 하셨다. 우리가 가져간 소금을 모아 소사 아저씨가 리어카에 소금을 가득 싣고 다니면서 삽으로 골고루 뿌리는 것을 봤다. 운동장에 소금을 뿌리면 운동장에 눈이 내리거나 할 경우에도 얼음이 잘 얼지 않고 바람이 불 경우에도 먼지가 덜 날리고 아이들이 운동장에서 넘어져 찰과상을 입었을 때도 감염의 정도가 덜하게 된다는 등의 내용에 대해선 선생님에게 듣지 못했다.

한 달에 한 번인가는 꼭 대청소를 했다. 학교 전체가 일제히 청소했다. 창문을 닦거나 교실 내 책상을 뒤로 전부 옮기고 앞부분을 쓸고 물걸레질을 한다. 다시 책상과 의자를 앞으로 옮긴 후 교실 뒷부분을 앞에 했던 것과 같은 방법으로 청소했다. 대청소를 하는 날에는 반 내 줄에 따라 교실 청소와 유리창, 물걸레질, 복도 청소와 왁스칠을 각각 나누어 했다. 대부분은 복도에 왁스를 문지르는 것을 좋아했다. 먼지도 나지 않고 마룻바닥에 앉아서 청소하는 것이 편하고 좋았다. 집에서 만들어서 가져온 걸레에 왁스를 발라 나무로 된 복도 바닥에 몇 번이고 왁스칠을 하고는 문지르는 것이었다. 앉아서 하는 일이라 힘도 들지 않았지만, 친구들과 얘기하면서 노는 듯 즐겁게 했다. 윤기를 잃었던 복도는 여러 명이 동시에 문질러 대는 왁스칠과 아이들의 엉덩이로 인해 광이 난다. 몇 놈은 멀리서 달려와 선 채로 신나게 미끄럼을 탔다. 왁스칠이 더해진 복도는 교실 뒷문에서 앞문까지 부드럽게 미끄러지는 것이 좋았다. 아이들의 양말에도 왁스가 묻어났다.

여름이 오면 저학년을 제외하곤 남산으로 송충이를 잡으러 갔다. 저마다 집에서 깡통과 집게, 집게가 없으면 나무젓가락을, 그리고 깡통에 약간의 석유를 담아 오게 했다. 학교 뒷계단을 통해 줄을 지어 소나무에 송충이가 기어 올라가듯 남산으로 올랐다. 송충이는 너무 많았다. 저마다 흩어져서 집게와 나무젓가락으로 송충이를 잡아 깡통에 담았다. 시커먼 송충이와 털이 많은 쐐기는 엄청 많았다. 송충이를 잡는 날에는 날이 더워도 긴바지와 소매가 긴 옷을 입고 가야 했다. 이상하게도 우리가 아무리 많이 잡아도 남산의 송충이는 줄어들지 않았다.

평소에도 선생님은 남산에 들어가지 말라고 하셨다. 당시 남산에는 철조망이 없었기에 사람들이 쉽게 드나들었다. 가장 흔한 것이 나물을 채취하거나 땔감용 나무를 주워 오고자 함이었다. 그래서인지 모르지만, 남산에선 산불이 자주 났다. 언젠가는 사람이 나무에 목을 매 죽었다는 얘기도 들었다. 불이 나고, 죽은 사람의 귀신이 나올 것 같다는 경고성 말에도 여름이면 아카시아나무 꽃을 따러, 버찌를 따러 쉴 새 없이 들어갔다. 대부분

아이들이 후문을 통해 해방촌 오거리를 넘어가는 길로 다녔지만 몇몇은 꼭 남산 길로만 다녔다. 시원한 남산 바람이 좋은 것도 있지만, 코끝을 간질이는 꽃향기가 더 좋았다.

선생님의 말씀을 고분고분 듣지 않고 산속에서 달콤한 꽃을 탐한 대가는 혹독했다. 피부에 옻이 올랐다. 양손 손등에서 팔꿈치까지 피부가 가려웠다. 온종일 긁었고 콩알만 한 크기로 물집이 부풀어 오르고 가려움을 참지 못해 긁기라도 하면 터져 진물이 흘렀다. 더운 여름임에도 긴소매 옷을 입어야 했다. 옷과 함께 살을 조심스럽게 긁어 대도 결국엔 터졌고, 터지면 옷으로 수건처럼 닦았다. 호전돼 딱지가 앉을 때쯤 되면 더 간지러웠다. 다시 긁어 딱지가 떨어져 나간 자리엔 핏물과 함께 딱지가 생기기를 반복했다. 어머니가 긁지 말라고 신신당부했지만 소용없었다.

여름 방학이 끝나고 전교생이 운동장에 모여 조회를 했다. 아직 무더위가 한창이어서 다들 반바지에 짧은 웃옷을 입었지만 나는 예외였다. 긴팔 옷이라고는 하지만 가장 얇은 옷을 입었는데 아이들 눈에는 이상하게 보였을 것이다.

"왜 너는 긴팔을 입었어?"

"안 더워?"

"안 더워!"

내가 긴팔 옷을 입고 있는 이유는 금방 드러났다. 호기심 가득한 아이들은 짓궂게 내 팔에 난 딱지와 미처 가라앉지 못한 물집을 보고는 얼굴을 찌푸렸다. 고약을 태어나서 가장 많이 붙였던 것도 그때였고, 유황을 구해다 피부에 붙여 본 것도 그때였다. 누렇고 독한 냄새가 나는 유황 가루를 물에 개어 짓물러진 피부에 발랐다. 이런저런 노력과 처방의 효과로 찬 바람이 불면서 양팔에는 거뭇서뭇한 흔적만 남았다.

오래전 해방촌

22. 용산 미군 기지

용산구는 서울시 전체 면적 605.23㎢ 중 3.61%인 21.87㎢이다. 정확하게는 18.96㎢이다. 용산 미군 기지가 용산구 전체 면적의 13.3%인 2.91㎢나 차지하고 있기 때문이다. 사실 용산 기지의 크기를 가늠하는 것은 쉽지 않다. 들어가 볼 수도 없으니 지도로 보는 것에 만족해야 한다. 행정 구역상 용산구의 한복판에 사실상 치외 법권 지역인, 아니 더 정확하게는 미국 땅이 아니지만, 미국 땅 같은 용산 기지는 너무나 오랫동안 타인들이 주인처럼 버티고 있어 애초에 우리 땅이라는 사실조차 망각하고 살았다. 용산 미군 기지의 규모는 해방촌이라고 불리는 용산2가동(1.96㎢)과 후암동(0.86㎢)을 합친 것보다도 크다.

---

5) "조선왕조실록 순종실록, 순종 1년 3월 28일", 국사편찬위원회, n.d. 수정, 2023.2.25. 접속, https://sillok.history.go.kr/search/inspectionDayList.do.

용산 미군 기지를 말할 때 이태원(利泰院)을 빼놓을 수 없다. 배밭이 많았다 해서 한자를 달리 이태원(梨泰院)이라고도 쓴다. 세종실록(세종 18년 8월 5일, 1436년)에, "서울 성 안과 성 밑에 사는 굶주리는 백성들을 모두 활인원(活人院)에 보내어 진제(賑濟)하게 하였더니, 염병(染病)을 두려워하여 도망한 사람이 있고, 그저 떠돌아다니는 사람도 매우 많으므로, 가옥이 장차 용납할 수 없게 되리니, 보제원(普濟院), 이태원(利泰院) 두 원(院)에 별도로 진제장(賑濟場)을 세우고 한성부에서 5부(部)의 관리와 함께 검찰(檢察)하게 하라."[6]라는 기록이 보인다.

당시 이태원은 공직을 수행하는 관리들과 일반 여행자를 위한 역원(驛院, 지금의 여관)이었다. 이태원은, 보제원, 홍제원, 전관원과 함께 진입하는 각기 다른 방향에서 서울로 오는 길목에 있는 역원 중 하나로, 이태원은 과천, 수원, 용인, 평택, 안성 등으로 오가는 길목에 있었다. 위치는 지금의 용산고등학교 자리로 알려졌지만, 동여도(東輿圖, 조선 철종 12년에 김정호가 제작한 것으로 알려진 지도)를 보면 이태원은 궁중에서 사용하는 가축을 기르던 전생서에서 상당히 떨어져 있음을 알 수 있다. '전생서 터'라고 알려진 영락보린원과 용산고등학교는 사실상 인접 거리로 그 정확한 위치에 대해서는 이견이 있으나 용산고등학교 자리는 아닌 듯하다.

국토교통부가 작성, 배포한 용산공원 정비구역 종합기본계획 변경 계획(2014.12.)에는 용산 기지, 용산의 한복판, 빼앗긴 땅의 역사를 간추려 정리하고 있다. 용산 일대에 외국 군대가 처음 들어온 것은 13세기로, 고려 말 몽골군이 당시 용산 지역을 병참 기지로 활용했고, 임진왜란 당시에는 평양 전투에서 패한 왜군이 원효로 4가와 청파동 일대에 주둔한 바 있으며, 청일 전쟁(1894) 시 청나라군과 일본군이 주둔했고, 러일 전쟁(1904) 시

---

6) 세종대왕기념사업회, 조선왕조실록, 세종실록, 세종 18년 8월 5일

일제의 조선주차군사령부(朝鮮駐箚軍司令部)와 20사단이, 이후 한일의정서 (1904.2.23. 체결) 제4조 규정(第四條, 第三國의 侵害에 由하며 或은 內亂을 爲하야 大韓 帝國皇室의 安寧과 領土의 保全에 危險이 有할 境遇에는 大日本帝國政府는 速히 臨機必要 한 措置를 行함이 可함 然大韓帝 國政府는 右大日本帝國에 行動을 容易함을 爲하야 十分 便 宜를 與할 事 大日本帝國政府는 前項 目的을 成就함을 爲하야 軍略上必要한 地點을 隨機取 用함을 得할 事, 제3국의 침해나 혹은 내란으로 인하여 대한제국 황실의 안녕과 영토의 보전 에 위험이 있을 경우에는 대일본제국 정부는 속히 정황에 따라 필요한 조치를 취할 수 있다. 그 러나 대한제국 정부는 위 대일본제국의 행동을 용이하게 하기 위하여 충분한 편의를 제공한다. 대일본제국 정부는 전항의 목적을 성취하기 위하여 군략상 필요한 지점을 정황에 따라 차지하 여 이용할 수 있다)[7]을 근거로 일본군이 용산 일대 약 380만 ㎡를 강제 수용한 후, 1906~1913년까지 식민 지배 체제 구축을 위한 제1단계 용산 기지 공 사를 진행, 이후 대륙 침략을 위해 제2차 용산 기지 확장을 했다.

　1945년 일본이 패망하고 미 제24사단이 일본 기지를 접수하면서 용산 에 주둔하게 된다. 이후 6.25 전쟁에 참전한 미군이 1953년 7월 이후 용산 기지를 재차 사용하게 되었고, 1957년 주한미군사령부, 1978년 한미연합 사령부를 연이어 창설하면서 미군의 용산 기지 사용 기간은 늘어나, 2022 년 현재도 일부 사용하고 있으니 77년이다.

　용산 기지는 잠시 다른 나라의 군대가 주둔할 수 있도록 내어 준 것이 었지만, 그 땅의 운명은 예측할 수 없었다. 해방과 미군의 한반도 진입, 거 기에 더해 1950년 6월 25일 북한군에 속절없이 밀려 국운이 위태로운 상 황에서, 유엔은 안보리 결의 82호(1950.6.25.)를 통해, '북한의 남침에 대

---

7) "조선왕조실록, 고종실록 44권, 고종 41년 3월 23일", 국사편찬위원회, n.d. 수정, 2022.1.17. 접속, http://sillok.history.go.kr/id/kza_14102023_001.

한 심각한 우려 표명과 적대행위의 중지를 요청'하고, 안보리 결의 83호 (1950.6.27.)를 통해 '북한군의 38도선 이북으로의 철수 촉구와 한반도에서 의 평화와 안전을 회복하기 위한 즉각적인 조치와 지원을 강구'하고, 안보 리 결의 84호(1950.7.7.)를 통해, '유엔 회원국들이 무력 공격을 격퇴하고, 미국 휘하의 연합군을 구성, 미국이 사령관을 임명'토록 함으로써 북한 남 침에 대한 유엔 회원국들의 지원이 본격화된다. 이승만 대통령은 주한 미 국대사 무초(John J. Muccio)를 통해 유엔에서 결의한 연합군 사령관인 맥아 더에게 1950년 7월 15일 자 서한에서, '한국에서의 작전상태가 계속되는 동안 일체의 지휘권(Operation command)을 이양하게 된 것을 기쁘게 여기는 바'[8]라고 쓰고 있다. 속절없이 패퇴하는 한국군 최고 통수권자로서 나라의 안위를 최우선으로 고려하였음은 물론, 유엔을 중심으로 전개되는 상황에 대한 정확한 인식을 바탕으로 내린 신속한 결정이었다.

전쟁 중이던 1950년 7월 12일, 이른바 '대전협정'을 체결한다. 지금의 SOFA (Status of Forces Agreement) 주둔군 지위 협정의 핵심 사항인 '형사재 판권'이 미국에게 있다는 것이 골자다. 대전협정은 미국의 요청대로 미국 군대의 한국 내에서의 지위, '미군은 미국이 재판'하도록 협정을 체결하게 된다. 전쟁이 치열하게 전개되는 상황에서 한국의 작전지휘권을 이양받은 미군이 왜 형사재판권을 갖겠다고 한국 정부에 요청한 것인지는 의문이다. 어차피 전쟁이라는 상황에서 제대로 된 재판이 가능하지도 않은 상황임에

---

8) "한국군 지휘권을 주한 유엔군 사령관에 이양하는 이승만 대통령의 서한(1950.7.15.)", 국사편찬위원회, 우리역사넷, n.d. 수정, 2022년 1월 21일 접속, http://contents. history.go.kr/front/hm/view.do?treeId=010801&tabId=03&levelId= hm_146_0040.

도 미군에 대한 형사재판권을 요구한 것은 이해할 수 없다. 당시 정부로서도 작전지휘권과는 아무런 상관없는 형사재판권을 미국의 요청대로 수용한 것도 이상한 일이다.

이승만 대통령이 작전지휘권을 넘긴 형식에 대한 적절성 논란도 있지만, 미국이 주축이 된 연합군은 한국 측의 요청이 있었음에도 실제 전쟁 중에 한국군에 대한 작전지휘권을 행사하지 않았다. 그 전환점이 된 것이 현리 전투(1951.5.16~22)다. 당시, 중공군(그들은 스스로를 '중국인민지원군'으로 칭했다. 중국의 정규군이 아니라 '자진해서 지원한 군대'라는 뜻이다)의 2차 춘계 공세 과정에서 당시 3군단장(유재흥)이 부대 지휘권을 부하에게 넘기고 경비행기로 작전 지역에서 사실상 도주하였고, 3군단 예하 3사단, 9사단이 중공군에게 포위, 패퇴했다. 국군포로 조창호 소위도 이 과정에서 포로가 된다. 이후 유재흥은 작전 회의에 참가한다고 거짓말을 했음이 당시 참모총장이었던 백선엽 장군의 저서에서 밝혀졌다. 속절없이 패하고 후퇴한 한국군에 대해 미8군 사령관이었던 밴 플리트 장군은 패배한 한국군 부대를 해체했고, 문서상으로만 넘어갔던 작전지휘권도 미군이 1군단에 대한 지휘권을 행사하면서 미8군이 직접 통제하게 된다. 그때부터 실질적인 작전통제권이 미군에게 넘어간다. 우리 군의 무능한 지휘관으로 인해 그렇게 된 것이다.《한겨레》2011년 11월 30일 자에는 "한국전 '최악의 패전' 장군, 국립현충원에 안장"이라고 유재흥의 소식을 싣고 있다. 생전에 그는 전시작전권을 되찾아 오는 것에 앞장서서 반대했다.

용산 기지는 일촉즉발의 전쟁 상황에서 체결한 '대전협정'과는 아무 관계가 없다. 그 시작은 한국 측의 요구로 체결한 한미상호방위조약(1953년 10월 1일 체결, 1954.11.18. 발효)에서 시작한다. 1950년 6.25 전쟁 초기, 패퇴하던 한국군이 미국을 중심으로 한 유엔군의 참전으로 압록강까지 진격했다가 중공군의 참전으로 인해 다시 밀려 내려와 38도선을 중심으로 일진일퇴를 거듭하게 된다. 전쟁은 소련의 휴전 제안으로 유엔군(사실상 미군)과 북한군, 중공군과의 3자 휴전 회담이 전개되지만, 휴전 당사국에 한국은 배제되었다. 한국의 이승만 대통령은 줄기차게 휴전을 반대했다. 이승만 대통령의 반대에도 불구하고 휴전 회담이 진행되고, 38도선을 중심으로 한국에서의 외국군 철수와 같은 중요한 사항들이 결정되고 있었다. 반면, 지루하게 진행되는 2년여의 휴전 회담과는 별개로 남과 북은 38도선을 기준으로 고지를 뺏고 빼앗기는 치열한 전투가 끊이질 않았다.

이승만 대통령은 북한 괴뢰군을 격멸시키고자 휴전 회담 반대 의사를 분명히 밝혔고, 휴전 협정에 포함된 반공 포로 석방을 미국 측과 상의 없이 일방적으로 풀어 주는 등의 배수진을 치면서, 미국 측에 확실한 한국의 안보 보장을 요구했다. 미국은 휴전을 원했기에 한국 측이 요구하는 '한미상호방위조약'을 체결하게 된다. 한미상호방위조약은 A4 한 페이지도 되지 않는 6개 항을 담고 있다. 핵심은 제2조 "당사국 중 어느 1국이 무력 침공을 받을 경우 상호 협의한다."라는 것과 제4조 "미합중국의 육군, 해군, 공군을 대한민국의 영토 내와 그 부근에 배치하는 권리를 가진다."라는 것이 핵심이다.

국방부 군사편찬연구소에서 발간한 자료인 '통계로 본 6.25 전쟁'[9]에 따르면 미국은 연인원 178만 9천 명이 참전해 사망 3만 3686명, 부상 9만 2134명, 실종 3,737명의 희생을 치르고, 포로도 4,439명에 달한다. 미군 사망자는 한국군 사망자 13만 7899명에는 미치지 못하지만, 전체 유엔군 사망자 중 미군을 제외한 4,216명(유엔군 사망자의 12.5%)과 비교하면 미

9) 박동찬, 통계로 본 6.25 전쟁(서울: 국방부 군사편찬연구소, 2014), 30.

군 사망자 3만 3686명은 유엔군 사망자의 87.5%에 달한다. 많은 희생에도 불구하고 미국은 휴전의 전제 조건으로 이승만 대통령이 요구한 '한미상호방위조약'을 체결하게 되고, 일부 병력을 용산에 주둔시킴으로써 북한의 재침략 의지를 불식시켰다.

미군이 용산에 주둔하게 된 근거가 되는 '한미상호방위조약'은, 대한제국 시절 일본군이 용산에 주둔하는 근거가 되는 '한일의정서'와 내용에 있어 유사하다. 차이가 있다면, 한미상호방위조약은 우리가 미국에 요구한 반면, 한일의정서는 일본의 강압에 의한 것이었다는 사실이다. 결과로 보자면 용산 기지가 일본군과 미군의 차지가 된 점에는 차이가 없다.

구한말 한일협상조약(1905.11.17.)으로 외교권이 박탈당한 것을 두고 여론이 들끓었다. 비난은 학부대신 이완용, 참정대신 박제순, 내부대신 이지용, 농상공부대신 권중현, 군부대신 이근택 등 후일 을사오적이 된 관료들에게 쏠렸다. 한일협상조약의 폐지와 이들을 탄핵하라는 상소가 빗발치며 산발적인 충돌도 있었다. 이들 5인은 자신들에게 쏟아지는 비난에 대해 협상 전후 사정을 고종에게 아뢰면서 12월 16일 사직을 청한다. 사직 상소에서 이들 5인은 한일협상조약의 주지(主旨)가 **"독립(獨立)이라는 칭호가 바뀌지 않았고 제국(帝國)이라는 명칭도 그대로이며 종사는 안전하고 황실(皇室)은 존엄한데, 다만 외교에 대한 한 가지 문제만 잠깐 이웃 나라에 맡겼으니 우리나라가 부강해지면 도로 찾을 날이 있을 것입니다. 더구나 이것은 오늘 처음으로 이루어진 조약이 아닙니다. 그 원인은 지난해에 이루어진 의정서(議定書, 1904.2.23. 체결)와 협정서(協定書, 1904.8.22. 체결)에 있고 이번 것은 다만 성취된 결과일 뿐입니다."**[10]라고 변명하고

---

10) "조선왕조실록, 고종 42년 12월 16일", 국사편찬위원회, n.d. 수정, 2022.1.29. 접속, http://sillok.history.go.kr/id/kza_14212016_003.

있다. 그뿐만 아니라 상소한 자들이 증거도 없이 탄핵하므로 반좌율(反坐律, 무고죄)로 처벌해야 한다고 주장하고 있다.

이들의 주장은 일면 맞다. 외교권을 박탈하는 한일협상조약의 전문에는 '한국이 실지로 부강해졌다고 인정할 때까지(韓國의 富强之實를 認할 時에 至하기지)'라는 문구가 조약에 들어가 있긴 했다. 그러나 그들의 주장이 놀라운 것은 외교권을 되찾아 오는 기한이 구체적으로 명시되지 않았음에도, 잠깐 이웃 나라에 맡겼다가 원하는 시기에 되찾아 올 수 있는 것처럼 주장했다는 사실이다. 외교권의 박탈이 일본군의 한국 내 주둔을 용인한 한일의정서와 외교 고문을 두기로 한, 한일협정서의 결과라고 말하고 있는 것을 보면, 이들은 조선이 아닌 일본의 관리가 아닌가 하는 착각마저 든다.

한일의정서 조약 체결의 전말에 대해 일제가 집필을 주도한 조선왕조실록 고종실록(고종 42년 12월 16일, 양력, 고종실록과 순종실록은 일제 강점기에 기록되었기에 이전 실록의 음력과 달리 양력임)에 자세히 기록되어 있다. 조약 체결에 나선 대신들의 말을 토대로 찬성하는지 반대하는지를 정확하게 기술하고 있다. 일제가 실록에 조선 관료들의 발언을 세밀하게 기록한 것은 한국의 해방이나 독립을 염두에 두지 않았음은 물론, 한국 측이 찬성했음을 기록한 것이다. 그런 의도 덕분에 을사오적이 외교권을 박탈당하는 과정에서 어떤 발언과 행동을 했는지 영화를 되돌려 보듯 알 수 있게 되었다.

1904년 2월 23일 체결한 한일의정서 제1조에는, "한일 양국 사이의 항구적이고 변함없는 친교를 유지하고(第一條, 韓, 日兩帝國間에 恒久不易에 親交를 保持하고)"라며 '항구불역(恒久不易)'이라는 표현이 있다. 이 표현이 느닷없이 2015년 12월 28일 한국과 일본 외무장관이 양국 정부를 대표해 발표한 '한·일 일본군위안부 피해자 문제 합의'에 다시 등장한다. 우리 외교부는 일본 정부의 사죄를 끌어내는 과정에서 공식 사죄를 명확히 하고, '되돌릴 수 없는 사죄'가 되어야 한다는 의미에서 '불가역적'이라는 표현을 넣고자 했다. 과거 일본 정부 측이 사죄하고도 스스로 부정하는 부적절한 언동을 차단하려던 의도였다. 그러나, 합의 결과는 일본군 위안부 합의 자체의 '최종적 및 불가역적'이라는 의미로 맥락이 바뀌고 말았다.[11] 심지어 공식 문서도 존재하지 않는 '정부 간 합의'라는 내용만 있는 희한한 것이 되고 말았다. 게다가 국민이 납득할 수 없는 비공개 내용이 있음에도 당시 윤병세 외교부 장관은 그러한 것은 없다고 국회에서 발언하기까지 했다. 물론, 비공개 내용은 있었다. 굳이 '이면 합의'라는 표현은 사용하지 않았지만 말이다.

한일의정서와 한미상호방위조약으로 일본군과 미군이 용산 기지에 있게 된 것은, 1950년의 대전 협정과 1966.7.9. 체결(1967.2.9. 발효)한 한미주둔군지위협정(SOFA)이다. SOFA의 모체가 되는 대전 협정이 6.25라는 특수 상황에서 미군의 요구를 수용한 피치 못할 사정이 있었던 것이었음에도 '형사재판권'의 포기라는 법치 국가에선 있을 수 없는 내용을 골자로 하고 있고, 이를 새롭게 개정해야 할 1967년 2월 9일 발효된 SOFA 협정(조약 제232호)은 전쟁 상황이 아님에도 대전 협정의 내용을 더욱 구체화하고 공고히 하는 것이었다. 개정 요구가 끊이지 않고 있는 것은 이 때문이다.

불평등한 SOFA라는 지적과 헤아릴 수 없이 많은 한국인을 대상으로 한 미군들의 범죄가 계속됨에도 합당한 처벌 없이 미군들의 흉악한 사건들이 계속되자, SOFA를 개정해야 한다는 국민의 여론이 다시 들끓었다. 한일협상조약 체결 이후의 비난이 을사오적을 겨눈 것과 다르게 SOFA 조약 체결의 실무자들에 대한 비난은 들리지 않았지만, 개정하지 않고는 여론을 잠

---

11) 한일일본군위안부피해자문제합의검토 태스크포스, 한일일본군위안부피해자문제합의
　　 검토결과보고서 (n.p.: 외교부, 2017), 16~17.

재울 수 없었다. 그러한 이유 중 하나는 SOFA가 행정 협정으로 국회의 비준 없이 행정부가 체결하는 것이라는 점에서 국민 정서에 부합하지 못했다. 결국, 1991.1.4. 체결(2.1. 발효/1차 개정)과 2001.1.18. 체결(4.2. 발효/2차 개정)이 이루어지는 등 점진적인 개선은 있었다. 주목할 만한 내용은 2차 개정에서 한국인 고용원의 우선 고용과 환경 보호에 관한 특별 양해 각서를 포함하는 등, 1967년 협정 체결 당시에 이러한 문제들을 예견하지 못한 관료들과 마땅히 고쳐야 함에도 여론에 떠밀려 소극적인 개정을 마지못해서 해야 했던 관료들은, '여타 선진국(미·일, 미·독)과 전반적으로 대등한 수준'[12] 이라는 주장을 자랑처럼 하고 있다.

오랜 세월 타인의 터전이 되어 버린 용산 기지의 반환은 지지부진했지만, 미국 측의 요구로 여러 곳에 산재한 미군 기지 통합 등의 이유로 평택이 새로운 미군 기지의 대안으로 떠오르면서 용산 기지 반환이 가시화되기 시작했다. 1991년 미군골프장이 용산가족공원으로, 1993년 메인 포스트 일부가 전쟁기념관으로 탈바꿈되었지만, 용산 기지의 본격적인 반환에는 걸림돌이 많았고, 지지부진했지만 성과가 있었다. 2003년 5월 한미정상회담에서 '용산 기지 조기 이전'에 합의, 2004년 '용산 기지 이전 협정' 체결로 본격화됐고, 2017년 7월에 미8군 사령부가, 2018년 6월에 주한미군사령부가 평택 기지(캠프 험프리스)로 이전을 완료하면서 2018년 6월 29일 평택 기지 개관식도 열었다. 평택 기지는 1467만 7000㎡(=14.67㎢=4,440,000평)로 서울 여의도(87만 8000평)의 5배 규모이며, 현재 용산 기지(2.91㎢)에 비해서도 다섯 배나 넓다. 초중고는 물론 미군과 가족 등 4만 5000명이 상주

---

12) "알기 쉬운 SOFA 해설", 외교부, n.d. 수정, 2022.1.28. 접속, https://www.mofa. go.kr/www/brd/m_4080/view.do?seq=289587.

한다.

용산 미군 기지의 평택 이전이 마무리되고 용산공원이 추진되는 과정에서 들려온 소식 하나는 미국대사관이 용산 기지 내로 들어간다는 것이다. 현재 미국대사관은 1962년 건축된 구 문화관광체육부(현 대한민국역사박물관) 청사와 쌍둥이 건물로 지어진 것으로 1968년 입주해 지금까지 사용하고 있다. 미국대사관 이전 문제는 오랜 시간을 두고 한국과 미국이 협의해 왔으나 좀처럼 가닥을 잡지 못하다가, 이전 협의가 무르익기 시작한 것은 2006년 반기문 외교통상부 장관 시절이다. 당시 미국대사관 부지 관련 내외신 기자회견(2006.5.6.) 중 반기문 장관은 미국 측은 구 경기여고 부지를 가장 선호하고 있으나 문화재위원회의 결정이 필요하므로 시일이 걸리고, 대체지로 미국 측이 송현동 부지를 희망했으나 고도 제한(16m)으로 고층 건물을 지을 수 없어 미국 측이 난감해했다는 것이다.

한미 관계의 특수성을 고려할 때 미국대사관이 자리를 잡지 못하고 있다는 사실은 놀랍다. 여기에는 사정이 있다. 미국은 1883년 조미수호통상조약을 체결, 가장 먼저 조선과 외교 관계를 맺었다. 정동에 공사관(현 미국대사관저)을 두었으나, 이후 일본이 1905년 을사늑약을 통해 조선의 외교권을 강탈함과 동시에 미국과 조선의 외교 관계는 단절되었다. 미국이 다시 한국과의 외교 관계를 체결한 1949년부터 반도호텔(1938년 개관, 현 롯데호텔 자리)을 대사관으로 사용하다가, 지금의 광화문 자리로 이전한 것은 1968년이었다. 그때부터 50년 넘게 사용 중이다.

대사관으로 사용하고 있는 건물도 바로 옆 대한민국역사박물관과 닮은 꼴을 하고 있는데, 역사박물관 건물은 1961년 국가재건최고회의가 사용했었고, 2010년까지 문화체육관광부가 사용했었다. 두 건물은 모두 미국 국제개발청의 자금으로 지어졌다. 미국 측으로서는 어디까지나 임시 사용 건물이었기에 미국은 1960년대부터 여러 곳을 후보지로 물색했으나 난항을 겪게 된다. 2021년 6월 23일 서울시는 도시·건축공동위원회를 열어, 주한미 대사관 지구단위계획구역 지정 및 계획 결정을 수정 가결했다. 이 결정에 따르면 용산 기지 캠프 코이너 부지로 이전한다는 것이다. 이미 2005년한미 정부 간 체결된 주한 미국 대사관 청사 이전에 관한 양해 각서와 후속으로 체결된 부지 교환 합의서에 따라 미국 정부가 해당 부지를 소유하고있기도 했다. 이미 2005년 당시 정부는 주한 미국 대사관 청사 이전 협의결과 미국으로부터 옛 경기여고 부지와 덕수궁 터였던 공사관저 터 7,800평을 돌려받는 조건으로 캠프 코이너 부지 내 24,000평을 제공하는 것으로 최종 합의한 바 있기 때문이다.

2011년 서울시는 미국 정부와 맺은 주한 미국 대사관의 건축과 관련한양해 각서의 내용에 따라 미국 대사관 청사 이전을 위한 지구 단위 계획 수립을 추진했고, 용도 지역을 녹지 지역에서 제2종 일반 주거 지역으로 변경하고 건축물 용적률 200% 이하, 높이 55m, 최고 12층까지 허용하기로했다. 미국 대사관이 이전할 장소는 2025년 말 서울시 교육청이 이전할 장소인 옛 수도여고 맞은편 땅이다. 용산 기지 반환으로 새로운 휴식 공간이자 멋진 공원을 기대했던 후암동 주민들에겐 미군 기지의 담장이 허물어지는 것을 보기는 어렵게 됐다. 거기엔 새로 들어설 12층의 미국 대사관 건물과 더 튼튼하고 높은 담장이 세워지게 될 것이다.

게다가 반환 예정인 용산 기지의 한복판에 위치한 드래곤호텔을 미군부대 연락 사무소를 둔다는 이유로 계속 존치키로 함으로써 향후 용산공원의 허리가 잘리고, 용산 기지의 입구에 해당하는 후암동 쪽으로는 거대한대사관과 직원 숙소까지 신축하게 되면 후암동에 접한 길에 오랫동안 성처럼 쌓아 올려진 담벼락은 끝내 허물어지지 않게 된다.

그래도 다행이라면 후암동에는 '양공주'라 불리는 여자들이 드물었고, 다른 지역 미군 부대 주변에 있는 속칭, '기지촌'은 없었다. 이들 기지촌이 합법적으로 조성된 것이 아님에도 아무런 제재나 통제 없이 오랜 기간 미군 부대의 그늘에 기생할 수 있었던 것은 관계 당국의 묵인 내지 방조에 기인한 바가 크다. 용산 미군 기지의 다른 쪽 이태원에는 미군을 위한 유흥가가 즐비했고, 심심치 않게 미군들에 의한 각종 사고가 빈번하게 일어났지만, 법적으로 치외 법권의 특혜를 누린 미군들은 아무런 죄책감 없이 사고를 쳤다. 신문에 오르내리는 기사는 빙산의 일각이었을 것이다.

23. 남산과 해방촌에
자리 잡은 신사(神社)들

1910년 8월 22일, 대한제국은 일본의 식민지가 되었다. 한일 병합 이듬해인 1911년 조선총독부 통계에 의하면 이 땅에 들어온 일본인은 210,689명이었다. 10년 후인 1920년에는 347,850명으로 60%가 증가했고, 1930년에는 501,867명, 1940년에는 689,595명, 조사 자료가 있는 마지막 해인 1943년에는 758,595명이었다. 2년 후인 1945년 8월 15일 일제 패망 당시에는, 80만 명이 넘는 일본인들이 이 땅에서 그들의 나라가 망하는 것을 목격했다. 일제의 식민지 조선은 일본인들에게는 기회의 땅이었다. 바다 건너온 그들이 일본의 민속 신앙인 신도(神道)를 이 땅에 가지고 왔다. "조선에는 2개의 관폐사와 8개의 국폐사를 포함하여 1,141개의 신

---

13) "조선왕조실록 고종실록, 고종 4년 5월 18일", 국사편찬위원회, n.d. 수정, 2023.2.25. 접속, https://sillok.history.go.kr/id/kza_10405018_006.

사가 운영되고 있었다."[14]

　서울에서 가장 이른 시기에 조성된 신사는 '경성신사(京城神社)'였다. 경성신사가 세워진 곳은 예장동인데 조선시대 군사들이 무예를 연습하는 훈련장이 있었다. '무예장'을 줄여 '예장'이라고 부른 것에서 지금의 예장동이 된 것이다. 임진왜란 당시 일본군들이 이곳에 진을 치고 쌓았던 성(城) 때문에 왜성대(倭城臺)라고 불렸던 곳이다. 1898년 10월 3일 경성에 거주하는 일본인들이 일본 이세신궁에서 신체(神體) 일부를 가져와 이곳에 남산대신궁(南山大神宮)을 세웠다가, 1916년 5월 22일 정식 신사가 되면서 경성신사로 개칭되었다. 이후 1929년 9월 자리를 조금 옆으로 옮겨 신사를 다시 지은 곳이 지금의 숭의여자대학교(중구 소파로2길 10) 자리다. 1936년 8월 1일에는 조선총독부가 관리 비용 일체를 부담하는 국폐소사(國幣小社)로 격상되었다.

　노기신사(乃木神社)는 러일 전쟁 당시 일본 육군 사령관 노기 마레스케(乃木希典 1849.12.25.~1912.9.13.)를 모신 곳이다. 그가 신사에 모셔진 이유는 러일 전쟁을 승리를 이끈 장군이어서가 아니다. 메이지 천황이 1912년 7월 30일 죽자, 45일간의 대상례를 마친 후 장지인 교토의 후시미모모야마릉(伏見桃山陵)으로 운구 행렬이 떠남을 알리는 예포가 울릴 때 노기가 아내와 함께 자결했기 때문이다. 군인으로서의 그의 자질에 대해선 당시 일본 내각에서도 의견이 엇갈렸다. 노기 마레스케는 사이고 다카모리(西鄕隆盛)를 중심으로 한 반란군과 세이난 전쟁(西南戰爭, 1877년)에서 천황이 하사한

---

14) "조선총독부 기록물", 행정안전부 국가기록원, n.d. 수정, 2021년 6월 1일 접속, https://theme.archives.go.kr/next/government/viewGovernmentArchives.do?id=0001551576&retPage=&retTpId=&retListSize=&pageFlag=.

군기를 반란군에게 탈취당하고, 비록 승리하기는 했지만 많은 장병을 죽음으로 내몰았다. 그의 전술은 '무조건 돌격'이었다. 심지어 전쟁에서 두 아들을 모두 잃었다. 1935년 일본을 방문한 작가 니코스 카잔차키스는 그의 책에서 노기 마레스케가 자결하면서 남긴 시구를 옮기고 있다.

"위대한 주군께서
신과 합치러 가신다네
나 또한 불타게 그리는 마음으로
그분을 따라 하늘로 간다네"[15]

노기는 살아서는 군인으로 천황을 섬겼고, 죽어서도 메이지 천황릉 부근에 잠들어 있다. 생전의 메이지 천황도 그를 각별히 아껴 황족들이 다니는 교육 기관인 학습원장에 임명, 손자인 히로히토(裕仁)의 훈육을 맡겼다. 황궁에서 학습원까지 자동차를 타고 다녔던 히로히토에게 노기는 어떤 궂은 날씨에도 걸어 다니게 했다. 대한제국 영친왕의 왕비 이방자 여사 또한 황족의 일원으로 같은 곳에서 교육받았는데, 노기 장군은 엄격하기로 유명해서 여학생도 남학생처럼 취급했다.

노기신사가 있던 곳에 지금은 사회복지법인 남산원(1952년 '군경유자녀원'으로 설립, 1990년 '남산원'으로 변경, 중구 소파로2길 31)이 있다. 그곳으로 들어가는 길 바로 옆에는 국내 최고의 시설과 부유층 아이들이 다니는 리라초등학교가 있고, 같은 재단에서 운영하는 리라아트고(전 남산공업전수학교)가 있다. 안쪽으로 들어가면 울창한 나무들로 둘러싸인 신사 자리가 보인다. 입구에는

---

15) 니코스 카잔차키스, 《일본·중국 기행(경기도: 열린책들, 2008)》, 154~155.

오래전 노기신사의 사진들이 걸려 있고 손을 씻었던 데미즈야(手水舍)와 석등의 머리 부분만이 남아 있다. 좀 더 안쪽으로 들어가면 당시 신사 조성에 공물을 바친 사람들의 이름이 새겨져 있는 돌판들이 글씨는 지워진 채 남아 있다.

일제는 신사만 지은 것이 아니었다. 1932년 10월 26일 이토 히로부미가 안중근 의사의 총에 죽자 그를 기리는 절인 박문사를, 죽은 지 20년이 되는 해에 설립을 추진, 1932년 10월 20일에 준공했다. 박문사가 들어선 장충단(獎忠壇)은 나라를 위해 죽은 사람들에게 제사를 지내기 위해서 남소영(南小營)의 유지에 세운 것이었다. 명성황후 시해 사건 때 목숨을 바쳐 황후를 지키려 한 종사관 등의 희생자를 기리기 위한 자리였다. 순종실록에는 순종 2년 11월 4일(1909년) 박문사가 세워지기 전, 순종의 스승(太子太師)이기도 했던 이토 히로부미가 죽은 지 8일째 되는 날 일왕에 의해 공작(公爵)으로 추서된 이토 히로부미의 국장(國葬)이 일본에서 열리던 날에 때를 맞추어 황족, 궁내관, 각부의 관리와 인민들이 함께 장충단에서 추도회를 하기도 했다. 당시 박문사가 있던 자리에는 신라호텔 영빈관이 들어서 있다.

남산식물원을 포함한 넓은 터에는 조선신궁(朝鮮神宮)이 있었다. 지금은 신사 내 배전 터만 남아 있다. 조선신궁은 일본 정부에서 운영비를 지원하는 조선 내 최고 위치의 신사였다. 조선신궁은 1920년 5월 27일 지진제(地鎭祭, 건축 토목공사에 앞서 토지의 신을 진정시키고 공사의 안전을 기원하는 제사)를 갖고 착공했다. 당초 '조선신사'였으나 '조선신궁'으로 개칭하고 일본에서 그들의 건국신(建國神)인 아마테라스 오미카미(天照大神)와 메이지 천황을 제신으로, 3종의 신체(神體)를 가져와 1925년 10월 15일 진좌제(鎭座祭, 신이 내려오게 하는 의식, 신령이 내려와 위패에 깃들게 하는 제사 의식)를 가지며 6년 만에 완공했다. 일본에서 가져오는 신체를 열차로 실어 오기 위해 목조 건물인 남대문 정차장을 1922년부터 1925년까지 3년에 걸쳐 르네상스식 건물로 신축했고, 이름도 경성역(1947년 '서울역'으로 명칭 바뀜)으로 바꿔 1925년 9월 30일에 준공했다. 경성역이 준공된 후 10월 13일 부산에서 출발해 경성역에 처음 들어온 열차에는 일본에서 건너오는 3종 신기가 실려 있었다. 이틀 후 열린 진좌제에는 순종이 이강(李堈) 공(公)을 조선신궁에 보내어 참석하게 했다.

일제가 조선신궁을 건립할 당시 남산 정상에는 국사당(國師堂)이 있었다. 조선이 남산을 목멱대왕(木覓大王)으로 삼고, 무학대사를 모신다는 뜻을 담고 있는 국사당이 조선신궁보다 높은 자리에 있다는 사실을 못마땅해했던 일제는 국사당을 철거하고 이듬해인 1926년 5월 인왕산으로 옮겼다. 남산 중턱에 자리 잡은 조선신궁으로 올라가는 참배 길에 남산 위에 자리 잡은 국사당 건물이 작아 시야에 보이지 않음에도, 일제는 조선신궁보다 높은 위치에 있는 국사당을 용납할 수 없었다. 국사당이 헐리고 부근에 일본인들이 세운 높이 100척(30.3미터)의 철탑(공사 기간 1932.5.28.~7.10. 7월 11일 준공)을 세웠고, 여기에 가로 27척(8.18미터), 세로 18척(5.45미터) 크기의 일장기를 달았다. 커다란 일장기는 조선신궁이 있는 자리에서도 보일 만큼 컸다. 조선신궁에서 남산의 국사당을 바라보면 국사당은 몇 칸 되지 않는 작은 사당이었지만, 남산 자락을 깎아 대규모로 조성한 조선신궁의 크기는 국사당을 한없이 작아 보이게 만들었을 것임에도 조선신궁보다 높은 자리에 있는 것을 그들은 참지 못했다.

남대문에서 남산으로 올라가는 길을 따라 올라가다 소월로를 만나는 지점에서 조선신궁으로 올라가는 표참도(表參道, 참배하러 가는 큰길)의 흔적이 모양은 다르지만 남아 있다. 당시 조선신궁 표참도는 일본에서도 볼 수 없는

거대하고 웅장한 돌계단이었다. 《매일신보(1925.8.7.)》에 조선신궁의 표참
도를 일본 제일의 대석단(大石段, 큰 돌계단)으로 소개하기도 했다. 1927년 조
선총독부에서 발간한 《조선신궁조영지(朝鮮神宮造營誌)》[16]는 조선신궁의 건
립에 이르기까지의 기록을 사진과 함께 자세히 소개하고 있다. 소나무 푸
른빛이 짙은 남산 중턱에 백옥 같은 화강석 울타리, 세 개의 큰 도리이와
신궁으로 올라가는 화강석 계단이 총독부 건물이 있는 곳에서도, 경성역

---

16)　조선총독부,《朝鮮神宮造營誌(京城: 조선총독부, 1927)》, 국립중앙도서관 소장 자료

에서도 한눈에 들어왔다. 신궁으로 가는 길은 세 갈래였다. 첫 번째는 남대문 동쪽에서 갈라져 옛 한양도성 성벽과 닿아 있는 길로 올라 표참도 아래 대광장 대도리이(大鳥居)에서, 대석단으로 올라가 상(上)광장으로 가는 표참도이고, 두 번째 길은 통감부가 있었던 왜성대 공원으로부터 남산의 중턱쯤에서 상광장으로 올라가는 길, 세 번째는 하(下)광장에서 오른쪽으로 방향을 잡아 남산 비탈 아랫부분을 따라 올라가다 막다른 곳에서 신궁 아랫부분에 뚫은 굴(隧道)을 통과해 왜성대로부터 오는 길과 합쳐지는 안쪽 길이다. 이 길은 용산 방면에서 오는 참배객들을 위해 길을 낸 것으로 하광장 표참도를 제외하고는 계단이 없어 마차나 차로 거든히 올라갈 수 있었다. 상광장은 거대한 자동차 주차장이었다.

　　표참도 계단은 대단한 위용을 자랑했다. 높이가 172척(약 52미터), 384계단으로 이루어졌다. 높이에 비해 남녀노소 누구라도 쉽게 오를 수 있게끔, 낮고 평평한 계단(높이 13cm, 폭 32cm)으로 만들어졌으며 경사는 완만했다. 계단은 정면에서 좌우의 폭이 4칸(7.20미터)이며, 그 양쪽으로는 풀이 자라도록 해, 흰색의 화강석과 푸른색의 잔디가 조화를 이룰 수 있도록 했다. 계단 50개마다 넓은 계단참(踊場)을 두었다. 폭이 두 칸 반(1.8미터)으로 모두 7개소를 조성했다. 뿐만 아니라 인력거나 자동차로 참배하는 사람들을 위해 왜성대 길로부터는 도로를 조성했다. 조선신궁으로 올라가는 도중에 내려다보이는 경성의 풍광은 일제가 조선신궁을 남산에 건립한 이유를 짐작하게 한다.

　　신사 참배는 식민지 국민이 선택하는 것이 아니었다. 이른 새벽부터 표참도에는 끝이 없을 듯 높은 계단을 한 걸음씩 올라가는 내지인들과 식민지 조선인들의 발걸음이 끊이지 않았다. 국민학교, 중등학교, 전문학교 학생들을 비롯해 교회 단체와 관공서는 물론, 상인들까지 줄지어 깃발을 앞

세우고 신궁으로 올라갔다. 신사 참배는 식민지 조선인들이 스스로 내선일체임을 깨닫게 하는 최선의 방법이자, 일본이 주인임을 자각하게 하는 방법이었다. 그들이 말하는 숭신사상(崇神思想)은 메이지 천황을 신으로 떠받드는 것이고, 황실의 조상신인 천조대신(天照大神)을 최고의 신으로 섬기도록 하는 것이었다. 청구팔역(靑邱八域, 우리나라) 곳곳에 신사를 조성해 이 땅 어디서나 같은 방식으로 신사에 올라가 참배했다. 참배는 피할 수 없었다.

이 땅에는 이미 기독교가 들어와 있었다. 일반인들에게도 신사 참배는 거북한 것이었지만 기독교인들에게 일본의 조상신과 인간이었던 천황을 신으로 섬기는 것은 있을 수 없는 일이었다. 일제는 신도가 종교가 아니므로 기독교 교리에 위반되지 않는다며 기독교인들의 신사 참배를 밀어붙였다. 결국 1938년 9월 9일부터 10일 평양 서문밖교회에서 열린 제27차 대한예수교장로회 총회에서는 신사 참배가 애국적 국가 의식임을 자각, 신사 참배에 솔선수범함으로써 황국신민으로서 적성(赤誠)을 다하기로 결정한다. 이후 교회에서 벌어진 신사 참배의 참상은, "천조대신보다 높은 신은 없다."라는 신앙 고백이 있었고, 목회자 중 대다수가 일본 신도식 침례인 미소기(禊ぎ, 죄나 부정을 씻기 위해 냇물이나 강물로 몸을 씻는 것)를 일본식 훈도시 차림으로 한강에서, 부산 송도 바닷가에서도 받았다. 예배도 달라졌다. 예배를 보는 중에 정오 사이렌이 울리면 천황이 있는 곳을 향해 허리를 숙이는 동방요배를 했다. 그뿐만 아니라, 성경에서 모세오경과 요한계시록을 삭제하고, 찬송가에서 '주', '왕', '그리스도'를 삭제[17]하기도 했다.

조선신궁의 야경은 근사했다. 표참도 입구에 세운 석등과 표참도 아래

---

17) "9월 9일 신사참배 가결일은 북한의 건국절", 강성민티비:토라와 케투빔, n.d. 수정, 2022.2.27. 접속, https://youtu.be/KRJ4PK8jm_k.

에서 위로 올라가는 계단참마다 도열하듯 세운 석등에선 휘황찬란한 전깃불이 밤을 밝혔다. 경성 시내에서 남산을 올려다보면 선명히 보이는 석등의 전깃불로 조선신궁은 신비로움을 더했다. 신궁 내부는 물론 외부에조차 전깃줄은 보이지 않았다. 미관을 고려해 전선을 지하로 매설했기 때문이다. 또한, 산 중턱에 조성한 탓에 경성 시내의 수돗물을 사용할 수 없어 물을 산 중턱까지 길어 올려야 했다. 신사 내 급수와 소화 설비 용도에도 물이 필요했지만, 참배객들을 위한 데미즈야(手水舍)에도 필요했다. 물을 끌어올리기 위해 20마력짜리 모터를 설치했고, 지름 4인치 강관을 매설해 경성부 상수도와 연결, 신궁 내 정전 뒤 산 위에 3,500立方尺(97,405리터, 1입방척은 약 27.83리터임) 크기의 저수지를 건축했다. 또한, 신사 내에 경성 시내와의 직통 전화도 연결했다.

문명의 밤은 휘황찬란했다. 기약 없는 피지배민들에게 신궁의 석등에서 뿜어져 나오는 밝음은 반만년 역사에서 찾아볼 수 없었던 사건이었다. 거스를 수 없는 너울이고, 넘을 수 없는 성벽이었다. 신궁의 불빛은 미명의 조선에 모멸을 던지는 문명의 빛이었다. 조선은 빛에 밀려나는 어둠이었고, 그 어둠 속에서 조선은 좌절했다. 미명의 조선은 저만치 물러서 있어야만 했다. 스스로 빛을 내는 전등 불빛으로 일본의 위대함은 한층 빛나고 조선의 초라함은 어둠 속에서 보이지 않는 것이 그나마 다행이었다. 낮에는 하늘로 뻗어 있는 표참도를 고개 숙인 채 올라야 하고, 밤에는 불빛에 끌려 부르는 자 없어도 저절로 발걸음이 옮겨지는 형국이었다.

조선신궁의 표참도와 신사 경내에 소요되는 화강석은 동대문 밖 석재채석장(현 숭인채석장 전망대)에서 실어 왔다. 낙산 자락인 숭인채석장에서 캐낸 화강석은 조선신궁은 물론, 경성부(서울시청), 조선총독부 청사, 경성토목출장소(한강개수공사를 담당), 조선은행(한국은행) 건축에도 사용되었다. 채석장은

1919년(大# 8년)부터 위 사업에 필요한 석재 조달을 위해 조선총독부와 경성부 공동 관리하에 있었다가, 1923년에 경성부로의 인계 작업을 마무리, 1924(대정 14년)부터 경성부로 이관되었다. 채석장 사고는 끊임없이 발생해 무수한 인명을 앗아 갔다. 중국인 기술자들까지 데려와 다이너마이트로 발파 작업을 했고 낙석 사고로 집이 깔리고 사람이 다치는 일이 빈번했다.

1945년 8월 15일에서 하루가 지나 조선총독부는 조선신궁에 모셨던 신들을 다시 하늘로 올려 보내는, 그들이 이제껏 해 보지 못했던 승신식(升神式)을 처음으로 거행한 후 신궁에 모셨던 신체들을 수송기로 실어 일본으로 가져갔다. 그들의 신은 땅에서 일어난 인간의 요청에 보이지 않게 내려와 자리 잡았다가, 그들과 함께 기차나 배를 타고 일본으로 돌아가지 못했다. 천상 어딘가에서 인간 세계로 내려와 경성을 내려다보던 그들의 신은 이러지도 저러지도 못하는 인간에 의해 허둥지둥 다시 하늘로 올라가라는 황당한 요청을 받았고, 다시 올라가야만 했다. 그들의 신은 없었고, 거짓이었고, 껍데기였다. 조선은 그런 신을 모시는 인간들에 의해 지배받았다.

조선신궁이 있었던 자리에는 1968년 남산식물원이 들어섰다가 '남산 제모습 가꾸기' 사업의 일환으로 부근에 있던 동물원과 함께 2006년 철거되었다. 식물원 앞 명물이었던 분수대는 물 빠진 채로 남겨졌다. 지금은 한양도성 유적전시관이 있어 오랫동안 땅속에 묻혀 있던 남산 성곽과 함께 조선신궁 배전 터를 전시하고 있다. 새롭게 '남산공원'으로 조성하면서 당시의 표참도 계단을 헐어 내고 새로 만들었다. 지금의 백범광장은 훗날 계단 중간 부분을 평평하게 깎아 조성한 것이다.

24. 신사(神社)와 참배(參拜)

> 일, 한 병합 조약(日韓倂合條約)이 체결되었다.
>
> 제1조 한국 황제 폐하는 한국 전부(全部)에 관한 일체 통치권을 완전히 또 영구히 일본 황제 폐하에게 양여한다.
>
> 제3조 일본국 황제 폐하는 한국 황제 폐하, 태황제 폐하, 황태자 전하와 그 후비 및 후예로 하여금 각각 그 지위에 따라 상당한 존칭, 위엄 및 명예를 향유케 하고 또 이를 보지(保持)하는 데 충분한 세비(歲費)를 공급할 것을 약속한다.
>
> - 조선왕조실록, 순종3년 8월 22일 양력(1910년, 조선 개국 519년)[18]

일본의 신사는 모시는 신(神)이 제각각이다. 샤머니즘인 일본의 신도는 종교의 외관을 가지고 있지만 여타 종교와는 다른 점이 있다. 기독교나 이슬람교, 불교에 있는 창시자가 없다. 종교가 신의 계시를 받거나, 신과의 특수한 관계임을 보여 주거나, 궁극의 진리에 대한 깨달음을 공유하고자 하는 것으로 나누어 볼 수 있다면, 일본의 신도는 여기에 해당하지 않는다. 이러한 종교들은 모두 근세에 만들어진 것이니 신도의 아류라 주장한다. 신도의 가장

18) "조선왕조실록 순종실록, 순종 3년 8월 22일", 국사편찬위원회, n.d. 수정, 2023.2.25. 접속, https://sillok.history.go.kr/id/kzb_10308022_003.

높은 자리에는 천황이 있는데, 까마득한 과거부터 지금까지 대를 이어 오는 살아 있는 신이라 주장한다. 신과의 관계를 말하는 것이 아니라 스스로 신이며, 신도에서 말하는 팔백만 신의 정점이 천황이라는 것이다.

신사에 들어가면 입구에 도리이(鳥居)가 있다. 인간과 신이 머무는 신성한 영역을 구분하는 것이다. 그래서 도리이는 신과 인간의 경계에 세웠다. 신사에서 보이는 형태는 단순화된 것이지만 초기의 도리이는 나무 기둥 위에 나무를 깎아 만든 새를 올려놓은 것이었다. 한국의 솟대가 그 기원이다. 솟대는 마을 입구에 세워져 밖의 부정한 기운이 마을로 들어오지 못하도록 하는 것이었다. 도리이가 '새가 머무는 곳'이라는 말이니 한국의 '솟대'와 같은 것이다. 붉은색이 칠해져 있거나 콘크리트, 쇠로 만든 것도 있지만 소재에 따라 의미가 달라지는 것은 없다. 도리이는 신사 내 구역을 크게 삼등분을 해 입구와 배전 앞, 본전 앞에 있는 경우도 있고, 장식물처럼 수없이 많은 도리이를 설치하는 신사도 있다. 신사 입구에서부터 시작해 본전을 향해 가면서 성역의 밀도를 높이는 것이다.

도리이 아래로 들어가면서 고개를 숙여 절을 한다. 도리이 아래 한가운데에는 서지 않는다. 신전까지 들어가는 길인 참도(參道) 역시 가운데(正中)는 신(神)이 걷는 길이므로 가장자리로 걸어야 한다. 물을 담아 놓은 데미즈야(手水舍)가 있다. 손과 입을 씻는 곳인데, 놓인 히샤쿠(柄杓, 긴 자루가 달린 국자)를 먼저 오른손으로 잡고 물을 떠서 왼손을 씻은 다음, 국자를 왼손으로 바꿔 잡아 오른손을 씻는다. 이때 손가락에 반지 같은 것이 있다면 뺀다. 다시 오른손으로 잡아 왼손 손바닥에 물을 담아 그 물을 입에 넣고 입안을 헹군 다음 왼손으로 입을 가리고 물을 뱉는다. 이때 소리는 내지 않는다. 입에 닿았던 왼손을 다시 물을 부어 씻고, 국자에 물을 담아 기울여 물이 손잡이 쪽으로 흘러가도록 해서 손으로 잡았던 부분이 씻기도록 한 다음, 국자를 원래 자리에 둔다. 물로 손과 입을 씻는 것은 눈에 보이지 않는 곳에서 참배자에게 붙어 있는 죄, 추악함 등을 떨쳐 내기 위한 것으로 몸을 맑고 깨끗하게 하는 것이다.

배전(拜殿, 절하는 곳)에 도착하면 밧줄이 종에 연결되어 있다. 끈을 잡고 당기거나 흔들어 종소리가 크게 나도록 한다. 신에게 참배자가 왔음을 알리는 것이다. 오사이센(お賽銭, 새전)을 넣는다. 대개 동전을 던진다. '오사이센'은 신사에 바치는 돈이다. 금액이 정해진 것은 없다. 돈을 던진 후 두 번 절을 한다. 절은 허리를 앞으로 깊이 숙인다. 이어 박수를 두 번 치고 잠시 기도를 한 후 한 번 더 절을 한다. 손뼉을 치는 방법은 오른손을 왼손 첫 번째 마디까지 내려서 친다. 절을 할 때 모자는 벗는다. 선글라스를 끼고 있다면 벗는다. 신사 참배는 이것으로 끝이다. 이후 신사에서 오마모리(お守り, 守り)라는 부적을 산다. 나쁜 일이 생기지 않도록 하거나 좋은 일이 생기도록 하는 것이다. 신사에서 산 것은 몸에 지니거나 집 안 신전에 두기도 한다. 신전을 나가면서 신전 입구 도리이를 통과해 한 번 더 본전을 향해 절을 한다.

배전 앞에 볏짚으로 엮어 만든 커다란 시메나와(しめ縄·注連縄, 주련승, 금줄)가 있는 경우가 있다. 일본 시마네현 이즈모 신사(出雲大社)의 그것이 거대하기로 유명하다. 부정을 방지하는 쓰임새라는 점에서 우리의 금줄과 다르지 않다. 우리나라에서의 주련(注連)은 죽은 고인의 관이 집을 나간 후 그 귀신이 집으로 들어오지 못하도록 물을 뿌려 깨끗하게 꼰 새끼줄을 말한다. 비슷한 것으로 금줄(禁줄)이 있는데 이는 부정한 것이 들어오지 못하도록 대문이나 동네 어귀에 매달거나, 부정 타지 말라고 신성한 나무나 돌에 묶기도 한다. 아이를 출산했을 때 문 앞에 걸었고, 아들이면 붉은 고추를 끼우기도 했으며, 장을 담글 때는 상하지 말라고 장독 주위에도 둘렀고, 질병을 쫓거나, 신성한 영역을 표시할 때도 사용했다.

25. 경성 천도

<blockquote>
황태자가 경성박람회를 돌아보았다.

– 조선왕조실록, 순종 즉위년 11월 10일(1907년)[19]
</blockquote>

1905년 을사조약으로 대한제국의 외교권을 박탈한 일제의 초대 통감으로 이토 히로부미(伊藤博文, 1841.10.16.~1909.10.26.)가 온다. 그 역시 하급 사무라이 출신이었지만 자질을 인정받아 일본 개화기에 현대식 철선을 타고 6개월간의 짧은 영국 유학을 했다. 이후 메이지유신 과정에서 발탁된 그는 일본국의 헌법을 기초하는 등의 개혁 주도 세력의 중심이 되었고, 초대 총리를 역임하면서 일본의 총리를 네 번씩이나 역임한 유능한 관료였다. 사무라이로 개화의 선봉에서 목숨을 걸고 싸운 이토에게, 제대로 된 군대조차 없는 조선은 미개한 나라였다. 그는 사카모토 료마(坂本龍馬 1835~1867)가 추진했던 근대 일본 해군에 몸을 담았고, 천황을 위해 싸웠다. 혁명에

---

19) "조선왕조실록 순종실록, 순종 즉위년 11월 10일", 국사편찬위원회, n.d. 수정, 2023.2.25. 접속, https://sillok.history.go.kr/id/kzb_10011010_002.

성공하자 천황을 위해 이웃한 조선과 중국을 짓밟았고, 러시아와의 전쟁도 승리했으며, 대만은 물론 아시아 국가들을 그들 아래에 두었다. 그와 일본에 있어 조선은 나약한 '쿠니(國)'에 불과했다. 수백 개나 난립했던 일본의 쿠니와는 비교할 수도 없는 것이었다. 나약한 나라 조선은 전쟁도 없이 나라를 빼앗겼다.

조선총독부의 한반도 식민 통치는 시기별로 크게 '무단통치(1910~1919)', 3.1 만세 운동 이후의 '문화통치(1919~1931)', 만주사변을 일으킨 해부터 시작된 '민족말살통치(1931~1945)'로 나눌 수 있다. 조선에서의 실질적인 힘은 조선총독에게 있었다. 조선총독은 일왕 직속으로, 일본 내에서조차 아무도 거치지 않고 일왕과 직접 만날 수 있는 자리였고, 임무를 마친 후 돌아가면 영전하는 자리였다. 일제는 점령군으로, 조선총독은 독재자로서 경복궁을 차지하였음은 물론, 입법·사법·행정을 장악한 실질적인 조선의 왕이었다. 조선인에게만 사라졌던 태형 제도를 부활, 적용했을 뿐만 아니라, 재판 절차 없이 즉결 처분권도 행사했다.

일제 치하에서의 경복궁은 국왕이 집무를 보는 곳이 아니었다. 일제의 필요에 따른 다목적 공간으로 활용되었다. 경복궁은 조선총독부 행사장이 되었고, 전몰자에 대한 장례식장으로도 쓰였다. 명치 천황의 어진영을 근정전에 보관하고, 데라우치 총독이 참배하기도 했다. 일제의 눈에 경복궁은 그들이 조선의 새로운 주인임을 자각하는 장소였다.

1910년 경복궁 내 전각은 모두 6,800여 칸이 넘었다. 일제는 그럴듯한 명분을 내세워 경복궁을 헐고자 했다. 경복궁은 일제가 가장 먼저 훼철(毀撤)하고 싶은 곳이었다. 일본에 총소리 없이 넘어간 국권, 이제 경복궁이 그것을 온전히 감내해야 했다. 시작은 1915년 9월 11일부터 10월 31일까지 조선총독부가 주최한 지금의 '종합상품전시회(Trade show)'와 같은 '시정 5

년 기념 조선물산공진회(始政五年記念朝鮮物産共進會)'가 시작이었다. 일제가 그들의 식민 통치의 성과가 얼마나 대단한 것인지를 조선의 위정자들과 백성들에게 과시하고자 했고, 그만한 행사를 개최할 만한 공간이 경복궁 말고는 달리 없었다.

조선물산공진회가 열리기 8년 전인, "1907년 9월 1일부터 11월 15일까지 경성 박람회가 열렸다. 6개의 전시관으로 구성된 경성 박람회에는 인형과 미술품, 농업, 원예, 임업, 수산업, 광업품, 화학제품, 음식품, 도자기, 유리, 종이, 모피, 금속제품, 장신구, 문방구, 회화, 조각, 악기, 사진, 인쇄물 등 총 79,126점이 출품되었으나 4,500여 점만이 조선에서 출품한 것일 뿐 나머지는 일본인들이 출품한 것이었다."[20]

전시회가 국내에서 개최된 것은 1907년이 처음이었지만 조선의 이름으로 해외 전시회에 출품한 적은 여러 번 있었다. 1893년 미국 시카고박람회, 1900년 파리 만국박람회, 1910년 런던 박람회, 1913년 일본 오사카 메이지 기념 척식박람회(明治記念拓殖博覽會), 1914년 도쿄 다이쇼 박람회(大正博覽會) 등이다.

일제는 공진회 전시장을 만든다는 이유로 광화문과 근정전 사이의 공간을 헐어 내기 시작했다. 경복궁은 임진왜란 때 창덕궁, 창경궁, 종묘와 함께 전소된 후 약 270년간 폐허로 남겨져 있다가 1865년 고종 때 흥선대원군에 의해 중건된 것이었다. 1912년 경복궁의 관할은 조선총독부로 이관되었다. 당시 조선총독부 관보 제604호(1914.8.6.)에는 조선총독부 고시 제306호, 大正四年(1915년) 9월 11일부터 10월 31일까지 시정 5년 기념 조선

---

20) "경성박람회(京城博覽會)", 한국민족문화대백과사전, n.d. 수정, 2021년 7월 10일 접속, http://encykorea.aks.ac.kr/Contents/SearchNavi?keyword=경성박람회&ridx=0&tot=281.

물산공진회를 경복궁 내에서 개최한다고 조선 총독 데라우치 마사다케(寺內正毅)의 이름으로 고시했다.

전시회 공간 마련 등의 이유로 경복궁 내 건물의 이전과 철거는 빠르게 진행되었다. 매각 절차는 《황성신문》에 궁내부(宮內府, 조선말 왕실에 관한 여러 업무를 총괄)에서 고백(告白, 오늘날의 '광고') 형식으로 하고 있다. 그 내용을 보면, 다음과 같다. **"경복궁(景福宮)과 창덕궁 내(昌德宮內)와 기타 산재한 본부(本府) 불용 건물 총건평 약 4천여 칸(総建坪約四千餘間)을 매각하니 희망자는 본부 주전원(主殿院, 궁전을 지키고 수리하는 일을 담당)에 상세히 절차를 묻고 차실지(且實地, 현장)를 숙람(熟覽)한 후 오는 4월 10일까지 동원(소院, '소'은 '同'과 同字)에 래의(來議)함이 가함. 융희(隆熙) 四年(1910) 三月二十六日 宮內府"**[21]

이러한 매각 과정을 통해 전각 총 6천여 칸 중 4천여 칸을 처분했다. 홍문관(弘文館, 궁중의 서적 관리 및 임금의 자문 기관)과 비현각(丕顯閣, 세자의 집무실)은 기생집인 남산 '화월병장'과 장충동 '남산장'에 각각 팔렸다. 일본 기생집에 있는 크고 장대한 조선식 건물들은 경복궁에서 옮겨 만든 것들이 많았다. 선대 임금의 어진을 모시던 선원전은 이토 히로부미를 기리기 위한 사찰인 박문사의 일부로 쓰였고, 세자와 세자빈의 처소였던 자선당(慈善堂)은 일본 부자인 오쿠라 기하치로(大倉喜八郎)의 일본 집으로 반출되어 '조선관'이라는 현판을 달고 사설 미술관으로 사용되었다.

조선물산공진회(1915.9.11.~10.31.)는 경복궁 내부와 외부에서 열렸다. 공진회가 열렸던 전시장의 규모는 5,226평, 전체 규모로는 경복궁 일원

---

21) "황성신문 1910년 3월 29일", 국립중앙도서관 대한민국 신문아카이브, n.d. 수정, 2021년 12월 1일 접속, http://lod.nl.go.kr/home/include/lodpopup.jsp?uri=http://lod.nl.go.kr/resource/CNTS-00093872118.

72,800평에 달했다. 광화문은 전시장으로 들어가는 정문으로 사용되었다. 진열 상품의 수는 48,760여 점이었다. 전시회는 총 13개 부분으로 구분되어, 상품 말고도 식민 통치의 성과를 과시하는 것이 목적이기도 했다.

광화문 안쪽의 홍례문 권역에 1호관을 신축하고 동궁 부지를 포함했으며 1호관 후면의 근정전과 부속 회랑, 사정전, 강녕전, 교태전 등은 전시 및 지원, 접대 시설로 개조하여 사용하였으며, 공진회 사무소(주최자)는 자경전과 부속 회랑을 수리하여 설치하였다. 2호관은 동십자각 북서쪽 동궁원역에, 경복궁의 동남쪽 구역에는 참고관(參考館), 기계관(機械館), 영림창특설관, 심세관 등의 전시 건물이 더 지어졌는데, 이는 조선물산공진회가 처음부터 대규모로 계획된 것이 아니라, 계획 단계부터 점차 규모가 늘어나게 되었음을 잘 보여 주고 있다. 이 밖에도 광화문광장(지금의 광화문광장 쪽이 아닌 광화문과 근정전 사이 공간)에는 분수탑이 계획되어 있었다.[22]

조선물산공진회의 인기는 대단했다. 전시 기간 동안 여러 차례 경비행기가 경복궁 위를 날았고, 전국에서 공진회를 보기 위해 엄청난 인파가 몰렸다. 전시 기간 50일 동안 무려 116만 명이 경복궁을 찾았다. 고무신, 파인애플, 카스텔라 등도 선보였고, 사람들의 시선을 끌기 위한 불꽃놀이 등 다채로운 이벤트와 기생들의 공연도 열렸다. 이후 1923년의 '조선부업품공진회(조선농회 주최)', 1925년의 '조선가금공진회(조선축산협회 주최)', 1926년의 '조선박람회(朝鮮博覽會, 조선신문사 주최)', 1929년의 '조선박람회(조선총독부 주최)', 1935년의 '조선산업박람회(조선신문사 주최)' 등이 개최되었다.

조선물산공진회와 같은 기간에 '가정박람회'도 열렸다. 조선총독부의

---

22) "시정오년기념조선물산공진회", 국가기록원, n.d. 수정, 2021년 7월 13일 접속, https://theme.archives.go.kr/next/place/subject01.do.

기관지와 마찬가지인 《경성일보》와 《매일신보》가 주최한 것으로 당시 많은 볼거리를 제공했다. 전시회의 개최 목적은, '시정 5년 기념 조선물산공진회의 성황을 더하기 위해 가정에 관한 실물을 진열 설명하여 취미의 향상, 행복의 증진, 지혜의 보급, 가정의 개선에 이바지하기 위해'[23] 서였다. 당시 《매일신보》 1915년 9월 19일, 3면에는 가정박람회를 홍보하는 기사를 싣고 있다.

"仲秋月下에 散步兼하야 가족과 즐겁게 밤에 가정박람회를 구경

18일부터 밤에도 개장하기로 결정된 가정박람회는 저녁에 손님을 맞을 준비가 이미 다 되었습니다. 이미 보도한 바와 같이 입장료는 낮과 같으며 낮부터 계속하여 밤까지 계신 이에게는 별도의 입장료를 받지 아니합니다. 밤 시간은 오후 열한 시까지올시다. 밤의 가정박람회장의 외관은 채색의 아름다움을 다한 고탑의 꺼졌다 켜졌다 하는 전기 장식과 무수한 전기등으로 꾸민 아름다움은 다시 말씀할 것도 없거니와 회장 안에는 와사(瓦斯, Gas의 일본식 한자 표현)와 전등을 각 출품을 따라 교묘하게 응용하야 그 아름다움은 낮과 조금도 다르지 아니합니다. 회장 이외의 운동장 중앙에 비상히 밝은 아크등을 켜서 낮과 같이 추석의 달 아래에 있는 것과 같은데 네 면의 매점에 장식한 등불과 함께 눈이 부시도록 고운 광채

---

23) 김명선, "1915년 경성 가정박람회 전시주택의 표상", 대한건축학회논문집 계획계 28권 no.3(2012년 3월): 156.

> 가 나타납니다. 그리고 또 한 가지 말씀할 것은 야간에 개장하는 날부터 회장의 출입구에 유명한 향수의 분수가 설비되어 매일 약 한 말의 향수는 최신식 분수기로 주야 간단없이 입장자 제군에게 뿌려드립니다."[24]

일제는 다른 속셈이 있었다. 공진회를 핑계로 경복궁을 헐고 조선총독부를 새로 건축하고자 하는 것이었다. 남산 왜성대 총독부 건물로는 그들의 원대한 야망을 드러내는 것이 부족했다. 식민지 조선을 점령하고 다스리는 데 초기부터 많은 건물이 필요한 것은 아니었다. 그래서인지 기존 건물들을 사용했으나 관공서의 산재는 많은 행정 불편을 초래했다. 합방 후 공진회가 열리기 전, 조선총독부 토목국에서 독일인 건축가 게오르그 데 랄란데(Georg De Lalande)에게 새로운 조선총독부 건축 설계를 의뢰했으나 설계 작업 도중 사망하자, 그의 기본 설계를 바탕으로 대만 총독부 신청사 건립에도 참여한 바 있는 일본인 건축가 노무라 이치로(野村一郎)가 서양식 석조 총독부 신청사 설계를 완성했다. 1918년 7월 경복궁 내에 총독부 청사를 짓기 시작해 1926년 10월에 준공했다. 이 과정에서 광화문은 경복궁 동문 옆으로 이전하고 총독부 앞엔 광장을 조성했다. 경복궁의 철거, 매각, 변용, 반출 등 끊임없이 자행된 일제의 경복궁 훼철은 시작부터 일본의 영구 점령을 위한 목표이자 중심이었다.

조선총독부 "신청사는 1916년 6월 26일 지진제와 함께 착공되었다. 박람회를

---

24) "매일신보 1915년 9월 19일", 국립중앙도서관 대한민국신문아카이브, n.d. 수정, 2021년 9월 5일 접속, https://www.nl.go.kr/newspaper/detail. do?id=CNTS-00093998561.

위해 건축되었던 전시장 건물들은 다시 철거되었고 육중한 석조 콘크리트 건물을 짓기 위한 기초 공사에 돌입했다. 기초 공사에 사용된 말뚝은 압록강 기슭에서 잘라 온 지름 8치(24.24cm) 낙엽송 9,388본이 사용되었다. 말뚝 기초의 깊이는 15~26자 (4.54~7.87m)로 1916년 7월에 착수해 1917년 3월 말까지 계속되었다. 건물의 구조는 벽돌조로 계획하였던 처음 설계와는 달리 채광과 통풍, 경비, 지진에 대한 대비를 고려하여 철근 콘크리트조가 선택되었다. 1920년 정초식(定礎式)과 1923년 상량식 (上梁式)을 거쳐, 1926년 10월 1일 조선 통치 기념일인 시정 기념일에 맞추어 낙성식 (落成式)을 거행함으로써 10년간의 긴 공사를 마무리하고 신청사가 준공되었다. 조선 총독부 청사 신축에는 당시 구할 수 있는 가장 우수한 재료들과 국내외에서 구한 장식 재로 공사를 진행했다. 외벽은 동대문 밖 창신동 채석장의 화강석을, 황해도 금천군, 평양, 원산 등지의 대리석, 가깝게는 한강의 자갈과 모래가 사용되었다. 그렇게 완공된 청사는 전면이 131미터, 전면 중앙부의 높이가 23.3미터에 첨탑 상부까지는 54.7미터, 내부에 두 개의 중정(中庭)을 가지고 있었다. 이후 역사 바로 세우기의 일환으로 1995년 8월 15일 첨탑부터 철거가 시작되어 1996년 12월 완전히 철거되었다."[25]

한반도의 영구 지배를 꿈꾼 일제의 야욕에 더해 아예 일본 제국의 수도를 경성으로 옮기자고 '경성천도(京城遷都)'를 주장한 일본인이 있다. 도요카와 젠요(豊川善曄 1888~1941)다. 그는 일본 오키나와현 출신으로 도쿄 고등 사범학교 졸업 후 일본과 해외에서 교편을 잡은 바 있고, 1933년 조선으로 건너와 흥아학원을 설립하고 조선 침략의 당위성과 영구 지배를 위한 제국 주의 이론에 몰두한다. 그의 책 《경성천도》에서 일본 제국의 수도가 영국과 달리 대륙에 등을 돌리고 있음을 개탄하면서, 조선의 수도 경성이 7할,

---

25) "행정안전부 국가기록원", 조선총독부 청사(광화문, n.d. 수정, 2021년 7월 13일 접속, https://theme.archives.go.kr/next/place/generalOutline.do?flag=5.

도쿄가 3할을 담당해야 한다면서 제국의 수도를 경성으로 옮기게 되면 일본과 만주의 통제 공작에 '화룡점정'을 찍는 것이라고 주장한다.

"우선 극동의 대해국인 일본과 대륙국인 만주와 중국을 중심으로, 전 극동의 결합을 이루어 나가야 한다. 따라서, 중·일·만 3개국을 연결하기에 수도로 가장 적합한 지점을 아시아 부흥을 위한 천황의 통솔지, 참모 본부, 문화 중추로 정하는 것은 그 공작에 활기를 불어넣고 조직력을 더하고 통제하는 데 있어 지극히 필요한 일이다. 그러한 의미에서 극동의 중추는 경성만이 유일하다. 도쿄, 나고야, 오사카 같은 곳은 일본 본토의 수도로서만 적합하며 그곳에서 대륙과의 연락을 취하는 것은 신발을 신고 발바닥을 긁는 것과 같다. 만일 반도로 천도가 이루어져 천황의 깃발이 대륙으로 들어가게 되면 극동의 동포들은 두 팔을 벌려 이를 환영할 것이다. 또한 동양 부흥의 기지가 이곳으로 결정되어 동서 문화의 융합이 이루어지고 대륙의 산과 들의 모든 곳이 성덕으로 충만하여 부강한 대제국을 이루게 될 것이다. 이것이 우리가 쇼와 유신의 첫걸음으로 경성 천도를 제창하는 이유이다."[26]

---

26) 도요카와 젠요(豊川善曄), 김현경 옮김/전경일 편역 감수, 《경성천도(서울: 다빈치북스, 2012)》, 185~186.

26. 조선의 야스쿠니, 경성호국신사

특별히 정국 신사(靖國神社)에 일금 150원을 하사하였다. 진좌(鎭坐)한 지 50년이
되는 제사를 위해서이다.
-조선왕조실록, 순종 12년 6월 26일(1919)[27]

　신사 중 가장 늦게 건립된 것은 경성호국신사(京城護國神社)다. 소화 15년
(1940) 봄, 용산구 용산정 1번지를 신역으로 정해 조영 공사를 시작해 4년
여의 공사 기간이 걸렸다. '호국신사'라는 이름에서 알 수 있듯이 사망한
군인들을 추모하는 신사였다. 일본에 있는 야스쿠니 신사[靖國神社, 1869년
초혼사(招魂社)로 건립되었으나 1879년 지금의 이름으로 바꿈]와 같은 목적으로 만든
곳이다. 사실상 조선의 야스쿠니(靖國) 신사였다.
　《동아일보》1940년 7월 19일 자(2면 사회) 기사에는 호국신사봉찬회평의
회(護國神社奉贊會評議會)가 18일 오전 11시부터 조선호텔에서 오오타케 내
무국장(大竹內務局長, 大竹十郎), 지방 과장 이하 평의원 15명이 출석해, 경성·

27) "조선왕조실록 순종실록부록, 순종 12년 6월 26일", 국사편찬위원회, n.d. 수정,
　　　2023.2.25. 접속, https://sillok.history.go.kr/id/kzc_11206026_001.

라남 호국신사 창건에 관한 기부금 모집에 대해 협의했으며, 신사는 경성 삼판통용중리산(京城三坂通龍中裏山)과 라남 천명산(羅南天明山, 함경북도 나남)에 각각 소화 18년까지 조영하며 예산은 국고 보조 30만 원, 기부금 백만 원, 공공단체 15만 원, 관공리 학생, 생도 아동 5만 원, 일반 80만 원을 모금한다는 내용이 소개되고 있다. 경성호국신사의 시작이었다.

후암동 108계단은 경성호국신사로 들어가는 표참도(表參道, 참배하러 가는 큰길)였다. 일본에서조차 후암동에서와 같은 규모의 표참도는 흔하지 않았다. 계단에 사용한 화강석 역시 숭인동 채석장에서 가져온 것으로 조성했을 것이다. 거친 화강석 계단은 신궁을 오르내렸을 무수한 참배객의 발에 닳고 닳아 대리석처럼 반질반질했다. 계단의 가장자리에 있는 난간석도 육중한 화강암을 다듬어 붙였다. 호국 신사의 정확한 위치는 알 수 없지만, 《매일신보》 1942년(소화 17년) 7월 24일 자 기사를 보면 용산중학교에서 본전까지 약 300미터쯤 떨어진 곳이었다. 지금의 모자복지원 해오름빌(용산구 신흥로26길 21-3)이 위치상으로 보아 본전이 있었던 곳으로 추정되고, 우측에 위치한 숭실중고등학교(현 정일아트빌, 신흥로 116) 자리까지가 신사 영내였을 것으로 보인다. 구조적으로 일본의 신사들은 표참도 또는 신사 입구에서 직선으로 배전과 본전을 나란히 배치하고 있음을 볼 때 그러하다.

숭실고등학교 학교 연혁에는 1954년 4월 1일 용산동2가 2번지, 대지 2천 평을 불하받아 학교 교사를 신축했다고 나온다. 당시 불하는 적산불하(敵産拂下)였으므로 경성호국신사 부지였음이 틀림없다. 신사 건축 공사에는 경성 부민을 포함 남녀 학교 학생들까지 100만 명을 동원했다.

경성호국신사에서 진좌제가 열렸다. 1943년 11월 26일, 중일 전쟁 중 티푸스에 걸려 병사한 기네무라(杵村久蔵, 1891.12.28.~1938.8.2.) 소장 외 7,446주의 전사자를 호국 영령으로 모시는 행사로 오후 5시부터 열렸다.

조선인 이인석 상등병 외 578주의 반도 출신이 함께 모셔졌다. 소화 14년 (1939) 초혼사(招魂社)제도가 없어지고 호국신사제도가 확립됨에 따라 조선에도 경성과 나남(羅南)에 호국신사를 건립하기 시작했고, 나남호국신사 공사는 늦어져 한 해 늦은 다음 해 봄에 진좌제가 열렸다. 경성호국신사로 모셔지는 영령들은 경기 외 9개도, 나남호국신사는 강원, 함남북 3개도에 본적 또는 주소를 둔 조선인으로서 동경 야스쿠니 신사(靖國神社)에 합사된 호국 영령을 제신으로 했다.

1944년 10월 25일에는 경성호국신사에서는 전사 군인 합사(合祀) 의식이 또 열렸다. 전사한 군인들의 충혼이 영원히 신으로서 자리 잡는 의식을 갖는 것이다. 이날의 합사 의식을 《매일신보(1943년 10월 27일 자)》는 자세히 기록하고 있다.

"황국의 초석으로 한 생명을 군국에 바치어 영세에 불멸할 무운을 세우고 조국의 영령으로 사라져 일억의 가슴속 끓는 핏줄기에 영원히 간직된 473주의 충혼을 삼가 모시는 경성호국신사 합사제전은 25일 오후 6시부터 쓰루가오까(鶴丘, 당시 후암동 일대의 지명으로 일본인 고급 주택가가 밀집해 있었음. 경성호국신사는 같은 지명을 사용했던 것으로 보임) 신역(神域)에서 엄숙 장중하게 막을 열었다. 오늘따라 쓰루가오까 신역에 짙어지는 단풍 빛도 한낱 무색하고 푸른 숲과 우거진 노송도 영령의 명복을 비는 듯 숙연한데 흑백색 만막(幔幕, 식장, 회장 주위에 치는 장막)은 저물어 가는 저녁 찬 바람에 고요히 펄럭인다. 티끌 하나 없이 청소된 식장 정면에는 제단이 모셔지고, 주련승(注連繩, 시메나와, 금줄과 유사한 것으로 나쁜 것이 들어오는 것이나 사람들이 함부로 드나드는 것을 막기 위해 문 앞에 매어 놓은 새끼줄)이 드리운 아래 짙은 가을 저녁 냉기가 품속으로 숨어드는 제정(祭庭)에는 유족 2백여 명과 참렬자가 명복을 비는 합사의 의(儀)는, 마침내 정각 여섯 시를 기하여 신역의 정적을 깨치며 시작되었다. 일찍이 신사에 이르러 신전에 참배를 마친 신연자가 참집하기 시작하고 사사(社司, 신관, 신직을 말함), 사장

(社掌, 제사, 서무를 관리, 社司 아래 직급) **봉사원, 영인**(伶人, 음악 연주자), **의장병, 공봉원** (供奉員)이 각각 참집을 마치자 제전위원장을 비롯한 제씨를 비롯하여 관계 군관민이 참렬하였다. 우러러보면 무성하게 드리운 노송은 어둠에 쌓여 들기 시작한다. 삼엄한 사전(社殿) 그늘에 영령의 생전의 모습이 떠올라 유족들의 가슴은 설레이고 눈시울이 뜨거워 옴을 느낀다. 이때 홀연한 가운데 **경필성**(警蹕聲, 식이 시작함을 알리는 소리, 원래 임금 행차 시 통행을 금지하는 것을 말함)이 **관소**[管掻, 일본 전통 6현금인 '和琴'을 말함, 거문고와 유사하며 우리 것은 해죽(海竹)으로 만든 술대를 사용하나 일본은 귀갑이나 물소 뿔로 만든 것을 사용함]와 함께 영혼이 **신진**(神鎭, 신으로 자리하는 것을 말함)하는 **합사**의 의는 정숙한 가운데 진행되었다. **수불**(修祓, 신도 의식에서 사용하는 것으로 大麻 또는 大幣라고도 하는 도구를 사용해 부정을 씻어 내는 의식, 大麻/大幣−긴 막대에 종이나 삼을 길게 늘어뜨린 오리를 달아 신전의 부정을 없애는 불제 의식에 사용)이 있고, **강신**(降神)의 의에 뒤이어 **정요**(庭燎, 신사 내에서 피우는 화톳불)는 꺼지고 엄숙한 가운데 **축사**(祝詞)를 읽는다. 때마침 주악이 흘러나오는 가운데 장엄한 **천어**(遷御, 신을 다른 곳으로 옮김)의 의로 옮긴다. 화톳불과 전등은 모두 꺼지고 **정암**(淨闇, 흠잡을 데 없는 어둠) 속에 주악 소리 높아진다. 의장병이 앞서고 신직(神職)이 어(御)를 삼가 받들어 모시는 행렬은 유족석으로 가까워 올 때 살아생전 황국에 진충을 다 바친 오늘의 영령인 제신들의 천주에 빛나는 무훈을 추모하는 참렬자의 가슴에 감격은 벅차다. 행렬이 차츰차츰 본전으로 가까워 오자 이곳저곳에서는 **가시와데**(拍手, 신을 배례할 때 양손을 마주쳐서 소리 내는 일) 소리가 들리고 이 구석 저 구석 어머니, 아버지, 아들, 누이 유족들은 눈시울이 뜨거워 오고 미어 오르는 감격을 진정할 수 없이 느끼는 소리조차 들린다. 엄숙한 주악이 계속되는 가운데 **입어**(入御, 신이 본전으로 들어가는 의식)의 **의**(儀)가 있은 후, **사사**(社司)의 **축사**(祝詞, 노리토, 신 앞에 고하는 고대어의 문장) **주상**(奏上, 여기서는 축사를 읽는 것을 말함) 계속하여 특별 공봉원, 일반 공봉원의 신전 배례가 끝난 다음 의장병의 취주하는 경례 나팔 소리는 다시금 정적을 깨친다. 신직의 봉사로서 영원히 신진하는 영혼은

사전(社殿)에 봉안되었다. 제정에 등화가 밝게 켜지고 제전은 오후 8시 남짓하여 끝났다."

합사제는 다음 날인 26일 아침, 영령들의 명복을 기원하는 행사로 이어진다. 《매일신보(1943년 10월 28일 자)》는 이 또한 자세히 싣고 있다.

"경성호국신사 사두(社頭)에서 영령들의 생전의 모습을 보는 듯 마음속에 깊이 사모하여 신엄한 가운데 대면을 한 유족들은 그 음성을 귓전에 듣는 듯 감격에 벅찬 가운데 하룻밤을 지냈다. 정암 속에 스며들던 합사제의 밤은 밝아, 26일 아침 유족들은 다시 제정에 꿇어앉아 안치된 충혼들의 구원(久遠)한 안식을 비는 폐백공진(幣帛供進, 신전에 공물을 바침)의 의(儀)가 베풀어졌다. 유족들의 얼굴에는 만족하고도 끝없는 내 아들, 내 형제, 내 남편과 같이 있는 듯 아늑하고 즐거운 안심됨에 파묻혔다.

오전 10시, 신관들이 자리를 잡고 특별 참렬원으로 군 수뇌부들 이하 일반 참렬자 군관민 8백여 명이 모인 가운데 엄숙한 의는 시작되었다. 제식은 수불이 있고, 폐물신궤(幣物辛櫃)를 봉치(奉置)한다. 사사가 어비(御扉, 궤의 문짝)를 삼가 열자 신악(神樂)이 고요히 울려 나오는 가운데 참렬한 일동은 다시금 마음을 경건히 옷깃을 바로잡아 머리를 숙인다. 이어서 사장으로 삼가 신찬(神饌)을 올리니 주악 소리 차츰 고요한 가운데 높아진다. 사사가 신전에 나아가 축사를 주상하고 공진사 폐물을 안상(案上)에 봉치하니 사사 폐물을 받들어 승전(昇殿, 신사의 신체 가까이 들어가는 것을 말함) 안상에 봉치한다. 공진사 무겁고 엄숙한 음성으로 축사를 주상할제 유족들은 다 같이 마음속 깊이깊이 영령들의 명복을 빌며 두 손을 합장하고 눈을 가볍게 감아 마음속에 영원히 살고 있는 제신들의 모습을 다시금 더듬는 것이다.

이때 관계 부대 대표로 경성사단장이 제문을 주상하고 나서 공진사의 사사의 옥관배례(玉串, '다마쿠시'라는, 비쭈기나무에 종이 오리를 단 것을 올리는 의식)가 있으니 이어서 군사령관, 정무총감, 신연자 대표, 무관 대표, 문관 대표, 숭경자 대표의 옥관배례를 신전에 드렸다. 사사 폐물을 철하고 사장 신찬을 철한다. 폐백공진의 제식에 이어 신악의 의는 사전에 베풀어져 사직과 경성제2고등여학교 여생도와 경성사범학교 생도들의 '靖國의舞(신사에서 제례로 추는 춤의 하나. 야스쿠니 신사에서만 추는 춤은 아님)'는 모든 사람의 신비감을 자아냈다. 이리하여 사사, 공진사 그 외 관계 신직이 공동하여 받드는 가운데 이틀에 걸친 합사제전은 오전 11시 반에 전부 끝났다.

오후 12시 20분부터 신사 옆에 설치한 직회장(直會場, '直会'는 '飲福'을 말함. 제사 지낸 음식으로 하는 연회)에서 유족과 일반 참렬자가 모여 냉주(冷酒)를 들고 유족들에게 뜻깊은 기별품을 증정하였다. 이어 오후 1시부터는 용산중학 강당에서 열린 무도대회에 유족 초대의 피로(披露, 피로연)가 있고, 3시부터는 열 대의 버스로 나누어 창경원 견학과 경회루에 모여 서로서로 회담을 하며 즐거운 한때를 지냈다. 그리고 오후 5시부터는 부민관(府民館, 현 서울시의회의사당) 대강당에서 위안 연예회를 열어 즐거운 시간을 지내고 나서, 지방 참렬자는 그날 밤으로 혹은 27일 아침 각각 감격을 안고 돌아갔다."

같은 날인 10월 26일, 동경 야스쿠니 신사에서도 합사제가 열렸다. 같은 시간 필리핀 레이테만에서는 미국과 호주 연합군 함대와 일본 함대 사이에 일대 격전이 벌어지고 있을 즈음이다. 동 행사에는 천황 내외가 참배했다. 《매일신보》는 '황공 행행계(行幸啓, 천황의 행차)의 광영, 용안을 지척에 봉배(奉拜, 신봉하여 절하는 것, 참배는 신앙과 관계없이 할 수 있다면, '봉배'는 믿고 추앙하는 자가 하는 것), 무변홍은(無邊鴻恩, 끝없는 넓고 큰 은혜)에 유족 감읍'이라고 큼지막하게 싣고 있다.

"승체(昇體, 신전에 모셔진 영령을 지칭 또는 신) 참배의 기쁨에 가슴을 설레면서 정국신사의 앞에 모인 동경도(東京都)에 재주(在住)하는 신제신(新諸神)의 유족들에게 뜻밖에도 26일 특히 정국신사에 행행계를 우러러 받는다는 뜻이 알려졌을 때, 이 다시없는 광영에 유족들은 오직 기쁨의 감격에 잠기었다. 시라유리(白百合)고등여학교 생도들의 손으로 낮 12시경에 신역은 티끌 하나 없이 청결되었다. 천황 양 폐하 행행계의 광영에 빛나는 구단(九段, 東京 千代田区에 소재한 야스쿠니 신사의 주소)의 신역은 각각으로 장중한 기운이 떠돈다. 군장에 위의를 갖춘 스기야마(杉山 元, 종전 후 9월 12일 권총 자결) 육군대신, 요나이(米內光政) 해군대신, 다나까(田中) 제전위원장이 유족들에게 정중한 거수의례를 하면서 본전 쪽으로 나아가니 뒤이어 고이소(小磯国昭, A급 전범, 조선총독 역임, 종신금고형으로 스가모 구치소에서 식도암으로 사망) 수상, 우메즈(梅津美治郎, 항복문서에 조인, A급 전범, 종신형으로 복역 중 옥중사, 1978년 야스쿠니에 합사) 참모총장, 나가노(永野修身, A급 전범 혐의로 재판 중 폐렴을 앓아 미국 육군병원에서 치료 중 사망) 원수, 도조(東條英機, A급 전범, 교수형 판결 후 1948.12.23. 스가모 구치소에서 형 집행) 前 수상 등, 육·해군 거성과 각료 등 문관들이 육속(陸續) 나타나 가며 다마가끼(玉垣, 신사의 울타리)안 좌우는 위의를 갖추고 늘어선 각국 무관도 적청(赤靑)이 섞인 복장으로 정렬한다. 이리하야 천황 폐하께옵서는 〈기미가요〉를 주악하는 가운데 착어(着御, 자리에 앉음)하옵시어 어료거(御料車, 천황 전용차)는 유족석 앞을 지나간다. 최경례(最敬礼, 허리를 많이 굽혀서 하는 공손한 경례)를 지나고 지척에 봉배하는 용안의 황공하옵심 더욱 일일이 거수의 인사까지를 내리시고 유족들은 다만 이 광영에 소리도 없이 말조차 없이 떨고 있을 뿐이었다. 환행(還幸, 천황의 환궁)하옵실 때 다시 나리옵신 거수 장갑의 흰빛이 유족들의 눈에 아직 어리었을 때, 이어서 순백의 양장을 하옵시어 기품이 높으신 국모 폐하를 봉배하여 유족들은 거듭되는 광영에 감읍하는 것이었다. 그리하여 고관들의 배례가 끝난 다음. 승전 참배의 허락을 받은 유족들은 오늘의 거듭된 광영과 감격을 신령에게 봉고 배례하는 것이었다."

야스쿠니 신사에서의 합사제(合祀祭)는 공식적으로 1869년(명치 2년) 6월 29일[28] 개최한 단 한 번뿐이다. 그것도 야스쿠니 신사의 옛 이름인 초혼사

---

28) "靖國神社史", 靖國神社, n.d. 수정, 2022년 3월 10일 접속, https://www.yasukuni.or.jp/history/history.html.

(招魂社)로 한 것이었다. 제1회 합사제는 진좌제와 함께 스모 대회도 열렸다. 스모는 신에게 바치는 행사였다. 이후 《매일신보》가 1943년 10월 26일 보도한 바와 같이, 천황 부부가 공식적으로 참석했던 합사제가 있었음에도 야스쿠니 신사의 홈페이지에는 당시의 기록이 없다.

전쟁이 끝나고 경성호국 신사에 모셔졌던 영령들의 행방은 알 수 없다. 필시 야스쿠니 신사에 모셨을 것이다. 대한제국 이우(李鍝) 왕자도 히로시마 원폭 투하로 사망해 조국으로 돌아오지 못한 조선인 '2만 1181명'[29]과 함께 야스쿠니에 합사되었다. 야스쿠니에는 246만 6000명 이상의 영령이 모셔져 있다. 그 가운데 태평양 전쟁 A급 전범 14명도 뒤늦게 합사되어 있다. 강제 징용으로 끌려가 야스쿠니에 합사된 조선인 사망자들의 합사를 취소해 달라는 한국인 유족 27명의 합사 철회 소송도 있었으나 2019년 5월 28일 도쿄지방재판소는 유족들의 소송을 기각했다.

조선신궁 본전이 헐린 자리에는 1956년 8월 15일, 당시 이승만 대통령의 동상이 국회의 결의로 세워졌다. 제막식에는 경비행기 축하 비행까지 있었던 큰 행사였다. 같은 날 오전에 이승만은 대한민국의 제3대 대통령으로 중앙청 광장에서 취임식을 가졌다. 남산에 세워진 이승만 동상의 아랫부분 높이는 18미터, 그에 더해 7미터의 동상과 함께 25미터에 달하는 거대한 것이었다. 그러나, 동상은 오래 서 있지 못했다. 파고다공원에 서 있었던 이승만의 동상이 4.19 때 시민들에 의해 끌어 내려져 밧줄에 끌려다녔지만, 남산의 동상은 너무 커서 넉 달 후쯤 철거되었다. 지금 그 자리에는 한양도성 유적전시관이 있다.

---

29) 일본의 전쟁책임 자료센터/박환무 옮김, 《야스쿠니신사의 정치(서울: 동북아역사재단, 2011)》, 160.

일제가 조선을 칼로 짓밟고 남산 주변에 자신들의 토속 신앙인 신도(神
道)를 들여와 근엄한 참배 의식을 더해 인간인 천황을 살아 있는 신으로 맹
목적으로 떠받들게 한 것 때문인지 남산의 정기는 흐려졌다. 일제가 떠나
고 남산은 혼란한 이 땅의 어설픈 민주주의를 지켜봐야 했다. 1961년 5월
16일, 가난한 나라를 혁명하겠다며 총을 들고 쿠데타를 일으킨 일본군 장
교 출신이, 남산 기슭에 중앙정보부를 만들어 이 땅의 젊은이들과 바른 소
리 하는 양심 인사들을 일제와 같은 고문으로 억압하면서, 무수한 사람을
공포에 떨게 만드는 과정에서 또 한 번 남산의 정기는 어두워졌다.

27. 남산 아래 교회들

南北統一 自主·平和원칙 합의 (南北 공동 성명)

李厚洛部長 5月2日 平壤방문,

三月부터 會談提議 金日成·金英柱와 두차례씩만나

朴成哲 副首相 5月29日 서울에,

四日間체류 朴大統領이 接見, 李部長과 二回 會談

– 동아일보 1972.7.4, 1면

　나에게 진지한 신앙생활은 우리 집에서 남산만큼의 거리가 있었다. 물리적인 거리라야 자고 나면 교회 종소리가 들리는 거리에 살았으니 멀어서 가지 못했다는 말은 아니다. 오랜 기간 산정현교회의 종소리는 새벽부터 저녁까지 들렸지만, 신기한 것은 그 종소리가 결코 작은 소리가 아니었음에도 나의 달콤한 잠을 깨운 적은 없었다.

　교회 종소리를 자주 들었지만 먼저 간 곳은 남산에 있던 절이었다. 용암국민학교 옆 소월길 아래 용산동에서 살 때다. 절에 대한 기억이 정확한지는 알 수 없다. 나를 데리고 절에 갔었던 어머니도 남산에 있던 절에 갔었는지를 묻자 기억이 나지 않는다고 하신다. 절은 소월길에서 남산 쪽으로 들어간 곳에 있었다. 이름 있는 절이었는지는 모르지만 절로 올라가는 길

양쪽으로 나무에 주렁주렁 달린 연등들이 기억난다. 초파일을 앞두고 갔었 던 듯하다.

어머니도 절에 다닌다고는 말할 수는 없는 분이다. 이제껏 절에 가시는 것을 몇 번 보지 못했다. 남산 소월로에서 산속으로 그리 멀리 떨어져 있지 않은 곳에 있었던 절에는 부처님이 세 분 모셔져 있었다. 그리 크지 않은 법당 안으로 들어가 딱딱한 장판 위에서 어머니도 나도 부처님께 절을 했 다. "열심히 절을 하면 부처님이 눈을 '깜박깜박' 하신다!" 절을 하고 가시 는 건지, 아니면 그곳에 절을 하러 도착하신 건지는 알 수 없는 할머니께서 절을 열심히 해야 한다고 하시면서 하신 말씀이다. 부처님이 소원을 들어 주신다는 말은 그때 처음 들었다. 절을 얼마나 했는지 이마에서 땀이 났다. 앉았다 일어서기를 반복하며 절만 하고 내려왔다. 또래는 없었다. 모두 아 주머니와 할머니이지 스님들을 제외하면 남자도 몇 사람 없었다. 모두 절 만 하곤 말도 없는 조용한 곳이었다.

남산에는 절이 있었다. 일제 시대에 일본인들이 설립한 '약초관음사'다. 해방이 되면서 원불교 계열의 '정각사'였다가 매각되었다. 지금의 남산예술 원웨딩홀(소월로 395) 자리다. 내가 갔었던 절이 '정각사'였는지는 알 수 없다.

남산 아래 해방촌에는 교회가 많다. 지금은 다른 곳으로 떠나고, 같은 이 름으로 다른 지역에 교회를 설립한 곳도 있지만, 오래전부터 교회들은 해 방촌 사람들의 안식처가 되었다. 남산이 출입 통제되기 전, 남산에는 교회 도 절도 굿당도 있었다. 남대문 쪽에서 시작하는 소월길을 따라 남산을 한 바퀴 돌 수 있는데, 남산 쪽으로 있던 건물들은 거의 사라졌다. 남아 있는 것은 남산도서관, 서울국립과학관, 안중근의사기념관 같은 공공건물뿐이 다. 물론 지금도 어떤 이유에서인지 모르지만 소월길을 기준으로 남산 쪽 으로 건재한 건물이 있긴 하지만 사라지지 않은 곡절은 알 수 없다.

봄이면 남산은 개나리와 벚꽃이 장관이었다. 남대문에서 남산을 향해 올라가는 소월길을 따라가다 남산 쪽으로 성벽처럼 둘러쳐진 축대가 보인다. 봄이면 축대 위에서 아래로 폭포가 떨어지듯 흐드러지게 피어난 개나리꽃들로 남산 길은 확연히 구분되었다. 그저 노란 개나리꽃을 따라 걷거나 드라이브라도 하게 되면 가던 행선지를 잊을 만큼 사람의 넋을 빼앗는다. 특히, 남산도서관에서부터 한남동으로 넘어가는 한적한 소월길은 빈틈없이 만개한 노란 개나리꽃으로 볼만하다. 개나리꽃 뒤쪽으로는 진달래가 듬성듬성 피었고, 남산을 에워싼 보기 흉한 축대를 황금빛 찬란한 개나리꽃들이 가려 준다. 꽃이 져도 무성한 나뭇잎들로 사람의 손때가 묻은 축대는 일부만 보였다.

개나리가 질 무렵, 다시 남산 길은 더 화려한 벚꽃으로 덮였고, 벚꽃 향기를 맡으러 몰려드는 꿀벌처럼 사람들이 몰려왔다.

소월길 보성여고 입구 버스 정거장(해방촌 오거리)에서 남산 쪽으로 길을 건너는 곳에는 지금은 없어진 숭덕교회(현 두텁바위로60길 9)가 있었나. 지금 그 자리에는 용산2가 게이트볼장이 들어서 있다. 특히 교회로 들어가는 길 양쪽으로부터 안쪽으로 보이는 마당들에 핀 꽃들은 붉은 벽돌의 교회와 어울려 아름다운 보석 같았다. 이 교회는 1984년 여름, 원인 모를 화재가 발생해 전소되었다. 교회 사람들이 모두 여름 수련회를 간 사이에 벌어졌다고 했다. 당시 숭덕교회에서는 그 땅을 정부로부터 불하받고자 했으나 여의찮았고, 아무런 보상도 없이 떠나야 했다고 한다. 결국, 숭덕교회는 남산에 있었던 가장 아름다운 교회로 내 기억에 자리 잡고 있다.

서울시는 남산 주변 기존 건물들을 제외한 풍치지구를 포함, 공원용지로 묶어 추가 개발 행위를 하지 못하도록 조치하고, 당시 남산 외인주택과 대사관 선물 등은 협의를 통해 타 지역으로 이전하도록 할 방침이었다. 서울시는 장기 계획으로 남산 주변의 건물과 주택을 감가상각을 고려, 기한에 다다르면 철거하고, 이를 공원용지로 포함할지를 검토하기도 했다.

지금도 계속 당시의 정책이 유효한지는 알 수 없지만, 대상이 되는 건물들의 목록을 보면, ▶하얏트호텔(소월로 322, 1978년 7월 1일 오픈), ▶타워호텔(장충단로 60, 現 반얀트리호텔, 1969년 1월 개관), ▶호텔신라(중구 동호로 249, 1979년 3월 8일 개관, 일본 '오쿠라호텔'의 제휴 호텔로 개관), ▶사파리클럽(장충단로 86, 現 서울클럽), ▶자유센터(장충단로 72, 現 한국자유총연맹, 1964년 12월 개관), ▶외인아파트주택(1972년 준공, 서울 정도 600년이던 1994년 11월 23일 폭파 철거, '남산 제모습 찾기'의 일환), ▶장충체육관(중구 동호로 241, 1955년 6월 23일 육군체육관으로 개관, 1963년 돔 경기장으로 다시 짓고, 2015년 1월 17일 리모델링 후 재개관, 2004년 2월 14~15일 광복 이후 처음으로 일본의 국기인 스모 시합이 열리기도 했다), ▶이대 테니스장(용산구 다산로 8-12, 現 한남테니스장으로 추정), ▶숭덕교회(1984년 여름, 화재로 소실 후 두텁바위로60길 9로 이전), ▶보광동수원지(이태원로 285, 1961년 착공, 1967, 1969년 일부/1971년 최종 준공, 2004년 7월 폐쇄, 2006년 現 서울용산국제학교 개교) 등이었다. 이 중 서울 정도 600년을 맞아 커다란 이벤트로 남산외인아파트가 폭파 철거되었고, 원인 모를 화재로 숭덕교회가 남산에서 사라졌지만, 다른 건물들은 모두 건재하다.

해방촌에 있는 많은 교회 중 가장 눈에 잘 보이는 곳은 해방교회(해방예배당, 소월로20길 43)다. 해방촌 가장 높은 곳에 있는 해방교회는 해방촌의 상징과도 같은 곳이다. 이 교회는 1947년 남대문교회에서 개척한 교회로 1947년 예배당을 건축한 이래로 지금까지 같은 자리를 지키고 있는 가장 오래된 맏형 같은 교회다. 내가 살았던 당시 내 눈에는 해방예배당이 세상에서 가장 큰 교회였다. 어디서나 보였고 교회 종소리와 확성기를 통해 들려오는 예배 알림 찬송가는 해방촌 어디서도 들렸다. 후암동 버스 종점에 가까운 곳에는 영주교회(두텁바위로 90)가 있다. 이름이 후암동과는 상관없는 '영주(榮主)'교회인 것은 1951년 전쟁 중에 북한 피난민들이 계창주(桂昌周) 목사와 함께 부산 영주동 산1번지에 교회를 섬겼다가, 전쟁 후 용산구 후암동 266번지에 터를 잡아 지금에 이르는데 교회 이름도 교인들을 따라왔다.

영주교회에서 조금 위쪽으로는 산정현교회(두텁바위로 100)가 있다. 교회의 크기는 작지만 역사는 비범한 곳이다. 원래 산정현교회는 1906년 평양 장대현(章臺峴)교회에서 분리되어 평양 인근 닭골(鷄洞) 산정현(山亭峴)에 세워진 교회였다. 이 교회의 주기철 목사(1897.11.25.~1944.4.21.)는 일제 강점기 신사 참배를 거부하다 세 차례 구속되어 1944년, 47세로 순교하였다. 새겨볼 부분은 주기철 목사가 신사 참배 거부를 이유로 세 차례나 구속되었고, 결국 옥중 순교하였음에도 당시 소속 교단으로부터 목사직을 파면당했다는 사실이다.

67년이 지난 2006년 4월 17일 대한예수교장로회 통합총회(예장통합) 평양노회는 남양주 동화고교에서 참회 예배를 올리면서 주기철 목사에 대한 노회원 자격을 복권했다. 당시 주기철 목사가 파면당한 이유는 소속 교단이 신사 참배를 하기로 했음에도 이를 거부한 것이 이유였다. 그는 "**1939년 12월에 평양노회의 종교 재판에서 파면되었다. 총회 담당 아래에 있는 자가 신사 참배를 하기로 한 총회의 결의에 감히 따르지 않는다는 것이 그 이유였다.**"[30] 복권보다 당초에 그런 결정이 잘못이었음을 인정하고 당시의 파면 결정이 '무효'였음을 주장했어야 옳았다. 지금의 교회 자리는 1954년 배밭 2,000평 위에 터를 잡았다지만 현재 대지 156평, 건평 120평의 작은 교회로 남아 있다. 등기부상에는 '조선예수교 장로회 독노회 산정현교회'라는 긴 이름을 가지

고 있다. 평양 산정현교회에서 시작한 깊은 신앙의 뿌리는 이곳, 후암동 산정현교회를 시작으로, 회기동, 서초동, 부산 괴정동 등에도 같은 이름의 교회가 있다.

"산정현 장로교회의 신사 참배 거부는 돋보이는 것이었다. 평양 산정현 장로교회의 신사 참배 거절은 참으로 공경할 만한 것은 그들이 참교인인 까닭이다. 본래 참교인은 다른 신을 섬길 수 없고 또 딴 주의를 믿을 수도 없는 것이다. 그러나 이 시국에 있어서 참예수교인으로 다른 신을 섬기지 않고 또 딴 주의를 믿지 않으려면 고난을 면할 수 없는 것이다. 그러나, 교인의 영광이 매양 고난 가운데 나타난 것은 십자가에서 볼 수 있는 것이다. 이를 일러 가라대 예수교인의 정신이란 것이다."[31].

부끄러운 역사지만 일제 강점기 장로회총회 대표들이 신사 참배를 하는 등 다수의 교회와 부속학교가 일제의 교육기관으로 전락했다. 한국에 파견된 다수의 선교사가 일제에 협력했고 그들의 편에서 활동했다. 교회 활동을 하기 위해 일제에 협력했을 것이다. 당시 일제에 어쩔 수 없이 협력해야만 했던 교회의 예배는 지금과는 크게 달랐다. 예배 시간이면 제일 먼저 자리에서 일어나 〈기미가요〉를 부른다. '천황의 치세'가 영원하기를 바라는 것이다.

〈기미가요(君が代)〉

君が代は	천황의 치세는
千代に八千代に	천대에 팔천대에
さざれ石の	작은 돌이

---

31) 《신한민보》 1939. 12. 14. 국립중앙도서관, n.d. 수정, 2022.2.27. 접속, https://www.nl.go.kr/newspaper/detail.do?content_id=CNTS-00048840380.

| いわおとなりて | 큰 바위가 되어 |
| 苔のむすまで | 이끼가 생길 때까지 |

그들은 천황의 시대가 천 대에서 팔천 대까지 무궁하길 빌고 있다. 2019년 4월 30일 퇴위한 아키히토(明仁) 천황이 125대이고, 그의 아들인 나루히토(德仁) 천황이 126대다. 계산하면 B.C. 660년 신무천황을 시작으로 125대가 끝난 2019년까지가 2,679년이니, 천황 1대의 평균 재위 기간이 21.432년이 된다. 천황 가운데 가장 짧은 재위 기간은 1년이 못 되는 경우에서부터 6대 천황인 고안천황(孝安天皇)의 경우 재위 기간만 101년(기원전 392~291년)이라는 황당하고 신화 같은 내용을 포함해, 〈기미가요〉에 나온 대로 천 대(千代)면 21,432년, 서기 20,772년이 되고, 팔천 대면 171,456년이 된다. 일본의 천황 계보가 영원히 지속되길 바란다는 내용의 노래를 교회에서 불렀다. 십계명을 어기고 천황 찬가를 불렀다.

이어 천황이 있는 곳을 향해 90도 절을 하는 '궁성요배(宮城遙拜)'를 했다. 이는 일본 천황에게 절을 하는 것인데, 천황이 보이지 않는 곳에 있으니 천황이 있는 곳을 향해 허리를 90도로 꺾어서 절을 하는 것이다. 방향은 동쪽이었다. 이어지는 〈황국신민의 서사〉 낭송과 군가인 〈바다에 가면(海行かば)〉을 합창했다.

〈바다에 가면(海行かば)〉

海行かば	바다에 가면
水漬く屍	물에 젖은 시체가 되고
山行かば	산에 가면
草生す屍	잡초가 나는 시체가 되리라

大君の辺にこそ死なめ　천황 곁에서 죽으니

顧みはせじ　후회는 없으리

　교회에서 찬송가 아닌 군가를 부르는 것이다. 당시 일본 해군에서 군가로 불렸던 노래였다. 일제는 교회에서 예배를 보게 하는 대신 그들이 요구하는 대로 〈기미가요〉를 부르고, 궁성요배를 하고, 〈황국신민의 서사〉를 외우고, 군가를 부르도록 했다. 군가의 내용도 끔찍하지만, 군가처럼 자국의 신민들과 점령지의 젊은이들까지 죽음으로 내몬 그들이기에 노랫말은 사실이 되었다. 일본군은 비행기로, 어뢰 잠수정(잠수함과 어뢰를 합쳐진 공격 잠수함)으로 적진을 향해 자살 공격을 했고, 항복 없이 죽어 갔다. 그런 일제가 불러야 할 노래를 우리가 교회에서 불렀다. 예배가 끝나면 교회에 내는 헌금 이외에 애국 헌금을 별도로 했다. 한국의 기독교는 신사 참배만 한 것이 아니었다. 그들은 전투기를 헌납하고 무기도 헌납했다. 일제 강점기라는 암울한 시기에 깊이를 알 수 없는 어둠의 시간 속으로 빠져들어 갔다. 끝을 알 수 없는 암흑이었다.

　해방촌성당(신흥로5길 69)도 가 봤지만, 가장 오래 다녔던 곳은 후암동 108계단 옆길로 들어가 계단을 내려가면 있는 곳으로, 1953년에 '평북교회'라는 이름으로 설립되어 1954년 11월 21일 이곳 신흥동에 자리 잡았던 평광교회(1953.11.21. 설립 당시 신흥동 산2번지, 1990.3.15. 목동으로 이전)다. '평광교회'로 이름이 바뀐 것은 1965년 12월 24일 새 예배당에 입당하면서다. 근처에 있는 신흥교회(신흥로 120)는 1961년 평광교회에서 분리된 교회다.

　평광교회를 제법 오래 다녔다. 여름 방학에는 청계산 기도원에 3박 4일인 여름 성경학교이자, 수련회도 갔었다. 청계산 어딘가 깊은 산골이라 혼자서는 되돌아 나갈 수도 없는 낯선 곳이었지만 기도하고 노래 부르고, 게임도 하면서 시간 가는 줄 몰랐다. 기도원 안에서 부르는 찬송가보다 시끄럽게 울어 대는 매미들의 소리가 더 컸다. 함께 부르는 찬송가보다 바깥에서 울어 대는 매미들의 소리가 더 어울리는 곳이다 보니, 레크리에이션이나 개울에서 수영하는 시간이 더 기다려졌다. 친구들과 되는대로 수영복이라고 입고 온 일상복인지 수영복인지 구분이 안 되는 옷이었지만 시원한 계곡물에 들어가고 나면 세상 이보다 더 좋은 놀이는 없었다. 아침부터 저녁까지 예배 보고 아침 먹고 다시 예배 보고, 밖에서 신나게 물장구치고 놀다가 다시 저녁을 먹고 예배를 봤다. 저녁엔 늦은 시간까지 예배와 함께 유년부 담당 선생님들과 어울려 예수님에 대해 교육을 받았다. 아침부터 오후까지는 신나게 보냈지만 밤늦은 시간의 설교와 기도는 힘들었다. 그렇지만 저녁으로 먹은 카레는 맛있었다.

　해태제과 공장 구경도 평광교회를 통해 갔었다. 교회에서 버스를 타고 영등포에 있는 해태제과 공장을 견학했다. 돈이 생길 때마다 가게에서 과자를 사 먹었지만, 공장에 가서 과자 만드는 것을 본다는 생각에 전날부터 흥분했었다. 점심때를 지나 도착한 해태제과의 넓은 마당에서 공장 안으로 들어갔다. 오래전 일이었지만 사탕 반죽하는 흰옷 입은 사람들이 커다란 나무 삽으로 투명한 설탕 덩어리를 뒤집고 있었다. 요란한 기계 소리에 정신이 없었지만, 유리창 너머로 사탕들이 줄줄이 컨베이어를 타고 이동하는 광경을 신기하게 바라봤다. 또 다른 곳으로 이동하자 조그만 기계에서 껌이 떨어지는 것이 보였다. 상자같이 작은 기계 앞에서 국수 반죽 같은 조그만 껌 반죽이 돌아가면서 작은 조각으로 떨어지면 바로 앞에 앉아 있는 누나들이 껌 종이에 하나씩 포장했다. 그날 가장 좋았던 것은 계란 과자를 포함해 해태제과에서 만드는 과자들을 조그만 끈 달린 상자에 담아 견학 간 우리에게 하나씩 선물로 준 것이었다. 학교에서도 즐거운 소풍을 많이 갔었다. 주로 남산 주변이었다. 식물원에 가면 바로 옆 작은 동물원과 꽃시계를 보곤 했다. 남산야외음악당, 아니면 반대쪽으로 돌아 남산 너머 자유센터에도 갔었지만, 교회에서 갔던 해태제과 공장은 단연 최고였다.

교회는 대부분 주말에만 다녔다. 수요일이나 영화 상영이 있는 특별한 날에는 어김없이 가서 예수님이 나오는 영화를 봤다. 어려서 영화를 본 것은 교회에서 본 영화가 전부다. 어쩌면 영화를 봤기 때문에 교회를 오래 다녔는지도 모른다. 목사님의 설교는 무슨 말인지 알아듣기 힘들었다. 목사님의 말씀을 쉽게 설명해 주는 초등부 선생님의 설명조차 이해하기 어려웠지만 영화는 쉽게 이해했다. 그런 영화를 꽤 많이 봤다. 그래서인지 주말마다 동전으로 내는 헌금이 아깝지 않았다. 예배는 일정한 순서에 따라 반복된다. 찬송을 몇 곡 하고, 이해할 수 없는 어려운 말이 섞인 사도신경을 외우고, 다시 찬양하고, 설교 제목에 따른 성경 구절을 목사님이 읽으시면 설교가 시작된다. 말씀이 끝나면 찬송이 바로 시작되면서 목사님이 설교하신 연단 앞에서부터 검고 둥그런, 부드러운 벨벳으로 감싸인 헌금 바구니가 앞줄 왼쪽 구석에서 오른쪽으로 이동하곤, 다시 왼쪽으로 옮겨 가며 조금씩, 조금씩 내가 앉아 있는 뒤로 다가온다. 헌금을 해야 하는 시간이다.

교회에서의 헌금은 많이 하거나 적게 한다고 해서 뭐라고 하는 사람은 없다. 그렇다고 매번 그냥 빈손으로 갈 수 있는 것은 아니었다. 집에서 교회에 간다고 헌금하게 돈을 달라고 해서 어머니에게 곱게 받은 적은 없었다. 하긴 학용품이 필요하다고 해도 돈을 쉽게 받을 수 있는 형편이 아니었으니 당연한 일이었다. "나 먹을 것도 없는데 교회 갔다 줄 돈이 어디 있냐!"라는 말도 여러 번 들었다. 매주 같은 말을 하기도 쉽지 않았다. 그런 형편이니 교회에 가져갈 헌금을 마련하는 것은 초등부 학생에겐 쉽지 않은 일이었다. 헌금을 하지 않는다고 뭐라고 하는 사람은 없지만, 헌금 바구니를 건네받아 헌금을 하지 않은 채 옆 사람에게 건네주는 것이 부끄러웠다. 꼭 해야 하는 숙제를 하지 않는 것과 같은 마음이 들었다. 그래서 교회에 나가지 않게 되었던 것도 이유라면 이유다.

국민학교 고학년이 되면서 교회와는 담을 쌓았다. 그래도 부활절이 되면 교회에 다녀온 사람들이 예쁜 그림이 그려진 삶은 달걀을 교회에서 받은 것이라고 보여 주며 까먹는 것을 보면서 다시 교회를 다녀 볼까 생각도 했었다. 중학교 1학년 때일 것이다. 친구와 함께 부활절이라 아는 사람이 없는 해방교회에 갔다. 그날도 해방교회에는 많은 사람이 오갔다. 계단 옆 바닥에는 그날 나눠 줄 삶은 달걀이 지름이 1미터는 족히 될 만한 커다란 양은 다라 세 개에 수북이 쌓여 있었다. 신도가 많으니 계란도 많이 삶은 듯했다. 뻔뻔하게 계란을 달라고 해서 얻어먹을 수도 있었지만 달라는 말은 차마 하지 못했다. 그러나 그날도 누군가로부터 계란은 얻어먹었다. 부활절이 되면 내가 아니라도 다른 친구들이 계란을 넉넉하게 얻어 가지고 왔기에 계란을 먹지 않고 지나가는 부활절은 많지 않았다.

해방동 성당에도 간 적이 있다. 그날 조용한 성당에서는 이미 미사가 시작했다. 앉아 계신 아주머니들이 교회와 달리 머리에 흰 천을 쓰고 계셨다. 아저씨들은 쓰지 않았기에 나도 남자니 흰 천이 없다고 문제 될 것이 없다고 생각했다. 함께 간 친구가 누군지 기억도 나지 않지만 의자에 앉았다가 앞쪽 의자 뒤쪽에 무릎을 꿇으라 하곤, 다시 일어나기를 몇 번 했다. 교회처럼 진득하게 앉아 있을 수가 없었다. 신부님이 무어라 말을 하면 신도들이 따라 하기도 하고, 다른 말로 뭐라고 하는데 도통 무슨 말인지 짐작을 할 수 없었다. 얼마나 시간이 흘렀을까, 연단 위 신부님이 뻘건 피를 마셨다. 그리곤 '땡그랑' 하는 뭔가 깨지는 소리가 나는 것을 들었고 거의 동시에 신부님의 입 속으로 뭔가가 들어갔다. 그리곤 신부님은 입을 다물었다. 사람들이 성당 한가운데 의자들 사이로 난 복도로 줄지어 나갔다. 앞에 선 사람부터 신부가 무언가를 입에 넣어 주었다. 그것이 뭔지 알 길은 없었지만, 조금 전 유리가 깨지는 소릴 들었기에 먹는 것은 아니라는 생각이 들었다. 나는 꼼짝도 하지 않고 자리에 앉아 있었다. 다행인지 나 말고도 몇 사람은 일어나지 않았다. 나중에 알았다. 신부님이 마신 빨간 피는 포도주였고, 신도들의 입 안에 신부님이 손으로 집어넣어 준 것은 누룩 없는 빵인 '성체'인 것을. 무서움과 두려움으로 어쩌면 그간 저지른 이런저런 나쁜 짓 때문인지 그 뒤로 나는 성당엘 가지 못했다.

28. 영락보린원

동생들이 다닌 후암국민학교는 후암동에 주소지를 둔 아이들이 다녔다. 그중 일부가 영락보린원(후암로4길 70) 원생들이었다. 보린원에는 미취학 아동들을 포함해 국민학교에 다니는 아이들이 있었고 중학교, 고등학교 3학년을 졸업할 때까지 그곳에 머물렀다. 후암동 버스 종점에서 보린원 쪽으로 올라가는 길을 들어서면 멀리서부터 보린원 아이들이 마당에서 뛰어노는 소리가 들릴 정도로 원생들이 많았다. 2021년 말 현재 50여 명이 거주하고 있지만, 1972년 12월 29일《동아일보》기사에는 용산구청이 용산구 어머니회, 오산중학교와 함께 이웃 돕기 운동을 벌여 영락보린원 고아 152명에게 떡, 사과, 내의를 선물했다는 내용이 나온다. 당시 보린원 내 마주하고 있는 2층 건물과 3층 건물의 난간에는 햇빛에 널어 말리는 요와 이불들이 가득했고, 마당 한쪽 빨랫줄마다 옷들이 빈틈없이 걸려 바람에 흔들렸다.

후암동 보금자리는 한경직 목사가 1939년 신의주에 설립한 '보린원'에서 시작한다. 해방된 해인 1945년 한경직 목사는 직원들과 원생들을 데리고 월남해 충무로2가에 고아 30명을 수용, 보린원을 재건한 후, 현 소재지를 서울시로부터 불하받아 개원했다. 이후 1948년 '서울보린원'으로 이름을 바꾸고 운영 중, 1951년 제주도로 피난했다가 1951년 후암동 370번지에 재개원한다. 1956년 지금의 '영락보린원'으로 명칭이 변경됐다.

영락보린원의 역사를 말할 때 한경직 목사와 함께, 한 명의 일본인을 말하지 않을 수 없다. 소다 가이치(曾田嘉伊智 1867.10.20.~1962.3.28. 일본 야마구치현 출신)다. 일본에서 광부 일을 하기도 하고, 초등학교 교사 자격을 취득, 아이들을 가르치기도 했던 그가 한국에 오게 된 데는 곡절이 있다. 일본의 식민지였던 대만에 거주하던 그가 어느 날 술을 너무 많이 마시곤 길거리에서 쓰러졌다. 다음 날 일어나 보니 여관이었고, 그를 그곳에 데려온 사람이 "조선말을 했다."라는 여관 주인의 말을 듣게 된다. 일면식도 없는 그를 여관까지 안전하게 데리고 왔고, 이름도 모른 채 사라진 조선 사람에 대한 고마움을 간직했던 그는 일본의 식민지가 된 조선으로 건너왔다. 은혜를 갚겠다는 것이 동기였다. 그때가 1905년 6월이었다.

1905년 조선에 온 그는 YMCA 간사로서 일하며 배재학당(현 배재중학교)에서 일본어를 가르치기도 했다. YMCA에서 월남 이상재 선생의 영향으로 기독교인이 된 그는, 41세에 30살의 히노데(日出)소학교 교사로 있던 우에노 다키코(上野瀧子 1878~1950)와 결혼한다. 그녀는 독실한 기독교인으로 숙명여고와 이화여고에서 영어를 가르치기도 했다. 결혼 후 소다 가이치는 경성감리교회 전도사가 되어 복음을 전하는 삶을 살았다. 이후 1921년부터 일본인 사회사업가 사타케 오토지로(佐竹音次郎 1864~1940)가 1913년 8월 11일 조선총독부로부터 받은 땅에 설립한 가마쿠라 보육원(鎌倉保育園, 현 영락보린원 자리) 경성지부 원장으로 취임한다. 가마쿠라 보육원이 들어선 자리는 조선시대 궁중의 제사에 사용하는 가축을 기르는 일을 맡았던 전생서(典牲署) 터였다. 보육원에서 한국의 고아들을 돌보면서 조선에 있는 일본인들에게는 물론, 조선인으로부터도 곱지 않은 시선을 감내해야 했다.

그는 조선인의 처지를 앞장서 대변하기도 했다. 당시 총독 데라우치 마사타케(寺内正毅)는 1910년 압록강 철교 개통식에 참석하면서 평양, 선천, 신의주 등을 시찰했다. 이때 조선인들이 총독을 암살하려다 미수에 그쳤다는 소문이 돌았다. 그러한 와중에 안중근 의사의 사촌, 안명근(安明根)이 1910년 12월 독립운동 자금을 모으려다 체포되어 경성으로 압송되는 사건이 일어났다. 이를 계기로 총독부는, 김구, 김홍량 등을 기소함과 동시에, 다음 해 1월에는 양기탁, 임치정 등의 신민회 간부들을 〈보안법〉 위반으로 체포하고, 이 사건을 총독 암살 미수 사건으로 조작, 유동렬, 이승훈, 이동휘, 윤치호 등을 포함 600여 명을 체포, 구금했다.

조선총독부가 조선의 해방 운동을 탄압하기 위해 구속한 신민회 회원을 포함한 개신교도, 천도교, 천주교인 등 대부분은 석방되었지만, 123명이 기소되어 재판받게 되고, 105명에게 징역형을 선고했다. 이러한 과정에서 나라의 권리를 되찾기 위한 비밀결사 조직 신민회는 사실상 해체되고, 국내의 독립운동 세력은 소멸할 위기에 처한다. 그러한 과정에서 소다 가이치는 조선총독 데라우치를 찾아가 조선인의 석방을 요구하기도 했으며, 당시 대심원장(현 대법원장) 와타나베 토오루(渡邊暢)를 찾아가기도 했다.

일제 패망 후 홀로 일본으로 돌아간 그는 성경과 '세계 평화'라는 표어를 들고 다니며 일본이 회개해야 한다고 외쳤다. 그의 부인은 해방 이후에도 일본으로 돌아가지 않고 한국에 홀로 남아 고아들을 돌보다 1950년 1월 세상을 등졌다. 소다 가이치가 다시 한국에 돌아온 것은 그가 조선을 떠난 1945년 이후 17년 만인 그의 나이 94세가 되던 해다. 1960년 1월 일본《아사히 신문》에 소다 가이치가 제2의 고향 한국에서 여생을 보내고 싶다는 기사가 발단이 된다. 그의 기사가 한국에 알려지자 한경직 목사 등의 노력으로 대한민국 정부는 그의 입국을 허락한다. 당시는 한·일 간 국교가 없었던 시기였기에 그의 한국행은 특별한 뉴스였다. 한경직 목사의 초청으로, 한국 땅에 뼈를 묻고 싶다던 그는 1961년 3월 한국 땅을 밟는다. 이후 일본인으로는 최초로 명예 서울 시민증과 문화훈장이 추서된 소다 가이치는 1962년 3월 28일 심장마비로 그가 헌신했던 용산구 후암동 370번지 영락보린원에서 눈을 감았다. 그는 자기 아내가 묻혀 있는 양화진 외국인 선교사 묘원에 안장되어 있다. 외국인 선교사 묘원에 있는 유일한 일본인이다.

그의 묘비에는 "소다 선생은 일본 사람으로 한국인에게 일생을 바쳤으니 그리스도의 사랑을 몸으로 나타냄이라. 1913년 가마쿠라 보육원을 창설하여 따뜻한 품에 자라난 고아 수천이러라. 1919년 독립운동 시에는 구금된 청년의 구호에 진력하고 그 후 80세까지 전국을 다니며 복음을 전파하다. 종전 후 일본으로 건너가 한국에 대한 국민적 참회를 순회 연설하다. 95세인 5월, 다시 한국에 돌아와 영락보린원에서 1962년 3월 28일 장서하니 향년 96세라. 동년 4월 2일 한국 '사회단체연합'으로 비를 세우노라."[32]라고 적혀 있다.

---

32) 재한외국인의 삶, 고아의 아버지 소다 가이치. 2020, https://blog.naver.com/kwspeace/222106894581.

그 속에서 놀던 때

29. 후암동 108계단

憲法기능 非常國務會議서 遂行

朴大統領 特別宣言 全國에 非常戒嚴 선포

- 동아일보 1972.10.18, 1면

108계단은 오랜 시간 우리의 놀이터였다. 그곳이 일제가 조성한 경성호국 신사로 올라가는 표참도(表參道, 참배하러 가는 큰길) 계단이었음을 아는 친구들은 없었다. 108계단이니 절과 관련이 있을 것이라고 생각한 것이 고작이었다. 108계단은 사철 놀이터였다. 대개는 계단을 빨리 내려가기를 하거나, 빨리 뛰어오르기를 했다. 가위바위보를 해서 이긴 사람이 한 칸 또는 두 칸씩 오르기를 해서 누가 먼저 올라가는지 시합하기도 했다. 36계단씩 3단으로 되어 있는 108계단의 맨 아래쪽 단부터 시작하거나, 아니면 꼭대기부터 하기도 했다. 가위바위보를 해서 이긴 사람이 한 계단씩 오르기, 또는 내려가기를 하려면 시간이 제법 걸렸다. 대개는 중간쯤, 서로의 간격이 벌어지고, 보자기인지 가위를 냈는지 알 수 없을 정도로 거리가 멀어지면 끝이 났다. 끝이 나기 전 벌어진 간격을 좁히고자 진 사람이 새로운 룰을 제시한다. 이기면 두 계단씩, 또는 세 계단씩 오르기로. 그리한다고 해도 승부가 뒤집히는 일은 많지 않았고, 언제나 끝까지 오르려면 제법 시간이 걸렸다. 어느 정도 서로의 거리가 떨어지게 되면 멀어진 거리만큼 가위바위보를 외치는 소리가 커져야 했고, 아래쪽 뒤처진 친구는 가위를 낸 것이 확실한데도 보자기를 냈다고 우기곤 했다. 거리가 멀었고, 이긴 자의 아량이 더해져 이겼다고 우기고 계단을 오르거나 내려오면 달리 방법이 없었다.

어차피 집으로 돌아가는 것이 목적이고, 간격을 두고 계단 위로 먼저 올라갔어도 진 사람이 계단을 다 올라올 때까지 기다렸다가 함께 가는 것이니 이겨도 실속이 없는 게임이긴 했다. 싫증이 나면 누가 빨리 뛰어 올라가는지, 또는 내려가는지를 시합했다. 대개는 이겨도 약속한 내기를 지키지 않는 경우가 대부분이었지만, 중요한 것은 이기는 것이었기에 죽기 살기로 계단을 오르내렸다.

백미는 썰매 타기다. 다른 곳과 다르게 이곳에서의 썰매는 계절과 상관없었다. 국민학교 시절에는 자주, 중학교 1, 2학년 때까지 눈이 내리지 않았어도 썰매를 탔다. 눈이라도 내리면 들썩이는 엉덩이를 주체 못 해 썰매를 가지고 108계단으로 갔다. 썰매는 직사각형으로 자른 판자 밑에 기다란 각재를 잘라 깔고, 앞을 판자와 아래 받친 나무를 못으로 박아 고정하면 되는 단순한 것에서, 판자와 각재 사이에 손가락이 들어갈 정도로 각재를 하나 더 잘라 손을 넣어 잡을 수 있도록 공간을 만들기도 한다. 아예 손잡이 기능을 할 각재 하나를 엉덩이 뒷부분에 박으면 썰매가 아래로 내려갈 때 양팔을 뒤로 젖혀 손잡이를 잡을 수 있어 엉덩이와 썰매가 한 몸이 되게 하는 데 유리하다. 썰매의 모양은 평평해 높이는 낮고, 전체적으로는 좁고 긴 모양이었다.

가장 중요한 것은 계단과 맞닿는 나무 밑 부분을 매끄럽게 하는 것이었다. 방법은 촛농을 사용한다. 초에 불을 붙이고 촛농을 바닥 각재 밑면에

떨어트려 둥근 차돌이나 나뭇조각으로 문지른다. 생나무 자체가 그대로 드러나면 계단 위에서 썰매를 탈 때 속도가 붙지 않기 때문이다. 그마저도 시간이 지나면서 계단 모서리에 거친 나뭇결이 눌리고 닳아지면서 길이 나면, 초마저도 필요 없을 만큼 매끈하게 된다. 나무가 그렇게 길들기까지 시간이 걸리므로 초를 발라 서둘러 해결하는 것이다.

촛농을 입힌 썰매는 눈이 내리는 것과 무관하게 계단의 각진 모서리 위를 스치듯 타고 내려가는 것이었기에 속도가 대단했다. 108계단은 크게 상중하 삼단으로 나누어져 있고, 단마다 2미터 정도의 평평한 턱이 있다. 대개 맨 위 계단에서 바닥에 썰매를 내려놓고 앞서 내려간 썰매가 제일 아래쪽 단에 도착한 것을 확인하면 기다리고 있던 다음 사람이 썰매에 앉는다. 엉덩이의 반동을 이용해 앞으로 조금씩 전진하거나, 아니면 다음번 탈 친구가 뒤에서 세게 밀어 준다. 썰매가 계단의 맨 윗부분에서 미끄러지기 시작할 때는 느린 속도 때문에 한 계단, 두 계단 엉덩방아를 찧듯 위아래로 요동치지만, 속도가 붙기 시작하면 상하 진동은 줄어든다. 썰매의 속도가 빨라지면서 계단마다 있는 작은 턱은 장애가 되지 않는다. 썰매는 계단의 각진 모서리 위로 스치듯 미끄러졌고, 빨라지는 가속도와 함께 계단 아래로 빠르게 내려간다. 감속할 방법이 없다. 그러나, 두 번째 계단이 시작하기까지의 몇 미터 되는 아랫부분 턱에 부딪히면서 강한 충격과 함께 두 번째 계단이 시작되는 부분을 가볍게 뛰어넘는다. 계단 서너 개 정도를 넘어가면 보통의 실력을 갖춘 것이고, 더 빠르게 타는 사람은 일곱에서 여덟 계단을 훌쩍 뛰어넘어 공중으로 날았다가 떨어진다. 썰매는 맹렬한 속도로 두 번째 계단 끝까지 미끄러지고 나면, 더 큰 소리로 계단 아래 턱에 부딪히곤, 바로 세 번째 계단 아래쪽을 향해 미끄러진다. 엉덩이가 썰매에 붙어 있기는 하지만 공중에서 느끼는 것은 바람뿐이다. 세 번째는 두 번째 계단보다 더 멀리 허공을 날았다. 썰매가 계단의 첫 번째와 두 번째, 그리고 세 번째 단의 평평한 부분에 부딪혀 '꽝!…꽝!…꽝!…' 하는 소리가 나면 계단을 오르내리던 사람들이 모두 걱정스러운 시선으로 지켜봤다. 우리는 썰매를 타고 내려가기에 앞서 계단을 오르는 사람들에게 왼쪽이나 오른쪽으로 비켜 올라가시라고 크게 소리치곤 했다. 일종의 경고 방송이자 근사한 구경거리를 알리는 것이다.

썰매를 타는 아이들이 늘면서 계단 모서리는 닳아지며 더 미끄러워졌고, 썰매를 타면 탈수록 나무 썰매 밑 각재에선 와스칠을 한 듯 윤이 났다.

나중에는 얼음처럼 반질반질해졌다. 썰매를 타는 아이들의 실력은 국가대표 스키점프 선수 못지않았다. 아이들이 많이 타는 시간에는 언제나 구경하는 동네 사람들이 많았다. 지나가는 사람들도 계단을 오르내리는 발걸음을 멈추곤 걱정스러운 시선으로 썰매 타는 걸 지켜보셨다. 모든 아이가 잘 타는 것은 아니었다. 겁 많은 아이들은 맨 위의 계단에서 한 단만을 내려가 신발로 멈추거나, 더 겁이 많은 친구들은 속도를 붙이지 못해 계단 턱에 걸리기도 했다. 그러나, 구경하는 사람들은 잘 타는 아이들이 맨 위에서 빠른 속도로 내려가 계단 턱도 매끄럽게 지나 짧게나마 허공을 가를 때는 손뼉도 쳐 주셨다. 한 번 더 타 보라고도 했다.

썰매를 타고 내려가는 것은 힘들지 않았지만, 매번 썰매를 타기 위해 계단을 다시 올라가는 것은 숨이 찼다. 올라오자마자 가쁜 숨을 고르기도 전에 썰매에 앉았고 썰매를 통해 전해지는 시끄러운 소리와 속도가 붙기 전 계단을 타고 내려가는 과정에서의 규칙적인 진동으로 엉덩이가 썰매에서 떨어졌다 붙었다 할 때의 긴장감이 좋았다. 계단을 내려가면서 썰매의 속도가 빨라지면 어느새 진동은 없어지고 엉덩이를 통해 '두! 두! 두! 두!' 빠른 박자의 드럼 소리가 나며 미끄러진다. 계단 턱에서 전해지는 충격조차 기분 좋았다. 썰매를 타는 아이들은 조용히 썰매를 타는 것이 아니었다. 신나서, 짜릿해서 더 소리를 질렀다. 썰매 타는 실력보다 소리 지르는 실력이 좋은 아이도 있었다. 가끔은 인디언처럼 희한한 소리를 내지르는 놈도 있었다. 108계단은 모든 걱정거리를 잊게 해 주는 세상에서 가장 신나는 놀이터였다.

가장 신나는 108계단 놀이터에 후암동 어르신들이 좋아할 만한 승강기가 놓였다. 용산구청에서 2017년 11월부터 공사를 시작해 2018년 11월 19일, 15인승 경사형 승강기를 28억을 들여 설치하고 준공식을 했다. 108

계단이 설치된 것이 1943년 무렵이니 실로 75년 만에 문명의 이기를 맞아들인 것이다. 이제 더 이상 썰매 타는 아이들을 볼 수 없듯, 썰매 타던 108계단 놀이터도 사라졌다.

30. 골목 안 풍경

維新的 改革의 기초

憲法改正案 공고

祖國의 平和統一 指向

새次元의 民主體制정립

- 동아일보 1972.10.27, 1면

후암동은 남산 기슭, 기울어지는 곳에 터를 잡은 곳이다. 108계단 쪽으로나 다른 쪽으로 길을 잡아 올라가더라도 오르막 도로, 아니면 계단이 붙어 있다. 계단만 붙어 있는 것이 아니라 윗집과 아랫집, 왼쪽 오른쪽 없이 옆집까지 모두가 하나의 담벼락으로 접해 있거나 없기도 하다. 윗집의 낮은 담벼락도 아랫집에서 보면 난공불락의 성벽이다. 낮은 집의 뒷창문은 윗집의 마당 아래 축대를 마주하고 있어 빛조차 빼꼼 보이고, 아랫집의 앞마당이 어지간히 크지 않으면 윗집에선 아랫집 지붕만 보이지 마당은 없는 듯 보이지 않는다. 계단식 논을 닮았다. 벽이 아닌 높이의 차이로 윗집과 아랫집 사이에 빈틈이라곤 없다.

바람이라도 불어 윗집 빨래가 떨어지면 아랫집 지붕 위로 올라가야 했다. 계단식 논과 다른 점이라면 논의 경계가 둥그런 곡선이거나 물의 자연스러운 낙차를 예상할 수 있는 높이라면, 후암동의 앞뒷집 경계는 이웃들 간의 정겨운 것과는 반대로 도무지 예측할 수 없다. 집 모양에 따라 높이가 제각각이다. 논이 돌과 흙을 쌓아 무너지지 않을 만큼만 다져진 것이라면, 이곳 집들의 경계는 축석을 쌓아 오랜 세월 다져지고, 집집마다의 사이에 틈이라도 있을라치면 단단한 콘크리트로 메우고 발라 전체적으로는 서울 성벽을 닮았다.

비가 오면 골목의 특징이 도드라진다. 계단식 논에서는 위쪽 논에서 차고 넘친 물이 아래쪽 논 쪽으로 난 고랑을 따라 자연스럽게 흘러내리지만, 후암동에 비가 오면 각자의 집에서 차고 넘치는 빗물이 바로 아랫집으로 흘러내리지 않는다. 지붕을 타고 빗물받이를 따라 쏟아지는 빗물은 고이듯 모아져 대문 쪽으로 쫓겨나듯 밀려나, 남산으로부터의 경사를 따라 계단을 타고 내려가면서 아래쪽 골목으로 내려간다. 그렇게 합쳐져 불어난 빗물이 비좁은 골목길로 몰려나와 무섭게 아래쪽으로 흘러 내려가며 세력을 모으고, 일층 굵어진 물줄기는 사정없이 아래쪽으로 속도를 더해 가며 둑 터진 듯 쏟아져 내려간다.

비가 많이 오는 장마철이면 후암동 골목길 경사를 따라 만들어진 계단은 아래로 내려가는 물줄기로 인해 윗집 물과 아랫집 물이 저마다 물 위로 다시 물이 덮여 작은 폭포로 변신한다. 사람들은 위쪽에서 아래로 내려갈 때는 더 조심해야 했다. 위쪽과 아래쪽의 경사도 경사지만 빗물로 덮여 발 디딜 계단의 경계선조차 보이지 않아 발을 헛디디기 십상이다. 빗물은 집집마다 마련된 하수도만으로는 넘치는 물을 내려보내기에 역부족이다. 차고 넘치는 빗물은 아이들이 골목으로 시끄럽게 몰려나오듯 쏟아져 나온다. 대부분의 골목은 보도블록으로 깔려 있거나, 콘크리트로 덮여 있어서 빗물은 도랑으로 변한다. 포장되지 않은 골목길은 흙탕물로 변해 신발이 젖는 것은 기본이어서, 오가는 사람마다 바지를 접어 무릎까지 올려야 한다.

길이라도 조금 넓어지면 콘크리트를 부어 만든 길에 미끄러지지 않도록 시멘트가 굳기 전에 나무판자로 꾹꾹 눌러 만든 홈이 있어 사람들이 미끄러지지 않도록 한 거친 시멘트로 포장된 길뿐이다. 시멘트로 포장된 길들은 조성된 때와 어루만진 사람들의 각기 다른 솜씨들을 더한 흔적이 역력하다. 자동차가 다니는 도로는 배수를 고려해 가운데를 높게 하고 가장자리는 낮게 하지만, 후암동 길들은 그런 배려조차 사치스럽다. 골목길을 사이에 둔 집들은 빗물이 들어오지 못하도록 문 앞을 야무지게 틀어막아 물이 들어오지 못하게 해, 골목길은 양옆은 높고 가운데가 낮아진 모양이다. 비좁은 골목길은 물줄기를 피해 사람들은 계단의 가장자리로만 오르내린다. 신발이 젖지 않고는 다니기 어렵다. 비가 오는 날 우리 집 아궁이 위에는 말리려고 거꾸로 세워 놓은 신발들로 가득했다.

제법 넓은 길이라야 해방촌 오거리에서 후암국민학교 쪽으로 소월로와 어깨동무하듯 나란히 난 길(신흥로20길)과 108계단 위쪽에서 오거리로 나가는 넓은 길(신흥로22가길), 후암동 종점에서 숭실고등학교를 거쳐 신흥시장으로 올라가는 길(신흥로)은 찻길조차 콘크리트로 포장되어 있다. 시공을 동시에 했음에도 찻길 한가운데를 중심으로 왼쪽과 오른쪽의 경계선에는 턱이 있는데 의도적으로 만든 것인지는 알 수 없다.

후암동 골목이 거침없이 콘크리트로 덮여 가는 와중에도 우리에겐 더없이 귀한 흙바닥으로 된 골목이 있었다. 거기까지 찾아 들어가는 길은 좁고 틀어져 있다. 좁고 길게 들어가다가 쌀집이 있는 곳에서 아래로 몇 계단을 내려가, 다시 우측으로 꺾어져 들어간다. 양옆으로 터진 길 폭은 성인 두 사람이 간신히 어깨를 부딪치지 않고 지나가지만, 오른쪽으로 이 층 양옥집이 서 있는 곳부터는 갑자기 아래로 경사가 있는 듯하면서 골목이 넓어진다. 그래 봤자 폭이 2미터 남짓에 불과했다. 5미터 내지 6미터쯤이나 지날까 싶으면 공터가 나타났다.

언제나, 누군가는 있고, 모여선 뭔가를 하는 패거리가 우글거리는 그곳. 우리가 모이는 곳에서 바로 옆, 위쪽으로는 올라가는 길이 콘크리트 계단으로 넓게 만들어져 있고, 폭이 3미터는 될 정도로 넓었다. 그 임자 없는 공터이자, 흙 마당이 팽이치기와 다마치기의 성지요, 양옥집 옆으로 난 계단역시 이런저런 놀이터가 되었고, 싸움이라도 벌어지면 좋은 관중석이 되는 곳이었다. 큰길에는 언제부턴가 탁구 게임을 할 수 있는 '퐁(Pong)'이라는 게임기가 등장했고 몇몇이 게임기 앞에 들러붙어 게임을 하고, 돈이 없는 아이들은 게임을 하는 놈의 양옆에서 좁은 화면을 들여다보느라 머리를 붙이고 있지만, 돈 없는 아이들 대부분은 다방구나 자치기, 망까기(비석치기)를 하는 소월로 아래 넓은 행길에 친구들이 보이지 않으면 무조건 이곳으로 향했다. 마침, 그곳은 재남이와 희훈이, 방기네 집이 가까웠기에 애들이 없으면 가서 불러낸다.

먼저, 재남이네 집에 간다. 집 안을 기웃거려 재남이가 집에 있는지 확인한다. 골목에 없다면 달리 갈 곳이 없다. 문을 열고 부르진 않는다. 안에서 들릴 만한 소리로 부른다. "재남아~ 놀자~!" 두어 번 부른 뒤 잠시 기다린다. 집에 있다면 얼마 지나지 않아 나온다. 몇 번을 불러도 나오지 않으면 집에 없거나 이미 접선 장소에 있을 확률이 높았다. 재남이가 나오면 희훈이네 집으로 간다. 희훈이네는 계단을 내려가는 길 2층에 있어 계단 위에서 부르면 1층이고, 계단을 내려가서 부르면 2층이 되는 집이다. 계단 쪽창문은 희훈이 누나들 방이라 희훈이에겐 들리지 않는다. 계단 아래에서 위쪽을 보고 희훈이를 부른다. "희훈아~ 노올자!" 놀 친구가 적을수록 불러내는 소리는 커지고 횟수는 많아진다. 둘이 같이 부르면 묘한 합창이 된다.

다른 친구들이 나를 부를 땐 힘들었다. 옥탑방까지 들리게 부르려면 골목이 떠나가도록 외쳐야 했기 때문이다. 나만 부르는 게 아니다. 동생들의 이름도 차례로 호출된다. 골목길은 친구들이 부르는 소리에 집집마다 자식들의 이름이 공개된다. 그렇게 이웃들은 다른 집 자식들의 이름을 외운다. 심지어 별명까지도.

그곳은 한겨울에도 바람이 불지 않았다. 게다가 따뜻한 햇빛이 우리가 몰려올 때쯤이면 2층 양옥집 벽을 뜨끈하게 데워 놓아 등을 대고 있으면 온돌방에 누운 듯 추운 줄 몰랐다. 양옥집 앞으로는 아랫집이 보이지 않을 만큼 벽이 있었다. 어차피 좁은 골목이라 아래쪽에서 바람이 불어오진 않았지만, 심술궂은 바람은 가느다란 골목길을 따라 아래쪽에서부터 차가운 바람을 몰고 오곤 했다. 그럴 때마다 양옥집 옆 계단으로 숨바꼭질한다. 오래된 벽 위에는 깨진 병 조각들이 넘어올 생각일랑 하지 말라는 듯, 손 하나 올려놓을 수 없을 만큼 빈틈없이 뾰족한 발톱을 세운 채 꽂혀 있었다. 하나 걸러 하나씩은 살짝 흔들리는 이빨을 기어코 뽑아내고야 말 듯, 벽 위 유리 조각들은 누군가에 의해 흔들리는 이빨 빠지듯 하나씩 둘씩 뽑혀 사라졌다.

31. 다마치기

어린이大公園 계획 확정

三日 성동區능洞서 起工

12億投入 12萬평 樂園化

- 동아일보 1972.11.1, 7면

골목길에는 매일매일 무엇을 하고 놀지 따로 정하는 사람이 없었음에도, 학교 수업이 같은 과목으로 연달아 이어지면 하던 공부도 흥미가 떨어지는 것처럼, 골목길 놀이에도 미묘한 변화 메커니즘이 있다. 대개 먼저 온 놈들이 다마를 가지고 있으면 다마로, 딱지를 가지고 있으면 딱지치기로 시작한다. 서로가 가진 아이템이 다르면 놀이는 새로운 국면을 맞이해야 한다. 딱지를 가진 친구와 구슬을 가진 친구가 서로가 가진 물건을 가지고 놀 방법은 없다. 그러면 계단에 앉아 딱지 중에서도 최근에 나온 새로운 딱지 그림을 구경하거나, 새로 산 다마 무늬가 어떤 것이 더 멋있는지 햇빛에 대고 들여다보기도 한다. 똑같은 다마는 없기에 신기하게 들여다본다.

그날 골목에서 어떤 것을 하고 놀지는 한 명의 친구가 더 등장하면 쉽게 결정된다. 나중에 온 사람이 무엇을 손에 쥐고 있느냐에 따라 그날의 메인 이벤트가 확정된다. 딱지를 가지고 노는 것이야 바닥과 아무런 상관이 없지만, 흙바닥 놀이 장소로 모이는 친구들은 여지없이 구슬을 들고 나온다. 다마를 가지고 노는 놀이는 여러 가지가 있지만 가장 많이 하는 것이 '알까기'와 '꺼내기'다. 흙바닥에 일직선으로 구멍을 세 개, 가운데 구멍에서 직각으로 떨어진 곳에 구멍을 하나 더 만들어 차례로 다마를 넣는 '봄들기'도 했다.

봄들기는 신발 뒤축을 중심으로 몸을 회전해 움푹하게 개미지옥 같은 구멍을 만들어 다마를 구멍에 차례로 던져 넣는 놀이다. 구멍에 넣으면 계속해서 다음 구멍을 향해 다마를 던질 수 있다. 사람마다 다마 던지는 폼은 비슷한 듯 다르다. 대개, 다마를 엄지 첫마디와 중지의 손톱 사이에 올려, 중지로 다마를 튕기듯 던지는 것이 기본이다. 이때 엄지는 다마를 붙드는 기능을 한다. 구멍과 구멍 사이의 거리를 좁히고자 어깨를 한껏 빼고, 던지고자 하는 거리만큼 팔을 최대한 펴서 온전히 중지로만 튕겨 내거나, 손가락의 힘은 줄이고 어깨를 축으로 흔들며 동시에 팔을 쭉 뻗으며 손가락을 살짝 튕겨 던진다. 그것도 아니면 때론 다마를 잡은 손가락의 느낌과 던지고자 하는 구멍과의 거리를 생각하며 무심히 툭 던지는 방법도 있다. 상황에 따라 어떻게 던질 것인지를 결정하는 것은 다마치기를 하는 자의 몫이다.

봄들기의 승부는 네 개의 구멍을 순례하듯 돌아 다마를 구멍마다 다 집어넣으면 '1년'을 했다고 하는데, 3년 들기, 5년 들기처럼 정해진 횟수를 먼저 채우는 사람이 그 판에서 정한 다마 수를 딴다. 다마 두 개를 걸거나, 세 개를 걸고 하는 식이다. 출발하는 구멍 안에 그 판에서 정한 다마를 각자 꺼내어 던져 놓고 하기도 하고, 나중에 정한 다마를 내어 주기도 한다. 2등에겐 아무것도 없다.

봄들기에서 다마 고수는 구멍에 넣기 위해 다른 사람이 앞서 던진 다마를 교묘히 활용한다. 굳이 구멍을 넣지 않아도 내가 가야 하는 방향에 놓인

다른 다마를 맞추면 다음 구멍으로 건너갈 수 있다. 구멍 부근에 놓인 다마를 내가 가고자 하는 방향으로 살짝 튕기듯 맞추면 그 반동으로 놓였던 다마는 내가 가고자 하는 구멍 근처에 멈추어 선다. 그러면, 다음 구멍에서 이젠 반대 방향으로 다마를 몰아간다. 이때 적절한 힘으로 다마의 굴러갈 거리를 조절할 줄 알아야 능력자다. 그렇게 한 바퀴를 돌기도 하고 두 바퀴를 내리 돌기도 한다.

알까기는 서부의 총잡이를 닮았다. 두 사람만 있으면 누구의 다마 실력이 출중한지를 겨룰 수 있다. 다마를 놓고 상대방 다마를 맞춘 자가 먹는다. 알까기는 총잡이의 대결을 닮았고, 사무라이의 진검승부를 연상케 한다. 특히 좁은 골목에 최적화된 놀이다. 흙바닥에 한 사람이 자기의 다마를 무심히 던진다. 그러면 두 번째 사람이 적당한 거리를 두고 상대의 일격을 피할 수 있는 거리쯤에 다마를 던진다. 이때 상대의 공격을 피할 생각에 고수도 맞추지 못할 거리를 띄워 다마를 내려놓는 것은 하수나 하는 짓이다. 상대가 이쪽의 의도를 알고 아예 공격하지 않고 원래 있던 자리 부근에 다마를 움찔 옮겨 놓거나, 한 발 떨어진 엉뚱한 곳에 던지면 그만이기 때문이다. 서로가 거리를 재기만 하면 게임은 시시해진다. 알까기는 평소 익히 봐 둔 상대방의 적중률을 감안해 다마를 던지고 싶은 충동을 억누르지 못할 만큼의 거리에 두는 것이 중요하다. 헛발질을 유도하는 것이다. 그래야 빗맞았을 경우 가까운 거리에 떨어진 상대방의 다마를 쉽게 맞출 수 있기 때문이다.

먼저 다마를 내려놓은 사람이 선공한다. 다마가 놓였던 자리를 발로 밟고 자신의 다마를 서서 또는 앉아서 들고 거리를 잰 다음 던진다. 언더스로우건 오버스로우건 다마를 맞추면 상대방의 다마는 맞춘 사람이 먹는다. 그러나, 대개는 겨냥한 다마를 빗나가 어느 정도 거리를 두고 다마가 멈춘다. 다마는 던져진 힘과 거리에 정확히 비례한다. 이어 표적이 되었던 상대의 매서운 반격이 시작된다. 그렇게 몇 번 빗나간 다마는 골목을 왔다 갔다 하다가, 한 방향으로 골목을 벗어나기 마련이다. 흙과 콘크리트의 경계가 시작되는 곳으로 다가가면, 상대방은 누가 시키지 않아도 빗맞은 다마가 콘크리트 길을 넘어가 한없이 계단 아래로 굴러 내려가는 것을 몸으로 막아 내고자 선다. 그것이 골목의 한계였다.

한계를 극복하는 다른 방법은 다마를 집어 던지는 대신 땅에다 손을 대고 다마를 쏘게 하는 것이다. 팔을 한정 없이 뻗는 반칙을 예방하면서, 키 작은 저학년생의 짧은 팔의 핸디캡을 배려한 것이기도 하다. 저마다 갈고 닦은 솜씨로 다마를 발사한다. 초짜는 검지를 구부려 다마를 가운데 끼운 후 엄지손톱을 구부린 검지 뒷부분에 고정했다가 엄지로 다마를 발사한다. 가장 힘이 좋은 대신 정확도는 떨어진다. 굳이 힘을 쓸 필요가 없이 정확도를 기하는 방법으로는 중지 손톱과 엄지 사이에 다마를 걸치고, 중지의 힘으로 다마를 튕겨 내는 방법이다. 파워는 약하지만 제법 정확도가 있다. 고수들은 세 손가락을 사용한다. 검지와 중지 끝에 다마를 올린다. 엄지손톱으로 누르고 있어 다마는 옴짝달싹 못 한다. 그리곤, 맞출 다마를 향해 중지에 걸려 있던 엄지를 방아쇠처럼 튕긴다. 속도는 물론 방향성도 좋아서 고수들이 주로 사용한다. 부단한 연습만이 다마를 지키고 상대방의 다마를 먹을 수 있기에 저마다 홀로 골목길에서 자기 다마를 땅에 던져 놓고 맞추기 연습을 한다. 그러나, 새로운 기술을 배워 실전에 응용하는 것은 위험하다. 이내 자신에게 익숙한 발사 방식을 사용하게 마련이다.

좁은 골목에서 한 방향으로 전진하면 골목 끝에 다다른다. 다마를 집어 방향을 바꿔서 일정한 거리의 골목 안으로 던져 놓는다. 양보 없는 공격만 존재한다. 자칫 던져진 다마가 골목 아래로 한없이 굴러가는 것을 막고자 섰던 사람의 다리 사이로 빠져나가기라도 하면 잘그락거리는 주머니 속 다마들이 쏟아져 나오지 않도록 움켜쥐고 다마를 잡으러 뛰어야 한다. 굴러가는 하나를 잡으려다 주머니 속에 있던 다마들까지 삐져나오면 낭패다.

알까기는 사람 수에 따라 일정한 거리와 공간이 필요하기에 골목에서 많은 사람이 동시에 할 수는 없다. 많아야 서너 명이 한다. 가위바위보로 선을 정한 후, 각기 다른 곳에 다마를 던진다. 그러면 선으로 정해진 사람이 자기 다마가 놓여 있던 곳에서 다마를 집어 가장 가까운 곳에 있는 다마를 향해 던진다. 맞추면 다마는 자기 것이 되고, 계속해서 다른 다마를 맞쳐 나간다. 맞추지 못하면 두 번째 사람이 남아 있는 다마를 맞춰 먹는다. 골목의 넓이가 한정되어 있고 양쪽으로는 벽으로 막혀 있어 왼쪽으로 오른 쪽으로 왔다 갔다 하며 알까기는 계속된다. 알까기는 각자의 실력 차가 확연히 드러나는 놀이라서 한 살이라도 더 놀아 본 사람이 대개는 유리하다. 국민학생들이 놀고 있을 때 중학생 형이 끼워 달라고 애원해도 대개는 끼워 주지 않으려고 하는 것이 마이너 리그 사람들의 공통된 생각이다.

마이너와 메이저의 실력 차가 확연한 것이 알까기만은 아니었다. 마이너들의 생각은 종목을 바꾸면 승산이 있을 것으로 생각하는 경향이 있어, 좀처럼 그러한 고정관념을 바꾸지 못했다. 번번이 마이너는 메이저들에게 힘들게 마련한 구슬을 털리고 집으로 돌아가야 했다. 양 주머니가 찢어질 정도로 가져온 구슬들이 없어지고 주머니만 홀쭉해진 것이 아니다. 다마를 잃은 자존심으로 인해 고개를 떨구고 다른 아이들이 노는 것을 지켜보다 먼저 집으로 돌아가야 했다. 그것은 구슬치기에서만 일어나는 일은 아니었다.

종목을 바꾸는 것의 묘미는 일방적으로 다마를 싹쓸이하는 사람을 견제하기 위한 마이너들의 대동단결이다. 따고 있는 사람은 계속해서 같은 놀이를 고집하지만, 결국은 잃은 자의 하소연 섞인 큰소리와 그만하겠다는 "그럼 안 할래!"라는 포기성 협박에는 결국 당하지 못한다. 승자의 아량은 속이 검다. 다마를 더 따먹기 위해 약자의 비위를 맞춰 준다. 간혹 "따고 배짱!"이라고 억지를 부리는 일도 있지만, 그러면 앞으로는 골목길에서 다른 아이들과도 재미 볼 일이 없어질 수도 있었다. 그래서인지 대개는 신사협정을 한다. 잃은 자를 배려하는 딴 자의 여유로 인해 종목 변경은 쉽게 이루어진다. 다마치기는 알까기에서 꺼내기로 바뀌거나 그 반대로 이루어지기도 한다.

꺼내기는 골목길에 직각으로 실금을 하나 그린다. 그리고 세 걸음이나 네 걸음쯤 떨어진 곳에 삼각형을 그린다. 선과 삼각형은 동전이나 날카로운 못으로 확실하게 땅을 파듯 그리는 것이 중요하다. 꺼내기에 참여하는 모든 사람은 삼각형 안에 약속한 개수만큼 같이 넣고, 삼각형 주위에서 반대편에 그어진 선을 향해 신중하게 다마를 던진다. 선을 정하는 것이다. 선에 가깝게 다마를 붙인 사람순으로 선공을 한다. 서서 던지는 것이 유리하다는 사람과 앉아서 던지는 것이 유리하다고 생각하는 사람이 있기 마련이어서 각기 유리한 방법으로 다마를 던진다. 조금이라도 유리하게 하려고 몸을 앞으로 최대한 기울여 최단 거리로 던지는 것이 중요하지만 실력이 있는 사람은 어떻게 하더라도 결국 이기게 마련이다. 날아가는 다마의 관성을 극복하기 위해 중지 손톱 위에 다마를 올리고 엄지로 누르면서 강력한 역회전을 걸어 던지는 것이 요령이다. 그러면 골프에서의 어프로치처럼 다마는 날아가 떨어지자마자 속도가 급격하게 줄면서 멈추게 된다. 골프 고수의 실력이 어프로치에서 판가름 나듯 꺼내기에서 선이 되는 것은 적당한 비거리와 역회전에 있다. 가장 유리한 것은 선에 올라타는 것이다. 간혹 잘하는 사람이 앞서 던져 선에 올려진 '따 놓은 1등'의 다마를 맞춰 튕겨 내기도 한다. 다 던진 후 선에서 가장 가까운 사람부터 꺼내기를 시작한다.

다마를 던질 때는 바닥에 그어진 선을 넘지 않고 서서 또는 앉아서 삼각형 안에 있는 다마를 조준해 던진다. 잘 던진 다마가 유리 깨지는 소리와 함께 삼각형 안에 있는 다마를 맞춰 흩어지게 하고, 삼각형을 벗어난 다마는 모두 던진 사람 차지가 된다. 다마를 먹기 시작하면 계속해서 자기 다마가 놓인 자리에서 꺼내기를 반복한다. 삼각형 주변에서 꺼내기를 할 때는 자기 다마가 있던 자리에서 오른손을 땅에 대거나, 조금이라도 삼각형 가까이 접근하기 위해 왼손 새끼손가락을 다마가 있던 자리에 대고 왼손에 오른손을 붙이고 해야 한다. 전기가 통하듯 손이 땅에 붙어 있어야 한다.

이를 어기고 던지면 다른 사람의 항의를 받곤 했고, 그러면 다시 던져야 한다. 삼각형 안에 남아 있는 다마가 줄어드는 만큼 던지는 다마의 위치가 적절했는지 매서운 눈으로 지켜보게 마련이다.

그러다, 이제껏 몇 번이고 잘 꺼내 먹던 사람의 다마가 관성의 법칙에 의해 삼각형 안에 있는 다마를 꺼내곤 그 자리에 정지한다. 초조했던 모든 사람은 일제히 파안대소와 함께 먹었던 다마를 전부 토해 내라고 떠든다. 잃고 있는 다수는 게임을 하면서도 누가 몇 개를 먹었는지 딴 사람보다 더 정확하게 헤아리고들 있다. 골프 고수가 하수 세 명의 타수를 정확하게 기억하고 복기하는 것과 같은 방법으로, 매번 판에서 이긴 자가 몇 개를 먹었는지 정확하게 말하곤 하는 것은 언제나 잃은 자들이다. 틀림이 없다. 이제껏 다마를 따서 자기 주머니에 기분 좋게 집어넣었던 승자는 가져간 다마를 모두 꺼내서 속상한 표정을 하며 삼각형 안에 내려놓는다. 죽은 자는 다음 게임이 시작할 때까지 죽었다가 들어와야 한다. 게임의 룰은 참가자들의 합의로 종종 바뀐다. 그러면 다음 차례의 사람부터 같은 다마지만 남의 것을 가져가는 신나는 기분으로 게임을 이어 간다. 게임은 시간이 흐르면서 다른 종목으로 바뀐다. 잃은 자의 희망대로 바뀌는 것이 일반적이지만, 지워지는 삼각형 선을 다시 그리기를 몇 번 하면 자연스럽게 다른 종목으로 넘어간다.

벽치기는 사실 다마치기에서 던져 맞추는 실력이 없는 사람이 발명한 듯하다. 어찌 보면 운이 더 중요하기 때문이다. 벽치기는 다마를 던져 맞춰야 하는 실력이 필요없다. 벽치기를 할 때는 알까기나 꺼내기 등의 난도 높은 종목에서 낄까 말까를 주저했던 저학년 아이들도 적극적으로 덤벼든다. 게임의 규칙이 단순하기 때문이다. 튕겨 나간 다마가 다른 다마를 맞추기만 하면 된다. 다마를 맞추면 계속해서 할 수 있다. 골목 한쪽 콘크리트 건물의 하단 부위에 돌출된 돌이나, 건물 하단부에 발라진 콘크리트의 경사면만 있으면 되고, 하는 방법은 자기 차례가 되어 다마를 눈높이에서 경사면을 향해 자유낙하로 떨어트리면 된다. 경사면에 부딪혀 튕겨 나간 다마가 어디선가 멈춘다. 잘 퉁겨진 다마는 반대편 담벼락 밑까지 가서 멈추기도 하지만, 방향성도 거리도 가늠할 수 없다. 벽치기는 가장 먼저 하는 사람이 불리하다. 다만, 다마를 튕겨야 하는 돌이나 콘크리트를 정해 놓고 하므로 다른 곳을 이용해 벽치기를 하는 것은 용납되지 않는다. 다마가 튕겨 나가는 방향성과 떨어져 정지하는 지역의 한계를 좁히고자 하는 규칙은 엄격하게 지켜진다.

벽치기는 가장 늦게 하는 사람이 여러모로 유리하다. 묵찌빠로 선을 정하거나, 아예 벽치기를 해서 가장 멀리 나간 사람이 맨 나중에 하고, 가까운 곳에 멈춘 다마가 맨 먼저 벽치기를 하는 식이다. 원래 벽치기는 튕겨 나간 다마가 이미 앞서 나간 다마를 맞춰야 먹는 것이지만 시간이 흐르면서 게임의 규칙이 바뀌어, 튕겨 나간 다마를 맞추지 않고 자기의 다마와 손 한 뼘 거리에 들어오면 먹는 것으로 정하기도 한다. 이때 자기의 다마 위에 엄지손가락을 대고 최대한 벌려 다른 다마에 손가락이 닿거나, 다마가 움직이면 닿는 것으로 인정한다. 다마가 움직이면 닿았다는 확실한 증거이기 때문이다. 내가 벽치기를 한 다마가 다른 다마에 한 뼘 이내로 가면 되니 방향성을 생각하며 최대한 조준을 잘하는 것이 중요하다. 다른 다마를 먹은 사람은 계속해서 벽치기를 한다. 죽은 사람은 자기 차례가 되어 새로운 다마를 꺼내 참여할 수 있다. 실력보다 운이 크게 작용하는 게임이다.

'홀짝'과 '어찌, 니, 쌈(일본어로 1, 2, 3을 말함)'은 충분한 다마를 가지고 있는 사람들이 하는 게임이다. 다마가 몇 개 없는 친구가 하자고 하면 아예 시작조차 하지 않는다. 게임이 금방 끝나기 때문이다. 비가 오거나 눈이 내려 땅이 질퍽해지면 땅에서 하는 놀이는 할 수 없다. 그러면 바람이 불지 않고 볕이 잘 들어오는 곳에 모여 홀짝을 한다. 평소 봄들기, 꺼내기, 벽치기를 하는 곳의 넓은 계단이 최적의 장소다. 홀짝은 양손을 공 모양으로 만들어 손안에 여러 개의 다마를 넣고 흔들다가 오른손으로 몇 개인지 모를 개수의 다마를 잡는다. 왼손으로 잡아도 상관없다. 여러 개의 다마를 손안에 넣고 소리를 내는 것은 몇 개를 잡을지 헷갈리게 하기 위함이다. 그러나, 고수들은 소리를 들으면 몇 개를 잡았는지 맞힌다. 다마를 잡자마자 오른손을 앞으로 내밀고 왼손에 남아 있는 다마는 주머니에 넣어 깨끗하게 비운 후 손바닥을 펴 아무것도 쥔 게 없음을 보여야 한다. 손바닥을 뒤집어 보여 주기도 한다.

홀짝이란 게임은 손안에 있는 다마가 몇 개인지를 맞히는 것이 아니라, 단순히 홀수인지 짝수인지만 맞히면 되는, 확률 50%의 간단한 놀이다. 몇 개 안 되는 경우야 다마를 쥔 오른손을 펴는 것으로 즉시 알 수 있지만, 불편한 심리 싸움에서 벗어나기 위해 가늠할 수 없는 많은 다마를 움켜쥐면, 잡는 사람조차 홀인지 짝인지 알 수 없으므로 빠르게 다마를 세기 위해 왼손을 비우는 것이다. 가는 사람(홀, 또는 짝을 말하는 사람) 역시 다마를 꺼내 몇 개 걸었는지를 손바닥을 펴 다마가 상대에게 잘 보이도록 한다. 주먹을 쥐고 보여 주지 않더라도 뒤집어 오롯이 상대에게 내주거나, 반대로 맞혔을 경우 손안의 다마 개수만큼 받아야 하므로 손바닥을 펴 보여야 한다. 거는 개수는 제한이 없지만 맞히지 못했을 경우엔 상대방에게 손안의 다마 전부를 고스란히 줘야 한다.

간단한 내기로 시작하지만 서로의 팽팽한 신경전으로 열기가 오르면 의외로 빨리 승부가 난다. 몇 번을 잃어 이성마저 잃은 녀석이 "가진 거 몽땅!"을 외친다. 양손으로도 다 쥘 수 없는 다마를 손아귀에 쥐는 것이 쉽지 않으니, 주머니 안에 가득 들어 있는 다마를 손바닥으로 짚으며 "가진 거 몽땅!"을 외치는 것이다. 이쯤 되면 승부는 곧 끝난다. 한쪽이 털리거나 다른 쪽의 주머니가 깨끗하게 털리게 된다. 이긴 자는 상대방의 주머니에서 꺼낸 다마를 세지도 않고 받아 쥐고, 잃은 자는 자신의 주머니 속에서 꺼내어지는 끝 모를 다마를 헤아리면서 함박웃음을 웃는 상대방과 다르게 얼굴이 일그러진다. 다마 전부를 잃으면 그날 집에서 가지고 나온 다마가 몇 개였는지 상관없이, 홀짝을 계속하려면 "개평 좀 줘!"라는 말로 다마 구걸을 해야 한다. 딴 사람은 응당 다마를 잃은 사람에게 잃은 양을 감안해 일정한 수량의 다마를 개평으로 주는 것이 정해진 룰은 아니지만, 다마를 따고 인심을 잃을 만큼 어리석은 사람은 없다. 기분 좋게 주거나 선심 쓰듯 줘도 결과는 마찬가지다. 개평을 받은 패자는 다시 한번 홀짝을 하자고 덤빈다.

"다시 접어!"

"그래? 이번에 잃으면 개평 없다!"

"알았어, 빨리 접기나 해!"

밑천이 적은 자에게 홀짝은 승산 가능성이 적은 게임이다. 몇 번을 땄다고 해도 승자의 통 큰 배팅 앞에 순식간에 무너진다.

홀짝에서 다마를 잡거나 접는 사람은 딴 사람이 하게 된다. 언제라도 공수는 바뀐다. 유독 잃기를 계속해 잡고 싶으면 막무가내로 자기가 잡겠다고 우기기도 한다. 개평을 받아 와신상담, 이 악물고 홀짝을 해서 몇 번을 먹더라도 딴 다마는 얼마 되지 않는다. 순서가 바뀌어 잃고 있는 자가 다마를 잡게 되면, 여유 있는 승자의 무서운 한마디가 터져 나온다.

"짝! 너 가진 거 몽땅!"

이쯤 되면 이제 집으로 돌려보내겠다는 뜻이다. 상대방의 수중에 다마가 몇 개나 있는지 헤아림이 가능할 때, 승자가 할 수 있는 최고의 전략이다. 상대방의 수중에 있는 다마 수만큼 걸겠다는 뜻이다. 대개 승부는 여기서 결정된다. All or Nothing! 상대가 가진 것을 전부 걸고 승부를 보자는 것이다. 다마를 잡은 손이 잠시 흔들린다. 이윽고 펴지는 손, 순간의 외침으로 상대의 손바닥은 땀이 찬다. 다마가 펼치는 손가락에 붙어 있다.

놀이는 서로의 마음을 알아 가는 일이다. 남산 기슭의 험한 골목길이 구절양장(九折羊腸) 펼쳐져 있듯, 그곳에서 놀이를 통해 마음의 우여곡절(迂餘曲折)을 겪으면서 친구가 되는 것이다. 저마다 생긴 모양과 크기가 다른 불알을 달았지만 오래가는 우정을 쌓는 것이다. 따곤 잃고, 많이 가졌다가 홀쭉해지는 주머니와 종이 상자 가득 채웠던 다양한 크기를 가진 딱지의 원소유자가 누군지를 알면서, 상대가 가진 내가 만든 딱지를 되찾아 오고야 말겠다는 불굴의 의지로 밥을 먹자마자 상대를 불러내곤 하는 것이다. 따고 사라지는 외부인은 해방촌엔 없다. 이기고 유유히 사라지는 서부의 무법자도 이곳에선 발붙이지 못한다. 이웃 동네의 악당이 출현하면 힘과 다마를 보태 다 뺏어야 하는 것도 이곳 아이들은 알고 있다.

"짝이면 먹어!" 홀을 가니까, 짝이면 먹으라는 말이다. 거꾸로 말을 하는 것은 다른 의미다. 상대에게 잃기 위해 게임을 하는 사람은 없다. 그런데 "짝 먹어!"라고 외치는 것은 상대가 쥔 다마가 '홀'임을 강조하는 것이다. 내가 "홀!"이라고 말해야 하는 것을 반대로 말하는 것이다. "홀이면 내가 먹는다!"라는 말과 정확히 대치되는 말이다. 먹으라는 말을 한다고 해서 상대에게 다마를 순순히 헌납하고 싶다는 뜻은 결코 아니다. 그런데 말은 상대에게 먹으라고 한다. 접는 사람도 "짝이면 먹어!"라고 말해 주는 상대방이 고맙다고 느껴지지 않는다. 진심이 아니기 때문이다. 말만 달리하는 것이지 본심은 변하지 않았음을 안다. 아이들도 말의 공허함과 겉과 속이 다름을 안다.

말은 태생의 흔적을 가지고 있다. '다마'라는 말에서 알 수 있듯, '다마'의 본고장이 일본이요, 물건으로서의 다마만 건너온 것이 아니라, 일본 사람의 마음조차 가져온 듯하다. 본심(本音, 혼네)과 겉으로 드러난 마음(建前, 다테마에)은 익히 알려진 것인데, 일본인의 마음을 표현하는 것조차, 다마치기에서 차용하고 있는 것이다. 놀이에서조차 마음이 상반됨을 느끼고, 이를 반대로 표현하는 것이 오히려 강조하고자 하는 바를 명확하게 말하고 있는 것이다.

108계단 위에서 살아서인지, 마음을 반대로 말하는 일제의 잔재가 남아 있는 것은 아닌지 모른다. 접은 자의 손에 땀이 나는 순간이다. 밑천이 딸리는 사람은 자신이 잡은 다마가 몇 개인지 손안의 느낌으로 알 수 있다. 홀인지 짝인지 알면서 접는 것인데 홀을 잡았는데 상대가 '홀'이라고 할 경우엔, 오금 저리듯 오므린 손가락이 펴지질 않는다. 한동안 오므린 손을 펴질 않는 경우, 상대가 손목을 잡고 억지로 펴게 된다. 본인은 차마 손가락을 펴기 싫은 까닭이다. 개평으로 시작해 상대방의 다마를 전부 따먹어 입장이 뒤바뀌는 경우가 없진 않지만, 어쩌다 한 번 일어나는 그런 기적은 대개 신기루처럼 사라진다. 그런 역전의 명수는 동네에 한 명 있을까 말까 한 전설 같은 형들에게나 있는 이야기다.

개평으로 덤빈 결과는 대개 빈 주머니로 끝난다. 한 번 개평을 받은 사람이 그마저 잃고, 개평을 또 달라고 한들 줄리가 없다. 마음 약한 친구가 땄을 경우 간혹 몇 개씩 주기도 하지만, 그럴 땐 "다시 하자고 하기 없기!"라는 단서를 달아 패자의 발걸음을 돌리게끔 한다. 패자가 아무리 이를 갈아도 잃어버린 다마를 회복할 방법은 마땅히 없다. 돈을 주고 산다는 것도 만만치 않고 그래 봐야 한 주먹 거리의 밑천으로 홀짝을 붙기는 부담스럽다. 홀짝에서 재기전이 어려워지면, 알까기나 벽치기를 하는 마이너들의 패거리에서 한동안 머물러야 한다. 아니면, 홀짝 잘하는 친구 옆에서 기분 좋게 따도록 응원을 한 후 덤으로 몇 개 얻어야 하는 한심한 지경이 된다.

홀짝의 50퍼센트 확률은 지극히 운이 중요하다. 홀짝에서 내공을 쌓고 간이 커지면 어찌니쌈(쌈치기)으로 한 단계 올라간다. 홀짝은 기교나 학습이 필요하지 않지만, 어찌니쌈은 다르다. 어찌니쌈 중 두 개를 불러야 하는데, 다마를 잡는 것은 홀짝과 같지만 승부를 가르는 방식이 다르다. 가령, 내가 손안에 다마 다섯 개를 잡았을 경우, 다마를 세면서 '어찌', '니', '쌈', '어찌', '니'와 같은 방식으로 반복해 센다. 다섯 개는 '니'가 되는데, '어찌 니!' 하고 상대방이 외칠 경우, 다섯 개는 '니'가 되므로, 다마를 잡은 사람이 먹는다. 앞에 부르는 것은 거는 사람이, 뒤엣것은 다마를 쥔 상대방이 먹는다. '쌈'이 나오면 무승부로 다마를 다시 잡는다. 반대로 네 개를 잡아 '어찌'면 거는 사람의 손 위에 올려진 다마 수만큼 내주어야 한다. 무승부면 다마를 잡는 사람이 바뀌기도 한다. 당시에 모든 사람이 이와 같은 방식으로 놀았고, 왜 '구슬'을 '다마'로 부르고, '1', '2', '3'을 '어찌', '니', '쌈'으로 부르는지 알 수 없었지만 노는 데는 아무런 불편이 없었다.

어찌니쌈은 교묘한 심리전이다. 홀짝 또한 매번 확률에 기대하는 것인 점에서는 어찌니쌈과 크게 다르지 않지만, 잘하는 친구들을 보면 다마를 적게 걸다가, 어느 순간에 왕창 걸어 승부를 보는 방식으로 꽤 좋은 성과를 보기도 한다. 해방촌 아이들의 주머니 속 다마의 총량은 크게 바뀌지 않지만, 친구의 주머니에서 나와서 다른 친구의 주머니로 들어가고, 오늘은 누가 땄으며, 누가 잃고 집으로 돌아갔는지, 울면서 아니면 성질을 부리며 갔는지도 소문이 났다. 간혹 놀이 중간에 주먹다짐도 일어나지만 그때뿐이다. 울다가 웃다가 쌍소리도 들리면서 골목길은 어두워졌다.

구슬을 '다마'라고 하는 것은 오래전부터의 일이다. 한자로 옥(玉)이라

쓰고 일본말로 '다마'라고 한다. '진주'를 뜻하는 말이기도 하다. 공(球)을 뜻하기도 해, 당구공도 '다마'라 한다. 당구를 칠 때 두 사람씩 편을 갈라 게임을 하는 것을 '겐페이'라고 하는데 당구에서뿐만 아니라 구슬치기에서도, 편을 가르기 위해 손바닥을 아래로 또는 위로 내밀 때도 "겐페이!" 또는 "겐뻬이!"라고 했다. 말의 출처는 헤이안(平安)시대 일본 귀족의 대표적인 가문인 源(みなもと) 가문과 平(たいら) 가문이 중세 일본의 패권을 두고 전쟁을 하게 되고, 지방 실력자들과 무사들은 두 가문 중 어느 한쪽에 가담, 양분된 두 거대 세력이 전쟁을 하게 되는데, 이를 겐페이 전쟁(源平戰爭 또는 源平合戰)이라 한다. 1180년부터 시작된 전쟁은 1185년이 되어서야 源氏 가문이 승리하면서 가마쿠라 막부가 성립하게 된다. 당시 둥그런 총알을 쓰기 시작했는데, 탄(彈)도 '다마'로 읽고, '불알친구'라고 할 때의 '불알(金玉)'도 같은 한자가 쓰인다. 어쨌든 둥그런 모양은 죄다 '다마'라고 읽어서 그리된 것이다. 같은 말인 '구슬'은 '다마'와 대치될 수 있는 말이지만 골목에선 '다마'가 대세. 아이들이 가지고 노는 구슬은 그래서 다마가 된 것인지도 모른다. 일본인들에겐 둥그런 것이라면 모두 '다마'지만 해방촌에선 '구슬'만을 의미했다. 해방촌 아이들에게 '구슬'이나 '다마'는 밥보다 귀한 물건이었다.

32. 팽이치기

維新憲法案 확정

國民投票 贊成 90%넘어

全國投票率91.1% 八개도서 地域만 未完

— 동아일보 1972.11.22, 1면

팽이치기는 난도가 높은 종목에 속한다. 우선 다 만들어진 플라스틱 팽이는 쳐주지 않는다. 결과가 뻔해 끼워 주지 않는 것이다. 플라스틱 팽이는 여자애들이나 가지고 노는 것이었다. 팽이치기를 하면서 한 번도 여자애랑 한 적이 없다. 해방촌에서 팽이는 나무로 만든 것뿐이었다. 팽이치기는 정교함과 과감함에서 가장 남자들에게 어울리는 다이내믹한 놀이다.

팽이치기를 하려면 가게에서 다양한 모양의 나무 팽이 중 하나를 골라야 한다. 가장 좋은 것은 적당한 크기에 머리에 옹이가 박힌 것이지만, 옹이가 박힌 단단한 팽이는 쉽게 눈에 띄는 것이 아니었다. 옹이가 박혀 있는 팽이는 찍기에서도 잘 견디기에 인기가 많았지만, 구하기 힘든 옹이 박힌 팽이를 찾기보다 팽이를 던지는 기술을 연마하는 것이 급선무였다.

대개 3~5명이 '데덴찌', '짱껨보' 또는 '묵찌빠'로 누가 먼저 팽이를 던질지를 정했다. 개인전이 대부분이지만, 편을 먹고 짝을 이뤄서 하기도 한다. '데덴찌'는 '묵찌빠'와 달리 손바닥을 아래 또는 위로 하면서 각기 같은 모양을 한 사람끼리 편을 먹는 것이다. 여러 명이 신속한 놀이 진행을 위해 자주 사용했던 편 가르는 방법이다. 일본 말인 '데덴찌(手天地)'로 손등은 하늘, 손바닥은 땅을 의미한다. 우리는 기분 내키는 대로 섞어 가며 썼다. 일본 말인 줄 몰랐다.

진 사람부터 팽이를 던진다. 승자는 맨 마지막에 던지는데, 돌고 있는 여러 개의 팽이 위로 또는 다른 팽이들과는 좀 떨어져 흙바닥이 단단하고 평평한 곳으로 던지기도 한다. 가장 늦게 던지니 오래도록 팽이가 돌아갈 확률도 높았고, 보다 공격적으로 다른 팽이를 찍을 수도 있다.

팽이는 각자가 이전에 가지고 있었던 것의 장단점을 고려해 골라서 만드는데 저마다 선호하는 팽이 형태가 달랐다. 세로로 좁고 길쭉한 도토리 모양의 것부터 지름이 10센티미터가 넘는 팽이도 있었다. 넓은 팽이는 '떡판'이라고 불렀다. 좁고 긴 것은 가볍고 회전력이 우수해 다른 팽이를 찍는 공격을 하거나 도망가기에 좋았다. 넓은 떡판은 크기가 커서 회전력은 우수했지만, 찍기 공격에 취약하다. 양손으로 팽이의 줄을 잡고 팽이의 아래 총알에 줄을 걸어 튕기면서 돌고 있는 상대의 팽이에 부딪히는 공격에서도 떡판은 크기가 큰 만큼 무게도 있어 공격에 유리하다. 그러나, 크기가 큰 만큼 작은 손을 가진 저학년보다는 손이 조금이라도 더 큰 고학년이나 중학교 형들에게 어울리는 물건이었다. 팽이를 던질 때 잘 쥘 수 있으려면 자기 손에 알맞은 팽이가 좀 더 유리하기 때문이다. 그러한 팽이의 특성을 기본적으로 잘 알아야 하고, 무엇보다 자기에게 잘 맞는 팽이를 제작하는 것이 중요했다.

팽이를 가게에서 살 때 팽이 한가운데 부분에는 구멍이 뚫려 있다. 여기에 위쪽에 팽이 줄을 거는 곳에 총알 한 개를 박고, 아랫부분에 뾰족한 총

알의 앞부분이 나오도록 팽이에 총알을 거꾸로 박아야 한다. 팽이 제작은 대개 동네 형들의 도움을 받아서 했다. 팽이 윗부분의 총알은 못을 박듯이 박으면 되기에 쉽지만, 아랫부분의 총알은 반대로 세워 박는 것이라 쉽지 않았다. 자칫 팽이치기를 하는 중에 총알이 빠져 버리면 낭패기 때문에 빡빡하게 박기 위해 신문지나 종이를 총알에 끼워서 박기도 한다. 총알은 흔들리지 않는 것이 중요했다. 아래 총알은 너무 나와서도 너무 들어가서도 안 됐다.

　팽이 제작이 끝나면 팽이에 줄을 감아 던지는 연습을 한다. 팽이에 입문

한 지 얼마 되지 않은 사람은 던지는 힘이 약해 팽이가 힘이 없이 돌다가, 서너 번째쯤 팽이를 던지는 사람이 팽이를 던질 때쯤이면 공격하기도 전에 쓰러져 버린다. 가장 늦게까지 돌고 있는 팽이가 다음 판에서 가장 늦게 던지기 때문에 악착같이 죽지 않도록 팽이를 살려야 한다. 팽이가 계속 돌아가도록 긴 팽이 줄을 짧게 접은 후 채찍처럼 팽이 줄로 팽이를 쳐서 팽이의 회전력을 되살리거나, 팽이 밑에 줄을 넣고 한두 바퀴 감아 재빠르게 당겼다. 그러면 비실비실하던 팽이는 다시 살아났다. 결국 팽이를 줄에 끼워 던지는 기술이 늘어날수록 힘 있는 회전을 처음부터 걸어 던질 수 있게 되고, 앞서 던져 돌고 있는 팽이들 머리 위로 찍듯이 팽이를 던짐으로써 상대 팽이의 회전력을 급격하게 잃도록 하는 찍기 기술과 양손에 팽이 줄을 잡은 후 자기 팽이의 총알 아랫부분에 줄을 걸어 화살을 쏘듯 공격할 팽이를 향해 줄을 튕긴다. 튕긴 줄에 날아간 팽이와 돌고 있는 팽이가 부딪쳐 둘 중 어느 한쪽이 비틀거리다 이내 쓰러지면 또 다른 먹잇감을 찾아 팽이를 줄로 튕기며 여전히 돌고 있는 다른 팽이를 공격하러 옮겨 다닌다.

팽이를 던질 때 어디쯤 팽이가 떨어질지 가늠할 수 있는지를 아는 거리감이 중요하다. 팽이를 감아 돌리는 팽이 줄은 대개 국방색 끈으로 나오는데, 줄 자체의 탄성은 적어야 하고, 잘 감아져 찰지게 던질 수 있어야 한다. 줄은 가게에서 넉넉한 길이로 판다. 줄로 팽이를 감고 남는 줄은 팽이를 던지는 손에 몇 바퀴를 감아 팽이를 단단히 잡는다. 손에 잡는 줄 끝은 한두 번 묶어 팽이를 던질 때 끈이 딸려 가지 않도록 새끼손가락과 약지 사이에 단단히 끼운다. 팽이를 던지면서 줄을 당기는 것이 동시에 이루어지는데 이 감각을 배우기가 쉽지 않다. 잘 던지는 동네 형이 팽이를 던지면 날아가면서 벌 소리가 났다. '부~웅' 하면서 벌 소리를 내며 날아간 팽이가 다른 팽이의 머리를 정확하게 찍거나, 빗맞더라도 강한 회전력으로 가장 오랫동안 돌아간다. 찍기를 잘하는 사람이 돌고 있는 팽이를 찍어 팽이가 두 동강 난 적도 있는데 쪼개진 팽이엔 눈길도 주지 않는다. 잘 찍은 사람의 신기에 가까운 묘기에 감탄하며 환호성을 지른다. 그 판이 끝나면 팽이를 어떻게 만들었는지 보여 달라고 이긴 자에게 몰려간다. 사람들은 진 사람의 팽이도 보고자 한다. 쪼개진 팽이를 들고 있는 주인에게서 팽이를 달라고 해 쪼개진 팽이를 붙여 보곤, 어느 부분에 찍혀 쪼개졌는지 자세히 살핀다. 진 사람은 쪼개진 팽이를 붙들고 아쉬워하고 때론 눈물을 흘리기도 한다. 그러나 며칠 후면 더 튼튼하고 잘 돌아가는 팽이를 만드느라 망치질로 분주하다.

팽이를 잘 던졌어도 바닥에서 회전하고 있는 팽이를 줄로 튕기는 기술이 부족할 경우 제 줄에 팽이가 감겨 죽기도 하는데, 다른 팽이를 공격하지 않고 그 자리에 가만히 두는 것도 나쁘지 않은 전법이다. 공격을 좋아하는 사람은 있기 마련이어서 거리가 떨어져 있으면, 자기 팽이를 줄로 튕겨 공격할 상대 팽이 근처에 단번에 다가온다. 서로가 마주 보고 동시에 팽이를 맞부딪쳐 겨루기도 한다. 강한 줄의 탄성과 팽이 자체의 중량 차로 인해 승부가 갈린다. 아니면 통겨져서 다시 겨루기를 몇 번 하면 회전력이 약하거나, 무게가 가벼운 팽이가 쓰러진다. 운이 좋아 싸움에 말려들지 않은 사람이 홀로 떨어진 곳에서 팽이를 지키는 때도 있는데, 쓰러지지 말라고 팽이 줄을 채찍 삼아 팽이를 연신 때린다.

33. 망까기

망까기(비석치기)는 돌을 가지고 하는 놀이다. 그러려면 손에 잘 맞춤한 돌을 찾는 것이 가장 중요하다. 납작하고 둥그런 모양의 자갈이 가장 좋지만 구하기가 쉽지 않다. 어디 공사장이라도 있다면 모를까 적당한 크기의 자갈을 구하려면 온 동네를 돌아다녀야 한다. 망까기 돌은 몇 가지 조건을 충족해야 한다. 우선, 적당히 두꺼워야 한다. 그래야 상대방이 던지는 돌에 맞아도 깨지지 않기 때문이다. 간혹 던진 돌에 맞아 깨져 버리는 경우가 있기 때문에 충격에 잘 견딜 만큼 두껍고 단단해야 한다.

망까기는 일정한 거리를 두고 던지기부터 시작하기 때문에, 상대가 던진 돌이 완만한 포물선을 그리며 날아와 타격하기에 깨지는 일이 많다. 돌이 깨지면 가게에서 살 수 있는 것이 아니기 때문에 대부분 망까기를 하는 아이들은 여러 개의 돌을 가지고 있다. 자기의 돌이 깨지더라도 돌을 던진 상대방에게 뭐라고 할 수도 없다. 그게 망까기이기 때문이다. 그래서 시간이 있을 때나, 학교를 오가면서 땅만 보고 다녀야 한다. 망까기를 하기 위해 여기저기 기웃거리는 일은 흔한 일이었다. 돌을 찾기까지 학교 운동장을 돌면서 찾고, 동네 골목 흙이 있는 곳에 삐져나와 있는 돌은 기어코 파내 본다. 꺼낸 돌이 망까기 하기에 문제가 없다면 더할 나위 없이 좋지만 던지기에 너무 크거나 손에 비해 클 경우, 망치나 다른 돌로 쪼아 깨트려 적당한 크기로 만든다. 그리고 나면 바닥에 잘 설 수 있도록 한쪽 면을 평평하게 만들어야 한다. 가장 많이 사용하는 방법은 돌을 아스팔트에 문지르는 것이다. 돌로 돌을 갈아내는 것이 쉽지 않다. 갈다가 돌이 잘 세워지는지 똑바로 세워 보고, 한쪽으로 쓰러지면 원인을 찾아 또 갈아 내기를 여러 번 하면, 세우고자 하는 자리에 쉽게 세워질 수 있는 나만의 망까기 돌이 된다.

망까기는 돌을 던져야 하므로 지나치게 좁은 골목은 재미가 없다. 약간의 경사가 있더라도 크게 지장이 없기 때문에 주로 넓은 길에서 한다. 동네 유일한 아스팔트 길은 최고의 망까기 장소다. 길이 넓어 가끔 차가 다니는 것이 문제지만, 차가 밟고 가지 않을 만큼 길 가장자리 바닥에 금을 그린다. 그어진 금에서 뛰어서 너덧 발짝, 적어도 5미터 이상 떨어진 곳에 또 다른 금을 돌로 긁는다. 둘 이상만 모이면 할 수 있지만, 간혹 혼자서도 연습을 한다고 자기가 가진 돌을 모두 세워 놓고 던지기 연습을 한다.

둘이 누가 먼저 할지를 정할 때, 또는 여러 명이 망까기를 할 때는 출발선에서 바닥에 그어진 금을 향해 각자의 돌을 던진다. 다마치기에서 선을 정하는 것과 같다. 누구의 돌이 선에 가장 가깝게 붙었는지로 순서를 정하는 것이다. 먼저 공격하는 사람은 한쪽 선을 넘지 않거나 또는 밟고 상대편이 세운 돌을 향해 언더스로우 자세로 돌을 던진다. 직접 타격하는 것도 가능하지만, 돌이 바닥에 떨어져 미끄러지는 성질을 이용하는 것이 요령이다. 세워진 돌의 밑부분을 목표로 돌을 던지면 맞추기가 쉽다.

　망까기는 매번 동일한 방법으로 던지는 것이 아니다. 공격에 성공하면 세워진 돌을 맞춰야 하는 난도가 올라간다. 첫 번째가 야구 선수처럼 부드럽게 던졌다면, 두 번째는 한쪽 발을 들고 던진다. 매 단계에서 맞추지 못하면 공격권은 상대에게 넘어간다. 공격에 실패하면 다음번 공격 시 실패한 단계에서 다시 한다. 그다음은 돌을 한 발 뛰어 도달할 만한 곳에 던지고, 한쪽 발을 들고 깽깽이 발로 한 번 뛰어서 돌 근처까지 간다. 한쪽 발은 계속 들고 있는 상태에서 돌을 집어 세워 둔 돌을 맞추면 된다. 성공하면, 이번에는 돌을 더 멀리 던져 놓고 깽깽이 발로 두 발을 뛰고, 다음에는 세 발을 뛰는 식이다. 세 발 뛰기에선 돌을 집어 던지는 것이 아니라, 세워져 있는 돌을 향해 내 돌을 발로 밀어서 세워져 있는 돌을 쓰러트려야 한다. 이 과정에서 최종 착지점을 디딘 발이 움직여 원래 디뎠던 자리를 벗어나거나 다른 발이 땅에 닿으면 죽는다. 시작해서 돌을 던질 때까지 한쪽 발로 계속 서 있어야 하며, 돌을 집을 때 돌만을 들어야지 바닥을 손으로 짚거나 하면 죽는다.

　망까기의 난도는 계속 올라간다. 다음엔 신발 위에 돌을 올려놓는다. 그리곤 돌이 떨어지지 않게 조심히 걸어가서 세워진 돌을 맞춰 쓰러트리면 된다. 천천히 하면 안전하지만 여유 있게 하도록 내버려 두지 않는다. 돌을 세워 둔 사람들이 야유를 보내기 때문이다. 돌을 신발 위에 얹은 상태에서의 걷는 걸음 수를 제한하기도 한다. 다음으로는 양발 사이에 돌을 끼운다. 그리고 모둠발로 뛰어가서 돌을 맞춘다. 돌이 양발 사이에서 빠지면 죽는다. 돌을 발 사이에 끼운 채 토끼처럼 깡충깡충 뛰어가 자신의 돌을 날려 세워진 돌을 맞히는 것이다. 이 과정에서 뛰는 걸음을 제한하기도 한다. 그때그때 속도전과 난이도는 참가자들의 실력에 비례해 결정된다.

다음은 무릎이다. 무릎에 돌을 끼고 뛰는 것이 아니라 걷는다. 무릎 사이에 낀 돌 때문에 오리걸음을 걸어야 하고, 대개는 세게 조여도 돌이 빠지고, 약하게 해도 돌이 빠진다. 다음 단계는 뜀걸음으로 바뀐다. 끼워진 돌이 빠지면 죽는다. 무릎 다음으로는 똥구멍이다. 똥구멍에 돌을 끼우는 것 자체가 쉽지 않다. 항문을 최대한 벌려 돌을 쑤셔 넣곤 항문을 조여야 돌이 떨어지지 않는다. 그 상태로 걸어가 세워진 돌의 머리 위에서 뒤로 돌아 엉덩이에 끼어 있는 돌을 떨어트려야 한다. 직각으로 떨어져야 하지만 엉덩이에 낀 돌을 수직으로 떨어트리는 게 쉽지 않다. 똥구멍에 성공하면, 배꼽에 올려놓고 허리를 최대한 뒤로 젖혀서 걸어가고, 다음은 가슴이다. 가기는 쉽지만 마지막 순간에 밑에 세워진 돌이 보이지 않으니 감으로 맞춰야한다. 다음은 앞쪽 목에 돌을 놓고 턱으로 눌러 떨어지지 않게 한다. 가슴보다 쉽다. 문제는 다음 단계인데 목 뒷부분에 돌을 얹는다. 목덜미에 올려놓고 가는 것 역시 어렵지 않지만 마지막 순간에 목을 옆으로 돌려 목 뒷부분에 올려놓은 돌을 떨어뜨려 세워진 돌을 맞춰야 한다. 다음 단계는 어깨위에 돌을 올려놓는다. 왼쪽이나 오른쪽 어깨 위에 올려놓고 걸어갈 때도 오른쪽 뺨을 이용해 돌을 누를 수 있다. 목 뒷부분에 비해 쉽다.

얼굴 부분은 이마와 정수리를 사용한다. 이마에 돌을 얹고 목을 뒤로 젖힌 상태에서 걸어가 돌을 맞춰야 하는데, 세워진 돌을 향해 똑바로 걸어가는 것도 쉽지 않다. 눈을 최대한 아래로 내리뜨고 인사를 하듯 머리를 숙여 돌을 맞춘다. 이마 다음은 정수리에 돌을 올린다. 이것을 '떡장수'라고 하는데 조심스럽게 세워진 돌을 향해 다가가 돌을 떨어트리면서 "떡 사세요!"라고 외친다. 가장 마지막 단계는 뒤로 던져 맞춰야 한다. 출발선에서 뒤로 돌아 머리 위로 돌을 던져 세워진 돌을 맞춰야 한다. 대개는 이쯤에서 차례가 바뀌기 마련인데 가장 어려운 부분이다.

망까기가 언제부터 이와 같이 단계적으로 난도를 올려 가며 놀게 되었
는지는 모른다. 또래 아이들마다 노는 과정에서 제각기 추임새와 야유로
공격하는 사람의 정신을 쏙 빼려 한다. 망까기의 길고 긴 과정이 끝나면 처
음부터 다시 한다.

34. 제기차기

韓國여자卓球 世界制覇

유고 사라예보 世界選手權대회

團體競技史上 世界舞臺 첫우승

日 三對一로 눌러 八戰全勝

– 동아일보 1973.4.10, 1면

제기차기는 차는 방법에 따라 땅강아지, 헐랭이, 어지자지, 그리고 드리기로 구성돼 있다. 누가 제기를 많이 차는지로 승부를 결정한다. 한 발 차기로 30개를 차면 다음 단계인 헐랭이로 30개를 차고, 난도가 높은 어지자지로 30개를 차는 식이다. 종목별 차는 개수를 정해 놓고 누가 먼저 끝내는지로 승부를 가리는 것이다. 물론, 땅강아지 한 종목으로만 하기도 한다. 서로의 실력을 알기에 승부가 날 수 있는 개수를 정해 가위바위보로 누가 먼저 차는지를 정했다. 재남이에게는 이기는 날이 없었다. 이천에서 왔다는데 제기만 차다 왔는지 수준이 달랐다. 그때부터였다. 아무래도 또래보다 머리 하나는 크고, 힘도 센 재남이가 어쩌면 나이를 속이고 있다고 생각했었던 것. 어지간히 잘하는 것이 아니라 모든 면에서 월등했다.

제기차기에서 제기를 찬 발을 땅에 댔다가 다시 차는 땅강아지가 가장 일반적인 것이다. 차는 요령은 제기를 무릎 높이 이상으로 차지 않으면 오히려 발이 올라가기 전에 제기가 땅에 떨어질 수 있기 때문에 적당한 높이로 제기를 차올리는 것이 기술이다. 이때 신발이 아주 중요하다. 제기를 차는 옆면이 넓고 탄력이 있는 신발이 유리하다. 넓은 바짓단은 제기를 찰 때 방해가 되지 않도록 양말 속에 집어넣거나 아니면 종아리가 드러나도록 말아 올린다. 제기차기의 난이도는 땅강아지가 가장 수월하고, 두 번째로 어려운 것이 헐랭이다. 헐랭이는 차는 발을 땅에 대지 않고 제기를 연속으로 차야 하므로 제기가 몸의 중심에서 멀리 떨어지지 않도록 일정하게 차올리는 것이 중요하다. 이때 제기를 차올리는 높이가 높지 않아야 빨리 떨어지고 되차는 시간이 짧아져 같은 시간에 많은 횟수를 찰 수 있다. 그러나, 헐랭이의 단점은 제기가 똑바로 올라가지 않을 경우 한쪽 발로만 뛰어 떨어지는 제기에 가까이 가야 함과 동시에 넘어지지 않도록 중심도 동시에 잡아야 한다. 쉽지 않다.

가장 어려운 것은 '어지자지'다. 이것은 제기를 땅강아지로 발 안쪽으로 한 번 차고, 두 번째는 다른 발의 안쪽 또는 바깥쪽으로 차야 한다. 반드시 양발을 사용해야 하는 것이다. 대부분의 사람이 오른손잡이이고 왼손잡이가 드물게 있듯, 발도 오른손잡이는 오른발, 왼손잡이는 왼발을 주로 쓴다. 반대인 경우도 있지만, 제기를 차는 데 있어 양발을 자유자재로 쓰는 사람은 흔치 않다. 나이가 많고 적음에 따라 공평한 게임을 하기 위해 제기를 잘 못 차는 사람은 대개 땅강아지를 차도록 배려한다. 반대로 잘 차는 사람은 헐랭이나 어지자지를 차도록 해서 '드리는 일'이 못 차는 사람에게만 몰리지 않도록 배려하는 해방촌 제기차기 룰은 인간적일 만큼 공평했다. 아무리 룰을 바꾸고 잘 차는 사람이 어지자지를 찰 때 양발 모두 바깥쪽으로만 차도록 룰을 바꿔도 드리는 사람은 거의 정해져 있었다. 드리다 하루해가 저물지 않게 하려면 남들이 보지 않는 곳에서 연습을 해야 했다. 연습보다 더 좋은 것은 차는 면이 넓은 운동화를 장만하는 것이었는데 제기를 차기 위해 신발을 사 달라고 조르는 것은 나 혼자만은 아니었을 것이다.

제기차기에서 지면, 이긴 사람에게 제기를 던진다. 진 자는 이긴 자가 발로 제기를 야구방망이로 공 치듯 찰 수 있도록 제기를 던져 주는데 이것을 '드린다'라고 한다. 아랫사람이 윗사람에게 무언가를 갖다 바치는 형국이다. 승자는 발로 차기 좋게 제기가 오지 않으면 "다시 드려라!"라거나, "다시!" 또는 "잘 드려 봐!"라며 약을 올린다. 던져 주는 사람이 야구 선수처럼 오버스로우가 아닌 언더스로우로 차기 좋게 제기를 던져야 하므로 여간 부아나는 일이다. 드리는 제기의 날아가는 모양이 좋지 않거나 차기 나쁘면 결국 여러 차례 드리다가 성질이 난다.

제대로 차기 좋게 드리면 상대는 날아오는 제기를 신발 등이나 끝부분으로 공을 차듯 멀리 찬다. 제기를 드린 사람이 날아가는 제기가 땅에 떨어지기 전에 잡지 못하면 다시 드려야 하고, 요행히 땅에 닿기 전에 잡게 되면 드리기는 끝이 난다. 차는 사람은 던진 사람, 또는 편을 먹고 하는 경우 상대편이 잡을 수 없도록 빈 곳으로 제기를 찼다. 드리는 편에선 어떻게 해서든 상대가 제기를 제대로 찰 수 없도록 해야 한다. 제기의 한두 가닥 비닐 끝을 손가락에 끼워 드릴 듯 제기를 다시 잡아 공격자의 헛발질을 유도하기도 한다. 공격자가 발을 휘두르면 그만이었다. 속고 속이는 제기차기의 싸움은 그래서 더 재미있었다.

문제는 제기에도 있었다. 저마다 자기가 가지고 차던 제기를 이용해 게임을 하면 아무래도 제기 주인에게 유리했다. 게임을 시작하기 전, 각자 가지고 온 제기로 찰지, 아니면 보다 공정하게 특정인의 게임용 제기를 정해 찰지를 가위바위보로 정하거나, 아니면 이것저것 차 보고 나서 가장 잘 뜨는 제기로 결정한다. 못 차는 사람이 차나 잘 차는 사람이 차나, 몇 개를 차는지는 주위에서 큰 소리로 불러 주기 때문에 헷갈릴 일은 없었다. 누군가 제기를 차기 시작하면 "하나! 둘! 셋! 넷!" 평범하게 세는 것이 아니라, "한 놈! 두식이! 석 삼! 너구리! 오징어! 육개장! 칠칠이! 팔팔이! 구식이! 땡!"처럼 저마다 비슷하지만 달리, 재미있게 셌고, 억양을 달리하거나 차는 속도보다 느리게 세기도 해, 차는 사람이 집중하지 못하도록 했다. 실력 차이는 제기를 바꾸거나, 차는 방법이 땅강아지냐, 헐랭이냐, 어지자지의 종목 선택의 문제가 아니었다. 고수는 어떤 방식으로 차더라도 이겼고, 지는 사람은 몇 번을 다시 차라고 기회를 줘도 결국 드리기만 하게 된다.

35. 딱지치기와 다른 놀이들

51회 어린이날　大公園개원등 푸짐한 行事

서울運선 本社主催로 華麗한 대잔치

- 동아일보 1973.5.5, 1면

자전거는 4학년 때 배웠다. 어느 날인가 친구들과 도원결의하듯 시작했다. 팽이나 제기 등은 처음에만 돈이 들어가면 더 이상 돈이 필요 없지만, 자전거는 매번 탈 때마다 돈이 들었다. 삼광초교 축대 담벼락을 끼고 돌아가면 자전거방이 있었다. '자전거포'라고도 불렸지만 자전거를 빌릴 수 있었다. 처음 탄다고 말을 해도 자전거를 빌려주셨다. 초보자의 경우 타는 사람 엉덩이를 기준으로 양발이 땅에 닿는 자전거를 내주셨다. 대개 두 사람이 자전거 하나를 빌린다. 먼저 한 바퀴 타고 돌아오면 바꿔 타거나, 못 타는 초보자들은 자전거 안장에 앉도록 하고 다른 사람이 뒤를 잡아 준다. 친구 중 자전거가 집에 있는 사람이 없었다. 자전거 열풍은 동네 친구들 사이에 무섭게 불었다. 친구들이 어떻게 돈을 마련했는지 모르지만, 자전거 빌릴 돈을 다들 쉽게 가져왔다. 나 또한 돈을 마련해야 했다. 나는 아버지가 술이라도 한잔하고 오시면 무릎을 밟아 드리거나 담배 심부름을 하고 동전을 받았다. 용돈이라야 그게 전부였다.

담배 심부름을 가장 많이 했다. 지금은 국민학생이 담배를 사는 것 자체가 불가능하지만, 당시엔 심부름하는 데 문제가 없었다. 자전거를 배우기 시작한 4학년인 1972년에는 150원 하는 '청자'를 많이 샀다. 하지만, 아리랑(35원)과 파고다(50원), 신탄진(50원)도 많이 사 왔다. 막걸리 심부름도 곧잘 했다. 막걸리는 신흥시장까지 가야 했다. 주전자를 들고 가면 가득 채워 주셨다. 그렇다고 매번 용돈을 받아서 자전거를 탈 수 있었던 것은 아니었다. 돈이 없더라도 친구들과 함께 갔다. 뒤에서 잡아 주고, 언덕길을 올라갈 때도 밀어 주고 하면서 얻어 탔다. 네 명이 가면 두 명은 그렇게 얻어 배웠다. 즐겁고 행복했다.

망가진 비닐우산대에서 대나무 살을 떼어 내 신문지를 자르고, 종이에 밥풀을 발라 대나무 살에 붙여 가오리연을 만들었다. 연을 묶는 실은 집에서 쓰는 명주 실패를 얼레 삼아 후암동 종점 방향으로 연을 날리기도 하고, 남산 쪽으로 바람이 불어 연을 올릴 때는 실패의 실이 짧아 더 높이 올리지 못함을 아쉬워했다. 서투른 솜씨로 만든 연은 가게에서 파는 방패연이나 가오리연보다 잘 날지 못했다. 겉보기엔 비슷하더라도 실을 매어 날리기가 쉽지 않았다. 꼬리를 길게 하거나, 빙빙 도는 쪽 꼬리를 짧게 끊어 보기도 하고, 실을 매는 곳을 위아래로 조정해 가면서 끝내는 하늘 높이 연을 올려 보낸다. 바람이 약해 연이 떨어지면 빠르게 줄을 감아 연이 올라가도록 하고, 너무 높이 올라간다 싶으면 팽팽한 줄을 적당히 풀어 연을 내린다. 연 날리기로 하루가 짧았다.

딱지를 만들기 위해 질기고 두꺼운 종이를 찾아 동네 골목을 뒤졌다. 넝마주이 아저씨들이 헌 옷가지나 종이, 병, 고철 등을 줍기 위해서 가지고 다니는 기다란 집게로 집어 어깨에 멘 커다란 대나무 소쿠리에 담듯, 마땅한 종이를 찾아 골목을 헤집고 다녔다. 딱지치기에서 크기나 두께 제한은 없었다. 손에 들고 내리쳐야 하는 딱지의 특성상 너무 얇은 종이로 된 딱지는 환영받지 못했다. 적당한 크기에 단단한 것이 대부분이다. 간혹 골판지로 만든 대형 딱지를 가져와 붙자고 하는 경우가 있는데 딱지가 크다고 유리한 것만은 아니었다. 딱지로 내려쳤을 때 적당한 탄력이 있는 것이 중요하다. 종이가 얇아 탄력이 없어 달라붙는 종이는 상대방의 딱지를 뒤집기도 어렵지만, 뒤집히지도 않았다. 여러 번 내리쳐도 승부가 나지 않을 땐 원인을 제공한 딱지를 방출시켜 버린다. 그러면 무승부의 원인을 제공한 딱지 임자는 다른 딱지를 꺼내야 했다. 딱지치기가 땅에 놓인 상대방의 딱지를 쳐서 뒤집으면 이기는 게임인데, 너무 얇으면 위에서 딱지로 내리쳐도 별 소용이 없기 때문이다.

방법이 없는 것은 아니다. 얇은 딱지라고 난공불락인 것은 아니다. 그런 딱지는 직접 딱지를 치는 것이 아니라 딱지 바로 옆 맨땅을 쳐서 내려치는 딱지의 바람으로 뒤집어 버리거나, 아니면 딱지 바로 옆에 왼발을 내고 상대방의 딱지가 옆으로 움직이지 못하도록 고정한 후 사선으로 딱지를 내리쳐서 우그러트려 뒤집는다. 대개 적당한 두께의 딱지는 배꼽 부분을 내리치면, 쳤던 딱지와 바닥에 놓였던 딱지가 함께 공중 부양을 한 후 두세 번 돌면서 뒤집어지기 마련이다. 전형적인 형태의 공격법이다.

공격에 대응한 수비 방법이 있다. 딱지를 땅에 놓을 때 정사각형인 딱지가 바닥에 빈틈없이 밀착되도록 하는 것이다. 불가사리처럼 가운데 부분이 볼록하게 올라오도록 하면서 딱지의 네 모서리가 바닥에 밀착하도록 바닥 부분을 대각선으로 접은 후, 가운데가 위로 올라가도록 놓는다. 딱지를 대각선으로 두세 번 접어 낮은 피라미드처럼 만드는 것이다. 평평해야 할 딱지의 윗부분이 볼록하게 올라온 형국인데, 방어에 효과적이다.

딱! 딱! 골목길 여기저기서 애들이 붙었다. 어떤 녀석은 아예 종이 박스에 차곡차곡 쟁여 둔 딱지를 전리품처럼 옆에 놓고 하기도 한다. 또 다른 놈은 왼손에 여러 개의 딱지를 쥐고 스매싱한다. 딱지치기는 대개 둘이 붙는 것이라 구경꾼들이 딱지치기를 하는 사람보다 늘 많았다. 저마다 상대방의 딱지를 한 방에 보낼 수 있는 무기를 가지고 있다. 팽팽한 접전이 계속되거나 잘치는 상대를 만나 딱지 밑천이 드러날 때쯤이면 무기를 꺼낸다. 모서리가 닳았지만 쉽게 넘어가지 않으면서 상대방의 딱지 위로 가공할 펀치를 날리는 녀석이다. 애지중지 아끼던 것이 등장할 때쯤이면 해는 뉘엿뉘엿 붉은색을 띤다. 어둠이 찾아오고 있는 와중에도 후암동 골목길 가로등 밑에는 승부사들의 대결이 계속된다. 둘 중 하나는 딱지 보따리를 들고 개선하고 또 다른 패자는 빈손으로 가로등마저 희미한 골목으로 사라질 것이다.

문방구에서 파는 동그란 종이 딱지를 사서 딱지놀이도 했다. 원판 종이에서 딱지를 뜯어 가지런히 추리고, 아이들과 딱지 따먹기를 한다. 딱지에는 사람과 글씨, 별 등이 표시되어 있었는데, 딱지를 화투처럼 섞어 카지노의 딜러처럼 양손에 딱지를 잡으면, 상대방이 딱지를 잡은 양손 중 한 곳을 가리키며, '별 높!(별이 많은 것. 반대는 별 낮)'이나 '글 높!(글자가 많은 것. 반대는 글 낮)'이라고 외친다. 그러면 양손을 뒤집어 각각의 손안에 있는 딱지 뭉텅이 중 가장 위에 있는 딱지 두 개 중 어느 쪽 딱지가 별이 많고 적은지, 글씨가 많고 적은지를 각각 가려 딱지를 따거나 잃거나 했다. 딱지 속 글자나 별이 엇비슷하면 각자가 상대방의 딱지를 바꿔 들고 글자를 세고, 별을 셌다.

병뚜껑 딱지도 만들어 놀았다. 콜라병이나 사이다병 뚜껑을 망치나 돌로 가지런히 편다. 병뚜껑을 가지런히 펴면 꼭 가게에서 파는 딱지 크기만 하다. 병뚜껑 딱지는 딱지치기처럼 뒤집히면 먹었다. 다만, 종이 딱지와 달리 세게 내리치는 것이 아니라, 딱지 끝을 잡고 바닥에 놓인 상대방 딱지의 들뜬 모서리 부분을 향해 살짝 회전하듯 던지면 된다. 의도했던 부분에 부딪히면 아래 놓였던 딱지가 튀어 오르면서 뒤집어졌다. 종이 딱지로는 그런 경쾌한 맛을 볼 수 없었다.

병뚜껑 딱지로 날리기 시합도 한다. 왼손 엄지와 검지 사이에 병뚜껑 딱지를 잡고, 오른손 새끼손가락으로 튕겨 누가 멀리 보내는지로 승부를 가렸다. 병뚜껑 딱지를 모두 잃게 되면, 다시 딱지로 만들 병뚜껑을 찾느라 동네 쓰레기통을 뒤졌다. 싫긴 했지만 가게에선 팔지 않으니 방법이 없다.

날씨가 좋고 동네 아이들이 많은 날엔 다방구를 한다. 술래를 정하고, 붙들고 있어야 할 자리를 정한다. 대개는 차가 다니는 길에 비계로 사용하는 소나무를 세워 쌓아놓은 곳이거나, 가까운 전봇대로 정한다. 달음질이 느린 친구는 이미 멀찌감치 도망을 가 있다. 아예 술래 근처엔 올 생각이 없다. 사람이 많으면 술래를 여러 명으로 했다. 아이들을 잡으러 나가는 사람과 잡아 온 사람을 지키는 역할로 나눈다. 용케 지키는 술래의 손을 피해, 잡혀 와 포로처럼 서로의 팔을 붙잡고 있는 사람들, 애타게 해방 아닌 '다방구'를 기다리는 그들의 붙잡은 손을 떼면, 떼어진 손을 기준으로 전봇대쪽은 그대로 잡혀 있고, 나머지 사람들은 일제히 각기 다른 방향으로 흩어진다. 빠르고 민첩하고 용감한 친구가 어려움에 빠진 친구들을 구하듯 신나게 놀았다.

좁은 골목 안 계단이 있는 곳이라면 어디든 '무궁화꽃이 피었습니다!'를 한다. 술래가 층층계 밑 지정된 자리에서 "무궁화꽃이 피었습니다!"라고 외친다. 술래가 자리 잡은 곳은 대개 남의 집 대문이거나 층층계 제일 아랫단이거나, 전봇대 아니면 공동수도이다. 술래가 외치는 동안 살금살금 다가가다 술래가 뒤돌아보는 순간 동작을 멈춘다. 술래는 "무궁화꽃이 피었습니다!"라고 외친 후에 뒤돌아봐야 한다. 명확하게 끝내지 않고 옹알이하듯

하고선 돌아본 후 움직이는 사람을 적발해 봐야 소용없다.

참여하는 모두가 술래에게 위험을 무릅쓰고 가까이 가는 것은 술래의 뒤통수를 때리거나 몸을 건드리기 위함이다. 술래가 "무궁화꽃이 피었습니다!" 외치는 동안 사람들은 조금씩 술래에게 다가간다. 걸음이 느린 사람은 아주 조금씩, 뛰는 데 자신 있는 사람은 과감하게 나아간다. 거듭되면, 가장 가까이 접근한 사람이 술래가 "무궁화꽃이 피었습니다!"라고 말하는 동안, 뒤돌아볼 수 없는 틈을 노려 술래를 건드린다. 대개는 술래의 몸을 살짝 건드리지만, 일부러 머리를 때리는 경우도 있다. 발로 엉덩이를 차기도 한다. 뒤돌아 있기에 발로 차는지 손으로 건드리는지 알 수 없는 틈을 이용하는 것이다. 술래는 누군가의 손이나 발이 자기 몸에 닿자마자 외치는 주문을 멈추고, 바로 뒤돌아 가장 가깝고 느린 사람을 타깃으로 잡으러 뛴다. 술래를 벗어나는 길은 다른 사람을 잡는 것뿐이다. 술래가 도망가는 사람들을 잡을 수 있는, 미리 정한 마지노선을 넘기 전에 술래의 손이 닿거나 잡힌 사람은 새로운 술래가 된다.

한번 술래로 정해지면 여간해서는 술래를 벗어나기 쉽지 않았다. 뜀박질이 느리면 아예 술래에게 다가가지를 않았고, 가까이 다가간 누군가가 술래를 치면 술래를 제외한 모두가 생생히 술래가 맞는 광경을 지켜보고 있다가 술래를 건드리는 순간, 술래가 넘어올 수 없는 마지노선을 향해 뛰기 때문이다. 동시에 뛰어도 몇 걸음 앞서 있는 사람들이 유리하건만, 뒤돌아보고 있는 술래보다 출발이 빠른 사람을 잡는다는 것은 쉽지 않다. 몇 번씩이나 술래의 달음박질이 무위에 그치면, 술래는 누군가가 움직이는 것을 봤다고 우기고, 당사자는 움직이지 않았다고 우긴다. 서로가 옳다고 우기다 보면 시시해진다.

해방촌 아이들의 놀이는 무궁무진했다. 노는 것이 밥보다 더 좋았고 학교 가는 것보다 즐거웠다. 때론 주먹질을 하고 맘에 들지 않는 녀석에겐 욕도 찰지게 했지만, 다음 날이면 어김없이 서로의 놀이 친구가 되어 주고, 놀아 달라고 애걸했다. 노는 데는 선수들이었다.

자치기는 해방촌의 야구였다. '메뚜기'라고 부르는 한 뼘 정도의 나무토막과 자기 팔 길이만 한 작대기가 전부다. 작대기는 부러진 나뭇가지나, 운이 좋으면 쓰다 만 각목을 적당한 길이로 잘라 쓰거나, 생선이나 사과상자에서 뜯어서도 사용했다. 여기서 중요한 것은 메뚜기로 쓸 나무의 양쪽 끝을 경사지게 깎거나 잘라 내 작대기로 살짝 내려치면 튀어 오르게 만드는 것이다. 저마다 자기의 작대기와 메뚜기를 만들어 사용한다.

순서를 정하고, 긴 작대기로 작은 메뚜기를 살짝 내려치면 메뚜기는 빠르게 회전하면서 튀어 오른다. 메뚜기의 어느 부분을 어떻게 내려치는지에 따라 튀어 오르는 높이와 회전 속도가 달라진다. 평소 연습을 통해 자기 메뚜기의 감을 익히는 것이 중요하다. 튀어 오른 메뚜기가 땅에 떨어지기 전, 작대기를 휘두른다. '딱!' 하는 소리와 함께 메뚜기가 날아간다. 보통은 각자 세 번을 친다. 세 번을 쳐서 출발점에서부터 날아간 거리를, 친 사람의 작대기로 세어 몇 개인지를 가려 멀리 간 자가 승자가 된다. 거리의 차가 많이 나면 쉽게 승부를 가리지만, 서로의 길이가 엇비슷할 때가 있다. 그러면, 각자가 가진 작대기로 몇 작대기가 되는지를 세야 한다. 작대기의 끝부분을 잡고 출발점으로부터 가상의 선을 따라 메뚜기가 떨어진 곳까지 작대기를 땅에 대고 "하나, 둘, 셋···." 하고 센다. 잰 숫자가 많으면 승! 긴 작대기가 불리해지는 순간이다. 작대기의 길이가 대개는 비슷했지만, 작대기 수로 세는 만큼 무턱대고 긴 작대기를 선택하는 것은 어리석다. 길든 짧든 작대기 선택은 자유지만, 선택에 유리한 점만 있지 않음을 알게 된다.

자치기가 나무로 하는 것이라면 진짜 야구와 비슷한 '찜뽕'이 있다. 두 명만 있으면 할 수 있고, 많으면 더 좋다. 스리아웃으로 공수 교대를 하는 것도 야구와 같다. 차가 다니는 넓은 아스팔트 길에선 전봇대가 베이스다. 공수를 정하면 공격자가 말랑말랑한 연식 정구공을 왼손으로 들고 자기가 치기 좋게 적당한 높이로 던진다. 살짝 손가락을 오므려 접은 오른손을 휘둘러 공을 때리면 공은 찌그러지며 허공을 향해 날아간다. 타자는 공을 침과 동시에 1루로 정한 곳을 향해 뛴다. 1루를 찍고 다시 돌아와야 점수를 딴다. 사람이 많아지면 2루, 3루를 두기도 한다. 득점을 하는 방식은 야구와 같다. 날아간 공이 땅에 떨어지기 전에 수비가 잡으면 아웃이고, 땅에 바운드된 공을 홈으로 던져 공을 친 사람보다 공이 먼저 홈으로 들어가면 타자 역시 죽는다. 타자 주자가 달리는 도중에 공에 맞아도 죽는다. 팔이 길어도 유리하지만, 무엇보다 수비수들이 서 있지 않은 빈 곳으로 적시타를 날리는 게 중요하다. 치자마자 뛰어야 하고 수비가 공을 잡았다 싶으면 달리면서 공에 맞지 않도록 뒤도 돌아보며 뛰어야 한다. 동네에서 갈고닦은 실력으로 학교 운동장에서 하는 찜뽕에서 제법 잘 친다는 소리를 들었다.

말뚝박기도 한다. 말뚝박기는 무조건 평소 돼지라고 놀리던 녀석과 한패를 먹어야 한다. 몸무게가 무거운 쪽이 유리하다. 체중이 덜 나가더라도 올라타는 순간 교묘하게 상대의 허리에 급작스럽게 체중이 실리도록 충격을 주며 올라타야 한다. 상대 팀의 가장 취약한 사람을 골라 집중적으로 무게가 실리도록 충격을 주는 것이다. 사람이 많아야 할 수 있는 말뚝박기는 편을 갈라 각자 대장을 정한다. 대장은 오로지 가위바위보를 잘하는 자의 몫이다. 덩치는 아무 상관이 없다. 공수가 결정되면 말들이 차례로 대장의 가랑이 사이로 머리를 집어넣는다. 줄지어 앞사람의 엉덩이 밑으로 머리를 박고 등에 사람들이 올라탈 때 흔들리거나 주저앉지 않도록 양팔로 앞사람 허벅지를 단단히 잡는다. 빈틈없이 밀착해야 견고하게 버틸 수 있다. 대동

단결이 중요하다. 서로의 몸이 밀착한 상태여야 상대편이 뛰어와 올라타는 무게를 견디기 유리하다. 상대방이 뛰어와 허리 위 또는 엉덩이 부분에 앉아 등을 짚고 대장이 있는 앞으로 전진해 밀착한다. 상대방은 될 수 있으면 천천히 올라타려고 하기 때문에 대장의 역할이 중요하다. 뚱뚱한 놈이 올라탈 때는 다리를 꼿꼿이 세우고 긴장한다. 말을 타는 쪽은 되도록 한 사람에게 여러 사람의 몸무게가 실리도록 최대한 밀착해야 한다. 이윽고 상대방이 전부 올라타면 가장 앞에 올라탄 사람과 우리편 대장이 가위바위보를 한다. 승부에 따라 공수가 바뀐다.

말뚝박기에서 계속 말을 타려면 가위바위보를 잘하는 대장이 중요하지만, 가장 몸이 작거나 약한 사람의 등에 밀도 높게 올라타는 것도 승부를 결정짓는 요소다. 대개 한 사람의 등 위에 두 사람이 올라갈 수 있지만, 올라탄 상태에서 엉덩이를 흔들거나 하면, 상대방이 올라탄 사람들의 체중을 이기지 못하고 쓰러진다. 그러면 가위바위보를 할 필요도 없이 다시 말을 올라탄다. 상대방은 약한 사람의 자리 순서를 앞 또는 뒤로 바꿔 보지만, 이 역시 상대방이 봐줄 리 없다. 결국, 약한 사람이 대장을 하게 된다. 승부를 보기도 전에 쓰러지면 소용이 없기 때문이다. 누구나 하고 싶은 것은 대장이지만, 가위바위보에서 이길 확률이 높아야 같은 편의 동의를 얻는 법이다. 하고 싶다고 할 수 있는 것이 아니다.

말뚝박기가 고정된 자리에서 하는 것이라면 말타기는 말로 정해진 사람을 마부가 옆구리에 팔로 머리를 감싸 쥐듯 움켜쥔다. 말과 마부는 한 편이다. 상대편이 말에 올라타지 못하도록 끊임없이 돌면서 움직인다. 상대편 사람들은 사방에서 말과 마부의 눈을 피해 말 위로 재빨리 올라타야 한다. 이때 말을 하는 사람은 허리를 구부리고 있어야지 허리를 세워 타는 사람을 방해하면 반칙이다. 방어를 해야 하는 말의 처지에서는 어디서 올라탈

지 모르는 사람들이 쉽게 올라타지 못하도록 허리를 숙인 채 눈치껏 뒷발질로 걷어찬다. 이때 말의 발이 타려는 사람의 몸에 닿으면 공수가 바뀐다. 말타기는 올라타려는 자와 타지 못하도록 뿌리치는 말의 대결이다. 사람을 태우지 않으려고 빙빙 돌아 말 위로 올라타지 못하도록 하려면 말과 마부는 쉴 새 없이 한 몸처럼 움직여야 한다. 그것도 잠시, 어디선가 뛰어와 올라탄 사람이 떨어지지 않으려고 마부의 목을 부여잡는다. 교묘하게 올라타고 재빠르게 내려 말의 발에 차이지 않는다면 몇 번이고 다시 올라탈 수 있는 것이 말타기다.

고무줄총도 대단했다. 나무젓가락을 실로 묶거나 고무줄로 묶어 총을 만들어 고무줄 따먹기를 했다. 고무줄 따먹기는 다마치기와 같은 방법으로 삼각형을 그리고 그 안에 고무줄을 정한 개수대로 각자 넣은 후 고무줄총으로 고무줄을 날려 삼각형 안에 있는 고무줄을 밖으로 튕겨 내보내면 먹는 식이다. 밖으로 나온 고무줄은 내 차지가 된다. 같이 놀 친구가 없을 때는 온 동네 파리를 잡고 다녔다. 파리는 살아 있어 쉽게 맞출 수 없기에 더없이 좋은 연습 표적이기 때문이다.

고무줄을 사용해 화끈한 싸움도 했다. 고무줄을 엄지와 검지에 걸고, 종이를 둘둘 말아 가운데 부분을 꺾어 접은 총알을 걸어 쏘곤 했다. 종이 총알이지만 맞으면 상당히 아팠다. 가까운 거리에서 맞으면 피멍이 맺힐 정도였다. 신문지나 공책을 찢어 가로 5~7센티, 세로 5~7센티 정도의 크기를 둘둘 만다. 말리는 종이에 빈틈이 없도록 꼼꼼하게 말아 가운데를 꺾어 접는다. 'V' 자형으로 접어진 종이 총알을 고무줄에 끼운 후 활시위를 당기듯 당겨 쏘면 무서운 속도로 날아갔다. 동네에서도 일정한 거리를 두고 서부 영화의 총잡이들이 총싸움하듯 고무줄총 싸움을 했다. 평소 일정한 거리에 표적을 세워 두고 연습하지만 움직이는 사람을 맞추는 것은 쉽지 않았다. 하지만, 맞아 아파하는 친구를 보면 그렇게 통쾌할 수 없었다. 종이 총알의 정확도는 하루가 다르게 높아 갔다.

공기놀이도 했다. 골목길에서 주워 온 동글동글한 돌들로 각자가 누가 더 점수(년)를 많이 내는지를 겨루는데, 한 알씩 집다가, 두 알씩 집고, 세 알과 한 알을, 네 알은 반대로 손의 방향을 동시에 바꾸어야 한다. 네 알을 손안에 잡고, 한 알을 공중에 던지자마자, 네 알을 땅에 내려놓고 내려오는 알을 공중에서 잡는다. 다시 공중으로 던진 후 떨어지기 전에 밑에 있는 네 알을 움켜잡은 후 떨어지는 알을 잡으면, 다음 차례는 다섯 알을 모아 위로 던진 후 손등으로 내려오는 공깃돌을 받는다. 세 알 이상 받는 것을 룰로 정하면 반드시 세 알 이상을 손등에 올려야 한다. 그렇게 손등으로 받은 것을 그대로 공중에 올린 후 던진 손을 허공에 떠 있는 공깃돌보다 높이 올려 아래 방향으로 던진 돌을 낚아채야 한다. 그렇게 잡은 돌 수에 따라 네 알을 잡으면 4년을 했다고 친다. 그렇게 서로가 정한 20년 또는 30년을 먼저 채운 사람이 이긴다. 공기놀이는 학교에서도 했고 여자애들과도 했다.

동전치기는 놀이를 가장한 돈 따먹기다. 붙여먹기가 대표적이다. 서로가 일정한 거리에 동전을 두고 가위바위보로 공수를 결정한다. 동전을 먼저 던지는 사람이 상대방의 동전을 향해 던져 자기 손 한 뼘 이내로 붙이면 먹는다. 먹은 자가 다음번 차례에는 멀찌감치 동전을 던지면 이번에는 상대방이 동전을 던진다. 매번 동전을 잃은 사람이 다음번 공격권을 가지게 된다. 한 뼘을 벗어나면 상대방에게 그냥 주는 것과 마찬가지다. 따라서 동전을 적당한 거리로 정확하게 던지는 실력이 중요하다. 놀이의 세계에 특정인에게만 유리한 것을 지속하도록 놔두는 패자는 없다. 장기 집권은 불가능하다. 동전을 잃은 사람이 다른 게임을 하자고 한다. 돈을 따고 있는 사람도 더 따고 싶은 욕심에 자기에게 불리할 수도 있는 게임에 동의한다.

던지기가 약한 자가 선택하는 것은 벽치기다.

벽치기에는 반드시 동전을 던질 벽이 있어야 한다. 동시에 동전을 던질 수 있는 벽의 가장자리 한계를 정한다. 마찬가지로 동전이 떨어지는 구역도 정한다. 구역 바깥으로 동전이 나가면 미리 정해 놓은 벽에서 아주 가까운 자리에 동전을 두도록 한다. 누구나 실수하지 않는다면 쉽게 동전을 붙여 먹을 수 있다. 이처럼 게임 영역을 제한하는 것은 신속한 던지기가 되풀이될 수 있도록 하기 위해서다. 또한, 엉뚱한 자리로 이동하는 것을 못 하도록 한다. 공수를 정해, 진 사람이 먼저 동전을 벽에 던진다. 벽에 부딪혀 튕겨 나온 동전이 떨어지면, 다음 사람이 동전을 같은 방식으로 던진다. 동전이 앞서 던진 사람의 동전과 한 뼘 가까이 붙으면 먹는다. 손이 크면 붙어 있는 손가락도 길어 유리하다. 먼저 떨어진 동전 위로 올라타면 하나를 더 받기도 한다. 난도가 있는 만큼 추가 보상을 받는 것이다.

벽치기는 던질 때마다 변수가 발생한다. 동전의 면과 벽이 부딪혀야 반발력이 커지는데 동전의 테두리가 먼저 벽에 닿을 경우 반발력이 작아지거나 순간 없어져 벽 바로 밑에 떨어진다. 최악이다. 동전을 던질 때는 아래에서 위로 던진다. 던지는 위치는 벽에서 어느 정도 떨어진 곳에 그어진 선에서 던져야 해서, 던진 동전이 회전하지 않고 날아가 큰 반발력을 받을 수 있도록 야구의 언더스로우처럼 던지는 손을 아래에서 위쪽으로 될 수 있으면 빠르게 직선으로 동전이 날아가도록 던진다. 벽에서 튕겨진 동전이 되도록 멀리 떨어지는 것이 유리하기 때문이다.

화약을 가지고도 놀았다. 아이들 중 화약총을 가진 사람은 거의 없었다. 총이 없다고 할 수 없는 것이 아니다. 망까기에 사용되는 넓적한 돌 위에 종이 화약을 오려서 하나씩 올려놓고 돌로 내리치면 화약이 터진다. 문방구에서 파는 화약총은 권총 형태로 화약을 올려놓는 부분과 화약을 내리치는 공이 부분만 쇠로 되어 있고, 나머지는 플라스틱으로 만들어졌다. 문제는 화약총에 들어가는 화약은 크기가 작았다. 소리도 별로였다. 그래서, 문방구에서 파는 화약 크기가 큰, 붉은색 종이 화약을 따로 샀다. 화약 덩어리도 크고 가성비가 좋았다. 사용할 때는, 화약을 손으로 하나씩 뜯어, 공이가 내려치는 금속 부분에 조심스럽게 올려놓는다. 방아쇠를 당기면 공이가 화약을 때려 '꽝!' 하는 굉장한 소리가 난다. 또다시 총을 쏘려면 화약을 화약 종이에서 뜯어 같은 위치에 올려놓는다.

시간이 지나면서 화약 종이가 둘둘 말린 화장지처럼 만들어져 나왔다. 한 발 한 발 쏘던 답답한 과거의 것과는 달랐다. 총을 쏘면 화약이 자동으로 올라왔다. 연속해서 화약을 터트릴 수 있게 된 것이었다. 화약의 크기가 작고 소리 또한 작았지만 연속해서 화약을 터트릴 수 있다는 것은 많은 아이의 눈에 신기하기만 했다. 연발 화약총은 소리는 작았지만 기관총처럼 쏠 수 있어 멋졌다.

모두가 그런 연발 화약총을 가지고 노는 것은 아니었다. 새로운 화약총이 등장했다. 나무젓가락과 압정, 볼펜심만 있으면 문방구에서 파는 화약총보다 더 신기하고 재미있는 화약총을 만들 수 있었다. 나무젓가락을 총 모양으로 만들어 팬티 고무줄이나 검정 고무줄로 단단히 묶는다. 장총 모양에 가까운 총신의 중간 부분쯤에 볼펜심을 끼우고 움직이지 않도록 단단하게 고정한다. 나무젓가락 사이에 볼펜심을 끼운 모양이다. 그리곤 볼펜심 안을 비운다. 잉크가 있으면 화약을 넣을 수 없기 때문이다. 종이 화약을 찢어 볼펜심 안에 화약만 가득 채운다. 화약을 채운 볼펜심 끝에 압정을 살짝 찌르고, 고무줄을 당겨 젓가락 공이를 뒤로 뺐다가 놓으면 고무 젓가락이 앞으로 돌진하면서 압정을 때리고, 압정이 볼펜심 안으로 재빠르게 들어가면서 화약이 터지며 요란한 폭음이 난다. 밤에는 멋진 불꽃도 볼 수 있었다.

젓가락 화약총은 오래 쓸 수 없었다. 고무줄로 묶은 것이니 내구성이 좋을 순 없었다. 어느 날 재남이가 새로운 화약총을 만들어 왔다. 시험 삼아 처음으로 화약을 터트리는 것을 보여 주겠다면서 가져온 것이다. 화약을 볼펜심 안에 다져 넣고 압정을 살짝 심 안에 찔렀다. 이윽고, 고무줄을 당겨 젓가락을 압정 머리를 향해 쏜다. 성문을 부수는 충차처럼 젓가락은 압정을 향해 돌진했다. 압정이 볼펜심 안에 있는 화약을 뾰족한 쇠침으로 쑤시고 들어가면서 폭음과 함께 화약이 터졌다. 그 순간 앞에 있던 희훈이가 팔을 잡고 비명을 질렀다. 당황한 재남이와 나는 희훈이의 비명이 예사롭지 않았기에 무슨 큰일이 난 줄 알았다. 재남이가 처음 발사한 볼펜심에서 잉크가 묻어 글이 써지도록 하는 작디작은 금속 구슬이 튀어 나가 희훈이의 팔에 박혔던 것이다. 아파하는 팔을 자세히 살펴보니 좁쌀보다 작은 금속 구슬이 나왔다. 깊이 박히진 않았지만, 그날 이후 볼펜심으로 만든 화약총의 시험 발사는 땅바닥을 향해서만 쐈다. 첫 발에 금속 구슬이 빠져나오기 때문에 이후로는 문제 될 것이 없었다.

우리가 각자 만든 사제 화약총은 제조 방법이 소리 소문 없이 공유되어 온 동네 아이들마다 한 정씩 불법 소지했다. 소리도 컸지만, 무엇보다 근사한 것은 불꽃을 볼 수 있다는 점이었다. 화약이 터지면서 앞에서 보면 영락없이 진짜 총처럼 불꽃이 보였다. 화약이 터지는 불꽃을 보고자 주로 밤에 화약총을 가지고 골목으로 모였다. 저마다 자기 총에 화약을 많이 장전하려고 애를 썼다. 채워진 화약총을 가지고 몇 발자국 떨어진 곳에서 사람들을 향해 화약을 터트리면 멋진 불꽃이 보였다.

총이 없는 아이들은 돌 위에 종이 화약을 올려놓고 돌을 내리쳐 사방으로 번쩍이는 불꽃에 열광했다. 아예 화약 종이 전체를 올려놓고 접어 놓은 후 돌을 올려놓고 다른 돌로 내리치기도 했다. 그러면 터지는 것뿐만 아니라 화약 종이에 불이 붙었다. 불이 붙은 종이 화약은 맹렬하게 탈 뿐, 소리가 나며 폭발하진 않았다. 다만 불꽃은 멋졌다. 그런 맹렬한 불꽃을 보고자 성냥으로 종이 화약에 불을 붙이는 아이도 있었다. 우리는 불꽃을 좋아했다.

남산 야외음악당 아래 어린이놀이터도 자주 갔다. 1963년 8월 26일 준공해 오래된 곳이지만 그네와 시소, 미로 찾기와 콘크리트와 대리석으로 된 미끄럼틀 등이 있었다. 미끄럼틀은 첨성대 같기도 하고, 소라를 뒤집어 놓은 것처럼 생겼는데, 미끄럼틀을 타려면 미끄럼틀 내부로 들어가 안쪽으로 난 계단을 통해 올라가야 했다. 빙그르르 돌면서 내려오는 구조였는데 아이들이 많이 타서 대리석 돌바닥은 유리처럼 매끄러웠다. 입구 안쪽에선 누군가 안에 소변을 봐서인지 지린내가 심하게 났다. 놀이터에서 친구들과 가장 많이 놀았던 곳은 중학교 1, 2학년 때까지 자주 찾았던 '미로 찾기'였지만, 계집애들처럼 미로 찾기를 하는 사람들은 없었다. 우린 노는 방식이 달랐다. 애초 만들어진 목적은 들어간 입구에서 출구를 찾는 것이었지만, 친구들과 콘크리트 벽의 좁은 상단부 위를 평균대 위에서 놀 듯, 뛰어다니며 다방구를 하는 것이다. 폭이 25센티미터쯤이니 넓지도 좁지도 않았지만, 술래가 되면 친구들을 잡으러 부지런히 벽 위 좁은 상단부만을 밟고 뛰어다녀야 했다. 술래를 피해 도망 다니다 자칫 중심을 잃어 땅으로 떨어지면 바로 술래가 되기 때문에 벽과 벽 사이를 과감하게 모둠발로 뛰어넘었다. 자칫 미끄러져 바닥으로 떨어지기도 했다. 높이가 낮은 것은 1미터도 되지 않아 만만했지만, 높은 것은 2미터쯤 되었다. 어쩌면 프랑스에서 시작해 지금도 소수의 젊은이 사이에서 유행하는 파쿠르(Parcours)의 원조는 남산 놀이터였을지도 모른다.

36. 소독차

浦項綜合製鐵준공

10개工場서 一貫工程 年産一0三萬t

內外資 1,215億 들여 3年 3개月만에 完工

- 동아일보 1973.7.3, 1면

친구들과 무슨 놀이를 하고 있었건, 집 안에서 밥을 먹거나 골목길에서 한창 다마치기에 열중하고 있을 때라도, 골목길이나 아랫동네 해방모자원 부근에 소독차가 나타나면 그것으로 하던 놀이를 멈추고 소독차를 향해 뛰어 내려갔다. 소월길 아래 큰길에선 소독차가 한번 지나가면 잠깐 쫓아다닐 수 있었지만, 아랫동네에서는 상황이 달랐다. 좁은 골목길에 들어선 소독차는 길이 좁아 속도가 느렸다. 2층 목조 주택이 밀집한 아랫동네에서는 길을 잃은 듯 좁은 골목길을 약에 취한 바퀴벌레처럼 느리게 헤집고 다녔다. 멀리서 소독 연기가 보이면 누군가가 소리쳤다.

"소독차다!"

외치는 소리와 함께 반사적으로 연기가 피어오르는 곳으로 뛰어 내려갔다. 소독차를 뒤쫓아 따라다니는 것은 무엇보다 즐거운 놀이였다. 우선 소독차는 후진을 하지 않았다. 우리는 소독차가 매번 다니는 골목을 잘 알고

있었기에 뛰어가면 소독차를 충분히 따라잡을 수 있었다.

"빠빠바바!"

소독차 뒤에 기관포처럼 생긴 곳에서는 총알이 아니라 새하얀 소독 연기가 방귀 소리와 함께 구름을 만들어 냈다. 눈이 매워 눈물을 흘리면서도 소독차 꽁무니에 붙어 골목길을 헤집고 다녔다. 소독차는 집집마다 소독 연기 세례를 주고 나서, 아랫동네로 연기 꼬리를 남기고 사라지면 우리는 다시 놀던 곳으로 돌아왔다. 소독차가 지나가는 곳마다 불이 난 듯 연기가 피어올랐다. 동네 친구 중 몇몇은 이웃 동네까지 쫓아갔다가 땀 흘리며 돌아오기도 했다.

　당시 연막 소독은 경유나 석유에 'DDT'라고 알려진 유독성 살충제를 고열로 기화시켜 분출하는 것으로 파리, 모기와 같은 해충에게만 해로운 것이 아니었다. DDT는 디클로로디페닐트리클로로에탄(Dichloro-Diphenyl-Trichloroethane)을 말하며 유기염소 계열의 살충제다. 1940년 스위스의 파울 헤르만 뮐러(Paul Hermann Muller)가 특허 출원한 물질로 그는 말라리아 질병을 감소한 공로로 1948년 노벨생리의학상을 받기도 했다. DDT는 모기만 죽이는 것이 아니었다. 바퀴벌레, 빈대, 나방, 각다귀(파리매), 진드기, 좀, 귀뚜라미, 개미 외에도 많은 곤충을 죽일 수 있었다.

　DDT는 해충을 퇴치하는 데 효과적이었지만 사람에게도 유해하다는 것이 문제가 되어 대부분의 나라에서 1970년대 사용을 금지했다. 사용을 중지하기까지 소독차는 '서울을 건강하게'라는 광고판을 소독차 옆에 걸고 파리, 모기와 같은 해충을 박멸했는지는 몰라도 인체에 해로운 약제를 온 동네가 보이지 않도록 구석구석 뿜고 다녔다. 살충제를 경유 또는 등유에 녹여 고열로 태워 분사하는 방식이었다. 흰 연기는 매캐한 냄새가 났고 코와 눈에 들어가면 매웠다. 당시 소독차 뒤에 앉아 있던 아저씨의 만류에도 불구하고 끈질기게 쫓아다닌 것이 후회스럽다. 우리나라에서도 1979년부터 공식적으로 시판이 금지됐지만, 말라리아가 창궐하는 열대 지역의 나라들은 지금도 인체에의 유해성보다 모기 퇴치로 인한 말라리아 예방 등의 공익이 더 크기에 여전히 현역으로 맹활약 중이다. 세월이 많이 지난 2017년에도 우리나라 농가가 사용한 농약에서 DDT가 검출되었다는 뉴스가 있는 것을 보면 DDT의 효과는 불법임을 알고도 감수할 만큼 큰 것이었다.

　소독차를 따라 쫓아다니면서 평소에 힘으로는 당할 수 없었던 재남이의 뒤통수를 몰래 때렸던 일이며, 맵다고 눈물 훔치는 친구 놈의 엉덩이를 걷어차는 일도 소독차가 동네에 왔을 때만 가능했다. 소독차는 매번 우리에게 기대 이상의 즐거움을 주었다.

37. 용돈벌이

金大中씨 失踪 東京서

끌려간 호텔방엔 마취藥 흔적도

韓國말쓰는 怪漢 五명과 사라져

– 동아일보 1973.8.9, 1면

　　어머니는 셔츠를 만드는 제품집을 소개받아 다니기 전에도 소소한 돈
벌이라도 할 수만 있으면 마다하지 않고 하셨다. 시장에서 물건을 담아 주
는 봉투나 우편 봉투를 만들거나, 쇼핑백에 끈을 다는 일도 했다. 나와 동
생들도 틈나는 대로 어머니를 도왔다. 시장으로 가져갈 봉투는 집에서 밀
가루로 풀을 만들어 양재기에 담아 놓고 가위로 자른 봉투의 단면들을 대
각선 방향으로 펼친 후 빗자루에 밀가루를 묻혀 빗질하며 풀을 바른다. 봉
투 가장자리의 풀이 마르면 백 장씩 엇갈려 쌓은 후 보자기에 담아 봉투를
가져온 집에 다시 가져다주곤 조그만 수첩에 작업 수량을 확인받는다. 그
리고 다시 작업할 봉투 종이를 받아 왔다. 봉투는 크기가 다양했는데, 비닐
봉지가 없었던 당시로서는 쌀도 종이봉투에 담아 팔았기에 쓰임새가 많았
다. 봉투 작업은 풀칠로 시작해서 풀칠로 끝난다. "입에 풀칠한다."라는 말
도 끼니나 겨우 이어 간다는 사전적 정의가 있지만, 어쩌면 봉투에 풀칠해

서 먹고산다는 데서 나온 말은 아닐지.

쇼핑백에 손잡이 끈을 묶는 일도 많이 했다. 쇼핑백은 대체로 크기가 컸을 뿐만 아니라 50장이나 100장 단위로 묶인 다발의 무게도 무거웠다. 끈을 끼우는 작업보다 쇼핑백을 들고 나르는 것이 더 힘들었다. 버스 종점 부근 쇼핑백을 받아 오는 곳은, 쇼핑백을 제작하는 곳이 아니라 대량의 쇼핑백을 화물차로 가져와 동네 집집마다 작업할 집들을 물색한 후 작업을 분배하고, 다시 모아 납품하는 일을 하는 곳으로, 누가 얼마만큼의 작업을 했는지 일일이 기록한다. 배급받은 쇼핑백 다발을 보자기에 싸서 들고 올 수 있는 만큼 어깨에 둘러메고 계단을 올라오는 일부터가 시작이었다. 손잡이로 사용할 일정한 길이로 잘린 비닐 끈 뭉치와 작업할 때마다 바뀌는 다양한 크기의 쇼핑백들은 주로 백화점이나 브랜드 매장에서 사용하는 것들이었다.

작업은 간단하다. 쇼핑백 구멍에 끈을 넣고 매듭을 짓는다. 비닐 끈의 끝부분을 촛불로 지져 줄 끝이 녹아 뭉치도록 해야 줄 끝이 풀어지지 않았다. 쇼핑백마다 네 개의 구멍이 있으니 두 개의 끈을 사용해 각각 두 번씩, 네 개의 매듭을 짓고 끝부분을 녹인다. 작업이 마무리되면 끈을 끼우느라 풀어 헤친 쇼핑백을 가지런하게 다시 정돈한 후 정해진 수량대로 10매씩 또는 20매씩 방향을 바꿔 가며 묶는다. 묶는 작업은 쇼핑백의 크기와 두께에 따라 달랐다. 모든 작업이 끝나면 다시 가져온 곳으로 가져간다. 일이 많아 손이 달릴 때는 공장에서 우리 집까지 작업할 쇼핑백을 가져다주기도 했다. 주로 어머니 혼자만의 일이지만, 학교에서 돌아오는 대로 다 같이 달려들어 쇼핑백 손잡이 끈 작업을 했다. 방이 좁아 많은 쇼핑백을 넣어 두지 못해 일을 더 하고 싶어도 할 수 없었다. 적은 양이라도 끝나기가 무섭게 가져다주고, 다른 집에서 가져가지 못한 일을 더 받아 오는 일이 많아졌다.

쇼핑백에 줄을 끼워 돈은 벌었지만, 내가 줄을 끼운 쇼핑백을 신흥시장에서는 본 적이 없었다. 시장에서는 주로 신문지를 잘라 사용했다. 콩나물, 두부, 어묵, 심지어 고기를 사도 포장지는 신문이었다. 신문은 유일한 포장지였고 집에서는 화장지였다. 간혹 시장에서 물기 많은 콩나물은 몇 겹의 신문지로 싸 주곤 했다. 어머니는 시장에 가실 때면 둥근 손잡이에 그물처럼 생긴 장바구니를 들고 다니셨다. 우리 집 장바구니에 가장 자주 들어가는 것은 김칫거리나 콩나물이었다. 간혹 두부를 사서 집에 와 꺼내면, 신문지의 글이 두부 위에 거꾸로 박혀 있었다. 덴뿌라는 기름종이에 싸 줘 그럴 일이 덜했지만, 장바구니 속에서 뒹군 두부나 콩나물을 싼 신문지의 글씨가 어묵에 찍혀 있기도 했다.

먹고살기 빠듯한 집에 용돈이 있을 리 없었다. 가뭄에 콩 나듯 용돈을 받았다. 아이들이라고 해도 돈 쓸 일은 많았다. 용돈을 받기 위해 가장 많이 하는 것이 연탄 나르기였다. 국민학교 저학년 때부터 연탄을 날랐다. 동생들도 그 나이 때쯤부터 했다. 국민학교 3학년이던 71년 연탄 가격은 한 장에 20원이었다. 소매가격이지만 배달해 주는 경우에는 한 장당 몇 원을 더 받았고, 우리 집이 옥상이었던 기간에는 2층집 옥상이니 3층이라고 해서 해마다 오르는 연탄값에 비례해 배달비도 올랐다. 연탄값이 60원 하던 77년에는 배달비가 5원인가 했다면 옥상은 5원을 더 받아 배달비로만 10원을 더 내야 했다. 문제는 한 지게에 25장인데 그 이하로는 배달해 주지 않았다. 그러니, 연탄 몇 장을 사는 경우 어머니가 연탄을 가져오거나 아니면 나와 동생들이 직접 가져와야 하는 경우가 많았다.

연탄 가게에서 가까운 곳에 살았던 적도 있었는데 그때는 굳이 연탄을 좁은 집 안에 들여놓을 필요가 없었다. 연탄 가게를 우리 집 창고처럼 생각해 언제든 필요할 때마다 가져올 수 있었다. 이사를 가더라도 연탄을 넉넉하게 쟁여 둘 공간이 없었기에 많아야 10장이나 20장을 가져다 놓는 것이

전부였다.

연탄을 나를 때는 가게 사장님이 가게 안 기둥에 일정한 길이로 잘라 놓아 묶어 놓은 새끼줄에서 하나를 뺀 다음, 연탄 가운데 구멍에 새끼줄을 집어넣어 빠지지 않도록 매듭을 지어 주시거나, 미리 그렇게 만들어 놓은 연탄을 가져가라고 한다. 수시로 사람들이 낱장으로 연탄을 사러 오기에, 새끼줄을 끼워 둔 연탄이 없을 때는 새끼줄 타래에서 적당한 길이를 자른다. 그런 다음 연탄을 옆으로 자빠트린 후, 연탄 위쪽 가운데 구멍에 새끼줄을 집어넣어 아래쪽으로 뺀 후 아래쪽 새끼줄에 매듭을 짓는다. 연탄 위쪽은 손잡이를 할 수 있게끔 넉넉하게 잘라 준다. 새끼줄은 미끄러워서 연탄을 들고 가는 중에 놓치지 않도록 손에 한두 바퀴 감아 단단히 잡는다. 연탄 한 장의 무게는 3.6킬로다. 들었을 때 팔이 쑥 빠지는 느낌이 있을 정도다. 그렇게 연탄을 나르면 연탄 배달 아저씨에게 응당 주었을 배달비를 받을 수 있었다. 용돈이 궁한 날은 집 안에 연탄이 있어서 아직 연탄을 살 때가 아님에도 굳이 연탄을 나르겠다고 자청했다.

언제부턴가 연탄 배달 아저씨가 한 지게양인 25장을 배달해 달라고 했음에도 우리 집에는 연탄을 배달할 수 없다는 폭탄선언을 했다. 3층이라는 것도 문제지만 옥상으로 올라오는 길이 너무 좁아 위험하다는 것이 이유였다. 종종 집에 연탄을 배달하러 오실 때마다 아저씨는 힘들다고 투덜거리곤 했다. 우선 3층인 것이야 우리 집뿐만의 문제는 아니었다. 다른 집들도 연탄 가게에서 멀리 떨어져 있는 집들이니 오르고 내려가는 계단을 피할 수 없는 동네였다. 우리 집으로 연탄을 배달하기 위해선 먼저, 좁은 대문을 지나야 한다. 대문을 들어와 좁은 통로를 몇 걸음 걸은 후, 방향을 180도 돌려 난간도 없는 콘크리트 계단을 통해 2층으로 올라간다. 2층에서도 1층과 마찬가지인 좁은 복도를 지나 다시 옥상으로 올라가는 계단이 있다. 이

역시 난간이 없다. 문제는 옥상으로 나가는 곳으로 뚫려 있는 곳이 연탄 지게가 올라가기엔 좁았다. 사람의 머리가 닿지는 않지만 연탄 지게는 사정이 달랐다. 배달하는 아저씨가 허리를 많이 숙이지 않으면 윗부분이 걸렸기에 아저씨는 계단에 시커먼 장갑 낀 손을 짚고 올라야 했다. 그렇게 좁은 통로를 지나는 것이 힘들었고, 옥상으로 올라와서도 부엌으로 사용하는 작은 문을 열고 안으로 들어가면서 엉거주춤 다리를 굽혀 들어가 연탄을 쌓아야 한다. 문이 작으니 별수 없었다. 아저씨는 보통 다섯 장의 연탄을 한 번에 들어 옮기는데 이때 작은 문의 높이가 낮아 허리를 똑바로 펴지 못했다. 다리를 구부려 오금을 접어야 하는 것과 동시에 허리도 구부리는 것이 쉽지 않았다. 옆에서 보기에도 힘들어 보였다. 적은 연탄을 나누어 들면 그렇게 힘들지 않을 것이지만 연탄 지게에 스물다섯 장을 채워서 메고 다니고, 지게에 싣거나 내릴 땐 반드시 연탄 다섯 장씩을 다섯 번에 옮기는 것은 아저씨의 바뀔 수 없는 습관이었다.

연탄 배달 거부 사태로 나와 동생들은 바빠졌다. 기다렸던 일이다. 나는 한 번에 두 장을 낄 수 있는 연탄집게를 가게에서 빌려 양손에 네 장을, 동생들은 기다란 연탄집게를 양손에 하나씩 연탄 두 장을 날랐다. 연탄 가게에 집게가 없을 때는 새끼줄에 연탄을 끼운 후 새끼줄을 양손에 둘둘 감고 왔다. 연탄 가게에서 집으로 오는 100미터 정도의 길은 짧지 않았다. 옥탑 방까지 몇 번을 쉬었는지 모른다. 그렇게 배달한 연탄의 아랫부분 모서리는 내려놓고 다시 집어 드는 과정에서 조금씩 깨지기 일쑤였다. 연탄을 나르는 과정에서 2층 복도에는 힘들어도 연탄을 바닥에 내려놓지 말라고 동생들에게 당부했다. 그러나 동생 중 누군가가 이를 어기고 연탄을 내려놓기라도 하면 시커먼 연탄 가루들을 물로 씻어 내는 청소까지 해야 했다. 그렇게 마련한 용돈은 연탄 한 장이 다 타기도 전에 없어졌다.

38. 뻔데기 장수

原油價17% 一方 引上 선언

六大 아랍産油國 16日부터 發效

- 동아일보 1973.10.17, 1면

해방촌 길에 가느다랗고 낯선 소리가 들린다. "칼 갈아요~!"

조그만 나무 상자를 어깨에 메고 다니며 집집의 무딘 칼을 숫돌에 갈아 주는 칼갈이 아저씨는 둥그런 숫돌을 돌려 삶에 무뎌진 날을 번쩍이는 쇳가루를 날리며 예리하게 세운다. 그날 칼갈이 아저씨는 이발소 앞에 자리를 잡고 하루 종일 칼을 갈았다.

이어, "냄비 때워요~!" 소리를 하며, 칼갈이 아저씨와 생김새가 다를 바 없는 연장 통을 리어카에 싣고 나타난 냄비 때우는 아저씨는 아예 칼갈이 아저씨가 앉았던 길 가장자리에 엉덩이를 붙였다. 구멍 난 양은 냄비, 솥, 항아리에 구멍 난 신발까지. 작은 망치로 두드리고, 버너에 불을 붙여 끓이고, 붓고, 본드질까지 종류에 따라 작업을 달리해 가며 분주하다.

"개 삽니다!, 개 팔아요!" 뒷짐을 지고 가느단 끈을 들고 다니는 아저씨와 자전거에 닭장 같은 철창을 싣고 개를 사러 다니는 아저씨들도 나타난다. 산다는 말인지 팔라는 것인지 말을 섞어 외치는 것이 헷갈리지만, 벌써 철창 안에는 두 마리가 들어 있다.

생업은 소리에 따라 나뉜다. 그 소리는 되도록 멀리, 골목 깊숙이 침투하듯 들어가지만, 익숙해 귀에 거슬리지 않는다. 사람들은 애써 귀 기울이지 않아도 멀리서 들려오는 소리에 냄비며, 칼을 집어 든다. 기다렸던 소리다.

골목길 아이들이 반응하는 소리는 다르다. 다만, 그 소리에 반응하려면 돈이 있어야 한다. 돈이 궁하지 살 것은 다함이 없는 법. 몇 푼 용돈은 마른 논에 떨어지는 빗방울처럼 잠시 내 주머니에 들어왔지만 없어지기는 순간이었다. 그도 그럴 것이 동네에는 번데기, 엿, 솜사탕, 뽑기 아저씨들이 끊임없이 찾아오기 때문이다. 또한 텃새처럼 동네 어딘가엔 철마다 자리 잡은 풀빵 장수, 호떡 장수들도 이웃처럼 나타나 장사를 하기 때문이다. 가장 요란한 뻥튀기 튀기는 아저씨라도 나타나면 어른들까지 저마다 쌀이며, 누룽지, 옥수수를 들고 줄을 선다. 뻥튀기 아저씨가 오는 날이면 집집마다 들통과 바구니에는 쌀 튀밥이며 누룽지 과자며, 강냉이들이 가득했다.

그날도 어떻게 알았는지 내 주머니 속 동전 소리를 들었는지 번데기 장수가 나타났다.

"뻐~언 데기!"

번데기 장수는 유독 우리 집 근처에서 오래도록 소릴 한다. 아저씨는 목소리조차 구수하다. 번데기 장수가 지나가는 날엔 번데기를 먹고, 엿장수가 지나갈 때는 엿을 사 먹었다. 내가 사지 않더라도 누군가는 사 먹기 마련이고, 누가 사서 먹는지는 나가 보면 안다. 누군가가 사기를 옆에서 기다리다 "조금만 줘 봐~" 하며 몇 개씩 빌붙어 얻어먹곤 했다. 그러니 내가 사 먹는 날이라고 내가 다 먹는 법이 없다. 몇 개 되지 않는 번데기를 남들의 손에 몇 알씩 덜어 주다 보면 내가 사 먹는 것과 얻어먹는 것에 별 차이가

없었다.

　번데기 장수 아저씨는 '빵빵이'를 가지고 다니셨다. '찍기'라고 부르는데, 원판을 돌리고, 뾰족한 송곳 위에 검정 고무줄을 칭칭 감고, 멋진 닭 깃털까지 장식한 작은 화살을 찍기판 위에 던진다. 번데기 장수 아저씨가 끌고 다니는 리어카는 고물상 아저씨의 것보다 길이가 짧고 폭이 좁았다. 바퀴를 제외한 나머지 몸체는 생선 상자를 뜯어 만든 것이다. 수레 한가운데는 연탄 화덕이 있고 그 위에 크지 않은 양은솥을 걸고 솥이 움직이지 않도록 주위에 나무를 둘렀다. 찍기 판은 수레의 한쪽 끝에 박아 놓은 못에 레코드판처럼 끼우고 돌리는데, 대개는 수레 안에 넣어 두었다가, 찍기를 하겠다고 할 경우에만 꺼냈다. 찍기판에는 무수히 많은 구멍이 나 있고 100원짜리 칸에도 승리의 증거들이 빼곡했다. 닳고 닳은 찍기판 가운데 구멍은 못에 비해 커서 속도가 느려지면 수평으로 돌아가지 않고 비틀거리는 힘 빠진 팽이처럼 기울어졌다.

찍기판 위에는 10원짜리부터 20원, 50원, 100원으로 금액이 커질수록 넓이는 좁아진다. 학기가 시작되면 저마다 그리는 일일 생활 계획표의 하루 일과를 시간 단위로 나누는 것처럼, 찍기판 위에 그려진 칸도 비슷하다. 100원짜리 칸이 잘해야 두 개, 그것도 돌리지 않고 찍으려 해도 쉽지 않을 만큼 좁게 그려져 있고, 50원짜리 칸이 두 칸, 그리고 넓은 20원짜리 칸도 두 칸, 가장 넓은 칸에는 10원이 적혀 있다. 그리고 두 개의 한 칸짜리에는 '꽝'이 적혀 있다.

뻔데기 수레의 한가운데 양은솥에는 동네 아이들이 다 먹어도 남을 만큼의 뻔데기가 맛있는 냄새와 함께 모락모락 김이 나고 있다. 솥 바로 옆에는 뻔데기를 담는 봉투가 죽순처럼 삐져나와 꽂혀 있다. 작은 십 원짜리 봉투에서부터 백 원짜리까지 다양하다. 백 원짜리 봉투는 뻔데기만 먹어도 배가 부를 정도로 컸다. 뻔데기 장수가 가격에 따라 크기를 각기 다르게 신문지를 접어 만든 뻔데기 봉투는 뾰족한 삼각뿔 모양으로 가늘고 길다. 소라를 닮았다. 가끔 오는 아이스크림 장수가 아이스크림 담는 과자 용기를 거꾸로 연이어 꽂아 잔뜩 쌓아 두듯 뻔데기 솥 옆에 꽂혀 있다. 중간에 신문지가 아닌 다른 종이도 보인다. 그중에서도 '꽝'을 찍으면 주는 가늘고 뾰족한 봉투도 보였다. 그게 가장 많이 있었지만 아이들 눈에는 보이지 않았다.

뻔데기를 사러 나온 아이들의 눈은 커다란 백 원짜리 봉투를 보곤 찍기판으로 옮겨 간다. 갈등이다. 그냥 십 원을 내고 그에 합당한 뻔데기를 사가지고 갈 것인지, 아니면 찍기판에 남들이 깜짝 놀랄 묘기를 보여 주고 십원 이상의 전리품을 챙길 것인지 고민한다. 찍기판엔 던지면 꽂힐 듯 넓어보이는 백 원짜리 칸만 보인다. 아저씨가 이를 모를 리 없다.

"자! 찍어 봐! 십 원 내고 백 원어치 가져갈 수 있는 뻔데기!"라고 외치면서, 찍기판을 돌리곤 멋진 화살을 자기처럼 던져 보란 듯이 오십 원짜리를 찍는다. 아저씨의 솜씨는 놀라워서 십 원짜리나 '꽝'을 찍는 일이 없다.

"너도 한번 던져 봐! 꽝 나와도 뻔데기 있어!"

뻔데기 아저씨 주변에 파리 떼처럼 잔뜩 모여든 아이들의 눈엔 뻔데기 솥 안 모락모락 김이 나는 뻔데기가 들어온다. 키 작은 놈은 볼 수도 없다.

"그냥 연습해 봐!"

주위에 몰려든 애들이 도무지 뻔데기를 살 생각이 없자 아저씨의 장삿속이 드러난다. 연습은 실전으로 이어지는 법. 아저씨의 말에 던지지 않을 놈은 없다. 연습 삼아 한 번 던지고, 한 번을 더 연습으로 던진 화살은 '꽝'과 십 원짜리를 피해 이십 원짜리에 한 번 찍히고, 백 원짜리 옆을 찍는다. 그래도 십 원짜리다. 잘만 던지면 백 원짜리도 가능할 것 같은 마음이 생긴다. 본전에 자신한다.

"아저씨, 저 찍을게요!"

누군가 덤벼들었다. 아이들의 눈은 맛있게 생긴 뻔데기에서 일제히 찍기판으로 모인다. 아이들의 눈이 찍는 놈의 화살 깃을 따라 움직인다.

"자! 뻔데기!"

소리를 외치며 아저씨는 찍기판을 손가락으로 돌린다. 연습 때보다 훨씬 빠른 속도로 찍기 판이 돌아간다. 힘차게 화살을 던진다.

'딱!' 하는 소리와 함께 화살이 꽂혔다.

"십 원!"

역시나 백 원짜리 옆이다. 아쉬운 탄식이 나오고, "그래도 본전이다!"라는 위로의 말도 들리지만, 백 원짜리를 맞추지 못해 서운한 아이는 번데기를 숟가락으로 퍼 담아 건네주는 아저씨의 손은 쳐다보지도 않는다. 다른 누군가는 '꽝'을 찍었다. 아저씨는 보기에도 너무 가늘어 번데기가 다섯 알이나 들어갈까 싶은 봉투를 꺼낸다. '꽝' 봉투는 다른 봉투들 속에 숨어 있었다. 숟가락에 가득 담은 번데기가 좁은 봉투 입구로 쏟아지지만, 대부분은 옆으로 떨어져 다시 솥 안으로 들어가고 정작 번데기 봉투에는 한 입 거리도 들어가지 않았다.

또 다른 번데기 아저씨는 소라도 팔았다. 소라나 번데기나 같은 봉투에 담아 준다. 소라를 파는 아저씨는 사람들이 가까이 가도 소라 끝부분을 펜치로 잘라 내느라 정신이 없다. 소라 파는 아저씨는 찍기판이 없었다. 돈을 내면 그저 신문지를 둘둘 말아 소뿔 모양의 종이봉투에 담아 줄 뿐이다.

아이들에게 인기가 많은 번데기 말고도 뽑기, 솜사탕, 풀빵, 호떡 장수들이 동네를 찾아온다. 설탕을 녹인 후 소다를 넣어 별이며 십자가며 하트 모양을 찍어 주는 '뽑기'도 사 먹었다. 뽑기 장수가 사용하는 버너는 '쉬익' 하는 소리와 함께 강력한 화력으로 쏟아질 듯 집어넣은 조그만 국자 위의 설탕을 버너에 올려놓기 무섭게 녹여 낸다. 투명하게 녹은 설탕물에 소다를 넣으면 누렇게 색이 변하면서 부풀어 오르면 양은 쟁반에 국자를 뒤집어 '탕' 소리가 나게 털어 낸다. 찐빵처럼 떨어진 누런 덩어리를 갓처럼 생긴 누르개로 얇게 편다. 그리곤 별이며, 하트며, 비행기 등을 찍어 낸다. 찍어 준 모양대로 떼어 오면 하나를 더 만들어 주는데, 대개는 한두 번만 성공하지, 그 이상은 하지 못한다. 집에 가져가서 옷핀이나 바늘을 사용해 살살 긁다가 부러뜨리고, 찍은 대로 잘 뽑아서 다시 하나를 더 받아 오려고 가지고 가다가 떨어트리고, 집과 뽑기 아저씨 사이를 왕복 달리기하듯 여러 번 뛰어다녔다. 돈이 없어 뽑기를 하지 못하면, 가게에서 소다를 사서 집에 있는 국자에 설탕을 넣어 만들기도 했다. 연탄 위에서 시커멓게 그을린 국자에도 아랑곳하지 않고 집에 있는 설탕이 동이 나도록 만들어 먹었다.

솜사탕 아저씨는 자전거 뒤에 둥그런 북처럼 생긴 양철통을 가지고 다니며 페달을 밟으면서 설탕을 녹여 솜사탕을 만들었는데 가는 실처럼 뽑혀 나오는 게 신기했다. 희디흰 솜사탕을 구름처럼 만들곤 했다.

풀빵 장수는 국화 무늬가 새겨진 풀빵 틀에 작은 헝겊 조각을 묶은 미니 총채에 기름을 발라 틀을 닦아 내듯 기름을 바른다. 주전자에 담긴 밀가루 반죽을 틀에 붓고 팥을 떼어 넣는다. 아래쪽이 노르스름하게 익으면 뾰족한 꼬챙이로 재빠르게 꺼낸 후 뒤집어 틀 속에 다시 넣는다. 다 익은 풀빵을 꺼내 틀 가장자리에 가지런히 쌓아 올린다. 찬 바람이 불면 뜨거운 풀빵 장수는 하루 종일 동네 입구에 머물다 갔다.

호떡 장수는 손에 기름을 바른 후 반죽 통에서 되직한 반죽을 떼어 왼손에 올린 후 반죽이 허물어지기 전에 재빨리 설탕을 넣고 봉합한다. 밀가루를 묻히고 송판 위에 내려놓고 작은 홍두깨로 만두피 늘리듯 반죽을 편다. 드럼통을 반쯤 자른 호떡 화덕의 옆구리 쪽에 난 뚜껑을 열고 호떡틀 뚜껑을 열어 갈고리로 안에 있는 틀을 돌려 앞으로 오게 한 후 뚜껑을 열어 얇게 편 반죽을 넣는다. 풀빵 틀과 달리 호떡은 반죽을 넣은 후 뚜껑을 덮고 호떡틀을 돌려 안에 있는 것을 앞으로 오게 한다. 뚜껑을 열어 적당히 익었으면 틀을 뒤집어 준다. 드럼통 안에 호떡틀이 다섯 개 정도 있는데 붕어빵 틀과 같이 빙글빙글 돌아가고, 호떡틀 자체도 뒤집어지며 회전한다. 손님이 오면 봉투를 펴서 여러 개의 호떡을 틀에서 순서대로 꺼낸다. 덜 익은 것은 틀을 돌려 안쪽으로 다시 넣고, 알맞게 익은 호떡을 꺼내곤 바로 반죽에 설탕을 넣는다. 잠시도 쉴 틈도 없다. 아저씨의 빠른 손으로 호떡은 금방 만들어졌다. 다 익은 호떡은 몇 겹으로 접은 신문지로 집어 건네준다.

찬 바람이 불면 호떡 장수와 함께 가게마다 호빵 기계가 등장한다. 용산 2가동 버스 종점 부근 가게에 연탄 화덕을 넣은 후 물을 끓여 만두처럼 쪄서 파는 호빵이 등장한 것은 초등학교 3학년(71년) 겨울이었다. 이후 해마다 겨울이면 골목과 거리에는 호빵 기계가 먹음직한 뜨거운 김을 내뿜었다. 언제나 뜨거운 김이 잔뜩 끼어 있어 안에 있는 호빵이 보이지 않았지만, 김이 가득한 찜통은 겨울이 왔음을 알리는 전령사였다.

끊임없이 찾아오는 군것질거리를 파는 아저씨들이 찾아오지 않는 날엔 미숫가루를 만들어 먹었다. 배고파서도 만들었고 심심해서도 만들었다. 미숫가루는 자주 만들어 먹었다. 노란 양은 냄비에 밀가루를 넣고 연탄불 위에 올린다. 뭉툭한 수저로 밀가루가 타지 않도록 부지런히 젓는다. 바닥을 긁어 가며 젓다 보면 하얀 밀가루는 연한 갈색을 띠면서 짙어진다. 여기에 설탕을 넣어 살짝 더 볶는다. 뜨거운 미숫가루는 그냥 먹어도 맛있고 물에 타 먹어도 그만이다. 더운 여름에는 냉수에 타서 달달하게 마셨고, 날씨가 추워지면 뜨거운 물에 타서 마셨다. 미숫가루를 만들고 나면 노란 양은 냄비는 검게 그을렸다.

이런저런 군것질거리를 파는 장사꾼 아저씨들은 계단이 있는 아래쪽 동네까지는 오지 못했다. 큰길 전봇대 옆이나 이발소 앞, 쌀가게 옆에 자리를 잡고 신흥시장으로 오가는 길목에서 장사했다. 장을 보고 집으로 돌아가는 아주머니들이나, 하교하는 아이들, 또는 우리처럼 종일토록 골목길에서 놀고 있는 아이들의 코 묻은 돈을 노렸다.

39. 엿장수

改憲言動금지 緊急措置선포 어제 午後 五時기해 施行

朴大統領, 憲法53條의거

非常軍法會議 설치

– 동아일보 1974.1.9, 1면

엿장수는 더운 여름에는 나타나지 않았다. 엿장수는 다른 아저씨들과는 다르게 구멍 난 양은 냄비며 돈이 될 것 같지 않은 고철, 빈 병까지 돈 대신 받지 않는 것이 없었다. 동네 녀석 중에는 집에서 사용하는 멀쩡한 양은그릇을 가져다 바꿔 먹고 금방 들통나 엄마에게 두들겨 맞은 후 끌려와 되찾아 가는 일도 있을 만큼 엿은 인기가 많았다. 흰색 엿이며 깨엿, 땅콩엿을 리어카에 가지런히 싣고 다니거나, 엿목판에 타원형으로 생긴 엿을 그대로 싣고 다니면서 대패로 얇게 켜 주는 생강엿도 있었다. 생강엿은 돈을 주는 대로 그에 합당한 양을 대패질해 얇게 밀려 나온 엿을 뭉쳐서 작대기에 꽂아 사탕처럼 만들어 준다. 엿장수는 엿을 대패로 밀어 주며 온 동네 어린아이의 코 묻은 돈을 깎아 갔다.

호박엿을 파는 엿장수는 인기가 많았다. 커다란 엿가위로 장단을 치면서 동네에 나타나면, 가위 소리에 아직 오지도 않은 엿을 사러 아이들이 밖

으로 뛰어나왔다. 저만치 오고 있는 아저씨의 가위질 소리는 아무리 들어
도 좋았다. 호박엿 아저씨의 장단은 엿을 떼는 과정에서도 쉼 없이 계속된
다. '잘구락 딱! 질르륵 뚝!' 끌인지 정인지, 끌이라기엔 손잡이는 짧지만,
날은 더 넓고, 정이라고 부르기에는 넓은, 가볍고 정체 모를 널따란 엿 칼
을 호박엿에 살짝 기울여 대고, 가위 손잡이의 둥근 부분으로 엿 칼의 허리
아랫부분을 친다. 그냥 연속적으로 치는 것이 아니라 치는 중간과 사이마
다 가위질로 박자를 넣는다. 엿을 내려치는 것과는 상관없는 동작처럼 보
이지만 그사이 엿목판 위의 엿 칼은 조금씩 움직이며 다음 자를 엿판 위로

이동한다. 가위로 내리칠 때마다 목판 위의 엿 덩이에서 엿이 조금씩 떼어진다. 아저씨는 엿 칼을 가위로 치면서 동시에 아래쪽으로 움직여 마치 엿판 위에 금을 긋듯 가지런히 엿을 자른다. 잘린 엿은 두께나 길이가 일정치 않게 굵고 얇고, 긴 것과 짧은 것, 중간에 끊어진 것도 있는데, 이를 다시 한입에 먹기 좋게 건빵만 한 크기로 잘라 준다. 크기나 두께는 엿장수 맘이다. 가위질 소리는 끊어질 듯 들려오고 시끄럽다. 무심히 들려오는 소리지만 사람들은 그 소리에 끌려 나왔다. 가위 장단은 사람들을 들썩이게 만들고, 모여든 아이들은 아저씨가 물려 준 엿을 하나씩 입에 물고 있다. 엿 먹는 아이들은 조용해지고 가위질 소리는 더 크게 퍼진다.

단원 김홍도의 〈단원풍속도첩〉 중, 〈씨름(보물 527호)〉에도 가래엿을 파는 엿장수가 등장한다. 19세기 말 풍속화를 그렸던 기산(箕山) 김준근의 〈엿 파는 아이〉에, 우리 동네에 찾아오는 엿장수가 들고 있는 것과 흡사한 가위를 들고 판엿을 파는 엿장수와 가래엿을 파는 엿장수가 보인다. 이를 보아 가위는 엿을 깨트리기 위한 도구였고 엿을 자르는 과정은 물론, 호객 행위에도 사용했던 것으로 보인다. 엿장수의 등장도 엿이 등장했던 시기와 불가분의 관계이므로, 엿을 만드는 데 들어가는 재료와 긴 노동의 고단함을 생각할 때, 부유한 집에서 만들어 먹다가 널리 전파되었을 것이다.

엿 만드는 과정을 알면 엿이란 것이 집에서 쓰다 만 고물을 주고 바꿔 먹는 것을 아까워해서는 안 될 만큼 귀한 먹거리였음을 알게 된다. 쌀쌀한 날씨가 되어야 엿을 만드는데, 작대기 모양의 흰 엿인 쌀엿은 물론, 모든 엿이 비슷한 공정을 거친다. 맨 먼저 쌀을 씻어 고두밥을 짓는다. 질지 않도록 밥에 물기가 없도록 지어서 식힌다. 다음은 엿기름을 만들어야 한다. 엿기름의 재료인 겉보리는 쌀보리와 달리 가늘고 길쭉한 모양으로 생겼는데, 물에 잘 씻어 소쿠리에 담는다. 며칠이 걸려 겉보리에 뿌리와 싹이 나도록 축축하게 관리를 해야 한다. 이따금 물을 뿌려 주고 마르지 않도록 덮어야 한다. 싹이 나기 시작하면 서로 엉겨 붙은 겉보리를 일일이 뜯어 얇게 펴서 말린다. 삼베 주머니나 명주 천으로 만든 자루에 겉보리를 넣고 맑은 물에서 푼다. 주머니를 흔들고 쥐어짜면 뿌연 물이 녹아 나온다. 이것이 엿기름이다. 이를 고두밥과 섞어 가마솥에 넣고 끓인다. 이렇게 만들어진 것이 식혜다.

식혜가 만들어지면 식혜를 만들면서 생긴 밥알을 채에 걸러, 맑은 단물만을 따로 솥에 넣고 재차 끓인다. 몇 시간을 고아 끈적해진 물이 조청이고, 조청을 더 끓이면 흐름기가 적은 엿이 되는데 이를 식히면 검은색을 띠는 갱엿이 된다. 조청 상태에서 식히기 전에 땅콩을 넣으면 땅콩엿, 생강을 섞으면 생강엿이 된다. 아예 쌀 대신 호박을 삶아 끓인 물과 단물을 섞어 끓이면 호박엿이 된다. 거르고 끓이기를 한두 시간 하면 되는 것이 아니라 불을 조절하며 주걱으로 엿이 솥 바닥에 눌어붙거나 타지 않도록 잠시도 불 옆을 떠나지 않아야 하고, 쉴 새 없이 기다란 주걱으로 바닥을 긁듯이 저어야 한다. 엿 만들기는 아침 일찍 시작해도 저녁이 되어야 끝나는 일이다. 엿을 만드는 일은 혼자서는 감당할 수 없어 마을에서 여러 명이 힘을 합쳐 농번기에 만들기도 한다.

갱엿이 만들어지면 딱딱하게 굳기 전, 점성이 남아 있는 상태에서 막대기에 걸쳐 늘리고, 늘어난 엿을 다시 막대기에 걸쳐 재차 늘리기를 반복하면, 짙은 흑갈색에서 점차 색이 옅어지면서 종국에는 흰색으로 변한다. 엿을 늘리는 과정에서 엿 안으로 공기가 들어가게 되고, 일부러 공기가 많이 들어가도록 김을 쐬어 가며 늘린다. 엿은 늘어나면서 탄성이 떨어지며 굳어지고, 동시에 엿 안에 기포로 인한 구멍이 생기게 된다. 엿은 딱딱하지만 입 안에 머금고 있으면 튼튼한 치아로 씹지 않더라도 제풀에 녹아 흐물흐물해진다. 딱딱한 엿은 온데간데없고 부드러운 조청처럼 입 안에 맴돈다.

엿에 관한 문헌상의 기록은 까마득하다. 최초의 기록은 후한(後漢)의 마황후(馬皇后, 40~79)가 엿을 입에 물고 손자를 데리고 놀 뿐, 모든 정사에서 손을 떼고 만년을 즐겁게 지냈다는 '함이농손(含飴弄孫)'에서 비롯한다. 엿을 치아(齒牙)가 없어도 먹을 수 있었던 것은 입 안에 머금고 있으면 녹아 물렁물렁해지기 때문이다. 중국 왕실에서도 엿을 엿기름으로 만들었다는 구체적인 기록은 중국 위진남북조시대인 6세기 북양태수 가사협(賈思勰)이 쓴 《제민요술(齊民要術)》에 처음 등장한다. 이전에도 있었음은 물론이다.

세종실록에는 세종 3년(1421년) 1월 13일에 예조에서 각도 진상 물품의 허실에 대해 보고하고 있는데, 여기에 엿에 대한 기록이 보인다. 백산(白饊) 엿(飴糖, 찹쌀, 쌀, 강냉이 등 녹말이 많이 들어 있는 곡식을 발효, 당화시켜 만든 것으로 맛은 달고 성질은 따뜻하다)은 오직 전주에서 만드는 것인데 물목에 기재되지 않아 진상되지 않고 있어 이를 진상하도록 하명해 달라고 기록하고 있다. 세종은 그리하도록 하명했다. 이후 성종 때 편찬된 《동국여지승람》에도 엿에 대한 기록이 보인다.

또한, 연산군일기 연산 1년(1495년) 4월 8일에는 중국으로 떠나는 신하 정괄(鄭佸)과 구수영(具壽永)에게 "내가 일찍 검은 엿(餳 엿 당) 같은 것을 먹어 보니 매우 맛이 좋았거니와, 그것이 중원(中原)의 산물이니 경이 사 가지고 오라. 또 거기에 드는 재료가 혹시 우리나라 산물인데도 사람들이 알지 못하는 것이나 아닌지, 모름지기 만드는 법을 자세히 물어 오라."[33]라고 당부한다. 세종실록에 등장하는 엿(飴糖)과 성종 때 편찬된 《동국여지승람》에도 엿에 대한 기록이 있었던 것을 연산군이 모를 리 없었을 것이다.

---

33) 한국고전번역원 한국고전종합DB, 조선왕조실록, 연산군일기 연산 1년 을묘(1495) 4월 8일.

그러니, 엿은 연산군 때도 있었지만 중국에서 들여왔거나 극히 소수만 이 즐겼던 별식이었고, 이후에 우리나라에서 만들어졌다. 그렇다고 해도 조청 1킬로를 만들려면 쌀이 4킬로가 있어야 하고, 조청을 만드는 과정에서 소요되는 시간과 제조 과정에서 사용되는 장작 등을 생각하면 서민들이 쉽게 만들어 먹을 수 있는 음식은 아니었을 것이다.

시간이 흘러, 고종실록 고종 13년(1876년) 6월 11일에는 술과 막걸리를 빚는 것과 엿 만드는 것을 금지하라고 명하는 기록이 보인다. 의정부에서 쌀 낭비를 막아야 한다고 했기 때문이다. 이후에도 근절되지 않았는지, 고종 22년(1885년) 12월 7일 유학(幼學, 벼슬하지 아니한 유학자) 김재양은 과실주와 엿 만드는 것을 엄격히 금지해 달라는 내용을 포함해 여덟 가지 시폐(時弊)에 관하여 상소를 올리기까지 했으나 고종이 이를 받아들이지 않았다.

40. 도시락

국민학교에 도시락을 싸 가는 일은 고학년이 되면서 시작되었다. 학교에서 급식으로 아무것도 들어 있지 않은 기다란 빵과 병에 담긴 우유를 먹는 사람도 있었지만, 대부분 벤또를 싸 왔다. 가장 흔한 반찬은 김치였지만 계란프라이를 밥 위에 덮어 오는 친구도 있었다. 가장 인기가 많았던 것은 고기는 별로 들어 있지 않은 크고 굵은 소시지였다. 맛도 없고 흐물흐물한 소시지가 그때는 최고의 반찬이었다. 김치는 흔했고, 멸치도 흔했지만 언제나 친구들로부터 환영받는 것은 단연코 소시지였다. 그 소시지는 시장에서 파는 소시지 중에서 가장 크고 굵었지만, 가격은 비싸지 않았다. 주원료인 돼지고기 함유량이 얼마인지, 영양가가 어떤지를 따지고 먹는 시대가 아니었다. 지금도 생산되고 있는 그 소시지에 계란 옷을 입혀 도시락 안쪽 반찬 칸에 가지런히 싸 가지고 오면 서로 얻어먹겠다고 친구에게 갖은 아양을 떨어야 했다.

친구들 중에는 도시락을 싸 가지고 올 형편이 못 되는 친구들이 몇 명 있긴 했지만 늘 도시락을 못 싸 오는 건 아니었다. 짝꿍이 도시락을 가져오지 않았을 경우, 대개는 도시락을 가지고 온 옆자리 짝꿍이 선뜻 도시락을 같이 먹자고 한다. 누구든 도시락을 못 가지고 온 날은 다른 친구에게 얻어먹고, 또 다른 친구가 도시락 없이 오면 그 옆자리 짝꿍이 함께 먹자며 뚜껑에 밥을 덜었다. 밥과 반찬을 담는 도시락은 두껍고 작은 것과 얇고 넓은 형태의 것이 가장 많았다. 도시락의 크기만 보면 두께도 5센티미터 정도는 되고 길이도 20센티미터나 되는 크기였다. 들어가는 밥의 양으로만 보면 지금의 공깃밥 2개 정도였다. 나 역시 도시락을 싸 오지 않은 날이 많았다. 대개 아침을 굶어서가 아니라 반찬이 마음에 들지 않거나, 한결같이 싸 주는 김치나 깍두기 반찬이 싫어 도시락을 가져가지 않은 날이 많았다.

매일 아침 도시락을 쌀 때마다 계란프라이를 넣어 달라고 했다. 다른 아이들은 소시지나 계란프라이를 싸 온다고 어머니가 알 필요도 없는 우리 반 아이들의 도시락 반찬 정보를 공유했다. 내가 가져가는 도시락이 얼마나 맛이 없는지 어머니가 알아야 한다고 투덜댔다. 투정이 받아들여지지 않아 항의 표시로 싸 놓은 도시락을 가져가지 않은 날도 있었다. 그런 날의 점심시간은 길었다. 운동장에 나가 달리기 연습도 하고, 삐그덕 소리 나는 회전 지구본 놀이 기구를 처량하게 혼자 돌리면서 운동장 수돗물만 연거푸 마시고 들어왔다.

그래도 겨울에는 도시락을 싸서 갔다. 도시락은 겨울이 제철이다. 아침마다 당번이 화장실 옆 창고에서 조개탄과 장작을 바께쓰에 받아 오면 선생님은 일찍 교실에 오셔서 난로에 불을 피우셨다. 밑에 장작을 넣고 신문지를 꽈배기처럼 꼬아서 심지를 만들어 성냥불로 불을 붙인다. 장작에 불이 붙기 시작하면 난로 뚜껑을 열어 집게로 조개탄을 하나씩 집어 장작 위에 올려놓는다. 장작에 불이 붙기 시작하고, 연통을 통해 창문 쪽에서 연기가 나기 시작하면 올려진 조개탄들이 불이 붙어 시커면 연기가 쏟아져 나갔다. 조개탄이 빨갛게 불이 붙기 시작하면 선생님은 다시 난로 뚜껑을 열고 바께쓰의 남은 조개탄을 한꺼번에 쏟으셨다. 3교시가 끝나면,

"얘들아! 도시락 꺼내라!"

아이들의 손에는 이미 조개탄을 쏟기 전부터 집에서 가져온 식어 차갑기까지 한 도시락들이 들려 있다. 난로에서 가까운 아이들부터 선생님께 전달된 도시락들은 난로 뚜껑 위와 가장자리부터 층층이 쌓여 난로 위에 얹힌다. 선생님의 도시락 쌓기 내공은 대단해서 반 아이들의 도시락을 빠짐없이 얹으셨다. 군인아파트에 사는 애들 중에는 보온 도시락에 밥과 반찬, 국까지 싸 오는 아이들도 있었는데 그 친구들의 보온 도시락은 점심때 뚜껑을 열면 모락모락 김이 났다.

선생님은 아이들이 집에서 가지고 온 도시락을 점심시간 1교시 전에 얹고, 4교시 수업 시간 중에 면장갑을 끼시곤 난로 위에 얹혀 있는 도시락들을 위에 있는 도시락은 아래로, 아래에 있던 도시락은 위로 번갈아 가며 도시락이 타지 않도록 해 주셨다. 너무 뜨겁고 화상의 위험이 있는 일이어선지 모르지만 늘 담임 선생님께서 직접 해 주셨다. 점심시간을 앞두고 한참 수업을 하는 중에 "선생님, 밥이 타는 것 같은데요!"라고 난롯가 근처에 있는 아이가 말을 하면, 수업을 하는 중이라도 장갑을 끼고 난롯가로 오시곤 했다. 그렇지 않아도 난로 위에 도시락이 얹히고 나면 얼마 지나지 않아 도시락에서 맛있는 냄새가 교실 안에 퍼지기 시작했다. 누군가의 말이 있기 전이라도 선생님은 수시로 도시락이 타지 않도록 해 주셨다. 덕분에 추운 겨울 점심시간은 여름보다 더 맛있고 뜨끈뜨끈한 도시락을 먹을 수 있었다. 뜨거운 난로 위에서 밥이 눌어붙거나 탄 아이들은 누룽지 도시락을 긁어 먹었다.

당시 쌀밥에 보리를 섞어 먹자는 혼분식 장려 운동(1962년 11월 시작)을 했다. 선생님은 점심시간에 도시락 뚜껑을 열게 하곤, 일일이 도시락에 보리가 얼마나 섞여 있는지를 검사했다. '장려'라는 말을 사용했고 건강을 위해서도 보리를 섞어 먹는 것이 좋다는 식이었지만, 매일 도시락을 먹기 전에 뚜껑을 열어, 보리를 섞었는지 확인하셨다. 쌀밥만 싸 온 아이들은 보리밥을 싸 온 아이의 도시락에서 보리를 떼어 내 쌀밥 위에 골고루 붙여 놓기도 했다. 선생님이 도시락 속까지 뒤집어 검사하지는 않으셨기에 그런 얄팍한 방법이 통할 수 있었다. 음악 시간에는 보리밥을 먹자는 노래도 배웠다. 그 노래는 '꼬꼬댁 꼬꼬'로 시작해, 보리밥을 먹는 사람이 건강해진다는 내용이다.

당시 우리나라는 쌀이 부족했다. 미국이 자국의 밀을 수출하기 위해 남아도는 밀을 무상 원조 형식으로 지원했고, 우리나라로도 대량 반입되었다. 밀을 적극적으로 소비하기 위한 '분식 장려'와 '혼식 장려' 운동은 거의 동시에 시작되었다. 학교에서도 도시락을 싸 오지 않고 급식으로 빵과 우유를 먹는 아이들도 생겨났다. 번데기 모양의 기다랗고, 속에 아무것도 들어 있지 않은 밀가루 빵이었지만 급식을 먹는 아이들은 병 우유와 같이 먹었다.

급식을 먹기 위해선 급식비를 따로 내야 했다. 늘 도시락만 싸서 다녔던 나는 해당 사항이 없었다. 몇 명인지 모르지만, 공짜로 먹는 '무상 급식' 친구들도 있었다. 누가 어떻게 먹는지는 중요한 게 아니었다. 매일 같은 반찬만 먹어야 하는 맛없는 도시락과 바꿔 먹자며 빵을 먹는 친구들에게 덤벼들었다. 빵과 우유는 급식 당번이 교장실 근처에서 받아 왔는데, 밥을 먹다가도 급식 당번이 빵과 우유를 가지고 와서 급식을 먹는 아이들의 이름을 불러 가며 나눠 줄 때는 반 아이들의 눈이 우유와 빵으로 모였다. 밥을 먹는 아이들의 눈이 급식을 먹는 아이들을 부러운 눈으로 쳐다보고 있었다. 도시락을 싸 오는 친구 중 몇몇은 우유만을 급식으로 먹곤 했는데, 도시락에 우유를 부어 먹기도 했다.

2019년 2월 기준 교육부 보도 자료에는 전국의 초, 중, 고, 특수학교 전체 11,818개교, 561만 명을 대상으로 6조 966억 원을 들여 100% 무상 급식을 시행하고 있다. 내가 초등학교에 다녔던 1969~1974년 당시에도 무상 급식이 보편화되었더라면 아이들의 키가 더 자랐을 것이다. 그러나, 최근에 와서 이루어진 학생들에 대한 무상 급식은 이미 이 땅에서 오래전에도 있었다.

국가기록원 자료에 의하면 일제 강점기인 1932년에 전국 각지 아이들에게 점심을 주는 소학교가 있었고, 1933년 경성부 회의에서는 결식아동에 대한 급식이 필요하면 부예산을 사용해서라도 계속 급식하도록 결정했다고 한다. 조선시대에도 소과(생원시, 진사시)에 합격하면 지금의 대학 격인 성균관에 입학할 수 있었다. 성균관은 숙식을 제공함은 물론 학용품인 붓과 종이도 지급했다. 심지어 재학 기간도 정함이 없었다.

광복 이후에는 서울시 72개 국민학교에서 유상 급식을 시행한 바 있고, 6.25 전쟁 기간에는 종교 단체를 중심으로 결식아동 무료 급식소가 운영되기도 했다. 1953년에는 유니세프와 미국 경제협조처(USAID) 등에서 탈지분유를 지원, 매일 150만 컵의 분유가 무상 급식으로 제공되기도 했다. 1961년에는 결식아동을 위한 '쌀 모으기 운동'도 있었고, 1963년에는 국제원조 구호기구의 쌀 지원으로 1년간 193만 명의 국민학교 학생들에게 쌀로 만든 빵을 배급하기도 했다. 이후 이러한 배급 대상은 전체 초등학교 학생의 절반 이상인 280만 명으로 확대되었다.

국민학교에 본격적인 140g의 빵과 180ml의 우유가 제공되는 유료 급식은 1970년 9월부터 시작되었다. 급식을 신청하지 못한 결식아동들과 급식 자체의 빈약한 영양 문제가 지적되기도 했다. 당시 급우들 대부분은 도시락을 싸서 다녔고, 일부 학생만 돈을 내고 급식을 먹었다. 많을 때는 한

반에 20명이 넘는 적도 있었다. 물론, 유상 급식을 제공하면서 집안 형편이 어려운 일부 아이들에게 무상으로 급식이 제공된다는 것은 알았지만 몇 명 되지 않았다. 공짜로 빵과 우유를 먹을 수 있는 아이들을 부러워했다.

보편적 무상 급식의 효과에 대해 짐작하는 것은 어렵지 않다. 단 한 명의 급우라도 밥을 먹지 못하는 것을 안다면, 밥을 먹는 아이들이 아무리 철없는 나이라 할지라도 무심하게 밥을 먹을 수는 없을 것이다. 굶는 아이만 점심시간에 멍하니 앉아 있다는 것은 상상할 수 없다. 나도 그런 상황이 있었고, 몇 번인지는 기억할 수 없다. 무상 급식 제도는 다른 아이들이 점심 먹는 것을 바라보면서 혼자 배고파야 하는 점심시간이 누구에게도 발생하지 않는다는 사실만으로도 감사한 일이다. 한국에서의 무상 급식 효과에 대한 미국 논문(Economics of Education Review, 2020. 2월호)을 소개한 유튜브 영상 [34]에 따르면, 1980년대 빈곤층에게만 제공되던 급식이, 2011년 모든 학생에게 제공되면서 학생들 간의 싸움이 35% 감소했다고 한다.

학생들 간의 폭력이 줄어든 점 이외에도 급식의 장점은 일일이 열거할 수 없을 만큼 많다. 집에서 학교까지 도시락을 가지고 다녀야 하는 불편함이 없어지고, 학교 조리실에서 또는 전문 업체가 시간에 맞춰 제공하는 영양가 높고 맛있는 음식을 먹을 수 있다는 것은 축복이다. 추운 겨울에도 난로에 데울 필요 없는 따뜻한 음식을 먹을 수 있고, 밥을 굶는 학생이 없어진 교실이 부럽다.

---

34) 한국의 무상 급식 레벨은 이 정도!(2021.1.14.), https://youtu.be/sRawD9alDYM.

그리운 해방촌

41. 옥탑방

暴力데모로 勞農政權수립企圖

中央情報部「民靑學聯」사건 搜査狀況발표

四月三日봉기 靑瓦臺등 占據계획

– 동아일보 1974.4.25, 1면

몇 년 동안은 후암동 옥탑방에서 살았다. '집'이라고 하지 않고 '방'이라고 부르는 데는 이유가 있다. '집'과 '방'의 이름이 다른 것처럼 '옥탑방'에는 '집'이라면 있어야 할 것이 없다. 집에는 당연히 있어야 할 수도가 없었고, 수도가 없으니 하수도도 없다. 매번 물을 쓸 때마다 아래층에서 사용하는 수도꼭지에 고무호스를 연결해 물을 받아 놓고 써야 했다. 옥탑방에는 크고 작은 항아리와 큰 고무다라가 필수품이었다. 사용한 물은 옥상 빗물이 빠지는 배수관으로 버렸다. 화장실도 없었다. 화장실이 없는 것은 불편한 것이 아니다. 세 들어 사는 사람들이라면 모두가 1층에 하나밖에 없는 화장실을 공동으로 사용해야 한다는 것쯤은 알고 있다. 화장실이 부족하다고 세 들어가는 것을 포기할 사람들은 없다. 다른 집들도 별 차이가 없음을 알기 때문이다. 난방이 없는 것도 불편한 것이 아니다. 옥상 바닥에 시멘트 블록을 쌓아 만든 창고 형태의 집이라 바닥 난방이 없었다. 내부 공간

중 하나는 방으로 쓰고, 작은 다른 하나는 부엌 겸 창고로 사용했다. 부엌에 해당하는 곳 한쪽에는 연탄을 쌓아 두고, 날씨가 쌀쌀해지기 시작하면 연탄난로를 피웠다. 취사는 주로 석유곤로를, 날씨가 추워지면 연탄난로를 사용했다.

옥탑방은 현대식 양옥 건물의 지붕을 기와를 올릴 필요가 없도록 평평하게 만든 곳에서만 볼 수 있다. 넓은 옥상의 평평한 지붕은 옥탑방의 마당이 된다. 그래선지 많은 집이 옥상을 평평하게 시멘트로 덮었다. 기와집보다 시공도 간편할뿐더러 빨래를 널어 말리는 등 평평한 옥상이 활용도 면에선 좋았다. 그러나 대부분의 옥탑방이 사람을 들일 목적으로 지은 것은 아니었다. 1층이나 2층집에 있는 것이 모두 있다면 그것은 '옥탑방'이 아니라 '3층'이 맞다. 내가 살던 옥탑방은 2층집 옥상에 시멘트 벽돌로 벽을 사방으로 쌓아 내부 공간의 3분의 1쯤을 되는 곳에 높이가 30센티 정도 되는 낮은 벽을 세우고 각기 다른 쪽문을 달았다. 작은 쪽은 부엌살림을 두고 넓은 쪽은 거주 공간으로 사용했다. 옥탑방의 지붕 또한 콘크리트를 얇게 부어 평평하게 만든 것이었다. 불편한 것도 불편한 것이지만, 아이들이 많은 우리 집 같은 경우 옥탑방을 꺼리는 것은 위험해서다. 옥상임에도 후암동의 옥상에는 난간이 없었다. 난간이래야 비가 오면 옥상에 모인 빗물이 모여 한쪽 모서리 끝에 있는 우수관으로 모여 빠져나가도록 높이 10센티미터 남짓한 콘크리트 빗물막이가 전부다. 건물주가 집을 지을 때 옥탑방을 창고나 잡동사니 물건들을 넣어 두기 위해 만든 것이지 사람을 들이기 위함은 아니었다는 방증이다.

옥탑방은 지금도 해방촌에선 남아 있는 곳이 있다. 지금은 일부러라도 넓은 테라스 같은 느낌과 답답하지 않은 개방감이 좋고, 월세도 저렴해서 젊은 사람들이 기꺼이 들어가 사는 집이 되었지만, 당시엔 옥상에 사는 것은 단지 저렴해서 선택하는 것이었다. 옥탑방은 2층이나 3층집 옥상에 만들었고 계단으로 올라가야 한다. 나는 옥상에 사는 것이 좋았다. 2층집의 지붕 격이지만 마당이 넓어서 좋았고, 무엇보다 밤이 멋졌다. 밤이 되면 아랫동네는 물론 멀리 서울역에서 용산역 방향으로 환한 불빛과 멀리 한강의 찻길과 가로등 불빛도, 아랫동네 집집마다 켜진 전등 불빛들이 보기 좋았다. 뒤로는 남산이 있어 언제나 푸르고 상쾌한 숲 향기를 맡을 수 있어서도 좋았다. 1969년에 지어지기 시작해 1975년 7월 30일 준공한 남산타워가 만들어지는 기막힌 구경도 나쁘지 않았다. 저녁이면 신문 배달을 마치고 보급소에 들렀다 집으로 돌아오는 길이면 후암동 버스 종점에서 위로 보이는 언덕배기 가지런한 집들의 포근한 불빛도 꺼지지 않는 기억으로 남아 있다.

밤이면 남산 위로 떠오르는 달빛이 더 밝았고 컸다. 보름달에서 반달이 되었다가 초승달, 그믐달이 되는, 차고 이지러지는 달의 변화도 또렷이 볼 수 있었다. 밤하늘 별빛이 쏟아지는 밤이면 아랫동네와 저 멀리 반짝이는 모든 불빛은 하늘의 별빛이 호수에 반사되듯이 몽롱했다. 아침부터 저녁까지 충만한 햇빛으로 눈이 부시는 것도 좋았다. 옥탑방으로 오기까지 저 너머 2호 터널 옆에 살 때를 제외하곤, 후암동으로 이사 와서 옥탑방처럼 햇빛이 제대로 들어오는 집에 살아 본 적이 없었다.

남산의 사계절을 가장 가까이서 볼 수 있다는 점도 옥탑방의 장점이다. 찬 바람 부는 겨울에 다다미를 깔고 두꺼운 이불을 깔아 두고 생활했지만, 문틈과 지붕을 훑고 지나가는 바람과 부실한 창문이 흔들리는 소리를 빼면 나머지 계절은 더없이 좋았다. 계절을 따라 깨끗한 공기를 타고 남산에서 불어오는 바람이 좋았다. 봄이면 소월길을 따라 피는 벚꽃의 화려함과 바람을 타고 오는 개나리, 진달래의 향기를 온종일 맡을 수 있었다. 벚꽃이

지기 시작하고, 바람이라도 불면 눈 내리듯 꽃잎이 흩날리는 것을 볼 수 있었고, 흩날리는 꽃잎들은 우리가 놀고 있는 골목길까지 날아오곤 했다. 더워지기 시작하면 남산에서 시작된 아카시아나무 꽃향기에 정신을 차릴 수 없었고, 무더운 여름이면 남의 눈을 의식하지 않고 웃통을 벗고 등목을 할 수 있어 좋았다.

옥탑방에 살면서 해방모자원(신흥로26길 21-3, 現 모자복지원 해오름빌)에 사는 친구를 부러워했다. 해방모자원은 108계단 위에서 신흥시장 방향으로 올라가는 길에 있다. 108계단 위에서 모자원까지는 더 이상의 계단은 없지만 오르막길로 이어진다. 위로 가면서 길도 제법 넓어진다. 길 오른쪽으로는 2층 목조 주택 단지가 있고, 더 안쪽으로 들어가면 해방모자원이 나온다. 모자원이야 담으로 둘러쳐지고 출입문이 닫혀 있어 평소엔 들어갈 수 없었지만, 그곳에 사는 친구를 따라 들어가 본 그곳은 밖의 다른 친구들 집보다 좋았다. 큼지막한 방이 두 개였다. 빨래를 널 수 있는 빨랫줄도 마당에 있었다.

해방모자원은 모자 가정의 자립을 지원하는 곳으로 이곳에 사는 경우 주거비, 생계비와 학비 지원은 물론, 자녀가 성장해 퇴소하게 되면 일정한 정착금도 지원하는 등, 그곳에 사는 아이들은 주변의 친구들보다 생활 형편이 좋았다. 해방모자원은 1953년부터 이름이 바뀐 모자복지원으로 오늘날까지 68년이 넘도록 가난한 모자 가정의 희망이 되어 주고 있다.

42. 수제비

"金九선생 殺害는 背後있는 組織犯行"

行動隊員 洪鍾萬씨 25年만에 本社記者에 眞相폭로

張銀山砲司令官(당시)지휘・金志雄이 脚本

行動隊員은 安斗熙등 모두 10명

− 동아일보 1974.5.15, 1면

옥탑방에서 자주 먹은 음식은 수제비였다. 국수나 면발이 굵은 칼국수도 끓여 먹었지만 수제비를 많이 먹게 된 것은 동사무소에서 영세민에게 무료로 배급하는 20kg짜리 밀가루 때문이었다. 후암동 동사무소에서 배급받은 밀가루를 어깨에 둘러메고 집으로 돌아오기까지 땅에 내려놓기를 몇 번이나 했는지 모른다. 평일에 학교에 가는 날은 아침밥을 먹고 도시락을 싸 가는 날이 일상이지만, 도시락을 싸 가지 않고 집에 와서 때늦은 점심을 먹는 토요일이나, 하루 종일 집에 있는 일요일엔 둥지 속 참새 새끼들처럼 끼니때가 오기도 전에 배가 고팠다. 허기는 점심때를 앞당기기 마련이다. 그러면 누구랄 것도 없이 커다란 양은 설거지통에 밀가루를 넣고 물을 부어 밀가루 반죽을 한다. 간은 소금으로만 한다. 묽으면 밀가루를 더 넣고, 반죽이 되다 싶으면 물을 조금씩 더 넣어 가면서 적당한 반죽을 한다. 반죽

하는 동안 솥에 물을 끓인다. 시간을 맞추려 의도한 것은 아니지만 반죽이 될 때쯤이면 물이 끓었다.

점심이나 간식으로 수제비를 먹고자 하는 우리 중 누구라도 밀가루 반죽을 저마다 좋아하는 크기와 모양으로 떼어 넣는다. 양파나 파도 없이 소금으로만 간을 한 수제비다. 가라앉았던 수제비가 기름에 튀겨지는 도넛처럼 끓어오르는 물 위로 떠올랐다가 가라앉기를 반복하면서 수제비는 애초에 떼어 넣었던 것보다 굵어지고 커진다. 한소끔 끓으면 둥둥 뜬 수제비 하나를 건져 먹어 본다. 후후 불어 베어 먹은 이빨 자국이 선명한 수제비의 절단면에 허연 밀가루 심이 보이면 2~3분은 더 끓인다. 무더운 여름이건 선선한 바람이 부는 가을이건 수제비를 끓이는 일은 잦았다.

동생들은 밥상 다리를 펴고 상 위에 수저를 놓는다. 수제비를 기다리는 빈 그릇들이 가지런하다. 행주로 솥 가장자리를 잡아, 바닥에 신문지를 접어 냄비를 내려놓고, 국자로 두세 번씩 펄펄 끓는 수제비를 대접에 담는다. 자기의 빈 대접이 수제비로 가득해지면 바로 먹기 시작한다. 어른들이 없는 우리 집의 식사 풍경이다. 교회에 다니는 사람이 있지만 기도하는 법은 없다. 수제비를 먹을 때는 입 안에 수제비를 넣기 전 입으로 뜨거운 수제비를 식혀 가며 먹어야 한다. 급한 배 속 허기가 수제비를 재촉하지만 급한 마음에 입에 넣은 수제비를 삼키기라도 하는 날엔 난리가 난다. 그런 경험이 있는 사람은 먹는 것보다 급한 허기에 말을 아낀다.

그렇게 먹고도 남는 수제비는 대접에 떠 놓는다. 수제비가 남는 이유는 넉넉하게 끓여서라기보다는 뜨거워 미처 다 먹지 못해서인 경우가 많다. 제 끼니에 먹자니 뜨거워 조금만 먹곤, 식혔다가 다시 먹겠다는 생각으로 밖으로 나가서 놀다가, 다시 고개 드는 배고픔에 대접에 떠 놓은 수제비 생각이 나면 누구라도 먼저 돌아온 사람이 먹었다. 그래선지 저녁에 수제비를 먹다가 남은 것은 아침까지 있었지만, 점심으로 먹은 수제비가 저녁때까지 남아 있는 경우는 없었다. 누군가 나갔다 다시 들어와 먹어 치운 것이다. 저녁에 먹다 남은 수제비를 다음 날 아침에 찾아 밥 대신 먹는 것을 어머니는 이해하시지 못했다. "질리지도 않는지….'라며 혀를 차셨다.

끼니때마다 하는 밥도 남는 일이 없고, 끓이는 국이나 찌개는 물론이고, 반찬조차 밥상 위에 올라오면 남겨지는 것이 없었다. 깨끗하게 비우고 설거지를 미루지 않고 끝내야 다음 날 아침밥을 먹을 때 그릇이며 숟가락이 모자라지 않았다. 어머니는 설거지를 밥을 먹고 돌아서면 했다. 평소에도 말씀이 없으셨던 아버지는 식사하실 때조차 말씀을 하지 않으셨다. 어머니는 아버지가 일하고 집에 오신 후, 세수와 발까지 다 씻으신 후 저녁을 함께 먹는 것을 원칙처럼 지키셨다. 아버지가 오시는 길에 어디서 대포라도 하시는 날이 아니라면 배에서 꼬르륵 소리가 나더라도 아버지를 기다려야 했다.

43. 일을 시작한 누나

東亞日報 記者일동

自由言論실천 宣言

24日오전 外部간섭排除등 3개項決議

– 동아일보 1974.10.24, 1면

누나는 국민학교 졸업식에 가지 않았다. 졸업식을 며칠 앞두고, 당연히 중학교에 가는 것으로 생각해 졸업식에 들떠 있던 누나는 졸업식을 하는 당일까지 어머니에게 중학교에 가겠다고 했다. 나보다 공부를 더 잘했던 누나였다. 어머니는 누나가 중학교에 진학하는 것은 집안 형편상 어렵다고 했다. 어차피 가지 못할 중학교니 빨리 단념하라고 달랬다. 상급 학교에 진학하지 못한다는 말을 졸업식 이후에 했더라면 누나는 졸업식에 가서 기분 좋게 친구들과 꽃다발을 들고, 사진도 찍고, 졸업장도 받아 왔을 것이다. 졸업식도 하기 전에 상급 학교에 진학할 수 없다는 말은 누나에게는 받아들일 수 없는 일이었다. 누나가 받았을 상처도, 그런 현실을 말해야 하는 처지인 어머니 또한 어렵기는 마찬가지였다. 아버지는 아무 말도 하지 않으셨다. 나이는 두 살 터울이지만 학년은 바로 아래인 다음 차례는 나였다. 지금의 일이 누나만의 일로만 끝나는 것인지는 알 수 없었다. 어머니가 어차피 알게 될 일, 빨리 말을 해 주는 것이 옳다고 생각했는지는 알 수 없었다.

누나가 중학교에 갈 수 있는 여건은 이미 조성되어 있었다. 누나가 졸업한 1974년은 중학교 입시가 폐지된 지 몇 년이 지난 후였다. 중학교 입시가 있었던 이전에는 국민학교에서 중학교, 그것도 명문 중학교에 들어가기 위한 치열한 경쟁이 있었다. 과외나 입시 학원이 성행했음은 물론이다. 좋은 중학교에 가는 것이 명문고 진학을 위한 교두보였고, 있는 사람들은 가정 교사를 붙이고, 똑똑한 대학생 과외 선생을 집에 들여서라도 반드시 보내야 하는 것이 중학교였다. 이름난 중학교에 입학하기 위해 재수를 하는 것이 이상한 일이 아니었다. 그렇게 중학교에서 한 번, 고등학교에 들어가기 전에 또 한 번, 대학에 들어가기 전에 재수하는 것은 어쩔 수 없는 통과의례였다. 좋은 학교를 들어가야 할 이유는 차고 넘쳤다. 입시 경쟁률은 서울에 몰려오는 사람들이 늘어나는 것과 마찬가지로 가파르게 오르고 있었다. 중학교 입시 경쟁이 치열했던 이유 중 하나는 중학교가 국민학교 졸업생들을 수용하기에 부족했기 때문이었다.

중학교 입시 제도 폐지가 중학교에 갈 수 있다는 것은 아니었다. 1968년도 7월 15일, 권오병 문교부 장관이 중학교 입시 제도 폐지를 공표했고, 점진적으로 1971년까지는 중학교 입시를 완전히 폐지한다고 했다. 그러니, 1974년에 졸업한 누나로서는 입시에 대한 걱정 없이 중학교에 진학하겠다고만 해도 중학교에 갈 수 있었다. 시험이 있었더라도 떨어지지 않았을 것이다. 내가 국민학교에 입학한 1969학년도부터 추첨제를 통해 중학교에 입학을 했으니, 누나가 졸업한 1974년에는 문교부 장관의 말대로 모든 것이 정리되어 있었다. 누나는 끔찍한 중학교 입시 지옥은 피했지만, 가난은 피할 수 없었다.

'차라리 누나를 위해서라도 중학교 입시 제도가 있었다면….' 하고 생각한 적이 있었다. 중학교 입시 지옥 관문이 있어서 시험을 치고, 결과적으로 희망하는 학교로의 진학이 좌절되었더라면 누나의 마음이 덜 아팠을지 모른다. 물론, 나보다 공부를 잘하기는 했지만, 시험이라는 것은 운도 크게 작용하기에 시험을 봤다면 떨어질 수도 있었고, 시험에 떨어진 상태에서 돈을 벌어야 한다고 했다면 부모님으로서도 진학 포기를 설득하는 것이 쉬웠을지 모른다. 반대로 중학교 입학시험에 합격했다면 '나중에 가면 된다고 다독일 수도 있었을 것을….' 하는 부질없는 생각도 했다.

시험도 보지 않고 뺑뺑이로 들어가는 중학교를 보내지 않는 것으로 결정한 부모님. 어머니는 며칠을 두고 중학교에 보내 달라는 누나를 설득했다. 누나는 밥을 굶기도 하고, 울기도 했지만 소용없었다.

"중학교는 이다음에 돈 벌면 언제라도 갈 수 있어! 우리 형편에 네가 중학교에 간다는 게 어디 가당키나 하냐?"

어머니의 목소리는 넋두리 섞인 애원으로 시작해, 설득으로 이어졌다가 나중에는 당연히 받아들여야 한다는 것으로 강경하게 변해 갔다. 누나가 어머니의 삼단 논법 때문인지, 아니면 나를 포함해 자기 밑으로 세 명의 남동생의 초롱초롱한 여섯 개의 눈동자와 두 살짜리 여동생을 바라보면서 중학교 진학을 포기했는지는 알 수 없다.

누나는 남대문에 있는 공장으로 출근하기 시작했다. 누구의 소개로 들어갔는지는 모르지만 후암동에서 남대문으로 일하러 다니는 사람들이 많았을 것이고, 어머니는 여기저기 누나가 할 만한 마땅한 일자리를 알아보러 다니셨다. 누나는 아침에 다른 아이들이 학교에 가는 시간보다 일찍 집을 나섰다. 후암동에 살고, 국민학교를 졸업한 대부분의 여자애는 해방촌 오거리에서 해방교회를 지나면 있는 보성여자중학교로 진학한다. 집에서 나가서 오른쪽으로 가야 해방촌 오거리가 나오는데, 누나는 왼쪽으로 갔다. 그렇게 남산 길을 따라 남대문시장까지 걸어가거나 때론 버스를 탔다. 버스도 반대 방향으로 갔다.

누나가 일하는 남대문시장 안쪽에 있던 공장엘 간 적이 있었다. 그날은 누나의 월급날이었다. 2층인가 3층에 있었던 공장 입구 계단에서 누나가 끝나는 시간이 되기를 기다렸다. 문이 열리고 누나와 비슷하거나 나이가 많아 보이는 누나들이 몰려나왔다. 가방을 어깨에 멘 누나가 나왔다.

"뭐 하러 왔어!"

"엄마가 누나랑 같이 오래!"

집에 와서 누나의 월급봉투를 봤다. 봉투의 겉면에는 지급 내역이 자세히 적혀 있었다. 동전도 들어 있었다. 어머니는 혹시라도 월급날 집으로 돌아오는 길에 월급봉투를 잃어버릴까, 만에 하나 나쁜 사람에게 빼앗길까 걱정이 들어 나를 마중 가게 한 것이었다. 누나가 중학교에 가지 못하고 일해야 하는 이유는 월급봉투 때문이었다. 매달 내야 하는 월세와 생활비는 아버지와 어머니가 벌어 오는 돈으로 충분했지만, 공사판 일을 하는 아버지의 수입은 간헐적으로 끊겼고, 그래서인지 어머니는 월급날에 제대로 월급을 온전하게 받아 온 적이 없었다. 늘 가불을 했기 때문이다. 가불을 한만큼 누나가 벌어 오는 돈을 보태 부족한 월세를 채워 주인집으로 가져가기도 했다. 주인집 아저씨는 피난민 출신이셨는데 좋은 분이셨다. 월세 독촉은 주로 주인아주머니가 했다. 주로 어머니가 점심을 먹으러 집으로 오는 시간을 기다려 하곤 했었는지 내가 본 적은 많지 않지만, 가끔 주인아주머니가 어머니에게 월세를 제때 내지 않는 것으로 언성을 높였다. 이따금 어머니의 목소리도 커졌다. 집주인 상대는 오롯이 어머니 혼자 감당했다.

누나는 공장에서 무슨 일을 하는지, 일은 힘든지, 할 만한지 말한 적이 없다. 해가 여러 번 바뀌면서 공장도 옮겼다. 먼 친척 집에서 미싱 일을 하기도 했다. 누나는 스무 살이 넘어서부터 공장에서 함께 일하는 다른 누나와 아예 따로 살았다. 스물여섯 살에 남자를 만나 아이를 낳고서, 서른한 살에 결혼식을 했고, 내가 직장을 다닐 땐 아예 우리 집에서 5년을 함께 살았다. 나도 직장에 다니면서 누나네 식구와 한 살림을 했고, 두 번째 조카가 태어나면서 누나는 따로 셋방을 얻어 나갔다. 국민학교 졸업 후 일을 시작했지만, 환갑이 지난 나이인 지금도 다른 일이지만 하고 있다. 누나의 일이 언제 끝날지는 알 수 없다. 일에 인이 박여 버린 것인지….

"쉬면 병이 난다."라는 말이 있다. 그건 모든 사람에게 옮겨지는 전염병이 아니다. 가난한 사람들에게만 발병하는 병이다. 일을 쉰다는 것은 돈을 벌지 못하는 것이고, 굶는 것임을 기억하는 사람에게만 찾아오는 병이다.

44. 묵정수영장

　해방촌 아이들에겐 무더운 여름에도 수영장은 생각할 수 없었다. 그러던 어느 날, 누군가 남대문에서 조금만 더 가면 묵정수영장이라는 곳이 있다는 정보를 가져왔다. 나와 친구들은 수영장을 가 보기로 했다. 처음 갈 때는 수영복이 없어 수영장에서 돈을 주고 빌려 입었다. 수영장에서 수영복 빌릴 돈과 입장료만을 간신히 챙겼다. 두 번째는 어머니를 졸라 싸구려 수영 팬티를 샀다. 바지 안에 입고 집에서 나왔다. 헐렁한 반바지를 입어도 두꺼운 수영복이 불편하긴 했지만 어쩔 수 없었다. 묵정수영장까지는 걸어서 갔다. 후암동에서 묵정수영장까지는 소월길을 따라가다가, 남산도서관 우측 길로 접어들어 어린이회관 옆 계단으로 내려간다. 길을 따라 한참을 걸어 내려가면 남산케이블카를 지나고, 한 해 등록금이 대학교보다 비싼 리라국민학교와 KBS 방송국을 지난다. 퇴계로에서 대한극장 방향으로 걸어가 세운상가가 나오면 묵정수영장은 코앞이었다.

수영장은 콩나물시루였다. 입장료를 내고, 옷을 갈아입고 남은 동전을 수영복 안에는 넣을 수 없었다. 대부분은 아니지만, 수영복 안에 동전 같은 것들을 넣을 수 있는 작은 주머니가 있었다는 것을 당시엔 몰랐다. 나는 남은 동전 두 개를 귀에 꽂았다. 동전은 맞춤인 듯 귀 안쪽에 쏙 들어갔다. 혹시라도 귀에 꽂아 둔 동전이라도 떨어지면 동전을 줍느라 물속에서 주저앉기를 여러 번 해야 했다. 재남이는 여러 개의 남은 동전을 겹쳐서 귀에 넣으려 했지만 다 넣을 수 없자, 동전들을 수영장 물에 씻어 입 안 위쪽 잇몸에 빙 둘러 가며 꽂아 넣었다. 그리고 입술을 덮으니 감쪽같았다. 재남이를 제외하면, 다들 수영이래야 개헤엄 수준이었고 물속에 머리를 박고 폼나게 수영할 줄 아는 친구는 없었다. 설령 수영을 잘하더라도 콩나물시루 같은 수영장에서 사람에 치여 할 수도 없었다. 시원한 냉탕이자 목욕탕이었다. 물안경을 쓴 사람은 거의 없었다.

수영장을 다녀온 나와 친구들은 하나같이 눈병에 걸렸다. 눈병이 걸리면 수영장엔 들어갈 수 없었다. 재남이는 수영을 잘해 머리를 내놓고 뱀이 헤엄치듯 잘도 물장구를 쳤다. 개헤엄을 쳤어도 다른 사람보다 빨랐다. 수영을 아예 할 수 없어 물속에서 빠르게 걸어도 개헤엄을 치는 재남이를 쫓아갈 수 없었다. 수영장에서는 물속으로 들어갔다 나왔다가 하면서 물만 먹었다. 아예 작정하고 머리라도 박고 헤엄치려고 하면 빽빽하게 들어선 사람들에게 부딪혔다. 사람이 많아 욕탕 안에 발조차 넣을 수 없었던 용산2가동 종점 부근 목욕탕보다 많았다. 수영장은 그저 시원한 물에 몸을 담글 수 있을 뿐이었다.

수영장까지 가는 길은 멀었다. 처음에는 먼 줄도 모르고 다녔다. 후암동에서 묵정동까지 걸어서 한 시간은 걸렸기에 수영장 인근에 사는 사람들보다 일찍 도착하기는 쉽지 않았다. 재남이가 수영하는 방법을 가르쳐 주긴 했지만, 수영은 체계적으로 배워야지, 대충 배운다고 할 수 있는 게 아니었다. 수영장에서라도 자주 한다면 모를까 더운 여름날 몇 번 하는 것으로는 어림도 없었다.

묵정수영장에서 갈고닦은 수영 솜씨로 중학교 2학년 더운 여름, 뚝섬유원지로 수영을 하러 간 적이 있다. 끝이 보이지 않는 백사장에서 한가로이 노 젓는 보트를 타는 사람들이 많았다. 뚝섬유원지는 한강에 있었다. 수영장으로 사용하는 구역에 수상 안전 부표와 해양 안전 펜스를 설치하고 그 안쪽에서 수영을 하는 것이다. 안전 요원도 있었다. 바닷가 해수욕장과 다를 게 없었다. 자연 그대로의 강이라 밑바닥이 움푹 팬 곳이 많았다. 한번은 수영을 하지 못해 물속 걷기를 하는데 발끝이 닿지 않아 물속으로 빠지는 것을 옆에 있던 재남이가 잡아 주기도 했다. 수영하겠다며 호기롭게 한강까지 갔지만 애꿎은 메기만 잡아 물고기 관찰만 하고 왔다.

후암동에도 수영장이 있긴 했다. 삼광국민학교 수영장이다. 크기도 묵정수영장에 비해 작지 않았고 시설도 좋았지만, 다른 학교 아이들은 들어갈 수 없었다. 일제 강점기, 후암동 일대에 거주하는 일본인 자녀들의 교육을 위해 설립한 학교라서 그랬는지는 모르지만, 멋진 수영장은 우리의 부러움을 사기에 충분했다. 인근에 거주하는 일본인 철도원, 군인 자녀와 형편이 좋은 조선인들의 자녀들도 언덕 아래 평지에 위치한 삼판(三坂)소학교(1919.4.1. 개교, 현 삼광초교)를 거쳐 용산중학교(龍中, 1918.4. 개교)로 진학했다. 여자들은 경성제2공립고등여학교(1922.5.30. 조선총독부 설립 인가, 1946.10.1. 수도여자중학교, 1951.8.31. 신교육법에 의거 수도여자고등학교 분리, 2000.7.1. 신대방동으로 이전, 2025년 말 서울시교육청 신청사 이전 예정)에 다녔다. 모두 일제 강점기에 신설된 학교들이다.

45. 뽀리꾼

포오드 美 大統領 入京

亞洲平和에 기여 確信 戰爭 再發防止에 合心

兩國 元首 査閱뒤 카퍼레이드

- 동아일보 1974.11.22, 1면

당시 우리 패거리는 후암동에서 못된 짓을 하고 다녔다. 뽀리를 함에는 배짱과 담대함이 있어야 했다. 물건을 훔치는 것은 아무나 할 수 있는 것이 아니기 때문이다. 아이들은 물건을 훔치는 사람을 '뽀리꾼'이라고 불렀다. 도둑질을 하다 잡히면 그동안 가게에서 잃어버린 물건값을 다 물어야 하는 것은 기본이고, 뺨이 퉁퉁 붓도록 싸대기를 맞아야 했다. 동네 가게들은 구멍가게들이 대부분이었다. 입구는 좁고 안쪽으로 길게 들어가는 가게가 대상이었다. 가게 주인이 있긴 하지만 대개 살림방을 겸하는 안쪽에서 문에 딸린 조그만 창문을 통해 밖에 손님이 오는지 내다보곤 했다. 손님이 가게에 들어가서 필요한 과자나 물건을 집고 나서 밖을 내다보고 있는 주인이 있는 곳까지 들어가 셈을 치르곤 했다. 찾는 물건이 없으면 어디 있는지를 물어보면 안쪽에서 방문을 열고 손님이 찾는 위치를 손으로 알려 주곤 한다. 간혹 여러 명의 손님이 있을 때는 방문을 열고 밖으로 나와 물건도 찾아 주고 셈도 해 주곤 했다.

뽀리꾼들의 수법은 단순했다. 공략할 구멍가게에 여러 명이 동시에 들어가 안쪽 주인에게 찾는 물건이 있는 것처럼 말을 시킨다. 주인의 시선을 뺏는 것이다. 이 역할을 하는 사람은 바람잡이다. 두 번째나 세 번째 사람이 물건을 집어 들었다가 다시 놓기를 몇 번 하면 가게 주인이 있는 쪽에서 가장 바깥쪽에 있는 놈이 몇 개의 과자를 슬쩍해서 먼저 나간다. 가게 주인은 안쪽에서 이것저것 물어보는 것에 대꾸하랴, 물건 찾아 주랴 밖을 볼 틈이 없다. 우리는 물건을 파는 가게에 따라 작전을 달리했다. 꽤 오랫동안 우리는 여러 가게의 물건을 우리 것인 양 가져갔다. 꼬리가 길면 잡히는 법.

한번은 이전에 한 것과 같이 유사한 방법으로 네 명이 가게에 들어갔고, 가게 주인은 방 안이 아닌 가게 안쪽 통로에 있었다. 한 명은 가게 주인이 서 있는 곳보다 더 안쪽으로 들어가 이것저것을 집었다가 가격을 물어보면, 다른 쪽에선 몇 푼 하지 않는 물건을 산다. 물고기를 잡을 때 미끼를 쓰는 것과 같은 이치다. 실제 손님 행세를 하는 경우 밑천이 들어가므로 평소보다 더 값나가는 물건을 몰래 집어 나온다. 그러다, 집어 나가는 놈이 주인아저씨의 시야에 걸렸다.

"야! 네 이놈! 뭘 가져가는 거야!"

말이 끝나기 무섭게 한가하게 대답할 놈은 없다. 뒤통수로 날아가는 가게 아저씨의 호통은 의미 없다. 빠르게 내빼는 녀석의 뒤로 내지르는 아저씨의 소리마저 뒤쫓지 못한다. 문제는 안쪽에 남아 있는 일행이었다. 아저씨는 웅덩이의 물고기들이 도망가지 못하도록 길목을 막아선 형국이었다.

"네놈들! 방금 물건 훔쳐 간 놈 알지?"

아저씨의 눈에선 핏발이 보였다. 일촉즉발의 순간이었다.

"누구요?"라고 능청스럽게 대답하는 방기가 옆에 있는 나를 쳐다본다.

어떻게 대답해야 하나 고민하고 있는데,

"너 쟤 알아?" 방기는 나에게 재차 묻는다.

"몰라!"

"그럼, 넌 알아?" 방기는 재차 가장 바깥쪽에 있는 용남이에게 묻는다.

"몰라, 처음 보는 앤데?" 용남이의 목소리는 차분했다. 아저씨가 '정말 도망간 녀석을 모르는 건가?'라는 생각이 들게 할 만큼 우리의 목소리는 침착했다.

아저씨는 호락호락하지 않았다. 우리의 목덜미까지는 잡았지만 정확하게 무엇을 가져갔는지도 알 수 없었고, 펄펄 뛰며 아니라고 하는 세 놈의 대거리에 힘주어 잡았던 손을 놓았다. 네 명이 같이 왔다고 해서 반드시 서로 친구 사이라고 단정 지을 수는 없다고 판단을 한 듯했다.

우리의 또 다른 대상은 후암동 종점에서 108계단 우측으로 난 길을 따라 신흥동 시장으로 올라가는 롯데제과 과자 대리점 아저씨의 리어카였다. 지금이야 소형 화물 트럭으로 과자를 배달하지만, 내가 국민학교 6학년 때인 74년에는 과자 리어카에 각재 파이프로 프레임을 만들고, 중간중간 과자를 넣을 수 있는 선반을 넣었다. 일부 리어카는 물품 도난을 방지하고, 물건들이 쏟아지지 않도록 철망으로 둘러싼 것도 있었지만, 롯데제과 아저씨의 리어카는 나일론 그물로 덮여 있었다.

처음부터 우리가 롯데제과 리어카를 맛있는 간식을 먹기 위한 희생물로 삼은 것은 아니었다. 언젠가 더운 여름날 삼광국민학교에서 자전거를 타고 올라오던 길이었는지, 아니면 여의도에서 롤러스케이트를 타고 오던 길이었는지는 확실치 않다. 대개 종점에서 108계단을 통해 집으로 올라갔지만, 그날은 무거운, 그렇지만 맛있는 먹을거리가 잔뜩 들어 있는 과자 리어카를 끌고 숭실고등학교(1978년 은평구 신사동으로 이전, 현 정일아트빌, 이전에는 '정일

학원'이었음) 쪽으로 올라가려는 리어카가 있어서 방기와 용남이 그리고 나는 아저씨를 도와 드리고자 리어카를 밀어 드렸다.

아저씨는 뒤에서 밀어 주는 것을 느끼곤 말하셨다.

"누구지?"

"집에 가는 길이에요, 조금 밀어 드리려고요!"

"그래, 고맙다!"

아이들 셋이 민다고 해서 리어카가 빨리 가는 것은 아니지만, 아저씨의 숨소리는 편해 보였다. 그렇게 열심히 밀어 드렸다. 숭실고등학교 앞쯤 왔을 때였다.

"저어, 아저씨! 우리는 이쪽으로 가야 하는데요? 여기까지만 밀어 드릴게요!"

"아, 그래? 고맙다!"

아저씨는 리어카를 언덕에서 90도 우측으로 돌려 세우시곤 리어카 뒷문을 여시더니, 과자를 하나 꺼내 주셨다.

"이거 너희 나눠 먹어라! 리어카 밀어 줘서 고맙다!"

숭실고까지도 가파른 언덕길이지만, 정작 힘든 것은 숭실고 앞에서 신흥시장까지의 가파른 언덕길이다. 경사가 심해 걸어가기에도 숨찬 길을 아저씨는 천천히 한 걸음씩 갈지자로 리어카를 끌고 올라가셨다. 올라가다 힘들면 리어카를 멈춰 세우곤 했다. 가는 길이 달라 헤어졌지만 몇 번을 뒤돌아보곤 했다. 아저씨는 언덕길 왼쪽 끝과 오른쪽 끝을 갈지자로 왕복하며 올라갔다. 신흥시장에 당도할 때까지 몇 번을 왕복할지 모르지만, 꽤 시간이 걸릴 거라는 것쯤은 알았다. 이후 시간이 될 때마다 얼굴이 다른 과자 리어카 아저씨를 밀어 드렸다. 모든 아저씨가 고맙다고는 하셨지만, 과자를 주는 건 아니었다.

이후 우리는 우리의 정당한 노동의 대가를 가져야 한다고 생각했다. 그래서 작당했다. 종전과 같이 리어카를 밀면서 두 명은 밀고, 한 명은 칼로 그물 귀퉁이를 찢어 안에 있는 과자들을 꺼내자는 것이었다. 힘들게 리어카를 끌어야 하는 아저씨가 뒤를 보기도 쉽지 않고, 설사 걸린다고 해도 리어카를 밀던 모두가 동시에 리어카를 밀었던 손을 떼고 도망간다면 리어카를 끄는 아저씨로서는 쫓아올 방법이 없다고 생각했다. 과자 중에서도 부피가 크고 뻣뻣한 비닐봉지로 포장된 것들은 꺼낼 때 소리가 나기 때문에 피했다. 가장 좋은 것은 부피가 작고 소리가 나지 않는 껌과 초콜릿이었다. 꺼내더라도 표시가 나지 않게 조금만 꺼냈다. 꺼내는 과정에서 찢은 그물도 프레임 안쪽과 접한 부분을 칼로 찢되 쉽게 발각되지 않도록 조금만 찢었다. 그렇게 리어카를 밀어 주곤 여러 번 정당한 수고의 대가를 챙겼다. 우리는 아무런 죄의식을 느끼지 못했다. 아저씨가 보이지 않는 골목에 와서 전리품을 나누었고, 맛있게 먹으며 훗날을 기약했다. 거기서 멈춰야 했다.

46. 아스토리아호텔

東亞日報廣告 무더기解約 重視

새手法의 言論彈壓으로 規定

- 동아일보 1974.12.26, 1면

수영을 배우고 싶은 마음으로 수영만 배웠다면…. 더워서 묵정수영장으로 다녔던 그 길에서 나와 패거리는 일생일대의 사고를 쳤다. 이 이야기를 하려면 조금 둘러 가야 한다. 우리의 대담함은 오래가지 않았다. 묵정수영장으로 가는 동선에는 아스토리아호텔이 있었다. 무슨 생각으로 거길 들어가기로 결정했는지는 확실치 않지만 방기란 놈의 꼬임이 화근이었다. 결혼식이라는 곳에는 돈 봉투를 가져오게 마련이고, 거기서 한 건 하면 짜장면을 몇 번은 먹을 수 있다는 말을 들었던 것 같다. 정확하게 기억나지 않지만 어지간한 유혹으로는 호텔에 들어갈 엄두를 내기 어렵다. 네 명의 해방촌 뽀리꾼은 호텔로 들어갔다. 아스토리아호텔(현 디어스명동, 중구 퇴계로 176)은 퇴계로에 있었는데, 이제까지 들어가 본 건물 중 가장 근사했다. 웨딩드레스를 입은 신부와 멋진 양복을 빼입은 신랑, 양복과 한복을 곱게 차려입은 하객들로 가득했다. 그날은 수영장을 다녀오는 토요일 오후였거나 아니면 일요일이었다. 호텔 안에서는 결혼식을 몇 개 층에서 동시에 하고 있어 수영장 못지않게 사람들로 가득 차 있었다.

이곳저곳 배고픈 하이에나처럼 뭔가를 찾아다니다 들어간 곳은 3층인가 4층인가에 있는 폐백실이었다. 모든 사람이 안쪽에서 벌어지는 폐백을 보느라 한쪽으로 시선이 쏠렸다. 키 작은 우리에게는 아무것도 보이지 않았다. 앞서 들어간 패거리 리더 방기가 우리에게 들어오라고 손짓했다. 폐백실 문은 복도에서 안쪽으로 밀고 들어가는 여닫이문이었는데 안쪽으로 끝까지 젖혀져 있었다. 그리고 문 뒤쪽으로 조그만 공간이 있었다. 방기가 안쪽을 가리켰다. 밖이 보이는 커다란 창이 있고, 우리 어깨높이쯤 대리석 선반 위엔 방기가 가리키는 물건이 있었다. 광택이 나는 검은색 가죽 핸드백이었다.

핸드백이 커서 들고 나가는 것은 위험했다. 방기가 마침 얇은 여름 잠바를 입고 있던 망근이에게 옷을 벗으라고 했다. 잠바로 핸드백을 감싸서 나갈 심산이었다. 우리는 같은 말을 되풀이하지 않을 만큼 긴장했고 집중했다. 방기는 가방을 잠바로 덮은 다음 둘둘 말아 핸드백이 보이지 않도록 옆구리에 끼고 계단으로 앞서 내려갔다. 계단은 타원형으로 아래쪽으로 이어졌다. 우리는 1층으로 나가고자 했다. 긴장한 우리는 있었던 층을 정확히 몰랐지만, 계단 끝이 1층으로 연결되어 있을 것이라는 생각으로 조심조심 내려갔다. 나와야 할 1층 출구는 보이지 않았다. 핸드백이 있던 층과 될 수 있으면 빨리 멀어져야 했기에 조심스러운 발걸음으로 빠르게 내려갔다.

몇 층을 내려갔다. 있어야 할 바깥으로 나가는 출입문이 도무지 보이지 않았다. 우리가 내려간 곳은 지하 1층, 각종 진귀한 보석을 파는 귀금속 매장이었다. 그곳 직원과 눈이 마주쳤다.

"너희 여기 뭐 하러 왔니?"

"밖으로 나가려는데요." 우리 중 누가 그 말을 했는지는 기억나지 않는다.

"그럼, 한 층 위로 올라가야지!" 직원은 친절하게 위층으로 올라가라고 손짓을 해 줬다.

"네, 고맙습니다!" 하고 우리가 발걸음을 돌리는 순간, 잠바로 덮은 핸드백이 직원의 눈에 띄었다. 우리는 자연스럽게 계단을 올라가고 있었지만, 그 직원은 빠른 발걸음으로 여름 잠바를 끼고 계단을 올라가던 방기에게 다가가고 있었고, 방기는 자기가 들고 있던 핸드백이 직원에게 들킨 것을 몰랐다.

"너 이놈! 이리 와 봐!" 직원은 방기의 바지 허리춤을 잡았다. 허공에 들려진 방기를 바라보려는 찰나, 용남이의 손목도 다른 직원의 손에 잡혔다.

"너희 두 놈도 이리 와!"

무엇에 홀렸는지, 동근이와 나는 그 자리에 꼼짝 못 하고 서 있었다. 우리를 잡아끄는 사람의 손은 없었지만, 직원의 말에 얼어붙은 동근이의 울먹이는 소리가 들리는 듯했다. 소파에 앉아 고개를 숙이고 얼마나 시간이 흘렀을까, 순경 두 명이 매장으로 찾아왔다. 가까운 파출소에서 나온 순경들이었다. 직원과 무어라 얘기를 나누더니, 한 사람이 우리 둘의 바지 뒤춤을 들어 올려 잡았다.

"가자! 이놈들!" 순경이 말했다. 나와 용남이는 덩치가 큰 순경의 손에 각각 허리춤을 잡혀 계단을 올라갔다. 순경이 손에 힘을 줘 내 몸을 살짝 들었다. 바지가 엉덩이에 끼었다. 도망가지 못하도록 힘을 준 순경의 손아귀도 우악스러웠지만, 발끝이 땅에 닿지 않아 두 걸음 중 한 번은 허공을 디뎠다. 발레리나가 발바닥으로 점프해 발끝이 바닥을 향하게 하는 소테(sauté) 동작이 따로 없었다. 팔은 물에 빠진 사람처럼 앞으로 옆으로 허공을 저었다. 몸이 앞으로 기울어져 금방이라도 머리가 땅에 부딪힐 듯한 공포가 한두 걸음마다 반복됐다. 비명인지 울음인지 모를 네 명의 소리는 파출소에 도착할 때까지 계속되었다.

파출소에 도착한 우리는 각각 두 명씩 손목에 수갑이 채워졌다. 차갑고 은빛 나는 수갑이 '촤르륵' 소리가 나더니 내 왼쪽 손목과 방기의 오른손이 묶였고, 동근이와 용남이도 한 쌍으로 묶였다. 어느 학교에 다니고, 몇 학년이고, 어디 살며, 부모님 이름을 말해야 했다. 우리 중 유일하게 동근이네 집에는 전화가 있었다. 집 안에 들어간 적은 없지만, 대문까지 스무 계단은 올라가야 하는 커다란 집에 살았고 자가용도 있었다. 물어보던 순경이 서류철로 느닷없이 동근이의 머리를 쳤다. 그러면서 어떻게 그런 훌륭한 분을 아버지로 둔 놈이 저런 나쁜 놈들과 어울리느냐는 말을 한 것 같았다. 졸지에 나머지 세 명은 더 나쁜 놈들이 되었다. 평소에 동근이가 우리 패거리 중 가장 간이 크고 겁이 없는 것을 모르고 하는 소리다. 동근이의 인적 사항에 대한 조사를 끝으로 우리의 정체는 드러났다. 파출소 내 모든 순경이 지나가면서 동근이를 제외한 나머지 세 놈의 볼을 꼬집고, 머리를 툭툭 치고 한마디씩 했다. "커서 뭐가 되려고 이런 짓거리를 하고 다니냐!" 라거나, "어린놈들이 싹수가 노랗다!"라고도 했다. 또 다른 순경은 인상은 험악하지 않은데 "이런 놈들은 감옥에 보내서 콩밥을 먹여야 돼!"라고 말했다. 평소에도 콩을 좋아하지 않는데 그걸 매일 어떻게 먹어야 할지 걱정했다.

그때였다. 방기란 놈은 순경들이 다른 일로 바쁜 틈을 타, 어떻게 했는지 수갑에서 손목을 자유롭게 뺐다 넣었다 하는 걸 자랑하듯 내게 보여 준다. 수갑을 차고 있는 와중에도 장난을 치다니…. 이런 친구를 둔 내가 창피했다. 잘못했으면 반성하는 태도라도 보여야 하는데 구제 불능이다.

그리고는 얼마의 시간이 흘렀을까. 한복을 곱게 차려입은 젊은 아주머니 한 분이 아기를 안고 오셨다. 핸드백 주인이었다. 순경과 뭐라고 이야기를 나누시곤, 우리를 쳐다보면서 "애들이 철이 없어 그런 거니 용서해 주세요!"라며 순경에게 선처를 구했다. 그리고 은팔찌를 차고 있는 우리에게도 "너희도 다시는 이런 나쁜 짓을 하면 안 된다! 알겠지? 보기엔 착하게 생겼는데…." 하셨다. 아주머니는 얼굴만큼이나 착한 마음씨를 가지셨다. 아주머니가 가시고 나서야 우리는 핸드백이 기저귀 가방이라는 것을 알았다. 그렇게 비싸 보이는 핸드백이 기저귀 가방으로도 사용되는지는 몰랐다. 방기란 놈이 얼마나 바보 같았는지 알게 됐다. 그 핸드백에는 기저귀를 제외하곤 돈 같은 것은 아예 들어 있지 않았다고 했다.

아주머니가 가시고 시간이 얼마나 흘렀는지 모른다. 검은색 자가용 한 대가 파출소 앞에 섰다. 거기서 어머니가 함께 내렸다. 문을 열고 어른 네 사람이 들어왔다. 동근이 엄마가 운전기사를 데리고, 보호자들을 모아 함께 왔다. 용남이를 빼고 방기 엄마와 일하고 계셔야 할 어머니까지 왔다. 파출소에 잡혀 온 우리가 저지른 일에 대한 장황한 설명이 이어졌고, 어른들은 일제히 파출소장인 듯한 분에게 머리를 숙였다. 우리는 어른들의 따가운 시선을 피해 머리를 깊이 숙였다. 순경들에게서 들었던 말과 비슷한 말이 어른들의 입에서 나왔고, 이제 우리는 눈물까지 흘리고 있었다.

"뭘 잘했다고 울어!" 어머니가 했는지, 아니면 동근이 어머니가 했는지 모르지만, 아무리 철없는 뽀리꾼일망정, 우리가 저지른 일에 대해 잘못했음을 반성하고, 앞으로 두 번 다시는 도둑질을 하지 않겠다고 맹세했다. 우리의 눈물이 이쁘게 보일 리 없었다.

동근이네 자가용을 타고 후암동으로 왔다. 어른 네 명과 우리 네 명이 자가용에 탔다. 끼여 오는 것이 불편했지만 참아야 했다. 우리가 걸어서 갔던 경로를 우회해 남산 길로 오는 동안 우리도, 어른들도 말이 없었다. 어머니는 아버지께 말을 해 내가 더 혼나 봐야 한다고 하셨지만, 며칠이 지나도록 아버지는 모르셨다. 그날이 있고 난 이후 동근이와는 연락이 끊어졌다. 집 앞에서 큰 소리로 부르면 나오곤 했지만 이후 동근이네 집 앞으로 갈 수 없었다. 방기는 아버지한테 몽둥이로 많이 맞아서 아파하면서도 놀러 나왔고, 아버지가 없는 용남이도 누나들과 어머니에게 잔소리만 들었다고 했다. 우리의 나쁜 짓은 필동에서 끝났다. 뽀리질도 공부도 하지 않고 시간만 되면 골목에 모여 이런저런 놀이를 하면서 즐겁게 지냈다. 아찔했던 필동 파출소 얘기에 대해 아는 동네 애들은 없었다.

47. 신문 배달 보조

암흑속의 햇불

「행복하여라, 옳은 일을 하다가 박해를 받는 사람들 하늘 나라가 그들의 것이니」

(마태오 5장 10절)

천주교 정의구현 전국 사제단

– 동아일보 1975.1.4, 8면 〈全面廣告〉

신문 배달을 시작했다. 1학년 때 하드를 팔았던 마음이 다시 발동해서인지, 아니면 매일 남대문 시장에서 일하느라 늦게 오는 누나에게 미안해서인지, 호텔 핸드백 사건 이후로 아버지에게 나의 비밀을 누설하지 않은 어머니의 침묵에 대한 보답이었는지는 확실하지 않다. 그렇다고 친구 중에 누군가 신문 배달을 하자고 했었던 것도 아니었다. 동네 신문을 배달하는 형에게 신문 배달을 하고 싶은데 어디로 가면 되느냐고 물었다. 가르쳐 준 대로 남영동 동아일보 후암 보급소를 찾았다. 6학년 봄이었다.

보급소 건물은 용산고등학교에서 미군 부대 담벼락을 따라 끝까지 가면 남영동인데, 남영동에서 삼각지 방향으로 꺾어지는 모퉁이에 있는 5층 건물의 2층에 있었다. 보급소에 들어간 시간이 학교가 끝나고 집을 들렀다 갔으니, 오후 세 시 반이나 네 시쯤이었다. 건물 입구와 보급소로 올라가는 계단, 그리고 보급소 안에는 중학생 형들과 덩치가 큰 고등학생 형들이 신문 오기를 기다리고 있었다. 안으로 들어가니 기다란 의자에 책가방들이 가지런히 놓여 있고, 기다란 의자는 창가 쪽 아래에 한 개, 입구에서 왼쪽으로 두 개, 안쪽에는 사무실 책상이 잇달아 세 개가 놓여 있고, 조금 더 큰 책상은 입구에서 정면으로 하나가 있었다.

"신문 배달을 하고 싶어 왔는데요….."

누구에게 말을 해야 할지 몰라 정면 커다란 책상에 앉아 계신 보급소장인 듯한 분에게 말을 했다. 책상에는 검은색 전화기가 두 대 놓여 있었다. 시끄러워서 제대로 듣지 못했는지, 나는 앞에 있는 나이가 좀 있으신 분에게 같은 말을 되풀이했다.

"그래? 너 몇 학년인데?"

"6학년인데요….."

"신문 배달이 아무나 하는 게 아니야, 너 부모님께 신문 배달한다고 말하고 왔어?"

"네!"

나의 대답은 생각 없이 튀어나왔다. 대답은 했지만, 신문 배달하는 것을 왜 집에 말을 해야 하는지 의아해했다. 나쁜 일을 하는 것도 아닌데 무슨 문제가 있다는 건지 이해할 수 없었다.

"그럼, 오늘 저 형을 따라가 봐! 따라가 보고 나서 신문 배달이 어떤 건지 잘 보고 할지 말지를 결정해도 돼!"

"알겠습니다!"

이윽고, 신문 배송차가 왔다는 소리와 함께 보급소장과 총무, 배달을 위해 사무실에서 기다리던 형들이 모두 계단을 내려갔다.

용달차에 실려 온 신문 뭉치는 무거워 보였다. 대개는 덩치 큰 중학교 형

들이나 고등학교 형들이 어깨에 짊어지고 계단을 올라갔다. 총무라는 분도
두 분 있었는데 10여 개 되는 신문 뭉치는 개미들이 먹이를 지고 가듯 등으
로 지고, 어깨에 메고 줄줄이 2층으로 올려졌다. 신문이 책상 위에 올려지
면, 묶은 끈을 끊고 50부씩 차곡차곡 쌓여 있는 신문들을 들어내 구역별로
각기 다른 부수를 덜어 주면, 배달하는 형들이 싸개지 위에 신문을 놓고 나
갈 준비를 한다. 싸개지는 신문사에서 각 보급소로 보낼 신문들을 일정한
덩어리를 만들어 위아래의 신문이 상하지 않도록 덮는 포장지였다. 연한
갈색이 나는 싸개지는 종이 자체가 두껍고 안쪽에는 맨질맨질한 기름이 발
라진 듯했다. 비닐로 얇게 코팅이 된 것이었다. 싸개지에는 신문의 인쇄 기
름이 묻어나지 않았고, 종이가 질겨서 싸개지 위에 신문을 얹고, 옆구리에
끼고 배달 구역을 다 돌 때까지도 찢어지지 않을 만큼 튼튼했다.

배달원들이 담당하는 구역별로 신문 배달 부수는 제각기 달랐다. 적은
곳도 100부가 넘는 것이 보통이었고, 많은 곳은 200부가 넘었다. 신문 배
달원은 대부분 학생이었다. 배달원을 구하지 못한 구역이 있을 때는 총무
들도 자전거를 타거나, 걸어서 신문을 돌렸다.

"배달 다녀오겠습니다!"

배달을 나가는 사람들마다 사무실을 향해 큰 소리로 인사하고는 뛰어나
갔다. 내가 따라가기로 했던 형도 마찬가지로 큰 소리로 "배달 다녀오겠습
니다!"라며 소리치곤 나보고 따라오라고 손짓했다. 우리가 나간 곳은 '후암
1' 구역으로 남영동에서 미군 담벼락을 따라 후암동 종점으로 가는 길에서
시작한다. 담벼락 끝에서 우측으로 꺾어 들어가 국방부조달본부라는 곳을
가장 먼저 들렀다. 문제는 이곳이 용산고등학교 입구에서 꽤 떨어진 안쪽
에 있었고, 그곳 외엔 배달하는 곳이 없었다. 하지만, 그곳에는 동아일보와
이런저런 타지(동아일보 이외의 신문들을 지칭)를 포함해 10여 부 이상이 들어갔

다. 더구나, 한참을 걸어야 하는 것에 더해 약간의 언덕길이 있어 숨이 찼다. 그 형은 내일은 나 혼자 여기를 넣고 후암동 종점에서 만나자고 했다. 오늘 만날 장소를 알려 주겠다고 했다.

'후암1' 구역이 본격적으로 시작되는 곳은 후암동 종점에서부터였다. 108계단을 경계로 왼쪽과 오른쪽으로 나뉘는데 오른쪽은 다른 구역이었다. 종점 어느 골목길로 들어갔다가 다시 나오고, 다시 버스 종점 쪽으로 가다가 산정현교회가 보이는 골목길을 따라 올라가면서 배달은 본격적으로 시작된다. 구역 내 배달 코스는 가장 짧은 시간에 신문을 배달할 수 있도록 이전에 배달했던 사람으로부터 다음 사람에게로 인수인계가 이어지면서 보기엔 무질서해 보이지만, 최단 시간 내에 배달을 마칠 수 있도록 복잡하고 정교하게 짜여 있다. 배달은 복잡한 후암동 골목길을 헤집고 다닌다. 개미굴 같은 동네 골목길을 따라 올라가고 다시 내려오기를 반복하면서 윗동네로 올라간다. 무수히 많은 계단을 오르내리며 어느덧 해방촌 오거리 경계에 도착해, 신흥시장 내 가게 몇 집에 넣곤, 이제는 반대 방향인 후암국민학교 쪽으로 간다.

큰길가에 있는 으리으리한 집들에 신문을 넣었다. 대원정사를 지나고, 주한독일문화원(소월로 132)을 들어갔다가 나와서, 맞은편 한국종합기술개발공사(두텁바위로58길 7, 현 장우오피스텔)라는 건물 안을 돌며 여러 군데 사무실에 신문을 넣었다. 그리고 후암국민학교 정문을 지나 민주공화당(현 용산도서관)에 들어가 어두컴컴한 복도를 가로지르고, 층계를 오르내리면서 각기 다른 호실마다 신문을 넣었다. 공화당을 나와 계단 아래로 내려가면서 다시 또 대궐 같은 집들에 신문을 넣고, 후암시장으로 내려오면 끝이 났다.

대부분은 내가 살던 곳을 중심으로 다니던 곳이어서 익숙한 곳이지만 평소에 잘 다니지 않는 곳도 있었다. 내가 따라다닌 형은 용산중학교 3학년이었는데, 삼사일에 어느 집에 신문을 배달하는지 모두 외워야 한다고 했다. 그러니, 어떤 집들인지 잘 기억하라고 했다. 덧붙여 신문을 빼먹으면 총무에게 혼난다고도 했다. 나의 신문 배달은 배달 보조를 하면서 시작했다. 그 형이 신문 배달을 그만두고자 내게 인수인계를 하는 줄 몰랐다.

둘째 날에도 함께 신문을 배달하고는 보급소까지 돌아왔다. 형이 수금한 돈을 경리에게 입금하는 데 시간이 걸렸다. 해는 아직 턱을 걸치고 있지만 곧 떨어질 것 같았다.

"너 우리 집 가서 저녁 먹고 갈래?"

형은 나에게 느닷없이 저녁을 먹자고 말했다. 형의 집은 남영동 굴다리 너머 청파동 쪽이라고 했다. 그러겠다고 했다. 찻길을 건너고 언덕길을 얼마나 걸었는지 모른다. 그 형의 집은 어렸을 적 살았던 해방촌 집을 닮았다. 입구에서 집 안쪽으로 흙바닥이 기울어져 내려가는 어두컴컴한 집 안으로 들어갔다.

"엄마! 오늘 배달했던 애도 같이 왔어요! 저녁 같이 먹어도 되죠?"

"그래, 잘 왔다! 안으로 들어와 앉아라!"

졸지에 겸상하게 된 나는 한 가족처럼 둥그런 밥상 한쪽에 자리 잡고 앉았다. 방바닥이 뜨거웠다. 다른 집에서 먹는 밥이 입에 맞기 쉽지 않지만 나는 특별히 가리는 음식이 없어서 잘 먹는 편이다. 주로 땅에서 나는 것을 먹긴 하지만 땅 위를 밟고 다니는 동물이나 바다에 사는 생선 등 가리지 않는다. 당시 냉장고가 있는 집은 거의 없었으므로 어느 집이나 먹는 것에는 차이가 없었다. 우리 집 김치는 어머니가 부안 출신임에도 젓갈을 넣지 않았다. 그래서 다른 집 김치에 젓갈이 들어간 경우에는 먹기 힘들었다. 저녁을 먹은 다음 날부터 나는 혼자 후암1 구역을 돌았다.

48. 편물(編物)

「廣告彈壓」헤쳐가는 DBS

史上類例없는 權力橫暴에도 旣存프로 固守

50개 大企業 해약…수익84%결손 10日현재

– 동아일보 1975.1.11, 5면

아버지가 몸져누우신 후부터 어머니는 본격적으로 일을 시작했다. 그전에도 간간이 일하시긴 했다. 해방촌에는 편물집들이 많았다. 편물(編物)은 편직기(編織機)로 만든 옷들을 말하는데 가장 흔한 것이 쉐타(스웨터)다. 털실로 천을 짜는 기계가 좌우로만 움직이는 것이라고 해서 횡편기(橫編機)라고 한다. 해방촌 편물집에 있는 기계들은 거의 횡편기들이었다. 360도로 회전하며 원통형 천을 짜는 기계를 환편기(丸編機)라고 하지만, 크기가 커서 일반 가정집에 설치하는 경우는 없고, 대규모 공장이나 대량으로 제작하는 곳에 설치하는 게 보통이다. '요꼬'라는 말은 '횡(橫,よこ)', '가로', '옆'을 뜻하는 일본 말이다.

편물을 하는 곳마다 털실로 다양한 쉐타를 만들었다. 대개 편물기로는 양팔 두 개 와 몸통의 앞, 뒤 해서 모두 4조각으로 만들어진다. 사람이 서너 명 들어가 앉을 만한 공간에 편물기가 먼저 자리를 잡고, 편물기 수만큼 사람들이 비좁은 틈에서 서서 일한다. 앉아서 일하는 기계도 있었다. 기계 세 대가 들어가면 세 명이, 넉 대가 들어가면 네 명이 일했다. 집집마다 편물기에서 만들어지는 쉐타 조각들이 기계 아래로 떨어져 수북이 쌓여 있었다. 골목마다 편물기 움직이는 '좌르륵' 하는 소리가 요란했다. 어떤 집은 작은 방문을 열어 놓고 서서 작업을 하면 일하는 사람들의 다리만 보였다. 편물기의 손잡이가 높아 키가 작은 아주머니는 발판 위에 올라가 일했다. 어떤 집은 편물기를 좌우로 부지런히 움직여서 밥을 먹었고, 또 다른 집에서는 편물 조각들을 이어 붙여 가며 끼니를 이었고, 또 누군가는 그렇게 만들어진 옷을 팔며 돈을 벌었다. 제법 많은 집에서 편물기 소리가 났고 소리만큼 밥을 먹었다.

편물 대부분은 가정집 가내 공장에서 대량으로 만들어지고 나면, 편물 조각들을 한 덩어리씩 보자기로 묶어 쌓아 놓는다. 그러한 일감을 받아다 코바늘을 사용해 이어 붙이는 마무리 작업을 하며 먹고사는 사람들도 많았다. 어머니도 여기저기 일이 있는 곳이라면 무거운 옷 보따리를 머리에 받아 이고 오셨다. 가져온 보자기를 풀어 어머니는 편물의 솔기를 꿰매는 돗바늘과 금속제 코바늘을 사용해 한 벌의 옷으로 만드는 일을 오래 하셨다. 몸통을 앞뒤로 이어 붙이고, 몸통에 팔을 붙이는 과정에서 맞지 않는 부분의 올을 풀어내기도 하면서 한 벌의 옷을 완성한다. 다 만들어진 옷은 가져온 공장에 가져다주곤 새로운 일감을 가져오는 일을 되풀이하셨다.

여러 가내 공장에서 만들어지는 옷은 사이즈도 다양하고, 갖가지 무늬와 고운 색실로 짜인 옷들이 어머니의 손에서 완성되면, 가져다주기 전에 한 번씩 우리에게 입혀 보곤 했다. 겨울옷은 여름이 시작되면서 만들어지기 때문에, 편물집 일을 시작하면 집에는 이불 보따리보다 더 많은 쉐타 보자기들이 굴러다녔다. 어머니는 그러한 일을 하는 과정에서 남는 털실을 감아 두었다가, 일이 한가한 시간에는 대바늘로 직접 우리가 입을 쉐타를 만드셨다. 대개는 장남인 내 옷을 가장 먼저 만들어 주셨는데 만드는 중간 중간 나를 불러 세우시곤 양팔을 벌려 보라거나, 뒤로 돌아보라거나 하면서 뜨고 있는 옷을 대보곤 하셨다. 그렇게 만들어진 옷은 색깔이 알록달록했다. 자투리 털실을 모아 짜다 보니 같은 색 실이 부족해 생긴 것이었지만, 좌우 대칭으로 색깔까지 맞춘 나의 쉐타는 아주 맘에 들었다. 추운 겨울이 오면 쉐타는 최고의 옷이었다.

해가 바뀌면 내가 입었던 쉐타의 올을 풀어 다시 감았다. 풀어진 실로 동생의 옷을 만드셨다. 다시 해가 바뀌면 그 아래 동생에게 입게 하거나 맞지 않으면 다시 만들었다. 누나와 동생들이 입었던 옷들도 모두 어머니가 만든 것이었다. 다양한 색으로 이어진 무지갯빛 쉐타를 내가 입자, 동생들이 같은 옷을 만들어 달라고 떼를 썼다. 조금씩 모인 털실로 만들어지는 쉐타는 원하는 색깔로 만들어질 수는 없었지만, 만들어질 때마다 동생들이 만족할 만한 새로운 무늬를 넣어 주셨다. 털실로 도시락 가방이나 장갑까지 짜 주셨다. 이후 어머니는 남대문에서 아동복 도매를 하는 제품집에서 오래 일하셨다. 아침부터 저녁 늦게까지 만들어진 아동복에 붙은 보푸라기를 제거하고 잘못 만들어진 곳은 없는지 검사하고, 다리미로 옷을 다린 후 포장까지 하셨다. 사람이 없을 때는, 단춧구멍을 내는 오버로크(올이 풀리지 않도록 미싱으로 박는 것, 휘갑치기)도 치고, 포장된 옷에 가격표도 붙이셨다.

49. 수박화채

어머니가 부르신다. "수박화채 만들게 얼음 한 덩이 사 와라!" 무더운 여름날 이보다 더 반가운 말은 없다. 나는 동생과 함께 신흥시장으로 간다. 수박 장수가 아침부터 동네 어귀에 리어카를 대 놓고 수박을 먹기 좋게 쪼개 가면서 맛을 보라고 큰 소리다. 사람이 없으면 나와서 먹어 보라며 소리를 친다. 수박 리어카 주위로 몰려든 아주머니들은 돈이 있는 사람은 있는 대로, 없으면 빌려서 수박 한 통씩을 산다. 수박마다 비닐 끈으로 담아 준다. 수박 윗부분에는 삼각형 모양으로 쪼갠 자국이 선명하다. 이는 맛을 봤다는, 사는 사람마다 맛 검증을 통과했다는 증표다. 우리 집에도 검증된 수박이 한 통 들어온 것이다. 이제 얼음만 사 오면 된다. 집에 냉장고가 없으니 더위에 익은 수박을 얼음 없이 먹는 것은 수박을 헛먹는 것이다. 얼음을 잘게 부숴 숟가락으로 파낸 수박을 넣어 화채를 만들어 먹는다.

신흥시장에 얼음을 파는 '어름' 가게가 있다. 어름 가게는 허름한 나무

문으로 창고를 만들어 놓고 입구에 한자로 '氷'이라고 쓰여 있고, 한자를 중심으로 좌우에 한 글자씩 '어름'이라고 써 놓았다. '얼음'이 맞는 표기법이지만 그렇게 쓰여 있는 '어름' 가게는 없었다. 가게 입구는 조금 전까지도 얼음을 썰었는지 얼음 녹은 물로 흥건했다.

"아저씨 얼음 한 덩이 주세요!"

앉아서 졸고 계시던 아저씨가 아무 말도 없이 얼음 창고 문을 열고 들어가 커다란 얼음덩어리를 갈고리로 찍어 밀어 내온다. 입구에 걸어 놓은 얼음 써는 톱을 들어 썰 부분을 톱날로 찍듯이 켜서 홈을 내더니 썰기 시작한다. 얼음 한 덩이라야 가로 20cm, 세로 20cm 정도 되는 정사각형 모양이다. 가게 앞에 신속 배달이라고 쓰여 있지만 한 덩이는 대상이 아니다. 얼음을 써는 광경은 언제 봐도 시원하다. 톱을 켤 때마다 앞으로 뒤로 얼음부스러기가 떨어진다. 차가운 얼음덩이를 손으로 잡고, 몇 번 톱질을 하다 중간쯤에서 톱의 손잡이로 얼음을 '툭' 치면, 덩어리 하나가 떨어져 나온다. 아저씨는 잘라 낸 얼음을 새끼줄로 묶어 준다.

커다란 설거지 그릇에는 수박 한 덩이가 수저로 해체되며 얼음을 기다리고 있다. 얼음을 묶은 새끼줄은 살 땐 단단히 묶여 있었지만, 집으로 오는 동안 손으로 벗겨 낼 수 있을 만큼 녹아내렸다. 얼음을 깨끗한 물로 씻은 후 그릇 한 가운데 얼음을 넣는다. 그러면 어머니는 반짇고리에서 큼지막한 바늘을 꺼내 오신다. 바늘을 얼음에 대고 수저 안쪽으로 바늘귀 윗부분을 쪼기 시작한다. 돌덩이 같은 얼음덩어리가 작은 조각으로 떨어진다. 그렇게 한참 동안 얼음을 잘게 쪼개고, 물을 더 넣은 후 설탕을 뿌린다. 설탕이 잘 녹을 수 있게 국자로 한참을 저어 완성한다. 수박화채를 먹으려면 양이 넉넉해야 하니 물을 많이 붓고 설탕을 넣어야 달고 시원한 수박화채가 된다. 수박 한 덩이로 만든 화채는 일곱 식구가 먹고도 남았다. 수박화채를 먹은 날만큼은 무더운 여름밤도 시원하고 달콤한 밤이 된다.

50. 다다미 장인

동아일보 후암보급소가 남영동에서 갈월동 쌍굴다리를 지나 청파동으로 이전했다. 이전 보급소에서 사실상 버스 정거장으로 두세 정거장을 더 멀리 이전한 것이어서 그만큼 배달하는 데 걸리는 시간이 늘어났다. 이전 보급소는 도로에서 건물로 들어가는 입구가 바로 있었지만, 새로 옮겨 간 보급소는 도로변 인도에서 20미터를 안으로 들어간 건물 2층에 있었다. 사무실은 두 배 이상 넓어졌다. 신문사 차량이 도착해 신문을 잠시 내릴 수 있는 인도도 넓어 좋았다. 보급소로 들어가는 골목 입구에는 다다미(疊 거듭 첩/겹쳐질 첩, 음독: じょう, 훈독: たたみ, 볏짚을 겹쳐 쌓아 만들고 겉에 왕골이나 부들로 싼 것)를 만드는 가게가 있었다.

신문이 도착하기를 기다리면서 구경했다. 다다미 장인이 볏짚을 각지게 뭉쳐 넣고 굵은 삼베 실로 묶는데, 볏짚을 발로 밟아 눌러 가며 평평하고 두꺼운 다다미를 만든다. 한 뼘은 됨 직한 기다란 쇠바늘로 볏짚을 찔러 구멍을 만든 후, 쇠바늘을 아래에서 위로, 위에서 아래로 다다미의 속이 되는 볏짚을 단단히 묶는다. 장인의 손바닥 한가운데에는 큼직한 골무가 붙어 있다. 압축하듯 다져진 짚단으로 쉴 새 없이 바느질하려면 손가락의 힘만으로는 어림도 없어 보인다. 실을 꿴 바늘 끝을 손바닥의 힘으로 눌러야 하니 큼지막한 골무를 손바닥에 대고 사용한다. 골무는 새끼손가락과 가운뎃손가락, 엄지에 각각 다른 세 방향으로 끈으로 묶여 있어 손바닥 안에서 움직이지 않는다. 얼추 바느질이 끝나면 갈고리로 바느질한 부분에 걸어 바느질한 실을 한 번 더 당겨서 쫀쫀하게 조여 준다. 짚을 엮은 5~6센티미터 두께의 단단하게 뭉쳐진 볏짚 위에 연한 노란색의 골풀을 명주실로 엮어 짠 돗자리를 덮는다. 보통 한 장의 다다미에는 골풀이 4,000가닥 사용되고 많은 경우 7,000개가 사용되기도 한다.

볏짚 위로 골풀로 만든 겉감이 덮이면 치수에 맞게 가장자리 남는 볏짚과 삐져나온 골풀을 넓적한 칼로 베듯 자른다. 여기에 사용되는 칼은 식도와는 다르다. 가까운 모양으로는 구두 수선에 사용하는 구두칼과 모양이 유사하지만 칼날이 넓고 크다. 마지막으로 가장자리엔 질긴 천을 덧씌우고 아래에서 위쪽으로 바느질한다. 이때 천의 안쪽에는 몇 겹의 두꺼운 천을 대고 바느질을 한 후 바깥쪽으로 젖혀 바느질을 마감한다. 다다미 아래와 위쪽에는 다다미가 문드러지거나 휘어지지 않도록 얇은 나무 각재가 잇대어진다.

그렇게 만들어진 다다미의 촉감은 근사했다. 골풀인지 왕골인지 매끈한 촉감과 빵빵한 볏짚의 탄력, 햇빛에 빛나는 반짝거림이 등짝을 대고 누우면 기분마저 좋아질 듯했다. 간혹 완성된 다다미가 작업대로 사용하는 넓은 평상에 놓여 있었던 적도 있었지만, 장인이 공들여 만드는 과정을 지켜본 사람으로서 감히 누워 볼 생각은 하지 못했다.

일본에서도 골풀(藺 골풀 린)을 사용한다. 우리나라에서 골풀은 돗자리나

쌀을 이는 조리 등에도 사용하지만 돗자리에는 주로 왕골을 사용한다. 왕골(莞 왕골 완)은 사초과에 속하는 초본 식물로 큰 것은 2미터 가까이 자라며, 돗자리에 쓰이는 것은 껍질을 쪼개 사용하고, 심지는 말려 신발이나 바구니, 노끈 등을 만든다. 강화도의 화문석(花紋席)은 다채로운 문양이나 그림을 넣는 것으로 일본에서는 보기 힘든 것이다. 우리의 돗자리가 둘둘 말아 이동성이 좋은 것이라면 일본의 돗자리이자 깔개인 다다미는 이동성이 없는 바닥재로 굳어졌지만, 시작은 우리와 별 차이가 없다. 그냥 깔개요, 돗자리로 사용되었다.

골풀은 다른 말로 '등심초(燈心草)'라고도 하는데, 등잔의 심지로 사용하는 풀이다. 왕골에 비해 골풀은 더 가늘고 향기로운 나무 냄새가 난다. 야생에서 자라지만 다다미에 사용할 용도의 골풀은 논에서 벼를 키우듯 심어 가을에 수확해 사용한다. 골풀로 만든 다다미방을 일본에서는 '화실(和室)'이라고 한다. 볏짚과 골풀은 화학 첨가물이 들어 있지 않은 친환경 소재로 구하기 쉽고 습기가 많은 일본에서는 끈적거리지 않고 뽀송뽀송하게 해 주는 특성으로 나라시대(710~784)부터 사용했다. 당시에는 다다미를 우리나라의 명석처럼 사용했다.

한 장의 다다미는 속에 들어간 볏짚을 포함해 무게가 30kg 정도 나간다. 무거울수록 볏짚을 단단하게 뭉쳐 넣은 것이고 그만큼 품질이 좋은 것으로 친다. 속에 들어가는 볏짚이 치밀하게 들어갔으니 좋은 것이라고 봐도 무방하다. 다다미(疊) 1장의 크기는 일반적으로 가로 180, 세로 90센티미터다. 두 장을 합치면 1평이 된다. 일본에서도 지역별로 차이가 있다.

51. 야간 신문 배달

全高校·大學에 學徒護國團조직

2學期부터 敎員포함 軍事編制로

大學軍事敎育 대폭强化 在營期間 6개月단축

- 동아일보 1975.5.20, 1면

혼자 배달을 다닌 지 6개월이 넘었다. 신문 배달을 한다고 보급소에 처음 온 것이 4월쯤이었는데 어느덧 10월이다. 배달 보조를 시작하면서 내가 따라다녔던 형은 나에게 구역을 인계하고는 그만두었다. 보급소가 위치한 청파동에서 배달을 시작하는 후암동 종점까지는 쌍굴다리를 나와 서울역 쪽으로 조금 걸어가면 있는 버스 정거장에서 45번 태릉교통 버스를 타고 이동했다. 배달할 신문을 들고 타면 기사님이 돈을 받지 않으셨다. 대신 신문을 한 부 드리곤 했다. 신문 배달을 하면 버스를 공짜로 타는 걸 몰라서 한동안 종점까지 신문을 끼고 걸어 다녔다. 버스 종점까지 거의 1.5km를 걸었다. 배달이 본격적으로 시작되는 버스 종점에 도착하면 배달을 시작하기도 전에 온몸이 땀으로 젖었다. 그러다, 보급소에서 내 옆 구역을 돌리는 다른 형이 스스럼없이 신문을 들고 버스를 타려는 것을 보곤, 타도 되냐고 물으니 타라고 해서 탔다. 정말 돈을 내지 않아도 되는지 궁금했다. 버스에 올라탄 그 형은 돈을 낼 생각은 하지 않고 옆구리에 낀 신문 뭉치를 버스 엔진 커버 위에 내려놓곤 앉았다. 형의 행동은 자연스러웠다. 기사님도 안내양 누나도 요금을 달라고 하지 않았다. 신기했다.

그날 이후 배달을 할 때마다 보급소에서 후암동 종점까지 버스를 타고 다녔다. 버스를 자가용처럼 이용했다. 다만, 배달이 끝나는 민주공화당사(현 용산도서관)에서 병무청(현 브라운스톤남산아파트, 후암로 65) 쪽으로 내려가 후암시장을 지나 갈월동 쌍굴다리까지 돌아오는 코스에는 버스가 없어 걸어 다녔다.

정확한 시점은 모르지만, 찬 바람이 불면서 신문이 늦게 오기 시작했다. 교통 체증이 있더라도 4시 반이면 청파동 보급소에 도착했었다. 하루가 다르게 늦어지더니 어느 날인가는 5시가 넘어서 오고, 어떤 날은 6시 가까이 되어 오곤 하더니 점점 더 늦어졌다. 가장 늦게 온 것은 밤 8시가 넘어서 보급소에 도착하기도 했다. 늦게 오다가도 어떤 날은 정상적으로 오던 시간에 오기도 해서 종잡을 수가 없었다. 그렇다고 신문이 늦게 올 것이라 예상하고 보급소에 늦게 올 수는 없었다. 언제 올지 모르는 신문을 기다리는 무료한 날들이 계속되었다. 신문이 몇 시쯤 도착하는지를 하루 전에만 미리 알려 주었더라면, 집에서 저녁이라도 먹고 갈 수 있었겠지만, 언제 도착할지 모르는 신문이기에 소장님은 학교가 끝나는 대로 보급소에 와서 대기하라고 했다. 초등학교 6학년인 나는 중학교나 고등학교에 다니는 형들보다 보급소에 일찍 왔기에 정작 신문이 도착하는 시간까지는 더 많은 시간을 기다려야 했다.

이런 일은 일찍이 없었던 일이라고 들었다. 보급소장님도 총무님도 본사에 전화를 걸어 신문이 언제쯤 도착하는지를 묻긴 했지만 기약 없이 기다려야 하는 상황이 지속되었다. 신문이 오지 않는 날은 없었지만 늦게 오는 것만으로도 문제였다. 늦게 신문이 오는 날에는 평소보다 더 부지런히 뛰어다녔다. 신문을 배달하는 중에 신문이 오기만을 기다리는 독자들로부터의 모든 핀잔은 오로지 배달하는 내가 들어야 했다. 그분들조차 동아일보에 무슨 일이 벌어지고 있는지는 알 수 없었다.

당시 여러 신문이 있었지만, 배달하는 내가 보기에도 동아일보는 국내 최고의 신문이었다. 다음이 중앙일보였고, 경향신문의 위세 또한 대단했다. 경향신문은 MBC 문화방송의 방송국 방청권을 독자들에게 무료로 주는 등, 독자 서비스가 좋아 인기가 많았다. 그러나, 보급소장과 총무들의 말로는 조간신문인 조선일보와 한국일보의 경우 엇비슷했지만, 조간신문 둘을 합쳐도 동아일보에는 미치지 못한다고 했다. 신문지국의 자긍심도 대단했지만 동아일보를 보는 독자들의 애정도 남달랐다.

1974년 12월부터 '동아일보 광고 탄압 사건'은 본격화되고 있었다. 조짐은 훨씬 이전부터 있었다. 배달하는 사람으로서 신문이 보급소에 제때 오지 않는 것이 불만이었고, 평소보다 늦은 시간에 신문이 배달되는 것이 하루 이틀도 아니고 몇 달을 지속하자 독자들로부터의 짜증과 불만은 점점 심해졌다. 해가 유독 짧은 겨울에 석간신문은 신문을 다 돌리기 전에 어두워지는 것은 흔한 일이었다. 그러나, 신문 배달을 시작하기도 전에 캄캄한 밤에 신문을 돌리기 시작하는 것은 무척 힘든 일이었다. 신문 배달을 늦게 하는 것이 나의 잘못은 아니지만, 불평하는 독자들과 대면하고 싶지는 않았다. 석간에, 해가 지기 전에 배달되어야 하는 신문이, 한밤중에 야간 신문으로 배달되는 상황이니 독자들의 불만은 당연한 것이었다. 평소 신문을 돌릴 때는 문 앞에서 신문을 기다리는 독자에게 신문을 직접 전달하는 경우는 드물다. 그러나, 신문이 점점 늦게 배달되면서 문 앞에서 신문을 기다리는 독자들을 심심찮게 만났다.

신문사에 무슨 일이 있었는지 그때는 몰랐다. 다만, 신문이 보급소로 늦게 오는 것과 신문 하단에 실리던 광고들이 지면에서 빠지기 시작했고, 심지어 백지로 비어 있기도 했었다. 동아일보 1974년 12월 26일 자 4면과 5면의 광고면에는 광고가 없다. 백지뿐이었다. 심지어 8면으로 나오던 신문이 4면으로 나오기도 했다. 배달하는 사람은 한결같은 신문의 무게를 체감하고 있기에 4면이 나오던 날의 기억이 생생하다.

그해 12월 16일부터 시작되어 해를 넘기고도 한동안 동아일보에 대한 광고 탄압은 지속되었다. 대부분의 광고가 떨어져 나가면서 언제부턴가 조그만 격려 광고가 실리기 시작했다. 동아일보를 지지하는 국내와 해외 동포들의 광고가 보이기 시작했다. 대부분 이름 없이 격려 문구로만 채워진 광고 아닌 광고였다. 동아일보 광고 사태에 대한 공식적인 기록은 '진실화해를위한과거사정리위원회 조사보고서(결정일 2008.10.21.)'에 일목요연하게 정리되어 있다. 그 내용의 일부를 옮겨 보면 다음과 같다.

박정희 유신정권 하에서 언론자유는 헌법과 긴급조치를 비롯한 각종 법률적 규제와 행정 조치들로 인해 많은 제약과 규제를 받았고 관련 부처인 문화공보부도 언론사에 대한 간섭과 통제를 했지만, 특히 중앙정보부는 직무 범위를 벗어나 동아 언론탄압의 모든 역할을 주도한 것으로 밝혀짐

중앙정보부, 광고 수주 차단해 경영상 압박 가해

○ 중앙정보부는 1974년 12월 중순경부터 1975년 7월 초순까지 지속적으로 《동아일보》사와 계약한 광고주들을 남산 중앙정보부로 불러 《동아일보》와 동아방송, 여성동아, 신동아, 심지어는 동아연감에까지 광고 취소와 광고를 게재하지 않겠다는 서약서와 보안각서를 쓰게 하는 방법, 소액광고주까

지 중앙정보부에 출두하게 하거나 경찰 정보과 직원에 의한 연행 조사 방법, 세무서의 세무사찰을 하는 방법, 백지 광고에 대한 격려광고를 게재한 교수가 속한 학교에 압력을 넣는 방법 등을 사용함. 1973년에 《조선일보》를 상대로 광고 탄압 방식을 실행하여 효과를 보았던 수단, 즉 경영상의 압박을 가함으로써 언론사 사주를 굴복방식으로 《동아일보》사를 탄압한 것임

당시의 시대 상황을 간략하면, 1960년 4.19 혁명의 영향으로 신문사의 노조 결성이 이루어졌으나, 1961년 5.16 군사 정변 이후 노조 활동의 금지, 나아가 중앙정보부를 통한 '보도지침'을 준수토록 언론에 강제했으며, 기관원들의 신문사 출입과 언론 통제는 일상화되었다. 1972년 유신헌법 개정으로 막강한 대통령 권한을 쥐게 된 박정희는 민주인사들을 중심으로 개헌청원 서명운동이 전개되자, 유신헌법 53조에 의거 1974년 1월 18일 대통령긴급조치 제1호를 공표한다.

1. 대한민국 헌법을 부정, 반대, 왜곡 또는 비방하는 일체의 행위를 금한다.
2. 대한민국 헌법의 개정 또는 폐지를 주장, 발의, 제안, 또는 청원하는 일체의 행위를 금한다.
3. 유언비어를 날조, 유포하는 일체의 행위를 금한다.
4. 전 1, 2, 3호에서 금한 행위를 권유, 선동, 선전하거나 방송, 보도, 출판 기타 방법으로 이를 타인에게 알리는 일체의 언동을 금한다.
5. 이 조치에 위반한 자와 이 조치를 비방한 자는 비상 군법회의에서 심판, 처단한다.

유신헌법에 대한 어떠한 부정적인 견해의 표명조차 하지 못하도록 하는 독재자의 본심을 드러낸 것이라고 할 수 있다. 박정희의 유신(維新)은 일본의 메이지유신과 이름은 같지만 내용은 달랐다. 메이지유신이 나라의 변화를 바라는 우국지사들의 충정에서 비롯한, 천황에게 권력을 되찾아 주고자 하는 것이었다면, 박정희의 유신은 스스로 대통령의 자리를 영구히 지키고자 하는 것이었다. 대통령 박정희는 유신을 지키기 위한 수단으로 긴급조치(緊急措置)를 발동함으로써 헌법상 국민의 자유와 권리를 정지할 수 있는 무소불위의 폭력을 행사했다.

이러한 독재에 맞서 동아일보사 기자들의 저항이 시작된 것이었다. 일찍이 동아일보의 독재 정권에의 저항은 1971년 4월 15일 '진실을 진실대로 자유롭게 보도', '외부로부터 직간접으로 가해지는 부당한 압력 배격', '정보요원의 사내 상주 또는 출입 거부' 등의 주장을 담아 1차 '언론자유 수호선언'을 결의하였고, 1972년 11월 20일 2차 선언에서는 '정부의 언론에 대한 부당한 간섭 중지 요구', '언론인은 외부의 압력 배격', '언론 자유 확보' 등의 내용을 결의하였다. 1973년 12월 3일 3차 선언에서는, "우리는 당국이 자율을 빙자한 발행인 서명 공작을 즉각 철회할 것을 요구한다. 우리는 이 같은 강압에 맞서 언론 본연의 임무를 지키려는 양식 있는 언론인의 의연한 자세에 경의를 표하며 함께 투쟁한다. 우리는 이 시점까지 서명을 거부해 온 본사 발행인이 당국의 강압에 못 이겨 끝내 서명하게 되는 불행한 사태가 올 경우 신문 제작과 방송 뉴스의 보도를 거부한다."라고 했다.

그런데도 상황은 개선될 조짐이 전혀 없었고, 1974년 10월 24일 서울대생들의 데모 보도와 관련하여 편집국장 등이 중앙정보부에 연행된 것에 항의하며 동아일보사의 기자와 동아방송의 기자, PD 등 180여 명이 '자유언론실천선언'을 하게 된다.

자유언론실천선언문

우리는 오늘날 우리 사회가 처한 미증유의 난국을 극복할 수 있는 길이 언론의 자유로운 활동에 있음을 선언한다. 민주사회를 유지하고 자유국가를 발전시키기 위한 기본적인 사회기능인 자유언론은 어떠한 구실로도 억압될 수 없으며 어느 누구도 간섭할 수 없는 것임을 선언한다. 우리는 교회와 대학 등 언론 밖에서 언론의 자유회복이 주장되고 언론인의 각성이 촉구되고 있는 현실에 대하여 뼈아픈 부끄러움을 느낀다. 본질적으로 자유언론은 바로 우리 언론 종사자들 자신의 실천과제일 뿐 당국에서 허용받거나 국민대중이 찾아다 쥐어주는 것이 아니다. 따라서, 우리는 자유언론에 역행하는 어떠한 압력에도 굴하지 않고 자유민주사회 존립의 기본요건인 자유언론실천에 모든 노력을 다할 것을 선언하며 우리의 뜨거운 심장을 모아 다음과 같이 결의한다.

1. 신문 방송 잡지에 대한 어떠한 외부간섭도 우리의 일치된 단결로 강력히 배제한다.

1. 기관원의 출입을 엄격히 거부한다.

1. 언론인의 불법연행을 일체 거부한다. 만약 어떠한 명목으로라도 불법연행이 자행되는 경우 그가 귀사할 때까지 퇴근하지 않기로 한다.

1974년 10월 24일 동아일보사 기자 일동[35]

---

35) '자유언론실천선언', 민주화운동기념사업회 사료관 오픈아카이브, n.d. 수정, 2022.10.23. 접속, https://archives.kdemo.or.kr/isad/view/00879861.

동아일보에 이어 조선일보도 '언론자유 회복을 위한 선언문'을 채택하자 줄줄이 전국의 31개 언론사가 언론자유 수호를 위한 결의문을 채택했다. 독재 정권은 동아일보사의 저항이 조직화하자 다른 쪽을 건드리기 시작했다. 광고주였다. 중앙정보부는 1973년에 조선일보를 상대로 광고 탄압 방식을 통해 효과를 보자 이를 동아일보에도 적용한 것이다. 동아일보에 광고를 싣는 업체들을 압박해 광고하지 말도록 했다. 74년 12월부터 시작된 광고 탄압은 이듬해 3월 동아일보 사주가 유신정권의 부당한 요구에 굴복, 소속 기자 해임 사태로 일단락되었다. 무려 150여 명이 회사에서 쫓겨났다. 동아일보를 탄압했던 박정희 대통령도 동아일보의 위상을 인정한 적이 있다. 그런 저력이 없는 신문이었다면 탄압을 당할 일도 없었을 것이다.

세월이 흘러 '진실·화해를위한과거사정리위원회'는 74~75년에 벌어진 동아일보 광고 탄압 및 동아일보, 동아방송 언론인의 대량 해고 사건에 대한 조사 결과를 발표했다. '전대미문의 광고 탄압과 언론인 대량 해임(해고 및 부기 정직)은 유신정권의 언론탄압 정책에 따라 자행된, 현저히 부당한 공권력에 의한 중대한 인권침해 행위'로 결론 내렸다. 국가가 피해자들에 대한 사과와 명예 회복, 피해 구제를 취하는 것이 필요함을 권고했다. 동아일보에 대해서도 "언론인들을 정권의 요구대로 해임함으로써 유신정권의 부당한 요구에 굴복했으며, 이후에도 경영상의 이유로 해임했다고 주장함으로써 결과적으로 유신정권의 언론탄압에 동조하고 언론의 자유와 언론인들의 생존권과 명예를 침해한 책임을 면하기 어렵다."라고 지적했다. 진실화해위원회는 동아일보사가 '법률적 의무 여부를 떠나 피해자인 해직된 기자, 프로듀서, 아나운서 등 언론인에게 사과하고 피해자들의 명예 회복과 피해 회복을 통해 화해를 이루는 적절한 조치를 취할 것'을 권고했다.

이러한 유신 독재정권의 언론탄압은 1979년 10월 26일 박정희 시해 사건을 계기로 군사 반란을 일으킨 전두환 신군부의 〈언론기본법〉 제정을 통해 더 극심한 언론탄압으로 이어졌다. 이번에는 언론인 출신이 앞장서서 언론사 통폐합을 단행했다. 〈언론기본법〉은 이전에 있었던 〈신문 통신 등의 등록에 관한 법률〉, 〈언론윤리위원회법〉, 〈방송법〉을 폐지하고 새로 만든 법이었다. 1980년 12월 31일 시행된 이 법은 "국민의 표현의 자유와 알 권리를 보호하고 여론 형성에 관한 언론의 공적 기능을 보장함으로써 인간의 존엄과 가치를 존중하고 공공복리의 실현에 기여함을 목적으로 한다."라고 제정 목적을 밝히고 있지만, 속을 들여다보면 '언론통제법'이었다. 우선, 민영방송을 공영 방송화했다. 방송의 자율적 운영이 보장된다고 했지만, 개인이나 영리를 목적으로 하는 단체는 방송 기업의 지분을 49% 초과 보유할 수 없도록 함으로써 방송국을 공공기관으로 만들었고 신문, 방송, 통신 중 하나만을 선택하도록 함으로써 기존 언론사를 분리시켰다.

일제 강점기 때부터 우리의 언론사들은 본분을 잊지 않고 폐간과 정간, 사주 구속 등의 어려움을 극복했었던 언론 역사가 있었다. 대표적인 예를 들자면 1936년 8월 6일 독일 베를린 올림픽 마라톤에서 손기정 선수가 1등으로 월계관을 썼던 사건이다. 가슴에는 일장기를 달고 있었다. 현지 취재를 할 수 없었던 당시, 일본에서 보내 주는 사진을 그대로 사용해야 했는데, 8월 13일 조선중앙일보(사장 여운형)에 보도된 손기정 선수의 사진에서 일장기가 지워져 있었다. 총독부의 검열을 거쳐야 했던 당시로서는 가능한 일이 아니었지만, 인쇄 품질의 문제로 넘어갈 수 있었다. 다만, 같은 달 25일 동아일보에 손기정 선수의 사진이 다시 게재되면서(동아일보는 동일한 사진을 8월 13일 지방판에 실은 바 있었음이 밝혀짐) 동아일보는 무기 정간 조치를 받게 되었고, 조선중앙일보는 일주일간의 자진 휴간에 들어간 후 끝내 복간되지 못했다. 일장기 말소 사건이 동아일보만의 일은 아니었다.

　일장기 말소 사건으로 동아일보 대표(송진우)를 비롯해 줄줄이 사임하고, 현진건 사회부장, 이길용, 장용서, 이상범, 신낙균, 백운선, 서용호, 최승만(《신동아》) 등이 구속되어 모진 고문을 당했다. 일제의 칼날 아래에서 언론으로서 감내했을 역사적 부침을 언급하지 않더라도, 끝없는 터널처럼 길었던 일제의 그림자에서 벗어나서도, 이승만, 박정희로 이어지는 독재정권하에서는 기업으로서의 언론사들은 정론 보도와 생존을 위한 타협의 기로에서 살아남기 위해 저질렀던 부끄러운 일들이 있었을망정, 국민의 눈과 귀가 되어 주고 할 말을 하면서 숱한 난관을 넘었던 시기도 있었다.

　2021년인 지금은 언론이 독재정권하에서처럼 민주화를 힘들게 부르짖어야 할 것이 없는 세상이다. 헌법 제21조 "① 모든 국민은 언론·출판의 자유와 집회·결사의 자유를 가진다. ② 언론·출판에 대한 허가나 검열과 집회·결사에 대한 허가는 인정되지 아니한다."에 쓰인 언론의 자유가 100% 이상 보장된 세상이기 때문이다. 이런 세상에서조차 국내 대표 주자인 《조선일보》, 《동아일보》, 《중앙일보》가 싸잡아 '조중동'으로 불리면서 제대로 된 언론으로서의 위상과 역할을 하고 있다고 인정받지 못하는 것은 안타까운 일이다. 독재보다 무서운 돈의 세상이 되었기 때문이다. 힘겨운 정론지로 나아가기 위해 들이는 노력과 땀에도 불구하고 그들은 '조중동'으로 회자된다고 억울해할 일인지도 모른다. 참언론으로서의 위상은 매일 찍어 내는 윤전기를 통해 종이로 스며드는 잉크처럼 얇게 조금씩 사람들에게 전달된다. 올바로 스며든 잉크가 세상을 다르게 만들 수 있는 날이 속히 오기를 소망한다.

　영국 옥스퍼드대 부설 로이터 저널리즘연구소에서 세계 40개국을 대상으로 한 조사, '디지털 뉴스리포트 2020(미디어오늘 2020.6.17.)'에서, 한국 언론의 위상은, 조사 대상 나라 중 언론 신뢰도 21%로 최하위를 기록했다. 2019년에도 최하위였다. 국민들의 언론 신뢰도가 꼴찌라는 말이다. 한국 사람들이 가장 많이 활용하는 매체 1위는 신문사나 방송국이 아닌 '네이버', 2위는 '다음'이다. KBS(3위), JTBC(4위), YTN (5위) 순이다. 신뢰도에서는 JTBC(54%), MBC(53%), YTN(51%), KBS(50%) 순이다. 뉴스 불신도에서는 조선일보(42%) 1위, TV조선(41%) 2위, 중앙일보(36%) 3위, 동아일보(35%) 4위다. 우리나라 대표 언론사들의 민낯이다.

생각해 볼 부분은, 독재정권하에서의 칼날은 없는 자보다는 있는 자에게, 힘없는 백성보다는 힘 있고 가진 것 많은 사람에게 무서운 것이지, 먹을 입 하나 근근이 부지하는 백성에겐 아무런 차이가 없다. 통행금지가 있고 없고에 따라 먹고사는 문제가 달라지는 것도 아니요, 독재정권에 할 말을 하는 언론사가 있고 없고에 따라 그날그날의 힘겨운 살림살이 또한 나아지는 게 아니기 때문이다. 다만, 혼탁한 세상이 되고 안 되고는 언론이 제 역할을 하기 나름이다.

52. 선물

張俊河氏 別世 登山事故

思想界發刊 막사이사이賞도

- 동아일보 1975.8.18, 1면

신문 배달은 학생들이 할 수 있는 유일한 알바였다. 거의 매일 보급소에는 신문을 돌리겠다고 찾아오는 학생들이 있었다. 신문 배달은 오랜 시간 일을 하는 것은 아니다. 그러나, 시작하면 월요일부터 토요일까지 빠지지 않고 일정한 시간에 돌려야 하고 빠질 수도 없다. 날씨가 덥다고 신문이 나오지 않거나, 춥다고 배달을 하지 않는 것도 아니다. 내가 맡은 구역은 내가 돌리지 않으면 대타가 없기 때문이다. 몸이 아프다고 무작정 빠질 수 있는 것도 아니다.

내가 신문 배달을 했던 74~80년에는 휴대 전화라는 것도 없었고, 삐삐도 1982년에 처음 등장했다. 그러니, 몸이 아프더라도 보급소에 가서 사정 설명을 하고 빠질 수 있다면 빠져야 하지만 그도 쉽지 않다. 배달원 중 아무 말 없이 보급소에 나오지 않는 경우도 있다. 대개는 몸이 아파서라고 둘러대지만 그렇다고 보급소에서의 매타작을 피할 수 있는 것은 아니다. 주로 학생들로 이루어진 신문 배달이었기에 이런저런 사정으로 나오지 못하는 것을 배달원 인력 관리를 하는 보급소 입장에서도 묵과할 수 없는 노릇이었다. 결근에는 합당한 체벌이 이루어졌다. 체벌에는 배달할 사람이 얼마든지 있다는 든든한 배경도 한몫했을 것이다. 학생 입장에서 몸이 아프다는 이유로 전화를 하면 어떻게 해서든 나오라고 설득을 당하기 마련이다. 책임감이 없다는 둥, 대신 돌려 줄 사람이 없다는 식으로 말을 하면 어쩔 수 없이 보급소에 나와 아파도 참고 배달을 마쳐야 한다.

신문을 가지고 나가는 시간이 오후 네 시 반이 넘는다. 학교에서 보충 수업이나 청소 당번이라도 걸리면 다섯 시가 넘어서 배달을 시작하는 경우도 있다. 대개 보급소에서 나가서 다시 보급소로 들어오는 시간이 두 시간에서 두 시간 반 정도 걸리는데, 그렇게 되면 정작 배달을 하는 중에 또는 끝나 갈 무렵이면 배달하는 구역의 집집마다 저녁 준비를 하거나, 저녁 먹을 시간이 된다. 학교에서 점심을 먹은 것이 12시가 조금 넘어서였고, 배달하느라 걷고 뛰다 보면 허기가 진다. 신문을 돌리다 저녁 식사를 하는 집에 신문을 넣는 경우 저녁 식사 광경도 보게 된다. 눈치 없는 배에서는 꼬르륵 소리가 난다. 간혹, "학생! 배고프지? 밥 좀 먹고 가지?"라며 고마운 말씀을 해 주시는 분들이 있다. 안 될 말이다. "말씀은 고맙습니다만, 시간이 없어서요! 식사 맛있게 하세요!" 하고는 다음 집으로 간다. 그렇다고 얻어먹은 게 없는 것은 아니었다. 전을 부치는 집에선 전을 얻어먹고, 무더운 여름 목마른 날 얻어먹은 음료수며, 수돗가에서 바가지로 떠 마신 수돗물조차 감사할 따름이다. 추운 겨울 보리차 한 잔은 얼었던 몸을 데우기 충분했다.

학생이 신문 배달하는 것을 어여삐 봐 주시는 구독자분들이 많았다. 추석이나 크리스마스가 되면 손수 양말을 사 놓으셨다가 주시거나, 장갑을 직접 뜨개질해서 배달 오기를 기다려 건네주시기도 했다. 어떤 집에선 문에 '신문 배달 학생! 꼭 벨을 눌러 주세요!'라고 쓴 종이를 대문에 붙여 놓기도 하고, '신문 배달 학생 오면 꼭 보고 가요!'라며 어떻게 해서든 준비한 선물을 건네주시고자 했다. 나로선 돈을 받고 배달을 하는 것인데 선물을 받는 것이 고맙기도 하고 미안하기도 했다. 배달하는 6년 동안 독자들로부터 받은 선물 중에 기억에 남는 것이 있다.

후암동에는 주한독일문화원이 있다. 1968년에 설립되었으니 2023년인 올해로 55년이나 되었다. 주로 독일 유학을 준비하는 학생들이 독일어를 배우거나 독일에 관한 자료를 구하고자 방문하는 곳이다. 이곳을 방문하는 사람들은 대개 남산 소월로 쪽의 출입문을 통해 들어가지만, 내가 출입했던 곳은 소월로 아랫길(두텁바위로60길) 쪽으로 난 출입문을 통해서였다. 초인종을 눌러, "동아일봅니다!"라고 하면 안에서 문을 열어 준다. 잘 관리된 정원을 가로질러 안에 있는 연구실로 보이는 곳에 신문을 넣었다. 연구실에는 한국분이 계셨는데 독일문화원 직원인 듯했다. 크리스마스가 얼마 남지 않았던 날로 기억한다. 그분께 신문을 전달해 드리고 가려는데 나를 불렀다.

"학생, 내일모레 이 시간에 나 좀 봐요!"

"왜 그러시는데요?"

"응, 그냥 그때 와요!" 그분은 환하게 웃으시기만 했다.

"알겠습니다!" 하고는, 이틀 뒤 여느 때처럼 신문을 넣으러 갔다. 그분은 신문을 넣고 가려는 나에게 흰 봉투를 내밀었다.

"이거 얼마 안 되는 돈이지만 공부하는 데 써요!"

내미는 봉투를 받을지 말지 잠깐 망설였다. 내 손에 봉투를 쥐여 주시고는, "공부 열심히 해요!"라고 말씀하셨다. "고맙습니다!"라고 했는지, "알겠습니다!"라고 대답했는지는 기억에 없지만, 그분이 봉투에 넣어 준 돈은 신문 배달 한 달을 하고 보급소에서 받는 돈보다 조금 더 많았다. 고스란히 어머니에게 드렸다. 신문을 돌리면서 받은 돈으로는 큰돈이었다.

바로 옆 민주공화당에서도 있었다. 당시는 몰랐지만 공화당 내에는 열 부 이상의 신문을 넣었었는데 공화당 내 여러 사무실을 돌아다녔다. 공화당 사무국, 지금으로 보면 고위 간부나 국회의원실이 아니었을까 생각한다. 공화당에서도 몇 명의 수행원을 거느린 분이 "학생이 수고가 많네!" 하면서 지갑을 꺼내 돈을 주셨던 일도 있었다.

잊히지 않는 선물이 있다. 집 안에서 양초를 만드는 분이셨다. 부부이신 두 분은 나중에 알게 되었지만, 청각 장애가 있으셨다. 내가 신문을 넣으려 대문을 열고 들어가, 열린 방문 안으로 신문을 넣어 드리기까지 그분들은 누가 왔다는 사실은 모르고 일에만 열중하고 계셨다. 집 안에는 예쁜 양초들이 가지런히 정돈되어 있었고, 초를 넣어 둔 상자들이 가득했다. '저 많은 것을 언제 다 만드셨나…' 할 정도로 많은 양초를 만드셨다.

연말이 가까운 날이었다. 소리를 듣지 못하시기 때문에 그날도 방문을 열어 두고 계셨다. 신문을 넣고 가려는데 나를 본 아저씨가 손짓을 하신다. 잠깐만 기다리라는 뜻인 듯했다. 이윽고 아주머니가 조그만 봉투를 가지고 나오셨다. 가지고 가라고 손짓을 하셨다. "감사합니다!"라고 받아 나왔다. 봉투에는 예쁜 사과 양초가 들어 있었다. 진짜 사과라고 해도 손색이 없는 양초였다. 신문을 돌리는 중에 양말이나 장갑처럼 주머니에 넣을 수 있는 것은 상관없지만, 아주머니가 주신 양초는 주머니에 넣을 수 없어서, 신문 뭉치를 낀 오른손으로 잡고 배달을 마쳤다.

집에서 불을 붙인 사과 양초는 정말 이뻤다. 전등이 있어 초를 사용할 일은 없었지만, 그날 이후 성냥불로 잠깐씩 켜 보는 사과 양초는 촛불 아래에서 붉게 익어 가고 있었다. 사람이 진짜 사과처럼 양초를 만들 수 있다는 게 신기했다. 두 분이 만드는 산타 양초나 루돌프 양초, 막대기 모양의 갖가지 색을 띤 양초들이 추운 겨울밤을 밝히고 있을 것이라는 생각을 했다.

53. 히치하이크

| 외딴집 連續殺人犯검거
| 어제 청량리서 세탁소「피묻은청바지」申告로
| 8차례 17名殺害….金大斗(26)
| - 동아일보 1975.10.9, 1면

1975년 2월 13일 용암국민학교를 졸업(9회)했다. 누나와 달리 졸업장과 꽃다발을 받았다. 다음 달이면 중학생이 된다. 보광동에 있는 오산중학교로 배정받았다. 아버지는 그런 내 마음을 읽으셨는지 종로에 있는 신신백화점(현 SC제일은행 본점)으로 중학교 교복을 사러 나를 데리고 갔다. 책가방과 모자도 샀다. 집으로 돌아오는 길에 작년에(1974.8.15.) 개통한 수도권 전철 1호선을 타고 싶다고 했다. 평소에 국민학교까지 걸어서 다닌 나는 외할머니 댁에 가느라 버스나 택시를 타 보긴 했지만, 전철은 아직 타 보지 못했었다. 아버지와 어머니, 그리고 나는 종각역에서 남영역까지 30원 하는 전철을 타고 왔다. 낮이었음에도 앉을 자리는 없었다. 아버지가 전철을 타고 싶다는 나의 부탁을 아무 말 없이 들어주셨던 것이 고마웠다.

후암동에서 보광동에 있는 오산중학교에 가는 길은 남산 소월길에서 버스를 타야 한다. 재남이는 한남동 제3한강교를 건너기 전 단국대학교(현 한

남더힐, 독서당로 111) 부지에 같이 있던 단국중학교(1982년 강남구 대치동 1013번지로 이전)를 배정받았다. 재남이는 남산운수 83번과 83-1번을 타고 다녔다. 내가 주로 이용하던 버스는 보광동을 종점으로 하는 삼성여객으로 79-1번(현 421번)이었다. 오산중·고등학교 학생들이 주로 이용했다. 이 버스는 서울역 앞 남대문이 보이는 정류장에서 남산 쪽으로 방향을 틀어 힐튼호텔, 남산도서관을 경유해 오는데, 서울에서 가장 높은 남산을 올라오는 내내 버스는 탱크 같은 소리를 냈다.

버스에는 주로 보성여중·여고 학생들이 대부분이었다. 보성여고는 1907년 평북 선천읍에서 개교해 지금의 해방촌에 자리 잡은 것은 1955년이다. 용산2가동 8번지에 임시 교사를 건축 이전했다. 신흥시장 아래 있었던 숭실학교는 1897년 미국 선교사 베어드(W. M. Baird, 한국명 배위량) 박사가 평양 신양리 26번지에서 13명으로 개교했다. 1938년 3월 19일 신사 참배 거부로 폐교했다가, 한국 전쟁이 끝난 1954년 4월 1일 용산동2가에 가교사를 지어 이전했다. 중학교에 들어가던 해(1975년)에 신흥시장 아래 있던 숭실고는 은평구로 이전했다. 보성여고와 숭실학교 학생들이 이용하는 버스는 늘 학생들로 북적였다. 보성여중·여고 학생 수는 엄청났다. 해방촌 오거리 정거장에서 여학생들이 내리면 오거리로 내려가는 길에서 보성여중·여고로 들어가는 길에는 교복 입은 여학생들로 가득했다. 등교 시간에는 사람이 너무 많아 내가 타는 후암북부파출소(현 후암약수터)를 정차하지 않고 종종 지나가기도 했다. 다음 정거장인 보성여중·여고생들이 내리는 해방촌 오거리에서 버스에 탄 대부분의 사람이 내리기 때문에 자리에 앉기 위해선 될 수 있으면 한 정거장이라도 이전 정거장에서 타야 했다.

버스를 타면 한 손엔 무거운 책가방을, 다른 손으로는 손잡이를 잡는다. 항상 만원이어서 타는 과정에서 모자는 돌아가고 가방은 손잡이를 잡고 있어 붙어 있다고 느낄 뿐 내려다볼 수도 없었다. 버스를 타고 보광동 종점까지는 30여 분이 걸렸다. 어쩌다 운이 좋으면 운전사 옆쪽 엔진 덮개 위에 가방이라도 내려놓거나 아니면 뜨거운 엔진 덮개 위에 궁둥이를 붙였다. 엔진에서 전달되는 뜨거움은 견딜 만했지만 시끄러운 엔진 소리는 참기 힘들었다. 버스는 한남동 면허 시험장(현 블루스퀘어)을 거쳐 이태원소방서를 지나 해밀턴호텔에서 보광동 쪽으로 꺾어 들어간다. 정수직업훈련원(현 한국폴리텍1대학 정수캠퍼스)을 지나 내리막길을 내려가면 보광동 종점이다. 오산중학교는 산꼭대기에 있다. 지금은 중학교와 고등학교 건물이 바뀌었지만, 원래 오산중학교 건물은 한강 쪽에서 가까운 지금의 고등학교 건물이었다.

75년도 버스 일반 요금이 35원이었지만, 학생 회수권을 25원에 구입해 사용했다. 회수권은 10장씩 구매해서 버스를 타고 나면 안내양이 방금 탄 학생들이 누구누구인지를 귀신처럼 찾아내 요금을 받았다. 미처 받지 못해 내릴 때 받을 때도 똑같은 교복을 입은 학생들 중 요금을 내지 않은 사람을 어떻게 구분하는지 신기한 생각이 들 만큼 요금을 내지 않은 사람을 용케 찾아냈다. 학생들이 몰리는 통학 시간에는 비집고 들어갈 틈이 없을 만큼 버스를 탔기에 내릴 때 요금을 받기도 했는데, 성인의 경우에는 잔돈을 일일이 거슬러 주면서도 내지 않은 학생을 놓치는 법이 없었다. 회수권은 2년 후인 77년 10월 1일 자로 토큰제가 시행되면서 사라졌다가 79년 다시 등장했다.

콩나물시루 같은 버스에 안전을 위해 정해진 정원은 의미가 없었다. 여유 있게 타려고 버스를 한두 대 보내다 보면 지각할 수밖에 없고, 기다린다고 해서 사람이 적게 탄 버스가 오는 경우는 드물었다. 회수권에 이어 뒤이어 등장한 토큰도, 버스 안내양들이 요금 일부를 삥땅한다는 문제로 버스 회사 측에서 안내양의 몸수색을 하는 등의 사회적 문제가 많았던 것과 관련이 있다. 버스 요금을 현찰로 받는 과정에서 삥땅이 발생한다고 생각해 이를 방지하기 위해 고안된 것이 회수권과 토큰이었다. 또한, 버스를 타고 내리는 과정에서 승객들의 요금을 빠르고 편리하게 받을 수 있도록 하기 위해 고안된 것이기도 했다. 학생들은 회수권이나 토큰을 버스 종점이나 정거장, 학교 구내매점에서 구매해 사용했다.

회수권과 토큰은 학교 주변에선 현금과 마찬가지였다. 학교 앞 버스 종점 부근에는 번데기와 쥐포를 파는 노점상이 많았는데 연탄불에 구워 주는 쥐포는 인기가 많았다. '쥐포'라는 이름을 처음 들었을 때는 먹겠다는 생각이 전혀 들지 않지만, 연탄불에 구워 주는 구수한 냄새는 물론, 달달한 맛으로 엄청난 인기를 끌었다. 쥐치를 쥐치포로 만드는 과정에서 다량의 설탕이 사용된다는 것은 훗날 알게 된 사실이다.

쥐치포는 쥐치의 살을 얇게 떠서 설탕, 소금, MSG 등이 섞인 물에 담근 후 숙성 과정을 거쳐 작은 살점들을 이어 붙여 말린 것이다. 국내에서 쥐치가 많이 잡히지 않는 지금은 주로 베트남산 쥐치가 사람들의 입으로 들어가지만, 당시만 해도 삼천포 지역에서만 매년 5,000톤의 쥐포를 생산했다. 오징어에 비하면 쥐포는 가격도 저렴했다. 회수권 한 장이면 먹을 수 있었던 것 같다. 자주 먹어도 질리지 않았다. 돈이 없어 회수권으로 사 먹기 위해 토요일에는 학교까지 일부러 걸어서 다니기도 했다. 평일에는 책가방에 책과 도시락을 넣으면 무거워서 학교까지 걸어가기가 쉽지 않았다. 그러나 토요일에는 도시락을 싸지 않고 오전 수업만 하기에 가방이 가볍다. 후암동 집에서 남산 소월로를 따라 하얏트호텔을 왼쪽으로 끼고 한남동 대궐집들 사이 골목을 내려가 태평극장 앞, 이태원소방서를 지나 좌회전해 보광동 종점까지 걸어갔다.

하얏트호텔 아래는 재벌가 오너들의 저택들이 즐비하지만, 원래 이곳은 공동묘지였다. 내려가는 한남동 언덕 일대는 물론, 보광동 버스 종점까지 광대한 지역이 공동묘지였다. 《매일신보(1916년 4월 15일)》[36]에 이태원 신묘지 사용을 허가한다는 기사가 보인다. 당시 조성된 이태원 묘지에 관리를 파견하여, 1, 2, 3등급의 묘지에 각각 평당 사용료를 4원, 2원, 1원을 받고 사용을 허가했고, 묘지 주위에는 낙락장송이 둘러싸고, 좌우변에는 사쿠라와 여러 가지 꽃나무로 화려한 묘지를 조성했다고 한다. 이후 경성에 인구가 늘어나면서 일본인들이 무덤 위에 집을 짓고 산 터 위에 지금의 재벌들의 고급 주택이 들어선 셈이다. 오가던 그 언덕길이 망자들의 무덤이 즐비한 곳이었다는 사실은 몰랐지만, 한 시간 가까이 걸어 다니며 아낀 회수권으로 먹는 쥐포의 달콤함은 알았다.

　자가용 아저씨와의 만남은 우연이었다. 그날도 여느 때처럼 후암 북부 파출소 앞에서 버스를 기다리고 있었다. 아침 일찍 나가는 것은 아니었지만 버스 몇 대를 놓치더라도 늦지 않을 만큼 충분한 시간을 두고 나가곤 했다. 중학생이 되는 것은 좋았지만 만원 버스를 타는 것은 너무 싫었다. 한 대나 두 대의 버스가 내가 기다리고 있는 정거장을 정차하지 않고 지나가는 일은 자주 있었다. 그렇게 두 대, 세 대를 놓치면 십중팔구 지각이었다. 지각이라도 하겠다 싶으면 저 멀리 버스가 뒤뚱거리며 오는 것이 보이고, 이번에도 서지 않겠다는 감이 오는 순간, 보성여중고 정거장 쪽으로 가방을 들고 뛴다. 아니나 다를까 기다리던 정거장엔 서지 않고 버스가 지나친다. 다음 정거장으로 달리고 있는 내 발걸음은 더 빨라진다. 그렇게 힘들게 버스를 쫓아가 타곤 했다. 학교 가는 길이 힘들었다.

---

36) "국립중앙도서관 대한민국신문아카이브", 매일신보 1916.4.15. n.d. 수정, 2023.3.6. 접속, https://viewer.nl.go.kr/main.wviewer#.

소월길은 굽이굽이 남산 자락을 따라 나 있어 곧은길이 없다. 승용차도 속도를 내기 어렵다. 하물며 사람이 가득 타고 있는 버스가 그런 소월길을 빠른 속도로 달리는 것은 어렵다. 위험하기까지 하다. 그러나 아무리 느리다고 해도 다음 정거장으로 쏜살같이 내달리는 버스는 언제나 나를 앞질러 갔다. 커브 길을 돌아 뛰면 저 멀리 정거장에 정차한 버스가 보이고, 여학생들이 쏟아져 나온다. 학생들이 모두 내리면 정거장에서 기다리고 있는 사람들이 타기 시작한다. 자주 있는 일은 아니었지만, 오직 버스를 타기 위해 달린 부지런한 발걸음을 보상받아 간신히 버스라도 타게 되면 그날은 온종일 기분이 좋았다.

매번 운이 좋을 수는 없었다. 내가 기다리던 정거장에 정차할 것 같지 않아 다음 정거장으로 내가 뛰어가면 버스가 섰고, 설 것이라 기대하고 있으면 지나치는 일이 빈번했다. 내가 불규칙한 버스의 정차를 알면서도 매번 같은 정거장에서 기다리는 것은, 우리 집의 위치가 두 정거장의 중간쯤에 있었던 것이기도 하지만, 다음 정거장에서 내리는 여학생들의 빈자리를 노리고 곧잘 앉을 수 있기 때문이었다. 장점만 있는 세상사는 없는 법, 내가 버스를 기다리던 북부파출소 정거장에서는 타는 사람은 늘 적었다. 버스가 서지 않고 지나가는 횟수가 많아졌다. 그때는 그걸 몰랐다.

그날도 여러 대의 버스가 서지 않고 지나갔다. '이번에는!'이란 기대가 여지없이 깨지던 날이었다. 이미 지각은 따 놓은 당상이었다. 지금 와서 내가 버스를 타더라도 보광동 종점에 도착해 가파른 골고다 언덕길을 헐떡이며 올라가 교실에 들어간다고 하더라도 지각이 100% 확실하다는 생각이 드는 순간이었다. 무슨 생각이 들었는지 지나가는 자가용을 향해 모자를 벗어 흔들었다. 혹시나 같은 방향이면 태워 달라는, 그래서 오늘 하루만이라도 지각을 모면해 보겠다는 생각까지 했었는지는 모른다. 얼마나 손을 흔들었을까. 소월길을 따라 달리던 자가용들이 저 멀리 보일 때부터 정거장 부근에 올 때까지, 외국 대통령 환영 행사에 동원된 학생들처럼 열렬히 손을 흔들었다.

그때, 자가용이 섰다. 무작정 자가용으로 달려갔다. '코로나'였다.

"안녕하세요! 저는 오산중학교 학생인데요, 보광동 방향으로 가시면 태워 주세요!"

내 뒤에는 용남이가 바싹 붙어 있었다. 소아마비라 다리를 저는 용남이는 내가 그렇게 빨리 뛰어 자가용 앞에 설 줄은 생각을 못 했는지 뒤늦게 따라붙었다.

"그래? 그럼 타라!"

"감사합니다!"

늦을 뻔한 그날, 언제나처럼 사람들로 북적이는 버스 정거장에서 줄지어 버스를 타는 사람들을 보면서 자가용을 타고 논스톱으로 보광동 종점에 내렸을 때의 기쁨이란 이루 말할 수 없었다. 시간적으로 여유 있게, 더구나 편안하게 앉아서 학교에 올 수 있었던 것도 좋았지만, 버스비를 아꼈다는 생각, 회수권을 한 장 안 썼다는 생각으로 너무 기분이 좋았다. 그분이 시간상으로 여유가 있어서 태워 주셨는지, 아니면 우리가 콩나물시루 같은 버스를 타고 가는 것이 안됐다고 생각해서인지, 그것도 아니면 미국에서처럼 손을 흔들어 태워 달라는 돌발 행동을 귀엽게 생각해 차를 세웠는지는 알 수 없다.

그분과의 인연은 그렇게 시작되었다. '인연'이라고 말하는 이유는 그날부터 차를 얻어 타기 시작해 거의 일 년 넘게 신세를 졌기 때문이다. 시계를 차고 있지는 않았지만 대략 아침 7시 반쯤에는 버스 정류장과 조금 떨어진 곳에서 기다렸다. 그분의 이름도 어느 직장에서 일을 하는지도 모른

채, '자가용 함께 타기'를 했다. 고마웠다. 때론, 아무리 기다려도 아저씨가 오지 않는 날에는 뒤늦게 버스를 탔다. 다음 날 더 일찍부터 기다렸지만 만나지 못한 날도 있었고, 늦었겠다고 생각한 시간에 나갔는데 마침 아저씨가 와서 바로 타고 간 적도 있었다. 여름 방학과 겨울 방학을 건너뛰고 2학년 봄쯤에 아저씨는 더 이상 남산 길로 오지 않는다고 알려 주셨다. 다행히 지난번 방학 전에 조그만 선물을 드렸다는 사실이 다행이었다는 생각이 들었다. 그렇게 아저씨와 이별했다.

54. 시험의 공포

學園浸透間諜團을 摘發

中央情報部발표 一黨21名檢擧送致

日서留學假裝潛入

- 동아일보 1975.11.22, 1면

중학교에서 가장 신기했었던 건 '영어'를 배운다는 것이었다. 담임 선생님은 영어를 가르치시는 이광치 선생님이셨는데, 윗부분만 검은색 뿔테로 된 안경을 쓰시고 잘생긴 영화배우 같았다. 영어 발음도 훌륭하셨지만 무엇보다도 학급 전체의 성적에서 영어가 차지하는 비중이 큰 것을 잘 알고 계신 분이셨다. 우리 대부분은 ABC도 모르고 중학교에 왔다. 담임 선생님은 알파벳을 빨리 외우는 것이 중요하다고 하셨고, 영어 쓰기용 노트와 천자펜, 잉크까지 준비해 오라고 하셨다.

다음 날부터 1학년 7반, 영어 선생님이 담임인 우리 반은 수업이 끝나고도 한 시간씩 꼬박꼬박 알파벳 연습을 해야 했다. 다른 반 아이들이 집에 가는 것을 보고 있자니 속에서 열불이 났다. 선생님의 의지는 확고했다. 모나미 볼펜에 천자펜을 끼운 뒤 잉크를 묻혀, 그림을 그리듯 한 글자씩 알파벳을 노트에 적었다. 선생님은 잠시도 가만히 계시질 않았다. 한 반에 70명

326

이나 되는 교실을 누비고 다니셨고, 한 명 한 명 반듯하게 쓰지 못하는 아이들에게 꼬부랑 영어를 어떻게 써야 하는지 일일이 알려 주셨다. 선생님의 노력과 하루 한 시간씩의 추가 보충 수업으로 알파벳을 금방 익혔다.

시험 기간은 신나는 기간이다. 중간고사와 기말고사가 있는 기간에는 무엇보다 수업을 일찍 마치는 게 좋았다. 시험이 끝나고 나면, 시험 결과가 발표되는 수업 시간마다 다들 교복 안에 체육복을 입고, 채점한 시험지를 가지고 들어오시는 선생님을 기다렸다. 국어, 영어, 수학, 과목을 가리지 않고 선생님들은 약속이나 한 듯, 틀린 문제 하나에 한 대씩 때렸다. 선생님들마다 칠판을 가리키는 수업용 몽둥이를 들고 다니셨다. '교편(教鞭)'이라는 말의 뜻이 가르칠 때 사용하는 '채찍'이나 '회초리'를 뜻하는 말이니 응당 선생님들은 분신처럼 들고 다니신다. 그러나, 칠판에 판서한 내용을 가리키는 수업용이어야 할 작대기가 시험만 끝나면 용도를 달리한다. 매타작 용도로 바뀌는 것이다.

시험 점수를 공개하는 법은 없다. 그러나 모두가 알 수 있었다. 몇 대 맞는지가 곧 점수다. 1번부터 차례로 불려 나가면 교탁 위 묶어진 시험지에서 본인의 것을 보여 준다. 자신의 점수가 빨간색으로 크게 써진 시험지에는 틀린 개수가 표시되어 있다. 매 맞는 횟수는 틀린 개수에 정비례한다. 한 개에 오 점짜리도 한 대고, 40문제를 낸 과목의 경우에는 2.5점당 한 대다. 문제가 많은 시험 과목일수록 매타작은 오래간다. 번호순으로 호명되어, 아니 자동적으로 자기 차례가 되면 알아서 앞으로 나간다. 저마다 자신의 노력이 부족한 것에 합당한 매질을 당했다. 간혹 100점을 맞아 그냥 들어오는 인간다운 매력이라곤 없어 동질감을 느끼기 힘든 녀석도 있었지만, 대부분은 교탁에 손을 짚고 따끔한 매를 맞았다. 매질을 당한 다음 시간이 영·수나 국어 시간으로 이어지면서 엉덩이에 무언가를 더 집어넣느라 바빴다.

수학 선생님이 가지고 다니시는 사랑의 매는 저마다 달랐다. 가늘고 긴 것과 짧고 굵은 것 등 다양했다. 짧고 가늘어 아프지 않을 것이라는 생각은 때리는 부위와 강도에 따라 다른 것이지 몽둥이의 길이나 무게와는 무관한 것이다. 다행인 것은 번호가 중간이라 1번부터 불려 나가 어떻게 맞는지를 관찰할 수 있었다는 것 정도였다. 수학 선생님은 교탁에 올라가 무릎을 꿇으라고 했다. 교탁이 높아 오르기 힘들어하자 앞에 있는 학생의 의자를 꺼내 밟고 올라가게 했다. 본인의 시험지에 확연히 그어져 있는 동그라미와 쉽게 구별되는 틀렸다는 표시는 맞아야 할 개수였다. 몇 개가 틀렸는지를 센다.

"몇 대야?"

선생님은 몇 개 대신에 "몇 대냐?"라고 묻고,

"일곱 개입니다!" 학생은 틀린 개수를 말했다.

"정확하게 세도록!"

"네!"

짧고 가는 몽둥이가 허벅지 위의 대퇴직근, 비측광근, 경측광근을 때리고, 대퇴직근 아래에 숨겨져 있는 중간광근을 울린다. 맞으면 몽둥이는 접착제를 묻혀 놓은 듯 교복 위에 찰싹 붙는다. 전기에 감전된 것처럼 짜르르한 통증이 머리 뒤로 올라온다. 자동으로 엉덩이가 들린다.

"하나!"

"둘!"

"….."

고통에 몸부림치며 녀석은 세는 것을 잊었다. 숫자가 나와야 할 입을 오히려 악다물고 고통을 참고 있다.

"몇 대인지 세라고 했지? 다시!"

"셋!"

늦었다. 녀석은 한 대를 더 맞았다. 수학 선생님은 맞은 개수를 바로 말하지 않거나 늦게 말하면, 꼭 한 대를 더 때리셨다. 꼼짝하지 않고 연거푸 맞는 것은 쉽지 않았다. 맞은 부위의 통증은 쉽게 사라지지 않았다. 매를 맞는 시간은 찰나지만 통증은 오래갔다. 매질이 늘어나면서 사라지지 않고 있는 통증과 뒤이어 내려치는 매질의 통증이 겹쳐지면 참을 수 없는 고통에 몸이 꼬인다. 맞을 때마다 몸을 비틀어지는 통증을 피하고자, 되도록 맞지 않은 부위를 맞고자 머리를 숙이고 허벅지 위아래를 움직여 번갈아 가며 맞아 보려 하지만, 무릎 꿇은 상태에서 통증 부위만 깊고 넓어질 뿐 소용없었다. 머리를 숙여 잠시 통증이 가라앉을 시간을 벌어 보겠다고 생각했지만, 머리통만 한 대 더 맞았다. 머리통을 때린 건 개수에 포함되지 않았다. 매타작은 오래갔다.

영어 선생님이자 우리 반 담임 선생님으로부터는 허벅지 뒤쪽 대퇴이두근과 반건양근, 반막양근으로 구성된 햄스트링을 집중적으로 마사지 맞고, 앞서 수학 선생님으로부터는 반대쪽 마사지를 이미 받았고, 이제 국어 시간만 잘 지나가면 끝이다. 국어 선생님은 보기에도 가늘고 작은 작대기를 들고 오셨다. 작대기는 수학 선생님과 영어 선생님에 비하면 가늘었다. 생긴 걸로 봐서는 맞아도 아프지 않을 것만 같아 안심되었다.

1번 타자가 교탁을 잡았다. 한 대 맞자마자 주저앉는다. 우리는 녀석이 꾀를 부리는 것으로 생각했다. 자기 차례가 와서 맞아 보기 전까지는…. "매도 처음 맞는 게 낫다."라는 말은 별 도움이 되지 못했다.

"얼른 일어서라, 아직 많이 남았다!"

몇 대 맞고 고통에 온몸을 뒤틀면서 녀석이 한마디 했다.

"저, 선생님! 앞 시간에 허벅지를 맞아서 너무 아픕니다! 다른 델 때려 주시면 안 될까요?"

"그래? 그럼 손바닥 쫙 펴!"

순간 1번 타자의 얼굴에 미소가 보인 듯했다. 아무래도 맞은 데 또 맞는 것보다는 몽둥이의 자취가 없는 곳이 다소 나아 보였다. 그러나, 그건 시험 때만 되면 발생하는, 어쩌면 선생님들에게는 익히 보이는 수를 하수가 쓴 것에 불과했다. 선생님은 겉으로는 다른 곳을 때려 주겠다는 아량을 베푸신 듯했지만, 신체 어디라도 때리는 사람의 마음에 따라 고통은 달라질 수 있음을 알았어야 했다. 국어 시간은 손바닥 매질로 절반이 끝났다. 선생님의 매는 빠르고 정확했다. 사범 대학에서 학생 체벌에 관해 때리는 방법이라도 배우는지 모르지만, 맞는 동안 손바닥을 내리거나, 움직이거나 하면 덤으로 몇 대는 더 맞았다.

그렇게 시험이 끝나면 우리 반은 물론이고 다른 반 아이들조차 제대로 걷는 놈이 많지 않았다. 시험 기간 동안 단축 수업의 달콤함은 짧고 아쉽게 지나갔지만, 시험이 끝난 후 사랑의 매는 오랫동안 계속되었다. 매는 시험이 끝나고만 있는 것이 아니다. 수업 시간마다 떠드는 사람은 물론이고, 수시로 문제를 내고 맞히지 못하는 사람은 어김없이 딴생각한다고 맞았고, 집중하지 않는다고 맞아야 했다. 그렇게 70명 되는 콩나물 교실에서 선생님들의 사랑의 매는 졸업할 때까지 멈추지 않았다.

55. 대결

　국민학교 6학년 때, 홍수환 선수가 1974년 7월 3일 남아프리카공화국 더반에서 열렸던 WBA 밴텀급 타이틀전에서 판정승으로 챔피언에 올랐다. "엄마 나 챔피언 먹었어!"라는 말과 홍수환 선수 어머니의 "대한민국 만세다!"라고 외친 것 때문이었을지도 모른다. 홍수환 선수의 귀국과 환영 카퍼레이드는 방송을 타고 전국에 울려 퍼졌다.

　75년도에 입학한 오산중학교 건물(현 오산고등학교) 뒤편 잔디밭은 1층 교실에서 보면 평평한 것처럼 보인다. 그러나 조금만 더 잔디밭 뒤쪽으로 넘어가면 이내 가파르게 내려가고, 시원한 한강이 한눈에 들어온다. 아래쪽으로 난 철조망 담장 안쪽으로는 얼마간의 공간이 있었다. 우리만 알고 있는 사각의 링이다. 점심시간이면 서둘러 도시락을 비운 우리는 한강이 내려다보이는 잔디밭으로 몰려가 좋은 자리를 잡고 앉았다. 곧 벌어질 권투 시합을 보기 위해서다. 몇 해 전까지만 해도 전교생이 수영 강습을 했다고 하는, 그 한강을 내려다보면서 친구들의 권투 시합을 보는 것은 또 하나의 즐거움이었다. 그때 우리의 폭력 성향이 남달랐기 때문이 아니다. 우리의 결투 본능은 홍수환 때문이었다.

그곳에서는 항상 챔피언 결정전과 비슷한 권투 시합이 열렸다. 누가 권투를 잘하는지를 보기 위함이었지 감정이 폭발하는 싸움질은 아니었다. 홍수환 선수를 꿈꾸지는 못하지만 남자답게 한판 벌이는 것이었다. 누가 그날 링 위에 오르는지는 결정되지 않았다. 모이는 사람 중에서 희망자를 선착순으로 뽑고, 뽑힌 자가 자기가 붙고 싶은 사람을 선택한다. 선택을 당하면 주저 없이 나가서 붙었다. 구경꾼이자 잠재적인 선수들이 모이는 것이다. 대개 링 위를 빙빙 돌듯 뒷걸음질만 하거나 도망을 가면 관중들의 야유를 받았고, 맞더라도 공격하면 박수를 받았다.

그렇게 시작된 권투 시합은 홍수환 선수가 1975년 3월 14일 KO패를 당하고도 계속되었고, 1976년 한국에서 열린 재시합에서 홍수환 선수가 재차 KO패를 당했어도 없어지지 않았다. 홍수환은 1977년 파나마에서 열린 WBA 초대 주니어페더급 챔피언 타이틀전에서 17전 17KO승을 하고 있던 카라스키야를 상대로 싸웠다. 홍수환이 2회에서만 네 번의 다운을 당한 후 3회에 거꾸로 카라스키야를 KO시키는 일이 벌어졌을 때, 사그라들던 우리 비공식 오산도장의 주먹들은 활활 타올랐다. 주먹질 못하는 나조차 몇 번이나 권투 시합을 했을 정도였다.

그렇게 돌아가면서 무작위로 스파링을 하던 점심시간, 우리의 비공식 체육 시간은 짧기만 했다. 권투를 통해 스스로 얼마나 강한지, 겁이 없는지를 검증받고자 했다. 싸우지만 상대방에게 감정이 쌓이지 않는 운동으로 권투 시합을 받아들이게 된 건 홍수환 때문인지는 확실하지 않다. 홍수환 선수도 후암동에 살았다. 훈련도 남산 기슭에서 했다. 내가 권투 시합에서 꽁무니를 빼지 않았던 건 그래서인지 모른다.

권투 말고도 점심시간이면 가장 많이 했었던 것은 패싸움이었다. '패싸움'이라는 용어에서 오해의 소지가 있을 수 있지만, 많을 땐 열 명이 다섯 명씩 편을 지어 싸움하는 것이다. 얼굴을 가격하지 않고 팔과 다리만 사용해 복부와 등을 공격하는 것이다. 패싸움은 홍수환과는 무관한 놀이였다.

패싸움이라고 하지만 아이들 동네 싸움인 것이 때리는 것보다는 상대방의 깨끗한 교복에 흙을 묻히는 것을 즐기는 놀이에 가까웠다. 상대방의 등 뒤에서 날아올라 옆 차기를 하면 내 신발 자국이 상대방의 검은색 교복 등 뒤에 선명하게 찍히는 것에서 희열을 느꼈다. 수많은 학생이 섞여서 놀고 있는 운동장에서 우리의 적이 어디에 있는지 찾는 것과 동시에 사방을 경계하면서 날아오는 발길을 피해야 했다. 정신없이 차고 도망을 다니다 보면 아쉬운 점심시간은 세수할 시간도 없이 끝났다. 숨을 헐떡이며 교복에 묻은 흙을 털고, 친구의 흙도 털어 주면서 치열한 싸움의 흔적들을 지웠다.

패싸움을 하지 않는 날에는 점심을 먹고 조는 친구들을 대상으로 불장난을 했다. 성냥으로 만든 불침으로 친구의 팔에 불주사를 놓는 것이다. 성냥을 소지하는 것 자체가 있을 수 없는 일이었지만, 3학년 형들의 경우 선생님들이 보이지 않는 곳에서 가끔 뻐끔담배를 피우곤 했다. 그런 형들에게 성냥은 필수품이지만, 저학년생에게 성냥은 담배를 피우기 위해서 가지고 다니는 것이 아니었다. 점심 도시락을 먹고 나서 낮잠을 자는 아이를 골려 먹는 데 불침만 한 것이 없었다. 그것은 자는 친구를 화끈하게 깨우는 불벼락이었다.

불침을 만드는 요령은 간단하다. 성냥에 불을 붙여 어느 정도 성냥이 타 내려가면 침을 묻혀 불을 끈다. 이때 성냥이 완전히 타 버리면 숯이 되지 않으므로 적당히 태우는 게 중요하다. 그렇게 만든 성냥숯은 불을 붙이면 한 번 더 타 내려가는 불침이 되는 것이다. 가장 잘 만들어진 불침은 속까지 숯이어서 아주 서서히 타 내려갔다. 그러면 새빨간 불꽃이 타 내려갈 때도 자는 친구는 전혀 알 수 없었다. 냄새도 없고 연기도 나지 않는다. 그렇게 만든 불침을 엎드려 자는 친구 놈의 팔에 침을 발라 세운다. 그리곤 성냥으로 불을 붙인다. 숯에 옮겨붙은 불은 붉은 숯이 타고 내려가면서 놈의 팔을 지지는 순간까지 몰라야 한다. 숯은 꺼질 듯 타다가 불꽃이 다 타고 꺼질 때쯤, 혼이 떨어질 듯 놀라며 자고 있던 놈이 깬다. 너무 뜨거워 말도 나오지 않는다. 교실 안에서는 누구든 점심을 먹고 졸거나 자는 놈은 따끔한 불 맛을 봤다. 불침은 당한 자만 있지 가해자는 없는 완전 범죄가 되도록 모두가 동조했다. 나만 당할 수 없다는 당해 본 자의 심리와 아직도 경험하지 못한 친구들의 당하는 모습을 보고 싶은 관중들의 의지가 뒤섞인 것이었다. 불침 놓는 것을 한의사가 침놓듯 하는 놈이 교실을 배회하면 책상에 엎드려 자다 불침을 맞느니 차라리 밖에 나가 애들과 어울렸다.

즐거운 추억만 있었던 것은 아니다. 오산중학교는 사립중학교였다. 1학년 이후 등록금 고지서를 받기만 하면 늘 제때 내기 위해 어머니를 졸랐다. 석 달마다 내야 하는 수업료 고지서를 받는 날부터 내는 날만 눈에 들어왔다. 2004년 참여정부 시절에 중학교 무상교육이 전면적으로 시행된 이후, 고등학교 무상교육(입학금, 수업료, 학교운영지원비, 교과서비)이 전면 시행된 2021년부터는 124만 명의 학생 중 일부 학교를 제외한 누구도 돈 걱정을 할 일이 없지만, 나는 중학교 2학년 1학기, 2/4분기 수업료를 제날짜에 내지 못해 끝내 등교 정지를 당했다.

국민학교 시절 교장실에서 육성회비 납부 독촉을 받는 것처럼, 여러 번 불려 가도 학교를 나오지 말라는 말도, 등교 정지도 없었던 국민학교와는 다르게, 오산중학교에서는 교장실로의 호출은 없었지만, 담임 선생님으로부터 학교에 나오지 말라는 말은 그대로 실행되었다. 나는 17일간 학교에 가지 못했다. 몇 명의 학생이 등교 정지를 당했는지는 모른다. 17일의 등교 정지 이후 나의 학교생활은 17일 전으로 즉각적으로 돌아갔다. 오랜만에 다시 학교로 복귀한 나는 패싸움 정예 멤버에게 빨리 점심 먹고 나가자고 말했다. 한 번의 등교 정지 후에 어머니는 더 이상 수업료를 늦지 않게 마련해 주셨다. 얄팍한 나의 신문 배달로 인한 수입도 고스란히 보탰음은 물론이다. 나처럼 제때 수업료를 내지 못하는 학생들로 인해 학교 운영이 얼마나 어려웠는지는 알 수 없다. 나의 중학교 생활기록부에는 '등교 정지'라고 기록되어 있다. 학교가 좀 더 기다려 줄 수는 없었는지 야속했다.

17일간의 등교 정지 중에도 나는 보급소에 일찍 나갔다. 신문 배달을 2판이 아닌 1판에 돌릴 수 있었다. 네 시 넘어서 시작했던 신문 배달을 1시 반에 시작할 수 있어서 뛰어다니지 않고 여유 있게 배달했다.

56. 살벌한 보급소

「포니」乘用車 첫선

한臺 2百29萬원

– 동아일보 1976.1.24, 2면

영토 확장의 꿈은 광개토대왕 시절에만 있는 것이 아니었다. 보급소에 선 신문만 돌리는 것이 아니라 해야 하는 다른 일이 많았다. 신문을 배달하는 대부분은 중고생이었다. 용산중·고등학교 학생들이 가장 많았고, 남대문경찰서 뒤편에 당시로서는 드문 남녀 공학인 한광상업전수학교(현 예림디자인고, 구로구 궁동)와 선린상고(현 선린인터넷고, 용산구 청파동)가 있었다. 멀리 오산중학교에서 오는 사람은 나와 용남이뿐이었다. 가장 많은 배달 소년들로 붐비는 시간은 2판이 도착하는 4시에서 4시 30분 사이였다. 이때 보급소 안에는 학생들로 가득해 앉을 자리가 없었다. 그때 보급소장의 말이 떨어진다.

"다들 자리에 앉아 봐! 어서!"

말이 끝나기 무섭게 널빤지로 된 기다란 의자 두 개와 창가 쪽으로 난 의자에 착석한다. 자리가 부족해 의자에 내려놨던 책가방들은 창가로 올려진

다. 그래도 앉을 자리가 없어 서 있는 사람이 절반이다. 모두 긴장한다.

"요금 너희 정신 상태가 엉망이야, 이 자식들아!"

대개 이 말이 시작되면 누군가는 빠따를 맞게 된다. 소장의 말은 계속된다.

"어제도 불착 때문에 여기 김 총무와 이 총무가 밤늦게 신문을 가져다주느라 고생했는데, 왜들 정신들을 못 차리고 신문을 빼먹는 거야! 엉!"

소장의 목소리는 커지고 높아졌다. 관자놀이 핏줄이 선명해진다.

"그리고, 왜들 수금들을 제대로 안 해! 수금을 해야 네놈들 월급을 줄 거아냐! 월급 안 받을 거야? 앞으로 똑바로 해라!"

"네, 알겠습니다!"

다들 숙였던 고개를 들었다. 소장님의 훈시는 매번 같은 말을 반복하는 것이라 그러려니 했지만, 본격적인 매타작은 김 총무와 이 총무 중 한 명이 몽둥이를 드는 것으로 시작한다. 오늘도 김 총무가 나섰다. 김 총무는 말을 하기에 앞서 언제나 기다란 몽둥이를 들고 누군가의 머리통을 갈기는 것으로 말을 시작한다.

"어제도 밤늦게까지 네놈들이 불착한 집에 신문 가져다주느라 개고생을 했는데…. 용산2 김학수! 청파2 이홍기! 후암3 김혁규! 세 놈 앞으로 나와!"

김 총무의 군대 조교 같은 목소리에 세 사람은 앞에 나가 엎드렸다. 늘 있는 일이라 자동적으로 빠따를 맞기 위해 엎드리는 것이다.

"김학수! 너는 이틀 건너 한 번씩 꼭 불착이 생기는데 정신 안 차릴 거야?"

김 총무의 몽둥이가 사정없이 궁둥이 아래 허벅지를 강타한다.

'퍽!' 소리와 함께 "윽!" 하는 소리가 보급소 안에 퍼졌다. 다들 조용하다. 김학수는 그 뒤로도 네 대를 더 맞았다.

"너! 앞으로 한 번만 더 불착하면 그때는 열 대 맞는 줄 알아! 들어가!"

"다음! 이홍기 나와!"

홍기도 상습범이다. 홍기도 다섯 대를 맞았다. 김혁규도 다섯 대를 맞았다. 사실 불착했다고 매를 맞는 것엔 억울한 측면이 있다. 신문을 잘 넣었어도 다른 신문을 배달하는 놈이 신문을 뺀 것일 수 있다는 것을 다들 안다. 그래도 어쩔 수 없다. 총무의 몽둥이는 날카롭고 아파서 다섯 대를 맞으면 절뚝거리며 걷게 된다. 맞는 중에 엉덩이를 내리거나 아프다고 자세를 흐트러뜨리기라도 하면 한 대를 더 맞아야 했다. 몽둥이는 대걸레 자루를 잘라 만든 것인데 하도 사용을 많이 해서 반질반질했다.

보급소에서 가장 많이 생기는 사고가 '불착(不着)'이다. 신문이 독자의 손에 들어가지 않은 것이다. 신문을 넣었지만 배달 학생이 빠트린 경우는 많지 않다. 매일 같은 곳을 다니면서 신문을 넣는 것이기에 실수로 넣지 않는 경우는 드물다. 다만, 바람이 부는 날이면 마당 안으로 던져 넣은 신문이 대문 밖으로 다시 나오는 일도 있고, 드문 일이지만 주인집이 보는 신문을 옆방에 세 든 사람이 보겠다며 가져가는 경우도 있을 수 있다. 대문 틈에 끼워 둔 신문을 옆집에서 가지고 가는 경우도 흔히 있는 일이다. 또 타지(다른 신문)를 배달하는 사람이 일부러 빼내는 경우가 있다. 신문사별로 구독자 확보 경쟁이 치열하고 배달 구역이 겹치는 경우가 많아서 일부러 잘 넣은 신문을 라디오 안테나처럼 기다란 도구를 가지고 다니면서까지 빼기도 했다. 그렇게 뺀 신문은 엉뚱한 집에 넣어 버린다. 서로에게 득이 되지 않는 것을 알면서도 멀쩡하게 넣은 신문이 없어져 불착으로 보급소에 연락이 가면, 해당 구역을 담당하는 사람은 다음 날, 오롯이 몽둥이찜질을 당하게 되고, 그렇게 당하면 심증만으로 다른 신문 배달자를 의심하게 된다. 의심은 행동으로 옮겨졌다.

이런저런 사유로 신문이 오지 않았다고 독자가 보급소에 전화해서 갖다 달라고 하는 일은 생기기 마련이다. 불착 전화가 오면 신문 배달을 마치고 집이 같은 방향인 사람에게 집에 가면서 넣어 달라고 총무가 부탁한다. 당시엔 휴대전화는 물론이고, 집에조차 전화가 없으니 해당 구역 학생을 다시 불러와 빠진 집에 신문을 넣으라고 할 방법이 없기 때문이다. 주소를 알지만 거기까지 가는 시간에 직접 신문을 가져다주는 것이 빠르니, 그렇게들 한다. 대개 신문이 오지 않았다고 전화가 오면 총무들이 가져다주어야 한다. 그런 일을 대비해 총무들은 보급소에서 자는 경우도 종종 있다. 밤늦은 시간이라도 통금 전이라면 신문을 가져다 달라는 독자들의 요구가 있고, 밤늦은 시간에 신문을 다시 배달하고 오면, 집에까지 가기에는 통금 시간이 있어 가지도 못하니 보급소에서 해당 구역 담당자를 원망하며 자는 것이다.

평상시에도 배달이 끝나고 보급소에 갔다가, 가방을 들고 집으로 돌아올 시간이면 어두워지기 마련이고, 어두워졌는데도 신문이 오지 않으면 전화가 집에 있는 독자는 전화로, 집에 전화가 없는 경우는 가까운 공중전화로 가서 보급소에 전화를 걸어 신문이 오지 않았다고 전화를 한다. 그러면, 보급소장이나 총무는 신문을 가져다준다. 밤늦은 시간에 신문을 들고 가면, 고맙다는 소리는 고사하고 독자로부터 좋지 않은 소리를 듣게 되고, 그러면 다음 날 어김없이 원인을 제공한 당사자는 몽둥이세례를 받게 된다. 이와 같은 일을 방지하고자 배달이 끝나면 바로 집으로 가게 하지 않고, 그날그날 신문 대금을 수금한 돈을 보급소에서 경리 직원에게 입금하도록 하면서, 집으로 돌아가기 전 불착 전화가 오면 구역이 어디든 총무들은 보급소에 있는 다른 학생에게 배달을 부탁해야 했다. 한두 집이 아니니 두 명의 총무가 모든 집을 다 갖다 줄 수는 없는 노릇이었다. 불착이 없을 수 없는 만큼, 매타작은 하루도 빼놓지 않고 생기는 일이다.

매타작은 불착 때문에만 생기는 것이 아니다. 학교에서 보급소로 아무런 이유 없이 늦게 왔다고 맞아야 했고, 수금한 돈이 바지 구멍으로 빠져 잃어버렸다고 하면 정신 차리라고 맞았고, 일요일에 신문 대금 수금이나 신규 독자 개척에 나오지 않았다고도 맞았다. 몽둥이가 없을 때는 왼쪽 볼을 엄지와 검지로 단단히 붙잡곤 오른쪽 뺨을 때리기도 했다. 나는 불착을 방지하기 위해 같은 구역을 돌리는 타지 배달원들에게 부탁한 적도 있다. 일종의 신사협정을 한 것이다. 나도 네 신문을 건드리지 않을 테니, 너도 내 신문을 빼지 말아 달라는 것이다. 대개 일말의 죄의식이 있어 그러지 않겠다고 한다. 그렇게 평화의 시간이 한동안 지속된다.

신문을 돌리면서 해야 하는 일은 여러 가지가 있지만 가장 중요한 것은 신문 대금을 받아 오는 일이다. 매달 마감일인 말일까지는 구독자 집에 신문을 넣으면서 수금한다. 당시엔 은행을 통한 계좌 이체나 자동 이체 방식으로 구독료를 납부하는 방법이 없었다. 독자들도 말일이 평일인 경우 그 전 토요일이나 일요일에 수금하는 것을 알기에 미리 준비해 주신다. 평일에는 신문 대금을 수금하는 것이 쉽지 않다. 배달하는 시간이 오후라는 것과 해당 시간이 신문을 보는 구독자들이 일하는 시간이기도 하고, 가정주부의 경우에는 장을 보러 가는 시간대와 겹치기도 해서 수금하는 것이 쉽지 않다. 사정이 이러다 보니 월말이 낀 주말에는 예외 없이 수금하러 보급소에 나간다.

수금하면 돈을 받았다고 영수증을 끊어 준다. 배달을 하는 중이라도 신문 대금을 받지 못한 집을 들르게 되면 독자분이 계시는지 신문을 넣으면서 확인해, 신문 대금을 달라고 부탁드린다. 신문 대금을 받게 되면 신문을 바닥에 내려놓고 영수증 다발을 꺼내 해당 독자의 영수증을 찾아 보급소

확인용을 제외한 구독자 보관용 영수증을 끊어 준다. 매번 돈을 받고 잔돈을 거슬러 준 후 영수증을 찢어 건네는 일은 귀찮기도 하고 배달 시간을 지체해, 주말에 수금하러 오겠다며 주겠다는 돈을 주말로 미루기도 한다. 영수증은 한 달에 한 번씩, 배달하는 구역의 구독자 순서대로 이름이 적힌 영수증 다발을 보급소 경리가 만들어 준다. 영수증은 두꺼운 종이로 겉장을 만들어 뒷주머니에 넣고 다니거나 손으로 들고 다닌다. 보급소 경리는 매달 새 영수증 다발을 만들면서 지난달 수금하지 못한 영수증을 해당 구독자의 영수증 위에 풀칠해서 붙여 준다. 배달하면서 수금할 때 정확히 몇 달치를 받아야 하는지 쉽게 알 수 있게끔 하기 위해서다. 영수증 위에 밀린 달의 영수증을 붙이는 이유는 밀린 달의 구독료를 먼저 수금할 수 있도록 하기 위해서다.

돈이 있다면 문제가 생길 수 있다. 석간 배달이 통상적으로 오후에 이루어지다 보니 해가 긴 여름에는 문제가 될 것이 없지만, 겨울철 해가 짧아지면 배달 구역의 뒷부분을 배달할 때쯤이면 컴컴한 밤이 된다. 겨울이라고 해서 신문이 일찍 나오는 것이 아니기 때문이다. 수금한 돈을 잃어버리기도 하고, 월말이 다가오면 대부분의 독자가 신문 대금을 준비하고 있다가 주기보다는, 신문이 왔다는 소리에 신문을 가지러 나왔다가, 신문 대금을 달라는 말에 돈을 주려고 부랴부랴 집 안으로 다시 들어가 돈을 가지고 나오고, 잔돈을 거슬러 주면서 영수증도 주어야 하니 배달 시간은 집집마다 수금하느라 지체한 시간의 총량만큼 늦어진다.

신문 대금도 정액을 내는 집이 다수지만, 월정액이 600원인 경우, 50원이나 100원을 할인해 주는 경우도 있으므로 영수증을 잘 확인해 받아야 한다. 같은 구역을 오래 배달하다 보면 어느 집에서 얼마를 받아야 하는지를 알고 있어 별문제가 될 것이 없지만, 배달한 지 얼마 되지 않은 신참의 경우, 종종 돈을 잘못 받아 오는 경우가 많다. 이와 같은 문제를 예방하고자 보급소에서는 통상 영수증의 절취선을 기준으로 보관용과 독자용으로 구분하고 있고, 보관용에 구독자 명과 받아야 할 구독료를 일일이 적어 놓고 있어 대금을 잘못 받는 일이 없도록 한다.

일요일에 수금하러 나오라는 보급소장이나 총무의 말을 액면 그대로 수금만을 하기 위해 나가는 것으로 생각하면 오산이다. 구독료도 받으면서 '확장'이라는 신규 독자 개척도 해야 한다. 그러니, 일요일에도 보급소에 아침 10시쯤 나와 어제 날짜 신문을 몇 부 들고는, 자기 구역을 돌면서 수금도 하고 신규 독자 확보를 하곤 다시 보급소로 돌아오면 오후 1시쯤 된다. 보급소에는 다들 엇비슷한 시간에 들어오는데 이유는 모였다가 후암시장 중국집으로 짜장면을 먹으러 가는 것을 알기 때문이다. 보급소 입장에서도 쉬어야 하는 일요일에 학생들을 나오라고 하고, 일까지 시키니 밥은 먹이는 것이다. 냉면 그릇만 한 커다란 그릇에 가득 담겨 나오는 짜장면은 고기 건더기는 별로 없는 멀건 짜장이 가득 들어 있는 것이지만 싹싹 비우고 집에 돌아오곤 했다.

돈을 다루다 보면 분실하거나 의도적으로 돈을 받았으면서도 받지 않은 것으로 보고하는 경우가 있다. 수금을 하면 보관용 영수증의 한쪽을 위쪽으로 튀어나오도록 접어 두었다가, 보급소에 들어가면 구역별로 비치되어 있는 수금 장부에 수금한 날짜와 금액을 기입, 경리에게 수금한 돈과 함께 제출한다. 자주 있는 일은 아니지만 배달하면서 수금하다 보니 돈을 지닌 채 배달을 하게 되고, 수금한 돈을 일부 분실하는 일도 있다. 그럴 경우 보급소에 사실대로 말하면 봉급에서 해당 금액만큼을 차감하고 받는 것이 보통이다. 그렇게 하면 될 것을, 차일피일 미루다 독자로부터 이미 수금했다는 사실이 적발될 때는 심한 체벌이 뒤따랐다. 장부 정리를 다음 날 하는 것은 문제없지만 그날 수금한 돈은 반드시 보급소에 입금해야 하는 것이 원칙이기 때문이다.

배달을 시작한 1974년 동아일보의 한 달 구독료는 450원이었다. 구독료는 신문협회의 결정에 따라, 대개 새해 첫날을 기해 모든 신문이 동시에 인상했다. 75년에는 600원으로 33% 인상되었고, 2년 후인 77년에는 700원, 중앙일보로 옮긴 78년에 800원, 79년에 1,200원, 고3이 되어 신문 배달을 그만둔 해인, 80년에는 1,500원으로 올랐다. 공교롭게도 내가 신문 배달을 한 6년 동안 76년 한 해를 제외하곤 해마다 구독료가 인상되었다.

배달을 하면서 가장 곤혹스러운 문제가 있다. 신문을 그만 보겠다는 독자의 요청에도 불구하고 신문을 계속 넣는 것이다. 이러한 것을 '강투(강제투입)'라고 한다. 그러한 구독자를 '강제 투입 독자', 줄여 '강투집'이라고 불렀다. 강투집에 신문을 넣고 가면, 평소 신문을 볼 때는 신문을 넣었는지도 모르던 집인데, 어떻게 알았는지 신문을 들고 바로 뛰어나온다.

"야! 신문! 신문 넣지 말라는데 왜 자꾸 넣는 거야!"라며 신문을 들고 따라 나와, 신문을 건네준다. 이 정도면 양반이다. 욕과 함께 맨발로 도둑놈이라도 잡을 듯이 뛰어나오는 사람도 있고, 쫓아오면서 잡으면 요절을 내겠다는 사람도 있다. 늘 신문을 돌리느라 뛰는 것이 업인 배달 소년을 잡을 수 있는 어른들은 없지만, 집에 돌을 던져 장독을 깬 것도 아닌데 잡으면 가만히 두질 않겠다고 말하는 것은 이해할 수 없었다. 잡히더라도 내일부터 신문을 넣지 않겠다고 하면 끝날 일이라 험악한 상황이 벌어질 일은 없다. 쫓아오다 지친 어떤 독자가, "너! 나중에 신문 대금은 받으러 올 생각하지 마라!"라고 소리치는 게 뒤에서 들리지만, 한 달은 금방 돌아온다. 보급소에서는 신문을 넣었으니 신문 대금을 받아 오라고 하고, 신문을 넣지 말라며 화를 낸 독자는 절대 돈을 주지 않겠다고 한다. 넣지 말라는 신문을 넣었으니 모르겠다는 식이다. 중간에서 이러지도 못하고 저러지도 못하는 상황이 지속되면서 보급소에선 밀린 구독료를 받아 오라고 애꿎은 배달자를 압박하기 시작한다.

강투집에도 수금을 하러 간다. 가장 흔히 하는 말은, 앞으로 신문을 넣지 않을 테니 신문 대금을 달라고 사정하는 것이다. 수금을 하지 못하면 보급소에 물어내야 한다거나, 같은 말이지만 "월급에서 까인다."라는 말로 독자에게 사정한다. 어지간한 분들이라면 학생들이 학비라도 벌겠다고 뛰어다니는 게 안쓰러워 다시는 넣지 말라는 말을 거듭 당부하면서 신문 대금을 주기도 했다. 그렇게 수금을 하는 경우는 한편 미안하기도 하지만 다행이라는 생각도 들곤 했다. 해당 구역의 신문 배달 부수와 수금하는 금액에 비례해 월급이 결정된다. 많이 돌리면 많이 받고 적게 돌리면 적어지는 것이다. 때문에 신문을 넣고 있던 집에서 그만 보겠다는 말을 듣게 되면 배달 시간이 늦어짐에도 불구하고 몇 달만 더 보시라고 애원한다. 그런데도 청이 받아들여지지 않으면 '강투'를 하곤, 악착(齷齪)같이 신문 대금을 받아야 했다.

57. 똥(糞) 푸는 날

梁正模選手, 建國후 첫金메달

올림픽出戰史上最大의 收穫…金1 銀1 銅4

- 동아일보 1976.8.2, 1면

똥 푸는 날에는 동네 골목마다 구린내가 진동한다. '분뇨(糞尿)'라는 말은 생소했다. 똥지게를 멘 아저씨들이 화장실에서 똥차가 대기하는 큰길까지, 최단 거리로 똥 푸는 집의 화장실과 똥차 사이를 반복했다. 똥지게라고는 하지만 좁은 골목길과 비좁은 출입문을 통과해 다니는 것이 힘들어 보였다. 물 양동이를 길던 물지게는 양쪽 어깨에 메지만, 똥지게는 말만 지게일 뿐 한쪽 어깨에 걸쳐 멨고 가끔 어깨를 고쳐 가며 메기도 했다. 물지게처럼 똥지게를 양어깨에 메고 다닐 만큼 골목길은 넓지 않았다. 출입문 또한 좁아 똥지게를 양쪽 어깨에 메고 똑바로 다니는 것은 생각도 못 하고, 몸을 옆으로 비틀어 게걸음으로 다니기도 쉽지 않다. 그래서 이름만 똥지게고 실제로는 한쪽 어깨에 걸친 기다란 장대에 두 개의 똥통을 매달고 다닌다.

화장실 똥 푸는 일은 몇 달에 한 번씩 있는 일이라는 사실이 다행이라면 다행이다. 재래식 화장실의 단점이 화장실 가득 똥을 모아 두는 형태라 똥이 찰수록 냄새도 심하고, 화장실마다 분뇨로 인한 냄새를 뺄 수 있도록 플라스틱 관을 화장실에 설치하고, 그 끝에는 팬을 달아 악취를 뽑아 버리고자 하지만 끝도 없이 깊은 화장실 밑에서부터 무지막지하게 품어져 올라오는 냄새를 없애기엔 역부족이다.

똥차는 정기적으로 동네를 다녔기에 우리가 세 들어 사는 집이나 부근의 집들은 거의 같은 날에 똥을 폈다. 미리 약속하고 오는 것이 아니기 때문에 어느 집이 변소를 치울지 모르니, 똥 푸는 아저씨들이 골목마다 다니면서 "똥~ 퍼!"라고 소리친다. 아무리 들어도 "퍼~!"라는 소리만 들린다. 분명 앞 글자인 '똥'도 발음하지만 너무 작은 소리로 하기에 뒷소리만 들린다. 그렇게 골목을 헤집고 다니면, 변소 비울 때가 된 집에서 아저씨를 불러 세운다.

똥을 푸기로 하면, 아저씨들이 화장실에서 똥을 푸는 기다란 막대에 달린 페인트 통같이 생긴 똥바가지로 똥을 휘젓는다. 푼 지가 오래되면 수분이 증발해서인지 화장실 내 가득 찬 똥이 떠지질 않는다. 그러면 수도를 호스로 연결해 화장실 안에 물을 집어넣은 후 똥바가지를 넣어 휘저어 가면서 한 바가지씩 퍼낸다. 푸기에 적당한 농도로 똥을 묽게 하는 것이다.

똥을 푸기 시작한다. 아저씨들은 저마다 똥통 2개를 변소 가까이 붙여 놓고, 똥바가지로 똥을 퍼 똥통을 한 번에 두 개씩 채운다. 대개 똥지게를 지고 얼마나 많은 횟수를 왕복하는지에 따라 똥 푸는 비용을 셈하지만, 같은 집에서 매번 퍼내는 똥의 양이 일정하기에 정해진 비용이 있기 마련이었다. 그래도 매번 똥지게가 몇 번을 왕복하는지 세는 역할은 집주인이 하는 것이지 세 사는 사람은 상관없었다. 같은 변소임에도 지난번보다 양이 적으니 많으니 하지만, 결국은 집주인과 똥 푸는 아저씨와의 사이에 비용을 두고 벌어지는 실랑이는 늘 있기 마련이다. 똥을 퍼 나르는 중간에 이래

라저래라 하는 법은 없었다. 냄새도 나고 괜히 시비라도 생기면 손해를 보는 쪽은 변소를 푸는 집이지 똥 푸는 사람들이 아니다.

아저씨들은 어깨에 메고 간 똥통을 똥차 앞에 내리고, 한 번에 한 통씩 똥차에서 대기하고 있는 사람에게 똥통에 달린 끈을 잡아, 들어 올려 준다. 똥차의 중간쯤에 있는 발판 위에는 다른 아저씨가 올려 주는 통을 받아 차량 지붕에 열려 있는 뚜껑 안으로 똥을 쏟는다. 쏟고 난 빈 통은 다시 내려 준다. 남은 한 통을 다시 올리고 같은 방식으로 비운다. 이와 같은 일은 변소가 비워질 때까지 반복된다. 통을 퍼 가는 아저씨는 무거운 통을 메고 계단을 오르내리고 좁은 문을 나가 다시 큰길로 오르는 계단을 수십 번씩을 오르내린다. 그 과정에서 똥을 흘리는 것은 어쩔 수 없다. 그래서 똥 푸는 날에는 앞집, 옆집 할 것 없이 모두가 집 앞을 물청소한다.

물청소를 하면 내 집 앞은 깨끗해지지만, 똥을 씻은 물은 아래로 내려가기 마련이다. 시멘트 계단을 타고 내려가는 물은, 아래로 내려가면서 똥을 푸지 않는 집 대문 앞을 지나고 끝없이 흘러간다. 골목길엔 한동안 똥 냄새가 났다. 워낙 많은 집이 몰려 있어 오늘 하루에 우리 동네의 화장실을 모두 퍼낼 수 없으므로 며칠이고 똥 푸는 아저씨들의 똥지게를 보게 된다. 추운 겨울 길이 미끄러운 날에도, 한여름 더운 날에도 아저씨들은 긴팔에 긴바지를 입고 일한다. 흐르는 땀을 닦느라 수건을 목에 걸고, 바지를 무릎까지 걷었다. 아저씨들의 장딴지는 똥바가지처럼 굵었다.

쓰레기차와 똥차는 다르다. 쓰레기는 집에서부터 쓰레기차까지 저마다 자기 집 쓰레기를 담아서 들고 가고, 쓰레기통을 되찾아 와야 하는 일이니 다소 냄새가 나거나 먼지를 뒤집어쓰더라도 잠깐이면 끝났다. 그러나, 변소 푸는 날에는 달리 할 일도 없고, 어서 빨리 끝나기만을 기다려야 한다. 똥지게를 메고 왔다 갔다 하는 아저씨들 근처에도 가지 않았다. 그저 멀찌감치 떨어져서 지켜보기만 하거나 아예 다른 데서 놀다가 와야 한다.

똥지게 대신 굵은 고무호스를 연결해 똥을 빨아들이는 새로운 똥차를 이용하게 되면서 똥지게처럼 여기저기 똥을 흘리지 않아서 좋았다. 그러나, 그러한 호수의 길이에는 제한이 있어서 모든 집이 이용할 수 있는 것은 아니었다. 내가 살던 곳은 길에서 멀지 않았고, 몇 개의 호스를 연결하면 화장실까지 호스가 닿을 수 있어서 호스 똥차를 이용하고부터는 냄새가 덜했다.

서울시에서 발생하는 분뇨는 서울시 산하 4개의 물재생센터('분뇨'라는 말과 어울리지 않지만)를 통해 처리된다. 더 이상 채마밭에 뿌리는 일은 없다. 후암동을 포함한 용산구의 분뇨는 서울시 9개 구의 분뇨를 처리하는 난지물재생센터로 가고, 중구를 포함한 14개 구에서 나오는 분뇨와 12개 구의 정화조에서 나오는 오수는 중랑물재생센터로 가고, 강남에서 나오는 분뇨는 탄천물재생센터로, 관악구와 동작구를 포함한 7개 구의 분뇨는 서남물재생센터로 간다. 공공시설이지만 모두 주식회사의 외양을 갖춘 회사에서 처리하고 있다. 일부 구의 경우 나뉘어 이쪽저쪽으로 가지만 모두 '분뇨'라는 이름 대신 '물 재생'이라는 냄새 없는 용어로 세탁되고 정화되어 사용되고 있다.

'분뇨(糞尿)'는 쌀을 먹은 것이 형태를 달리한 것을 '분(糞)'이라 하고, '뇨(尿)'는 사람의 몸에서 빠져나가는 물이지만 한때는 똥과 섞어 비료로 사용했었다. 분뇨는 밭작물을 잘 자라게 하는 '비료'와 동의어였다. '집(家)'이란 말에도 사람의 인분을 허투루 낭비하지 않고 돼지에게 먹여 키울 만큼 소중하게 생각한 조상들의 지혜가 담겨 있다. 지금이야 재래식 화장실이 없어지고, 수세식이 도입되면서 인분의 재활용은 불가능하게 되었지만, 이 과정에서조차 막대한 물을 통해 '처리'해야만 하는 일은 바뀌지 않았다.

'똥 푸는 사람'은 모두가 기피하는 3D 직업이고, 하고 싶어 하는 사람이 없지만, 그런 더러운 일을 하는 사람을 귀하게 생각한 조선시대의 선비 연암 박지원(1737~1805)은 그의 소설 《예덕선생전(穢德先生傳)》을 통해 참다운 친구이자 사람에 대해 말하고 있다. '예덕 선생'은 똥 치우는 '엄 행수'를 말한다. 소설 속에서 사대부들이 친구 삼고 싶어 하는 선비로 등장하는 선귤자는 스스로 똥 치우는 엄 행수를 '예덕 선생'이라고 부르며 친구가 아닌 스승으로 모시고 있다. 선귤자의 제자인 자목이 자기 스승이 똥 치우는 엄 행수를 훌륭하다고 칭찬하고 '선생'이라고 부르면서 사귀려는 것이 부끄러워 떠나려 하자 선굴자는 제자에게, "엄 행수야말로 아름다운 덕을 더러움으로 감추고 세상에 숨어 사는 사람이며, 지저분한 똥을 날라다 주고 먹고 살았으니 더럽다 할 수 있지만, 그가 먹고사는 방법은 매우 향기롭고, 그가 사는 곳은 지저분하지만 그가 의리를 지키고 있다는 점에서 매우 높다."라고 말한다. 박지원은 소설을 통해, 사람이 사람을 사귐에 있어 '신(信)'이 아닌 이해관계를 우선하는 것이나, 양반들이 글만 읽고 생산 활동에 종사하지 않는 삶을 다른 사람에게 '기생(寄生)'하는 것으로 봤기에, 똥을 퍼 삶을 영위하는 엄 행수를 기꺼이 진정한 친구로 생각한다며 양반들의 삶을 풍자했다.

똥 푸는 예덕 선생 엄 행수가 치운 뒷간의 인분과 소똥, 돼지똥, 말똥, 닭똥, 개똥, 거위똥, 비둘기똥, 참새똥 등 엄 행수는 똥을 귀한 보물처럼 긁었다. 도성 밖 무, 가지, 오이, 수박, 호박, 고추, 마늘, 부추, 파, 미나리, 토란 밭 등에서는 엄 행수의 똥이 필요했다. 엄 행수는 그렇게 똥을 팔아 일 년에 육천 냥의 거금을 벌었다. 당시는 물론 현대식 처리 시설이 도입되기 전까지 도성의 똥은 배로 실어 경기도 지역에까지 소중한 비료로 활용되었을 만큼 사람이 적은 지역에선 귀한 비료로 활용되었다.

58. 신문사 견학

동아일보를 그만두고 중앙일보로의 이적은 뜻하지 않게 이루어졌다. 구역을 배달하다가 중앙일보를 돌리던 친구와 만났다. 평소에도 신문을 배달하면서 골목 여기저기서 마주치곤 했는데 한번은 동아일보와 봉급 수준에 차이가 있는지 궁금해서 물어본 적이 있었다. 사실 크게 차이가 없다는 것은 알고 있었지만 그래도 같은 시간에 가끔 만나기도 해서 어느 학교에 다니는지와 어디 사는지 정도는 알고 있었지만, 봉급을 얼마 받는지 물어본 적은 없었다.

그 친구가 받는 것이 나와 별 차이는 없었다. 신문 배달을 하고 받는 월급은 수십 년이 지난 지금 생각해도 보잘것없는 돈이었다. 신문 배달을 하는 것만으로는 하루에 두 시간을 넘지 않지만, 보급소에 일찍 가야 하고, 월말에는 수금해서 입금하고 장부 정리하고, 일요일에도 수금하러 나가는 경우도 한 달에 두 번 이상 있었지만 그렇다고 봉급을 더 받는 것은 아니었다. 중앙일보를 배달하는 그 친구의 말에는 꼬리가 있었다. 봉급과는 별도로 신문사에서 장학금을 준다는 것이다.

"무슨 장학금이요?"

"중앙일보 장학금인데요, 이병철 장학금이라고도 해요! 우리 보급소에서 일하는 사람 중 대부분은 중고등학교 등록금 중 수업료는 장학금으로 100% 받고 있어요! 그러니 좋죠!"

중앙일보를 배달하는 그 친구의 말은 충격이었다. 신문 배달을 하면 받는 봉급과는 전혀 별개로 3개월마다 한 번씩 수업료를 받는다니 듣고도 믿을 수 없었다. 그날로 나는 보급소로 돌아가는 길에 중앙일보 후암보급소에 들렀다. 그 친구의 말이 맞는지 직접 확인하기 위함이었다.

"안녕하세요!"

"어 그래! 너 동아일보 돌리는 왕눈이구나? 어쩐 일이냐?"

보급소장과 총무는 나를 알아봤다. 하긴 그도 그럴 것이 보급소 간에 교류는 없지만 배달하는 사람과 가끔 수금이나 확장을 위해 구역을 다니다 만난 적이 있어서 안면은 있는 사이였다. 비록 타지를 배달하지만 배달로만 3년쯤 되고 보면 타지 보급소에서조차 알기 마련이다.

"뭣 좀 확인하려고 왔는데요? 중앙일보에선 봉급 말고도 3개월마다 학교 등록금 중 수업료를 100% 지급한다고 하는데 그게 맞는 건지 해서요!"

"그럼, 본사에서 따로 지급하지! 그 말이 맞는데?"

"그럼, 제가 중앙일보로 오면 저도 받을 수 있는 건가요?"

"엉? 네가 이리로 온다고? 동아일보는 어떻게 하고?"

"옮긴다고 말씀드려야죠! 확실하게 확인해야 저도 옮길 수 있잖아요!"

"그럼, 네가 온다면야 확실하지, 걱정하지 말고 언제든지 와라!"

중앙일보 보급소장의 말을 믿기로 했다. 그날 동아일보 보급소에 가서 사실대로 말씀을 드렸다. 학비를 벌기 위해 신문 배달을 하는데 봉급만 받는 것보다는 중앙일보로 가서 수업료를 받아야겠다고. 당시 동아일보 보급소에서 나는 가장 오래 배달을 한 왕고참이었다. 중3이었는데 당시 신문 배달을 3년째 하는 사람은 드물었다. 대개는 1년이나 2년이면 그만두었다. 힘들기도 하지만 중학교에서 고등학교로 진학하는 과정에서 멀리 떨어진 학교로 배정받는 경우 신문 배달을 지속하기가 어려웠기도 하고, 고등학교 고학년이 되면 수업이 늦게 끝나서 정상적으로 신문 배달을 하기 어렵기 때문이기도 했다. 이런 나의 사정을 보급소장님께서는 잘 이해해 주셨다. 덕분에 인수인계하고 그만둘 수 있었다.

중앙일보 후암보급소로 갔다. 당시 중앙일보 후암보급소가 후암동 병무청 아래 후암시장 골목 입구 건물 2층에 있었는데 앞에는 증권사 지점이 있었다. 어느 구역을 인계받을지 알 수 없었지만 다행히 동아일보와 비슷한 지역을 배달하기로 했다. 배달 구역 인수는 이틀 만에 마쳤다. 사흘째 되는 날부터 혼자 돌릴 수 있었다. 지역도 같고 배달 부수도 적어서 어려울 게 없었다. 배달 부수가 적어 봉급은 조금 줄었지만 수업료를 따로 받는 것을 생각하면 아무것도 아니었다. 가까운 용산중·고등학교에 다니는 학생들은 보급소까지 오는 데 문제가 없었지만, 보광동에서 오는 나 같은 경우에는 버스를 타고 부지런히 와야 간신히 2판 시간에 맞출 수 있었다.

석 달은 빠르게 흘러갔다. 드디어 다른 친구로부터 내일 본사로 장학금을 받으러 간다는 말을 들었다. 애초에 들었던 것과는 다르게 모든 학생에게 주는 것은 아니고 보급소당 몇 명씩 할당이 되어 있는 것이었다. 모든 사람이 다 받는 것으로 알았던 것은 내가 잘못 알고 있던 것이었다. 처음으로 장학금을 받는 날, 나는 중앙일보 본사를 방문했다. 전국에서 오는 것은 아니지만 서울 지역에서 지명된 보급소의 배달 학생들이 오는 듯했다. 본사에서 장학금 수여식은 간단하게 끝났다. 호암 이병철 회장의 뜻에 따라

고학하는 학생들에게 공부를 열심히 하라는 뜻으로 주는 것이라고 했다. 수여식이 끝나고 신문사 견학도 했다. 윤전기라는 것을 처음 봤고, 신문이 어떻게 만들어지는지 알 수 있었다.

내가 신문 배달을 한 1974년 여름부터 1980년 5월 초까지 국내 대부분의 신문사는 윤전기를 사용했다. 지금과 같은 컴퓨터조판시스템(CTS)은 1985년 국내에서 《서울신문》이 최초로 도입했다. 그 이전에는 주조기에 납을 녹인 납물을 부어 글자를 하나씩 만들었고, 같은 글자라도 크기를 다르게 만들었다. 그렇게 만들어진 활자들은 문선대에서 기자들이 쓴 원고대로 뽑힌다. 빠르게 제작이 되어야 하는 신문의 제작 과정이 모두 중요하지만, 활자를 뽑아내는 문선공의 실력은 가장 중요했다.

문선(文選)공이 채자(採字)한 문선 상자를 조판(組版)공이 넘겨받는다. 조판공은 원고의 지시 및 내용에 따라 판의 규격에 맞게 골라 뽑은 활자들을 자간, 행간 따위를 맞춘다. 이 과정에서 다양한 종류의 공목(空木, 활자를 조판할 때, 인쇄할 필요가 없는 자간이나 행간을 메우기 위한 나무나 납 조각, 보통은 활자보다 조금 낮으며 길이는 여러 종류가 있다)과 괘선 등을 넣어 가며 글자를 최종 배열한다. 이후 조판실(絲)로 활자가 움직이지 않도록 묶는다. 이러한 조판들을 모아 1페이지분을 최종 배열(整版)한다. 최종적으로 모인 정판 위에 축축한 종이를 올려놓고 압력을 가해 종이에 활자의 자국이 음각으로 생기도록 지형(紙型)을 뜬 다음, 납과 주석, 알루미늄의 합금을 녹여 부어 만든 인쇄판을 연판(鉛板)이라고 한다. 신문사의 경우 대부분 반원통 모양으로 된 연판을 윤전기에 걸어 인쇄한다. 연판(Stereotype)은 한번 제작하면 수정할 수가 없으며 잘못된 글자가 있으면 다시 제작해야 한다. 이러한 연판의 특성에 빗대어 '고정관념'이나 '판에 박힌 형식, 틀에 박힌 양식이나 방식'을 뜻하는 말이 여기에서 유래한다.

현재의 신문 제작은 기사 작성과 편집 방식 등 종전과 비교할 수 없을 정도로 빠르고 간편해졌고, 윤전기의 성능과 시간당 발행 부수도 엄청나지만, 신문을 배달하는 것은 전혀 달라지지 않았다. 학생들보다는 전업 배달원이 대부분이고 신문도 지면 수가 늘어나면서 최대 60면 이상도 발행하니 무거워져서 손으로 들고 배달하는 것은 불가능해졌다. 대부분 오토바이로 배달하고, 차량을 사용하기도 한다. 74년에서 80년까지 우리나라 신문은 대개 8면이었지만 지금은 보통 48면을 발행하니 6배나 두꺼워졌다.

배달 소년들의 고충과 그들의 헌신에 대한 고마움에 장학금까지 지급한 중앙일보 서소문 사옥에는 〈배달 소년상〉이라는 조각 작품(김영중 作)이 전시되어 있었음을 훗날 알았다. 당시 나는 보지 못했다. 내가 중앙일보 배달을 그만둔 것이 1980년 5월 초였는데, 〈배달 소년상〉은 1984년에 설치되었다가 33년 만인 2017년에 모처로 옮겨지기까지 그 자리에서 33년 동안이나 서 있었다고 한다. 옮겨진 이유는 알 수 없지만, 국내 굴지의 언론사 중 중앙일보만이 배달 소년들의 고마움을 표시한 것이라는 생각이 들었다. 신문은 기자가 쓰고, 엔지니어들이 만들고, 차량으로 배송 후 누군가가 발로 뛰어 독자의 손에 전달한다. 지금도 마찬가지다. 가장 말단에 있어 존재감이 없지만 사시사철 비와 눈을 맞으면서 신문을 배달하는 사람들의 고마움을 알아준 신문이 있었음에 감사한다.

중학교 2학년 겨울부터 잠시 조간신문을 배달한 적도 있었다. 조선일보 보급소를 찾았다. 이미 저녁에 중앙일보를 돌리고 있었고, 아침 4시 반에는 일어나 나가야 하는 일이 걱정됐지만 해낼 수 있으리라는 생각에 주저하지 않았다. 힘들지만 그만큼 벌면 개인적으로도 집안 형편에도 나쁠 것은 없었다. 그러나, 조간신문을 돌리는 것은 생각보다 힘들었다. 새벽에 알람 시계를 맞춰 놓고 일어나는 것도 힘들었지만 추운 날씨에 제대로 된 옷이 없어 맞는 옷이라면 무엇이든 껴입고 나갔다. 그래도 추웠다. 4시 반에 는 일어나 보급소에 가서 신문을 가지고 5시부터는 신문을 돌리기 시작한 다. 후암동에서 시작해 해방촌 너머까지 돌려야 했다. 중앙일보나 동아일 보와 달리 조선일보의 배달 구역은 넓고 길었다. 부수는 적었지만 훨씬 많 은 거리를 걸어야 했다.

새벽 시간이라 거리나 골목에 사람이 없어 뛰어다니는 데 어려움은 없 었지만 오후에 돌리는 석간신문과 달리 조간신문은 캄캄한 새벽에 인수인 계를 받는 것부터가 쉽지 않았다. 길이야 어렵지 않게 식별할 수 있었지만 비슷비슷한 대문들의 경우에는 왼쪽과 오른쪽이 헷갈리기도 하는 등, 독자 의 집을 어두운 새벽에 인수받는 것이라 정확하게 기억하는 것이 쉽지 않 았다. 5일이나 걸려 인수인계가 끝났다. 새벽 운동을 한다고 생각하자던 처음의 생각은 날이 추워지면서 손이 오그라들듯 움츠러들었다. 새벽에 신 문을 돌리고 학교에 가면 하품이 나오고, 졸리기 일쑤였고, 도저히 피곤해 서 칠판의 글씨가 눈에 들어오지 않았다.

결정적으로 겨울 날씨가 견디기 힘들었다. 석간이야 해가 있으니 아무 리 추워도 새벽의 추위와는 비교할 수 없었다. 그렇게 넉 달을 버티다 도 저히 아침에 일어날 수 없었다. 인수인계를 해야 하지만 나에게 인계해 준 총무가 그대로 있음을 알고는 그대로 무단결근을 했다. 하루 이틀 나를 대 신해 신문을 배달하던 총무가, 내가 사는 옥탑방에서도 들리도록 집 밑에 서 내 이름을 부르던 소리가 생생하다. 나중에 보면 가만두질 않겠다는 공 갈성 협박도 했지만 끝끝내 나가지 않았다. 지금 생각해도 얼굴이 화끈거 리는 일이다. 제대로 말을 하고 그만두는 방법도 없지 않았지만, 당시 조간 신문을 돌리다 그만두는 일은 생각보다 쉽지 않음을 알고 있었기에 비겁한 행동을 했다. 부끄러운 기억이다.

59. 극장 전단지

NWA貨物機가 首都統制區域침범

두차례 威脅射擊 어제저녁

– 동아일보 1976.10.15, 7면

어제저녁(1976.10.14.) 오후 6시가 넘어선 시각, 어둠이 깔리기 시작한 남산타워를 향해 대공포 사격이 있었다. 엄청난 소리에 놀라 밖으로 나와서 남산타워 쪽을 향해 발사되는 대공포 예광탄 꽁무니에서 불꽃이 나오는 것을 생생하게 목격했다. 대공포(벌컨포로 추정)의 유효 사거리가 2킬로미터이니 그 정도의 상공에 비행 물체가 있었다는 말이다. 당시 목격한 사람들이 SBS 〈그것이 알고 싶다(2020.11.7. 방송)〉를 통해 전한 생생한 증언을 종합해 보면, '괴비행체'라는 것이었다. 당시 서울에 살았던 사람이라면 누구라도 봤을 사건이지만, 모두 전쟁이 난 줄 알았다거나, 북한 비행기의 기습 침투라고 생각했다.

대공포 사격이 있고 그다음 날, 신문에는 미국의 화물기 NWA 902편이 14일 저녁 김포공항을 이륙해 일본 오사카로 비행하는 과정에서 서울 비행 금지 구역 상공을 침범, 대공포대의 경고 위협사격을 받았다고 발표했다.

발사된 대공포탄이 지상에 떨어지면서 시민 21명이 중경상을 입었다. 물론, 당시 사건에 대한 정부의 공식 기록물은 없다고 확인되고는 있지만, 수도 상공에 10여 개 이상의 발광체가 오랫동안 떠 있었고 이것이 UFO 또는 이상한(?) 비행 물체라면 모를까 화물기라 주장하는 국방부를 비롯한 정부의 발표는 목격자들의 증언과는 달랐다. 대공포로 위협을 가할 정도로 화물기가 낮게 날았다면 제트기 엔진 소리를 듣지 못할 리가 없었기 때문이다.

토요일이라 보급소에 일찍 도착했다. 일찍 왔다고 해서 신문을 바로 돌릴 수 있는 것은 아니었다. 신문사에서 보급소로 오는 신문은 하루 두 번으로 나눠서 온다. 지방판이라고 하는 '1판'과 서울판인 '2판'이 있었는데, '1판'은 보급소에 도착하는 것이 오후 1시에서 1시 반이고, '2판'은 보통 4시 넘어서 오곤 한다. 교통 체증으로 인해 신문 배송 차량의 보급소 도착 시간이 앞뒤로 얼마간의 편차가 있긴 했지만, 중앙일보 본사에서 후암동 보급소까지는 3킬로미터가 채 되지 않으니 대개 일정하게 오는 편이었다. 1판은 배달이 많은 상업 지역으로 주로 나갔다. 사무실의 경우 늦게 배달해 모두 퇴근하면 배달 자체가 의미가 없기 때문에 퇴근 시간 전에 배달해야 한다. 예외적으로 부수가 많아 신문을 돌리는 데 시간이 많이 걸리는 구역 담당자들의 경우에는 1판과 2판을 나눠 두 번 배달한다. 2판은 나머지 배달하지 않은 모든 구역이다. 보급소에 들어오는 전체 신문 부수가 5,000부라면 1판으로 1,500부가 오고 2판에 3,500부가 오는 식이다. 주택가가 많은 지역은 주로 2판을 돌린다. 다른 석간신문도 사정은 비슷하다.

1판 신문사 차량이 도착하면, 그 시간에는 학생들이 하교해 오는 시간이 아니었기 때문에 1층에서 기다리고 있던 총무와 보급소장까지 신문을 차에서 내려 보급소 안으로 들어 날랐다. 2판의 경우에는 1판에 비해 활기차다. 2판이 올 시간이 임박하면 창밖을 통해 중앙일보 깃발을 탄 차량이 오는지 내다보던 소장님이나 총무님의 "신문 온다!"라는 외침과 함께, 보급소 내에 대기하고 있는 모든 사람이 1층으로 내려간다. 총무의 지시에 따라 일사불란하게 개미가 먹이를 집으로 나르듯 줄지어 2층으로 신문 더미를 날랐다. 저마다 신문 뭉치를 어깨에 메고 보급소 책상 위에 내려놓는다. 보급소장과 총무는 가지런히 놓인 신문 뭉치를 묶은 끈을 끊어 내고, 50부씩 엇갈려 놓는다. 최종적으로 신문들을 구역에 따라 정확한 부수로 배급하는 일은 총무의 몫이었다. 총무는 벽에 부착된 구역별 신문 부수 현황을 보면서 해당 부수를 빠르게 세면서 나눈다. 배달 구역별 부수대로 나뉘고 가지런히 놓인 신문 뭉치들 위에는 구역명이 적힌 영수증 다발을 올려놓는다. 그래야 배달원이 오는 대로 자기가 돌릴 신문을 빠르게 들고 나갈 수 있기 때문이다.

총무가 구역별로 신문을 배부하기 위해 신문을 빠르고 정확하게 세는 것은 중요했다. 은행원들이 지폐 뭉치를 묶었던 돈 띠를 푼 후, 왼손과 오른손으로 지폐를 부채꼴 모양으로 펴고 지폐를 다섯 개씩 눌러 가며 세듯, 총무는 신문의 하단부를 잡고 비틀어 은행원이 돈을 펼치듯 신문을 펼쳐, 다섯 부씩 눌러 가며 정확한 부수를 세어 구역별로 나눈다. 빠르고 정확하다. 내가 담당하는 후암2 구역엔 130부의 중앙일보와 타지(他紙) 10부를 받는다. 전체 140부를 돌렸다. 중앙일보가 아닌 동아일보나, 경향신문과 같은 다른 신문도 배달해 달라는 독자들을 위해 몇 부씩 섞어 배달했다.

타지들은 소장이나 총무가 서울역 앞에 자전거를 타고 가서 다른 신문들과 1:1로 바꿔서 가져온다. 서울역 광장에서는 매일 시골장처럼 '신문 거래 장터'가 열렸다. 그곳에서는 시내 신문 가판대에 다양한 신문을 공급하는 신문 도매상들이 있었는데, 신문을 교환해 주는 역할도 했다. 중앙일보는 잘 팔리는 신문이었기에 거래상들로부터 환영을 받았다. 신문 도매상들은 사람들을 고용해 자전거에 각종 신문을 실어 시내에 포진한 신문 가판대에 공급한다.

타지들은 정기적으로 다른 신문 보급소가 가지고 있는 우리 신문과 교환하는데, 보급소장들이 만나 포로 교환하듯 교환한다. 독자 이름과 주소, 구독료 정보를 교환하는 것이다. 보급소장들로서도 타지를 배달하기 위해 매번 서울역에 가서 신문을 바꿔 오는 것은 번거로운 일이기 때문이다. 타지를 넣게 되는 이유는 독자들이 배달원에게 다른 신문을 추가로 넣어 달라고 요청하기 때문에 발생한다. 그럴 경우 서울역에서 교환해 온 타지를 넣어 주는 것이다. 타지 보급소에서도 마찬가지로 중앙일보를 배달하고 있다. 독자 입장에서는 누가 배달하건 같은 신문 요금을 주면 되니 불편한 일이 아니었다. 장점이라면 중앙일보와 타지가 동시에 배달된다는 점이다.

그러나, 신문 배달을 시작한 지 얼마 되지 않은 사람에게는 특정 독자의 집에 다른 신문을 추가로 배달하거나, 아예 타지만을 넣어야 하는 것은 여간 헷갈리는 것이 아니었다. 시간이 지나면 전혀 문제가 되지 않는다. 당시 배달원은 학생들이었고, 고등학교에 진학하거나, 고등학교 고학년이 되면 그만둔다. 그래서 배달원은 자주 바뀌었다. 3년을 넘기는 것이 쉽지 않았다. 배달원이 바뀌다 보면 종종 신문을 잘못 넣는 경우가 생긴다. 그래서, 초짜들은 신문을 잘못 넣지 않도록 집집마다 중앙일보를 보는 독자임을 분필이나, 크레용으로 표시하기도 했다. 대문이 어떤 것이냐에 따라 색을 달리한다. 대문이 곤란하면 벽에 표시하기도 했다. 이러한 표시는 신문 배달을 갓 시작한 사람에게는 정확하게 신문을 투입할 수 있게 하는 방법이었다. 대개 한 집에서 여러 개의 신문을 보는 경우는 드물었기에 나름 간단하면서도 정확한 방법이었다.

석간임에도 날이 어둑어둑해지면 신문이 오지 않는다고 대문 밖에 나와서 기다리는 독자들이 있었고, 그런 경우 신문이 늦게 온다거나 배달이 늦었다는 핀잔을 들어야 했다. 신문을 오래 구독한 독자들은 신문이 지방판과 서울판으로 나뉘어 있고, 서울판이 늦게 오는 것이 당연함을 알면서도 배달원에게 빨리 가져오라고 성화를 부렸다. 어쩌면, 석간신문들이 조간으로 바뀌게 된 직접적인 원인이 미디어 환경의 변화라는 거시적 차원은 논외라 하더라도, 배달원 수급의 어려움과 교통 체증 때문이었을지도 모른다. 새벽에 배달하는 신문이야 늦게 배달할 일이 없다. 대부분의 조간신문도 지방판의 경우 전날 오후에 서울역에서 화물 열차에 실어야 다음 날 아침에 배달이 가능하다. 그러니, 다음 날 날짜가 인쇄된 신문이 저녁에 출발하는 기차에 실리는 것이다. 조간의 경우 자고 일어나면 집 안에 떨어져 있는 신문이 자연스러운 풍경이 된다.

석간신문은 사정이 다르다. 배달하는 학생들이 학교가 끝나자마자 정신없이 보급소로 와서 부지런히 배달하는 것이지만, 학교에서 청소 당번에 걸렸거나, 배달 구역 초입에 있지 않고 끝부분에 있는 독자의 경우에는 어쩔 수 없이 석간신문이 저녁 신문이 되고 야간 신문이 되는 경우가 없을 수 없다.

배달원들은 대개 오후 1시 반쯤 도착하는 지방판을 배달하는 경우가 드물다. 그래서 그 시간에는 총무들과 야간 학교에 다니는 학생들이 주로 사무실이 밀집한 상가 지역을 배달했다. 그러한 경우가 아니라면, 서울판이 보급소에 오는 오후 4시가 넘어서부터 배달을 하는 경우 오후 6시 전에 마치는 것이 쉽지 않았다. 어쩌다 학교에서 일찍 끝나는 날이라고 해서 신문 배달을 일찍 시작할 수는 없었다. 구역마다 배달을 나가는 순서는 정해져 있었다. 대개는 보급소에서 항상 1판을 배달하는 구역을 정해놓고 있었고,

나머지 잔여 물량은 배달할 사람들이 도착한 순서대로 배부해 준다. 각자 배달할 신문 밑에는 신문을 포장했던 포장지를 잘라 맨 밑에 놓고 신문들이 올려져 있었다. 이 과정에서 보급소장은 어느 구역이 나갔는지를 체크하고, 아직 보급소에 도착하지 않은 학생들을 기다린다.

어떤 날에는 신문을 받아도 바로 나가지 않는다. 그날 끼워야 하는 전단지(傳單紙)가 있기 때문이다. 전단을 넣는 일은 종종 있었다. 당시 가장 많은 것은 금성극장과 성남극장의 전단지였다. 전단지는 흑백도 컬러도 아닌 붉은 색이 도는 단색으로 인쇄되어 나왔다. 어쩌다 백화점에서 가져온 신문 규격의 대형 전단지도 있었는데 이럴 경우 신문에 전단지를 제대로 끼워 넣는지 백화점에서 나온 사람이 지켜보곤 했다. 신문에 넣는 전단지 수량에 따라 비용을 지급했기 때문이다. 신문에 전단지를 넣을 때는 총무와 보급소장, 그리고 고참 배달원 순으로 책상 위에 신문을 놓고 기계처럼 전단지를 신문에 끼워 넣었다. 서둘러 작업을 마쳐야 배달을 나갈 수 있는 배달원들은 조금씩이라도 가지고 나가 계단에서 또는 밖에서 전단지를 신문 속에 넣는 작업을 했다.

신문에 들어가는 전단지는 보급소의 부수입이었다. 보급소마다 배달하는 부수는 거의 일정하기에, 보급소에 가져오는 전단지 수량도 일정했다. 보급소에선 조금이라도 많은 돈을 받기 위해 전체 보급소로 오는 신문이 4,500부가량이 온다고 하면 이 중 2~300부는 신문사에서 여유 있게 주는 부수였는데, 아예 6,000부라고 뻥튀기를 하는 건 기본이었다. 당시에 가장 빈번히 들어온 전단지는 극장 전단지였지만, 아주 드물게 퇴계로나 종로의 극장에서도 전단지를 가져왔다. 통상적으로 극장 전단지는 새로운 영화가 걸리기를 전후해 집중적으로 끼웠는데, 보급소의 배달 물량보다 많은 전단지를 가져오곤 했다. 그러면 며칠을 두고 같은 극장의 전단지를 반복해서 신문에 넣곤 했다. 더구나, 성남극장과 금성극장은 거리도 많이 떨어져 있지 않고, 극장의 시설 또한 엇비슷한 규모였기에 경쟁이 치열했다. 극장 측에서는 전단지를 잘 넣어 달라고 무료 초대권을 보급소장에게 주곤 했는데, 배달원들은 어떻게 해서든 초대권을 얻어 공짜 영화를 보기 위해 경쟁 아닌 전쟁을 했다. 보급소장과 총무는 남들보다 일찍 보급소에 오는 사람과 쉬는 날에도 늦지 않게 나와 수금을 열심히 하거나, 신규 독자를 확장한 사람에게 초대권을 포상처럼 주곤 했다. 덕분에 성남극장과 금성극장에서 돈을 내고 영화를 본 일은 많지 않았다. 또 19금 영화도 보급소에서 왔다고 말을 하곤 초대권으로 들어간 적도 있었다. 극장 매표소 직원도 우리가 학생인 줄 알지만 말없이 들여보내 주었다.

60. 아버지가 돌아가셨다

臨時行政首都建設을 構想

서울市巡視서 朴大統領밝혀

"서울서 高速道·電鐵로 1時間거리"

- 동아일보 1977.2.10, 1면

아버지는 여름이 지나면서 육 개월이 넘게 거의 누워있다시피 했다. 배에 물이 차올라 병원에 갔지만 복수(腹水)를 빼는 것이 전부였다. 정확한 병명은 알 수 없지만 간에 문제가 있다고 들었다. 본격적으로 배가 불러 오면서 눈에 띄게 살이 빠졌다. 병세가 심해지면서 집 밖으로 나가는 것도 힘들어 집 안에만 계셨다. 식사량도 현격히 줄었다. 겨울이 되면서 거의 이불을 덮고 계셨고, 세수도 수건에 물을 적셔서 닦으실 정도로 움직이지 못하셨다.

그렇게 옥탑방 추위에 떨고, 고통에 신음하시던 아버지는 1977년 1월 16일 오후, 눈을 감으셨다. 집에 오신 외삼촌이 동네 의원에 가서 의사 선생님을 모시고 왔다. 아버지의 주검을 확인한 의사 선생님이 외삼촌에게 무어라 말씀하셨고, 외삼촌이 다시 한번 아버지의 얼굴을 매만지시더니, 왼손 옷소매로 눈을 훔치시며, "이제, 울어라!"라고 하신다. 아버지의 상태가 좋지 않았고 의사 선생님의 표정으로 올 것이 왔음을 알았지만, 외삼촌의 말 한마디에 우리 집은 초상집으로 변했다. "아버지~!"를 외치는 자식들의 울음과 "여보!" 하는 어머니의 소리가 합쳐졌다. 무너질 것 없는 집이 땅속으로 꺼지는 날이었다.

없는 집 장례는 번잡한 것이 없었다. 비좁은 방 안, 평소에 누웠던 자리에 그대로 누워 계신 아버지는 늘 뵈던 모습 그대로였기에 돌아가셨다는 생각이 들지 않았다. 똑같은 자리에 육 개월이 넘게 누워 계셨고, 식사 때면 까치집 지은 머리를 하고 진지를 드셨다. 식사 후 담배를 피우시곤 다시 누우시는 것이 전부. 화장실 출입을 하지 못해 요강을 사용했다. 국민학교 6학년으로 올라가는 남동생이 병간호를 도맡아 했다.

좁은 방, 천으로 가려진 아버지의 시신과 함께 하루를 자고, 다음 날 염을 했다. 우리의 전통 방식은 아닌, 일제가 강권한 수의지만 허름한 삼베옷은 불효를 저지른 자식들이 입어 마땅한 것이지 고인이 입을 만한 옷이 못되었다. 그마저 평소 입성보다는 나았다. 염을 해 주는 어른들 두 분만 남았다. 얼마나 시간이 지났을까. 마지막으로 아버지 얼굴을 한 번 더 보라고 했다. 10원짜리 동전을 치아와 입술 사이에 촘촘히 물고 있는 아버지의 모습은 평소 주무시는 것과 다르지 않았다. 만져 본 아버지의 팔은 아직도 따뜻했다.

발인하는 날 날씨는 매서웠다. 아침 일찍 영구차가 왔다. 아버지는 입관된 상태였고, 동네 아저씨들 몇 분이 관을 들고 옥상에서 1층으로 내려가는 힘든 운구를 도와주셨다. 비좁은 계단에선 관을 거의 세워야 했고, 기울기가 심해지니 안에서 '쿵' 하는 소리가 났다. 가까스로 내려와 영구차 버스의 뒷문을 열고 관을 넣었다. 노제랄 것도 없이 버스 뒤에 상을 차리고 절을 했다. 벽제로 향하는 영구차에 올라탄 이후에도 한참을 떨었다.

한 시간여를 달려 벽제화장장에 도착했다. 얼마간 지체가 있었지만, 아버지 차례가 왔다. 관이 화장로로 들어가는 것을 보고 너무 추워 가족들은 식당으로 갔다. 우동을 먹는 내내 입이 덜덜 떨렸다. 이런저런 일로 바쁜 외삼촌이 오셨다. "아버지는 화장 후에 잘 뿌려 달라고 했다. 너희 생각하면 어디 못자리라도 있어야 하지만 형편이 그런 걸…. 그만 가자!" 그렇게 아버지의 유골은 화장장 측 인부에게 산골(散骨)을 해 달라고 부탁했다. 장례는 그것으로 끝났다. 외삼촌은 아버지의 고향인 경남 하동까지 사망 신고를 위해 다녀오셨다.

61. 반지하와 빈대

無許建物 撤去班員 4명 被殺

光州무당촌…불지르자 靑年亂動 1명 重傷

– 동아일보 1977.4.21, 7면

아버지가 돌아가신 후 집주인이 이북 사람인 해룡이네 지하로 이사 왔다. 옥상에서 반지하로 이사한 것이다. 후암동에서 이사를 여러 번 다녔지만, 방 한 칸에 불과하고 이삿짐도 이불에 식구들 옷가지, 사람 수에 맞는 밥그릇, 숟가락이 고작이었다. 이사를 한다고 이삿짐 업체를 불러 본 기억이 없다. 전에 살던 집에서 멀지 않은 곳이고, 짐을 나를 사람은 많다 보니 커다란 이불 보따리만 옮기고 나면 나머지 자잘한 것들은 너나없이 달려들어 개미처럼 줄지어 날랐다. 이사는 오래 걸리지 않았다. 들고 메고 나르고 식구 많은 가족이 유리할 때는 이사할 때뿐이다.

사시사철 햇빛이 가득한 옥상에서 바늘구멍만큼 볕이 들어오는 반지하는 후암동 종점으로 내려가는 골목에서 건물의 지하 창고나 화장실로 보이는 작은 쪽문을 출입문으로 사용했다. 안으로 들어가면 어디선가 안쪽에도 햇빛이 들어오는 깊은 동굴 속 같은 집이었다. 낮에도 전등을 끄면 석탄

캐는 지하 막장과 하등 다를 것이 없는 곳이었다. 희미하게 들어오는 햇빛을 뒤로하고 들어갈 때마다 옥탑방 생각이 났다. 입구에서 안쪽 작은 방문까지는 좁은 통로로 이어진다. 5미터 정도 들어간다. 통로는 좁아서 한쪽 팔을 들면 오른쪽 어깨가 맞은편 벽에 닿을 듯하다. 입구에서 2미터쯤 되는 곳에 왼쪽으로 수도와 하수도가 있고, 몇 걸음 더 걸으면 방문 바로 밑에 연탄아궁이가 있다. 바로 안쪽에는 작은 온돌방이 있고, 온돌방 왼쪽으로는 커다란 마루방이 입구를 벌리고 있는 구조였다. 새로 들어간 집은, 밖으로 문이 달려 있어 걸어 나오면 밖이라 '반지하'라고 하는 것은 집주인의 주장에 근거한 것이지 완전한 지하실이 더 정확한 표현이다.

수도가 있어 다행이었다. 안에서 밖을 보면 환한 대낮임에도 출입문을 통해 들어오는 빛이라곤 문과 벽 사이 틈으로 비집고 들어오는 것이 전부였다. 입구에서 2미터쯤 안쪽으로 뚫린 구멍 같은 작은 창문이 있었는데 다행히 빛은 그쪽으로도 비집고 들어왔다. 유리가 없는 뚫린 창문은 반지하 방으로 들어가는 출입문 바로 옆 오른쪽에 주인집으로 들어가는 철문이 있는데, 철문을 열고 주인집 안쪽으로 올라가는 계단 옆으로 난 쪽창이었다. 창이라기보다는 환기를 위해 뚫은 듯했다. 이 집은 길에서 보면 2층 건물의 지하실임에도, 출입문이 아래로 내려가는 길로 나 있어 문을 열고 나가면 밖이었다. 문만 바깥에 있을 뿐 지하였다. 문으로 인해 '지하실'이 아닌 '반지하'로 이름만 격상된 것이다. 다만 경사진 길에 가로막혀 문을 크게 낼 수 없어 다른 집의 화장실만 한 크기의 문을 달았다. 그래서인지 모르는 사람이 볼일을 보려고 느닷없이 문을 열고 들어오려 한 적도 있다.

연탄불 아궁이가 있는 바로 앞, 벽 쪽으로 가지런히 연탄을 쌓을 수 있는 공간이 있다. 많이 쌓게 되면 다섯 줄 정도는 쌓을 수 있었다. 아궁이 뒤로는 허리를 굽혀야 들어갈 수 있는 여닫이문이 달린 작은 방이 있고, 안쪽 오른편으로 제법 넓은 공간이 있는데 부엌살림을 넣어 두고 쓸 수 있는 공간이었다. 커다란 미닫이창이 있어 물건을 넣거나 꺼내기에 편했다. 그 공간 안쪽 깊숙한 곳으로 손이 닿지 않는 곳에 창이 하나 더 있다. 지하실에 창이라니 어울리지 않는 듯하지만, 밖이 보일 뿐 햇빛을 들일 수 없는 위치에 있었다. 비가 와도 들이치지 않지만, 바람은 통하기에 안쪽에서 미닫이창을 열면 서늘한 바람이 들어왔다.

연탄아궁이로 바로 연결된 방은 작아도 안방의 지위를 획득했다. 오랜만에 아랫목 온기를 느낄 수 있어 좋았다. 안방은 여섯 식구가 앉아 함께 밥을 먹을 수 없어서 끼니때마다 안쪽에 따로 있는 방으로 밥상을 하나 더 차려야 했다. 어머니와 누나 그리고 여동생은 작은 방에서, 나와 두 동생은 큰방을 썼다. 일 년 365일 전등을 켜고 살았다. 지하실은 옥상과 달랐다. 생선이라도 굽는 날이면 방 안 가득한 냄새를 없애느라 작은방과 부엌살림을 넣어 두는 미닫이창을 열어야 했다. 그나마 온기 없는 옥상 바닥에 비하면 작은 방이지만 뜨끈한 온돌방의 온기가 있어 겨울나기는 좋았다. 작은방 아랫목에는 작은 이불이 늘 깔려 있다. 이불을 들추면 밥그릇이 아침에 갓 지은 밥의 온기를 고스란히 간직하고 있다. 살았던 곳이 어디든 아랫목 풍경은 한결같았다. 밥은 사람보다 더 오래 아랫목을 차지했다.

마루방에도 작은 문이 달려 있다. 여닫을 때마다 한 걸음 뒤로 물러나야 해서 거의 열어 두고 지냈다. 방바닥은 넓은 나무판자를 몇 조각으로 이어 붙였고 바닥이 밀착되지 않아 발을 디딜 때마다 나무판 들뜨는 소리가 났다. 작은방 온돌의 온기는 쫓아올 수 없는 곳이었지만 지하실이라 여름에는 시원하고 겨울에도 춥지 않았다.

지하실에는 우리 가족 말고도 또 다른 생명체들이 살고 있었다. 빈대다. 지하실에서도 온돌이 없는 마루방에서만 출몰하는 녀석들을 보는 대로 압

사시켜 죽였다. 녀석들의 공격은 멈출 줄 몰랐다. 빈대란 것이 혐오스러운 이유는 사람의 피를 빨아 먹는 흡혈귀를 닮았다는 점이다. 이것들은 아무리 잡아 죽여도 어디선가 끊임없이 나타나 공격을 멈추지 않았다. 피를 빨아 배가 터질 듯 뒤뚱거리며 거동을 제대로 할 수 없을 만큼 괴롭혔다. 식성만 혐오스러운 것이 아니다. 사람의 피를 빨아 먹곤 하는 일이란 게 수컷들은 암컷의 배를 창 같은 생식기로 찔러 교미를 한다. 식성만큼 잔인한 녀석들이다. 한 놈이 아니고 이놈 저놈 할 것 없이 송곳 같은 생식기로 암컷의 배를 찌른다. 복부를 찌르는 이유는 암컷에게는 생식기가 없기 때문이다. 모진 목숨을 부지한 암컷은 기진맥진 만신창이가 된 몸통에서 알을 깐다.

밤이면 빈대로 인해 잠을 뒤척이기를 몇 번 하다 보면 이내 전등을 켜고 빈대를 찾아 잡아 죽이는 날이 지속됐다. 어머니는 밤이면 빈대에 물려 잠을 뒤척이는 아들들의 틈새에서 전등불을 켜고 빈대를 잡았다. 심한 날은 나도 일어나 숨어 들어가는 빈대를 잡았다. 빈대들이 날을 잡은 듯 여기저기 눈에 띌 정도로 심한 날은 동생들도 깨워야 했다. 내 자리에 없다고 빈대가 없어진 것이 아니기에 동생들의 머리맡이며 발밑이며, 등 뒤까지 살펴보고 숨어 들어가는 빈대를 잡아 죽였다.

빈대란 놈은 머릿속으로, 옷 속으로, 이불 틈으로 파고들었다. 피를 빨아 느린 걸음으로도 늘 사람들이 깨기 전에 숨곤 했다. 빈대를 잡느라 잠을 설친 날을 헤아리진 못하지만, 빈대에게 피를 빨려 가면서도 곤히 잔 날이 많았다. 환한 전구를 켜 놓으면 빈대가 나오지 않아 한동안 불을 켜고 잤지만, 그마저도 오래가지 못했다. "빈대 잡으려다 초가삼간 태운다."라는 말이 있다. 고작 사람 피를 빨아 먹는 빈대로 인해 집을 불태우는 어리석음이라 비난하지만, 그런 사람들은 빈대로 인해 잠을 이룰 수 없는 고통을 모른다.

결국 빈대로 인해 세입자인 우리는 집주인에게 뭔가 대책을 요구했고, 결국 '빈대 잡는 날'이 정해졌다. 똥 푸는 사람처럼 자주 출몰하던 "빈대 약 뿌려요!" 하는 아저씨가 오셨고, 방 안에 있는 음식을 아저씨의 명령에 따라 깨끗이 치웠다. 빈대 약을 치느라 집 안에 연기가 자욱했다. 평소 빈대 약을 어떻게 뿌리는지 궁금했는데 우리 집에서 볼 줄은 몰랐다. 꽤 오랜 기간 살았지만 빈대 약을 친 건 한 번뿐이었다. 빈대보다 큰 바퀴벌레는 눈에 띄는 대로 잡았지만 보기엔 흉할 뿐 빈대처럼 잠을 자지 못하게 하는 건 아니었다. 살면서 빈대를 본 건 후암동이 처음이자 마지막이었다. 빈대로 인해 편한 잠을 잘 수 없는 고통도 가난만큼이나 지긋지긋한 것이었다.

62. 비 오는 날

韓國 에베레스트에 서다
世界 8번째나라–登頂36일의 最短기록
高相敦티임 8시간50분만에
– 동아일보 1977.9.17, 1면

신문 배달이라는 것은 신문을 넣는 단순한 일이다. 신문을 넣어야 하는 집을 구별하기만 하면 된다. 신문을 배달하기 위해선 누구나 배달 구역을 인수받아야 한다. 처음 며칠 동안은 신문을 보는 집과 보지 않는 집을 구별하기 어렵다. 신문을 넣어야 하는 집을 외우는 것이기에 길과 구독자의 집을 함께 외워야 한다. 대개는 구역을 도는 순서가 있기에 선임자를 따라다니면서 외운다. 길을 잘못 들면 비슷한 대문이 많아 엉뚱한 집에 신문을 넣을 수 있기 때문이다. 대개 인수인계는 3일이나 4일 정도 걸린다. 새로 구역을 맡게 될 사람은 배달 구역을 인계하는 사람을 따라다니는 것으로 인수인계를 시작한다. 처음 이틀 정도는 인계자의 뒤를 말없이 따라다닌다. 배달하는 신문 이외의 타지를 넣는 경우에는 대문 어딘가에 표시를 해 둔다. 주로 돌리는 본지(本紙)와 몇 부 되지 않는 타지(他紙)를 헷갈리지 않기 위해서다. 그렇게 이틀 정도를 따라다니다가 삼 일엔 인수를 받는 사람이 앞장선다. 길과 집을 제대로 외웠는지 점검하는 것이다. 앞서 이틀간 집집마다 어디에 신문을 넣는지 관찰했기에 어렵지 않다. 대개 큰 구역을 제외하고는 150부 내외를 돌리기 때문에 그만큼의 집을 외우는 것은 생각보다 어렵지 않다. 길만 제대로 외웠다면 생각보다 수월하다. 잘못된 집을 넣으려 하거나, 길을 잘못 들면 뒤따라오는 선임자의 따끔한 소리를 들어야 한다.

신참이 앞장서서 모든 집에 신문을 제대로 넣었으면 총무에게 인수인계를 마쳤다고 보고한다. 보고받은 총무는 신참에게 내일부터 혼자 돌려도 문제없겠는지를 묻고, 신참으로부터 대답을 듣고 나면 인수인계는 그것으로 끝이다. 신문을 구독자 집에 넣는다는 것에 복잡한 내용이 있을 것이 없어 보이지만 자세히 들여다보면 집집마다 신문을 넣는 다양한 방법이 있다. 대부분은 대문이 닫혀 있기에 신문을 마당으로 넣으면 된다. 대문이 열려 있으면 열린 대문 안으로 들어가 툇마루에 둔다든지, 거실에 던져 놓고 나온다. 사람이 있을 땐 직접 전달한다. 간혹 대문도 열리고 안에 방문이 열려 있을 때는 갑자기 독자와 맞닥뜨리지 않도록 큰 소리로, "신문 왔습니다!"라며 인기척을 낸다. 마당이 넓은 집의 경우 신문을 마당으로 던지거나 문틈으로 넣곤, "중앙일보요!"라거나, "신문 왔습니다!"라고 큰 소리로 외친다. 신문을 구독하는 독자들은 대략 언제쯤 신문이 오는지를 알고 시간을 맞춰 마당으로 나오거나 아니면 드물지만, 문밖에서 기다리는 일도 있다. 대개 집의 구조에 따라 어디로 신문을 넣어야 하는지가 불문율처럼 정해져 있다.

철문이나 나무 문에 달린 작고 좁은 신문함 안에 신문을 꾸깃꾸깃 접어서 넣어 달라는 사람도 있고, 문 옆으로 난 틈으로 보이는 장독대 쪽으로 신문을 접지 말고 편 채로 살짝 넣어 달라는 집도 있고, 문틈에 끼워 달라는 집, 철문 위 도둑 방지용 철침 사이에 신문을 돌돌 말아 끼워 달라거나, 마당이 넓은 가운데 수돗가가 있으니 신문이 수돗가에 떨어지지 않게 다른 쪽으로 던져 달라는 둥, 신문을 받아 봄에 있어 각기 다른 배달 주문을 한다. 독자 개개인이야 이런저런 방식으로 신문을 넣어 달라고 부탁하는 것이지만, 배달하는 사람의 입장에서는 여간 성가신 게 아니다. 배달해야 하는 길과 집을 외우는 것 못지않게 헷갈리기 때문이다. 정신없이 배달하는 중에 마당에 던져 달라는 집임에도 신문을 문틈에 끼워 놓거나, 접지 말고 고이 넣어 달라는 집에 신문을 접어 던지는 경우, 독자로부터 짜증 섞인 항의를 받기 마련이다. 신문을 읽는 데 아무런 지장을 주지 않았을 것 같은 경우에도 예외는 없다.

　비가 오는 날에는 애로 사항이 많다. 보급소에서 우비를 지급해 주긴 하지만 입으려고 하지 않는다. 장마철처럼 비가 너무 많이 오는 날에는 어쩔 수 없이 입기는 하지만 비에 젖는 것이 싫어서라기보다는 신문이 젖지 않게 하려고 우비를 뒤집어쓴다. 우비를 입으면 온몸은 땀으로 인해 더 빠르게 젖는다. 그래서 신문이 젖지 않도록 신문은 이중 삼중으로 싸개지로 덮거나 비닐로 감싸야 한다. 그렇게 감싼 비닐 밑에 싸개지를 대고 배달을 하다 보면, 기름이 칠해진 싸개지조차 금방 너덜너덜해진다. 그러면 미끄러운 비닐을 옆구리에 끼고 다녀야 한다. 보급소에서도 비 오는 날에는 신문이 젖지 않도록 모든 신문을 우산 씌우는 비닐 봉투처럼 생긴 가늘고 긴 비닐봉지에 넣어서 배달하도록 했으며, 신문 뭉치가 젖지 않도록 앞쪽이 터진 두꺼운 신문 전용 비닐 커버를 제공하기도 했다. 그러나, 모든 신문을 비닐로 넣기에는 시간이 많이 걸렸다. 배달하는 사람에 따라 일부는 비닐에 넣고 일부는 직접 독자에게 전달하는 방식으로 그야말로 우중 전투를 치러야 했다.

신문을 넣기 시작하면서부터 어려움은 가중된다. 조그맣고 좁은 우편함이 있는 경우에는 접어서 넣으면 된다. 우편함에 넣는 과정에서 신문이 젖긴 하지만 그런 경우엔 독자들도 이해해서인지 뭐라고 하진 않는다. 다만, 평소 마당에 던져 넣는 집에는 초인종이나 대문을 두드려서 독자에게 직접 전달해야 한다. 큰 소리로 신문이 왔다고 하면 안에서 사람이 나온다. 그렇게 비에 젖어 신문을 던질 수 없는 집들은 예외 없이 안에 있는 사람을 불러서 전달해야 하기 때문에 배달 시간이 두 배 가까이 걸린다. 그러면 지체된 시간만큼 뛰어야 한다. 우비를 입은 몸에선 김이 나기 시작한다. 신문을 다 돌리고 보급소로 오면 화장실로 달려가 세수하고 머리를 감아야 한다.

겨울에 신문을 돌리는 것은 생각보다 힘들지 않다. 신문 배달을 하다 보면 뛰어다니기 때문에 사시사철 땀이 나는데 겨울은 그나마 이마에 몽글몽글 맺히는 땀으로 끝나기 때문이다. 계단이 많아 미끄러운 길에는 집집마다 연탄재를 뿌려 놓아 다니기 쉽다. 장갑도 끼지만 신문을 뽑을 때 불편해 한쪽만 끼는 경우가 많다. 날씨가 추워 내린 눈이 녹을 정도가 아니라면 신문을 마당에 던져도 크게 문제가 되지 않는다. 다만, 눈이 녹기 시작해 땅이 젖었다면 비가 오는 날과 같이 직접 전달해야 하는 집이 많아진다.

63. 지상 명령

裡里서「火藥列車」폭발 大慘事

千여명死傷·집9千5百여채 破損

驛주변5百m內 건물完破

— 동아일보 1977.11.12, 1면

신문 배달과 구독료를 받아 오는 수금만으로 신문 배달이라는 일이 끝나는 것이 정상이다. 대개 그렇게 알고 신문 배달을 시작한다. 그러나, 예상과 달리 전개되는 상황에 적잖이 당황한다. 신문을 잘 보고 있던 구독자가 어디론가 이사를 갔는데 구독료 수개월 치를 내지 않고 가는 일도 있고, 신문을 잘 받아 보곤 월말에 신문 대금을 받으러 가면, 구독료를 낼 생각조차 하지 않는 경우도 있다. 이사의 경우야 정신없이 이삿짐을 챙겨야 하고, 늦어도 점심 무렵이면 떠나 해지기 전에 다른 지역에 도착해야 해서, 다 늦은 저녁에 오는 배달원을 만날 수 없는 노릇이니 어쩔 수 없다고 이해할 수 있는 측면이 있다. 돈을 주고 싶어도 볼 수 없으니 그냥 떠나는 것이다. 그러나, 신문은 계속 보면서 대금 줄 생각을 하지 않는 사람의 속은 이해할 수가 없다. 이런저런 사유로 미수금이 발생하면 보급소 총무와 상의해서 처리한다. 한두 달 밀려도 받는 데는 문제가 없다. 보급소에서조차 모든 미

376

수금을 보급소만의 손실로 처리할 수는 없으니 신문 배달과 수금에 책임이 있는 배달원도 일부 책임을 지게 하는 경우가 있다. 배달과 수금은 떼어 놓을 수 없는 불가분의 관계이기 때문이다.

신문을 보지만 구독료를 몇 개월 치 밀리면, 이를 '악성 미수'라고 하는데, 그와 같은 일이 발생하면 총무는 구역을 돌며 해결사 노릇을 한다. 배달원이 배달하는 시간인 저녁에 만날 수 없고, 낮에만 구독자를 만날 수 있는 경우라면 총무가 배달원이 오기 전 오전에 구독자 집을 방문, 수금하는 식이다. 그런 경우가 아니라면 악성 미수가 발생한 구역을 배달원과 함께 돌면서, 구독료를 내지 않는 독자와 만나 담판을 짓는 것이다. 배달원을 함부로 대하거나 무시했던 구독자도 총무라는 사람이 직접 나와 구독료를 달라고 하면, 언제까지는 납부를 하겠다고 하거나, 억지 배짱을 부렸다가도 밀린 구독료를 한꺼번에 지급하면서 더 이상 신문을 넣지 말라고 한다. 당연히 주어야 할 돈을 주는 것임에도 잘 보던 신문을 그만 보겠다며 끊는 것이다.

구독료를 완불한 독자는 대문에 '중앙일보 사절'이라며, 신문 제호를 오려 흰 종이 위에 붙이고 그 밑에 세로로 '거절'이라고 손으로 써서 붙인다. 다른 신문을 보는 독자도 신문을 거절하는 방식은 비슷하다. 다음 날, 신문을 넣으려는 순간 대문 앞에 부착된 구독자의 점잖은 거절 의사 표시를 접한다. 살짝 떼어 낸다. 그리곤 신문을 넣는다. 배달원의 의무는 신문을 넣는 것이다. 그동안 구독료를 내지 않으면서도 신문은 꼬박꼬박 챙겨 읽은 분이니, 신문을 그만 넣으라는 말에 고분고분 응하지 않는 것도 일종의 보복 심리가 작동한 것이다. 신문이란 것은 눈에 띄면 보게 마련이다. 그런 구독자로부터 신문 대금을 받기 어렵다는 것쯤이야 보급소에서도 알고 있으니 일단 신문만 넣으면 되는 것인데, 종종 그런 독자를 집 앞에서 대면하는 일이 생긴다.

"야! 신문! 너 신문 넣지 말라는데 왜 자꾸 넣는 거야?"

"몇 달만 더 봐 주세요!"

"안 봐! 인마! 보더라도 다른 신문 볼 거니까 이거 가지고 가! 그리고 다신 넣지 마!"

말이 끝나기 무섭게 넣었던 신문을 나에게 던진다. 사람이 코앞에 있는데 다시 신문을 넣을 수는 없는 노릇이다. 조용히 물러나지만, 미로 같은 배달 코스를 돌다가 다시 거절한 구독자의 집이 보이면 조용히 넣고 간다. 일단 들어간 신문은 보기 마련이다. 그냥 넣어도 힘든 신문을 일부러 우회해 숨바꼭질하듯 넣어야 하는 것도 배달원의 고역 중 하나다.

배달 중에 생기는 악성 미수 등의 손실을 고스란히 배달원의 봉급에서 공제하지는 않는다. 모든 손실을 배달원에게 전가하지는 않더라도, 구역 사정을 잘 아는 보급소장이나 총무와 협상을 거쳐 일부 손실을 떠안아야 하는 일은 생긴다. 그래서 보험을 만든다. 배달하는 중에 신문을 새로 넣어 달라는 경우가 있다. 신규 독자가 생기는 것인데, 이를 보급소에 보고하지 않고 신문을 넣어 가며 관리를 하는 것이다. 이를 '농사짓는다'라고 한다. 협상을 한다지만, 보급소의 우월적 지위로 인해 부당하게 수용해야 하는 것을 보급소 모르게 보전하는 것이다. 빠진 봉급의 일부를 충당하는 셈이다. 보급소에서 이 같은 배달원의 농사일을 적발하기는 쉽지 않다. 간혹 총무가 구독자 관리를 위해서나, 배달 구역 점검을 위해 배달을 함께 나가는 경우가 있다. 그런 날은 농사짓는 집을 패스한 후 나중에 집에 갈 때 넣거나 하는 식으로 총무의 눈을 피할 수 있었다.

그러나, 이와 같은 농사도 한정 없이 오래 지속될 수는 없다. 보급소마다 신규 구독자 확보를 위해 정기적으로 상품과 현금 보너스까지 걸고 캠페인을 전개하기 때문이다. 대개 그런 마케팅 기간에 보급소 몰래 농사짓던 구독자를 신규 독자로 등록한다. 음지에서 양지로 끌어내는 것이다. 일면 찜찜한 구석을 털어 냄과 동시에 신규 독자 확보라는 실적으로 상금이나 상품을 챙긴다. 일거양득의 꿀맛을 보는 것이다. 이런 행사는 주기적으로 있었다.

평소 신규 독자를 확보하고자 구역 내 신문을 보지 않는 집들의 초인종을 무수히 눌러도 신문 보겠다는 구독자를 만나는 것은 하늘의 별 따기만큼 어렵다. 그토록 어려우니 "학생! 우리 집에 신문 좀 넣어 줘!"라며 부탁하는 구독자를 만나는 상황은 짜릿하기까지 하다. 그런 집도 따지고 보면 한 번쯤 찾아가 "신문 보세요!"라며 애걸한 적이 있던 집이다. 배달 구역 내 신문을 보지 않는 집은 모조리 방문하기 때문이다. 보라고 할 때는 냉담하다가 신문을 넣어 달라고 하니 고마울 뿐이다. 평소 일요일마다 신문 몇 부를 들고 신규 독자 확보를 위해 신발이 닳도록 다닐 때는 신문 보겠다고 하는 분을 만나는 것이 정말 쉽지 않은 일이다.

신규 독자 쟁탈전도 있다. 이것은 단순히 내가 돌리는 신문을 보라고 하는 것과는 다른 양상이 전개된다. 다른 신문을 보고 있는 사람을 찾아다니며 신문을 바꿔 보라고 권유하는 것이다. 게다가 바꿔 보게 되면 1개월이나 2개월을 무료로 볼 수 있다고까지 홍보하고 다닌다. 독자들이 솔깃해하는 것은 따로 있는데 구독료를 할인해 주겠다고 유혹하는 것이다. 내가 돌렸던 중앙일보는 "신문은 중앙일보가 최고입니다!"를 가장 많이 사용하고 있었다. 그것이 사실일지언정 몇 달을 무료로 보고 심지어 900원인 구독료를 700원, 500원에도 깎아 주겠다며 유혹하면 다른 신문을 잘 보고 있던 독자가 내가 배달하는 신문으로 바꿔 버리는 것이다.

그런 일은 예고 없이 '동아일보 사절' 또는 '중앙일보 사절'이라고 대문에 붙이는 메모로 나에게 전달된다. 거절의 의사 표시에도 품격이 있다. 빈 종이에 색연필이나 매직으로 '○○일보 사절'이라고 큼지막하게 쓰는 경우도 있고, 신문의 제호를 깔끔하게 오려 흰 종이 위에 붙이고 밑에 조그만 글씨로 '사절'을 덧붙이는 예도 있다. 거절의 의사 표시를 순순히 받아들이는 배달원은 없다. 일단 넣고 본다. 신문을 보다 끊는 것이 경제적인 어려움 때문에 그러는 일은 없기 때문이다. 대문에 부착된 다른 신문의 거절 표시는 신규 독자 확보에 있어 주요 공략 대상이 된다. 아무래도 신문을 보던 집이 어떤 이유에서건 구독을 중지한다는 것은 다른 신문을 볼 확률이 높다는 것을 의미한다. 신문을 구독하다 중지하는 독자들은 여러 가지 이유가 있다. 다른 신문의 갖가지 유혹에 넘어가는 경우도 있고, 아주 드물지만 배달원이 마음에 들지 않아서인 경우도 있다. 반대로 내가 돌리는 신문을 그만 보겠다며 신문 사절을 붙인 독자에게는 일요일에 구역을 돌면서 방문하곤 무엇이 문제인지 얘기를 들어 본다. 다른 신문에서 구독료를 깎아 준다고 했는지, 아니면 배달에 문제가 있었는지 구체적인 이유를 파악해서 적절히 대응한다. 가장 효과적인 방법은 구독료를 할인해 주는 것이다. 그렇게 해서라도 계속 구독하도록 하는 것이 중요했다. 신규 독자 확보의 어려움을 익히 알기에.

월말이 다가오면 늘 그렇듯 일요일에도 신규 독자 확장과 수금을 위해 모든 배달원이 출근한다. 일단 보급소에 나갔다가 영수증 다발을 챙겨 서너 시간 동안 구역을 돈다. 최근 들어 신규 독자가 확보되지 않는 구역은 총무와 함께 독자 개척 활동도 병행한다. 총무라고 해도 새로운 구독자를 만들 특별한 묘책은 없다. 배달원들에게는 한 달 무료 정도를 제안하도록 하지만, 총무가 나가면 두 달이나 심지어는 석 달 동안 무료로 넣어 주겠다고 파격적인 제안을 하면서 신규 독자를 만든다. 그것도 여의찮으면 석 달

무료에 가격까지 할인해 주는 방법도 동원한다.

밀린 수금과 신규 독자 모집 활동을 하고 보급소로 들어가면, 보급소장이나 먼저 들어온 다른 총무가 곤로 위에 커다란 들통을 얹어 물을 끓인다. 쉬는 날에 나온 사람 모두를 매번 짜장면을 사 주는 것이 부담스러워 때론, 국수와 라면을 섞은 점심을 만드는 것이다. 끓는 물에 삶아 씻어야 하는 국수를 라면과 함께 끓이게 되면 수프를 조금만 넣어도 짜다. 그렇게 점심으로 국수라면을 먹고 집으로 돌아간다.

평소에도 신문 배달을 마치고 집으로 돌아갈 시간이면 저녁때를 지난다. 후암동 종점에서 남산 소월길 바로 아래까지는 계단과 언덕이라 그냥 올라가도 힘든 것을 신문을 돌리면서 골목골목 헤집고 다니니 집으로 가는 길에는 늘 허기가 진다. 108계단 꼭대기를 올라가는 것이 힘들다고 느끼면 종점에 있는 포장마차에서 튀김이나 만두를 사 먹곤 했다. 포장마차는 용산중학교 담벼락을 뒤로하고 가게처럼 자리를 잡았다. 만두 파는 아저씨는 포장마차 안에서 밀가루 반죽을 잘라 만두피를 만들어 소를 넣으랴, 다 만들어진 만두를 솥에 쪄 내랴 손이 바쁘셨다. 젊은 시절 어떤 일을 하셨는지 모르지만 인물도 좋으셨고 영어와 일어 등을 자유자재로 하시곤 했다. 아저씨가 찌는 고기만두는 밥을 먹을 때도 생각나는 맛이었다. 한 입 베어 물면 껍질을 뚫고 들어가는 이빨에 맞서 뜨거운 김이 먼저 터져 나오며 고소한 만두소가 그만이었다. 바로 옆에 붙어 있는 포장마차는 술 마시는 아저씨들을 위해 밤늦도록 카바이드 불을 켜고 장사했는데 멍게와 해삼 등을 팔았다. 잘린 해삼 조각마다 꼿꼿이 펴진 옷핀이 하나씩 꽂혀 있다. 멍게와 해삼이 주종이었고 낮에는 국방군과 같은 학생들이, 밤에는 인민군과 같은 퇴근길 아저씨들이 108 층층계를 오르기 전 집까지 가는 동안의 허기를 잊기 위해 들렀다.

만두와 해삼, 멍게를 파는 옆에는 튀김을 파는 포장마차인데 단골집이다. 가끔 들러 튀김을 먹으면서 집으로 가져가는 신문을 하나씩 드리곤 했는데 나중에는 매일 신문을 드렸다. 굵은 뿔테 안경을 쓰고 계신 아저씨는 공부를 많이 하신 듯했다. 그렇게 신문을 넣어 드리곤 평소처럼 튀김을 사 먹으러 들어갔는데, 아저씨가 돈 내지 말고 마음껏 먹으라고 하신다. 집에 가서 먹으라고 싸 주시기까지 했다. 먹는 거로라도 신문값을 내는 것으로 하자시며…. 아저씨의 제안 아닌 제안으로 튀김 포장마차는 가끔 들러 돈을 내지 않고 먹을 수 있게 되었다. 배달하는 시간이 저녁 여섯 시는 되어야 끝나는데 점심 도시락을 먹지만 늘 배가 고팠다.

하루는 신문을 돌리는 중에 동생 친구인 병수네 집에 신문을 넣으러 들어갔다. 병수가 툇마루에 앉아 밥을 물에 말아 먹고 있었다. 저녁으로는 이르고 점심이라기엔 늦은 시간이었다. 얼핏 밥과 함께 먹고 있는 시커먼 반찬이 눈에 들어왔다. 병수는 밥을 물에 말아서 큰 수저로 한 입 넣고는 손으로 반찬을 집어 먹는다. 또래보다 한 살인가 많은 병수는 덩치도 컸다.

"맛있어 보인다! 하나 먹어 봐도 되지?"

"네!"

반찬을 집으려고 보니 고기였다. 허기진 손이 빨랐다. 하나를 집어 입에 넣었다. 맛있다.

"병수는 고기반찬하고 밥을 먹네! 무슨 고기야?"

"개고기요!"

그 말을 듣는 것과 거의 동시에 나는 바로 옆 수돗가로 달려가서 여전히 맛있게 씹고 있던 개고기를 뱉었다. 이미 목구멍을 넘어간 건 뒤늦은 토악질로도 뱉어 내지 못했다.

"야! 개고기라고 말을 했어야지! 인마!"

"왜요? 나는 맛있는데요!"

나는 그날 이후 지금까지 개고기를 먹지 않는다. 병수는 그날 개고기를 너무 맛있게 먹고 있었다. 국민학생이 개고기인 걸 알고도 먹을 정도면 녀석은 못 먹는 것이 없었을 것이다.

64. 김장하는 날

埋沒위기 鑛夫 22시간만에 거의救出

救助隊등 6명窒息死

長省炭鑛 火災사건 事故순간 坑內엔6百34명

- 동아일보 1977.11.17, 1면

겨울을 예고하는 찬 바람이 불고 김장철이 되면 해방촌 오거리에는 김장 시장이 선다. 대개 김칫거리는 신흥시장 안에서 샀지만, 김장철이 되면 배추를 쌓아 놓고 팔기에는 시장 안이 협소하기에 파는 사람이나 사는 사람들의 편의를 위해 오거리 길 한쪽으로 김장 시장이 열리는 것이다. 평소에도 우리 집은 김치를 많이 먹어 한번 김치를 담그면 일주일 넘기기가 어려웠다. 그래서 김치를 자주 담갔다. 어머니는 일하다가 점심시간에 짬을 내 김칫거리를 사서 절여 놓고, 밤늦게 퇴근해서 양념을 버무려 김치를 담그셨다. 다른 집들과는 달리 우리 집 김치에는 새우젓과 액젓 이외의 다른 젓갈은 넣지 않는다. 아버지는 경상도분이고 어머니는 전라도분인데도 젓갈을 좋아하지 않으셨다. 갈치와 같은 날생선을 넣는 일은 우리 집에선 없었다. 그렇게 담근 김치라도 먹성 좋은 새끼들이 덤벼들면 김치가 먹을 만해질 때쯤이면 떨어져 다시 담가야 했다.

겉절이는 어려서는 좋아하지 않았다. 더운 여름에는 김치를 담근 후 며칠이면 딱 맞게 김치가 익었지만, 이내 신김치가 된다. 그러니, 한꺼번에 많이 만들면 새로 김치를 담그기까지 신김치를 먹어야 했다. 어머니는 겉절이를 만들지 않았다. 우리 집과는 맞지 않았기 때문이다. 담그는 것이 어렵기보다 시간이 없었다. 힘들더라도 한꺼번에 많은 양을 담그는 것이 그나마 나았다.

끼니마다 먹는 김치지만, 김장할 때가 오면 날을 잡아야 했다. 김장을 하기로 날이 정해지면 그날은 친구들과도 어울리지 못했다. 김장 시장에서 배추를 사면 대개 집까지 가져다주는데 배추 100포기를 사면 리어카로도 두세 번은 날라야 했다. 김장철에 배추를 사면 리어카에 잔뜩 쌓아 올려 집 앞 길까지는 실어다 준다. 그게 끝이다. 거기서부터 옥탑방까지는 식구들이 총동원된다. 누나와 나, 어머니 등에 업혀 있는 동생을 빼고 배추 한 포기라도 들 수 있다면 나섰다. 그렇지만 김장도 시즌이라 배추를 파는 사람이 너무 바빠 리어카로 가져다주지 못하는 경우도 있다. 그러면 배추 장사꾼이 가지고 있는 리어카에 우리 집 배추를 나눠 실었다. 리어카를 빌리는 것이다. 리어카에 배추를 실으면 잘해야 50포기쯤 들어간다. 배추 사이즈가 작아야 그 정도고, 큰 배추는 30포기 정도 실으면 리어카에 가득 찬다. 100포기 정도면 세 번은 왕복해야 했다. 내가 앞에서 끌고 동생 두 명이 뒤에서 밀었다. 그렇게 해방촌 오거리에서 200미터쯤 되는 우리 집까지 배추를 실어 온다.

배추를 나르기 시작한다. 1층에서 3층 옥탑방으로 큼지막한 배추를 하나씩 날랐다. 대략 배추 하나에 3킬로 정도니, 무게는 연탄보다 조금 덜 나가지만 그래도 무겁다. 배추 100포기가 너른 옥상 바닥에 쌓이면, 몇 개의 커다란 양은 다라에는 물이 흘러넘친다. 김장을 마친 이웃집의 다라까지 빌려 옥상은 김치 공장을 연상케 한다. 그렇게 배추를 옥상으로 올리고, 다

올리고 나선 올리는 중에 떨어진 배춧잎을 줍고, 저녁밥 먹을 때까지 배추를 씻는다고 나르고, 쪼갠 배추 소금에 절인다고 나르고, 절인 배추 헹군다고 나르고, 물 뺀다고 나르고, 속 넣는다고 나르고, 속 넣은 배추 항아리에 넣는다고 다시 또 나른다. 누구랄 것도 없이 개미처럼 배추를 나르고, 김치를 날랐다. 마지막으로 김장을 하고 남은 김장 쓰레기를 쓰레기차가 오는 날에 또 날라야 했다.

김장을 하기 전 양념 재료를 사러 용산시장엘 갔다. 용산청과물시장은 신흥시장에선 볼 수 없는 어마어마한 시장이었다. 매번 가지는 않았지만 신흥시장의 가격이 비싸다 싶으면 용산시장까지 곧잘 가곤 했다. 몇 번을 갔는지 기억은 나지 않지만 과일을 사러 간 적은 없고, 나물이며 양념류를 사러 갔다. 그렇게 어머니와 다니곤 했던 용산청과물시장은 이전의 수산물과 청과물을 팔던 염천교시장에서 오랜 시간에 걸쳐 용산으로 이전한 것이었다. 염천교시장의 수산물 시장은 노량진으로 옮겼다. 용산청과물시장은 지금의 용산전자상가 자리에 있었다. 그러나, 1985년에 가락동으로 이전한 후에는 용산전자상가로 탈바꿈했다.

전국에서 올라오는 과일과 채소는 대부분 대지 3만 평의 이곳에서 소수의 청과 도매상들에 의해 거래된다. 도매 위주의 시장이지만, 그것은 새벽에 경매 등을 통해 거래되는 것이었고, 점심쯤부터는 소매상들이 좌판을 벌여 물건을 팔았다. 소매도 신흥시장보다 당연히 쌌다. 가격이 저렴한 것이 후암동에서 걸어서 1시간이 걸려도 용산시장엘 가는 이유였다. 끝도 없는 비포장길은 비라도 내리면 미끄러워 신발을 버리기 쉽고, 날씨가 좋은 날에는 먼지가 소독차 연기처럼 피어올랐다. 용산시장은 사람들로 넘쳐 났다. 어머니는 어린 동생을 등에 업고 좌판을 벌여 놓은 아줌마들 사이를 헤집고 좋은 물건을 싸게 사느라 진땀을 흘렸다. 그렇게 얼마간 시간이 흐르면 보자기며 그물 장바구니에는 장 본 물건들이 가득 찼다. 머리에 이고 손에 들고, 따라간 나도 평소엔 들어 보지 못한 짐을 하나 들고 집으로 돌아왔다.

후암동에선 김장만 했지만 이쪽으로 오기 전 저 너머 용산2가동에 살았을 때는 된장, 간장, 고추장도 직접 담가 먹었다. 다시 돌아온 이쪽 너머 후암동 단칸방을 전전하면서는 김장만으로도 버거웠지만, 옥탑방으로 와서는 넓은 옥상 마당이 있어서이기도 하지만, 옥상에 올라앉은 주인집과 다른 세 든 집들의 크고 작은 항아리들 사이에 김장독을 둘 넉넉한 공간이 있어 김장은 거르지 않고 했다. 메주콩을 삶아 메주를 띄워 간장을 담그고 된장을 만들기도 했다. 그러나, 철거당하기 전 넓은 공터를 앞에 두고 살았던 시절에는, 집 주위로 큰 간장 항아리와 작은 된장독이며 고추장 독을 주저앉히고, 끼니때마다 항아리 뚜껑을 열곤 했었다. 냉장고처럼 넣어 둘 수납 공간을 항아리가 대신했다.

간장과 된장은 한날한시에 만들어진다. 추운 정월, 날을 잡아 메주콩을 불리고, 삶고, 삶아진 콩을 절구에 넣어 찧고, 네모반듯하게 모양을 잡아 방 안에서 볏짚을 깔아 말린다. 마른 메주를 새끼줄로 묶어 처마에 매달아 햇빛과 찬 바람으로 건조시켜 겨울을 난다. 날 풀린 봄날, 곰팡이 핀 메주를 찬물에 씻고, 항아리도 안팎으로 씻고, 그 안에 메주를 차곡차곡 쌓는다. 물을 길어 진한 소금물을 항아리 목에서 한 뼘 아래까지 채운 후 굵은 소금을 한 주먹 더 넣고, 숯과 말린 붉은 고추를 띄웠다. 볕이 좋은 날 장독 뚜껑을 열고 햇빛을 머금도록 하고 밤엔 찬 이슬이 침범하지 못하도록 뚜껑을 덮는다. 장이 만들어지기까지 장독 뚜껑을 열었다 닫기를 반복한다. 어머니는 항아리 몸통을 젖은 행주로 몇 번인가를 닦았다. 그렇게 오랜 시간을 보내고 나면 짜디짠 날간장이 만들어진다. 연탄난로에 솥을 얹고 날간장을 몇 시간이고 은근히 끓이면서, 거품을 걷어 내면 간장이 된다. 간장을 끓일 때는 집 안 구석에 있던 곤로도 제 몫을 한다.

간장이 끓는 동안 된장을 만든다. 간장 항아리에서 메주를 건져, 덕지덕지 달라붙은 곰팡이를 긁어내듯 씻어 낸다. 다시 짓이겨 소금을 더해 된장을 만들었다. 그렇게 된장 독까지 크고 작은 항아리들로 집 주위를 감쌌다. 이따금 날씨가 좋고 바람이 좋을 때면 된장과 간장, 고추장 독엔 햇볕이 들어야 한다며, 간장이며 된장 독 뚜껑을 모두 열었다. 비라도 올라치면 뚜껑은 빈틈없이 덮여 있었다. 옥상에 장독 뚜껑을 덮으러 올라온 아래층 누군가가 그리했을 것이다. 누구라도 비가 오면 부탁하지 않아도 뚜껑을 덮어 주곤 했다. 그렇게 날이 지나면 퀴퀴한 간장 냄새와 쿰쿰한 된장 냄새가 바람을 쫓아 날아가고 퀴퀴했던 간장과 된장 항아리엔 고소한 맛이 스민다. 그렇게 담가 먹던 된장, 고추장, 간장을 옥탑방으로 오기 전까지는 할 수 없었다. 항아리를 둘 마땅한 공간이 없었다. 매년은 아니지만 그나마 다시 할 수 있게 된 것은 옥탑방으로 이사 오고부터다.

후암동으로 이사 온 후 어머니는 해마다 김장은 빼놓지 않고 하셨다. 매번 이사를 다니면서도 제구실 못 하는 항아리들은 김장할 때가 되면 귀한 대접을 받았다. 밥상에는 늘 밥그릇보다 작고 낮은 그릇에 김치가 담겨 올라오곤 했으나 겨울에 김장 김치를 먹으면서부터는 큼지막한 냄비에 김치가 반쪽씩 올라왔다. 어머니는 손으로 찢은 김치를 수저 위에 걸쳐 주시곤 복스럽게 먹으라며 말씀하시곤, 어머니도 맛있게 잡수셨다. 온 가족이 매달려 100포기가 넘게 김장하느라 힘들었지만, 그렇게 장만한 김치를 무섭게 먹어 치웠다.

65. 쓰레기차

輸出百億달러

獎忠體育館서 記念式 8百86개業體・有功者표창

- 동아일보 1977.12.22, 1면

"오늘 쓰레기차 오는 날이다! 일찍 갖다 버리고 학교 가!"

어머니는 아침 일찍 일하러 나가시면서 말했다. 쓰레기차는 아침에 온다. 아침에 오지 않으면 버릴 사람이 없다. 쓰레기를 버리려고 어머니가 일을 늦게 나가거나, 아니면 학교 지각을 감수하고 쓰레기를 버리고 가긴 어렵다. 쓰레기차는 어머니의 출근 시간보다는 늦게, 내가 학교로 나가야 하는 시간보다는 빠르게 오곤 했다. 쓰레기차가 오기 전 청소부 아저씨 한 분이 곧 쓰레기차가 올 것임을 알리는 종을 차보다 앞서 걸어오며 친다. '종을 친다'는 표현보다는 '종을 흔든다'는 표현이 정확했다. 쓰레기 아저씨의 종소리는 두부 장수 아저씨의 종소리와 같은 것이었지만 구별할 수 있었다. 두부 장수의 종소리는 아직 어둠이 채 가시기 전에 아침을 준비하는 주부들을 위해 천천히 간격을 두고 울렸다. 반면 쓰레기차 아저씨의 종소리는 어디 불이라도 난 것처럼 정신없이 울렸고, 요란했다. 빨리 쓰레기통을 가지고 나와야 버릴 수 있지, 늦으면 내일이나 버려야 한다는 경고처럼 들렸다.

쓰레기차는 다행스럽게도 일정한 시간에 왔다. 해방촌 오거리에서 후암초등학교 쪽으로 난 큰길을 따라 저쪽 동네 쓰레기를 받으며 전진해 온다. 쓰레기차는 길을 따라 동네를 횡단하면서 버스 정거장처럼 매번 같은 자리에 정차한다. 쓰레기차는 종점 방향 아랫동네엔 가지 않는다. 그래서 쓰레기차가 올 때쯤이면 저 아랫동네 사람들도 각각의 집에서 버리고자 하는 쓰레기를 온갖 통에다 담아 큰길까지 가지고 올라온다. 페인트 통, 붉은색 고무다라에 각각 담긴 쓰레기들을 손에 들고, 머리에 이고, 쓰레기차가 매번 서는 장소로 모여든다. 쓰레기차가 지나가면 쓰레기를 들고 다음번 쓰레기차가 서는 곳까지 쫓아가야 한다. 늦게 나와 쓰레기차에 버리지 못해 쓰레기를 다시 가지고 돌아가야 하는 사람도 있었다.

쓰레기를 버리는 날에는 연탄재가 쓰레기차가 매번 서는 곳 부근 전봇대나 축대에 잔뜩 쌓여 있었다. 연탄재는 미리 쌓아 두면 청소부 아저씨들이 치웠다. 종소리를 따라 또는 귀 밝은 사람은 저 멀리 쓰레기차가 보이지 않는 거리에 있는데도 미리 쓰레기통을 들고 나갔다. 차례로 줄을 서서 쓰레기차를 기다린다. 콘서트에서 아이돌 가수의 얼굴을 가까이 보려고 한 걸음이라도 앞으로 내닫는 것처럼, 앞줄에서 남들보다 먼저 쓰레기를 버리려는 동네 사람들의 선두 경쟁이 치열하다. 어쩌다 늦게라도 가게 되면 멀리서부터 풍기는 쓰레기 냄새를 오랫동안 맡아야 한다. 게다가 연탄재가 던져지는 과정에서 생기는 먼지도 뒤집어써야 한다. 늦게 버리러 나온 사람이 감당해야 할 몫이다.

쓰레기를 받기 시작하면 줄 선 앞사람부터 청소부 아저씨에게 가져간 쓰레기통을 건네준다. 아저씨가 아래에서 위로 쓰레기통을 던지듯 올려 주

면, 청소차 위에 있는 아저씨가 쓰레기통을 받아 쓰레기차 안쪽 쓰레기 더미 위로 쏟아 버림과 동시에 빈 쓰레기통을 아래로 다시 던져 준다. 그 아래에 있는 다른 아저씨가 이를 받아 길바닥으로 내려놓거나, 이를 받으려고 내미는 쓰레기통 주인의 손에 건네준다. 능숙한 솜씨로 쓰레기통을 던지고, 받아서 비우고, 다시 아래로 던지는 기계적인 동작들은 한 치의 흐트러짐이 없이 매끈하게 돌아간다. 집집마다 제각기 무게가 다른 쓰레기통이건만 아저씨들이 주고받는 속도는 일정하다.

원숭이도 나무에서 떨어지는 법, 아래 아저씨가 던진 쓰레기통을 위에 있는 아저씨가 제대로 받지 못해 아래로 다시 떨어지거나, 위에서 놓치게 되면 이제까지 봐 왔던 아저씨들의 콤비 플레이는 삐걱거리기 시작한다. 리듬을 놓친 위쪽 아저씨는 아래쪽 아저씨가 서 있는 곳에서 멀찌감치 떨어진 곳에 빈 쓰레기통을 내던진다. 떨어져 이리저리 튕겨 굴러다니는 빈 쓰레기통을 주워야 하는 쓰레기통 주인은 쏟아지는 먼지를 뚫고 쓰레기통을 집어야 한다.

눈이 많이 오는 겨울에는 계단을 통해 오르내리는 사람들을 위해 집집마다 연탄재를 가지고 나와 깨트려 사람들이 미끄러지지 않도록 한다. 눈이 올 것을 대비해 쓰레기차에 버리지 않고 연탄재를 비축해 두기도 한다. 눈은 언제나 새벽에 도둑처럼 왔다. '퍽! 퍽!' 앞집에서 눈을 치우는 빗질 소리와 함께 연탄재 깨는 소리와 발로 밟는 소리가 아침을 깨운다. 저마다 자기 집 앞에 쌓인 눈을 치우느라 사람들이 빗자루를 들고 나온다. 위에서 아래로 내려가는 가파른 길은 콘크리트로 되어 있어 눈이 조금만 내려도 얼어붙어 미끄러지기 쉬웠다. 연탄재는 추운 겨울밤 사람들을 따뜻하게 해 주었고, 눈이 내리면 미끄러지지 않도록 길 위에 뿌려졌다. 겨울이면 가파른 후암동 골목에는 얼마나 많은 연탄재가 깨어지고 눈과 함께 녹아 아래로 흘러갔는지 모른다.

먼지와 쓰레기통 떨어지는 소리가 뒤범벅된 현장을 벗어나 여전히 줄을 선 사람들을 보며, 저만치 쓰레기차가 갔을까 걱정하며 쓰레기통을 들고 뛰어오는 사람들로 골목길은 아수라장이 된다. 그렇게 싣고 간 쓰레기들은 서울 난지도매립지가 있기 전까지는, 당시 서울의 외곽 지역인 군자동, 상월곡동, 응암동, 염창동, 송정동, 장안동, 구의동과 지금 강남구의 압구정동, 방배동, 청담동이 쓰레기 매립지로 활용되었다. 이렇듯 산재해 있던 매립지들도 1978년 3월부터 난지도가 쓰레기 매립장으로 활용되고 나서 없어졌다.

1993년까지 수도권 쓰레기 매립지로 사용된 난지도(현 서울 월드컵공원)는 이전에는 깨끗한 섬이었다. 이름마저 '꽃섬'으로 불렸다. 섬이니 배를 타고 들어갔던 곳이었고, 1960년대 난지도 주변의 한강에는 맑은 물이 흘러 재첩도 잡았다. 특히 수수와 땅콩이 많이 났다. 그런 깨끗한 섬이 서울 사람들이 쓰고 버리는 쓰레기로 인해 더 이상 깨끗한 섬으로 있을 수 없었다. 난지도산 수수와 땅콩도 사라졌다. 서울 인구가 1949년 143만 명에서 1960년 244만 명으로 70% 증가하더니, 10년 만인 1970년에는 550만 명으로 125% 증가하고, 다시 또 10년이 지난 1980년에는 835만 명으로 51% 증가했다. 1990년 서울 인구 천만 명을 넘어선 이래로 거의 30년째 제자리였지만, 대신에 서울 외곽의 경기도 인구가 서울만큼 늘어났다. 경계가 있어서 서울이니 경기도니 하는 것이지 사실상 서울이 넓어진 것이다. 가장 폭발적으로 서울 인구가 늘어난 1960년을 지나 1970년까지의 서울 인구 증가에는, 1969년 성남으로 철거되어 갔다가 이듬해인 1970년에 돌아온 우리 집도 포함되었다.

66. 남산 새벽 운동

KAL旅客機 蘇聯에 强制着陸

乘客・乘務員 百13명 모두安全

핀란드 부근 蘇聯上空서 蘇空軍 제트機에 끌려가

- 동아일보 1978.4.21, 1면

　중학교 3학년 때부터 일요일이면 운동 삼아 남산 팔각정에 올랐다. 특히 여름 방학 기간에는 꾸준히 올랐다. 재남이와 용남이, 간혹 수관이 등이 주요 멤버였는데 재남이와 나는 거의 빼놓지 않고 팔각정을 오르는 고정 멤버이다시피 했고, 많을 때는 네다섯 명이 떼를 지어 다녔다. 우리가 남산으로 오르는 길은 따로 있다. 남산도서관에서 소월길을 따라 해방촌 오거리로 내려가기 전, 왼편으로 남산으로 올라가는 계단 길이 있다. 계단 길로 올라가면 서울타워에서 내려오는 남산 둘레길과 만난다. 이 계단 길을 찾는 일반 관광객들은 거의 없다.

　우선 소월길을 걸어서 다니는 사람들이 많지 않을뿐더러, 본격적으로 산행을 하는 것이 아닌 다음에야 끝도 없는 계단을 통해 남산에 올라가려는 사람이 없기 때문이다. 오래전 계단 길은 남산 성곽을 쌓듯 작은 축석을 가지런히 잇대어 적은 것은 삼 단에서 많은 것은 십여 단 이상 불규칙한 계단으로 조성되어 있었다. 지금은 방부목으로 반듯하게 만들어 놓았지만, 처음 계단 밑에서 위를 올려다보면 그 끝을 가늠할 수 없을 정도로 높고 길다. 오래전 계단 옆으로는 철망 펜스를 쳐 놓았었고, 친구들과 수시로 넘어다니며 아카시아꽃을 따 먹곤 했지만 지금은 흔적도 없이 치워졌다.

운동을 하겠다는 사람에게 계단처럼 좋은 곳은 없다. 계단을 통해 남산을 자주 올랐는데, 일과처럼 오르는 지루함을 달래고자, 토끼뜀으로 오르기도 하고, 나중에는 서로가 무등을 태워 오를 만큼 하체가 좋아졌다. 국가대표 선수들이 훈련하는 것처럼 친구가 내 발목을 잡고 손으로만 계단을 짚고 오르기도 했다. 재남이는 단연 최고였다. 아무리 생각해도 운동선수를 했었더라면 금메달 몇 개쯤을 딸 수 있는 체격과 힘을 지닌 친구였다.

남산 꼭대기 너른 광장에는 배드민턴을 치는 어르신들이 많았다. 이분들은 일 년 365일 비가 오는 날이 아니라면 이곳에 오셔서 운동하셨다. 광장 한쪽에는 각종 역기가 있었는데 누가 아침 일찍 벤치 프레스를 설치하는지 몰랐다. 역도 선수인 듯한 복장을 한 분이 있어서 역기를 드는 분들에게 코치처럼 지도도 해 주곤 했다. 역기도 들고 어르신들의 배드민턴 파트너도 해 주고 야간 고등학교에 다녔던 1, 2학년까지 여름 방학과 쉬는 날, 일요일에도 부지런히 운동을 다녔다. 그러던 어느 날 그곳 운동 시설을 관리하는 총무님으로부터 올라오는 길에 주전자 두 개에 약수를 떠다 달라는 부탁을 받았다. 운동하고 내려가면서 빈 주전자를 가지고 집에 갔다가, 다음 날 새벽 4시 30분쯤이나 늦어도 5시 전에는 집에서 나왔다. 주전자를 들고 계단 길을 오른 후 약수터에 들렀다. 약수터는 남산에서 내려오는 둘레길에서 좌측으로 내려갔다가 다시 왼쪽으로 꺾어 100미터쯤 올라가면 있었는데, 이른 새벽에도 약수터에는 많은 분이 약수를 떠 가느라고 붐볐다.

주전자는 일반 가정용에 비해 두 배는 됨 직한 크기였다. 10리터는 족히 들어갔다. 주전자를 들고 약수터에 들러 물을 채우곤 팔각정으로 오른다. 나 역시 운동하다 몇 번 주전자의 물을 먹었던 적이 있었고, 운동을 하던 다른 사람들도 주전자에서 물을 따라 마시는 것을 본 나로서는 총무님의 부탁을 거절하기 어려웠다. 약수터가 올라오는 길에 있었기에 쉽게 그러겠다고 응했는지 모른다. 이른 새벽, 주전자에 물을 담아 올라오면서, 그동안 누군가가 약수를 힘들게 길어 팔각정 광장까지 가져다 놓았기에 나 또한 마셨을 그 물이, 이토록 힘들게 가지고 오는 것인 줄 몰랐다. 팔이 빠질 듯 무거운 주전자를 들고 올라오느라 연신 손을 바꿔 가며 가쁜 숨을 몰아쉬었다. 주전자의 무게는 좀처럼 적응되지 않았고 들고 올라가는 내내 후회했다. 주전자에 약수를 떠 가면 운동하시는 어르신들이 수고했다며 고마워하셨다. 장충동 쪽에서 올라오는 분들이나, 해방촌이나, 남대문 쪽에서 남산식물원 길로 오시는 분들 모두가 주전자 물을 마셨다. 팔각정에는 수돗물이 나오는 음수대가 있지만 주로 손을 씻거나 세수하는 용도로 사용했다. 운동하는 어르신들은 우리가 떠 가는 약수를 기다렸다가 드시곤 했다. 두 개의 대형 주전자는 언제나 말끔하게 비워졌다.

남산의 또 다른 이름은 목멱산이다. 남산을 오르는 사람들이야 모를 리 없는 사실이지만, 일요일에 아이들을 데리고 올라오는 어른들이 거창한 남산의 이름 변천사를 시작하지만, 남산의 높이가 262미터인지, 265미터인지를 물으면 평범한 아버지들의 남산 강의는 끝을 내고 만다. 조금 더 아는 사람은 흔적도 없는 봉수대(1993년 복원)가 있었다고 말하지만, 봉수대가 어디에 있었는지 알고 있는 사람은 드물었다.

여러 명이 함께 남산에 오면 자칭 문화해설사가 꼭 한 명쯤은 있게 마련이다. 서울에 먼저 와 한두 번이라도 남산엘 와 본 적이 있으니 '남산의 소나무'에서 시작하는 〈애국가〉 가사를 읊고, 남산의 원래 이름이 '목멱산'임을 강조해 말하는 것을 종종 들었다. 그리곤, 사방을 둘러보며 청와대, 서울역, 남대문이며 한강까지 안내하는 것이다. 28개나 되는 한강 다리 중 가장 먼저 완공된 한강 철교(1900년)에서부터 차례차례 알려 주려는 우를 범한다. 서울에서 수십 년을 살아도 한강 다리가 너무 많으니 손끝이 가리키는 다리와 이름이 일치하는지는 남산에서 한강까지의 거리만큼이나 가물가물하다.

봉수대에 관한 자세한 기록이 있다. 세종실록 19권, 세종 5년 2월 26일 병조에서 "서울 남산의 봉화 다섯 곳을 본조(本曹, 병조를 말함)가 진무소와 더불어 남산에 올라 바라보고 불을 들어 서로 조준한 뒤에 땅을 측량하여 설치하였다는 보고와 함께 자세히 기록하고 있다. 동쪽의 제1 봉화는 명철방(明哲坊)의 동원령(洞源嶺)에 있는데, 양주 아차산(峨嵯山)의 봉화와 서로 마주쳐 함길도와 강원도로부터 오게 되고, 제2 봉화는 성명방(誠明坊)의 동원령에 있는데, 광주(廣州) 천천(穿川)의 봉화와 서로 마주쳐 경상도로부터 오게 되고, 제3 봉화는 훈도방(薰陶坊)의 동원령에 있는데, 무악(毋岳) 동쪽 봉우리의 봉화와 서로 마주쳐 평안도로부터 오게 되고, 제4 봉화는 명례방(明禮坊)의 동원령에 있는데, 무악 사봉(四峯)의 봉화와 서로 마주쳐 평안도·황해도의 바닷길로 오게 되고, 제5 봉화는 호현방(好賢坊)의 동원령에 있는데, 양주(楊州) 개화봉(開和烽)의 봉화와 서로 마주쳐 충청도, 전라도의 바닷길로 오게 된다"[37]고 기록하고 있다. 아울러 서로 바라보는 곳이 오래되면 만에 하나 변동이 있을까를 염려해 한성부로 하여금 대(臺)를 쌓고 표(標)를 세워 서로 마주치는 지명과 봉화를 올리는 식례(式例)를 써서 둘 것이라고 기록하고 있다.

한양이 조선의 도읍으로 정해지기까지 우여곡절이 많았다. 개경에서 새

---

37) "세종대왕기념사업회", 조선왕조실록, 세종실록, 세종 5년 2월 16일.

로운 수도 이전을 위해 여러 지역을 검토했다. 그 과정에서 무학대사와 정도전의 논쟁은 익히 알려진 바다. 결과적으로 정도전이 바라는 대로 북악을 진산(鎭山)으로 삼고, 남쪽을 바라보는 지금의 경복궁 모습으로 되었다. 무학대사의 바람대로라면 인왕산을 진산으로 했을 것이고 조선의 왕들은 경복궁 강녕전(康寧殿) 온돌방에서 해 뜨는 동쪽을 바라보며 기침(起枕)했을 것이다.

경복궁의 안산이 남산이라는 것에도 이견이 있다. 경복궁은 정확하게 남산을 바라볼 수 있게 건립할 수 있었음에도 다소 우측으로 틀어졌다. 당시 지금의 세종로 끝에 '황토마루'라는 야트막한 언덕이 있었는데, 그곳을 향해 경복궁이 축선을 잡았기 때문이라는 것이다. 황토마루가 2010년 도로명 통합으로 세종대로로 되었지만, 세종로와 태평로라고 구분해 불리던 것을, 일제가 서울역까지 새로운 길을 내는 과정에서 경운궁(덕수궁) 담장을 헐어 내고, 전각들을 잘라 내면서, 가로막은 남대문 성곽도 헐어 냈다. 그 태평로에는 경성부청사(서울시청)와 경성역(서울역)을 각각 지었다. 지금이야 세종대로로 시원하게 뚫린 길이지만, 풍수 탓인지 광화문 네거리에서 종로 쪽으로 돌아 다시 숭례문으로 이어졌던 길이었다. 최종적으로 무학대사와 정도전의 주장 중 하나로 매듭을 지어야 했던 태종은 동전 던지기로 태조가 정한 한양을 최종 낙점했다. 택리지에는 산의 남쪽을 '양(陽)'이라 하고, 산의 북쪽을 '음(陰)', 강(江)의 경우에는 반대로 남쪽을 '음(陰)', 북쪽을 '양(陽)'이라 한다. 한양(漢陽)이라는 말은 한강의 북쪽에 있다는 뜻이다.

1394년 한양으로 천도한 후 경복궁과 종묘, 남산의 봉수대가 낮에는 연기를 피우고 밤에는 불을 피우며, 평시에 하나를, 적이 나타날 시 두 개의 봉수를 올리고, 나라에서 정한 일정한 경계까지 도달하면 세 개를, 적이 침범하면 네 개, 적과 우리 군이 싸움을 하면 다섯 개를 올렸다.

67. 양동을 돌다

撤去班員살해범

死刑을 確定

– 동아일보 1978.5.10, 7면

방학 중에는 집에서 밥을 먹고 보급소에 일찍 왔다. 1판을 돌리고 집에 일찍 들어갔으면 해서였다. 물론 보급소에 오는 신문 부수가 1판과 2판으로 나누어져 있는 것은 동아일보나 중앙일보나 비슷하다. 그날따라 보급소에는 용산중학교와 고등학교에 다니는 형들까지 다들 일찍 왔다. 1판을 돌리겠다고 생각했지만 어렵게 되었다. 방학이라고 해서 모두가 1판을 돌리고 집에 일찍 들어가길 바라지만, 보급소에 오는 1판 신문 부수로는 모두가 돌리기엔 부족해, 더 기다렸다가 2판에 돌리던가, 아니면 다른 구역의 신문을 양보받아야 한다. 그게 아니라면 이미 보급소에 나왔고 다시 집에 들어갔다가 오기는 애매해 무료하게 기다리는 수밖에 없었는데 그것도 못할 짓이었다. 그래서 재남이에게 제안했다.

"재남아! 네 구역 같이 돌리고 내 구역 함께 돌릴래?"

재남이의 구역은 양동이었고 250부가량을 배달하기 때문에 보급소에서 배달 시간을 고려해 먼저 1판을 주곤 했다. 재남이는 고등학교에 진학하지 않아 늘 일찍 나왔다. 부수도 많고 돌리기도 힘든 양동이 재남이의 배달 구역이었다. 그날도 재남이는 1판에 250부를 전부 받았다.

"그러자, 그런데 너 힘들 텐데…!"

"뭐가 힘들어? 가 보지, 뭐!"

"그럼 오늘 한번 같이 돌리던가!"

재남이가 흔쾌히 동의했다.

양동이 힘들다는 얘기는 재남이가 간간이 말을 해 줘서 알고는 있었다. 여름에 반바지라도 입는 경우 재남이의 종아리 근육은 움푹 패어 있었다. 좁고 높은 건물 계단을 오르내리다 보니 굵어진 것이었다. 그렇다고 내가 돌리는 후암동이 쉽다고는 생각하지 않았다. 더 힘든 건 보급소에서 가장 멀리 떨어진 해방촌, 정확히는 신흥시장에서 해방교회 너머에 있는 구역을 돌리는 용남이였다. 보급소에서 160부가량의 신문을 옆구리에 끼고 신흥시장까지 걸어가는 것만으로도 지칠 정도다. 가까운 구역을 돌리는 사람이 절반을 돌렸을 시간에 용남이는 첫 집에 신문을 넣는 셈이다. 용남이와도 토요일이면 보급소엔 말하지 않고 종점에서 가까운 내 구역부터 먼저 돌리고 용남이 구역을 같이 배달하고는 했다. 그래서 의도한 바는 아니지만 용남이가 몸이 아파 보급소에 나오지 못하는 날에는 총무를 도와 함께 배달하기도 했다.

보급소에서 250부를 대충 절반으로 나눠 들고는 병무청 길을 따라 양동으로 갔다. 병무청을 지나 삼거리에서 길을 건너면 양동이다. 서울역 건너편 대우빌딩(현 서울스퀘어)과 남대문경찰서에 가려져 보이지 않는 곳인데, 무수히 많은 주거 취약 계층, 소위 쪽방촌들이 벌집처럼 밀집해 있던 곳이다. 대우그룹이 양동 지역 개발을 주도하다시피 했는데, 서울역과 마주 보고 있는 대우빌딩에서부터 시작한 양동은, 남대문경찰서 우측 길에서 보면, 후암동으로 올라가는 길의 좌측이고, 거기서 소월로 쪽으로 올라가다 보면, 남산 힐튼호텔 자리가 양동의 또 다른 경계라고 보면 맞다. 지금은 힐튼호텔(1983년 개관)을 비롯해 대형 건물들이 즐비하게 들어서 양동은 흔적도 없이 묻혀 버렸지만, 당시엔 10층 정도 되는 적벽돌로 지어진 주거용 건물들로 빈틈이 없었다. 뉴욕의 차이나타운과 거의 비슷한 느낌이었다. 그런 건물들 어디에도 엘리베이터는 없다.

"여기서 잠시 신문 좀 보고 있어, 내가 올라갔다가 올게!"

말이 끝나자마자 재남이는 신문 두 개를 집어 들고 건물 안으로 들어갔다. 내가 할 일은 없었다. 재남이가 숨을 헐떡이며 내려왔다.

"천천히 내려와도 되는데, 왜 그렇게 헐떡이냐?"

"그래야 빨리 돌리지!"

"시삭부터 헐떡이니 하는 소리지!"

"그래, 그럼 다음 집부터 너도 한번 올라가 봐라! 힘든시 인 힘든지!"

"알았어!"

다음 건물도 처음 건물과 다르지 않았다. 중간에 길가로 들어선 가게 몇 군데에 신문을 넣고 한 건물 앞에 왔다.

"여기 305호, 607호, 801호와 805호. 그렇게 넣고 와라, 나는 다음 집 넣고 있을 테니! 이 길로 계속 올라와 저쪽 쌀가게 보이지? 거기서 보자구!"

재남이가 말한 네 집을 머릿속으로 외우면서 재남이가 지목한 건물 안으로 들어가자 재남이는 신문을 들고 이동한다. 나는 신문을 들고 건물 안으로 들어갔다. 시간을 단축하려면 각자가 동시에 배달하는 것이 효율적이기 때문이다. 헤어져 동시에 넣을 땐 각자가 나누어 들고 있는 신문을 옆구리에 끼고 다녀야 한다. 몸이 편하자고 신문을 건물 입구에 두고 가면 바람이 불어 날아가는 것이야 다시 주워 가져오면 되지만, 혹시라도 누가 가져가거나 몇 부라도 없어지면 나중에 부족한 만큼 보급소까지 가서 다시 가지고 와야 하는 일이 생긴다. 그런 일을 방지하려면 힘들더라도 들고 올라가야 한다.

건물 안은 어두웠다. 난간도 없는 콘크리트 계단을 오른다. 들어가는 입구는 좁았지만 올라가는 계단 쪽으로는 조그만 창문이 있어서 환한 빛이 들어와 계단을 올라가기에는 어려움이 없다. 3층에 올라왔다. 안으로 복도가 있고 그 끝에는 빛이 들어오는 조그만 창문이 있다. 유리창은 없는 터진 창이다. 연탄가스 냄새가 빠지라고 아예 유리를 끼우지 않은 듯하다. 복도에 작은 백열등이 있지만 밖에서 방금 들어온 사람의 눈에는 제대로 보이지 않는다. 3층 복도는 계단을 올라오면 바로 길게 나 있고, 중간 조금 못 미치는 곳에서 왼쪽으로 꺾여져 들어가는 또 다른 복도가 있다. 컴컴해 막혀 있을 듯한 그 안으로 들어가면 다시 복도로 이어진다. 한 층의 단면을 본다면 'H 자' 형태다. 305호라고 쓰인 숫자가 보이질 않는다. 맞닥뜨린 복도에는 문이 세 개다.

입구마다 각 호실의 출입문 아래로 작게 만들어 바싹 붙인 조그만 댓돌이 보이고, 방 안에 사람이 있는지 신발이 놓여 있다. 신발장은 따로 없다. 댓돌 옆으로는 연탄아궁이가 있다. 안에는 바퀴 달린 연탄 화덕이 들어 있다. 연탄을 갈 때마다 끝이 구부러진 꼬챙이로 화덕 하단부 구멍에 끼워 복도 쪽으로 꺼낸다. 두꺼비집을 먼저 열고 화덕 속 두 장의 연탄을 차례로 꺼낸다. 불이 한창인 위쪽 연탄을 다시 화덕 아래쪽에 넣은 후, 새 연탄을 위로 얹어 아래쪽 연탄과 불구멍을 맞춘다. 두꺼비집을 얹은 후 다시 쇠꼬챙이로 화덕을 아궁이 속으로 집어넣고, 입구 철판을 닫는다. 여느 집과 다를 게 없지만 굴뚝은 보이지 않았다.

후암동 반지하 집은 연탄아궁이가 방 입구에 있고, 아궁이 위로 둥그런 뚜껑을 덮고, 그 위에 두꺼비집을 올린 후 다시 전체 아궁이에 커다란 뚜껑을 덮는 구조다. 한쪽으로 터져 있는 두꺼비집은 한쪽으로 들려 있어 연탄의 열기를 방구석 깊숙이 들어가도록 한다. 그러나, 이곳 양동의 집들은 복도 끝 빈 창문 아래 같은 공간에 약간의 틈을 두고 세대별 연탄을 제각각 쌓아 두고 있다. 방문 입구 쪽으로는 연탄을 쌓을 데가 없어 보였다.

내가 들어간 첫 번째 복도 끝은 303호다. 다시 돌아 나와 중간에 난 통로로 들어가 안쪽에서 오른쪽으로 304, 305호가 보인다. 방문이 빼꼼 열려 있어 "중앙일보 왔습니다!"라고 작은 소리로 말하면서 문을 열었다. 단칸방인 건 보지 않아도 알 수 있다. 복도에 난 문의 간격을 보면 어느 정도 크기인지 짐작할 수 있다. 정확하지 않지만 다다미 3장 크기다. 1평 반이다. 다다미 1장이 0.9m × 1.8m=1.62㎡이고, 3장이니 4.86㎡이다. 이를 평으로 환산하면 약 1.47평이다. 크면 몰라도 작은 방은 한눈에 들어온다. 안쪽에는 비키니장과 선반 위 이불들이 보이고, 밑에는 접어 세워 놓은 밥상과 전등이 있다. 정면으로는 벽에 박아 놓은 옷걸이에 옷들이 겹겹이 걸려 있다. 누추한 곳에 살면서 신문을 보는 사람은 누굴까 궁금했다.

양동은 신문을 방 안에 넣지 않으면 따로 둘 곳이 없었다. 마당도 없을 뿐만 아니라 댓돌 위에 얹어 놓을 수는 있지만 독자의 손에 들어간다는 보장이 없기에 닫혀 있는 경우라도 어떻게 해서든 문틈으로 집어넣었다. 당시 신문은 8면이라 아주 작은 틈만 있다면 안으로 넣는 것은 어렵지 않았다. 다음 집은 607호. 건물의 평면도상으로는 같은 호실이 동일하게 배치되어있으니 올라가기만 하면 정확한 호실을 찾는 것은 어렵지 않았다. 바닥은 연탄을 나르느라 깨지고 밟힌 시커먼 연탄 가루로 더러웠다. 복도를 따라 걷는 내 발걸음을 따라 시커먼 신발 자국이 생겼다. 복도에 쌓인 먼지에 발자국이 찍혔다. 계단에도 탄가루가 많았다. 신문을 넣으러 계단을 올라 다니는 것도 힘든데 누군가 연탄 지게를 지고 이 계단을 올랐을 것을 생각하면 아찔했다. 801호와 805호를 넣고 내려왔다. 첫 집인 305호를 찾는 것이 어려웠지만 나머지 방들은 금방 찾았다. 그렇게 낮은 곳은 3층이요, 높은 것은 10층은 족히 되는 비좁은 건물들을 얼마나 오르내리기를 반복했는지 모른다. 적게 잡아도 들락거린 건물이 50개가 넘었다. 어느 건물에선 8층 꼭대기 한 집을 넣으러 올라가기도 했다. 성냥갑 속 성냥들처럼 붙어 있다시피 한 건물과 건물 사이에 난 틈은 쥐, 고양이나 드나들 수 있을 만큼 좁았다. 그러니 마주하는 건물 쪽으로는 햇빛조차 얼굴을 디밀지 못했다.

모든 방의 형태가 동일한 것은 아니다. 비슷한 다른 건물에는 문이 크고 댓돌이 없다. 방문은 크지만 안의 방 크기는 비슷하다. 다다미 두 장 정도는 들어가겠지만, 아궁이가 있어도 대개 방 안에서 곤로로 취사한다. 창문은 환기를 위한 용도이지 밖을 내다보는 것이 아니다. 밥을 하는 좁은 건물 통로에는 밥 냄새가 났다. 어느 집에서 라면이라도 끓이는지 라면 냄새가 진동했다.

양동은 남대문경찰서 바로 뒤에 있는 동네라서 남대문시장에서 일하는 사람들이 많았다. 사창가도 있었다. 그러나 양동의 거주민 대다수는 바로 앞 서울역과 남대문 뒤의 번화가에는 어울리지 않는 가난한 사람들이 많았다. 아마도 바로 옆 남대문시장에 산재한 봉제 공장에서 일하는 사람들이나, 시장에서 물품을 나르는 지게꾼들, 아니면 장사하거나 노점상을 하는 사람들도 많았을 것이다. 양동 출신 시인인 김신용은 양동엔 앵벌이들과 중증 장애인으로 구걸하는 꼬지꾼들, 넝마를 주워 사는 시라이꾼들, 몸을 파는 퐁치들과 이들을 손님들과 주선해 주는 뚜쟁이들, 자기의 피를 팔아야 먹고사는 쪼록꾼들이 모여 살았다고 했다. 사람들이 밀집해 살고 있었던 만큼 이들을 대상으로 한 가게들도 많았다.

그런 양동에서 신문을 본다는 것은 이상한 일이기도 하고 있을 수 없는 일인 듯 생각이 되지만, 양동의 밀집도를 생각하면 결코 많은 부수는 아니었다. 대나무숲 속 빽빽한 대나무들처럼 삐죽삐죽 올라간 붉은 벽돌집이나, 높낮이가 다른 건물들 속에는 얼마나 많은 사람이 살았는지 알 수 없다. 그 비좁은 곳의 안쪽 더 깊숙한 곳에 환락가가 있었다. 왜 몸을 파는 사람들이 사는 곳을 창녀촌이라고 하는지는 이해할 수 있지만, '매음굴'이라는 또 다른 이름을 지니게 된 것은 어둡고 음산한 이 동네에 잘 어울리는 말이었다. 건물 안으로는 낮에도 밤처럼 컴컴하니 '굴'이라는 표현이 더 어울린다. 그 어두운 동네의 이름이 볕이 잘 든다는 '양동(陽洞)'인 것은 아이러니다. 가난한 사람들일수록 따뜻한 볕을 찾아 몰려들어 그런 것인지는 알 수 없다. 이름만으로는 살기 좋은 동네라는 생각이 들었는지, 아니면 어디인지 모르게 위장이라도 하려는 것이었는지.

한번은 신문을 기다리는데 재남이가 나에게 이런 말을 한 적이 있다.

"어제 신문을 돌리는데 어떤 아가씨가 나를 부르는 거야."

"왜?"

"아 글쎄! 쉬었다 가라는 거야!"

"왜?"

"글쎄 그런 게 있다는 거야…."

"그래서 쉬고 왔다는 거냐?"

"아니."

재남이는 이 대목에서 말을 더듬었다. 가끔 당황하거나 하면 말을 더듬는 버릇이 있긴 했지만, 이번에는 귀까지 빨개졌다.

"뭐 하는지 몰라 따, 따라가긴 했지….."

"그 여자를 따라갔다는 거야?"

"응….."

"그래서? 가서 뭘 했는데?"

"아니 잘해 줄 테니까 옷을 벗으라는 거야….." 재남이의 목소리는 작고 가늘어졌다.

"옷을 왜 벗어? 뭐 하는데?"

우리의 담화 수준은 그랬지만 재남이는 뭔가 아는 듯했다.

띄엄띄엄 조각으로 들은 이야기의 퍼즐은 이랬다. 그날 그 여자는 거리의 여자였다. 재남이가 보기엔 아주 예뻤다고 했다. 나이는 당연히 연상이었다. "잠깐 놀다 가요!"라는 말을 재남이는 신문 배달을 하니 고생한다며 시원한 물이라도 주는 것으로 알고 고마운 마음에 따라갔다는 것이었다. 앞장선 여자를 따라 골목을 몇 개 지나고, 3층인지 4층인지 하는 건물 안으로 들어갔다. 여자가 방 안으로 들어오라기에 말없이 들어갔고, 방문을 잠그고는 여자가 스스럼없이 겉옷을 벗으면서 말했단다.

"뭐 해요? 옷을 벗어야지…!"

"왜요?" 재남이는 당황하며 물었단다.

"왜 옷을 벗어요? 놀다 가라면서요?"

"아니, 다 알 만한 나이 같은데 뭘 그래? 학생인 것처럼!"

"네? 저, 학생인데요!"

"왜 거짓말을 하고 그래? 학생이 아닌 것 같은데…. 척 보면 아는데….."

"정말 고1이에요!"

재남이는 고등학교에 진학을 하진 않았지만, 내가 보기에도 따로 구입한 교련복을 입고 신문 배달을 하니 학생으로 보일 뿐이지, 교복이 아닌 옷을 입고 거리에 나가면 적어도 스무 살 넘은 청년으로 볼 수 있을 만큼 성숙했다. 체격도 있고 키도 컸다. 그리고 결정적으로는 조폭 서열 3위 정도로 보이는 험악한 얼굴을 가지고 있었다.

그다음부터는 글이지만 옮기기가 민망할 만큼 재남이의 자화자찬이었다. 그런 델 가 보지 않아서 그렇지 분위기가 다르다는 얘기부터, 방 안에서 나가려고 문을 열었는데 신발이 없어서 당황했고, 어느 틈엔가 아가씨가 신발을 안에 가져다 놓았다는 둥 설레발을 쳤다. 학생같이 보이지 않는다는 것은 충분히 수긍할 수 있었지만, 힘이 좋게 생겼다는 둥, 일 잘하게 생겼다는 등의 말을 듣고는 정말로 자기의 남성적인 잠재력이 대단하다고 생각하는 것으로 알고는 좋아했다. 그 일이 있은 후로 재남이의 신문 배달은 더 열정적으로 변했다. 한 여자로부터 어른인 남자로 인정받은 뒤여서 그랬는지, 아니면 매일 같은 구역을 돌면서 그 아가씨와 어색한 눈인사라도 하는 사이가 되기라도 했는지는 알 수 없다. 사람에게는 다른 이들이 알 수 없는 구석이 하나쯤은 있기 마련이니까.

나에게도 얼굴이 빨개지는 순간이 있었다. 중3, 무더운 여름날이었다. 지금도 그 순간을 떠올리면 얼굴이 화끈거린다. 그날도 평소와 다를 게 없었다. 여느 때처럼 신문 배달을 하면서 후암동 골목 계단을 뛰어 내려가 나무로 된 집의 문을 왼손으로 열고 들어가면서 "신문이요!" 하는데, 동시에 "엄마!" 하는 소리를 들었다. 비명에 놀라 황급히 문을 닫았지만 시커먼 고무줄에 묶인 문이 닫히는 속도는 너무 느렸다. 방금 내가 본 것은 사람이었다. 소리의 주인공은 그 집 마당에서 벌거벗고 더위를 식히려고 찬물에 몸을 담그고 있다가 예기치 않은 방문객에 놀라 방 안으로 뛰어 들어간 여자의 벌거벗은 뒤태였다.

여자의 벗은 몸을 처음 봤다. 의도치 않게 나신을 목격한 그 집 대문은 널빤지를 세로로 붙여 문을 단 집인데, 신문은 문을 열고 왼쪽 툇마루에 던지곤 했던 집이었다. 그날은 너무 더웠다. 그 집엔 고등학교에 다니는 누나가 있었는데, 그날 학교에서 돌아와 마당에서 빨간 고무 대야 속에서 시원하게 목욕 겸 더위를 식히고 있던 참이었다. 평소에 얼굴을 본 적이 있었는데 키가 170은 되어 보이고, 드물게 미인이었다. 보성여고를 다녔던 것으로 기억하는데, 보성여고생들은 단발머리도 있었지만 머리를 뒤로 땋아서 묶기도 했다. 그런 예쁜 누나가 벌거벗고 조그만 대야 속에 있으리라고 어찌 상상할 수 있었을까…. 놀라서 뛰어 들어가는 누나의 실루엣은 지금도 잊히지 않는다. 그 누나가 목욕하면서 대문을 잠그는 일을 잊어버릴 만큼 그날 날씨는 더웠다.

가끔가다 윤락 여성 단속을 한다는 신문 기사를 보곤 했지만 양동엔 오랫동안 사창가가 없어지지 않았다. 결국 재개발로 인해 건물이 부서지고 맨땅이 드러나고서야 사라졌다. 조선시대 학자 성현(成俔, 조선 성종 때의 문신, 1439~1504)의《용재총화(慵齋叢話)》에도, 마을의 창기(娼妓)를 폐지하자는 논의가 있었다. 세종이 대신들의 의견을 묻자 모두 없애는 것이 옳다 하였다. 가만히 있던 허문경공(許稠, 1369~1439)은 남녀 관계는 인간의 욕망이라 금하기 어렵다는 것과 마을의 창기는 공적인 것이어서 문제 될 것이 없다고 했다. 또한, 그러한 것을 인위적으로 금하면 일반 아녀자들에게 문제가 생길 것이라며 폐지하지 말 것을 주장했다.

이런 말을 한 허문경공이 주색을 가까이한 인물이라 오해하면 곤란하다. 고려 공양왕 2년(1390년), 과거에 급제해 태종 이방원과 세종 때까지 임금에게 직언을 굽히지 않은 대쪽 선비였다. 자기 관리도 철저해서 부정부패와는 거리가 먼 청백리였다. 다만, 그가 창기를 존속하도록 했다는 점은 상대적으로 유교관으로 신분 질서가 엄격한 세상이었음과 달리 보살필 가치를 느끼지 않아서였는지도 모른다. 창기의 자식이 딸이면 창기가 되고, 아들이면 노비가 되는 세상이었으니, 그들에게 어둡고 깜깜한 세상이었던 것은 양동 사람들이 겪었던 세상과 다르지 않았다.

　배달이 끝나 가면서 다리는 흔들리고 숨이 턱까지 찼다. 올라갔다가 내려올 때 계단의 폭이 좁았다고 생각했다. 게다가 연탄 가루가 있는 곳은 반질반질해져서 자칫 미끄러질 수 있어 더 조심스러웠다. 재남이는 지친 기색이 없이 뛰어다녔다. 오늘은 신문을 나눠 배달해서 그나마 편했다고 한다. 지치지 않는 재남이의 실제 나이가 몇 살인지 이전에도 의심한 적은 있었지만, 그날 야한 이야기를 들은 후로 나의 의심은 확신으로 변했다.

68. 사라진 양동과 재개발

古里원자력發電 1號機준공

58萬7千KW容量 세계21번째 核發電國으로

太陽熱・潮力등 電源 적극개발

– 동아일보 1978.7.20, 1면

　　중구 양동은 거의 사라졌다. 땅은 그대로지만 그곳의 닭장 같고 벌집 같
은 조그만 방에 모여 살던 사람들과 '굴'이나 '촌'으로 불리던 음습한 동네
는 커다란 건물들이 들어서지 못하는 곳의 극히 일부분만 살아남았다. 재
개발이라는 이름으로 기존의 낡은 건물을 헐고 같은 땅에 새롭게 지어지는
빌딩이나 건물들은 화려하고 컸지만, 같은 땅 위에 살았던 사람들의 흔적
은 지워졌다. 내가 본 재개발은 한결같이 그랬다. 집주인들이야 적절한 보
상을 받았겠지만 세입자들의 문제는 집주인과 해결해야 할 문제이지, 시나
국가, 또는 재개발의 주체와 따질 문제는 아니었다. 시대가 그랬다. 지금이
야 현수막 걸고, 머리띠 두르고 억울한 사정을 광화문 광장에서라도 호소
할 수 있지만, 당시에 그런 일은 있지도 않았지만, 있었더라도 들리지 않았
다. 모든 것이 조용하고 신속하게 해결되었다. 양동 개발의 가장 좋은 자리
의 주인공은 대우그룹이었다.

재개발은 특정 지역의 땅 주인들로부터 땅을 개발하려는 누군가가 땅을 산다. 정한 가격이 없으니 집주인들과 개별적으로 어떤 땅은 싸게, 어떤 땅은 비싸게 사고 팔린다. '알박기'라는 말이 있는 것처럼 땅 주인이 끝까지 팔지 않겠다고 버티면 몇 배라도 더 비싼 값을 주고라도 사야 한다. 거래는 땅을 가진 지주와 땅을 사려는 일방과의 거래일 뿐, 그곳에 세 들어 사는 사람들은 당사자가 될 수 없다. 얼마 안 되는 보증금을 내고 살았던 사람은 보증금을 되돌려 받고, 보증금도 없이 월세만 내고 살던 사람들은 집주인이 방을 비우라고 통보하면 끝이다. 비워 주어야 하는 기한이 끝나면 건물 철거가 시작된다. 앞쪽에서 뒤쪽에서 요란한 소리로 살고 있는 사람들의 목을 조여들어 온다. 갈 곳 없는 셋방살이의 저항은 철거 용역들의 손에 끌려 쫓겨난다. 버티면 돌아오는 것은 발길질뿐이다. 법적으로 바뀐 땅 주인은 현장에 없다. 대신 지주의 희망대로 움직이는 포클레인과 공사 업체 인부들만 분주하게 오간다. 양동에서 얼마나 많은 사람이 쫓겨났는지는 모른다. 가까운 해방촌으로라도 갔다면 다행이지만, 양동에서 방값을 간신히 낼 수 있있던 사람들에게는 해방촌도 만만한 동네가 아니었다. 바로 옆 동자동에 살던 사람들의 신세도 양동과 다를 바 없었다. 서울 시내의 재개발은 주체가 다를 뿐 전개 양상은 다르지 않았다. 그런 양동과 동자동 사람들에게 해방촌은 가깝지만 먼 곳이었다.

서울역은 엄청난 크기의 대우센터 빌딩이 들어서자 한적한 시골의 간이역처럼 초라해졌다. 그도 그럴 것이 서울역에서 내리면 서울 어디서도 보이는 남산조차 시커먼 대우센터 빌딩으로 인해 제대로 보이지 않았다. 바로 옆 럭키빌딩(1976년 1월 준공, 현 매트로타워)은 대우센터 빌딩이 1977년 23층 높이로 거대한 몸집으로 완공되자 존재감이 없어졌다. 모든 층에는 대우그룹 관계사들이 입주해 사용했는데 한 층의 넓이가 전용 904평으로 컸다. 대우센터 빌딩은 1969년 교통부에서 교통센터 건축 중 화재가 난 것을 대우에서 인수, 1977년 준공한 것이었다. 당시 땅 위에 세워진 가장 거대한 건물이었다. 대우센터 빌딩 주변으로는 고속버스 터미널들이 있었다. 남대문경찰서 우측에는 그레이하운드가, 왼쪽 연세세브란스 빌딩 자리에는 동양고속터미널이 있어 서울역과 함께 대우센터 빌딩 앞은 언제나 사람들로 북적였다.

양동의 시작과 끝은 대우그룹이다. 대우그룹은 양동을 점령하기 시작했다. 대우는 양동에 건물을 하나 더 지었다. 힐튼호텔이다. 양동의 슬럼화된 무허가 건축물들과 사람이 살기에 멀쩡한 더 많은 건물이 '개발'이라는 이름으로 헐리면서, 그곳에 붙어살던 가난한 양동 사람들은 보이지 않는 밖으로 밀려 나갔다. 여관과 여인숙에 윤락가까지, 심지어 그런 곳 한가운데에 남녀 공학인 전수학교도 있었다. 닭장 같은 집들은 엘리베이터도 없이 계단으로 이어진 좁고 높은 어두운 쪽방들을 품고 있었다. 거기에 사는 사람들에게 재개발은 보금자리를 부수는 폭력이었고 깊게 팬 상처였다. 난방이 되지 않는 차가운 방조차 온전할 수 없었다. 대우그룹의 양동 점령을 가장 가까이에서 지켜본 존재가 있다. 남대문교회(중구 퇴계로 6, 2013 서울미래유산)다.

'남문밖교회'로도 불렸던 이 교회는 알렌(Horace Newton Allen, 1858~1932.12.11)과 헤론(John W Heron, 1856~1890), 언더우드, 아펜젤러와 같은 이방인 선교사들의 땀이 배어 있는 곳이다. 알렌은 1884년 9월 20일에 청나라에서 조선에 왔다. 같은 해 김옥균, 박영호 등이 주축이 돼 개혁정부를 수립하고자 우정국 낙성식에 맞춰 갑신정변을 일으켰다. 이 과정에서 의사인 알렌은 칼에 맞아 사경을 헤매던 명성황후의 조카 민영익을 살려 냈고, 이후 궁중 전의(典醫)로 발탁된다. 의사이기도 했던 알렌은 고종에게 서양식 의료 기관의 설립을 건의해 제중원을 세운다. 제중원 부속 교회였던 제중원교회가 남대문교회의 시작이다. 1887년의 일이다. 1904년 9월 제중원이 남대문 밖 복숭아 골(양동)로 이전하면서 교회도 따라 옮기게 되었다. '남문밖교회' 또는 '남대문밖교회'로도 불렸다.

양동 땅에 뿌리 내린 남대문교회는 양동 사람들이 쫓겨나는 것을 가장 가까이에서 지켜봤다. 양동의 가진 것 없는 사람들에게 교회의 십자가는 이웃이었고 나눔의 대상이었지만, 그들의 평안을 지켜 주지 못했다. '평안'은 쪽방일지라도 눕고 싶으면 눕고, 자고, 먹고 할 수 있는 단칸방을 의미하기도 한다. 좁더라도 몸 누일 곳이 존속되기를 바랐다. 그들 곁에 있던 교회를 양동 사람들이 어떤 시선으로 바라봤을지는 알 수 없다. 가난한 사람을 위한다는 것은 인간의 영혼을 대상으로 한 것이지, 땅에 등 대고 누워 살아야 하는 허접한 육신들은, 잠깐 나눔의 대상은 될 수 있지만 애초에 구원의 대상이 아니었다. 양동의 점령자는 처참하게 버려진 냄새 나는 양동 땅을 속 깊이 걷어 내고 외국에서 놀러 오는 관광객들을 위한 최고급 호텔을 지었다.

양동에 화려하게 들어선 대우그룹은 망했다. 대우그룹의 총수 김우중(金宇中, 1936~2019)은 힐튼호텔의 최상층을 사용하기로 계약을 체결했다. 때는 대우그룹이 해체되고 망하던 1999년부터 2024년까지 25년간이었다. 당시 25년간의 호텔 사용료는 300만 원, 1년에 12만 원, 한 달에 만 원이었다. 하루 328원꼴이다. 양동에 사는 가장 가난한 사람도 능히 낼 수 있을 돈이다. 김우중 회장이 썼던 크기의 호텔 방을 정상적인 돈을 내고 썼다면 하루에 300만 원을 내야 했을지 모른다. 그가 사용한 사무실은 903㎡(약 273평)이었다. 다다미 석 장이나 두 장 정도 되는 좁은 방에서 살았을 양동 사람들이 밀려난 자리에서 누렸던 그의 호사. 임대 계약에는 매년 호텔에서 5000만 원 이상의 매출을 올려 주어야 한다는 조항이 있었다고는 하나, 양동의 가장 가난한 사람조차 낼 수 있는 월 1만 원의 임대료를 내고 273평을 사무실로 썼다는 것에 양동 사람들은 어찌 생각할지. 더구나 그가 베트남으로 갔던 7년간 그 사무실은 계속 비어 있었다.

69. 야간 공고

朴正熙후보 9대大統領당선

2期 國民會議개최 2,577票획득 無效 1票

– 동아일보 1978.8.6, 1면

　중학교 3학년을 마칠 때쯤 진학 문제로 인해 생각이 많았다. 친구들 대부분은 인문계로 진학하지만 공고와 상고 등도 선택했다. 내가 야간 공고를 가겠다는 생각을 한 것은, 대학이라는 것을 목표로 한 적이 없었기 때문이다. 고등학교를 졸업하면 취업을 하는 것이 당연하다고 생각했다. 당시 공고나 상고에 진학하는 친구들도 다르지 않았을 것이다. 고민이라는 것도 할 수 없는 환경이었지만 공고에 가는 것에 나 자신 역시 아무런 불만이 없었다. 그 당연한 수순을 위한 상급 학교 진학 상담을 위해 어머니가 학교에 오셨다. 나와 함께 담임 선생님과 상담했다. 공부 실력을 무시하고 대학을 목표로 인문계 고등학교에 가겠다고 하면 담임 선생님과의 상담은 길어진다. 나의 경우엔 공고를 그것도 야간 공고를 가겠다고 했기에 담임 선생님과의 상담은 빠르게 끝났다. 선생님은 학교 성적을 토대로 예상 커트라인을 볼 때 충분히 합격할 수 있을 거라고 하셨다.

선생님의 예측대로 나는 한양공고 야간('2부'라고도 불렀다) 자동차과에 들어갔다. 형편상 신문 배달을 계속해야 했기에 일하면서 공부를 할 수 있는 야간 공고는 내가 가야 하는 당연한 곳이었다. 중학교 때 나의 생활기록부에 적힌 장래 희망이 특이했다. 서울에 살면서 배를 타는 꿈을 꾸었다. 1학년 '선원'. 2학년 때도 '선원'이었고, 3학년 때는 '기사'였으니 공고로 진학하는 것은 장래 희망과 일치하는 나름 일관성 있는 결정이었다. 담임 선생님께서도 어머니와의 상담 과정에서 생활기록부의 성적은 대충 보셨을 수 있지만 장래 희망은 유심히 보셨을 것이다. 학교 성적에 맞춰 원서를 쓰는 것은 중요했지만, 공고를 그것도 야간을 가겠다고 하는 나를 공부에 적성이 없다는 것을 스스로 깨우치는 대견한 학생이라고 생각하셨을 것이다.

나는 내 성적으로도 갈 수 있는 학교가 있어 다행이라고 생각했다. 공고는 졸업하기만 하면 취업이 보장되는 곳으로 알았다. 물론, 내가 진학한 자동차과는 자동차정비기능사 2급 자격증 취득을 목표로 한다. 정비 자격증을 취득했다고 해서 지금처럼 정비소가 많았던 시절도 아니었기에 친구들 대부분 자동차와 무관한 곳으로 길을 찾았다. 자동차과보다는 기계과, 전기과, 전자과 등의 취업이 잘됐다. 속을 들여다보면 고등학교를 졸업한 학생들은 단순 조립과 저임금, 노동 집약적 산업의 역군으로 많은 기업으로부터 환영받았다. 어린 나이에 적게라도 벌어야 하는 형편이니 찬밥 더운밥 가릴 처지에 있는 친구들은 적었다.

내가 졸업한 1981년도에 우리나라 자동차는 국토교통부 자료를 기준으로 60만 대가 되지 않았다. 이후 100만 대를 넘어선 것이 1985년이고, 올림픽이 열렸던 1988년도에 200만 대가 넘었다. 우리나라 인구를 5000만 명이라고 할 때 4인 가구 기준으로 자동차 한 대를 가지고 있다고 해야 '마이카 시대'라고 부를 법한 것이지만, 그러려면 자동차라면 종류를 가리지 않고 적어도 1250만 대가 되어야 한다. 마이카 시대는 내가 공고를 졸업하고 20년이 지나서인 2001년에 승용차와 승합차, 화물차를 모두 포함해 도달했다. 20년의 오차가 있다. 자동차 정비로 밥을 먹을 수는 있었지만 내가 졸업한 당시에는 그리 녹록지 않았다. '마이카 시대'라는 말은 거창한 비전이었고, 독재자와 정부의 구호에 그친 말뿐이었다.

1980년대 들려오기 시작한 '마이카 시대'는 오지 않았지만, 덕분인지 40년이 지난 지금까지도 밥을 굶지 않고 기름밥을 먹고 있는 친구는 있다. 70년대를 거치면서 당시 공고는 정부가 주창하는, '수출만이 살길'이라는 비장한 각오로 전국에 산업 단지를 조성했던 시기와 맞물린다. 경제 개발 5개년 계획을 세우고, 중화학공업 육성이라는 정부 정책도 제시되면서, 필요한 기술 인력을 양성해야 했고, 공고는 폭발적으로 늘어났다. 박 대통령은 '기술인은 조국 근대화의 기수'라는 휘호를 직접 쓰기도 했다. 국가 지도자의 바람은 학교 교문에도 부착되어 있었다. 학교에 들어갈 때마다 그 글자를 보면서 들어갔다. 한양공고의 교가에도 "배워서 조국의 빛을 더하리. 지켜서 조국의 힘이 되오리."라는 내용이 있는 것처럼 무언가 할 수 있음에 가슴을 펴고 다녔다. 아쉽게도 모교와 국가의 기대와 바람대로 내가 조국에 힘이 되고 빛을 더하는 일은 일어나지 않았다.

친구들도 고등학교에 진학했다. 희훈이는 광운전자공고를, 같이 신문을 돌리던 용남이는 만리동에 있는 인문계 고등학교인 환일고 야간을, 한남동 단국중학교를 졸업한 재남이는 그해에 고등학교에 진학하지 못했다. 당시 고등학교에 진학하지 못하는 것은 드문 일이 아니었다. 당시 중학생의 상급 학교 진학률이 90%에 미치지 못했으니 10명 중 1명은 고등학교에 가지 못했다. 2020년의 경우 99.7%니 대부분 중학교를 졸업하면 고등학교에 진학한다고 볼 수 있다. 재남이는 내가 고등학교 2학년이 되었을 무렵 보광동에 있는 정수직업훈련원(현 한국폴리텍대학 서울정수캠퍼스)에 들어갔다. 운이 좋았다. 정수직업훈련원은 졸업만 하면 취업이 100% 보장되는 곳이었다. 학비와 기숙사까지 모두 공짜였고 인기가 많아 입학하기가 쉽지 않았다.

정수직업훈련원은 1973년 미국 정부의 원조 자금으로 설립된 곳이다. 박정희 대통령과 육영수 여사의 이름에서 한 글자씩 가져다 훈련원의 이름을 붙일 정도로 박 대통령의 각별한 애정이 묻어나는 곳이었다. 내가 오산중학교를 버스를 타고 아침 일찍 등교할 때면, 정수직업훈련원생들이 작업복에 모자를 쓰고 군인들처럼 아침 기상 후 단체 구보를 하곤 했다. 군가인지 훈련원가인지를 부르며, 때론 큰 소리로 구호 제창을 하면서 정문을 나와 이태원 쪽으로 떼 지어 달려가곤 했다. 재남이는 훈련원에 들어가면서 기숙사 생활을 해야 했기에 신문 배달을 그만두었다. 그곳에서 용접을 1년간 배워 현대중공업에 들어갔다는 말을 들었다.

야간 공고는 평일은 4시 반까지 등교하고 6교시를, 토요일은 2시까지 등교하고 4교시를 했다. 1학년부터 3학년까지 동일했다. 대학 진학을 위한 보충 수업이란 것은 없었다. 국·영·수도 배우고, 이과 과목인 화학, 물리도 배우고, 국사, 교련도 배웠지만, 전체 수업의 절반은 자동차 관련 과목과 실습으로 구성되어 있다. 나는 토요일이면 상습적으로 지각했다. 야간의 경우 토요일 수업이 오후 2시에 시작했지만, 신문을 배달하고 학교에 오면 4시는 되어야 했다. 토요일에 하는 4교시 중 1, 2교시는 들은 기억이 없다. 토요일마다 반복되는 상습 지각으로 우리 반에서 1, 2학년 중 가장 지각을 많이 한 학생이었다. 심지어 어떤 날은 헐레벌떡 학교 정문을 들어가려는데 친구들이 단축 수업을 했다며 쏟아져 나왔다. 그래서 그날은 교문도 들어가지 못하고 집으로 돌아왔다.

공고 수업에서 지금도 이해할 수 없는 것은 껌껌한 운동장의 가로등 불빛 아래에서 군인 출신의, 군복을 입은, 진짜 현역 군인 같았던 교련 선생님의 지도로 교련을 배우는 것이었다. 일반 수업이 아닌 진짜 군사 훈련이었다. 무거운 합성수지로 만든 가짜 총을 들고 일본군이나 사용하는 각반(脚絆)까지 차고 운동장에서 제식 훈련을 했다. 나중에 공군에 입대해 훈련을 받았지만 각반은 필요 없는 것이었다. 바지 밑단을 군화에 집어넣으면 그만이었다. 열병식인지 사열인지 하는 훈련을 뿌연 먼지를 마시면서 해야 했다. 기술을 배워 조국을 근대화시켜야 하는 것에는 나라를 지키는 것도 포함되어 있는 듯했다. 운동한다고 생각해 재미있었지만 군인 같은 교련 선생님이 학생들에게 가했던 폭력은 지금도 이해할 수 없다. 단체 기합은 물론 심한 체벌도 받아야 했다. 훗날 공군에 입대해 훈련소에서 받았던 군인 제식 훈련보다 고등학교의 교련 수업이 더 힘들었다.

　교련 과목의 시작은 일제에 의한 것이었다. 태평양 전쟁을 일으킨 일본이 학생들을 동원하기 위해 실시했던 깃을, 1948년 〈병역법〉에 의거 반공을 부르짖던 이승만 정부 시절인 1949년, 중학교와 고등학교, 대학교 학생들을 대상으로 시작되었다. 이후 한국 전쟁 등으로 중단되었다가 1969년부터 재개되었다. 이후 고등학교 교련은 1996년에, 대학교는 1988년에 폐지되었다. 교련은 이후로도 선택 과목으로 일부 존속되었다가 완전히 폐지된 것은 2000년 이후다. 일제가 만든 잔재를 버리는 데 50년이나 걸렸다.

　폐지되기 전인 1982년에 대학에 들어간 나는 대학에서도 교련을 해야 했다. 1학년 여름에는 성남 문무대에 입소해 유격 훈련을 하면서 흙탕물을 마셨고, 2학년 여름에는 여학생들의 열렬한 환송을 받으며 전쟁하러 나가는 군인들처럼 대학 운동장에서 도열한 버스를 타고 육군 3사단 백골부대로 들어가 전방 입소 훈련까지 마쳐야 했다. 말이 훈련이지 최전방에서 군인들과 함께 철책 경계 근무를 하는 것이었다. 전방에서 같은 과 여학생의 손 편지도 받았다. 고작 일주일 입소해서 전방 부대를 체험하는 짧은 기간에 누군가로부터 편지를 받은 것은 당시 많은 위로가 되었다. 이후 2학년을 마칠 무렵인 83년 11월 1일, 복무 기간이 35개월로 가장 길었던 공군에 입대했고, 대학 1학년 교련 이수 혜택을 받아 1개월 15일 단축된 33개월 16일을 복무했다. 교련 과목을 만든 자의 뜻대로 충실하게 성장해 병역 의무를 마친 '군필' 국민이 되었다. 나는 1986년 8월 16일에 제대했다.

　공고에서 교련을 제외하면 다른 과목들에는 불만이 없었다. 일반 수업은 학과 교실에서 하고 실습 과목은 다른 건물에 있는 자동차과 실습장으로 이동해서 했다. 운동장을 가로질러 4층인가 5층 건물의 지하 1층으로 내려가는 계단을 통해 실습장으로 들어간다. 실습장으로 가기 전, 교복을 모두 청바지 원단으로 된 작업복으로 갈아입는다. 실습장 안쪽에 학교 교실과 동일한 크기의 교육장이 있다. 거기까지 들어가는 좌측, 우측으로는 철판으로 된 작업대와 자동차 엔진들이 거치되어 있고, 벽 쪽에는 다양한 안전 문구와 자동차 부품들의 작동 원리를 설명하는 그림판들이 부착되어 있다. 교실 안에서 가진 첫 수업에선 공구 통에서 다양한 공구를 꺼내 공구 이름을 알려 주곤, 저마다 공구를 가져다 각자 스케치북에 공구를 그리는 것이었다. 공구가 어떻게 생긴 것인지는 한두 번 보면 아는 것이고, 실습 과정에서 자연스럽게 손으로 익혀야 하는 거라 생각했지만 공구를 보는 것에서 실제 작업에 들어가기까지는 오랜 시간이 걸렸다. 공구를 스케치북에 그리라니! 미술 시간도 아닌데 말이다.

　학기가 지나가고, 학년이 바뀌면서 손에 기름을 묻히는 일이 많아졌다. 실습 시간이 일주일에 12시간이었다. 6교시가 끝나면 밤 9시 40분이 되는데 실습장을 나와 깜깜한 운동장을 따라 정문 옆에 있는 수돗가에서 운동장 모래와 함께 손에 묻은 기름때를 비누로 씻는다. 비누로만 씻어도 기름때가 완전히 지워지지 않기 때문에 실습이 있는 날에는 언제나 손에서 기름 냄새가 났다. 캄캄한 밤에 수도꼭지도 잘 보이지 않는 수돗가에서 지워지지 않는 손에 묻은 기름때를 씻어 내는 것은 쉽지 않았다. 실습은 계절을 타고 넘었다. 한겨울 추운 날씨에 차가운 수돗물에 기름때를 벗겨 내는 일은 끔찍했다. 그렇다고 손을 씻지 않고 집으로 갈 수는 없었다. 자동차 정비를 배워 학교를 졸업하고 학교에서처럼 기름을 손에 묻히고 밥을 먹고 사는 친구들도 있지만, 나같이 전혀 다른 방향으로 진학하고 자동차와 무관한 일을 하게 된 이유가 어쩌면 손에 묻어 지워지지 않던 기름의 고약한 냄새 때문이었는지도 모른다.

자동차과 실습장에서는 항상 실습반 학생들의 훈련이 진행되었다. 자동차과 실습반은 학년당 A반, B반, 두 학급에서 각 2명씩 4명, 1, 2, 3학년 12명에다, 주야간 모두 24명이 실습반에서 교대로 훈련한다. 주간반의 경우 야간반의 수업이 시작되면 모두 하교하고 없지만, 기능 경기 대회 준비를 하는 기간에는 야간반 수업이 있을 때조차 엔진과 씨름을 하고 있었다. 빠르게 엔진을 분해하고 재조립해 시동을 거는 실습반 친구들도 실제 기능 경기 대회에서 입상하지 못했다는 얘기를 들었는데, 대회에선 엔진 분해와 조립을 귀신처럼 해내는 놈들이 많다고 들었다.

고등학교에 입학한 해는 78년이었다. 학교 자동차 실습장엔 코로나 엔진과 변속기, 브리사 엔진이 있었다. 주로 코로나 엔진과 부품을 가지고 공부했다. 코로나 자동차는 1955년 부산에서 미군으로부터 불하받은 중고 차체를 기반으로 재생한 버스를 만들던 신진자동차가 새나라자동차 인천 공장(현 한국GM)을 1965년에 인수하면서, 도요타 자동차와 기술 제휴한 자동차였다. 코로나는 국내에서는 1966년 7월 첫 출시한 이후로 많은 인기와 함께 팔렸으나 1972년 단종되었다. 첫 출시를 할 당시에도 자동차 유리, 타이어, 배터리를 제외한 모든 부품은 일본에서 가져온 사실상 일본 자동차였다. 그런데, 1978년에 자동차과에서 이미 단종된 자동차의 엔진으로 배운다는 것을 이해할 수 없었다. 도로에 굴러 다니지만 당시의 자동차 내구성을 생각하면 곧 사라질 자동차를 배우고 있는 셈이었다. 학교에서 졸업 후 취업해서 바로 써먹을 수 있는 기술을 배우는 것이라고 보기는 어렵지만, 자동차 부품의 작동 원리를 배우는 것만으로도 졸업 후 관련 업종으로 취업하는 데는 부족함이 없었다. 정비라는 분야는 현장에서 일하면서 배우는 것이 크다.

2학년이 되고 3학년이 되면 엔진을 분해 조립할 수 있는 기회가 있다. 혼자 하는 것이 아니라 몇 명이 조를 짜서 한다. 옆에서는 실습반 학생들이 기능 경기 대회 출전을 위해 시간을 재며 엔진을 분해, 조립해 시동까지 거는 과정을 로봇처럼 빠르고 정확하게 반복 훈련을 하고 있다. 자동차 엔진의 분해는 차종마다 차이가 있지만, 스로틀바디(흡기밸브)를 제거하는 것으로 시작한다. 이는 엔진으로 들어가는 공기량과 연료량을 조절함으로써 자동차를 가속, 감속하게 해 주는 장치다. 가속은 공기량을 줄이고 연료를 많이 들어가도록 하고, 반대로 공기를 많이 들어가게 하면 상대적으로 연료가 적게 들어가므로 출력이 떨어지게 조절하는 부품이다. 다음으로 흡기다기관과 배기다기관을 탈거한다. 당시의 엔진은 100% 기계식이라 전기를 사용하는 부품이라야 디스트리뷰터와 점화플러그, 발전기, 전조등 정도였다. 엔진 헤드를 덮고 있는 로커암 커버를 제거하고, 캠축, 디스트리뷰터(배전기), 점화플러그, 엔진을 뒤집어 오일팬과 크랭크축, 피스톤을 뽑아내면 분해가 끝난다. 말은 간단하지만, 볼트가 많아 래칫 핸들로 빡빡한 볼트를 움직이게 한 후, 스피드핸들로 빠르게 풀어 내야 분해 시간을 줄일 수 있다. 스피드핸들 손잡이를 왼쪽으로 잡고 중간 부분 'ㄷ' 자 모양으로 된 손잡이를 오른손으로 빠르게 돌리는 것이 대부분이지만, 능숙해지면 왼손이나 오른손 하나만으로 회전하도록 스핀을 주게 되면 'ㄷ' 자 손잡이 부분이 빠르게 돌아갔다. 엔진 블록을 분해할 때는 바깥쪽 볼트부터 안쪽으로 들어가면서 풀고, 조립할 때는 역순으로 안쪽부터 조이기 시작해 바깥쪽으로 나가면서 조인다. 볼트를 풀고 조이는 데 가장 많은 시간이 소요되는 것이기에 실습반 학생들은 한 손으로 스피드핸들을 재빠르게 돌릴 줄 아는 것은 기본이었다.

70. 창경원 아르바이트

昌慶苑 밤벚꽃놀이

9일로 앞당겨시작

– 동아일보 1979.4.9, 7면

　　중앙일보를 배달하면서 버는 월급과 분기마다 받는 신문 장학금, 아침 어린이 신문 판매로 학비 걱정을 덜어 낸 지는 오래되었다. 그런 어느 날, 학교에서 귀가 솔깃한 이야기를 들었다. 은성이라는 친구가 창경원에서 아르바이트를 한다는 것이었다. 하루 일당을 3만 원이나 주고 점심으로 근사한 도시락을 먹는다고 했다. 물론, 밤 벚꽃놀이를 하는 기간에는 저녁도 주고 일당도 더 받을 수 있다고 했다. 아침에 어린이 신문을 팔아 봐야 천 원도 못 버는 날이 많은 나에게 창경원 아르바이트는 꿈같은 이야기였다. 문제라면 아침 8시까지 창경원에 도착하는 것이었다. 당일 아침 일찍 부지런을 떨어 늦지 않게 도착했다. 어제 은성이에게 인원을 많이 뽑지 않아서 된다는 보장은 없지만 와보라는 말을 들었다. 같은 반에서 이미 몇 명이 일하고 있었지만, 그들만의 꿈같은 알바를 다른 친구들과 공유하길 꺼렸기에 내가 알기까지는 시간이 걸렸다.

일요일, 처음 가 본 창경원 출입문 옆 매표소 앞에는 나처럼 아르바이트를 하려는 학생들이 많이 와 있었다. 그중에는 여학생들도 있었다. 친구 은성이와 나 말고도 우리 반에서 알바를 하겠다며 몇 명이 더 왔는데 많을 때는 예닐곱 명이 온 적도 있었다. 나는 첫날 운 좋게 뽑혔다. 뽑히지 않은 사람들은 발길을 돌렸다. 일주일에 한 번 일요일 아르바이트는 창경원 내 놀이동산에서 벚꽃도 구경하면서, 돈도 버는 기막힌 일거리였다. 창경원은 아침부터 사람들로 발 디딜 틈이 없었다.

창경원 놀이동산에서 내가 했던 일은 매번 달랐다. 비행기, 회전목마, 꽃차, 우주 관람차 등이었다. 놀이 기구의 종류에 따라 하는 일이 조금씩 달랐는데, 그중 가장 많이 했었던 곳은 비행기와 회전목마였다. 비행기는 모두 넉 대로 비행기마다 지붕에 네 개의 와이어가 달려 있고, 문은 바깥쪽 방향으로 네 개가 달려 있었다. 각 문에는 바깥쪽에서 문을 잠그는 문고리가 두 개씩 달려 있었다. 비행기에 사람이 타면 문을 닫고 문고리 두 개씩 모두 8개를 재빨리 잠그고, 반대로 비행기가 착륙하면 번개와 같이 빠른 속도록 문고리를 열었다. 비행기에 사람이 타면 가운데 기계실에서 와이어를 감으면서 비행기를 끌어 올린다. 뾰족한 중앙 기계탑을 중심으로 비행기는 서서히 회전을 했는데 7~8미터쯤 서서히 올라갔다가 하강한다. 그 와중에 파이프로 둘러쳐진 펜스를 따라 대기 줄에 서 있는 손님들이 비행기 구경하느라 앞으로 이동하지 않고 있으면 대기 줄을 좁히는 일도 한다.

벚꽃 시즌에는 비행기마다 한 명씩 네 명이 일했고, 조종실에서는 기사님이 계셔서 만에 하나 있을지 모르는 비상 상황이 벌어지면 비행기 운항을 급정지하기도 했다. 바쁠 때는 펜스 안쪽으로 다음번 비행기를 탈 사람들이 미리 들어와 있도록 했다. 비행기가 내리면 문고리를 열어 비행기에서 사람들이 내리도록 하고, 어린이가 타고 있으면 안아서 내렸다. 몸이 불편하신 어른들은 부축해서 타고 내리는 일을 도와 드렸다. 동시에 비행기에서 내린 사람들이 밖으로 나갈 수 있도록 둥그런 펜스 중간에 있는 네 개의 출입문을 열고 모두 나가면 문을 닫았다. 그러는 와중에 대기 중이던 사람들이 비행기에 탔다. 다시 문고리를 잠그고, 문을 다 닫았다고 조종실을 향해 사인을 준다. 비행기 알바의 단점이라면 햇빛을 피할 그늘이 없는 곳에서 종일 서서 일해야 하는 것이었다. 쉬는 시간이라곤 기계실 안에 들어가 모터에 잔뜩 바른 그리스 냄새를 맡으면서 교대로 밥 먹는 시간뿐이었다.

본격적으로 벚꽃 시즌이 시작되면 창경원은 그야말로 북새통을 이룬다. 그렇다고 평소에 사람들이 없었다는 것이 아니다. 서울뿐만 아니라 지방에서 서울로 수학여행을 오는 학교라면 반드시 들러야 하는 곳이 창경원이었다. 지금이야 롯데월드나 에버랜드와 같이 가 볼 만한 놀이동산이 많아졌지만 당시엔 창경원이 유일했다. 1973년 광진구 능동에 서울어린이대공원이 만들어지긴 했지만 창경원의 인기는 일제 강점기 때부터 시작한 것이기도 하고, 벚꽃과 동물원, 식물원은 물론 놀이동산까지 함께 있어 사람들에겐 꿈과 같은 곳이었다. 특히, 사복을 입은 중고생들도 많이 왔지만 대학생들과 젊은 연인들이 꽃향기를 따라 날아오는 벌떼처럼 몰려왔다.

밤이 되면 곳곳에 설치된 가로등으로 벚꽃들이 낮보다 운치 있는 풍경을 만들었다. 플래시를 터트리며 사진을 찍어 주는 전문 사진사들에게도 벚꽃놀이는 대목이었다. 사람들은 저마다 추억을 만드느라 정신없다. 비행기를 몇 번 하고 회전목마와 꽃차도 했다. 비행기는 단순한 일이라 비교적 쉬웠지만, 회전목마는 키 작은 어린아이들을 말에 올려 태워 주고 내려 주는 일의 비중이 컸다. 회전목마의 경우 설치된 말들이 올라갔다 내려갔다 하면서 회전하는데 내려갈 때 어린아이들이 밑에 깔리는 경우 크게 다칠 수도 있어, 아이들이 떨어지지는 않는지 계속 살펴야 했다. 그러다, 떨어질 위험이 있어 보이면 돌고 있는 회전목마에 재빠르게 올라타 신속하게 아이 곁으로 가서 잡아 준다. 돌고 있는 회전목마에 올라타는 것이 쉽지 않아 처음에는 힘들었지만, 틈틈이 돌고 있는 회전목마에 올라타고 내리기를 반복해 연습하니 쉽게 올라탈 수 있었다.

꽃차는 모두가 꺼리는 것이었다. 말은 아름답지만 알바생들에게는 여간 힘든 것이 아니었다. 꽃차는 지상에서 3~4미터쯤 위로 설치된 레일을 따라 도는 네 개의 컵이 한 덩어리로 회전하면서 연못 주변을 도는 놀이 기구였다. 꽃차가 탑승장에 들어오면 발로 꽃차의 클러치를 차서 뺀다. 꽃차는 레일을 따라 움직이는 체인과 체결되고 분리하는 방식으로 움직이는데, 회전하는 것 역시 함께 맞물려 있다. 그래서 한 바퀴 돌아 승강장으로 들어오는 꽃차의 동력을 가장 먼저 떼어 내는 것이다. 그리곤 관성으로 여전히 돌고 있는 꽃차를 양손으로 잡아 세운다. 이때 양손에 각각 꽃차에서 돌고 있는 네 개의 컵 중 두 개를 잡아야 한다. 가는 것을 잡아 세우고, 동시에 돌고 있는 컵도 멈춰 세워야 한다. 커다란 커피 잔처럼 생긴 꽃차에서 타고 내리는 곳은 'U' 자형으로 홈이 파져 있지만 겨우 한 사람이 빠져나올 수 있을 만한 넓이다. 컵 안에 성인은 2명, 아이들이 있을 때는 4명까지 탈 수 있다. 꽃차마다 컵 네 개가 한 세트로 되어 있어, 컵에 사람이 타면 다른 컵에 사람을 태우기 위해 컵을 돌린다. 완전 수동이라 힘으로 돌려야 했다. 돌리면 컵이 회전하는데 사람을 태우기 위해선 돌고 있는 컵을 정지시켜야 한다. 이 또한 사람의 힘으로만 세워야 한다. 너무 세게 돌리는 경우 세우려고 잡은 컵에 밀려 함께 돌거나, 자칫 탑승장과 레일의 틈새 안쪽이나 바깥쪽으로 넘어질 경우 큰 부상을 입을 수 있었다.

이런 꽃차들은 일정한 간격으로 출발하고 들어오기 때문에, 탑승장에 있는 직원들과 알바생들은 쉴 틈이 없었다. 가장 고질적인 사고는 꽃차가 승강장으로 들어오기 전에 레일과 꽃차를 연결하는 클러치를 발로 차 빼고, 사람을 태우고 나면 다시 손으로 잡아당겨 클러치를 연결하는 과정에서 발생한다. 꽃차의 클러치를 신속하게 빼지 못하면, 앞서 도착해 사람을 태우기 위해 정지해 있는 앞차와 충돌할 수 있었고, 인사 사고의 위험이 컸기에 클러치를 빼는 것은 고도의 집중이 필요했다. 아무리 능숙한 사람이라도 클러치를 빼는 동작에 문제가 생기면 위험할 수 있었다. 다시 사람들을 태우고 꽃차의 클러치는 넣을 때는 손으로 레버를 당겨야 한다. 꽃차로 하루 일이 끝나는 시간이 되면 온몸이 뻐근했다.

창경원에서도 가장 물이 좋은 곳은 춘당지 보트장이었다. 창경원을 지을 당시 이곳은 왕과 왕비를 위한 논과 뽕밭이 있던 곳이었는데, 일제가 창경원에 동·식물원과 함께 연못으로 만들었다. 이곳에서 사람들은 30분, 한 시간 단위로 노 젓는 보트를 빌려 탔는데 탑승장 주변으로는 파라솔이 빽빽하게 설치된 휴게 공간이 마련되어 있어 많은 사람이 보트를 타기 위해 몰려들곤 했다. 보트장 알바는 장대 끝에 달린 갈고리로 시간이 되어 들어오는 배를 빠르게 잡아당겨 움직이지 않도록 한다. 보트에서 사람들이 내리는 것을 도와주고, 타는 사람들이 흔들리는 배에 탑승하는 과정에서 넘어지지 않도록 배를 단단히 붙잡아 주는 일을 하는 것이다. 보트에 사람이 타면 다른 보트가 탑승장으로 들어오는 것과 부딪치지 않도록 배를 떼어 밀어 주는 일도 한다. 간단해 보이지만 체력이 필요하다. 당시 우리 반 반장이 한 덩치 했는데 보트장 알바로 활약하고 있었다. 하루는 퇴근하면서 반장이 물에 빠졌다는 얘기를 들었다. 보트를 갈고리로 걸어서 당기다 그만 제힘에 끌려 물에 빠진 것이었다.

친구 중에는 아르바이트가 아니라 직업을 가진 친구들도 있었다. 단순히 집안일을 돕는 것이 아닌, 주경야독을 하는 것이다. 어느 날, 재성이가

428

학교에 오지 않았다. 말수가 적은 재성이가 외판원 일을 한다는 것을 알게 된 날이다. 오후 수업 시작을 하기 전, 반장이 공지 사항이 있다고 교탁 앞에 섰다. "자! 모두 들어 봐! 오늘 재성이가 학교에 오질 않아 확인을 해 봤는데, 애를 낳았대!" 다들 귀를 의심했다. 애를 낳았다니, 저 말이 사실이면 대형 사곤데? 다들 수군거린다. 반장의 말은 계속되었다. "그래서, 오늘 나하고 몇 명이서 재성이네를 가 볼까 한다. 그러려면 미역이라도 사 가야 하는데 다들 얼마씩 돈을 보탰으면 좋겠다!" 아이가 딸인지 아들인지는 몰랐지만 모두 주머니를 털어 얼마간의 돈을 모았다. 돈이 모아지면서 사건의 윤곽이 얼추 모아졌다. 여자는 재성이보다 한 살인가 두 살이 어리다는…. 그 아이가 1980년생이니 올해 42살이다.

창경원의 원래 이름은 창경궁이다. 조선 성종(1483) 때 확장한 곳으로 서쪽으로는 창덕궁과 붙어 있었다. 창경궁과 함께 '동궐'이라고 불렸다. 남쪽으로는 종묘와 연결된다. 원래 이름은 수강궁(壽康宮)으로 세종이 즉위하면서 상왕인 태종을 모시기 위해 건축했다. 창경궁은 숙종 때 장희빈이 사약을 받고 죽은 곳이기도 하고, 영조가 사도 세자를 뒤주에 가두어 죽게 한 비극적인 곳이다. 그러나, 더 비극적인 일은 일제가 이곳에 동물원과 식물원을 조성하고 전각들을 허물어 연못을 파고 이름마저 창경원(昌慶苑)으로 격하시킨 것이었다. 게다가 1922년에는 벚꽃 수천 그루를 심었고 1924년부터는 밤 벚꽃놀이를 열었다. 그뿐만 아니라 1932년에는 종묘와 창경원 사이에 도로(2022.7. 숲으로 연결)까지 냈다. 이후 창경원은 1983년 12월 31일 자로 공개 관람이 중단되고 1986년까지 복원 공사가 이루어지면서 나무들도 한국의 전통 나무들로 바꿔 심었다. 원래 이름 '창경궁'도 되찾았다. 남아 있던 동물원은 과천 서울대공원(1984.5.1. 개관)으로 옮겼다.

71. 어린이 신문 판매

봄이 왔다. 야간 학교에 다니면서도 아침에 일찍 일어나야 했다. 고등학교에 진학하지 않은 재남이와는 일요일이면 남산 꼭대기로 아침 운동을 함께 다녔다. 재남이는 평일에도 남산에 운동하러 꾸준히 다녔다. 평일엔 내가 아침 국민학교 등교 시간에 어린이 신문(소년한국일보)을 팔았기 때문에 함께 남산을 올라갈 수 없었다. 어린이 신문을 팔게 된 것은 친구 호식이 때문이었다. 신문 배달을 하고 토요일마다 늦게 오는 나에게, 아침에 국민학교 앞에서 어린이 신문을 파는 것이 짭짤하다는 정보를 주었기 때문이다. 자기는 남대문국민학교에서 신문을 파는데 제법 돈이 된다는 말도 덧붙였다.

어차피 일하는 것이라면 수입이 좋은 것을 하는 게 백번 옳은 일이라는 생각이 들었다. 학교가 끝나고 호식이를 따라 동대문 근처 소년한국일보 보급소에 갔다. 호식이와 같이 신문을 가져가는 학생들이 많았다. 인근 청산여상전수학교에 다니는 여학생들도 있었다. 곱게 학생복을 입은 여학생들이 100여 부 이상이 되는 어린이신문을 끈으로 묶어 가지고 갔다. 호식이는 그중에서도 가장 많은 신문을 파는 축에 속했다. 200부 이상을 판다고 했다. 그리고, 다음 날 아침 일찍 남대문국민학교(현 대한상공회의소) 정문에서 만나기로 했다. 어떻게 신문을 파는지 보고 싶었다.

다음 날 아침 일찍 남대문국민학교 정문에 도착했다. 호식이는 아직 오지 않았다. 8시 조금 전에 도착한 호식이는 무거운 신문 뭉치를 학교 정문 앞에 내려놓고, 신문이 잘 보이도록 펼쳐 진열을 했다. 8시가 넘어가자 아이들이 무섭게 몰려오기 시작했다. 한 학년에 20개 반이 넘는다는 남대문국민학교 학생들의 머리만 새까맣게 보였다. 호식이는 외쳤다. "신문 사요! 소년한국일보!" 그가 외치는 소리와 함께 한꺼번에 아이들이 우르르 몰려왔다. 호식이는 신문을 파느라 정신이 없었다. 한 부에 20원인가 30원인가 했는데 동전을 거슬러 주랴, 신문을 주랴 정신이 없었다. 그렇게 호식이는 200부를 다 팔았다.

그렇게 팔면 절반은 자기 몫이라고 했다. 팔다 남은 신문은 도로 보급소로 반납하는 것이니 못 팔았다고 해서 문제 될 게 없었다. 그렇게 일주일에 6일을 팔면 대략 하루에 2천 원, 한 달이면 4만 원을 벌 수 있는 것으로, 하루 한 시간 정도 신문을 파는 것치고는 나쁘지 않았다. 당시 신문 배달을 해서 한 달에 집에 가져가는 돈이 2~3만 원 정도였으니, 신문 배달처럼 무거운 신문을 들고 돌아다니는 것이 아닌 어린이 신문 판매는 훌륭한 돈벌이였다. 하지 않을 이유가 없었다. 이번 기회에 잘하면 신문 배달을 그만두고 아침에만 일하면 될 줄 알았다.

그런 호식이의 권유로 시작한 나의 아침 신문팔이는 후암동에서 제법 떨어진 나의 모교에서 시작했다. 가까운 후암국민학교도 있었지만 동생들이 다니고 있어 꺼려졌다. 무엇보다 후암국민학교는 정문과 후문으로 다니는 학생들의 비율이 비슷해서 실상은 한 곳에서만 팔아야 하니 용암국민학교가 나았다. 용암국민학교에서의 신문 판매도 정문과 후문이 있어, 보다 많은 애들이 들어오는 정문에서만 신문을 팔기로 했다. 판매는 저조했다. 우선 학생 수가 친구가 팔고 있는 남대문국민학교와 비교가 되지 않았다. 용암국민학교의 전체 학생 수라야 한 학년에 6개 반, 한 반에 60명을 잡으면 360명, 전체 2,160명이었다. 1, 2, 3학년 아이들은 신문에 관심이 없기에 4학년 이상이 주 고객인 점을 고려하면 1,000명 정도였다. 호식이가 신문을 파는 남대문국민학교에 비해 학생 수는 적었기에 판매 부수가 많을 수 없었다. 이미 다른 사람이 팔고 있는 학교에 갈 수는 없으니 사는 동네에서 아침 일찍 갈 수 있는 그나마 가까운 학교를 선택해야 했다.

용암국민학교보다는 이태원국민학교의 학생 수가 더 많았다. 그리고, 그쪽엔 뒷문이 없어 모든 학생이 정문으로만 다녔다. 집에서 거리는 더 멀었지만 아침에 운동 삼아 일찍 걸어갔다. 학생은 많았지만 신문을 사는 아이들은 많지 않았다. 하루에 100부를 판 적이 별로 없었다. 가장 큰 이유는 그곳엔 이미 소년동아일보를 팔고 있는 경쟁자가 있었기 때문이다. 매일 아침 내 또래인 그 친구와는 선의의 경쟁을 펼쳐야 했다. 그날 신문에 난 재미있는 내용을 큰 소리로 알려 주면서 떠들거나, 만화가 아주 재미있다는 것을 과장되게 외쳐야 그나마 아이들이 왔다. 결국, 한 명이 팔면 100부 이상을 팔 수 있는 곳이었지만 두 개의 신문을 팔고 있으니 몫을 나누어야 했다. 팔다 남은 신문은 교실 안으로 몰래 들어가 몇 부씩 더 팔았다. 나중에는 자전거를 장만해 이태원국민학교를 조금 일찍 끝내고 아직 수업하기 전인 용암국민학교 교실을 돌아다녔다. 선생님들이 교실 안에서 신문을 팔지 말라고 하셨지만, 제법 팔리니 들어가지 않을 수도 없는 노릇이었다. 그렇게 고등학교 1학년부터 시작한 어린이 신문 판매는 2학년 여름 방학 전까지 계속했다.

72. 일본 여고생

鄭昇和 戒嚴司令官 연행
"金載圭 犯行 관련혐의"
일부將星도 拘束수사
- 동아일보 1979.12.13, 1면

세상을 살다 보면 아주 가끔은 희한한 일을 겪는다. 고2 때의 일이다. 일본 고등학교에서 전교생이 수학여행을 오는데 한양공고 학생들과 선물 교환을 한다는 것이었다. 이번이 처음이 아니라 이미 4년 전부터 시작된 일이었다니 놀랐고, 선물 교환 겸 환영 행사에 참석하고자 그날은 학교를 아침에 갔다. 시간이 몇 시인지는 기억나지 않는다. 설레는 일이라 기억날 법도 하건만 당시 어여쁜 일본 여학생의 얼굴만 생각난다.

선물 교환을 하러 학교에 오는 일본 학교는 일본의 명문 사학인 지벤학원(智辯學園)이었다. 두 학교 간의 교류는 1975년부터 시작되었다. 일본 지벤학원의 故 후지타 테루키요(藤田照清) 이사장이 35년의 일제 통치를 사죄하고 싶다는 뜻으로 매년 지벤학원의 학생들을 이끌고 한국으로 수학여행을 오고 있었다. 젊은 사람들은 서로를 알아야 한다는 설립자의 신념 때문이었다. 한일 간의 미래가 젊은 학생들에게 있다는 것이었다.

그날이 토요일이었는지 정확하지 않지만, 2학년 주간과 야간 학생들이 함께 선물 교환식에 참여했다. 선물을 교환하는 날, 보다 구체적인 정보를 들었다. 지벤학원 산하 와카야마(和歌山)고교와 나라고교 학생 600여 명이 온다는 것이다. 이들 일본 고등학교는 남녀가 함께 공부한다는 사실도 그때 알았다.

　운동장에 일본 수학여행 학생들을 태운 버스가 줄지어 들어왔다. 열 대 가까이 되는 관광버스가 현수막을 옆구리에 걸고 정문을 지나 운동장 한쪽에 정렬한다. 자욱한 먼지가 이는 운동장에 다섯 줄 횡대로 정렬한 우리는 열렬한 박수와 함성을 보냈다. 버스들이 정차하면서 일본 학생들이 버스에서 내렸다. 얼마나 시간이 흘렀을까. 우리가 횡렬로 선 맞은편엔 일본 학생들 역시 5줄로 정렬했다. 양측 교장 선생님의 환영사와 답사, 학생 대표의 인사가 끝나자 선물 교환이 시작됐다. 맨 앞줄부터 선물 교환을 위해 운동장 가운데로 몇 걸음 걸어가 늘어섰다. 일본 측에서는 남학생들이 주로 나왔다. 우리 쪽이야 전부 남자들이니 상관없었지만, 여학생을 기대한 녀석들이 뒷줄로 빠지는 것이 눈에 들어왔다. 두 번째 줄은 보기에도 여학생이 대부분이었다. 두 번째 줄의 선물 교환이 시작되었다. 앞서 뒷줄로 빠졌던 놈뿐만 아니라 네 번째 줄에 선 놈들까지 앞줄로 나갔다. 대오는 무너지기 시작했다. 이왕이면 여자와 선물 교환을 하고 싶은 심정이야 이해하지만 저렇게까지 해야 하나 싶었다. 남자들과 선물 교환을 한 놈들은 데면데면했지만 여자들과 악수를 한 녀석들은 어디서 준비해 왔는지 일회용 카메라를 들이대고 사진까지 찍는다고 난리다. 선물 교환의 장은 자석에 끌린 쇳가루처럼 여학생들과 접선하려는 불순분자들로 인해 다섯 줄이 네 줄로 변해 있었다. 나는 끝에 서 있었지만 졸지에 네 번째로 선물 교환을 하러 나갔다.

　일본 학교 학생들도 이미 엉클어진 줄이어서 예상 인원보다 많은 사람이 마지막 선물 교환 줄에 섰다. 내 앞에 있는 사람들도 남자와 여자가 섞여 있어서 자기 앞에 누가 있는지 알 수 없었다. 2미터쯤 가까이 다가갔다. 내 앞에는 다행히도 여자들만 서 있었다. 그중 키가 작고 얼굴이 송혜교를 닮은 어여쁜 학생이 눈에 들어왔다. 선물 교환을 위해 다가가는데 고개를 살짝 숙인 그녀가 내 앞에 왔다. 예뻤다. 옆에 있는 놈들의 부러운 시선이 날카롭게 날아와 꽂혔다. 나는 준비한 손수건을 건네주었다. 그녀 또한 깔끔하게 포장된 선물을 나에게 건네주었다. 짧은 영어로 서로의 이름을 물어보니 할 말도, 할 수 있는 말도 별로 없었다. 그녀의 이름은 '유가리 나이'. 오래되어 한자로 이름을 어떻게 썼는지도 기억나지 않는다. 그녀와 나는 주소를 주고받았다. 당시로서야 해외여행을 자유롭게 할 수 없으니 일본에 가겠다고 생각한 것은 아니었지만 나뿐만 아니라 다른 아이들도 약속처럼 주소를 주고받았다.

일본 학생들이 돌아가고 얼마쯤 되었을까. 일본에서 편지가 왔다. 그녀가 편지를 보낸 것이다. 영어로 짧게 쓴 편지에는 자기의 가족과 집을 소개하는 내용이었다. 사진에는 기모노를 차려입고 찍은 사진도 들어 있었다. 일본에서 보내온 사진은 한국 사진관에서 현상하는 사진과는 다르게 표면이 반질반질했다. 좁은 골목을 배경으로 푸른 나무로 가득한 정원에서 찍은 그녀의 사진은 눈부셨다. 편지를 받은 다음 날, 나는 후암동 서점에서 영어 펜팔 책을 샀다. 일본어는 전혀 몰랐기에 일본어로 펜팔을 하는 것보다는 영어로 편지를 하는 것이 그나마 수월할 듯했다. 책에 나온 문장에서 명사를 바꿔 집어넣으면 그럭저럭 문장을 만들 수 있었다. 그렇게 편지 주고받기가 4년 정도 지속되었다. 고등학교 2학년 때 시작해 고3, 그리고 재수 기간에는 펜팔을 할 만한 마음의 여유가 없어 중단했다. 재수를 시작하면서 그녀에게 편지를 썼다. 대학에 입학하면 다시 편지하겠다고 하면서 펜팔 중단을 통보했다.

73. 대학 갈 꿈을 꾸다

光州데모사태 닷새째

인접都市번져 軍警·市民 死傷者발생

- 동아일보 1980.5.22, 1면

살면서 누구에게나 커다란 변화가 온다. 스스로 의식을 했건 하지 못했건 어김없이 그런 순간이 온다. 나에게 그것은 고3이 시작되면서다. 당시 한양공고는 주간과 야간에 각각 학년별로 학생 수가 720명이었다. 1, 2, 3학년을 모두 합하면 2,160명이 주간에, 같은 수만큼의 학생이 저녁에 다녔다. 언제부터인지는 모르지만 야간 학생들의 인성에 도움이 될 것이라는 교장 선생님의 뜻에 따라, 야간 학생도 고3이 되면 주간 학생들과 같이 아침에 등교했다. 학교는 아침에 가고 오후에 끝나는 것이 정상이지만, 지난 2년간 오후 4시 반에 시작해 9시 40분에 끝나는 생활에 젖어 있다가, 아침 9시까지 등교하는 것은 새로운 느낌이었다.

보급소에는 학교를 마치고 신문을 돌리는 것으로 양해를 구했지만, 학기가 시작하면서부터 늦어도 2시면 배달을 시작했던 곳을 4시가 넘어 배달하면서 독자들로부터 신문이 늦는다는 핀잔을 듣고 있었다. 당시 공고 고3

이라고 해도 수업 시간은 6교시가 전부였다. 인문계 고등학교의 고3과 같은 긴장감과 입시를 위한 강행군 같은 것은 없었다. 공고의 고3은 6교시를 마치면 끝이었다.

첫 시험에서 1등을 하지 않았었더라면 지금의 나는 삶의 궤적을 달리했을지 모른다. 3학년 1학기 중간고사에서 받은 1등 성적표를 책가방에 소중히 넣고 여느 때처럼 남대문에서 버스를 갈아탔다. 이미 익숙해진 하굣길이지만, 1등에 걸맞게 평소보다 모자도 바로 쓰고, 선도부원들의 매서운 눈 앞에서만 채우던 답답한 목의 후크도 정문을 통과할 때마다 일부러 채웠다. 왜 그랬는지는 몰랐지만 1등에 걸맞은 행동거지를 스스로에게 강요하고 있었다. 남산 길을 올라 후암동으로 가는 버스는 만원이었다. 집으로 가는 내내 서둘러 성적표를 집에 갖다 놓고 싶어졌다. 그래 봤자 누구 하나 봐 줄 사람은 없었지만 한껏 우쭐한 기분이었다. 버스 안에서 창가 쪽 손잡이를 잡고 창밖으로 오가는 풍경을 바라보고 있었다. 버스 안에는 사람들이 많았지만 내가 선 바로 앞 창가에는 예쁜 여학생이 앉아 있었다. 배지로 보아 여고생임은 분명하지만, 어느 학교 학생인지는 알 수 없었다. 다른 학교 학생들과 마주치는 일이 없었기에 배지만 보고 어느 여고인지를 알아낼 방도가 없었다.

그때 나는 가방의 성적표를 꺼내 보여 주고 싶다는 엉뚱한 생각을 했다. 이제껏 학교에서 수업 시간 말고는 공부라는 건 시험공부를 포함해 해 본 적이 없었다. 고3이 되고 싸구려 스탠드를 사서 며칠 엎드려 공부했다고 1등을 한 것은 나 자신도 믿을 수 없는 사실이었다. 이유가 있다. 이제까지 시험공부를 따로 하는 것은 잘못이라는, 시험공부는 평소에 수업을 잘 듣는 것만으로도 충분하다는 선생님들의 말씀을 그대로 믿었다. 국민학교에서 중학교까지, 고등학교에 와서도 면면히 이어져 왔던 시험공부 원칙을 스스로 무너뜨린 대가는 달콤했고 결과는 대만족이었다.

대학에 가겠다는 바람이 든 것은 아마 그때부터였을 것이다. 고등학교 2학년 때 남들 모두 따는 자동차정비기능사 2급 자격증도 따지 못한 내가 대학에 가겠다고 마음먹은 것은…. 실업계 고등학교에서 대학 입시를 준비한다는 것은 쉽지 않았다. 우선 배우는 과목이 인문계 고등학교에 비해 턱없이 적었고, 수업 시간도 전공(나의 경우 자동차) 과목에 치중되어 있기 때문이었다. 입시 과목인 국·영·수와 이과 과목인 물리, 화학 등을 배우지만 대부분 관련 분야 취업을 위한 자격증 취득을 목표로 수업 시간이 구성되어 있기에 대입에는 절대적으로 불리했다. 더구나, 나의 경우 대학을 간다면 영문과를 가겠다는 막연한 목표를 가지고 있었기에 이과가 아닌 문과 과목으로 준비하는 것이 유리함에도, 이미 고1 때부터 이과를 배웠기에 어쩔 수 없이 이과 과목을 선택할 수밖에 없었다. 대학을 가고자 결심을 한 이상 공고는 다닐수록 입시 경쟁에서 불리해지는 곳이었다.

나에게 한 가닥 희망적인 일이 생겼다. 나는 그 기회를 놓치지 않았다. 당시 실업계 고등학교의 경우, 고3이 되면 취업을 전제로 '현장 실습'을 권장하고 있었다. 취업을 위한 현장 실습을 하게 되면 학교에 나가지 않아도 되는 제도였다. 워낙 학생들이 많아 학교에서 추천해서 '현장 실습'을 하는 경우는 거의 없었음에도 그러한 제도가 있었다는 것이 나에게는 기회였다.

입시 학원에 다니기 위해선 편법이지만 현장 실습을 할 수 있는 곳을 찾아야 했다. 방법을 찾던 중 신문을 보시던 구독자 사장님의 회사에 가짜 취업증명서를 조심스레 부탁드렸다. 대학 진학을 위해 학원을 다녀야 하는데 그러려면 학교에 취업증명서를 제출해야 하니 취업증명서를 만들어 주실 수 있는지 말씀을 드렸다. 흔쾌히 동의해 주셨다. 취업증명서를 학교에 제출하고, 3년간 일했던 중앙일보 배달도 그만두고 본격적으로 대학 입시 준비를 시작했다. 서대문에 있는 동아학원 종합반에 등록했다. 80년 5월 초의 일이다.

5월 초순에 처음 간 학원에선 이미 2월부터 종합반 수업이 진행 중이었다. 7월까지는 국·영·수를 중심으로 하고, 기타 과목은 8월부터 본격적으로 시작하는 것으로 진도가 맞춰져 있었다. 공부가 뒤처진 것만큼 더 열심히 하고자 마음먹었다. 그렇게 몇 달이 흘렀다. 학원에서 강의를 들으며 입시 준비를 하고는 있었지만 다른 사람들에 비해 너무 뒤처진 현실을 체감하던 그해 여름이었다. 국가보위비상대책상임위원회(위원장 전두환 중장)는 1980년 7월 30일, '교육정상화 및 과열과외해소방안'을 발표했다. 주요 내용으로는, 81년도부터 대학별 본고사 폐지, 중·고등학교 재학생의 과외 전면 금지, 고등학교의 내신 성적(20% 이상 반영, 82학년도 30% 이상)과 예비고사 성적(50% 반영)만으로 대학 입학자 선발, 졸업 정원제 실시(81년 30% 추가, 82년 50% 추가), 교육 전용 방송 실시 등이었다.

당시 학원에는 재수생들이 대부분이었지만 나와 같은 재학생들도 학교가 끝나면 학원에서 부족한 과목을 중심으로 단과반을 많이 다녔다. 나는 재학생임에도 재수생들과 같은 종합반 수업을 들었다. 서대문은 이러한 학원의 집결지였다. 큰 학원의 경우 교실 하나에 수백 명이 수업을 받기도 했다. 나에게 학원은 부족한 과목을 보충해야 하는 것이 아닌 입시와 관련한 모든 과목을 공부할 수 있는 유일한 곳이었다. 입시라는 것을 잊고 살았기에 이를 만회할 방법은 학원 외에 달리 없었다. 그런 나에게 재학생 학원 수강 금지 조치는 날벼락이었다. 선택의 여지가 없었다.

나는 학원을 떠나 독서실로 들어갔다. 혼자 하는 공부는 더 어렵다. 미리 구입한 학원 교재로 대입 준비를 할 수밖에 없었다. 2학기가 되면서 다시 학교에 나갔다. 학원을 다니기 위해 위장 취업을 한 것이었는데, 과외를 할 수 없으니 다시 학교에 나가야 했다. 나가지 않고 공부를 할 수도 있었지만 그러지 않았다. 과외가 완전히 없어진 것은 아니었다. 입시 학원과 같이 드러난 곳에서의 과외가 금지된 것이었지, 있는 사람들은 은밀히 자식들이 과외를 받을 수 있도록 했다. 2000년 헌법재판소는 "과외 금지 규정은 부모의 자녀교육권과 직업선택의 자유를 과도하게 침해한다."라며 위헌 결정을 내리기까지 했다. 반대 의견도 있었다. 고액 과외와 같이 사회 문제가 되는 것을 억제하려는 방법의 선택에 문제가 있다고 일반 과외 교습까지 금지함으로써 국민의 기본권을 광범위하게 침해하는 것은 위헌이지만, 고액 과외와 같이 사회적 폐해가 큰 것은 금지하는 것이 위헌이 아니라는 것이다.

우리나라의 대입 제도는 그동안 많은 변화가 있었다. 1960년대 대학별 본고사 시대를 거쳐, 1969학년도에는 대학입학예비고사 제도의 도입으로 일정 점수 이상을 받아야 대학에 지원할 수 있었다. 예비고사에서 일정 점수에 도달하지 못하면 대학에 원서조차 접수할 수 없었다. 원하는 대학에 원서를 접수하고 대학별 본고사를 치르는 지난한 과정을 거쳐야 했다. 시험을 두 번이나 보는 것이니 더 힘들었다. 1980년 '7.30 교육개혁'을 단행한 신군부는 재학생의 과외 금지와 교육 방송을 강화하면서 대학별 본고사를 폐지, 단 한 번의 시험만을 치르게 하고, 고교 내신 성적을 대학 입시에 일정 부분 반영하도록 했다. 이후 여러 번의 입시 제도가 바뀌었지만 결국은 시험 성적이 모든 것을 결정하는 근본은 바뀔 수 없었다.

나는 1981학년도 예비고사의 마지막 세대였고, 재수를 하는 바람에 1982학년도 학력고사의 첫 세대였다. 실업계 고등학교에서 대학을 진학한 선배들이 없진 않았다. 지금의 대학 진학률은 70~80% 정도이지만, 내가 고등학교를 졸업하던 해인 1981년도의 상급 학교 진학률은 27.2%였다. 입학 정원의 30%를 늘리되 강제로 중도 탈락시켜 입학만 하면 졸업한다는 등식을 불식시키겠다는 '졸업정원제'를 시행해 대학의 문을 넓힌 1981년에도 35.3%였으니, 2020년의 72.5%에 비하면 절반에도 미치지 못했다.

실력이 없었음에도 대학을 꿈꾸었던 나에게, 전두환 신군부의 교육개혁 조치 중 '중·고생 과외 금지'는 나의 꿈을 깨 버리는 것이었다. 교육 방송을 들으며 독서실에서 입시 준비를 했지만 고군분투의 결과는 처참했다. 한 만큼의 점수를 받은 당연한 결과였다. 공고생이 학원도 다니지 못하고 혼자 공부해서 시험을 본다는 것은 어불성설이었다. 당시 공고에서 공대로 동일계 진학하는 학생에게 주어지는 동일계 전형이라는 제도가 있었지만, 나처럼 영문과를 지원하는 경우 동일계 혜택은 주어지지 않았다. 그해 나는 아무런 대학에도 지원하지 않았다. 아니 못 했다.

시험을 치른 다음 날, 해방촌 오거리에서 중학교 동창을 만났다. 중학교 시절 맨주먹 맞대결도 하고, 공부는 나보다 조금 더 잘했던 친구였다. 인문계 고등학교로 진학했던 그는 점수가 잘 나왔다고 어깨가 한껏 부풀어 있었다. 중학교 시절 친구들이 보는 앞에서 맞장 뜨기도 했었던, 공부는 나보다 고작 몇 등 앞에 있었지만 못 본 삼 년의 시간은 컸다. 공고를 선택한 것도, 공부하지 않고 생각 없이 산 것도 후회스러웠다. 어쩌면 대학에 가겠다고 마음을 다잡은 때가 고3이었으니 늦어도 한참 늦었다. 그날 저녁 집에서 어머니에게 앞으로 일 년은 아무것도 하지 않고 공부만 하겠다고 통보했다. 모진소리도 했다. 그리곤 잠을 잤고 다음 날 눈이 통통 부은 채 일어났다.

재수 생활은 책을 다시 사는 것으로 시작했다. 어머니에게 돈을 받아 들고 후암동 종점에 있는 서점에 갔다. 모든 과목을 문과로 바꿔 교재를 구입했다. 재수생이라 학원을 다닐 수 있었음에도 학원에 다닐 형편이 못 됐다. 문과 과목의 책을 서점 주인에게 물어 가며 샀다. 그렇게 후암동 집에서의 재수가 시작되었다. 아침에 온 가족이 나가면 나는 지하실에서 스탠드를 켜고 시간에 맞춰 라디오 교육 방송을 듣는 것으로 일과를 시작했다. 방송 교재도 따로 구입했다. 어두운 방에서의 라디오 교육 방송은 작지만 뚜렷한 희망의 소리였다.

1년이라는 시간은 길었다. 단조로운 일상이 반복되면 시간 감각이 무뎌진다. 집에서 공부하다 집중이 되지 않으면 소월길을 따라 남산도서관으로 갔다. 아침에 갔다가 저녁에 오는 일상이었다. 점심은 구내매점에서 해결하거나 도시락을 식당에서 먹곤 했다. 나중에는 도서관 매표소 직원에게 집이 가까우니 점심을 먹고 오겠다고 양해를 구하곤 집으로 와서 점심을 먹고 다시 도서관으로 갔다. 그렇게 소월길을 따라 집과 도서관을, 남산에서 불어오는 바람으로 계절이 바뀌는 것을 체감하면서 흰 고무신을 신고 한량처럼 오갔다.

재수 시절에 옛날 민주공화당이 용산도서관으로 재개관(1981.4.21.)했다. 용산도서관이 새로 생기면서 남산에는 세 군데의 도서관이 있게 되었다. 어린이회관이 있던 자리에 생긴 중앙도서관(1974년에 개관, 현 서울특별시교육청 교육연구정보원)과 남산도서관(1964년 개관), 그리고 용산도서관이었다. 당시 서울 지역에는 독서실이 많지 않았고 직접 이용해 보진 않았지만, 다른 지역에 있는 정독도서관(종로구 북촌로5길 48)에 자리가 없어서 남산까지 오는 사람들이 있을 만큼 사람들이 몰렸다. 주말이면 새벽부터 줄을 서야 했다. 평일이면 그래도 자리 잡기가 쉬웠지만 주말이면 어디서 오는지는 몰라도 새벽부터 줄을 서는 것은 일상이었다.

특히, 입시가 가까워지는 가을부터는 자리 잡기가 쉽지 않았다. 남산도서관에 자리가 없으면 용산도서관으로 갔다. 이곳 용산도서관으로 내려가는 계단은 너무 경사가 심해 멀쩡한 사람도 내려가거나 올라가면 다리가 후들거렸다. 정신을 깨워 주는 각성의 계단이었다. 용산도서관에서 공부를 하다 집으로 점심을 먹으러 가는 경우, 나는 일부러 후암초등학교 정문 앞

가파른 계단을 올라 소월로를 따라 시원한 바람을 맞으며 걷곤 했다.

입시가 코앞으로 다가오면서 도서관 자리 잡기가 더 어려워졌다. 용산고등학교 앞 지하에 있는 독서실을 끊었다. 입시 4개월을 앞둔 무더운 8월쯤이었다. 에어컨도 없는 독서실은 지하에 있어 시원했지만 엉덩이에 땀이 차는 것은 어쩔 수 없었다. 엉덩이에 수건을 깔고 공부했고 좁은 통로에는 그나마 선풍기가 있어 시원했다. 독서실을 이용하고부터는 아침이면 집에서 아침 식사를 하고 교육 방송 강좌를 듣고, 점심을 먹고 나서는 바로 독서실로 갔다. 저녁 먹으러 집을 다녀와서는 다시 늦게까지 공부했다. 공부하다 졸리면 바로 책상 밑에 누워서 잤고, 눈을 뜨면 공부했다. 서울대를 다니고 있던 오촌 삼촌에게서 몇 해 전에 받은 모나미 볼펜심을 다 쓰고 나면 따로 금속 부분만을 잘라 잉크병에 모으면서 이삼일에 한 번씩 볼펜심을 갈아 끼우곤 했다. 어쩌다 새벽에 잠이 오지 않고 집중이 되지 않으면 남산도서관으로 갔다. 어느 날엔가는 새벽 4시도 안 되는 시간에 일등으로 가서 도서관 문 열기를 기다리기도 했다.

재수 기간은 빠르게 지나갔다. 1981년 11월 24일 화요일, 82학년도 학력고사 시험을 본 날이다. 시험은 한양공고에서 봤다. 시험을 보기 4일 전부터 몸살을 앓았다. 3일 동안 책을 읽지 못하고 누워만 있었다. 시험 당일에도 시험을 보지 않겠다고 할 만큼 컨디션이 좋지 않았다. 어렵사리 택시를 타고 한양공고로 갔다. 날씨는 추웠지만 두꺼운 파카를 입고 아침밥도 제대로 먹지 못한 채 시험을 봤다. 온종일 허공을 나는 듯 몸이 가벼웠다. 그렇게 시험이 끝났다. 길고 어두운 터널을 빠져나온 느낌이었다.

74. 해방

대학에 원서 넣는 것도 누가 가르쳐 주는 사람이 없었다. 검정고시 출신이나 다름없었다. 서점에서 대학교 점수에 따른 배치표를 샀다. 내가 갈 만한 대학이 있다는 것이 너무 놀라웠다. 전년도 예비고사와 다르게 82학년도 학력고사는 시험이 어려웠다고 했다. 나는 그러한 것을 체감할 수 없었다. 수도권 몇 개 대학의 영문과에 갈 수 있을 만큼의 성적이 나왔다. 나중에 안 일이지만 1980년에 전두환 신군부가 고교 내신 성적 반영 비율을 높이는 조치로 인해 고등학교 내신에서 3등급을 받은 것과 과외 금지 조치로 재학생들의 학원 수강이 불가능했던 것, 결정적으로 대학 입학 정원을 대폭 늘린 졸업정원제 시행 등이 유리하게 작용했다. 공고에서의 내신과 인문계 고등학교에서의 내신이 대등하게 비교될 수 없는 것이었지만 당시는 대등한 비율로 반영되었다.

공고를 졸업한 사람들에게 주어지던 '동일계 전형' 특혜는 82년부터 아예 사라졌다. 나는 공대 쪽으로 지원할 생각을 한 적이 없었기에 아쉬움은 없었다. 원서 접수조차 하지 못했던 작년의 기억을 떠올리며, 대학에 원서를 내고 가슴 졸이며 면접을 봤다. 왜 영문과를 지원했느냐는 교수님의 질문에 영어를 가장 못해서 지원했다고 답했다. 초조한 날이 흘렀다. 합격자 발표 날, 홍제동에 사는 동식이가 집으로 왔다. 같이 합격자 명단을 보러 가자는 것이었다. 버스를 타고 신촌에서 내려 홍대까지 걸어갔다. 대학 정문을 지나 오르막길을 올랐다. 오후 시간임에도 합격자 명단을 보고자 온 사람들로 붐볐다.

좀 떨어진 공대 건물 1층과 2층 사이에 붓글씨로 쓴 합격자 명단이 붙어 있는 것이 보였다. 진눈깨비가 이따금 흩뿌리는 하늘은 잔뜩 찌푸렸다. 오후 시간이니 합격자 명단이 붙은 건물 앞에는 이미 많은 사람이 다녀갔을 거였다. 합격해서 좋아서 간 사람도, 불합격의 고배를 마시고 쓸쓸히 돌아갔을 사람도 있을 터였다. 나 또한 어떤 발걸음을 할지 몰랐다. 동식이가 내 수험 번호가 몇 번이냐고 다시 물었다. 보러 가기 전에 말해 주었건만 재차 확인하려는 것이다. 다시 수험 번호를 말해 줬다. 벽에 붙은 합격자 명단은 끝을 알 수 없을 만큼 길었다. 그 긴 명단에 내 수험 번호가 있기를 바랐다.

"종수야! 여기 있다! 여기!" 동식이의 목소리를 들으면서 혹시 동식이가 잘못 본 것은 아닌가 했다. 동식이가 서 있는 곳으로 뛰는 듯 걷는 듯 갔다. 동식이가 가리키는 곳을 찬찬히 올려다봤다. 내 수험 번호가 거기 있었다. 짧은 순간 눈을 깜박이며 몇 번을 다시 봤는지 모른다. 순간 환한 빛이 보이는 듯했다. 날은 저물었지만, 다시 날이 밝아 오는 듯했다.

캠퍼스엔 눈이 더 내리기 시작했다. 눈은 부는 바람에 휘날렸다. 수험 번호를 확인하곤 동식이와 나는 번갈아 가며 소릴 질렀다. "합격했다!"라는 동식의 소리에 "나 이제 대학 다닌다!"라는 내 소리가 더해졌다. 그렇게 신이 나서 소릴 지르며 홍대에서 신촌을 거쳐 아현동 고개를 넘었다. 나 혼자 집으로 가겠다고 말했지만, 동식이는 기어코 집까지 같이 가겠다고 했다. 그래서 우리는 함께 걸었다. 고3, 처음으로 1등을 하곤 버스 안에서조차 모자를 똑바로 쓰고 속으로 뽐내며 남산으로 올라가는 버스를 탔던 남대문을 지나고, 흰 고무신을 신고 남산도서관과 집 사이, 무수히 걸었던 그 소월로를 지나….

후기

환갑을 바라보는 저의 기억보다 오래된 해방촌이 어쩌면 사람들의 기억속에 오래도록 남아 있으리라는 생각이 듭니다. 해방촌은 제가 그곳을 떠난 지 오래되어 잊었던 이름이었습니다. 언제부터인가 이태원 경리단길이 알려지고, 철길이 뜯어지면서 새로운 명소로 떠오른 마포구 연남동처럼, 해방촌의 오래되고 비좁은 골목들이 주목받기 시작하면서, 그곳과는 어울리지 않는 이색 카페와 가게들이 들어서는 풍경들로 해방촌은 채색이 되기시작했습니다. 들어오는 사람이 달라지면 변하는 것이 사람 사는 동네의 모습이지요. 어쩌면 '해방촌'이라는 이름에서 아직도 서울 한복판에 시골같은 동네가 있는 것인지, 호기심으로 발걸음을 했던 분들도 있으리라 생각합니다.

글을 쓰면서 오래전 기억들을 찾아내는 것이 쉽지 않았습니다. 물론, 내가 살던 곳이 어떻게 변했는지 궁금해서 차를 타고 지나가기도, 내려서 골목길을 기웃거린 적도 여러 번 있었습니다. 어쩌면 아는 분들이나 옛 친구들이라도 볼 수 있으리라는 기대를 가지고 말입니다. 살던 집들이 그대로있고 어릴 적 뛰어놀던 길은 그대로건만 좁아진 듯한 착각이 들었습니다. 차에서 내려 어릴 적 골목길을 잠깐 들어가 보기도 했지만, 입구에 들어서자 낯선 느낌이 나를 밀어 냈습니다. 너무 오래 비웠던 고향 집이 제구실을못 하듯, 나의 기억도 유효 기간이 지났다는 느낌이었습니다. 내가 놀던 골목길 공터는 거기에 없었습니다.

어릴 적 골목길에서 재잘거리던 친구들의 목소리는 사라졌습니다. 좁은 길도 넓어졌고 넓었던 길은 이상하게 좁아진 듯했습니다. 낡은 집들은 멋진 집으로 새로 지어졌습니다. 108계단에는 계단을 따라 올라가는 엘리베이터도 놓였습니다. 가을 하늘을 유유히 날아가는 잠자리 떼를 향해 대나무 잠자리채를 휘둘러 어쩌다 운이 좋아 걸려든 잠자리처럼, 그렇게 당시의 기억들을 생각하면서 하나씩 하나씩 주워 담기 시작했습니다. 그렇게 잡은 기억들에 하루핀으로 표본을 만들고, 오래전 가라앉은 추억들을 떠올리고자 잊힌 기억의 바다에서 낚시질하듯 초조한 시간을 보냈습니다.

해방촌을 기억하시는 분들과 제 추억의 소풍 가방을 나누고 싶었습니다. 어릴 적 맘에 드는 소풍 가방을 챙겨 본 적은 없습니다. 학년이 올라가면서 '이번에는 색다른 곳으로 가겠지.' 하며 기대했지만, 갔던 곳을 다시 가곤 해서 실망했던 그런 시시한 소풍이 되지 않았을까 걱정입니다. 전혀 기대하지 않았지만 즐겁고 유쾌한 시간으로 바뀌는 일이 있을 수 있는 것처럼, 소소한 즐거움으로 페이지들이 넘어갔길 바랍니다.

그리고 이 책으로 인해 아주 오랫동안 보지 못했던, 찾지 않았던 친구들과의 만남으로 이어지길 기대하고 있습니다. 이제는 마주쳐도 알아보진 못하겠지만, 옛 친구들이 어떻게 살고 있는지, 살아왔는지 궁금합니다. 해방촌도 많이 변해서 바뀌지 않은 것이 '해방촌'이라는 이름뿐이듯, 친구들 역시 변하지 않은 건 이름뿐인지도 모릅니다. 다들 건강했으면 좋겠습니다. 볼 수 있으리라는 기대가 큽니다. 그러나, '친구들을 만나면 책 속의 내용이 사실과 다르다고 따지면 어쩌지.' 하는 섣부른 걱정도 하면서, 친구들에게 꾸중 들을 각오쯤은 기꺼이 감당하고자 합니다. 그런 소리까지도 그리운 나이가 되었습니다.

그리고 이 책이 해방촌에 살고 계시는 분들에게도 읽히기를 기대합니다. 저는 과거로 기억하지만, 생생한 '오늘'의 해방촌에 살고 계시는 분들에게, 같은 곳에 살았던 예전 동네 아이의 이야기로, 젊은 분들이라면 아버지 어머니의 오래전 사진들을 꺼내 보는 것처럼 한 장 한 장 들춰 봐 주셨으면 합니다. 서로 모르는 사이지만, 같은 시기 그곳에 살았던 이웃의 이야기로 오랫동안 읽히기를 욕심처럼 바라고 있습니다.

오래전 대학 합격자 발표일에 홍대에서 후암동까지 함께 걸어 주었고, 지금은 지구 반대편, 남아프리카공화국에서 아내와 함께 선교사로 더 힘든 길을 지치지 않고 걷고 있는 친구에게도 책을 보낼 생각입니다. 오랫동안 보지 않았고 각기 다른 길을 걸어 조금은 서먹하지만 그래도 한때 좋은 친구였기에 기쁘게 받아 읽어 줄 것으로 기대해 봅니다.

끝으로, 해방촌을 함께 기억하고, 삶을 꾸리고 지켜 내신 어머니와 누나, 동생들, 그리고 조카들에게도 해방촌이 잊히지 않는 고향이자 추억으로 간직되길, 그리고 사랑하는 아내 윤경에게도.

지금도 해방촌에서 놀던 때가 그립습니다. 끝.

나의 살던 해방촌

1판 1쇄 발행 2023년 4월 20일

글 이종수
그림 이대중

교정 주현강　**편집** 김다인　**마케팅·지원** 이진선

펴낸곳 (주)하움출판사　**펴낸이** 문현광

이메일 haum1000@naver.com　**홈페이지** haum.kr
블로그 blog.naver.com/haum1000　**인스타그램** @haum1007

ISBN 979-11-6440-339-4(03810)

KOMCA 승인필

좋은 책을 만들겠습니다.
하움출판사는 독자 여러분의 의견에 항상 귀 기울이고 있습니다.
파본은 구입처에서 교환해 드립니다.